Robert Müller · Tropen

Robert Müller

Tropen

Der Mythos der Reise

Urkunden eines deutschen Ingenieurs

Herausgegeben von
Günter Helmes

Philipp Reclam jun. Stuttgart

Umschlagabbildung:
Liegende auf schwarzem Tuch. Farbholzschnitt
von Erich Heckel. 1911.
(Nachlaß Erich Heckel, Hemmenhofen)

Universal-Bibliothek Nr. 8927

Satz: Kösel, Kempten
Druck und Bindung: Reclam, Ditzingen
Printed in Germany 1993

ISBN 3-15-008927-1

Tropen

Der Mythos der Reise

Urkunden eines deutschen Ingenieurs

Herausgegeben
von
Robert Müller
Anno 1915

Hugo Schmidt Verlag, München

Vorwort

Im Jahre 1907 war an der Grenze zwischen Brasilien und Venezuelas im Quellgebiete des Rio Taquado ein Indianeraufstand ausgebrochen. Die europäischen und nordamerikanischen Reisenden, die sich innerhalb der Aufstandszone herumtrieben, waren Angriffen und Mißhandlungen ausgesetzt und konnten von den anrückenden venezolanischen Regierungstruppen mit knapper Mühe vor einem Massaker bewahrt werden. An der Spitze der Stämme, die sich gegen die immer merkbarer übergreifende Zivilisation auf den Kriegspfad begeben hatten, stand eine Priesterin namens Zaona. Sie hatte durch geheimnisvolle Weissagungen den Sieg der indianischen Sache verkündigt und die wilden Triebe der Urwaldnationen geweckt. Man hätte in San Franzisko, Kalifornien, wo ich mich damals aufhielt, wie überhaupt an den fortgeschrittenen Punkten der Welt von diesen Ereignissen, die in den genannten Landstrichen keine Ausnahme vom gewöhnlichen Jahresablauf darstellen, kaum Notiz genommen, wenn nicht der bedeutende Umfang der Erregung, gleichwie der Umstand, daß ihr weißhäutige Ausländer zum Opfer gefallen waren, die öffentliche Aufmerksamkeit auf sich gezogen hätten. Eine Expedition von sieben Nordamerikanern und drei Deutschen, die in der Absicht, eine sogenannte Freelandkolonie zu begründen, ausgezogen war und von den Regierungen der in Betracht kommenden Republiken militärischen Schutz erhalten hatte, war schließlich zusamt ihrer Bedeckungsmannschaft aufgerieben worden. Die Kolonisationspläne dieser kleinen Gesellschaft stammten von dem deutschen Ingenieur Hans Brandlberger, der mit amerikanischem Kapi-

tal den großzügigen Vorsatz verwirklichen wollte, fruchtbare Gebiete des inneren Südamerika, die heute noch von unendlichem Urwald überzogen sind, weißen Farmern zugänglich zu machen und auf kommunistischer Grundlage eine ideale Verwaltung der kultivierten Gebiete durchzuführen. Brandlberger hatte das Schicksal seiner Begleiter geteilt.

Die Zeitungen brachten das Ereignis in Extraausgaben mit großen roten Lettern. Zuerst las ich an dem Namen Brandlbergers, der als Führer genannt war, vorbei. Dann, als ich mit der Ungeheuerlichkeit der ausgiebig geschilderten Greuel vertraut war, fesselte die immerhin bemerkenswerte Tatsache mein Gemüt, daß ein Deutscher die großen und interessanten Pläne des von den Zeitungen ausführlich behandelten Freelandunternehmens ausgearbeitet hatte. Mein Gedächtnis beschwerte sich mit dem Namen Brandlbergers. Es war nicht eben ein heroischer oder auch nur charakteristischer Name, und kein blendendes Schicksal von Heldentum eines Forschers war in ihm vorgesehen. Er mochte häufig genug sein und klang eher nach behaglichem Lebensgeschmacke denn nach eifernder Tatenlust. Aber ich fühlte eine Verbindung zu diesem Namen. Hatte nicht einer meiner Schulkameraden ihn getragen? Mein Gedächtnis quälte sich wie über eine seiner bösesten Sünden. Ach nein, ich hatte niemals einen Träger dieses Namens gekannt! Was mich quälte, war der Bleistift, den ich soeben verlegt hatte und inzwischen mechanisch suchte. Ich suchte ihn über und unter dem Schreibtisch, ich durchstöberte den Papierkorb, ich schaute, im vorhinein hoffnungslos, ins Gestänge der Schreibmaschine; ich riß endlich die Schubladen auf, in denen sich die Manuskripte häuften – – – da schoß mir, von dieser Bewegung zitiert, eine Erinnerung durch den Kopf, und ich verschmähte den

Bleistift. Nach ein paar tastenden Griffen zwischen staubiges Papier hielt ich das umfangreiche maschingeschriebene Manuskript in Händen, das Hans Brandlberger mir vor langer Zeit persönlich übergeben hatte.

Dieser Vorgang spielte sich in den drei gut auf ihre Zwecke hin ausgestatteten Räumen ab, die sich Redaktion der »three worlds« nannten. »Three worlds«, für die ich damals die Lektüre einlaufender Manuskripte besorgte, waren eine internationale Monatsschrift, die philanthropischen Zwecken gewidmet war und in Peking, Frisko und Berlin, das heißt in den bedeutendsten und meistgesprochenen Sprachen der Welt erschien. Sie veröffentlichten Arbeiten jeder schriftstellerischen Art auf allgemein verständlicher Grundlage. Ein kurzer Einblick in das Manuskript Hans Brandlbergers hatte dessen Unbrauchbarkeit für unsere Zwecke erwiesen. Der Gang der Erzählung wird durch langwierige Ausführungen unterbrochen und die Technik des Vortrages ergeht sich streckenweise in so ungeheuerlichen philosophischen Abschweifungen, daß es fraglich erscheint, ob der Verfasser überhaupt je so etwas wie einen erzählenden Stil beabsichtigt habe. Aber dies war der ganze Grund nicht, aus dem »three worlds« die Aufnahme und Veröffentlichung der Arbeit trotz aller aktuellen Beziehungen zurückwiesen. Der Herausgeber der Zeitschrift, ein hochstehender und vielvermögender protestantischer Missionsleiter, dem ich das Manuskript nunmehr nach eingehender Lektüre mit leidenschaftlicher Empfehlung übergab, wies es nach Einsicht in ein paar Stellen wegen inhaltlicher Bedenken zurück. Es widersprach in seinen Ideen und Beweisführungen den philanthropischen Grundsätzen der von ausbeuterischen Millionären geförderten Zeitschrift.

Ich habe mich nun, angestachelt vielleicht durch die

Leichtfertigkeit, mit der von den Redaktionen dogmatische Einwände gegen oft wenig geprüfte Werke einer freien und unabhängigen Schöpfung geltend gemacht werden, entschlossen, das herrenlose Manuskript als Buch zu veröffentlichen. Ich bin mir vollständig darüber klar, daß ich durch diese Tat kaum die Literaturgeschichte, aber vielleicht die Geschichte der Menschheit um einen wertvollen Beitrag bereichere. Irgendwelche anderen künstlerischen Absichten, als scharf und umfassend zu beschreiben, treten darin nicht zutage, wie es von einem Manne, der naturwissenschaftliche und technische Studien betrieben hat, auch nicht anders zu erwarten ist. Wenn gleichwohl hier und da die Anstrengung deutlich wird, etwas zu schaffen, das ein Ergebnis von Kunst sein könnte, so möchte ich die Ermüdung des Verfassers im reinen Zeugenschaftablegen darauf zurückführen, daß es ihm mitunter wohl auch darum zu tun war, sein Erlebnis so gegenständlich und gegenwärtig als möglich zu verdeutlichen. Es war keineswegs ein klarer und in seinen Absichten ausgesprochener Mensch; dies geht aus seinen Schriften nur allzu deutlich hervor; er wollte vielleicht, während er Zeugenschaft ablegte, zu vieles zugleich, denn er besaß eine einzige Tugend: er war gründlich! So daß man seiner Arbeit zwar nicht die eines Kunstwerkes, aber immerhin die eines Dokumentes zuweisen kann.

Er legt Zeugnis ab von einem Typus, und dies ist selten genug. Hans Brandlberger war ein junger Mann vom Beginn des 20. Jahrhunderts, und er war durchaus so, wie alle jungen Leute dieser alten Zeit. Ich erinnere mich seiner persönlichen Erscheinung jetzt deutlich genug. Er war klein, schmal, aber kompakt in den Schultern, und trug in dem länglichen, blassen Gesichte ein ziemlich starkes Augenglas. Sein Haar war sehr blond und auf der linken Seite gescheitelt. Über die rechte Wange lief ein zarter Mensurschmiß, und diese Narbe gab ihm jenes Charakteristikum, nach dem man ihn einschätzte. Er schien ein junger Durchschnittsdeutscher zu sein. Diesen Eindruck jedoch straft die Durchsicht seines Buches ein wenig Lügen. Er war mehr als einer jener jungen deutschen Männer mit Überzeugungen, Mangel an Taschengeld und mehr oder weniger Aussichten auf eine bürgerliche oder staatliche Laufbahn; er war aber auch vielleicht weniger. Er war ein Grübler. Er war als der Typus des beginnenden 20. Jahrhunderts vor dem großen Kriege ein Mann ohne eigentliche Begabung und ohne Charakter, ja, kaum ein Mann von Geist – – wenn man unter Geist die harmonische Mischung von Freiheit und Gebundenheit des Urteils versteht. Und um Geist zu haben, war er zu frei und zuviel Wühltier. Aber er besaß die gewisse geistige Energie, die dieses Jahrhundert in seinem Beginne auszeichnete. Er war tief – – das heißt kleinlich, bei starkem, ethischem Interesse amoralisch und in mehr als einem Sinne liberal. Er war stets ein wenig böse und gereizt gegen sich. Er war analytisch.

Um sich einen Halt gegen seine Fehler zu schaffen, war er ehrlich. Es ist vielleicht die gewöhnlichste und heute nicht mehr verzeihlichste Art, seine Schwäche zu beschönigen. Und schon, glaube ich sagen zu dürfen, ahnte er dies. Sein Verhältnis zu Jack Slim, dem Amerikaner, wurde ihm zum Problem. Er geriet so außerordentlich unter den Einfluß dieses Mannes, arbeitete sich so gründlich an dieser ihm ganz entgegengesetzten und darum seiner Sehnsucht kaum fremden Natur zu einer Art Nachfolgerschaft durch, daß es beinahe scheinen möchte, als sei sie eine freie Erfindung seines spekulativen Dranges, seines heftig monologisierenden Innenlebens. Ja, ich würde, von der Lek-

türe seines Manuskriptes scharf, argwöhnisch und kombinationslustig gemacht, nicht anstehen, eine solche Behauptung einfach aufzustellen und aus gewissen Stellen zu belegen, wenn nicht Jack Slim eine historische Figur gewesen wäre, von der die meisten unter uns erfahren und sich ein Urteil gebildet haben.

Man weiß ja, wer Jack Slim war; der seltsamste Mensch vielleicht, der seit Cagliostro Europa zum Aufhorchen oder Lächeln veranlaßt hat. Er war berüchtigt durch seine politische Exzentrizität, seine unmöglichen Prophezeiungen über die Entwicklung des menschlichen Geschlechtes und seine theosophischen Bestrebungen. Er hatte Verbindungen an allen Ecken der Welt, war ein Freund Tolstois, kannte als Student Gauguin, saß in Wiener Kaffeehäusern an der Tafelrunde Altenbergs und beriet den deutschen Kaiser. Man weiß heute, daß er es war, der Kaiser Wilhelm II. beim Ausbruch des Burenkrieges zur Abgabe jener drohenden Depesche gegen E. veranlaßte. Er war aus irgendeiner seiner vielen Paradoxien her ein politischer Gegner der Engländer; vielleicht auch nur darum, weil seine orientalische Herkunft, die sich gern mit Indien identifizierte, mächtiger war, als bekannt ist. Denn es ist in der Tat so ziemlich nachgewiesen, woher Slim, der Amerikaner, eigentlich kam. Sein Großvater, Selim Bukabra, ein Araber aus dem Hedjas, war gerade zur Zeit, als der preußische Hauptmann Helmut Moltke in türkischen Diensten weilte, Offizier des Sultans gewesen. Er war einer der intelligentesten und fähigsten Soldaten der Reorganisationsperiode und schloß sich dem Preußen in Freundschaft an, als dieser in seinen ursprünglichen Dienst zurückkehrte. Er heiratete eine deutsche Offizierstochter und begab sich später mit ihr nach Nordamerika, wo er sich in der Marine eine Laufbahn zu schaffen wußte. Er trug hier seinen verkürzten verstümmelten Vornamen als Familiennamen. Sein Sohn Jack, in der Kriegsmarine der Union erzogen, trat später in die Handelsmarine über und verlegte den Schwerpunkt seiner Tätigkeit nach Peru. Dies ist der Vater des historischen Jack Slim. Die Herkunft von Jack Slims Mutter war in jeder Beziehung dunkel. Man hat über sie nie etwas anderes in Erfahrung bringen können, als daß sie, ungebildet, aus der Hefe des eingeborenen Volkes stammte und niemals mit Jack Slim dem Älteren verheiratet war. Der junge Jack wurde gleich seinem Vater auf einem U. S. A. Schulschiff erzogen und ging später in die Welt hinaus.

Seine Vorliebe für das deutsche Volk ist bekannt. Alle seine politischen Projekte beschäftigen sich mit der Zukunft des Deutschtums. Er hatte drei Ideen, die er immer wieder vertrat. Er befürwortete die Gründung eines großen deutschen Kolonialreiches in dem noch unerforschten Arabien. Er, der nächst Palgrave der größte Arabienreisende gewesen ist, pflegte zu beteuern, daß Arabien reichlich so vielversprechend sei wie Kanada oder Sibirien; und daß die deutsche Nation hier ein Kulturwerk schaffen könnte, das selbst Indien hinter sich lassen würde. Seine zweite Idee hängt mit den mystischen Neigungen seines Temperaments zusammen. Er war Katholik und wußte sogar auf den deutschen Kaiser eine Zeitlang einen starken Einfluß in dieser Richtung geltend zu machen; Katholizismus und Weltmannstum schienen ihm identisch. Seine Broschüre über die Zukunft des österreichischen Staates gipfelte in der Aufforderung, dem Papsttum dadurch seine Unzukömmlichkeit für die nördlicheren Nationen, Deutsche und Slawen, zu nehmen, daß man seinen Sitz in eine österreichische Provinz, nach Steiermark oder Tirol, verlegte. Er erhoffte sich von dieser staatsmännischen Tat eine vollständige Umwälzung der geistigen Richtung; worauf es nach seiner Meinung in dem vom Liberalismus zersetzten Österreich ankam. Im Zusammenhang damit mochte seine Idee über die Schöpfung eines jüdischen Reiches am Schwarzen Meere stehen. Es war als Reservoir für das die übrige Welt mit auflösenden Tendenzen speisende jüdische Volk und als Pufferstaat gegen die asiatischen Gebilde der Zukunft im Tibet und in Kaukasien gedacht. Vielleicht war hier übrigens nicht nur die Sympathie für den reinen Typus des Westariers, sondern auch jene für das semitische Element, von dem er einen guten Teil in sich trug, ausschlaggebend. Solchen Einflüssen entzieht sich auch der freieste Geist nur schwer. Und Slim wollte sich ihnen gar nicht entziehen: er sah in ihnen im Gegenteil die Werte für jede Kulturbildung. Es geschieht das Eigentümliche, daß wir hier einen Mann, dessen geistige Erfahrung, Blutzusammensetzung und Bildung ihn zu einem Nihilisten bestimmen, als konservativen Typus wirken sehen. Es ist, als ob die Natur in ihm nach Kämpfen, Mischungen und Versetzungen einen wirklich reifen Typus hätte schaffen wollen.

Immer wieder hat es Männer, die dieses interessante Leben verfolgten, beschäftigt, warum trotz alledem Slims Pläne, die eine Welt hätten neu aufbauen können, scheiterten. Nichts von seinen Ideen ist bis heute verwirklicht; vielleicht nicht einmal er selbst. Nun, nachdem ich das Manuskript des deutschen Ingenieurs gelesen habe, glaube ich es zu wissen. Er war zu langschrittig; er ließ die allgemeine und naturgemäße Entwicklung nie an sich herankommen; die Folge davon war, daß Menschen, die weniger begabt waren als er und ihm nicht folgen konnten, es im allgemeinen weiter brachten. Was sich niemand bei seinem Anblicke, der einen sachlichen, lebhaften und wag-

halsigen Blutmenschen enthüllte, hätte einfallen lassen, wird aus einer Bemerkung deutlich, die er über sich selbst dem Ingenieur gegenüber fällt: er war ein durchaus theoretischer Mensch, für den auch die höchste und brutalste Aktivität nur ein geistiges Entwicklungssymbol war. In dieser Offenbarung über einen historischen Menschen, der uns alle durch sein reiches und groteskes Leben beschäftigt hat, suche ich den Wert des vorliegenden Buches, das ein alltägliches und unrühmliches Ende erzählt. Es ist kein Zweifel, daß der Jack Slim des Buches und jener Jack Slim eine Person sind. Wenn ich ganz ehrlich bin, muß ich gestehen, daß diese Überraschung der letzte und wirksamste Grund zur Veröffentlichung des vorliegenden mangelhaften Manuskriptes geworden ist. Slim wurde das Opfer einer Eifersucht. Man denke sich drei weiße Männer, die mit der Glut der Tropen im Blute um eine Indianerin werben – da fällt mir ein, sie hieß Zana. Ob die Trägerin dieses Namens mit jener Priesterin Zaona identisch ist, die Jahre nach den Geschehnissen, die hier erzählt sind, den großen Indianeraufstand entfesselte, war nicht zu erweisen. Vielleicht war sie es wirklich, dann lag nur eine individuelle Lautauffassung ihres Namens vor. Und dann hätten wir wieder einen der seltsamen Züge über die Beziehungen der Menschen in der Wirklichkeit vor uns, einen jener Züge, an denen dieses geheimnisvolle Buch so reich ist.

Und geheimnisvoll ist es, dieses Buch. Es vermeidet die Aussprache von gewissen tiefen und bösen Dingen und verhütet so, daß sie zu moralistischen Dingen werden. Es hat ersichtlich das Bestreben, ehrlich zu sein, und ist darum ersichtlich unaufrichtig und indirekt. Die Absicht des Verfassers, die Brutalität des Tiefsten der Ergänzung statt der Erzählung zu überlassen, scheint sein leitender Gedanke und seine heikelste Scham gewesen zu sein. Wie also Slim und der Holländer starben – ich erwarte da mit dem Verfasser vieles von dem Verständnis und dem Takt der Leser.

Dies nun ist die Geschichte eines deutschen Ingenieurs.

I

Mädchen und Frauen aller Länder und Rassen habe ich gesehen, farbige Schönheiten von verschiedenstem Reiz, aber die übernatürliche seltsame Wirkung, die von Zana ausging, habe ich nie mehr erfahren. Und doch war Zana nur eine armselige Indianerin und urwüchsig vom kostbaren Gürtel, der ihre sonst nackten Lenden umgab, bis zu den kräftigen Fingerspitzen, die mitleidlos in die Wunden von Männern greifen mochten.

Dann war da jener Mensch, Slim, der Amerikaner. Er besaß Mut und doch Gewissen, und war wie der unzeitgemäße Mensch einer mittelalterlichen Abenteurerlust, ein verspäteter Nachkomme eines Konquistadorengeschlechtes, kühl und hitzig, baumlang, stark und furchterregend. Von seinem Vater, einem amerikanischen Seemann, hatte er die Vernunft und Willenskraft des Nordens, von seiner farbigen Mutter die Launen des Blutes geerbt. Diese eigentümliche Zusammenstellung in Slims Begabung machten ihn zu einer charakteristischen Persönlichkeit jener mittel- und südamerikanischen Zone, die noch heute den Sammelplatz für brutale Herrennaturen und Flibustiertypen darstellt.

Das Jahr 19 . . fand mich in Curaçao, wohin mich eine technische Mission für die Vereinigten Staaten des Nordens verschlagen hatte. Man hatte mich schon im vorhinein mit den Abenteuern und den ausgefallenen Situationen jener Halbzivilisation vertraut gemacht, und begierig harrte ich kommender Dinge. Da lernte ich einen Holländer namens Van den Dusen kennen. Er war ursprünglich Offizier der Kolonialtruppe auf Java, dann Kaufmann von Beruf, mit jener gar nicht unmodernen Beimischung von Lanzknechttum, das in fremdem Dienste seine Energie und Erfindungsgabe an die verwegensten Aufgaben wagt. Er führte auch diesmal eine ganze Liste von Unternehmungen im Kopfe, die er mir nicht vorenthielt und mit denen seiner Meinung nach Sensationen und Reichtümer bis ans Lebensende zu gewinnen waren.

Ich verhielt mich zweifelnd. Er war nahezu beleidigt, er nannte, er rückte mit Vorschlägen heraus. »Zwei Jahre sind es her«, sagte er nachrechnend, »und ich war damals in Cartagena. Da hatte ich mit einem Manne namens Slim zu tun. Er schleppte den unerhörtesten Gedanken mit sich herum, mit dem ich jemals Bekanntschaft machte. Alles, was man zu tun hatte, war, verstehen Sie mich recht, war wörtlich, das Gold dort wegzunehmen, wo es lag – Millionen Goldes, sage ich Ihnen!«

»Schön«, sagte ich, »und warum geht er nicht hin und nimmt es weg, wie Sie sagen – – –?«

»Ja«, antwortete der Holländer, aus seiner Begeisterung plötzlich in eine fremde kühle Logik verfallend, und mußte, als Kenner, diese Möglichkeit nun plötzlich ein für allemal durch ein Achselzucken ablehnen, »er selber kann's nicht schleppen, und die Geschichte flüssig machen, das kostet Geld, Geld, – und er hat schlecht gespielt in den letzten Zeiten«, setzte er bedauernd hinzu.

»Hm. Tja, und wo soll denn dieses Gold liegen«, frug ich mit nur halbem Interesse. Soviel wußte ich schon, die Schatzlegenden waren in Südamerika und in jener Weltgegend so zahlreich wie die Moskitos.

Der Flämische machte ein schlaues Gesicht und sah mich belustigt an: »Geheimnis!« warf er hin. Wir ließen das Thema fallen.

Vierzehn Tage später bekam ich Slim zu Gesicht. Auf einem holländischen Postdampfer kam er an. Van den Dusen begrüßte ihn vertraulich und frug nach dem Stand seiner Geschäfte, mit bedeutungsvoll gehobener Stimme. Nun, Slim schien nicht gerade angeregt. Es war mir aufgefallen, daß er alle Menschen, die ihn, eine pittoreske Erscheinung selbst nach romanischen Begriffen, einen Augenblick lang ihrer Neugier für würdig hielten, finster betrachtete. Und da kam's auch schon heraus. Er sei, so sagte er, von Spionen umgeben und jede freie Aktion sei ihm dergestalt verwehrt. Ich sah jene aufdringlichen Fremden unter seinem Blicke schüchtern werden, sie gingen verwirrt weiter, und kein einziger hat es mehr gewagt, sich umzudrehen. Das geierhafte Gesicht mit den stechenden schwarzen Augen wurde mir interessant. Er war entweder ein Spitzbube oder ein lebenstüchtiger, durchaus eindeutiger Mann, der wußte, was er wollte, und in aller Preisgabe seiner selbst noch ein einsamer Tuer blieb. Die Notizen, die er, mehr unterrichtend als erzählend, von der Geschichte des Schatzes gab, flüssig und präzise und anerkennenswert disponiert, brachten mich ihm zum ersten Male näher und gaben für die sympathische Alternative meiner unentschlossenen Freundschaft den Ausschlag.

Auf einer seiner vielen Irrfahrten hatte er während einer kolumbianischen Revolution einem indianischen Soldaten, der von irgendwoher aus dem Innern kam und gewaltsam den friedlichen Hütten seines Stammes entrissen worden war, das Leben gerettet. Unter den freibeuterischen Zufallsarmeen befehdeter südamerikanischer Parteigeneräle befinden sich genug solcher Individuen, die sich erst weigern, durch die Peitsche, vielleicht auch durch Todesdrohungen zum Dienst gezwungen werden und später von selbst mitlaufen, weil sie wissen, daß sie am nächsten Baume gehenkt werden, wenn ihr unbürgerlicher Beruf sie einmal irgendwo allein in einer Ansiedlung oder unter dem allzeit unruhigen Mob einer feindlichen Stadt verrät. Aus Dankbarkeit gab der braune Bursche, der seinem Schicksal später doch nicht entging, seinem Offizier einen kuriosen Scheck auf das Glück, eine gebakkene Sandmasse, eine Art Ziegel, auf der eine Menge indianischer Buchstaben geheimnisvoll durcheinandertanzten. Die Geschichte, die er dazu erzählte, klang gefabelt, aber Slim schwor, daß er schon Ärgeres in seinem Leben bestätigt gefunden habe. Die Hieroglyphen waren seiner Aussage nach das Faksimile einer Inschrift, die ein Felsen im Innern Gujanas trug. Ein Wasserfall zerschellte dort am aufragenden Steinklotze und die tosenden Wasser schossen in winkelig zueinanderstehenden Silberbändern in ein braun lasiertes Becken zwischen dichtestem Urwald hinab. Hinter dem unaufhörlich rollenden Silberfilm aber lagen gehäuft die Schätze einer Karawane, deren weiße Begleiter die indianischen Pfadfinder und Arbeiter, nachdem sie überflüssig geworden waren, an dieser Stelle vor Jahrhunderten dem Schwerte preisgegeben hatten und schließlich der Blutrache des überlebenden Stammes, dem auch jener kolumbianische Söldling später entsproß, bis auf den letzten Mann erlegen waren.

Slim, dessen Pathos mich fortzureißen begann, erzählte, daß zwei fruchtlose Versuche, das Lokale des Schatzes zu finden, hinter ihm lägen. Eine Schwierigkeit bestand in der Entdeckung jenes Stammes, dessen Medizinmänner und Priester das Geheimnis noch heute hüten mußten.

Die Geschichte des Felsens mit den Meißelzeichen klang nicht unannehmbar. Allenthalben ragten die primitiven Denkmäler indianischer Raufereien, Duelle und mysteriöser politischer Stammesereignisse an Flüssen und bewohnbaren Oasen im Djungle des inneren Südamerika auf. Mochte ich auch dem Ausgange und der Erfüllung des letzten Zweckes einer solchen Expedition zweifelnd gegenüberstehen, so hatte meine Unternehmungslust doch einen Antrieb erhalten, ich wurde nervös, schien ungesättigt, mein Gehirn kam ins Spekulieren, und die Kaffeehäuser der venezolanischen Provinzstädte, in denen wir uns jetzt zu dritt herumtrieben, wurden mir bald die lästigsten Gefängnisse der Welt. Eines Tages aber begannen wir zu rüsten, mein Tätigkeitsdrang erhielt ein Feld, es dauerte einen Monat, und da ward es plötzlich stille um uns, unheimlich stille, der Urwald schlug über uns zusammen und die Welt der Maschinen und der Konversation da hinten blieb ein Traum unserer hartnäkkig arbeitenden Phantasie, die einen Strom von Gold in jene Kulturen zurückführte.

II

Wir befanden uns in diesen Tagen auf den braunen klein gewellten Wassern des Rio Taquado. Vier Indianer, geübte Flußleute und Pfadfinder durch den Djungle, ruderten uns in zwei Booten. Die Breite des Wassers, das saumselig gegen unseren stromaufwärts gekehrten Kiel spülte, war nirgends bestimmt festzustellen. Lagunen fielen ins Land und fingen im braunglasigen Spiegel die träge dampfende Ruhe eines schweigenden Urwalds, den kilometerlange Systeme von Schlinggewächsen zu einem einzigen quirligen Laubfilz zusammenspannen. Inseln und Halbinseln krochen vor und trugen sichtbar die Knoten verschlungener Riesenpflanzen und Bäume, sie stellten eine gefahrvolle Barre dar und zwangen uns zur Steuerung in Mäandern. Wenn wir aber vorbei waren und die Wellen unserer flinken Kähne sie erreichten, begann, was massiv geschienen hatte, zu schaukeln. Schleimige, schwarz glänzende Bildungen tauchten auf und nieder, wurmartige Äste, die im klaren Wasser wie Spieße gedroht hatten, begannen rhythmisch zu bändern und zukkend zu greifen. Der Flußlauf war eine aufgereihte, in weiten Schlingen sich schlängelnde Schnur von kleineren und größeren Seen, ein ununterbrochenes Szenarium von Buchten. Bald verflachten sie zu morastigen Untiefen, aus denen die herzblattförmigen Stechruder Blasen und lehmige Wirbel auflöffelten, bald zwängten sie sich zu laubüberschatteten Tunnels, in denen das Wasser stillzustehen schien, schwarz, ungesund und fettig, wie es uns da fühlbar trug. Denn das war das Erregende an solchen Stellen, daß sie plötzlich das eigene Schwergewicht ins Bewußtsein riefen. Man empfand den zähen breiten Widerstand der brodemhaften Wassermassen gegen die Bootswände. Während im harmlosen Gleiten des Fahrzeugs die Wasserfläche das Letzte und Sicherste schien wie die Oberfläche der festen Erde, entstand hier die Beobachtung einer im Mittel schwebenden Situation; das gewohnte Gefühl, am äußersten Grunde aller Dinge zu sein, das man gegenüber dem unendlichen All des Himmels auch noch auf den höchsten Bergen in sich weiß, dieses Gefühl fehlte hier; es war ein Schweben über unreiner Tiefe, und eine Distanz, die nur nach der einen Seite gewohnt war, stellte sich nun nach einer zweiten hin ein.

An seichten Stellen schwammen warzige Eidechsen und Alligatorenfamilien, ineinander verschränkt, von ferne karstigen Klippen ähnelnd. Der Schlag der Ruder versprengte sie wimmelnd ins kreiselnde Wasser, Perlen schossen aus Luftminen auf und setzten sich zu weißen und rosigen Schaumaugen an. Zur Rechten und Linken, vorne und hinten hielt der Wald sein Schweigen, nur das Tropfen reifer Früchte und der drahtige Klang vom Fallen knusperiger abgestorbener Zweige störte das Brüten. Wo ein Ende schien, öffnete sich plötzlich die graue Laubwand auf lautlose Zauberformel hin, glitt im Vorschießen des Kahns täuschend wie Vorhänge zurück und gab ein neues Stück der Flußlandschaft blendend frei. Im Rücken schlugen die Ufer wie für immer zusammen, böse, erregt, anders, als wir sie fanden, verstört über die unheimliche Kraft: Mensch, die hier ihre gewohnte Glätte in schaudernde Vibrationen und alpschwer empfundene Störungen ihres Traumes brachte...

Halt; was war das? Einen Augenblick lang rafften sich die eingeschläferten Geisteskräfte auf, die Lethargie platzte wie eine der Fruchtkapseln im brütendstillen Walde, sechs Sekunden lang fühlte ich mich so frisch und hell, als ginge ich auf dem Sonntagspflaster einer hübschen mitteleuropäischen Stadt und dächte einen unbekannten Gedanken. Ich hatte eine blitzartige vorüberhuschende Erkenntnis, eine Erinnerung wollte sich formen, ein paar Vorstellungen liefen vage zu einem Urteil zusammen... und da wurde das weiße Licht des Tages grau vor Weiße, es türmte sich zu einer sinnlichen Mauer von Widerstand, an der das Denken zerbrach. Ich nahm mich in Zucht, quälte mich zu einer höchsten Verengung zusammen, aber die graue Masse meiner Gedanken, die sich der Monotonie der Außenwelt angeglichen zu haben schien, rührte sich nicht. Meine Spannung wurde weich, sie löste sich wieder in jene einförmige dicke Empfindung auf, in ein üppiges Dahinsein, eine gierige Benommenheit. Aber die Wollust der Öde war durch ein lauerndes Interesse getrübt. Ich konnte unter diesen Verhältnissen die angemessene Lebensfreude nicht mehr zurückgewinnen, inmitten des süßen Stumpfsinns quälte eine Plumpheit, ein Rest, eine unbequeme Originalität, am Grunde meines Bewußtseins hing ein Ballast und machte Schwierigkeiten. Der Gedanke, der meinen entwöhnten Kräften entglitt, bevor er unter dieser sengenden Hitze reif ward, er kam wieder, er machte sich lästig: plötzlich summten mir die Ohren von ihm, als hätte ihn einer ausgesprochen. Der Gedanke war: All dies hatte ich schon einmal erlebt. Diese milden müden Wasser hatten um mich gespült. Dieses scheinhafte Licht, diese Süße, diese Laune, dieses Dämmern im Unausgesprochenen war nicht neu, es traf auf Erinnerung im Menschen, es war eine – Wiederholung. Wo aber, wo hatte ich diesen Zustand der Tropen, diese Szene willenlosen Wachsens durchgemacht, wo, wo?

Es war heiß, ha, heiß, und der Fluß mochte vielleicht eben den Äquator schneiden; diese lächerliche Versicherung, lächerlich, weil ich sie mir geben mußte, durfte ich mir geben: daß ich hier noch nicht gewesen bin. Aber nun beginne ich zu zweifeln, ich lache dabei innerlich, aber ich beginne regelrecht zu zweifeln. Ob ich mich nicht vielleicht doch irre? Es ist mir nun einfach unmöglich, zu verzichten. Ich kann meinem Extragedanken nicht unrecht geben, ich bin bereits einmal unter sengenden brütenden lichtbeflissenen Umständen dagewesen. Dagewesen... hm. Ich habe eine heftige aber umrißlose Erinnerung. Ja, ich bin hier Bürger, hier stehe ich und falle ich, ich brauche mir vom Bewußtsein nichts vorschreiben lassen. Donnerwetter, wie ist das nun, wenn, sagen wir, jemand verrückt ist? Ich bin ein wenig gelähmt vor Schreck, ich rühre mich nicht, um nicht an den drohenden Wahnsinn zu stoßen, es ist in diesem Augenblicke alles ungewiß und vielleicht bin ich gar nicht vorhanden. Vielleicht bin ich nur eine von den Flechten, die hier merkwürdig im Wasser rotieren, eine mit einem Gehirn, mit einem kranken bösen Gehirn ... Aber gleichzeitig reckt sich eine Art Schadenfreude in mir, hehe, ich bin tralalla, tralalla – – ffst – peinlich genug, ich glaube, nun habe ich wirklich gesungen, so geflötet à la süße Ophelia, hm, hm, hm, hm, – – eine sachte, aufrichtige Freude beherrscht mich. Ist es nicht unglaublich ... und ich bin doch dagewesen. Dagewesen, dagewesen – ich möchte es singen, ich möchte es kauen und essen vor Vergnügen. Dies alles sollte ich nicht kennen, diesen trägen Laß der Wasserpflanzen, die schwimmen, schaukeln und in dem Brudel vergehen möchten, alle diese fleischigen aufgelösten Körper von Blumen, Getieren und Wasserwesen, all dies Gelefze und dies Schlampampen, das so anschaulich ist, das ich mit der Haut erfasse, mit dem ganzen Leibe erlebe – dies alles sollte ich nicht kennen?

Vor Vergnügen lief es mir kalt über den Rücken. Mitten in dieser rasenden Sonnenglut? Hatte ich Fieber? Augenblicklich focht es mich nicht an. Die Hauptsache war, daß ich das Wiedersehen feierte. Dieses träge dumpfe Glück war mir ein alter lieber Freund, mir, der ich aus einer nervösen, in jeder Minute fatalen, aus einer so unbeschaulichen Stadt kam! Ich strengte meine Augen an, um die Bekanntschaft mit den Einzelheiten der Szenerie zu erneuern. Ich schaute und schaute den plötzlich vertrauten Dingen die Seele aus; aber leider wollte sich noch nichts Bestimmtes im Gedächtnis einstellen. Statt dessen bekamen die Konturen des Laubes rote Säume und die Luft begann wie ein überzartes Netz vor den Augen zu rieseln. Meine Gewaltsamkeit führte nur dazu, daß ich eine Art Spektrum in diese grellweiße Luft hineinsah.

Wie es dann endlich geschah, daß ich meinen Extragedanken vollerblüht zu Gesicht bekam, das entzieht sich beinahe meiner Kontrolle. Nachdem ich mich zwei Tage lang appetitlos durch diese Misere hindurchgeschleppt hatte, wurde die Geschichte auf eins, zwei, drei erledigt. Nach wie vor schlängelten wir uns den Fluß entlang, dessen Ufer, so unausgesprochen wie die eines Sumpfes, sich nie und niemals zu einer schönen Parallelität bequemen wollten. Aus dem Reich des Waldes gelockert, standen immer ein paar der Bäume im Wasser. Milde wie fließender Honig trieb die unmerkliche Strömung dazwischen hin, mehr eine Überschwemmung denn ein Flußbett. Immer noch barg die Tiefe ihre Rätsel, noch hatte ich mich nicht mit ihr ausgesöhnt. Inseln von Wasserlilien drehten sich um ihre Achsen, schoben dabei sich langsam fort, vielleicht in eine nahrhaftere Wassergegend, vielleicht in die Sonne, vielleicht in den Schatten, dann machten sie in ihrer weilsamen Drehung halt und begannen sich, wie von einer Feder getrieben, in der entgegengesetzten Richtung aufzurollen. Feiste Lianenarme halsten die überhängenden Bäume und nährten ein Gefolge von laszive blickenden Blüten. Orchideen spreizten ihre kleinen dicken Rüssel mitten durch die Laubknoten, saftig und geschwellt bogen sich die Schenkel ungewöhnlich geformter Blumen auf handgroße behaarte Blätter herab. Im Wasser trieb eine Welt des kleinen Grauens. Graugrüne Knorpel, wuchernde Blütennarben, Köpfe, die begonnen hatten sich zu spalten und aus deren klaffenden Hirnen es in winzigen spitzen Zungen starrte. Umgekrempelte Lappen, die sich faserten, Finger, zwischen denen Schwimmhäute wuchsen, regungslos lebende Leiber, Leiber von einem unheimlichen, unbeurteilbaren Leben, mit Spuren von Menschenähnlichkeit und Zügen, die nach Entwicklung drängten. Wie im Traume sah ich

Dinge, die im Näherkommen gewöhnlicher wurden. Der Umstand, daß ich sie ergreifen konnte, gab mir etwas von meiner Kühle zurück... aber dann lagen sie wieder hinten und plusterten aus vollen Backen, wenn die Wellen unserer Boote sie auf und nieder schaukelten. Sie drehten sich, hundert Augen sahen uns gespenstisch nach, und in diesen kalten Augen lag ein Vorwurf. Diese Augen sprachen ein Todesurteil, einen Racheschrei. Ihre Ruhe, die Majestät ihres Grauens ward verstört, sie blickten böse und begannen lächerlich auszusehen, wie der entweihte Nimbus einer Angstpuppe, einer kompromittierten Angstpuppe, haha, einer dummen starren Panoptikumsfigur – – diese Fötusse, die halb geistreich und fähig, wissend und werdend, halb verlassen und zurückgeblieben, satt und seelenlos ein gestopptes Dasein von Möglichkeiten führten, träumerisch, träge, willenlos gedreht und von Nachgiebigkeit und Wohlsein trunken –

Ahh! Was war das – – –

– – – als es auch schon licht in mir wurde, ja, geradezu überirdisch zu tagen begann. Das also war es! Das also war das Geheimnis, das ich mit diesen unlauteren, trügerischen Nährwassern der Tiefe gemeinsam hatte! Das also feierte ein Wiedersehen von Morgen und Abend des Lebens! Im Schachte meines Bewußtseins, im Berge meiner Herkunft schlummerte eine Stimmung aus der Vorzeit von Millionen Wesen, das mütterliche Säugen und Tränken des Stromes, die brütende Wärme der Zone, die hilfreiche Ruhe des Müßiggangs hatten meinem simplen Triebe geschmeichelt. Wie lange war es her:... dreiundzwanzig Jahre und neun Monate hatte ich zurückzugehen, dann hatte ich die Lebenshöhe eines dieser knorpeligen Zellenstöcke erreicht. Meine Identität mit diesem Zustande war festgestellt. In diesen seimigen Tiefen hausten Wesen, denen ich einmal ein lieber Kollege gewesen war. Vorzeiten siedelte sich die stammhaltende Zelle in diesen Urwaldpfützen umher, kugelte sich an den Rändern fremder Pflanzen schmarotzerisch entlang, ließ ihre wimpeligen Fühler unter den welligen Stößen sich mischender Wasser flattern und ihre gefiederten Muskelfäden nach anderen Organismen angeln, strangulierte ein Pflänzchen, ein Mikröbchen, ein Flöhchen und sog ihm alles Mark aus der einen Pore, aus der es vielleicht nur bestand. Oder war selbst ein so wundervoll kompaktes Knöspchen mit einem prall sitzenden Mieder von Blumenblättern, ein Kelch, der langsam die Fächer seiner bunten Schönheit entfaltete und Nahrung und Genuß bürgerlich durch ein Domestikensystem von Wurzeln bezog, die in der Fäulnis eines Brackwassers oder eines schwammig gewordenen Holzklotzes häuslich ihren Herd eingerichtet hatten und mittels der einfachen Kost der zart zubereiteten Stickstoffe jenen Appetit stillten, der notwendig mit der Schönheit eines glutigen Rots oder wellig verblassenden Violetts verbunden sein muß. Alle diese Lebewesen, all dies Generelle um mich her war einmal ich. Nun lag es da, von meinem Reinlichkeitstriebe verabscheut, die Schlangenhaut auf meinem Entwicklungspfade!

III

Nach zwei Tagen Unzufriedenheit und Irrsinn durfte ich meine Vernunft rehabilitieren. Mein Glaube behielt recht wider mein besseres Wissen. Indien, das antipodische Tropenland, hat nach der Übung dieses Bewußtseins am Technischen seines Alltags eine Weltanschauung daraus geformt: Tatwamasi: das bist du! Nein, der große deutsche Philosoph hatte doch niemals soviel Wirklichkeit mit seiner Vergeistigung dieses Prinzips gedeckt wie jener alte Inderglaube. Zwischen mir und diesem Leben rings existiert nicht nur vielleicht eine metaphysische, es existiert sogar eine sehr hervorragende, ganz materielle Identität: In der Tat, diese Blume und ich sind weitläufige Vettern. Meine nähere Verwandtschaft hat es mittlerweile weit gebracht, dank der günstigen Umstände; jene hingegen hat Pech gehabt mit ihren Ureltern, und die Sünden der Väter werden bekanntlich gerochen an den Kindern. Gehe ich konsequent in meinem Gedächtnis zurück, lasse ich allmählich das Bewußtsein fallen, so gelange ich zu dieser einen Tatsache: Ich bin ein naschhaftes Zellenbündel und liege im Wasser. Sie bildet den Kern meiner Vertrautheit mit jedem somnolenten Zustande. Meine Lauheit und mein träger Sinn finden eine Erklärung. Arbeit ist mir noch heute zuwider, und ich liege noch heute hundertmal lieber am Diwan und rauche Zigaretten, wenn es nicht gerade um vitale Interessen geht. Aber geht es einmal darum, dann zeigt sich mein vegetativer Selbsterhaltungstrieb und die robuste Kraft meiner Abstammung. Meine Nerven laufen und verzweigen sich so infam, so raffiniert, üben sich so unermüdlich im Suchen, Fassen und Drosseln wie die dünnen, reiherartigen Fänge von Wassertierchen, wie die empfindlichen, schleppenden Greifarme dieser blöden, nichts als eine ums tägliche Brot bekümmerte Blase darstellenden Quallchen. Die Lauheit des Wassers ist die meines Blutes. Mein Herz ist ein fleischiger Sack und pumpt eine rote, warme, nahrhafte Flüssigkeit durch sich hindurch. Schwimme ich nicht in meinem eigenen Blute, bin ich nicht ein architektonisches Inselchen in der Strömung dieses Blutes, ein halb daraus emportauchendes Schuppengebilde? Was tut es, daß die Benetzungsflächen nach innen liegen, es ist die höchst geistvolle Umstülpung eines Prinzips, die praktische Lösung einer nahrungsökonomischen Frage. Es ist eine maschinelle Erfindung ersten Ranges, eine Raum und Zeit sparende Methode. Das Prinzip des nahrungspendenden Stromes besteht, aber während ich früher mit allen in eine Schüssel langte, habe ich jetzt einen kleinen Strom zum Selbstgebrauch, der mir soviel Substanz liefert, daß ich mir diesen Strom sofort wieder künstlich erneuern kann. Die Vorteile dieses Instituts sind handgreiflich, außerdem hat jedermann es erlebt, daß man die verschiedensten Dinge verdrehen kann, und sie ergeben dennoch einen höchst produktiven Sinn. Das Gefühl, das ich jetzt gegenüber dieser Tropenlandschaft habe, ist ungefähr jene selbstgefällige Wehmut, die eine moderne Lokomotive beim Anblick eines James Wattschen Teekessels empfindet. Ich bin eine vielfach verbesserte Tropenlandschaft. Wo ich gehe und stehe, trage ich eine Normaltemperatur von sechsunddreißig Graden mit mir herum, ein üppiges Anschießen der Säfte, eine Vegetation von warmer Pracht. Habe ich es geahnt? Die ersten Träume meiner Kindheit waren die von Sonne, Fülle und Reichtum. Plagen, Krämpfe, Verzerrungen gingen mir wehleidig wider den Geschmack, das äußere Leben des Unterhalts schien mir selbsttätig und selbstverständlich geregelt. Es handelte sich um Genüsse, nicht um Arbeit, um ein Büfett von Erlebnissen, nicht um einen Teller Suppe. Noch saß meine tropische Verwöhntheit mir in den Gliedern. Die Geschichte erzählte mir von meinen Vorfahren, nordischen Barbaren, die mit Kälte in den blonden Haupt- und Barthaaren und quarzenem Frost in den gierigen, hungrigen, bösen Augen ungestüm nach dem Süden drangen, und ich fühlte mit ihnen. Immer hing meine Schwermut der Freundlichkeit eines solchen Daseins nach. Nun der erste starke Eindruck einer südländischen Szene mich noch frisch zur Aufnahme vorfindet, rührt sich meine eigene prähistorische Existenz in mir, gibt aus tiefen Gründen eine Art Antwort in Stimmungslauten.

Der in Adern zwischen den Waldvorposten sich durchzwängende Strom stellte ein großes Herz dar. Stille wie er ging, leise wie sein Gefälle gegen die vagen Ufer pochte, brachte und sammelte er Nahrung für eifrig vermittelnden Humus, der sich in den seltsamsten Zellkonfigurationen, Bäumen, Gewächsen, Tieren zur Sonne emporblähte. Die Stille rings war unheimlich und klebte im Ohre. Ein schmatzender Zuck, ein Gurgeln unterm zotteligen Vorhang in den Lehmhöhlen des Ufers, das Schlürfen verdächtiger Löcher, das hin und wieder wie Detonationen zwischen die fadenlang gesponnene Zeit trat, zeugte von der steten Monotonie des Vorgangs. Aus dem Walde selbst kam ein knisternder Rhythmus. Dort rumorte noch der große Pan.

Mein Puls ging überleise, ich fühlte das freudige Wachsen mit. Eine Woche lang fuhren wir so den Fluß hinauf, die Szene blieb dieselbe. Die Trägheit nahm vollends Besitz von mir. Es kam eine Zeit, da interessierte mich mein Spezialgedanke nicht mehr. Die Sonne stand jetzt über dem letzten Wirbel, wenn wir im Boote saßen. Die Dinge blieben süß und fuhren fort zu zaubern, aber die Beobachtung begann sich zu lässigen. Alles wurde dicker und banaler. Wohl, ich trug die Tropen in mir – aber war es nicht eine ungerechte Benachteiligung, eine unnatürliche Belastung, war ich nicht gerade dadurch einer doppelten Erhitzung ausgesetzt? Durch Generationen war mein Organismus an die Überwindung von Kältewiderständen gewöhnt. Sein Verbrennungsprozeß war eigenmächtiger, seine Molekulartätigkeit eine regere. Die Exzesse meines Gehirns bewiesen es, diese krankhafte Schärfe des Stimmungsbewußtseins und der gedankliche Apparat, der dergestalt in Betrieb gesetzt wurde. Eine Weile mochte das angehen und ein Rekord an Selbsterkenntnis erzielt werden wie bei den alten Indern. Deren Vorfahren waren als eingewanderte Kaukasier in die Djungles und in die Güte ihres heutigen Wohnsitzes zurückgekehrt und hatten dann jene merkwürdigen Systeme telepathisch-spiritistischer Kräfte, pure Erscheinungen eines exorbitanten Erinnerungsvermögens, geschaffen. Das Surrogat: Gehirn, das für das Original tropischer Hitze eingetreten war, war zurückgenommen; im Schuß und Schwung der Trägheit blieb es erhalten und steigerte den Lebensgrad, den es vorher nur kompensiert hatte. Eine Weile konnte das dauern und Kulturen schaffen; tropische Schwüle, die sich zu Gehirn verflüchtigt hatte, verdichtete sich, wo sie auf die Reserven ihrer eigenen früheren Form stieß, und nordische Innerlichkeit, in äquatoriale Äußerlichkeit gekommen, kristallisierte monströse Bildungen, Kultur genannt. Aber dann mußte der Moment eintreten, wo die an harte Leistungen nach außen gewohnte Maschine den Dienst einstellte; der Mangel an Widerstand war unüberwindbar. Kamen nicht alle Eroberer und Schöpferrassen aus dem Norden, Chinesen, Inder, Hethiter und Juden, Hamiten, Türken, Germanen? Wurde der Mensch nicht hart, als er den Süden unfreiwillig zum Norden verließ, aber fing diese Härte nicht Funken und Feuer, wenn sie in den Süden zurückfiel? Entstanden nicht höchste Organisationen der Welt? Und brachen sie nicht zusammen? Auf die Dauer konnte die Maschine diesen Mangel an Arbeit nicht leisten; sie verausgabte sich. Sie war auf dieses bißchen Sonne mehr nicht angewiesen; aber es verdarb sie. Die Menschmaschine, die aus dem Norden kam, war das Dienern der Natur nicht wie der gegebene menschliche Organismus des Landstrichs gewohnt. Jene produzierte sich nicht nur ihr eigenes Bespülungsnetz, sondern auch ihre Beleuchtungs- und Ernährungsquelle. An ihrem Horizonte ging die Sonne auf und unter. Das Sonnenkind, der agilste, tapferste, beste und tüchtigste Typus einer bis jetzt erfundenen Menschlichkeit, war ja das Geschöpf des fernsten aller fernen Norden. In seinem Scheitel brannte ewig der glühende Ball der Sehnsucht. Seine Phantasie erwärmte ihn.

Die Menschen in der Nähe des Äquators aber sind nüchtern und sachlich, und seltsamerweise gleichwohl ohne die Tüchtigkeit des spintisierenden Nordländers. Sie sind nie Abenteurer im romantischen Verstande des Wortes, sondern entweder Poseure knallreicher Effekte oder bornierte Spießbürger mit zufälligen rücksichtslosen Geschäftsprinzipien. Jeder, der eine Erfahrung um des inneren Gehaltes willen gesucht, seine Einsamkeit im Strudel des Lebens um ihrer selbst willen exponiert hätte, wäre gesellschaftsunfähig geworden. Die Frauen? Die Frauen der Gesellschaft waren so glänzend und falsch wie ihre Diademe und pfundschweren Geschmeide, sie waren kalt und ohne erotische Einbildungskraft und benutzten innerlich stets die Hängematte zu einem faden Geschaukel. Stellt nicht die bevorzugte Hängematte an und für sich mit ihrer halbmondförmigen Grazie die ganze fruchtlose, für den Temperamentsausbruch vollkommen ungeeignete leibliche und seelische Indisposition eines Frauentyps dar, dem das Symbol des schlagfertigen, ebenso soliden als in seinen Möglichkeiten reichen Kanapees gegenübergesetzt war? Dies aber ist die Hängematte, das Erlebnis der amerikanischen, der westlichen Orientalin, diese Pendelbewegung zwischen Laster und Kälte, diese unheroische Andeutung von süßesten und heftigsten Situationen, die nicht erschöpft, ausgekostet und genossen werden. Diese literarische Art von Liebe, die nicht bis zum letzten geht, sondern vor der Tat langsam in den Traum zurückgleitet. Diese korrupte und gehemmte Leidenschaft, diese Süßigkeit der Schwäche und diese Spießbürgerlichkeit der moralischen Kraft ist die Hängematte, die Toilette der Kreolin, ein Garn von schlechtem Blute, eine krankhafte Fläche aus bösen Mischungen am Leibe einer Rasse. Die Hängematte war die enttäuschende Erfahrung des Nordländers. Was dann da von mehr oder weniger bürgerlichen Frauenschicksalen dem geübten Episodisten und forscherlustigen Chronikeur europäischer Zirkel erreichbar gewesen wäre, war so gut wie im Fusel ersoffen oder vom Heiratsgeschäft absorbiert. Der Glanz und Erfindungsgehalt mitteleuropäischer Liebesverhältnisse wurde umsonst irgendwo, und sei's auch mit Teilnahme am fremden Abenteuer, gesucht. Ich rechnete nach. Wie lange war's her, daß ich das Leben nach mondänen Genüssen gemessen hatte? Vor einer Woche hatten wir in einer kleinen Garnisonsstadt des holländischen Guyana die Zeit in Gesellschaft der paar anwesenden weißen Offiziere und einiger Negerdonnas verbracht. Vor drei Wochen hatte ich mit van den Dusen in Rio zum letzten Male einen Tanzsaal betreten. Und vor einem Monat, genau soviel vom heutigen Tage an zurück, war ich mit dem Manhatangirl, einem distinguiert verdorbenen Geschöpfchen, die große Schleifenbahn, das looping the loop, in Coney Island, immer und immer wieder abgefahren – hopp, da standen wir auf dem Kopfe, hopp, da waren wir herum, hopp, da sausten wir die Vertikale hinunter und hatten den Magen zwischen den Zähnen, weil er oben bleiben wollte!

Hopp, wie meine Gedanken sprangen, wie mein Gehirn in rasend fallender Kurve die große Schleifenbahn des Lebens nahm! Nun saß ich also hier und fühlte, daß der Äquator tatsächlich ein glühender Reifen ist, der durch die Eingeweide hindurchgeht. Ich muß gestehen, ich saß mit einer leisen, satten Verliebtheit da. War es sonderbar, mein Verhältnis zu dieser Umgebung hatte einen erotischen Beigeschmack. In den ersten zwei Tagen war es eine Leidenschaft gewesen. Ich ahnte die Tiefe, ich suchte sie. Das mütterlich Nährsame der Landschaft, dämonisch an Urerinnerungen rührend, hatte den stechenden Zauber einer begehrten Frau, der goldene Tore vor himmelblauen Schicksalen aufspringen läßt. Die Natur war hier erkenntlich an dem Reiz der Gebärerin, in der ein Mann die ersten Anfänge und letzten Bedeutungen des Ichs sucht.

Erotik, wie sie von den klügsten und tiefsten Geistern einer Kultur, der das altruistische Empfinden eigentlicher Liebe verloren gegangen war, geübt wurde, war und wird noch lange ein Suchen des Ichs im andern sein. Was ist die moderne Liebe, wo sie am prächtigsten ist, die Liebe ohne und wider das Geschlecht? Ein ungeheurer, widernatürlicher, aber in seinem Verfall noch sittlicher und schöpferischer Eitelkeitsakt! Der Kraftaufwand gilt nicht dem Problem, wie zwei zusammen leben, sondern wie der eine durch das andere in den Genuß eines höheren und raffinierteren Bewußtseins gelangen könnte. Ist es statthaft? Es ist statthaft. Es ist vor allem besser als das Nichts, es ist, als Durchschnitt, besser als die Vereinzelung wirklich altruistischer Liebe. Je mehr man sich dieses goldhaltigen, seltenen, feiertäglichen Falles für fähig halten mag, desto begehrlicher wächst das Bestreben, die erotische Mappe zu füllen und die Mission zu Ende zu führen. Jener Fall ist so erhaben, er ist so sehr über jedes gewöhnliche Maß hinaus, daß er uninteressant ist; er ist der Gegenstand von Idyllen, die heute nicht mehr geschrieben werden und erst wieder auf eine heroische und absolute Zeit warten. Er ist vollständig, er ist erledigt, er benötigt keine Berichterstattung irgendwelcher Art, er benötigt weder Geständnisse noch Missionen. Aber die kleinen, die unvollkommenen Fälle sind es, die dem Menschengeschlechte die Mission hinterlassen haben, sie zu komplettieren, damit es sich wieder dem großen, uninteressanten Ernstfalle zuwenden kann. In diesem Sinne habe auch ich eine erotische Mission auf mich genommen, ich bin bereit, zum Wohle der Allgemeinheit ein gut Teil ihrer Inferiorität zu tragen, sie zu erleben, zu erfühlen, vor allem aber, sie zu schildern und an ihrer Hand Lehren zu geben. Ich bin überzeugt, daß ich den Menschen mit schrankenloser Aufrichtigkeit über alles, was uns betrifft, einen wesentlichen Dienst leiste, und ich will mit meiner erotischen Naturgeschichte nicht zurückhalten; indes vermag ich mir auch vorzustellen, daß man in späteren Zeiten diese selbe Erotik, die uns heute noch so gründlich beschäftigt, vorsintflutlich finden wird.

Einen solchen lehrreichen Fall habe ich vor mir. Ich habe Beziehungen zu einer Natur, die ganz Weib ist. Geschlechtliches schwebt über den Wassern und Blutgesänge mische ich in einen Chor. Der Wald ist das große Herz, und das braune Wasser des Stromes ist mein heiligstes Herzblut. Liebe entsteht, wenn es fließt, eine Liebe, an der ich beteiligt bin; aber es ist nicht das große geistliche altruistische Gefühl, es ist eine rasende, eine wilde und begehrliche Liebe, es ist eine mondäne und grausame Liebe, niedrig, interessant und höchst lehrreich. Es ergeben sich in ihrem Umkreise, soweit ein Urwald, ein Strom und eine Sonne Herren sind, Zwischenfälle der schamlosesten Art, wie ich mir denken kann. Trübe Geheimnisse tauchen aus der Seele eines Mannes auf, und ich ahne Demütigendes, Verwirrendes, Sinnloses, poetische Kräfte, die demoralisieren, Leidenschaften, die Selbstachtung mit schärferen Zähnen stumpf machen, spüre im Schwanken schon jetzt Erstreckungen voraus, die nicht in Raum und Zeit, und was der Mensch der Städte davon weiß, gegeben sind. Ich atme, fiebernd, Welten, unsagbar wo hinter der meinen, links, rechts, oben, unten?... und stürze in Existenzen hinab, die sich vor Urzeiten ereigneten. Das große Geschlecht der ursprünglichen Natur, Mutter und Hure zugleich, fordert meine Mannbarkeit heraus: ich enthülle mich, zeuge und reise.

Ich halte meine Selbstgespräche geflissentlich, weil sie über die Beschaffenheit meiner erotischen Art Anhaltspunkte geben. Diese könnten später einmal tauglich erscheinen. Denn in dieser Geschichte handelt es sich, wie bei allen richtigen Geschichten, um ein Weib. Ich denke dabei nicht einmal an Zana, in der vielleicht erst all dieses zur Auslösung kam; ich denke an den Wald, den Urwald, an die Sinnlichkeit dieser Natur, ihre Roheit, ihren ursprünglichen Elan, ihren schrecklichen, verwirrenden Trieb, ich denke an den Trieb, die Tropen im Gemüt des weißen Mannes. Die Frau nämlich ist ihrerseits nie aus den Tropen herausgekommen; und so gewiß der weiße Mann ein gänzlich verändertes System im Verhältnis zu seiner Urwaldherkunft darstellt, so gewiß ist es, daß Zana sich von keiner Boulevarddame wesentlich unterschieden hat. So gewiß ist es aber auch, daß die weibliche Natur der Tropen in jener weiblichen einer modernen Großstadt wiederkehrt, und, daß der Schritt vom europäischesten

Europa mitten in den Djungle hinein nicht so abenteuerlich ausfällt, als man es sich erwartet hat. Denn was immer man erlebt, es ist stets dasselbe Abenteuer, es ist gleichgültig, ob man unter einen Panter oder einen Autobus gerät, das Gleichgültigste aber ist, ob sie Zana oder Fräulein Soundso heißt. Ich will jedoch nicht vorgreifen; es zu beweisen, bin ich gekommen.

Soviel will ich verraten, ich trage mich mit einer löblichen Absicht; die Aufgabe ist, die Allmählichkeit einer Wirkung tropischer Zustände auf ein nordisches Nervenleben festzuhalten; oder als Frage gestellt: Wie kann man auf distinguierte Weise verrückt werden?

Ruhe! »Die seltsamen, tiefen Einblicke in mein Inneres, die mir während der verschiedenen Phasen der Reife gewährt werden, bringen mich gleich das erstemal, damals als ich die Sprache des Waldes, die leben heißt, zu verstehen beginne, auf die Idee, daß es sich um eine Art erotischer Vertauschungen, eine Art etwas gescheiterer Hysterie handelte. Heute denke ich, daß Liebe und Erotik niemals Untergründe, sondern Folgen sind. Man hat die Entwicklung des Menschen auf sein Geschlechtsleben zurückgeführt und behauptet, daß der Mensch sich in eben jenem Augenblicke mit sich zu beschäftigen beginne, da er liebe. Dies erscheint mir nunmehr unrichtig; in dem Augenblicke, da der Mensch zur Selbstbeobachtung reif wird, wird er erotisch; er sieht sich nach einem Werkzeug um und entdeckt es in irgendeinem weiblichen Wesen, dessen passives Temperament ebenso stark ist, wie sein aktives. Sie studiert ihn auf diese Weise in sich; er studiert sich in ihr. Die erotischen Wettläufe des intellektuellen Mannes haben um so weniger mit der Weltreise: Liebe zu tun, je höher sein Intellekt steht« – werde ich schreiben. Ich bitte zu bemerken, daß ich referiere, die Gedanken eines von Hitze verbrannten und zu Asche gewordenen Gehirnes wiedergebe; ich schildere einen Mann, der inmitten gesegneter, abenteuerlicher Umstände, wie er sich einbildet, das Buch schreibt, das er erst erleben wird. Dieser Mann war ich. Ich war mit visionärer Kraft meiner eigenen Zukunft vorangeeilt. Ich fuhr als Schreibtisch einen Strom hinauf und vermengte in der Geschwindigkeit ein wenig die Zeit. Mein Gehirn aber war, zu meiner Entschuldigung sei's gesagt, der Brennpunkt eines Dutzends ehrgeiziger Sonnen, die sich einander eine Schlacht um die Weltherrschaft lieferten.

IV

Dies ereignete sich, dies und nichts anderes, bloße Gedanken, die eine große majestätische Langeweile gebar, als ich eines Tages an einem südamerikanischen Flusse unter einem dem Äquator ziemlich nahen Breitegrade, inmitten des Urwaldes, jenen Vergleich zwischen der sich aufdrängenden Natur und dem Geheimnis der Mütter anstellte. Würde ich meinen Zustand von damals erschöpfend zusammenfassen, so möchte ich ihn dahin ausdrücken, daß er jeden Humores bar war. Mit dem sauersten Fleiße, mit dem kostspieligsten Ernste stürzte ich mich in logische Unternehmungen, die sich kaum rentierten, aber ich wartete die Befriedigung der Voraussetzungen nicht erst ab, sondern ging ungehemmt weiter. Es war nicht eine Spur von Humor mehr in meiner Seele. Denn der Humor ist ein Geschöpf des Nordens und braucht das schlechte Wetter, die Veränderlichkeit und die Laune. Die launenlose Schönheit des Lebens, diese unvariable Größe des Südens, sind ihm ungünstig. Nur so ist der humorlose Ernst aller morgenländischen Philosopheme, vom Talmud bis zur Mahabharata und bis zur arabischen Schnörkellogik zu verstehen. Ich erfand Satzungen wie ein maurischer Theologe, unverdrossen mischte ich Begriffe und Symbole wie ein blumiger Poet aus Farsistan. Die Backen waren dick vom Schweigen und ich verzog sie nicht mehr zum Lächeln.

Schuld an dem trug die unerträgliche Hitze; die Hitze und das Schweigen. Dieses Schweigen, dieses fürchterliche Schweigen – einmal lenkte sich meine Aufmerksamkeit wie von selbst auf den Umstand, daß auch die andern verändert waren. Slim sprach so gut wie nichts. Van den Dusen hatte am ersten Tage Stichproben seines niederdeutschen Humors gegeben. Da aber niemand darauf einging, wurde er endlich seiner selbst müde und verblieb während dieser Zeit schweigsam. Er prahlte gerne und war auch sonst kein Muster an Wahrheitsliebe, das hatte ich schon heraus; aber er war gutmütig und bis zu einem gewissen Grade Gentleman. Jetzt brütete er wie wir stumpf dahin, seufzte gähnend auf und blieb mürrisch gleich Slim. Unsere vier indianischen Scouts unterhielten sich gedämpft und trocken in ihrem unverständlichen Dialekte. Von ihnen war keine Auffrischung der Gesellschaft zu erwarten. Ihrer zwei ruderten uns in einem langen torpedoähnlichen Kanoe, das aus einem massiven Baumstamm herausgehauen war, voraus; das beladene Proviantboot mit den beiden andern folgte nach. An breiten Stellen fuhren die Boote nebeneinander her. Ich spornte den Holländer zu einer kleinen Regatta an und wir versuchten das Boot mit den herzblattförmigen Rudern fortzutauchen, wie wir es von den Indianern sahen. Das Gewässer aber rebellierte in Schlammwolken, die sich unheimlich wie ein drohendes Gewitter von unten zusammenzogen, der Bootstamm begann zu rollen und Wasser zu fassen. Slim grunzte ein wenig mißmutig und wir gaben es auf. Dieses Gewitter, das sich unter uns gebildet hatte, erregte jedoch meine Phantasie. Plötzlich fühlte ich mich und meine Umgebung unwahrscheinlich; ich entäußerte mich spielend des Weltmittelpunktes, der in mir lag, ich begriff mit erkalteten Nerven die Gleichgültigkeit meiner Person und ihres Aufenthaltes: denn unter mir gab es eine Welt, die auf eigenartige Weise eigene Gewitter und Elementarereignisse erzeugte, wenn ein Mensch außerhalb ihrer Grenze nicht rudern konnte und ihren Gang störte. Vielleicht entstanden auch meine Gewitter, wenn ein fremdes Wesen ungeschickt war – wer konnte in diesem Augenblicke darauf schwören, darauf oder auf sein Gegenteil? Vielleicht konnte Gott nicht rudern? Aber wie gleichgültig war dann Gott, wie gleichgültig war jedes Ich, jeder Geist! Eine fröhliche somnolente Verlassenheit kam mich an, ich fühlte mein kniffliches altes Ich vergehen und löste mich in eine unendliche, von keiner bewußten Einheit zusammengehaltene Empfindlichkeit für das heftige selbstische Leben ringsherum auf. Weise wie ein alter Inder in die Einzelheit verloren, dem Ursein gewonnen, sah ich mit tausend Augen und verfing mich mit tausend Sinnen, die Gott besaß – und während all dieser Augenblicke wurde ich elend von Langeweile geplagt.

Der Müßiggang lag mir in allen Gliedern. Die Folge war, daß ich schlecht schlief. Wir landeten tagsüber nur, wenn es galt, Mahlzeit zu nehmen, oder wenn wir vom Boot aus einen Vogel, der sich nur sehr selten einmal auffällig dem Visier bot und dann starr und farbenprächtig wie ein uralter Giftschwamm zwischen dem Laub saß, geschossen hatten. Des bloßen wohltuenden Lärmes halber durften wir unsere Munition nicht vergeuden, denn vor uns lag noch die ganze ungewisse Expedition, vielleicht manches Zusammentreffen mit Mensch und Tier, deren gefälligen Benehmens wir nicht sicher waren. Darum sparten wir unsere Jagdlust und unser Pulver und verzichteten auf einen Grund, ans Land zu gehen und uns Bewegung zu machen.

So wie die Sonne aber nicht mehr aufs Wasser selber schien, sondern die Waldspitzen in schrägem und scharfem Schnitt mit Kupferflammen entfachte, fingen wir an, die Ufer nach einem Lagerplatz abzusuchen. Der Instinkt der Indianer gab den Ausschlag. In diesen zehn Minuten, da die Sonne uns geradezu auf und davon lief, ging im Wald eine Veränderung vor sich. Hätten wir nicht selbst auf den flinken Einbruch der Nacht gewartet, die ozeangleiche Bewegung, die jetzt auf allen Seiten entstand, hätte uns allein als Signal dienen müssen. Im Laube rauschte es, das Rascheln pflanzte sich fort, siedendes Leben ergoß sich vom Tag zur Nacht, ein Heer von Schlangen schien auf dem Marsche; mißtönende Vogelstimmen schrien wie weinende Hunde durcheinander, verehrten und befehdeten sich mit köterigen Lauten. Mit einem Male zeigte es sich, daß ein eminentes Leben da war, daß die trügerische Stille eine wimmelnde Fülle tierischer Wesen geborgen haben mußte. Affennationen begannen zu hadern und zu keifen, brachen in die Haine eines fremden Stammes ein, zerknackten mutwillig die dürren Zweige. Vögel erhoben sich schlupfend zu einem kleinen Fluge über den Laubozean, um sich einmal kräftig von den Anstrengungen der Diskretion, die tagsüber in ihrem Beginnen waltete, zu erholen; war es Hohn, eine Manier der Genugtuung, als sie jetzt in einen fürchterlichen Skandal zusammenstimmten: eins war sicher, aus dem ganzen Phantom von prächtigen intensiven Farben, aus dieser ganzen aufreizenden

Explosion einer Malerpalette drang kein einziger sympathischer Laut. Unten am Boden aber zogen die Echsen und Reptile los, ein widerliches Schleichen von tausend Leibern, die von warmen Sitzungen in Sonnenflecken sich zu vertrackten Löchern durchbohrten, behelligte das Ohr und wirkte bis in die Zähne: eine Vorstellung von kalten Muskelwesen, die an rissigem Holze entlang emporkrochen, bot sich an. – Da sank die Sonne, und schon hatte auch das Manöver geendet. Hin und wieder plumpste ein Katzenleib dumpf auf den Boden; hinter dem Feuerkranz, der uns gegen das Land und den Djungle hin abschloß, fauchte es ärgerlich. Ein Puma krakeelte in langen Arien. Sonst war es still, wieder still, nicht ganz so still wie am Tage, aber doch still. Das Glucksen und Schluchzen des Wassers war deutlicher hörbar. Und zwischen dem Spalt überm Flusse stand der Himmel in weißer atmender Glut; eine Sternschnuppe fiel, sauste in der Nähe nieder, links da brach sie ein, man hält den Atem an – wird sie im tintenschwarzen Wasser verzischen?

Am Morgen, eine Viertelstunde vor Sonnenaufgang etwa, wird uns das gleiche Theater wecken; der ganze Wald schlägt dann Reveille. Bis dahin können wir ungestört schlafen. Zur Feuerwacht aber wechseln immer je drei ab während der zwölfstündigen Finsternis. Der, an dem gerade die Reihe ist, kann allerlei Beobachtungen machen. Er kann auf die Töne des Urwalds lauschen; es wird sich herausstellen, daß gewisse Geräusche immer wieder nach denselben Intervallen auftauchen. Ein bestimmter Rhythmus beherrscht alle Äußerungen dieses wilden Lebens. Ein Raunen hebt sich, schwillt ab. Eine große Brust atmet, ein geräumiges Schnarchen rollt vage in das blaue Fieber des Sternenraumes hinaus. Pan liegt am Rücken, er verschnauft und träumt lebhaft. Wer ist dieser

Pan? Ist er ein Wilder, ein Indianer, ein griechischer Literat aus einem sokratischen Kaffeehause und mit einem Nasenfehler? Es fällt mir auf, daß von den sechs Schläfern zu meinen Füßen ein vereinzeltes Schnarchen ertönt. Ich muß doch nachsehen – es ist der Holländer. Er liegt schwer am Rücken. Ich sehe zu den Indianern hinüber, diese krümmen sich auf den Bauch, auf ihre Lenden und Schulterknochen. Zorre, der Fünfziger, liegt auf der Seite. Er allein atmet unrein, die Luft bricht sich an seinen alten Knorpeln, seine Organe sind nicht mehr glatt und geschmeidig. Die andern mit ihren schmächtigen und zähen Gestalten liegen da wie große Kinder, und so wie sie sich ausgerenkt und verdreht an die wohltuende Lagerstatt drücken, sehen selbst ihre männlichen Formen noch kindhaft aus. Ihre Beine sind von der erlesensten Magerheit, dünn, unbehaart, kupfern; nicht weit unter der Kniekehle haftet eine wunderschöne Muskelschnecke. Eine Prima-Ballerine her, sie möge Fußpflege lernen! Um wieviel gebrechlicher mögen diese Gelenke sein als das Schock Laternenpfähle von der Wiener Hofoper! Und doch tragen ihre Besitzer, wenn's sein muß, kleine Berge. Wenn nun alle Knöchelchen und Wirbel so zierlich sind, dann muß freilich die Puste wie geölt gehen. Die Organe sind klar gemacht zum Gefecht. Der große Balg über den Schenkeln wird nicht vom Fett gesteift und gedrückt. Die Eingeweide liegen gleich unterm glacéledernen Fell und bilden, wenn das Nachtmahl sie gefüllt hat, einen legeren Ballen. Dort aber streckt Mynherr sein Bäuchlein wie eine Fußballdose in den gestirnten Himmel, er liegt habtacht auf den Schultern, mit soldatischem Rücken, sein Kinn hängt wie eine geöffnete Zugbrücke in den Scharnieren, während er aus einem Brustkasten, in dem scheinbar drei Indianerlungen Platz hätten, einen Herbststurm nach dem andern herausbefördert.

Wer die Wache hat, hat das Wort. Er kann beobachten. O diese schwellenden reifen Nächte, über denen das südliche Kreuz steht! Der Nachtwind, der zwischen Wassern und Wäldern wandert, ist herb und sauer vom Geruch zerstampfter Blätter; aber plötzliche süße Wellen zucken aus einem großen Strauch und steigen auf zu einem flimmernden kleinen Stern! Das Blut strömt lau und schwer wie Quecksilber in die Schläfen – da ist es vorüber, die Schläfer seufzten verzückt im Traume, sonores Behagen dankt schöpferisch im Walde! Slim hat sich geregt! Sein Gesicht liegt gelb im Schein des Feuers, seine Nüstern haben leise gezittert. Vorsicht! Schlauheit! Die Macht der Beobachtung liegt in meinen Händen, kann ich den Feind listig ahnen, jetzt, da alles Leben geoffenbart vor mir liegt? Ist er mein Feind, dieser Slim, ist er mein Freund, mein Bruder, deute ich seine Seltsamkeit recht und billig wider mich, für mich? Wer ist dieser Slim, ein Gaukler, ein Mensch, ein Wilder – eine raffinierte und beherrschte Gehirnmaschine der letzten Rassen, oder ein brutaler Lebensinstinkt mit dem Blut von Urmenschen in sich? So wie Slim daliegt, ohne Muskelanspannung, indianisch, mit dem vollendeten Verständnis zu ruhen, ist er der Sohn seiner Mutter mehr als der seines Vaters. Die Kreolin hatte ihm dunkle Herkunft vererbt, eine knochige Wildheit aus dem Innern Amerikas in den Zügen, dunkles, rotes und vielleicht schwarzes Blut unter der gelben Haut und tiefsitzende Manieren, Liebenswürdigkeit und Herrschsucht im gleichen Wink. Was gilt die Wette, sie war nicht eben eine reine Kastilianerin?

Slims Schlaf ist unruhig. Er hat vielleicht einen schlechten Magen, das gewöhnliche Erbteil eines nordamerikanischen Vaters. Je länger ich nachdenke, desto seltsamer beginnt es mir mit Slim zu ergehen. Ich denke nach, und Slims Person fängt an zu wachsen. Er ist unheimlich wie ein Mörder, lächerlich wie ein Dichter, sympathisch wie ein Spießbürger. In meiner schwachen Stunde, da ich ihn so kraftvoll, so eingewohnt, so überalldaheim auf diesem Boden hingestreckt sehe, der nur zur Hälfte der seine ist, zur Hälfte ihm fremd und stets ein wenig feindlich sein müßte, wie mir, in dieser meiner schwachen nachdenklichen Stunde wächst sein Geist hinaus und ich sehe das Prototyp des zukünftigen Menschen vor mir, bekannte Züge, Eigenschaften aus einer modernen Kultur, eine zerebrale Spannung, gemischt mit der eigentümlichen Relaxation des Urmenschen. Dann seufzt er auf, wirft sich herum, irgendeine Wut scheint in seinem Körper zu toben; und in diesem Augenblicke, da er gewöhnlich wie ein Landstreicher wird, kann ich ihn bedauern, meine Hochachtung sinkt und ich mache ihm Vorwürfe wegen seiner amerikanischen Dyspepsie. Eines Nachts, während ich die Wache hatte, sprang er auf, sah mir mit einem schlaftrunkenen Blick ins Gesicht, legte sich hin und schlief weiter. Oft ist er mir das Symbol der Sympathie, die ich als Weißer für diese wilde Welt rings um mich her empfinde, bald ist er ein zuwiderer Mensch. Er ist ein Ausdruck von durchaus gemischten und unaufgeklärten Gefühlen. Die warme träge Nacht stimmt mich milde, ich vergebe Rücksichtslosigkeiten und bin für das Große. Also votiere ich für Slim, Slim soll leben und es gut von mir haben. Meine Augen schweifen von ihm ab und hinüber über die Schar. Als sie den jungen Indianer treffen, erschrecken sie plötzlich und laufen davon, schnell, nach der andern Seite. Er ist schön und ich weiß nicht, warum ich erschrecke. Eine Empfindung von Entbehrung, Härte und Einsamkeit wird mir bewußt, plötzlich wird es drohend klar, daß ich mich inmitten der Wildnis, ohne Freund, ohne warme Hand, ohne ein weiches lichtes Geschöpf, das ich in den Arm nehmen könnte, befinde, einen gefährlich verstopften Weg zwischen mir und der gut bedienten Zivilisation. Lau dreht sich der Wind vom Uferrand los, die tierischen Laute bekommen einen menschlichen entbehrungsvollen Sinn, die Kargheit meiner Lage wird als Gegensatz empfindlich inmitten soviel überflüssiger Natur, die schweren vornehmen Düfte geben mir deutlich ihre Nutzlosigkeit für mich zu verstehen. Je wunderbarer die Nacht sich anläßt, desto ärmer komme ich mir vor. Wenn Slim endlich seinen Rippenstoß bekommt, um meine Stelle am Feuer anzutreten, bin ich ein Bettler und sinke hoffnungslos in einen überfüllten machtvollen Schlaf.

Aus Slims Plänen suchten wir uns zu orientieren; sie stammten von Reisenden, aus Büchern, oder bildeten das Kroki eines Regierungsbeamten, der seine vage Ahnung über die Lokation eines Platzes in dieser Art aufgemalen hatte. Eigentliche Karten gab es wohl, aber an den Punkten, die wir gebraucht hätten, waren sie offen. Wir selbst trugen einige markante Plätze ein so gut es ging. Unser Fluß wurde ein fingerslanger summarischer Strich, mit Ersparnis aller seiner Launen und Beschränkung auf die jeweilige Hauptrichtung. Vermessungsapparate hatten wir nicht mit, denn unsere Expedition und ihr Ziel sollte ja geheim bleiben und auffallende Rüstungen in dem kleinen Nest, das unseren Ausgangspunkt bildete, hätten diese Vorsicht vereitelt.

Nichts ereignete sich; wir kamen soweit unangefochten durch. Die Langeweile begann sich aufzudrängen. Slim hatte nun einmal die fixe Idee von seinem Schatze und plagte sich sichtlich mit ihr ab; er grübelte und baute Spekulationen über Spekulationen. Ich gönnte seinem Yankeeblut diesen Rausch und war geschmeichelt darüber, daß er mir in ihnen eine bedeutende Stelle eingeräumt hatte. Diese Protektion machte mich stolz, ich war jung, geschmeidig, begabt für Abenteuer, und wenn ich in der heuchlerischen Tiefe meines Herzens auch nicht an unseren oder überhaupt an einen anderen Schatz glaubte als an den, der in einem großzügigen bürgerlichen Betriebe liegt, so war ich durch meine angelsächsische Bildungsstatt, einem amerikanischen Paukboden für Technik und Romantik im Nebenfach, auf jede Eventualpoesie dieser Reise präpariert. Aber wie gesagt, ganz menschlich fühlte ich mich nur in der altbewährten deutschen Skepsis des wahren Hans Brandlberger. Daß mir Slim gefiel, lag in dem gleichzeitig mit meiner Generation aufgekommenen Wunsche nach Renaissancemenschentum. Daß aber nebenbei ein gewisser Argwohn gegen das brillante Wesen dieses modernen Pizarro in mir lag, war vorerst nur natürlich. Doch hat mich diese Reise gelehrt, den Menschen zu verstehen. Gibt es für mich noch Überraschungen über mich oder irgendeinen meiner Art? Es ist unmöglich, die Beziehungen, die sich in dieser Phase zwischen Slim und mir ergaben, bürgerlich auszudrücken. Fragwürdig aber wird mir immer wieder sein, wie ich damals über all das Peinliche hinweg kam, das vor meiner Feder heute Barrieren aufrichtet. Ich sage vor Damen, die Hitze war es. Untern Libertinern will ich die Ansicht vertreten, daß wir alle Menschen sind und uns der Gefühle nicht schämen müßten, die uns die Sonne gegeben hat.

Als wir dem Oberlauf des Flusses zudrängten, vom zehnten Tage unserer Abreise an gerechnet, konstatierte ich an einem toten Punkte eine eigentümliche Stimmung, die alle Weißen überfallen hatte. Ich wurde plötzlich wach, meine Gewecktheit aber erfolgte durch eine blitzartige und befremdende Entdeckung. War es möglich, trugen Hitze und ungewohntes Klima die Schuld daran, oder mußte man seinen mannbarsten und treuesten Instinkten Mißtrauen entgegenbringen? Ich begann eine heftige Unruhe zu verspüren, einen Hunger nach Brutalität, und ich fröhnte ihm, indem ich infam nach den Augen schwimmender Alligatoren schoß. Ich kannte mich nicht mehr aus vor Aufgeregtheit, ich verlangte nach einem rohen sinnlichen Glücke, nach einem deutlichen körperlichen Gefühle von Macht, und es kostete mich Zurückhaltung, den jungen Indianer nicht in den kräftigen Hintern zu treten. Einmal ging es wie ein Blitz des Verständnisses durch mich hindurch. Slim sah mich an, mit einem ellenlangen zweideutigen Blick. Mit einem solchen Blicke mustert man eine Sache, einen Sklaven, ein Pferd und nur in den letzten Fällen eine Frau. Es war der trübe Blick des Lebemannes. Ich saß einen Augenblick lang leer und innerlich heruntergekommen da. Aber dann, nein, dann wurde ich nicht rot: ich wurde frech. Mein Innerstes kehrte sich zu einer empörenden Frechheit nach außen. Ich wurde stark physisch, eine Brutalität und ein selbstbejahender Wahnwitz von ungekannter Art ergriffen mich, ein manierierter Rausch des Sehens, der Betrachtung fleischiger, sich rhythmisch bewegender Körper durchrieselte mich mit Gesundheit. Also das gab es – ein ungeheurer abenteuerlicher Geschmack am Leben brannte mir auf der Zunge, in den Lenden, in den Fäusten. Blitzartig erschien die Straße einer glänzenden Stadt vor mir, Formen rührten sich unter Massen reklamemachender Stoffe und Schnitte und stürzten auf mich zu, alles Fleisch, das wie eine gigantische Maschine mit Kolbenstößen um mich herum rotierte, feierte zwischen Dämmerung und beißend weißem Lichte aus elektrischen Ampeln ein rasendes Fanale. Hier aber war's die Sonne, die betäubende Symbiose von Fäulnis und Pracht, der Atem des Verlangens, der Duft und Gestank der Wollust, der laszive Wille der allgemeinen Hingabe, die das Blut würzig, überleicht und sprengkräftig machten, daß es wie ein glühendes rotes Gas durch die Adern pfiff. Da erkannte ich: wir waren hungrig nach demütigen Leibern, aufgerieben von einer Überproduktion an Zärtlichkeit, indifferent inmitten von Tatsachen, die nichts boten. Ausgehungert waren wir. Es war der erste Anfall des schrecklichen Duldens, das den Mann überfällt, ganze Karawanen in den Wahnsinn treibt, wenn mit der letzten Grenze der Zivilisation auch der weiche Nacken des Weibes da hinten verschwindet!

Ich wandte mich um, ich wollte sehen, was van den Dusen so ruhig machte. In seinem ermatteten Gesichte lag der Stumpfsinn, und seine Augen waren krank und scheu, unsicher vom Verkehr mit schlimmen Lüsten, wie ich mir sagte. Er war stark zurückgegangen, im Gegensatz zu mir und Slim. Slim sah faul aus, aber er gedieh. Er setzte Fett an, und es stand ihm nicht schön, er hatte eine unsaubere Art zu gedeihen, wie alle Körper, die auf Magerkeit angelegt sind. Er verbrauchte sichtlich die Stoffe nicht, die Milde und Muße des Lebens in ihm angesammelt hatten. Van den Dusen aber tropfte weg wie eine heiße Kerze. Die Hitze schlug ihm schwerlich an, vielleicht raubte ihm eine gewisse Entbehrung jene Behaglichkeit, die seinem Körper von Natur aus angemessen erschien. Wo war unser eleganter holländischer Offizier, der javanischen Damen und pazifischen Schönen den Hof gemacht haben sollte? Seine stattlichen Schultern waren eingeschmolzen wie ein Bronzebarren und ein Schlackenrest von Knochen und

Schlüsselbeinen war geblieben. Das weiße Jackette saß schon lange nicht mehr knapp, und seine nußbraunen Haare, ein ehemaliger schnurgerader Offiziersscheitel und wie bei einem Frauenzimmer glatt um das marmorne Stirnbein gebügelt, waren eine Versuchung für jede Taschenschere. Der ganze wohlproportionierte Rundkopf trug die Spuren der Erschlaffung.

So erging es uns Weißen. Wir verwandelten uns im Verlaufe von vierzehn Tagen zu abnormalen Gebilden. Unsere Indianer aber blieben immer gleichmäßig hart, temperamentlos und mager. Sie strengten sich nicht an, aber sie blieben in Fassung und ließen sich vom Rhythmus treiben. Zorre, ein Fünfziger, war elastisch und besaß einen vollständig erhaltenen jungen Körper; im Gegensatz dazu war sein Gesicht borkig wie alte Rinde und von Tätowierungen zerfressen. Der andere war eine Schönheit, hieß Checho und mochte sechzehn indianische Sommer zählen. Dünn und lang war er wie ein Buchstabe. Ich hatte seinen Rücken vor mir. Im Nacken, um Fingersbreite getrennt, verliefen zwei parallele, strählige Längsnarben. Sonst war die rotbraune Haut glatt und geschmeidig und spannte sich über den kleinen Muskelschlangen, die während der Bewegung unter den Achselhöhlen hervorhuschten und sich blitzschnell wieder dahin zurückzogen. Dieser Rücken, der sich nach dem Gesäß zu schmachtend verengte, der kindliche Hals, die mädchenhaften Wirbel, dies graziöse Kaleidoskop bewegter Muskeln hätten einen Affen verliebt machen können. Der Bursche war ein junger Gott. Seine Schultern waren schmächtig und lagerten als volle Kugeln wohlgefaßt über der tiefen Brust. Der Schenkel, der schmal und strähnig war, wenn er stand, lag breitgedrückt auf dem Sitze. Die Knieknospe prangte schlank über der hochsitzenden

Wade, mit hinreißendem Schwunge schnürte sie die Längslinie der Extremität ein. Dazu hieß er Checho. Seine Augen waren grün und schwarz und frisch aus der Hand des Juweliers, noch vollkommen unberührt, ungereizt, ein unbeeinträchtigtes Oval. Er war ganz in Rhythmus getaucht, mit Rhythmus genährt und auferzogen, von Rhythmus betrieben und während seines ganzen Lebens vermutlich in eine wilde Sanftheit hineingeleiert. Dort wo bei uns das Gehirn sitzt, saß bei ihm eine präzise Taktmaschine.

Ich habe feste Anhaltspunkte, daß ich nicht der einzige war, der in ihm einen jungen Gott sah. Und wir verstanden uns, ohne uns sonderlich exponiert zu fühlen. Wir waren in der Wildnis und jedem Sinn war erlaubt, zu nehmen, was ihm paßte. An diesem Abend entspann sich das erstemal ein Gespräch am Lagerfeuer. Van den Dusen erzählte aus einem unerschöpflichen Borne schmutzige Geschichten, Witze vom echten Biertischkaliber mit bleischweren Pointen, und man hörte angeregt zu. Verhungert, wie wir waren, bot die Unterhaltung eine kleine Erleichterung. Theorien, wie es auf langen Expeditionen und auf Seereisen zu ergehen pflegt, wurden zum besten gegeben und diskutiert. Wie es der Kapitän hält, wie die Matrosen und wie die Männer ganz unten im Kielraum der Schiffe, dieser Auswurf der Menschen, wurde aus einzelnen Fällen anschaulich geschildert, und welche Rolle die Schiffskatze bei solchen Gelegenheiten zu spielen pflegt. Die Sehnsucht machte derb, die Unterwürfigkeit, die der Trieb unter günstigen Aussichten hervorzurufen pflegt, grausam. Ohne an dem Niveau zu leiden, auf das wir unsere Aussprache herabgeschraubt hatten, legten wir uns etwas froher als sonst in unsere Träume nieder.

V

Mit dem Rhythmus verhält es sich seltsam. Es scheint, daß er das Wesen aller jener Kulturen darstellt, die der unsern entgegengesetzt sind, und die wir zu leugnen suchen: die im Süden und Osten. Aber der Rhythmus bringt dort am menschlichen Körper Leistungen hervor, denen wir nichts Gleichartiges entgegenzustellen haben und die in ihrer steifen und von uns aus unnachahmbaren Einseitigkeit nur mit unserer Spezialität Technik verglichen werden können. Wer in das Wesen von Urwäldern und Wilden oder doch fremdrassigen Kulturen eindringt, der erfährt, eine wieviel größere Bedeutung dem Begriffe Rhythmus im Leben dieser Menschen zukommt, als für uns in ihm zu liegen pflegt. Diese Erfahrung kann jeder machen, der eine längere und gründliche Reise unternimmt. Ich aber habe eine Entdeckung mehr gemacht, ich habe den Rhythmus, und was damit zusammenhängt, die Betonung, den Akzent, für unsere Kultur fruktifiziert, ich habe einsehen gelernt, daß wir schon am besten Wege zu einem Erfolge sind, und daß wir nun nur mehr darum zu wissen haben.

Ich saß als vorletzter im Boote, mit den beiden indianischen Ruderern vor mir. Sie stocherten mit ihren Blättern ins Wasser, das war ungefähr der Stil, in dem sie ruderten. Rhythmisch setzten sie ein und stachen zu, als gälte es, einem großen sulzigen Stück Pudding sorgfältig glatte Scheiben herauszuspalten. Das dostige, träge Wasser bekam hinter den Ruderblättern kleine Quirle; hautige, gewölbte Warzen blieben im Kielwasser zurück. Eines dieser Male entstand schräg zu meinen Seiten, schien wie die rasend gedrehten Rippen eines Tellers und saugte ein ähnlich geartetes Gebilde hinterdrein. Das Malerische und Runde der Bewegung faszinierte mich, unwiderstehlich zog es meine Aufmerksamkeit an. Unter jedem Ruderstich kam es in gleichen Abständen zum Vorschein, kam herauf wie die Speichenköpfe eines großen unterschlächtigen Rades. Richtig, mochte es uns oben erscheinen wie immer, unser Fortkommen war von der Tätigkeit dieses Rades abhängig – es war aus Wasser gegossen und bewegte uns mystisch weiter. War ich einem unserer erfolglosesten Rechenfehler auf die Spur gekommen? Nein, diese Welt da unten war kein gleichartiger Wasserraum; es gab Verdichtungen von einer gewissen Sternform, die für unser Auge unwahrnehmbar bleiben, und das waren die von mir erfundenen berühmten Wasserräder! Sie bewegen ein Boot, das oben von Menschenarmen geleitet wird, von unten, sie greifen in den Rhythmus oben ein, sie unterstützen ihn, sie lösen ihn vielleicht überhaupt erst aus, sie sind das erste und ihre Tätigkeit ist ausschlaggebend. Die Menschenarbeit aber ist ein Schein, ein Schwindel, eine faule Nachahmung von freiem Willen, der hindroht, wo er von unten, von den Geheimnissen, von den dunklen, unsichtbaren Gründen hergedroht wird – – –

Ich dachte diesen Anblick nach unten, ins Verkehrte, so intensiv aus, daß ich eine leichte Übelkeit verspürte. In diesem Augenblick kam in den Ringelreihen der Ornamente über der ölglatten Fläche eine Störung, ein Knäuel entstand durch falschen Ruderschlag und zerknüllte den Bann. Ich erwachte mit einem leisen Anflug von Seekrankheit. Der Reflex der glatten, weißbelichteten Fläche mußte eine vorübergehende Blendung meines Bewußtseins herbeigeführt haben. Ich sah überscharf, krankhaft – darum konnte ich gleichsam in das Motiv einer völlig neuen Realität sehen. Wenn ich mich ein wenig anstrengte, konnte ich in diese Stimmung zurückschnellen: und dann war es wieder da, dann hatte ich, gleich dem Reisenden im Eisenbahnkupee, der in seinem Bewußtsein den Zug stillstehen und die Landschaft sich daran vorbeibewegen läßt, den widersinnigen und subjektiven Eindruck, in einem Boote zu sitzen, dessen Ruderer einem Rade unterm Wasser mit ihren Stangen entgegenkämen. Ich übte die Sache ein wenig und bald konnte ich mich wie eine Blechmembrane hin und her schnappen lassen. Diese Sinnestäuschung ging perfekt. Der Akzent sprang einfach um – – –

Der Akzent, halt! Da hatte ich es. Der Akzent gibt ganze Perspektiven wieder, ganze Realitäten lasten auf ihm. Mittels einer sogenannten Sinnestäuschung konnte die Welt zu einer andern umgestülpt werden. Wer wird nun sagen können, diese ist die richtige und jene ist die falsche? Wer kann beweisen, wo die Störung und wo der Normalzustand liegt? Wer von uns Weißen aber kann erzählen, welche Störungen einen indischen Fakir in den Stand setzen, widernatürliche Leistungen mit seinem Körper hervorzubringen, denen wir kein vernünftiges Bewußtsein abringen können? Es ist ein unerforschtes und merkwürdiges Gebiet, und keine Hypothese ist gut genug dazu, den ganzen Ausblick zu umfassen. Ich habe indes doch eine, aber sie ist mehr raffiniert als vernünftig, mehr mystisch als gelehrt – nämlich genau so, wie es sich mir für diese Angelegenheit zu ziemen scheint.

Das, was ich hier entdeckt habe, ist ja nichts anderes als das Symbol der Paradoxie. Wir alternieren eine Sache, wir machen es anders, absurd, verkehrt, und siehe da, es ist auch etwas. Wir denken einen Gedanken pervers, und er ist frisch wie eine Jungfrau. Wir stellen einen Akzent um, und das Neue ist eine neuere Welt als irgendein Amerika.

Und bitte, wie wurde Amerika entdeckt? Durch eine Paradoxie. Kolumbus fuhr zu einem Osten; daraus ergab sich der Westen. Ticke tack, macht die Uhr; aber macht sie nicht ebenso gerne Tack ticke, wenn wir bloß wollen? Es hängt durchaus von unserem Belieben ab, von unserem schöpferischen Willen, zu alternieren, und ich kann es beweisen, wir alternieren auch, ein Zeitalter ist das Paradox des anderen. Bald lassen wir den Zug, bald die Landschaft laufen. Lernet die Wirklichkeiten skandieren! Gleichberechtigung für das Paradoxe. Es eröffnet neue Welten, es gibt Glück, es erweitert die Möglichkeiten, und wir fügen den künstlichen Paradiesen, die ein Wicking des Geistes erfahren, erfahrtet hat, weil die alten Paradiese übervölkert waren, die künstlichen Realitäten hinzu, denn die normalen hat eine Volkszählung uns komplett erwiesen! Treibet Wasserräder! Heiliger Humbug, ich begrüße dich; schwanger, trügerisch und produktiv bist du wie die gleißende Wölbung eines Tropenstromes! Ist dieser Strom nicht eben wie ein Kupferbalken und schweift er sich nicht auch für uns unter dem Zwange einer Ätherkuppel, die in ihm reflektiert? Gilt es nichts, wenn wir in Symbolen und Gleichnissen sprechen, gilt die Erholung, die in der fruchtbaren Lüge liegt, nichts? Nieder mit den Gegnern der Lebenslüge! Wir, die wir um sie wissen, die wir sie durchgemacht haben mit allen ihren Versuchungen, wir bejahen sie, wir machen sie mundtot, indem wir sie dichten lassen, wir denken technisch und heben eine blühende Industrie aus ihr empor! Unser Geschlecht ist nicht anmaßend, nein, es will die Weisheit nicht ausschöpfen, es will vom Flecke kommen, sich nicht umsehen und jeden Gott anbeten, der ihm mit Schnelligkeiten Wunder zeigt. Ist es nicht verdammt gleichgültig, ob das Wasserrad oder zwei indianische

Knechte Anspruch erheben auf unser Fortkommen, wenn wir nur weiterkommen, und sei's auch um keines anderen Zweckes willen, als um unserer Nervosität genug zu tun! Denn letzten Endes schwimmen wir ja alle doch nur in unserem eigenen Blute – auch das ist eine Inversion der Natur, eine paradoxe Verdrehung von Urtatsachen vor uns – und sumpfen!

Und wir kommen fort dabei, schon spüre ich es! Hei! Ich verkündige den Spiegel, die Verkehrtheit, das Paradox! Es soll meine andere große Arbeit für die Menschheit werden. Auf den Spiegel kommt es an! Spiegel akzentuieren! Seid eitel, turnet vor Spiegeln! Beäuget euch von vielen und allen Seiten, lasset euch hin- und herschnappen! Steht still und laßt die Welt rasen, raset und überholt die Welt! Laßt euch von realen Rudern treiben und von unsichtbaren Mächten, werdet seekrank vor Anbetung des Unbekannten und irrsinnigem Lichte, bauet Mühlen von Wasserrädern, berauscht euch und seid trocken, phantasiert und seid zynisch, verliebt euch wider die Sitte und seid moralisch, seid aus dem Norden und tragt den Süden in euch – dies sage ich, denn ich schreibe das katechetische Buch unserer verrückten Nerven, dieser Nerven, die ich als Nachkommen des Urwalds entdeckt habe!

Ja, wir kamen vorwärts! Schon spürte ich es. Unsere Fahrt bekam plötzlich eine Projektion ins Emotionale. Bergab sauste ich in die Tropen der Menschheit, in Urzustände der Kräfte, in einen ökonomischen Großbetrieb des Wachsens und Werdens. Was ging mich Slims Schatz an? War die Reise für mich nicht schon erfolgreich, hatte ich nicht schon meinen Schatz entdeckt? Symbole, akzentuierte Spiegelungen waren vollwertiger Ersatz. Dies und jenes war unsere Art, den Rhythmus, das Welttempo für uns zu gestalten. War das nichts? Der alte Praktikus Slim wird seinen Schatz nicht finden. Ich, der Ideologe, habe gesiegt. Es wird sich herausstellen, daß rationaler Idealismus dem romantischen Materialismus überlegen ist. Wasserräder kann man in Pferdekräften messen, Kultureinbildungen sind blutbildend. Dieses Geschlecht kehrt wieder zu den Vätern, in seinen Urwald zurück!

VI

Und dann fand die Flußfahrt doch einmal ihr Ende und wir kamen in den Wald. Das Thema der Zärtlichkeiten trat in neue Variationen ein. Indianerin, süße Wilde, du schönste der Frauen, du Musterstück der Weiblichkeit, womit vergleiche ich dich? Mit dem großen, bösen Somnambulen, dem Urwalde, deiner Heimat, diesem raffinierten, großartigen Tiere der Bewußtlosigkeit? Den deutschen schlichten Hochwald mit der schummerigen Kühle seiner Quellen und dem mystischen Brausen seiner Bäume vergaß ich um deinetwillen und vergaffte mich in die beizenden Lockungen eines verräterischen Wesens. Nein, Treue und Gemüt lagen nicht in dir, süße Eingeborene des tropischen Urwalds.

Eines Tages wurde der Fluß enger und enger, die beiden Ufer zeigten Neigung, ineinander zu wachsen, Lianen verbanden sie mit fliegenden Brücken und nur mühsam bahnten wir uns einen Weg mit den blinkenden Machettas, einer Art länglicher Haubajonette. Dann kam von rechts ein kleiner Fluß herein, ein Bach von vager Gangart. Wir stiegen aus und versteckten die Boote, indem wir sie wie Masten zwischen den Gabeln der Baumäste lotrecht aufpflanzten. Zwei der Indianer stellten aus Stecken eine Tragbahre her, auf denen die Felleisen und der Proviant befestigt wurden. Mit Äxten und Machettas zogen wir, hurra! kopfüber in den Wald!

Der Djungle hallte wider von Gewaltsamkeit. Stumpfes, dichtes Schweigen setzte der unbetretene Wald unserem Vordringen entgegen. Erst zäh und träge, vereinzelt und ohne Ordnung folgten inmitten der Stille einander die Pointen eines platten Lärms, wenn die Beilschneide gegen junges Stammgrün flog und wirkungslos von dem biegsamen nassen Holz abprallte. Hin und wieder explodierte ein morscher Ast, die Wohltat des Erfolgs ging stärkend in die Nerven, das seufzende Brechen und Reißen der Holzfasern erfreute bis in die Knochen mit seiner brachialen Musik. Einen Meter weit ist die Bahn geschlagen. Schwitzend und mit gekrümmtem Rücken gehen wir kopfüber wie die Bullen vor, suchen den Wald auf unsere Köpfe zu spießen und werden von einem überlegenen Sprungnetz verflochtener Zweige sanft zurückgeworfen. Es ist, als ob wir gegen Matratzen anliefen. Der Rückstoß bleibt aus; die ganze Stoßkraft geht wie durch eine Ableitung irgendwohin in den Boden hinein. Alles ist zäh wie im Traume, und diese Ohnmacht traumbeschwerter Kraftentfaltung stimmt weinerlich. Der Wald ist eng und durch und durch ein Korb. Hopla, da hat es uns aufgefangen! Heda, get on, adelante, mach' ran, da, dort, hier, links, nein, rechts, zum Teufel rechts – nun kommt der Elan. Aufgepaßt! Was wühlt sich dort durch den Wald, was hackt, flitzt, spreizt, dehnt diese unregelmäßige Röhre, diese ungehobelten zwei Brüche durch das Dickicht, was verursacht dieses klaffende Dreieck im Schnitt einer kurzen Lichtung? Eine Karawane von sieben Menschen ist eingebrochen! Nun haben wir es, wir haben es, wir haben die Pace der Arbeit, wir rasen vor Begeisterung, wir sind weder träge noch wehleidig, der Rhythmus prasselt wie Trommelwirbel auf uns ein, er wirkt als kräftigende Massage. Flipp, flapp, spalten und sprengen die Äxte, fssss, zischen die Machettas trennend in Lianenlauben, daß die Schnüre links und rechts herniedersinken. Wir marschieren mit federnden Waden, mit versteiften Oberschenkeln, wir kommen aus der tiefen Kniebeuge nicht mehr heraus. Abends wird es wohlig sein, sich auszustrecken; am Morgen werden wir die Beine steif wie Bäume finden. Dann eine Viertelstunde Widerwillen und gemußte Übung, und der Elan kommt wieder und wird aus einer Karawane Menschen einen Dampfpflug machen. Ahne ich, woher meine Indianer ihre Balleteusenbeine beziehen? Schon spüre ich unter meinen Knien innseits eine hübsche Mandel und um meine Schienbeine fatschen sich Spuren von Sehnen. Von Minute zu Minute lassen wir zerwühlte Stätten hinter uns, zerquetschtes Laub und in den Boden gestampfte Früchte, helle Brüche von Ästen und jungen Schößlingen, deren spiralige Späne wie gekrampfte Zungen Erstickender Reue wecken könnten! Der Wald fällt rasselnd wie ein Epileptiker! Aber in uns rauscht das grausame Blut der Tropen, und unser Haß gegen den Wald besiegt alle Müdigkeit und allen Ekel. Bloß um den Takt zu halten, fallen die Äxte auf nachgiebig schaukelnde Sprossen und zerfleischen Machettas wie ein fort sich schraubendes Sichelsystem die grüne Wunde an der Front, aus purem Eifer schaffen sie rege, die Mensur nicht zum Stillstand kommen zu lassen. Aus dem geilen Boden sickern Flüssigkeiten, zwischen Wurzeln und krautigem Moos bleicht perlmuttern der Schleim von Kriechtieren. Zwielicht herrscht unterm Laube dicht und wächsern wie eine Haut, und die Röhre zurück, die wir kamen, rollt es im Flimmern der brechenden Lichter wie eine große dampfige Walze. Aus allen Poren des Djungles steigt der Dunst, die Luft wird schlürfbar und brühwarme Wellen umrieseln den Körper, wo ein Balken Licht sich zur Erde durchgezwängt hat.

Die Tiere fliehen. Wilde Säue lassen sich wie ein Spiel von Kugeln durch Lücken und Löcher im Dickicht fallen. Ein Puma wartet mit verdutzter Nase und vorgestemmten Beinen, schräge zum Rückzug geneigt, bis wir in Sehweite sind. Dann nimmt er Reißaus, er rennt als wäre er vor seinem eigenen Teufel feige geworden, er rennt über eine Linie im Walde davon, eine gerade Straße sich fortsetzender Äste, im Galopp, wie ein Seiltänzer, und nimmt sich nicht einmal die Zeit zu springen. Schlangen schießen zur Seite und lassen ihr Schwanzende dumm und unverschämt gerade auf unserem Pfade liegen. Plötzlich schießt eine auf wie eine losgelassene Uhrfeder. Der alte Indianer an der Spitze springt zurück, die Machetta pfeift und die geteilten Enden des Schlangenleibes rollen sich vergrämt, leidend, seelisch zu dicken Spulen zusammen. Einsiedlerische Affen stellen von den sicher gelegenen Astbalkonen irgendeines Urwaldmonarchen aus geistvolle Beobachtungen mit uns an, indem sie Rindenstücke, Zweige, Nüsse oder zu Ballen gequetschte Blätterbuschen auf uns herab schmeißen und mit gelehrten Gesichtern nachsehen, wie wir reagieren. Ihre Nasen strahlen von Erfindergenüssen. Wir sind gezwungen, uns die Belästigungen von Zeit zu Zeit durch Revolverschüsse vom Leibe zu halten: Kreischend und in voller Auflösung ergreifen sie das unrühmliche Panier, kommen aber völlig umgestimmt zurück und verhalten sich ruhig. Ein Griff an die Hüfte genügt jetzt, sie fortzujagen. Dann sind sie uns satt, bezeigen uns durch einen flink bewerkstelligten Verdauungsprozeß ihre Mißachtung und treten ihren Platz anderem Volke ab. Ein allerliebstes Fräulein, oder ist es eine Frau, zeigt ihre vollendeten Reize; sie bestehen aus einem wunderhübschen, goldigen Fell, das aber an der Innenseite der Schenkel die rosige zarte Haut preisgibt. Ich nenne sie meine kleine Lorelei, weil sie sich mit ihren eleganten, langen Fingern kokett durch den Pelz fährt, und ich bin sogar geneigt, sie gülden zu nennen und überhaupt ihr meine Poesie zu Füßen zu legen. Ich glaube wirklich, diese Tierfrau kommt sich verführerisch vor, so wissend sind ihre Augen, aus denen sie perlende Blicke rieselt.

Gegen Mittag wurde der Wald einsam. Nichts war da als dies Anschießen der Säfte in den Zellen, das grüne Wuchern des Chlorophylls im Laube, das Blühen und Wachsen von Stengeln, Stämmen und Sprossen. Aller dieser Reichtum lag in einem desolaten Zustande da. Kein Lufthauch bewegte ein Blatt, und Hitze und lauer Dampf strömten gleichmäßig aus dem Filter schwarzer Erden und Fäulnisschichten. Der Tag hing mit mattem Glast zwischen den Bäumen. Wo eine Lücke im Laubdach klaffte oder ein entwurzelter Baumelefant seine Umgebung niedertrat, bis eine Lichtung entstand, stürzte die Sonnenflut wie über eine Schleuse prallend herab. Eine dunstende, reglose Masse, brütete der Djungle in seiner Verlassenheit.

Hei, und wie dann die Äxte wieder im saftigen Holz knirschten und ergebnislos von allzu jungem Grün abglitten! Schon waren sie stumpf, und der Abend galt der sorgfältigen Pflege ihrer Schneiden. Hallo, hierher kommt, hier führt ein Gang, dort, haut mir die Liane durch, Pest, mein Arm und die Machetta sind drin verfangen; vorwärts, Jungens, bald sind wir durch; Stunden noch und wir stehen im Gebiet der Dumara! Am Nachmittage, nach Mahl und Rast, hörten auch diese Zurufe auf. Wir arbeiteten stumm und ekstatisch. Unser Haar troff von Schweiß und Dampf. Unsere Sombreros mit den hohen Strohkegeln hingen schlappend in den Rücken, dort machten wir sie fest, sonst wären sie uns alle Augenblicke von den tausend Händen des Laubes entführt worden. Plage und Wut prägten sich in unsere Gesichter ein und unsere Züge waren wild vor Nervosität wie die von Eingeborenen.

Und am vierten Tage endlich sahen wir, wie eine Gnadenerscheinung, ein Weib, ein Menschenweib. Slims gute Augen erblickten es zuerst. Bevor er sprechen konnte, aber begriffen wir blitzartig, worauf er uns aufmerksam machen würde. Wir witterten das Weib, denn sehen konnten wir es kaum, es stand gut fünfzig Schritte vor uns im Gehölz innerhalb eines gelichteten Saumes. Die Indianer hielten eine kurze Konferenz in Hauchlauten. Sie steckten ihre Werkzeuge in den Gurt und begannen sich langsam mit den Händen fortzutasten. Wir folgten ihrem Beispiel und glitten vorwärts. Aber auch wir waren entdeckt. Die Frau, die ein Bündel dürrer Hölzer im Arm trug, hielt plötzlich, in der Haltung des Auflesens beharrend, inne. Eine Minute lang bückte sie den Oberkörper zur Erde, den Kopf im Nacken emporgeschnellt, und ihre Augen deuteten mit peinvoller Konzentration die geahnte Veränderung der Buschwand, hinter der wir jetzt hervorbrechen werden. Vielleicht wollte sie sich durch ihre Unbeweglichkeit nur unauffällig machen, sich abwesend stellen: da stürmen wir auch schon losgelassen in die Lichtung, und sie – nun, das Frauenzimmer hockt in diesem Augenblick auf die Zehen nieder und verschränkt die Arme über dem Hinterkopfe. Sie bietet ihren lieblichen Nacken unseren Machettas dar. Wir springen in die

Luft, ich stoße rasende Schreie aus, sause die Machetta die Kreuz und die Quere und lasse sie auf einen braunen Nacken hüpfen – und als ich noch immer luftschnappend dastehe, hält Checho soeben eine feierliche Ansprache in Rachenlauten.

Wäre ich erstaunt, erregt gewesen, wenn wirklich einen von uns im Eifer das Unglück versucht und die Machetta in gewohnter Grausamkeit ihr Werk verrichtet hätte? Wir waren aktiv bis zur Tollheit, nervös bis zur Unzurechnungsfähigkeit. Verlegen über die Situation und mein schlimmes Gewissen sah ich zu Slim hinüber. In seinen Augen wandte sich der winzige metallene Wurm, den ich schon kannte. Ich verstand ihn. Das Verführerische dieser Demut machte schwach vor Wollust. Der Holländer schmunzelte fettig. Da erkannte ich endgültig, daß unser Herz mit dem wilden Trieb des Urwalds zusammenschlug und die Sitten seiner Erholungen angenommen hatte. Wir waren Barbaren geworden.

Checho als der jüngste und wahrscheinlich harmloseste, vielleicht auch als der präsentabelste, übernahm sofort die Verhandlungen, indem er sich ein paarmal auf indianisch verkutzte. Aha, das mütterliche Geschöpf hatte richtig Erbarmen mit seinem Katarrh, die gute Seele räusperte sich zurück und zeigte Verständnis: möglich auch, daß dieser Hustenanfall von Sprache ein Friedenszeichen war, jedenfalls erhob sich die kauernde Gestalt und bot sich als vollendete junge Dame dar. Ihre Brüste, die auf den Knien wie auf Lafetten gelegen waren, schienen zwar etwas ungewohnt lang. Aber sofort gestand ich mir, daß zwei Handspannen das Normalmaß für den Reiz eines weiblichen Busens darstellen. Dazu muß ich bemerken, daß ich ähnlich makellose Schultern noch niemals gesehen hatte. Die Glieder waren fein und gefällig, die Beine charakterlos und knieeng. Über den Weichen faltete sich ein kräftiger Bauch. Ich gestehe, erst nach diesem Chock von faustdick aufgetragener naturalistischer Weiberschönheit sehe ich mich nunmehr imstande, die Klasse eines Weibes einzuschätzen.

Checho und die Indianerin verließen den Waldsaum, schritten über die Lichtung und verschwanden in einer Insel von großfächerigen Palmen. Blaßgelb leuchtete ein Strohwall durch, ein Block von Hütten fiel, noch formlos, ins Auge. Hunde kläfften mit immer neu einfallendem Hasse, und ein Trupp Menschen bricht zwischen der Strohburg hervor. Er bewegt sich würdig auf uns zu. Checho spricht, Slim spricht, wir klatschen taktvoll in die Hände und verbeugen uns. »Rah, rah«, ein Vereinigte-Staaten-Hurra für unsere Wirte! Slim lüftet seinen Sombrero, um dessen Kopf ein Fetzen Stars and Stripes prangt. Er reißt ihn herab und spricht und verehrt ihn dem Prinzen, vermutlich behauptet er, dies sei die Fahne Gottes, das Banner der allerhöchsten Sonnengottheit, ein Fetzen Himmelsgewölbe; er beschreibt einen großen Bogen in der Luft, er wirft seine Hand weit, weit über den Wald hinweg, denn dort kommen wir her, vom Ende, vom Anfang, wir sind die Abgesandten einer furchtbaren Macht. Dies fühlen auch die Hunde. Sie schnüffeln mißtrauisch an unseren Beinen; zuletzt aber werden wir in die Mitte genommen und halten unseren Einzug. Ungefähr in der Mitte des Dorfes wird uns Quartier gewiesen; es besteht aus einem rechten Winkel – buchstäblich einem rechten Winkel, der von zwei Palmstrohwänden gebildet wird. Der Plafond, gleichfalls mit gebleichten Palmblättern gedeckt, böscht sich zum Eingang hin ab. Wir bücken uns, treten ein, legen ab. Etappe! Ich sehe hinaus, wobei ich mich ein wenig bücken muß. Draußen sammelt sich ein Volk magerer Affen, und rot und grün, in den Stammesfarben, wimpeln die kargen Schürzlein bei Mann und Weib.

VII

Ein tiefer Schmerz sollte mir beschieden sein. Ich erwachte eines Morgens und befand mich unter einem schützenden Palmdache, unter dem es vorläufig noch kühl blieb, während draußen die Sonne den Erdboden zu einem knochenharten Ziegel glühte. Aus Spalten und Fugen fraß das Licht sich durch, wie ein Gift sickerte es durch dünne Stellen in der Wand. Es roch süß nach Staub und zerriebenem Palmblattmulm. In den warmen Schatten geschlossen lag ich unfroh. Ich stand nicht mehr auf der Landkarte! Zu diesem lächerlichen Gedanken konzentrierte sich meine schlechte Laune. Ich war verschollen für die Geographie. Und doch hatte ich sie ewig hochgehalten, und doch war sie auf der Schulbank meine Leidenschaft gewesen. Sie war das Symbol der Reize aufkeimender Wissenschaftlichkeit und Forschung, sie besaß das Prickelnde der großen raumbezwingenden Erfahrung. Ein kleiner runder Kreis auf der Landkarte bedeutete meine Stadt, bedeutete mich. Ich war eine kleine zackige Krone mit soundsoviel tausend Einwohnern unter einem Gewimmel von anderen charakteristischen Punkten, ich war eine Hauptstadt, eine Residenz, ich erwartete nichts weniger, als daß die Blicke Europas auf mich gerichtet seien, ohne daß ich gezwungen war, aus meiner eigenen Anonymität herauszutreten, meine Bescheidenheit aufzugeben und vorzugehen. An dieses kindliche Gefühl erinnerte ich mich jetzt, ich lernte es von der anderen

Seite, in seiner Abwesenheit, kennen. Und ich brachte auch heraus, warum diese verrückte Stimmung sich mir gerade jetzt wieder nach einer so langen Pause aufdrängte. Ich fühlte mich verlassen. Zur Zeit der zackigen Krone genoß ich alle Vorteile der Majorität, der ich angehörte. Wir zwei repräsentierten einander; es war ein unglaublich seliges und kostbares Verhältnis. Wer immer die Landkarte in die Hand bekam, hatte es mit mir zu tun, ob er nun Notiz von uns nahm oder nicht. Meine Existenz war gewährleistet, sie war mit unverlöschbaren Zeichen ins Buch der Wirklichkeit eingetragen. Meine Lebenszuversicht und mein Selbstbewußtsein wuchsen, während ich mit schwimmenden Augen vor der Landkarte saß und mich stets von neuem identifizierte, eine künstliche Verwirrung und Vergeßlichkeit schaffend, um immer wieder die Entdeckung zu genießen. Und nun war ich einsam, ich stand nicht mehr auf der Landkarte und war keine Majorität mehr! Ich erschrak so grundlos aber so heftig, daß mir das Herz zu klopfen anfing. Und es war vermutlich gar nicht dieser absurde Gedankengang, über den ich erschrak, sondern ich erschrak über das verzweifelte Bewußtsein meiner Verlassenheit, in das ich traumhaft vergrößernd wie in einen unendlichen Schacht hinunterglitt.

Ich war einsam; und weil ich einsam war, begann ich zu beobachten.

Slim und der Holländer waren bereits wach; sie kochten Tee und zerknackten Zwieback hinter den mageren Gesichtern, deren Teint von einem Bartanflug bis unter die Augen schraffiert war. Die Indianer waren aus. Slim vermutete sie bei Geschäft und Tausch. Er selbst ging gleich darauf mit seinem Hieroglyphenziegel bei den Experten der Ansiedlung Aufklärungen einsammeln. Van den Dusen schlug vor, Toilette zu machen.

In einer Stunde waren wir, so gut es ging, auf den Glanz hergerichtet. Van den Dusen trug sein restauriertes Madonnengesicht mit den braunen, von Strapazen ganz milde gewordenen Augen auf die sonnverbrannte Gasse hinaus, all dies und seine neuhergestellte Bartlosigkeit, seinen pomadisierten Scheitel und einen verknitterten Leinwandanzug. Ich wählte eine Kartusche und hing sie malerisch über die Schulter. Ein Khakihelm vervollständigte die Absichten. Fertig. Marsch! Wir erobern dieses Land! Wir sind die Vertreter der allerneusten Zustände auf dem Gebiete der Kultur, wir ergreifen Besitz von der Schönheit dieses Erdstrichs und wollen nebenbei eine Landkarte verfassen. Respekt vor unserem Wissen, unserer abstrakten Tiefe, unserer Humanität, andernfalls wird geschossen! Punkt; Amen. Wir sind ein Geschlecht von Herren.

Die Lichtung, in der das Dorf lag, war durch ein Rechteck von zweihundert mal sechshundert Schritt gebildet. Ein Flüßchen mit braunem sanftem Wasser und ausgeleckten Ufern floß mitten durch. Daran stand mit dem Rücken die Siedlung. Ein Teil der Lichtung war Savanne, fünfzig Prozent davon waren mit Tapioka und Indigo bebaut. Überm Flusse lagen verstreute Granittrümmer, durch sie durchbahnte sich ein kleines rascheres Gewässer in Kaskaden einen Weg.

Hier ist gut sein, sagten wir. Van den Dusen inspizierte scharf, machte Bemerkungen über die Lage, die Agrikultur, schnupperte ein wenig gestört nach dem Fischgeruch, der von einem gräten- und schuppenbesprenkelten Platze des Ufers kam – nach fünf Minuten aber waren wir entschlossen, hier eine holländische Stadt zu bauen und dem Fortschritt einen wesentlichen Dienst zu erweisen.

Auf den Feldern trafen wir Indianer, die ihre einfachen

Holzgeräte nicht stehen ließen und uns nicht nachsahen, uns aber doch ein größeres Interesse widmeten, als Erziehung und Stolz ihnen gestatten mochten. Eine feine Unbehaglichkeit, ein gestenloser Trotz drückte sich in ihrem Schweigen aus. Van den Dusen sagte: »Vorgeschmack der Eroberung! Ich erinnere mich an meine Garnisonszeit daheim und auf Java. Die ersten Tage fühlten wir Offiziere uns gleichsam als Feinde und Eroberer. Hinter der gegenseitigen Förmlichkeit steckte etwas Ungutes, wie Gegnerschaft. Später ist man dann auf du und du gestanden.« Wir lachten und sahen uns spöttisch um. Wir wären in Verlegenheit gewesen, uns unter diesen Tieren einen Dutzbruder ausfindig zu machen.

Aber die Anwesenheit von Menschen ermuntert dennoch. Dieses Nestchen war ein kleines Paradies. Es war Bewegung da, eine gewisse Betriebsamkeit hinterließ ihren Erreger, es bestand eine erfrischende Ansteckungsgefahr für Seelen. Ein Takt, dessen Maße wir noch nicht begreifen konnten, ließ sich ahnen. Wir durchschritten das Dorf mit seinen fünfzig triangulären Hütten; und siehe da, diese Gruppe blanker Kegel wies einen erhöhten Lebenstonus auf. Fünfzig kleine Rauchsäulen krochen seitlich an den Spitzen heraus und erhoben sich alle in der gleichen Richtung der Sonne zu. Der Rauch sah flügge aus, er hatte es schrecklich eilig. Die Savanne mit dem kochgeschäftigen Dörfchen bot sich als ein Präsentierbrett voll Teekannen dar. Ein Indianerdörfchen gefällig? Wenn man sich die Portion besah, erklärte sich ihr sehr rationelles Wesen. Ich fand drei Ringstraßen, die in konzentrischen Kreisen um ein mittleres Prachtgebäude, eine große bemalte Hütte, angelegt waren. Nach diesen Straßen öffneten sich die Interieurs der verschiedenen Hütten, hier lagen im scholligen Boden glattgetretene Pfade, Staub und brüchiges Gestein. Ein System von durchmesserförmig gestellten Durchsichten aber strömte im Mittelpunkt der großen Hütte zusammen. An jeder dieser Durchsichten, deren Hintergrund eine Ansicht der Hütte ergab, pflanzten sich die Kaminluken fort, allerlei Gerümpel und Überzähliges hauste zwischen den Flankenwänden der Hütten. Ein einziger Durchmesser nur führte breit und anscheinend gepflegt auf die große Hütte zu. Hier gab es also etwas wie Plan und Anlage, ho, sozusagen eine kleine herzige Technik?

Wir gingen auf die große Hütte zu. Sie war von Holzwänden bis in Mannshöhe umzimmert; phantastische Figuren mit ungeheuerlichen verrenkten Gliedmaßen waren in fleischlicher Pracht dargestellt. Entzückend festgestellte Linien der Leiber, ein anschauliches Muskelspiel und eine Malerei auf Zusammenklang ausfleckender Farben gaben ein schönes Zeugnis vom Impressionismus einer naiven Kunst. Der Maler hatte Sympathie für eine große schlanke Rasse von Menschen, deren Oberkörper, lang und walzenförmig, einer gewissen Aristokratie nicht entbehrte. Die Büsten seiner Männer waren übertrieben; sie waren mager und ihre Rippen hervorgetrieben; die Brüste lagen hoch wie muskelige Brünnen und gleich bei den Achselhöhlen. Die Frauen hatten Arme flach wie Reißschienen und schienen über das jungfräuliche Stadium noch nicht hinausgekommen. Babies mit helmhohen Stirnen und kleine koboldartige Kinder waren erkennbar. Ich gewann den Eindruck eines Krippenkults.

Die offene Seite der Hütte war durch eine Matte abgeschlossen. Diese war aus farbigen Beeren gewirkt, ein Gehenke von bunten Schnüren, fiel sie bis auf Handbreite straff zum Boden herab. In diesem Augenblicke lockerte sie sich, von einem unsichtbaren Willen bewegt. Erst entstand ein kleiner Faltenbruch, dann bekam man eine Handvoll Menschentum zu sehen. Ich streckte den Kopf vor und prallte zurück. Vor mir funkelten im Dunkel zwei Augen an einer platten Nase vorbei. Die Matte fiel, meine Unzartheit war bestraft. Als wir uns entfernten, sahen wir in dem Spalt zwischen Schwelle und Matte ein Paar zierlicher nackter Füße stehen.

Wir gingen rund um das Dorf, wir stellten uns allwirselbst dem Dorfe vor; dies war unsere Anerkennung für den vortrefflichen Anstand seiner Bewohner, den ich mit Begeisterung bemerken zu müssen glaubte. Hier wurden wir nicht moralisch in Schach gesetzt, nicht ausgebettelt und nicht unter der Form von Freundschaft gedemütigt. Die kleinen Kinder, die zwischen den Zelten gespielt hatten, verschwanden, während wir näher kamen, im Innern. Und dann waren es behutsame und zurückhaltende Blicke, die uns überall her aus den Behausungen folgten. Dies war gute Art, eine vorbildliche Erziehung für den Fremdenverkehr. Frauenstimmen riefen und die Kinder zogen sich vor uns zurück. Da kam Slim des Weges daher. Er schien nicht gerade gut aufgelegt. »Laßt doch eure verdammten Schießeisen zu Hause«, schrie er schon von weitem. »Ihr macht mir doch die Leute scheu. Die Mütter fürchten für ihre Rangen, und die Alten wollen angesichts solcher Manieren nicht mit ihrer Weisheit heraus.« Ach so! Dies bezog sich also alles auf unsere Revolver? Wir trugen nämlich jeder eines solcher langen Dinger, amerikanisches Fabrikat, nach Cowboyart an einer umfangreichen Lederkoppel, die am lockern Gurt vorm Magen baumelte. Welcher Zusammenhang besteht zwischen guten Sitten und Revolvern? ist ein Gegenstand für Seelenkundige und Politiker.

»Hallo, Slim, was ist's mit dem Schatz?« frugen wir. Er

zuckte, sparsam, wie er oft mit Temperament sein konnte, mit Augen und Ohren. »Vorläufig nichts. – Aber, haben Sie schon Zana gesehen? Dieses Wunder von einem wilden Vogel muß mit, darauf gebe ich meinen Kopf!« Nein, Zana hatten wir noch nicht gesehen. Wer war Zana? Nun, Zana war – wir mußten uns gegen das große Zelt im Mittelpunkt wenden, Zana war die Priesterin und das dort, das bemalte Gezelt, war das Allerheiligste.

Wir schritten zurück zu unserer Hütte. Sie lag am zweiten Ring. Etwas ältlich schien sie, ihr Dach gab nach wie eine Hängematte, aber sie hatte Raum. Wir konnten zufrieden sein, wir bewohnten ein vornehmes Gebäude, das stand fest, wie Slim sagte; wir setzten uns gemächlich vor der Tür nieder, walzten, stopften und entzündeten uns Zigaretten und sprachen übern Rücken mit unseren Indianern, die in einer Ecke faulenzten. Dies war ein Idyll. Wo blieben die großen Abenteuer? Wir spotteten reichlich; Slim redete in derben Ausdrücken von seinen Hoffnungen. Zana, haha, wer war Zana für uns? Zana, nun bitte ich einen Menschen, Slim schien ja ganz vernarrt in dieses Gespenst von der großen Hütte. Wie konnte man einer von diesen schlecht ausdünstenden splitternackten Bestien gewogen sein? Nein! Niemals! Nimmermehr! Sah sie wohl den Bildern ihres Wigwams ähnlich, war sie eine Frau mit Reißschienen statt Armen und Beinen und mit den Eutern einer Ziege? Nein, dieser Slim, wissen Sie, van den Dusen, ich habe ihn überhaupt in dem Verdachte, daß er – – Slims Perversität lag offen am Tage. Wir kamen zu einer Entscheidung und zu einem geläuterten Gewissen. Wir lachten, wir lachten alle drei, inmitten dieser Harmlosigkeit nach all den Qualen und Anstrengungen der letzten Tage, die vergessen waren. Wir fühlten uns fürstlich, riesenstark genug inmitten des Guten, allen Erfolg nun auch noch zu verachten.

VIII

Und dann kamen die Tage, da wir nicht mehr lachten. Seltsame und regellose Dinge ereigneten sich und gewannen Methode. Stimmungen zischelten scheu und feige in uns auf, wie wir sie nur aus den frühesten Kindheitsträumen in bleierner Erinnerung hatten. Wesenszüge traten in Erscheinung, setzten sich durch, die Akzente sprangen um, barbarische Lebensformen nahmen verbriefte Rechte ein, wo seelische Hohlräume sich gedehnt hatten, gab es dunkle Bewegungen und aus Wüsten des Blutes schäumte es über. Uraltes wurde rege. Und dann kam das große Ereignis, das Fieber fraß den letzten Funken zivilisierten Bewußtseins. Van den Dusen und Slim gingen dahin und Zana war verschollen. Die Gesänge ihres Stammes trauerten ihr wohl nach, der Künstler, der sie dichtete und zeichnete, mochte kommen, atemlos folgte die Menge den Übungen seines Werkzeugs, und eines Tages mochten sie Zanas Bild als das der Göttin verehren. Ich aber stehe schon auf heiligem deutschen Kulturboden, mein Fuß tritt auf hindernislosen Asphalt und mein Geist geht prüfend wieder mit dem Takt von Kolbenstangen und Propellern durch die Tiefen rätselvoll arbeitender und doch bis ins kleinste begreiflicher Maschinen.

Zana war viel einfacher, sie bestand aus wenigen handgreiflichen Begierden und doch war sie unbegreiflicher. Ich zermartere mir das Hirn, zu sagen, was Zana war. Was war mir Zana? Nein, Zana war nichts, sie war ein menschliches Scheusal und ein dämonischer Halbaffe, eine gefärbte Kröte und ein zurückgebliebener Kretin. Nicht ihrethalben ist alles so gekommen, wie ich es noch vor kurzem glaubte. Und doch werde ich, schwankend und zerrissen und in der Erinnerung betört, immer wieder auf sie zurückkommen. Die Tropen, die Hitze, die Nervosität dieses unerträglichen Klimas trugen die Schuld und unsere eigenen dunklen Herkünfte und menschlichen Vieldeutigkeiten. Zana ist unschuldig. Zana ist nur ein Name, eine Überschrift für eine Episode. Zana, dich liebte ich, und du sollst rein dastehen vor meinen weißen Brüdern. Alles kam, wie es kommen mußte, und wären nicht unsere trüben Instinkte gewesen, die sich an den Mysterien deines Leibes und deiner wilden Seele ergötzten, wir wären unbeschadet durch das Land des harmlosen friedlichen Volkes gekommen.

Ich überschreibe eine ganze Folge von Ereignissen mit dem Namen Zanas, aber ich denke dabei an den großen Wald, den Urwald. Und gerade weil ich dabei an den Wald denke, schreibe ich Zana, denn eins steht fürs andere und die Gründe der Katastrophe, die über unsere kleine Expedition hereinbrach, sind so verworren, daß ich sie nur mit lebensgroßen Bildern und Symbolen einigermaßen anschaulich machen kann. Aber zuerst waren wir ja noch nicht im Walde, sondern in der großen üppigen Ebene des Limo, und so beginne ich denn die Reihe meiner Leidenschaften nicht mit Zana, mit Zana, die ich liebte, aber nicht bekam, sondern mit der süßen dicken Aruki, die der häuslichen Ebene entsprach, Aruki, die ich nicht liebte und bekam.

Vielleicht war sie gut genug für mich und ich hätte meine Augen nicht zu der Priesterin erheben sollen. Inmitten des Lebens unbekannter und fremder Daseinswerte mußten wir auf die Dauer unsere Haltung verlieren. Wir kamen sozusagen auf den Hund, wir büßten an gesellschaftlicher Achtung ein und hatten keine Übung, diese Verluste durch ältere und wildere Tugenden auszugleichen. Nein, es war vorauszusehen, Leute wie wir waren hier nicht am Platze, und niemals habe ich das Ganze besser übersehen als in jenen hellen vorausgehenden Äquatornächten, wenn ich ruhelos und vom Gram einer gegenstandslosen Leidenschaft verzehrt, hinauslugte auf die mondbestrahlte Dorffassade, die, so klein sie war, für mich zu etwas Bedeutsamem wuchs, seit ich hier unter Geschöpfen wohnte, deren kleiner, unbegreiflich kleiner Horizont der meine geworden war.

IX

Wieder kam die Nacht. Ich lag wach in meiner Hütte. Ein brenzlicher Dunst lastete auf mir, ich erhob mich und streifte mein Lager aus Palmstroh in den Eingang. Hier lag ich am Rücken und sah in den Himmel, in dessen Silberkraut ich den wehen schlaflosen Blick kühlte. Gedankenvoll klomm ich, zwischen Räumen voll weißer gasiger Helligkeit, von Stern zu Stern. Ein verblasener Brand schwoll stellenweise am Firmament auf, verhauchte narkotische Schwülen in die unendliche Leere zwischen Himmel und Erde, zuckte wie blasse matte Blitze über die Weltengegenden. Es war wie das falsche Flammen einer lungenkranken Brust. Nebenan aber stand die hohe Palme und spreizte starre grüne Messer, gierige Bündel von Blitzableitern in das Licht. Ein großer trockener Mund saugte sie den dichten Tau, der aus der lauen Luft entquoll. Hart und hungrig, unromantisch und ohne Sehnsucht stand sie in einer Landschaft von unwahrscheinlicher Poesie; aber der Roman der Nacht wurde vollkommen durch ihre verständnislose Trockenheit. Lange blieb es still, kein Lufthauch regte sich. Dann plötzlich schien irgendwo in einer der Hütten etwas vor sich zu gehen, ein Kleines wimmerte, ein Tier drückte sich im Schatten vorbei. Es war einer der hier gezüchteten Wolfshunde, klein wie ein Marder, stinkend aber rassig; perplex den Schwanz einziehend pfotete er davon, wenn er meine Aufmerksamkeit fühlte.

Da war ich nun mein eigener Herr, Herr einer neuen Hütte. Sie lag, wie die erste, am zweiten Ring. Aus unserer ersten Unterkunft, der geräumigen Versammlungshütte, wie ich später erfuhr, war ich in diesen eigenen Haushalt gekommen. Checho war bei mir; diese Hütte war kleiner, aber sie bot Raum genug für uns beide. Slim hatte eine schöne Hütte im ersten Ring erhalten, der Holländer gleich mir die seine im zweiten. Ob dies ein Zufall war, oder ob es eine Bewertung unserer Persönlichkeiten darstellte? Mein Ehrgeiz erhielt einen tückischen Stoß. Ich fühlte die Mißachtung des Volkes auf mir ruhen, jetzt, in dieser prangenden Nacht ging mir der Sinn gewisser kleiner Beobachtungen auf, die ich gemacht hatte. Die Indianer waren nicht mehr wie in den ersten Tagen. Seit unser Vorrat an putzigem Tauschkram, an leeren Konservenbüchsen und Zigarettenschachteln auf die Neige gegangen war, war unser Ruhm im Verblassen. Die guten Sitten wurden nicht mehr so eifrig eingehalten, unsere beginnende Armut demoralisierte das Volk. Die Riesentrauben der Bananen wurden uns nicht mehr so erstaunlich groß zugeschleppt wie die ersten Male, dies Dutzend Ananas, das man uns anbot, war im Verhältnis zum Überflusse dieses Obstes, an dem ein mehrhundertköpfiger Stamm mißwirtschaftete, von rührendem Humor. Und jene Handvoll Beeren war erschrecklich anzusehen, beängstigend wie eine Krankheit, ekelerregend wie ein Schwund, sie stellten die äußerste Grenze der Verachtung dar, sie waren die Verachtung selber. Das Volk! Das Volk hielt nicht viel von unserer geistigen Regsamkeit, von unseren Lebenswünschen, der Kraft unseres Appetits, dem Ehrgeiz unserer Ansprüche. Mit welcher Unverfrorenheit behandelte uns das Volk?

Kelwa, der Schildermaler, kommt eines Tages daher und bringt mir den lumpigsten Kitsch aus seinem Atelier, den ich dort bereits hatte in einer Ecke herumliegen sehen. Er verlangte mein Gewehr dafür. Ich nahm das Gewehr, ich gab es ihm so in die Hand, daß der Schuß in dem Augenblicke losging, da er es berührte. Die Kugel klatschte an das Palmstrohdach, Staub und Strohmist rieselten auf uns herab, Kelwa zitterte. Kelwa, du tapferer Krieger, du Pinselnovellist des Krieges – Kelwa ging schnell fort und sieht jetzt mit bösen Blicken an mir vorbei, wenn wir einander begegnen. Das Blut steigt mir zu Kopfe, wenn ich, Kelwa, deine Verachtung sehe, diese Überlegenheit einer gebildeten Rothaut über den weißen Rüppel. Dein Blick frägt klar, würdest du jemals so handeln und eine zarte Gabe, ein edles und höchst vernunftgemäßes Geschäft durch unziemliche Schüsse verderben? Ich weiß, ich weiß, du hast mehr Takt, mein roter Bursche; du hältst dich für fein, ich erkläre dich für intrigant, du hältst mich für einen Bettler und verstehst nicht, he, wie man sich so ohne Scham einem fremden Stamme anbiedern könne? He, sehe ich dir auf die Gründe deiner Seele? Wohlan, du brauner Stengel du, du nette Pflanze von einem Künstler, ich behaupte, du könntest, wie du bist, auch in Europa vorkommen, du Pharisäer, du besserer Mensch – Dichter – Spitzbube... Spitzbube, verdammter roter malender Spitzbube...

Dies ist die tropische Nacht und ihr Fieber. Haß, Schuldbewußtsein, Gewissen, Ekel. Schwäche, Elend der Erkenntnis, sinnlose Selbstanklage kommen aus der Hitze und Schlaflosigkeit zur Welt und foltern den Entwurzelten, den Verschlagenen, den Reisenden. Grundlose Gewissensbisse verfolgen ihn. Das Blut strömt aus Zorn und Widersinn verkehrt zum Herzen, und verkehrt strömt es wohl wieder an seine Plätze ab. Es kreischt wie ein Strom, eine Kette widerspenstiger Achsen. Ich stützte mich kochend auf meinen linken Arm und schabte die Zähne gegeneinander. Diese Bewegung schreckte einen herumschnüffelnden Hund auf. Er bekam es mit dem Todesschrecken, flog entsetzt zur Seite und streifte die Matte an der Hütte gegenüber. Erregt über diesen Akt nächtlicher Ruhestörung in einem ehrbaren Indianerdorfe heulte er aus gestreckter Kehle auf und schoß davon, als ich mit den Fingern flapste.

Und nun begann es drüben unruhig zu werden, ein Kopf schob sich längs der Matte unterm Vordach vor und zeigte ein vertrautes Gesicht. Es war Aruki, die hübsche Aruki; sie war dick, und ich dachte, schade, daß sie verheiratet ist. Aruki aber schien beunruhigt, kam – und nun wurde ich aufmerksam – auf lautlosen Ballen näher. Was war das? Was hatte Aruki vor? Ja, auf welchen Wegen erging sich die süße Aruki? Als sie näher kam, ging es wie eine wunde Seligkeit in mir auf. Wo ging sie hin, wen suchte sie – –? Wie ihre kleinen huschenden Schritte mich schaukelten! Sie sah mich wohl erst, als sie in Greifweite vor mir stand. Sie erschrak mit einem Ruck, den sie stumm unterdrückte. Aber schon war es für sie zu spät. Das Mondlicht glitt an ihrem blanken Fell nieder, vor ihrem Schoße pendelte das aus Perlen und Beeren gewobene Schürzchen. Die Zikaden sangen. Ganz plötzlich hörte ich sie. Ich wurde im Nu so hinfällig, daß mich die kleinsten Geräusche wie brechender Donner berührten. Ich empfand das helle Schwingen der Tropennacht und sah die silbernen Schauer über den blauen Rücken der Nacht huschen. Arukis feste Waden standen über meinem Kopfe, ich fühlte sie mit den Haaren. Meine Sehnsucht sprach in Tastempfindungen, ein Festigkeitshunger überfiel mich, ein tiefsitzendes Verlangen nach Kurven, Formen, runden Widerständen. Schnell griff ich zu und schloß mit einem erhebenden Gefühle die Faust eng um den Knöchel. Aruki stürzte vornüber auf meine Brust, ihr üppiger Körper floß nachgiebig um die Prägungen meines Systems, meine erhabenen Muskeln und Knochenbüge sanken hingebend in ein liebliches Lager von Fleisch und Fett. Mein Kopf lag an ihren Hüften, ich schnürte die Arme träumerisch um die breite Taille und küßte die Wölbungen der glatten Haut.

Wir rangen stumm, mit Haß und Inbrunst, und sagten uns heiße Liebesworte, schmachtende Gemeinheiten in die Bäuche. Dann war mein Atem einen Augenblick lang frei; der geschweißte Lärm arbeitender Zikaden drillte wie ein großer Bohrer den Raum. Ich spürte einen fatalen Moskitostich am Bein und zuckte zusammen. Gleich darauf erhielt ich einen Schlag auf die Wange. Eben noch hielt ich Arukis festen Knöchel in der Hand, sie bückte sich blitzschnell zwischen den Sternenhimmel und mich, Donnerwetter – ich ließ los, da war sie fort.

Auf dem Pfade meiner Wehmut ging sie hin, wandelte auf einem roten Strahle, der von meinem Herzen ausging. Verzweifelt kratzte ich an den Beinen, wo die Moskitos unter die Hosen geschlüpft waren. Meine Sehnsucht spielte mir Streiche. Au! Auf der Stirne, am Hals, an der Handfläche begann es zu stechen. Ich stand auf und holte das Moskitonetz, das beim Gepäck lag. Beim Schein der elektrischen Taschenlampe erkannte ich, daß Checho fort war. Ich fand das Netz, kroch darunter und setzte mich leidend vor der Tür draußen nieder.

In Arukis Hütte wimmerte eines der Kinder. Sie war Mutter von zehn. Nun nahm sie das eine, das kleinste, das sie immer überm Rücken trug, sie nahm es und legte es vor die nährenden Brüste. Aruki war keine Schönheit, mein Gott, aber ich fand Aruki hübsch. Ich liebte sie und sie hatte mir eine Ohrfeige gegeben. Aruki, dieser Demutsknoten, besaß also Temperament. Herrlich, geradezu herrlich war sie, ein unschätzbares Kleinod von Weiblichkeit! Welchen anderen Wunsch hatte ich, als sie in meine Hütte heimzuführen, für sie zu arbeiten und zu jagen, von ihr meine Kinder gebären zu lassen und an ihrer Seite das Leben eines Kriegers, der ihrer wert wäre, zu führen? Ihre Demut war eindrucksvoll, charakteristisch, originell, schon damals, als wir aus dem Walde hervorbrachen und sie sich wie ein geängstetes Wild den Fremden ergab! Immer steht sie mir so vor Augen, in die Knie gebeugt und die Arme hinterm Kopfe verschränkt – – – ich überlege es recht, das Leben ist vollkommen erst im Genusse. Fremde Schönheit ist zuletzt der Kraftaufwand des Einzelnen, eigene Schönheit ist die Vorbereitung zum Genusse fremder. Jeder schmiedet an sich, daß er fremder Lust die Hemmungen beseitige, um an ihr die eigene zu steigern. Es lebe die Lust, das Rauschen des törichten Blutes! Prangende Sinne und einzige Weisheit des Fleisches! Kamt ihr aus einer Tropennacht zu mir, aus Siedehimmeln und schwärmenden Gestirnen, aus Fruchtbarkeit, die im alten Mark des Urwalds quillt und sproßt, und aus fleischlichem Wuchern, aus der stehenden Schwingung lauer Luft, die von der Riesenraspel membranöser Zikadenflügel erzittert, kamt ihr zu mir aus gespreiteten Palmenwedeln über dem Kopfe oder von Arukis schlenkernden Brüsten! Süße Mutter, wie das Baby schmatzt! Um der Süßigkeit willen und der schläfrigen Wollust, die in Frauenschenkeln ruht und aus der Mohnrose ihres Schoßes aufblüht, will ich ein Vater werden und die Welt meiden, der ich entstamme. Eine Indianerhütte und das Glück empfangener Demut sollen meinen Blick begrenzen. Aus Lüsten der Gewalt und undenkbaren Arten der Hingabe will ich meine Freude nähren. Aruki, dich liebe ich, aber kannst du nicht die Meine werden, dann sei's eine andere. Sie sagen, Zana sei die Schönste. Ich will versuchen, sie so zu sehen. Diese Falschheit fällt uns Europäern leicht. Ja, sie ist schlank und lang, und mutwillig hüpft ihr das Hinterteil, wenn sie geht. Sie ist ein Kind, eine Tochter, ein Schwesterlein. Ja, und Aruki, mein Herz bricht – – – du aber, Aruki, um die ich hier weine, bist die Reife; ich liebe deine leise Welkheit, die eingefallenen Ränder deiner schwarzen Augen, die Sprünge, die deine Wangen furchen wie die Falten einer geliebten Handfläche. Da sitzest du und singst deinem wimmernden Kinde das Lied vom schlanken Mondfräulein, das voller und trächtiger werdend zur reifen Mütterlichkeit sich rundet und spät und letzt blasse Schatten und Makel seiner silbernen Fülle bloßgibt. Ich liebe deine lädierte Schönheit, ich fühle ein beseligendes Erbarmen für die verlöschende Orgie deiner Formenpracht; mein Herz hüpft beim Anblick deiner hüpfenden Brüste, ich erschaure tief vor dem mysteriösen Gram gebrochener Zähne, mir schwindelt vor den gelben Hauern junger Eber, die feierlich den entzückenden Narben deiner Oberlippe entwachsen. Du mein geliebtes altes

Mädchen, ich ahne in dir die sinnliche Tiefe eines Volkes, der erst wieder die Tiefe meiner Intelligenz entspricht. Und sehe in eurer Kosmetik nur die kluge Technik der perfekten Ausnützung menschlicher Unvollkommenheit und Ungesundheit!

Hier lebte ich unter Wilden, unter diesen nicht einmal gesunden Tieren mit abergläubischen Körpern. Ich war ein Fremder und kam von der anderen Seite, dorther, wo der Versuch, auf intellektuellem Wege Lust herzustellen, schon seit Jahrtausenden mißglückte; von dorther, wo man aus dem periodisch verbleibenden Bruch eines Unlustresiduums immer wieder nach derselben Operationsmethode: Fortschritt auf immer dieselben Rückstände getroffen war. Hier aber befand ich mich unter Tieren, deren physisches Raffinement in eben demselben Grade Geist sein mochte, wie die europäische Art, das Problem zu erledigen: Es besaß Tiefe, die sich mit dem Dasein deckte. Zerstreuungen, Ablenkungen von der wichtigsten Lebensfrage waren wider den guten Ton. Hier schien der Weiße indolent, und die braunen Blicke enthielten den Vorwurf seiner Minderwertigkeit, weil er sich nicht mit dem ganzen Wesen auf die brennende Frage warf, wie aus dem Dasein der Honig der leiblichen Anwesenheit gesogen werden könnte. Denn dieses Leben schien mit Genuß, Wachstum und Üppigkeit durchtränkt.

Hier hatte ich Gelegenheit, auf eine früher erfundene Figur meines Denkens, das sogenannte Wasserrad, zurückzugreifen. Ich erkannte: das Leben war durch Mühlen betrieben, die nie gebaut wurden! Daß man stille lag, war die schnellste Art, vom Fleck zu kommen. Es handelt sich um eine Auseinandersetzung zwischen dem Geist zweier Rassen. Ich bin auf den Dampfer gestiegen, bin durch den Urwald gestampft, durch Schweiß und

Entbehrung und Fieber gerannt, um den Weltgeist zu tippen. Ich komme im rechten Augenblick, um den Sieg des farbigen Gedankens zu erleben und meiner eigenen Rasse den Fuß auf den Nacken zu setzen! Soll ich recht behalten mit meinem Wasserrade, dem Symbol der Gleichgültigkeit menschlicher Direktionen? Sind wir falsch orientiert, tappen wir ins Blinde, sind wir monströse Wucherungen auf dem hellen Erkenntnisauge der Menschlichkeit? Mein Fall liegt klar. Dies ist mein Fall, der Fall eines dreiundzwanzigjährigen Lebens, während dessen ich um den Augenblick eines vollkommenen Vergehens gebetet hatte. Leidenschaften und Genüsse zeigten mir einen blassen Schatten, zwischen ihnen und mir stand mein Gehirn, mittels des ich die altruistische Maschine virtuos und staunenswert beherrschte, aber nicht die kleinste Spur von Talent im Genießen bewies. Die Augenblicke des Versuchs hatten noch stets den untilgbaren Rest des Mißlingens geborgen, wo die Vorbereitung nahe an die Vorwegnahme herankam. Das Resultat, das für den Menschen angestrebt wurde, fraß den Menschen, setzte sich an seine Stelle und machte sich sein Glück botmäßig, statt ihm zu dienen.

Bei diesen Tieren aber lag das Heil. Ihr Genie war einfach, es bestand darin, die Krankheit zu Genuß und Schönheit zu erheben. Das Glück, das unsere Humanität anstrebte, erreichte ihr Egoismus. Sie entfalteten sich einer an des anderen duldsamer Lust. Es gab Beispiele. Warum schlug Kelwa, der Künstler, Feigling und Pantoffelheld, Rulc, dieses seltsame Weib, dieses grausame Abbild eleganter Häßlichkeit, diese fashionable Inhaberin dreier tadelloser Eberzähne und Reißnägel in den Nüstern?

Warum liebe ich nun Aruki, die mich geohrfeigt hat?

Wohin bin ich gekommen? Mit sechs Jahren begannen meine Leidenschaften, und ich war der erträumte Tyrann meiner in der Wirklichkeit zartesten Verhältnisse. Mit zehn Jahren, als die Bücher der Kämpfe und Abenteuer mir zur Hand kamen, suchte ich in ihnen wie ein rasender Held nach den Gestalten der demütigen Frauen, um meine hungernde Phantasie zu stillen. Damals habe ich den Traum planvoll angelegt, der mich mit einer süßen Wilden in Urzustände der Sittlichkeit verschlug. Ich habe ihn lange und immer wieder und wieder geträumt, und immer war es das fremdrassige dunkle Mädchen, dem ich die höchste Vollendung der Freuden zutraute. Über einem abgeschmackten bürgerlichen Turnier mit Scharen zu Seelen verkrüppelter Weiber habe ich diese Seligkeit keimender Kindertiefen vergessen, vergewaltigt, verlebt. Diese Tropennacht und Arukis seltsame Süßigkeit geben sie mir wieder. Der Kampf der Rassen und Sinne ist in meinem Herzen entschieden.

Ich beuge mich vor der überlegenen Bildung dieser Wilden, vor dem Geiste, der in der Ausgelassenheit ihres Geschmackes steckt. Ich schwöre die Kultur des deutschen Bürgers ab. Ich will zu diesen geborenen Priestern der Sinne wie zu Brüdern sprechen und meine Würdigkeit vor ihnen erkämpfen! Hai, ich will nach dieser Jugend voll zerbrechenden Kampfes endlich meiner Sehnsucht ihr Recht geben, die von mir heischt, ein zitterndes Weib bei den Haaren zu zerren und aus fallenden Blicken Glückssterne zu klauben!

In Arukis Hütte gegenüber war alles wieder still. Da schob sich vorsichtig die Matte zurück, und heraus trat sie selber, Aruki. Der Schatten der Palme verbarg mich. Aruki lief die Seitenallee entlang, dem Walde zu. Eine schwächende Unruhe erfaßte mich, ich war unglücklich und sah tränenlos ins flimmernde Sternenlicht, in die kühle, zahlenhafte Reihe des südlichen Kreuzes. Nach einer Stunde etwa kam Aruki zurückgeschlichen, horchte von der Tür her, ob sich in ihrer Hütte etwas rege und verschwand dann im Innern. Es war frisch geworden, und eine Art kalten Unwohlseins befiel mich. Ich stand auf, ging zurück in die Hütte und warf mich ermattet auf mein Lager. Zehn Minuten später erschien Checho in dem bloßen Licht der Türfüllung und begab sich lautlos an seinen Platz.

X

Slim wurde von Tag zu Tag nervöser. Er brauste leicht auf, hatte Skandale an allen Fingerspitzen und schien mit seinem Schatze nicht ins Reine zu kommen. Seine Stimmung färbte auf uns ab. Ich konstatierte auch bei uns andern eine bedenkliche Neigung, uns gehen zu lassen. Dazu kam, daß unser Wirtschaftskapital auf die Neige ging. Aber das war es nicht. Was mir schwere Sorgen bereitete, war die Einsicht, daß wir litten. Eine leise Depression lastete auf uns, ein Zustand psychischer Stopfung war plötzlich eingetreten, und mit ihm schien das äußere Leben sich zu stauen. Diese Schoppkur von Eindrücken hatte unserer Konstitution nicht gut getan. Aber ein Ventil zur Handlung oder Produktion war nicht vorhanden. Wir litten.

Und warum? Wegen einiger Kleinigkeiten und fataler Differenzen mit dem hier landläufigen Geschmacke. Unser Ehrgeiz konnte sich in manches nicht einfinden. Niemand kann sagen, daß wir, van den Dusen und ich, uns nicht die größte Mühe gaben, unsere Zivilisation zu repräsentieren. Und dennoch lauerte uns stets der Angstschweiß im Hinterhalte, wenn wir durch das Dorf schritten. Was würden wir nun wieder auszustehen haben? Es war ein höchst ungemütliches Gefühl, in einer Masse zu leben, mit der man in nichts d'accord war. Das Niederträchtige an dieser Stimmung war der grob empfundene Mangel an Selbständigkeit, das beschämende Bewußtsein, daß einem die eigene Rasse – ein wenig unbequem zu werden begann.

»Unter einer Million Menschen ist es kein Kunststück, ein Eigener zu sein. Das kommt von selbst. Aber versuchen Sie es mal unter hundert Wölfen – Sie werden nicht nur mitheulen, nein, Sie werden selbst diese Klaviatur erst vollständig und harmonisch finden, wenn Sie mit von der Partie sind. Man lernt die Annehmlichkeiten nur allzubald schätzen. Sehen Sie, jetzt haben wir den ›kleinen Horizont‹, wir stehen wieder auf einer Art Landkarte, wir haben uns bereits mit einer leichtfaßlichen Zahl identifiziert. Können Sie sich noch an Ihre Schulbubenzeit erinnern – an die Geographiestunde – wissen Sie – verstehen Sie das?«

So sprach ich erregt und froh der Aussprache nach Tagen schlimmster Überlegsamkeit zu van den Dusen. Ja, er konnte sich erinnern. Wir traten den Heimweg ins Dorf an. Schon umschwärmte uns die gutgelaunte Jugend. Sie bettelte oder machte sich über uns lustig. Sie drängten sich mit ahnungsloser Miene an uns heran und setzten sich plärrend auf die Hintern, so bald wir nur geringfügig anstießen. Sie fielen bewunderungswürdig um, ohne sichtbare Störungen des Gleichgewichts. Ich trat einem der Racker unversehens auf seine Kautschukbeine; ich dachte, nun würde das Hilfegeschrei losgehen; aber auffällig blieb gerade er mäuschenstill. Ich hob ihn bestürzt empor. Verständnisinnig ergriffen die anderen den Witz dieses Spieles, und was nun folgte, muß für die winzigen Kreaturen höchst unterhaltsam gewesen sein. Es hieß in ihrem Idiom so etwas wie »Aufgehoben-werden spielen« und bestand in dem sinnigen Schema, sich bei unserer Annäherung niederzusetzen, um sich von uns aufhelfen zu lassen. Dabei vollführte diese Käserinde von Menschlein einen solchen Höllenlärm, daß die Mütter erschreckt ihre Köpfe zu den Hütten herausstreckten. Stirnrunzelnd fühlte ich, wie sie lächelten. Puppa, Puppa, sagte ich zärtlich und hob einen, den zweiten, den dritten Bengel empor. Er zog die Beine in die Hocke und ließ sich wie ein Brunnenschwengel auf und ab ziehen. Da wurde ich ängstlich. Ich konnte doch nicht mein ganzes Leben damit verbringen, kleine Jungens auf und ab zu schwenken. Und heimlich und voller Rachsucht zwickte ich den vierten, zugleich aber sagte ich mit süßer Stimme »ai, du Püppchen« und schielte ein wenig nach seiner Mama, die dort in der Tür stand und meine Sympathien für ihr Kind als vollkommen gerechtfertigt anzusehen schien. Dieser mütterliche Standpunkt aber war mir denn doch zu viel. Ich zwickte nun etwas stärker, aber die gewünschte Wirkung blieb vorerst einmal aus. Im Gegenteil, meine heimtückische Zartheit erhöhte anscheinend den Reiz dieses Spieles bedeutend. Mein Temperament zog mir Liebhaber und Liebhaberinnen zu. Als wir in völliger Ratlosigkeit Numero zehn auf die Beine gestellt hatten und er sich eben wieder zurückplumpsen ließ, erschien Slim auf der Bildfläche.

»Hallo«, schrie er, »ihr seid ja verrückt, spielt euch gefälligst mit etwas anderem! Aber meine Herren«, sagte er belehrend, »machen Sie uns doch nicht lächerlich! Das macht man so!« Er hob einen der Buben auf und warf ihn auf den Boden. Wie ein Ball kam dieser wieder auf die Beine zu stehen und lief verschreckt in eine der Hütten. »Das steht besser, als Sie glauben«, sagte Slim und machte uns auf eine Eigentümlichkeit aufmerksam. Keines der Kinder gebrauchte, mochte es noch so hilflos daliegen, um aufzustehen, die Hilfe seiner Arme. Schwupsdich, griffen sie sich mit den Füßen einfach in die Höhe. Betreten sahen wir auf unsere zehnfach verratene Humanität an Herz und Beinen zurück.

Diese Art von Erlebnissen, die nachgerade an die Tagesordnung kamen, brachten mich langsam herunter. Dann kamen die Zustände der Besessenheit, meine zurückgewiesene Koketterie fachte sich zum Wahnwitz an und gab mir Rachegedanken wider meine eigene Person ein. Ich hatte mit meiner Noblesse gewüstet, hatte sie mit vollen Händen hinausgeschmissen, jetzt traten die Gelegenheiten, scharf zu sehen, in Masse auf. Ich war bettelarm, ich stand mitten im Bankerott. Ein großes Unglück, welches, hätte ich nicht auf deutsch sagen können, war geschehen. Das hätte ich mir nicht träumen lassen, daß es einen Platz in der Welt geben könnte, den ich nicht auszufüllen vermögen würde. Wo waren meine Projekte geblieben, wo blieb die kulturelle Annexion dieses Landes, die wir uns in riesengroßen Hirngespinsten ausgemalt hatten? Während ich so in mein Inneres verfilzt war und Tag über Tag, Nacht über Nacht mit diesem Geschicke haderte, erhielt ich mehrere Schläge auf den Kopf. Veritable Schläge, die meinem Selbstbewußtsein das Genick brachen und meiner Vernunft ein für allemal den Garaus machten. Erst mit dem heilsamen Fieber, aus dem ich in Panama sechzig Tage später erwachen sollte, wich diese dumpfe Überreizung. Jene Schläge aber kamen von Slim.

Heute liegt das alles hinter mir. Ich habe einen weiten

Kreis von Bekannten und bin imstande, den Menschen Figur abzusehen. Dennoch will es mir nur schwer gelingen, aus Slim, so wie ich ihn bruchstückweise kennen gelernt habe, etwas herauszuschlagen. In der Zeit, in die sein Verhältnis zu mir fällt, war es für mich ausgemacht, daß sein Glanz so gut spießerhaft war, wie der irgendeines der südamerikanischen Bravos, die ich kennen lernte. Sein Feuer schien mir banal und seine Rassigkeit bäurisch. Er stand mit beiden Beinen in der Eleganz, klirrend und kürassiert von oben bis unten, impulsiv, zynisch und, wie mir damals schien, humorlos. Und doch konnte ich zu keinem abschließenden Urteil über ihn gelangen, so sehr dieses Urteil zur Überwindung meiner Demut gelegen gekommen wäre. Dann gestand ich mir einmal, daß ich im Laufe jener Tage Ausflüchte vor jeder Anerkennung getroffen hatte, die ich ihm hätte zollen müssen. Kein Zweifel, Slim war ein großer Mensch; ich sah ihn zu allen Tageszeiten und unter allen Verhältnissen; er schien mir das eine Mal belanglos und schmetterte mich das nächstemal durch die einfache Größe, die in einem Wort, einem Gedanken, einer Handlung zum Ausdruck kam, zu Boden. Und ich kam dahin, meiner uneingestandenen Bewunderung freien Lauf zu lassen. Ich war reif zur kampflosen Aufgabe meiner Überlegenheit, des gesunden Gefühls jedes Menschen, der sich zumindest in einer Spezialität jeweils unnachahmlich weiß. Diese Gesundheit hinterhältiger Selbstüberschätzung ist eine Gottesgabe; ohne sie wären die bedeutenden Zweitklassigen erdrückt, und jeder Grenadier müßte seinen Napoleon hassen. Wieviel haben davon Begeisterte und Anerkennende in ihrer Hingabe an fremde Größe nötig? Mir aber war diese hygienische Selbstgefälligkeit in eben dem Augenblicke abhanden gekommen, da mich schon das Selbstgefühl meiner Kultur vor dieser Portion Indianerhütten verlassen hatte. Von Hingabe war darum nichts mehr in mir; ich nährte mich von kleinen Zweifeln in Slims Persönlichkeit. Und doch, Slim war und blieb außerordentlich.

Er war voller Widersprüche, aber er war der interessanteste Mensch, den ich mir noch heute vorstellen kann. Er machte den Eindruck launenhafter Gewissenlosigkeit, und am Ende stellte sich in seinem Schwanken Methode heraus. So besaß er große Körperkraft, sie machte sich selbst im Verkehr zwischen uns Weißen nicht immer ohne Drohung bemerkbar. Mir schien, er mache oft den billigsten Gebrauch davon. Er ließ seine maßlose Wut an den Indianern aus, wo es ungefährlich war, und ein anderes Mal stellte er uns zur Rede, weil wir ihm durch Krakeel bei den Rothäuten seine Position verdürben und uns unbeliebt machten. Er liebte zynische Bemerkungen, und ich hielt ihn für platt. Ich war vergnügt, und noch in derselben Stunde sprach er aus tief seherischem Geiste: ich stand beschämt über meine zurückgebliebenen Freuden!

So geschah es, als wir bei Kelwas, des Malers, geräumigem Gehöft vorbeikamen. Aus dem Innern drangen Aufruhr und Lärm, die Matte vor der Hoftür war zurückgeschlagen, und wir konnten sehen, daß der Künstler sein kleines Weib mit der Faust ins Gesicht schlug. Das botmäßige Geschöpf gab keinen Laut von sich. Ich wußte, daß diese häuslichen Szenen sich hier öfters ereigneten, aber niemand nahm daran Anstoß. Slim stand zwei Köpfe höher da als ich, mit massiven Schultern und langen Armen, er lachte nur dreckig und ließ Kelwa, ein mageres, zartes Kerlchen, gewähren. Konnte er es als Spaß betrachten? Ich sagte etwas dergleichen. »O, blamieren Sie sich nicht«, lautete seine Antwort, »Kelwa studiert soeben, davon verstehen Sie nichts. Er ist ein Minnesänger und kennt seine galanten Pflichten. Woher sollte er sonst seine sinnreichen Bilder nehmen? Dieses Gemüt will geübt sein wie irgend etwas. – Merken Sie nicht die Zärtlichkeit der vergewaltigten Leiber auf seinen Bildern? Diese Humanität der Empfindung in den schiefgelegten Köpfen auf langen Leibern?« Wir gingen um die Hofmauern herum und nahmen die ausgestellten Prachtschilde in Augenschein.

In der Tat, schon lehrte Slim mich sehen. Ich begann dieses wilde Künstlergemüt zu begreifen. Diese wagerecht gelegten Köpfe waren das Weinerlichste, das ich jemals gesehen hatte. Diese Linien sehnten sich, ganze Himmelreiche von Leiden offenbarten sich in den scheußlichen Greuelszenen, die sie darstellten. Muskulöse Männer vergingen sich an unterwürfigen, dankbaren Frauenzimmern. Akte der wildesten Sanftmut konnten einem in dieser künstlerischen Fassung das Herz brechen. Niemals war Liebreiz so flötend, niemals Gewalt süßer dargestellt worden. Die Weiber bestanden aus schwellenden Pinselstrichen und verloschen unter den Würghänden und Dolchstößen ihrer kahlschädeligen Anbeter. Die Männer waren verzückte Heldengestalten, mit Oberkörpern wie edle Champagnerkelche, dünn und unansehnlich an den Lenden und fleischig moussierend an Schultern und Brüsten, wie gärender Schaumwein. Ihre Schädel waren kahl bis zu den Wirbeln, ausgenommen ein fransiges Haarbüschchen am Stirnsaum, das einem grinsend gefletschten Gebisse nicht unähnlich aus dem Hirn hervorwuchs. Körper beiderlei Geschlechts waren zu ergreifender Fleischlichkeit verwoben, Brüste klafften steil vor Lust und nervige Schenkel bäumten sich aus Knäueln. Eines der Gemälde duftete von Liebespracht und Lustaufwand, und ein Hundevieh lief darauf hinzu und schnupperte flüchtig zu dem Paare. Dieser Hund war das Hündischeste, das je an Hundetum geleistet worden war, er war hündischer denn je ein Hund, er war die reinste Genießlichkeit, die je zu Verkörperung gelangt ist. Er bestand aus fünf braunen Pinselstrichen, vier Beinen und einem Rückgrat, und schließlich einer langen Schnauze. In dieser Schnauze lag ein ganzes Hundeleben. Er roch und streckte seinen Körper.

»Empfinden Sie, wie sehr das – Gemüt hat?« frug Slim. Fast verstand ich ihn.

Am Abend saßen wir zu dritt vor Slims Hütte. Das Zigarettenpapier war ausgegangen, und wir rauchten Pfeifen, um die blödsinnigen Moskitos fernzuhalten. Jeden Augenblick klatschte sich einer von uns fluchend auf den belästigten Körperteil. Moskitos sind die geborenen Feinde großer Männer, sie sind imstande, das Genie zu stürzen. Nicht, daß ich es Slim gegönnt hätte, der sich geradezu verrückt ohrfeigte, während er Kernsprüche von beleidigendem Scharfsinn fällte – nein, für alles, was er sagte, hatte ich eigentlich schon vorher die Witterung gehabt, und er schrieb also eigentlich bloß von mir ab, wenn er sprach. Nein, sagte ich mir, ich gönne ihm seine Intelligenz; der Unterschied zwischen uns war bloß der, daß ich delikat verschwieg, wenn ich etwas Geistreiches wußte, während er es gleichsam an die große Glocke hängte. Dennoch, ich konnte mich beim Anblick der Moskitos, die in Slims Hemdkragen krochen und dort in dem gelben Fell pflügten, nicht erwehren. Ich schluckte den Triumph hinunter, er kam aber wie geölt sogleich wieder an die Oberfläche. Ich weinte vor Wut über meine häßliche Seele, aber ich mußte sie hilflos mitansehen. Meine Selbsterziehung war zum Teufel, meine Noblesse war an die Anfangsgründe der Tropenlehrzeit unnütz verpulvert, und die kleinlichen Roheiten des Knaben wagten sich wieder hervor. Das war die Wirkung des kleinen Horizontes, dies war das Beschränktheitsgift des Quadratmeterkleckses von Ansiedelung! Wie lange noch, und ich würde vom Tratsche leben, würde zu Kelwa schleichen und ihm melden, daß Aruki, das Weib Memes, ein Verhältnis habe mit – ah? – – – und würde wie eine Frau in die Hände klatschen, wenn van den Dusen mir ins Ohr flüsterte, daß er Slim des Nachts zu der stinkenden Hündin Zana ins Zelt habe schleichen sehen?

Moskitos sind eine Grundtatsache gegen Größe, und kleine Verhältnisse sind es auch. Aber Slim gewann doch gewissermaßen meine Bewunderung dadurch, daß er sich, während die Moskitos auf seinen Schienbeinen und Handgelenken Cancan tanzten, mit Gleichgültigkeit in diesen Sturz vom Hohen ins Groteske ergab. Die Hitze und die tropische Langeweile gingen ihm nicht auf die Nerven, er hatte ein phantastisch reelles Ziel im Auge und produzierte in seinem Auftreten die entgegengesetztesten Stimmungen. Das Dorf kriegte ihn nicht unter. Er fühlte sich hier zu Hause und war doch nicht anders als auf dem Parkettboden irgendeines Konsulats in den östlichen Städten. Er bewegte sich als Hidalgo und Geschäftsmann, als Militär und Kenner, er war so banal als ein praktischer Tourist nur sein konnte, das Exotische und Lähmende der Umgebung prallte an ihm ab. Er war auch hier auf dem Höhepunkte der Zeit. Sein Zivilisationsbewußtsein mußte rasend wach sein, mußte die Gleichzeitigkeit alles im Augenblick Geschehenden erfassen. Mit einem Worte: er kannte keine Stimmung. Da hatte ich ihn: er war kein Dichter. In seinem Ablauf sah ich den Rhythmus von Rädern, in der durchdringenden Sachlichkeit seiner zynischen Bemerkungen hörte ich die Lokomotive pfeifen.

Ich aber, der Ingenieur, ich hatte den Beruf verfehlt. Ich war zum Dichter bestimmt, mein Element war von Natur aus die Poesie!

Dieser Gedanke enthielt eine ungeheure Anregung. Sofort wurde meine Laune gnädig. Ich war der Dichter, Slim der Mann der Zeit. Sein Vater, der Schiffskapitän, war ein Yankee; seine Mutter Chilenin, spanisches Halbblut. Es gibt nichts herzlich Trockeneres als den Südländer, nichts Stabileres als diesen gebräunten Sohn des Sonnenlandes. Von hier bezieht Slim seine dürren, schneidenden Eigenschaften. Als Dichter bin ich zu dem Zeugnis ermächtigt, daß er damit in Mode kommt. Ich bin hierfür als Dichter nachgerade verantwortlich. Wer selbst keine Sehenswürdigkeit ist, beruhigt seinen Ehrgeiz als Impresario einer solchen. Mister Slim, es mindert den Respekt vor meinem Genie nicht im mindesten, daß Sie das s i n d, wozu ich die Idee in mir trage, das Schema, dem Sie als Füllung dienen; und ich bin auch ein anständiger Kerl mir gegenüber, das heißt ein Psychologe, so ist dies doch eine Privatsache, und niemand braucht darum zu wissen. Daß ich mich für einen Schurken hielte, wäre Grund genug, einer zu sein. Ich weiß, dahinter steckt ein schofles Geschäft, hat aber trotzdem für andere eine redliche und achtunggebietende Arbeit zu sein wie irgendwas. Schon sehe ich die fremde Bereitwilligkeit voraus, die Ironie, die ich selber gegen mich verwende, zu akzeptieren. Es ist mir ein Beweis für meine Verdienste als Impresario des modernen Menschen; wäre ich um ein Jota weniger originell, ich selbst würde einen ganzen Rattenkönig von Impresarios inspirieren. Denn, meine Herren, d e r D i c h t e r i s t s t e t s g e n i a l e r a l s s e i n G e s c h ö p f. Da ich aber nicht hilflos bin – – –

Die Moskitos wurden jetzt noch einmal zudringlich,

weil die Sonne sank, und dies die Stunde ihres Frohlokkens war. Schnell wurde es dunkel, und zwischen den Hütten des Dorfes begann ein blauer, scharfer Rauch aufzusteigen, der die Moskitos vertrieb. Große Männer und kleine Weiber, mit Fruchtkörben auf dem Kopfe, kamen aus der Savanna zurück.

Man beachtete uns um diese vorgeschrittene Zeit unseres Aufenthalts wenig. Am ersten Tag hatten sie uns höflich ignoriert. Später erfuhr ich, daß Feindlichkeit und Mißtrauen oft das Beste hinter guten Sitten sind. Denn kaum hatte Slim uns durch Luluac, den Häuptling, dem Parlament vorstellen lassen, als auch schon die nette Förmlichkeit umschlug und wir eine Periode ärgsten Belagerungszustandes, Spießrutenlaufens und anderer ethnologischer Methoden durchzumachen hatten. Stumm und im Innern vor Wut knurrend saßen wir zur Schau. Slim gab hin und wieder Aufklärung über verschiedene Eigentümlichkeiten des Stammes, dem wir angehörten, während wir so auf Klappsesseln hockten und der Wissenschaft dienten. Als besonderes Merkmal mußten wir geladene Revolver in den Händen halten. Der psychologische Grund dieser von mir veranstalteten Maßnahme war aber ein anderer. Jeden Augenblick war ich bereit, aufzuspringen und eine kleine Vorstellung zu geben, wenn das wissenschaftliche Interesse unserer Gäste zu weit ging. Denn dieser Forschungsdrang war konsequent genug, auch hinter die Geheimnisse unserer Wäsche eindringen zu wollen. Zumal unsere Hosen erregten als phantasievolle Abart der hierzulande getragenen Schoßlätze ein enormes Aufsehen. Damit hatte es nun überhaupt einmal so seine Bewandtnis und hatte eine Geschichte zur Folge, bei der van den Dusen nur mit Mühe von einer uns Europäern nun einmal angeborenen Roheit zurückgehalten werden konnte. Sie passierte, als eines Tages eine der Damen nähertrat und unschuldsvoll seine seidengestickten Hosenträger aufzuknöpfeln begann. Der dicke Holländer barst in ein fürchterliches Gelächter aus, in einer Art hysterischen Anfalls fing er mit dem Revolver zu fuchteln an und behauptete zwischen Weinen und Lachen, er sei gekitzelt worden, ja, man habe hier die Absicht ihn zu kitzeln, er habe schon seit langem bemerkt, daß dies für die schwarzen Damen ein noch ungelöstes Problem sei, daß ihre Neugier feßle. Aber soweit brauche er sich nicht demütigen lassen, er würde schießen, sofort, dies lasse er sich nun und nimmermehr gefallen. Die wißbegierigen schwarzen Schülerinnen kicherten sehr, als sie ihn so erregt gewahrten. Sie verstanden nicht, wie man so verrückt, ungalant oder weiß Gott was sein konnte, sich der Wissenschaft entgegenzustemmen. Aber der Holländer blieb dabei, daß man es darauf abgesehen hätte, ihn zu kitzeln. Slim mußte ihm in den Arm fallen, um ein Unglück zu verhüten.

Slim managete uns als europäische Show ziemlich glücklich. Ich wußte, daß er bereits einmal als Manager einer Buffalo-Bill-Truppe auf der Pariser Weltausstellung runde Summen gemacht hatte. Ich sah ja, was als Entree einlief. »Heute große Vorstellung ›Europa in Pomacco‹. Kinder haben freien Zutritt! Die weißesten Indianer der Welt! Ein Stamm ohne Füße, einzig in seiner Art! Der dickste Mann der Welt, besondere Attraktion für das weibliche Geschlecht, groß und klein! Hereinspaziert! Noch nie dagewesen! Erstes und letztes Auftreten der dümmsten und ungeschicktesten Kerle auf Gottes Erdboden. Größter Lacherfolg des Jahrhunderts! Herrein, hereinspaziert meine Herrschaften!!«

Als Entree gingen ein: Wildpret, Speere, Pfeile, Bananen, Brotfladen, Vogelpasteten, Gemüsesuppen und anderes Verderbenbringendes. Aber dies dauerte nur so lange, bis die Sache sich eines Tages überlebt hatte und die Dorfbörse auf ein anderes Gebiet überging. Und da begann die Zeit, wo nur um den Preis von Sardinenbüchsen, Glasperlen, Zigarettenschachteln, bunten Lappen, mechanischen Bestandteilen, Bleistiften und alten Kleidungsstücken der Hunger gestillt werden konnte; wo man, wie am Beginne, keine Notiz mehr von uns nahm, uns die Gassenjugend auf den Hals hetzte und sich ungeniert einer Lustigkeit überließ, über deren Gründe allerlei Vermutungen angestellt werden konnten.

Unsere abendlichen Sitzungen zeigten unsere Lage von Tag zu Tag deutlicher. Nichts aber ärgerte, nichts kränkte, nichts verbitterte mir den Aufenthalt hier mehr, als wenn ich des Abends sah, wie Checho zu Aruki hinüberschlich, dienerte, sie hofierte und vor ihr mit seinem Jünglingsgerippe prahlte. Es schnitt mir ins Herz, wenn sie beide lachten und ich es nicht verstand. Freilich, Checho war schön. Aber hier handelte es sich um ein wenig Grammatik, soviel ich sehen konnte. Checho sprach ein tüchtiges Indianisch; er war der geborene Verführer; ich durchschaute ihn. Wen ich aber nicht verstand, das war Meme, dieser Riese von einem Manne. Wenn es schon spät war, saß er noch fleißig in seiner eigentümlichen Stellung vor dem Spannbolzen und schoß das Webgarn rhythmisch hin und her. Seine langen Waden standen auf den flachgepreßten breiten Sohlen, und zwischen ihnen hing wie der Buchstabe M der Oberkörper, eine schmiegsame Pyramide aus feinen Knochen, Muskeln und Nerven. Seine Füße waren groß und wohlgeformt; wenn er saß, traten die blutgespreizten Adern wie helles Reisig auf der dunkleren Haut hervor. Auch er hob seinen starken Körper mühelos empor, ohne der Hände als Stütze zu bedürfen, ohne die Pose zu ändern, lediglich aus der elementaren Muskelkraft seiner knabenhaften Hüften heraus. Wenn er stand, war er ein Hüne, und Aruki war neben ihm ein kleines, plumpes Weibchen. Seine Oberarme waren breit und lagen wie flachgedrückte Keile auf den Brustringen. Checho schien, an ihm gemessen, armselig an Stärke, und ich begriff nicht, ob Meme den fremden Indianer fürchtete oder ob er in seiner Arbeitsleidenschaft ein kühler Gatte war. Hin und wieder fiel sein Blick auf die beiden, ohne daß sein Gesicht eine Spur von Bewegung zeigte. Aber oftmals betrachtete ihn Aruki verstohlen und verzweifelt. Eben fuhr sie Checho über den Rücken, prahlerisch deutete er mit dem zurückgelegten Daumen auf eine Stelle. Aruki schien bewundernd. In der Tat ein schöner Rücken, was aber mochte so besonders reizvoll daran sein?

Ich machte Slim aufmerksam. »Seine Narben«, sagte er. »Haben Sie es noch nicht bemerkt? Er hat zwei Narben am Nacken, dort hat ihm sein Stamm bei irgendeiner Feierlichkeit die Probe auferlegt, sich die Haut lösen und einen Pfeil durchklemmen zu lassen. Das ist erstens heroisch, zweitens ist es für den Burschen ein Kapitalvergnügen. Alle Arten von Verwundung und Grausamkeit sind bei diesen Stämmen bis zu Objekten der Gelehrtheit gediehen. Zana, Sie kennen sie?« – – sein Gesicht konnte einen falschen Ausdruck nicht verbergen – – – »Zana ist Doktorin in dieser Disziplin. Das Wundfieber ist eine Art Rausch. Jedes Fieber – – Sie werden noch Gelegenheit haben, diese Theorie zu überprüfen«, fügte er hinzu und sah mir aufmerksam in die Augen. Er machte eine Pause und sah plötzlich auf meine Handgelenke; da bemerkte ich, daß sie blaß und gelb wurden. Es war das erstemal, daß ich vor Slim erschrak und die Macht, die bestimmende suggestive Macht, die in ihm lag, erkannte. Jetzt sah er starr und mit leerem Blicke vor sich hin; er schien mit großer Kraft einer bösen innern Macht zu widerstehen, die er nicht ganz beherrschte; er hatte einen unglücklichen Zug im Gesichte. Dann schlug er den verlassenen Weg der Unterhaltung wieder ein und sagte mit gleichgültiger Stimme: »Im Prinzip ist die Art, wie man hierzulande das Leben tonisiert, in nichts verschieden von unserer Zivilisation. Sind Sie in Asien gewesen? Haben Sie jemals die Methoden studiert, mit denen Ekstatiker und Derwische arbeiten? Alle diese Menschenrassen kennen nicht das süße Gift der Reflexion: sie sind auch nichts weniger als erotisch; aber ihr epileptischer Manierismus ist genau jene göttliche Steigerung der Gesundheit ins schier Krankhafte, die wir in unsern Großstädten auf unsere Weise erzielen.«

Gesundheit, hatte er gesagt. Schon damals, vor den Bildern des lasterhaften Kelwa, hatte er das Wort gebraucht. »Gesundheit, hm!« machte ich spöttisch.

Er sagte nichts weiter. Ich bekam zu fühlen, daß er seine Weisheit nicht vor einen dummen Hund warf – übrigens, ich irrte mich vielleicht. Er sah mich wieder aufmerksam an, mit Interesse wie für eine Person, mit der man sich aussprechen möchte, die man aber vorher einer sorgfältigen Prüfung unterwirft. Und plötzlich stand drüben Meme auf. Er stand auf und stieß seinen Apparat geräuschvoll zurück. Wirklich, seine Riesenlänge sah bedrohlich her. Hallo, Checho, geschwind! Meme aber hing sich eine Kette fingerslanger Geierschnäbel um den Hals und ging mit gebogenen Knien aus der Hütte, die Straße hinauf, flink, leicht, sich wiegend, ohne die Wirtschaft unter seinem Dache auch nur eines Blickes zu würdigen.

Von diesem Augenblicke an wurde Aruki einsilbiger. Slim witterte mein Interesse an diesem Vorgang und sagte: »Das Weib wünscht sich nichts Besseres als den langen Mann auf den Hals. Verstehen Sie die alte Tatsache noch immer nicht? Wenn ein Mann seine Frau nicht mindestens zweimal in der Woche prügelt, spricht er ihr damit ein vernichtendes Urteil.« Dies klang mehr bäurisch als neu und ich sah dem Sprecher ins Gesicht. Und erinnerte mich an eine Situation im Kanoe, auf dem trägen Urwaldflusse, mitten im Schweigen, wo Slims Froschblick mich betastet hatte. Sein männliches, hartes Gesicht mit dem zottigen Knebelbarte war soeben die böseste Lebemannsfratze gewesen.

Van den Dusen, der in der Hütte hinter uns am Gepäck zu schaffen gehabt hatte, trat in diesem Augenblick herzu. »Slim«, rief er in unser Gespräch hinein, »hören Sie auf, Sie wollen uns gern den Kannibalen vorspielen. Wir glauben es Ihnen auch so. Hat nicht erst jüngst noch eine Dame in fette Schenkel gebissen und sich Eberzähne in die Nase gepflockt, die sich vielleicht Ihre Großmama nannte?«

»Und wenn es so wäre«, sagte Slim und lachte, »ich würde nicht gerade beunruhigt darüber sein. Hüten Sie sich nur, M'nherr, auch in diesem idyllischen Neste hat man schon à la bête gespeist. Sehen Sie mal diese langen Kerle von Männern an und diese winzigen Frauenzimmerchen. Die Frauenzimmer waren einst vom Volk der Arrauaken; es war ein kleiner, wenig begünstigter Menschenschlag. Da kamen Karaiben, lange Soldatenschlingel, erstklassiges Menschenmaterial, und fraßen den Arrauakenmädchen ihre Verehrer und Männer buchstäblich vor der Nase weg. Dann wurde Hochzeit gemacht, und seither hat sich dieses poetische Verhältnis schon durch

Generationen hindurch fortgepflanzt. Die Jungens werden groß, die Fräuleins bleiben hübsch zierlich. Draußen am dritten Kreis, in der Vorschanze bei den Proleten, Unedlen und Unterdrückten, die am ersten dran glauben müssen, wenn ein feindlicher Stamm das Nest berennt, wohnen noch die Überbleibsel des männlichen Arrauakismus. Lakaien und Kirchendiener, die auf das Zeichen einer göttlichen Inspiration hin eines Tages vom Stamme eingepökelt werden. Es ist aber nicht ausgeschlossen, daß beim nächsten Mal Sie dran glauben müssen, van den Dusen!«

»Ah«, piepste der Holländer, »verflucht noch einmal, Slim, Sie haben aber eine recht dumme Art von Humor. – Wollen Sie mir nicht lieber sagen, was man von Aruki zu sagen hat? Checho macht ihr den Hof. Ob sie darauf eingeht – –«

»– – und nachts halten sie Zusammenkünfte ab, dort, am Saum des Djungles. Die Moskitos blasen ihnen den Hochzeitsmarsch. Aruki zieht schmachtend aus, das muß man erleben, und kommt schwärmend heim um Mitternacht. Dabei hinkte sie einmal; Checho muß eine merkwürdige Art haben, Knöchel auszurenken. Ich selbst habe einmal zugesehen, als er sie, sozusagen, seine Süße nannte!«

»So?« sagte Slim und sah weg. »Tja, ja«, schnalzte van den Dusen und zog die Augenbrauen schlau in die Höhe. Plötzlich bog sich Slim hinüber. »Wie ist das eigentlich«, sagte er leichthin zwischen den Zähnen, »wo flanieren Sie denn des Nachts umher, Söhnchen Charlie?« »Und wer machte bei Zana Visite?« feixte der Holländer. Ich gewann den Eindruck, daß ich nicht der einzige war, und daß wir alle drei unsere Abenteuer hatten.

Ja, was wohl dieses Dorf sonst noch an Geheimnissen

barg? Mit diesem Gedanken geriet ich in gute Laune. Denn nun konnte ich vielleicht doch noch etwas erleben, eine kleine Erinnerung mit nach Hause nehmen in die Heimat, eine Serenate unter brasilianischen Palmen, ein tête à tête in einer Indianerhütte, ein herziges nerv- und sinnerfreuendes Erlebnis. Ich war eben ein Dichter; und nun begann ich zu sprechen und zu fragen, ließ Arukis glänzendes Fell im Feuerschein auf mich wirken, gab meiner Wißbegierde für alles, was sich auf das Leben und Treiben dieses Völkchens bezog, lebhaften Ausdruck. Malend und farbensuchend in meinen Worten, spann ich auch Slim in diese Erregung hinein; er wurde mir jetzt als Autorität auf diesem Gebiete plötzlich lieb; und schon fühlte ich, daß wir in einer gewissen Art ein Herz und ein Gedanke waren.

»Erzählen!« verlangte ich. Eine homerische Stimmung, eine zarte Einfalt des Hörens beherrschte unsern kleinen Kreis. Selten kamen wir Weiße, die wir in der Intimität des Reisens doch so nahe aneinandergedrängt waren, so sehr zu uns selbst, wie an diesem ruhigen ausgeglichenen Tropenabend. Hier war es, wo ich ein gutes Stück mehr von dem wirklichen Slim erfuhr. Schon sank der Abend dunkelblau durchleuchtet vor die Hütten; die Interieurs wurden kleine Schmieden der Häuslichkeit, vor den flakkernden Feuern bewegten sich bückende und fleißige Gestalten, Weiber hielten ihre entfesselten Brüste in den Schein und durch die aus Glasperlen und Beeren geflochtenen Schürzen hindurch bewegten sich schattenhafte Hüften. Ich saß unter Wilden und kam mir nicht sonderlich fremd vor. Und so begann eines der größten und bedeutsamsten Gespräche, die ich mit Slim hatte.

Slim fing mit der Behauptung an, in dem Dasein des Wilden gebe es ein Glück mehr: die Lust. Man habe darin

Erfahrung, man habe darin mehr Kultur als in dem kultiviertesten Zentrum der Welt, Paris. »Nehmen Sie zum Beispiel nur diesen einen Umstand, die schreckliche physische Überlegenheit des Mannes. Ich wage zu sagen, wo die fehlt, da ist im Geschlechtsleben etwas nicht richtig. Was ist nun ›richtig‹? Richtig, das heißt gesund, ist der Mensch mit dem vielseitigsten und von keiner Moral verschnittenen Lusttriebe. In den europäischen und deren Tochterzivilisationen aber fehlt es an physiologischer Aufklärung; die Menschen wissen nicht, was das ist: ›gesund‹. Den Urbegriff verstehen sie nicht, sie sind trotz jahrtausendelangen Denkens und systematischen Wertens noch zu keinem blutigen Bilde von dieser Angelegenheit gelangt. Einen einzigen Mann habe ich unter ihnen gefunden, einen Weisen in einem Wiener Kaffeehause. Er hat ein Ashanteebuch geschrieben, in dem er die Seele Afrikas – –«

»Ach ja«, sagte ich, »den kenne ich. Er heißt, warten Sie mal, er ist ein großer Dichter – er war aber nie dort – – –«

»Ppp . . .« machte Slim und blies Luft aus den Backen. »Aber gewußt, was zu wissen ist, und was man nur in Afrika lernen kann, hat er doch. Er sagte, ich erinnere mich nunmehr des Sinnes, ungefähr das: ein richtiger Kranker ist wertvoller als ein falscher Gesunder.« Es entstand eine kleine Pause, während welcher Slim uns erwartungsvoll und mit offensichtlichem Hohn ansah. Dann fuhr er fort, indem er dieses überflüssige Gespräch beleidigend kürzte und sofort die Nutzanwendung zog: »Das ist es: in den europäischen Zivilisationen fehlt es an physiologischer Aufklärung. Man führt dort gewissermaßen noch immer Hexenprozesse gegen die schönsten nymphischen Eigenschaften des Menschen!«

In diesem Augenblicke wandte sich van den Dusen mir

rasch zu. Es war die Erregung eines Menschen, dem die unverständliche Art eines dritten denn doch über die Hutschnur geht. »Das muß man nämlich wissen«, schrie er, von ehrlicher Heiterkeit geschüttelt, »diese Logik eines Slim, diese Spezialität des Schweinehundes als Philosophen!«

Nun hätte Slims Zynismus, dieses beim Namen genannte Kind seiner Seele, das er also gern als Tiefe verschwieg, doch wohl offenbar sein sollen! Ich erschrak. Gespannt betrachtete ich Slim. Und während ich mich vergewisserte, was da jetzt in ihm vorgehen mochte, gewann ich ihn plötzlich lieb. Er wurde nämlich nicht laut, nicht drohend, nicht boshaft. Im Gegenteil, sein Gesicht verzog sich zu einem weinerlichen Lächeln, er wurde hilflos und verlegen. Ließ ihn seine Geistesgegenwart im Stich? In diesem Augenblick stellte ich die absolute Ehrlichkeit und Naivität seines Charakters und seiner Gesinnung fest. Sie mochte nie und nimmer auf unpassende Überlegenheiten angewiesen, noch auf überraschende persönliche Anspielungen gefaßt sein. Ich liebte Slim jetzt wegen seiner Zartheit und weil er das Thema nicht mit einer persönlichen Spitze erweiterte, sondern nach einer Pause des Stotterns sicher auf seinen Gegenstand zurückkam. Er schlug den Holländer, indem er ihn ins Sachliche mißverstand.

»Nein«, sagte er, »gesund, – – normal ... das ist so eine unsichere Nomenklatur. Das ist alles so verteufelt – – wie soll ich sagen? – fade. – Sie werden zugeben, daß man die Hand gesund nennen darf, die in jedem Sinne im Vollbesitze ihrer zehn Finger ist. Sie können dieses Bild nach den Richtungen aller menschlichen Talente hin verwenden. Nun, die Kultur, die sich als einzig bestehende und gegenwärtige dünkt, ist eine Rechtser-Kultur. Sie neigt zum Extrem, sie ist unausgeglichen, sie ist in ihren Wertungen ungesund. Die Atrophie ihrer einen Seite dient ihr als Bezeichnung des Abfälligen, sie meint das ›linkisch‹ böse und heißt alles, was ihr paßt, nach der bevorzugten Seite. In allen zivilisierten Sprachen ist rechts und richtig gleich an Urteils- und Spruchkraft. Es gibt aber kein Links oder Rechts mit Bezug auf die Güte einer abstrakten Fähigkeit. Der körperliche Linkser gilt als Abnormität und besitzt doch nichts anderes als die komplette, gesunde Konstitution. – Verstehen Sie mich?«

»Gewiß«, sagte ich schnell; »was ist daran nicht zu verstehen?« »Nein, dann verstehen Sie es nicht«, sagte Slim. »Ich dachte, Sie wüßten es schon.« Er sah mich starr an, und auf einmal spürte ich seine Blicke wie eine magnetische Kraft mich aufheben und entwuchtigen; dieses entsetzliche Gefühl schien mir falsch und lächerlich, und ich muß wohl auch eigen gelächelt haben, als ich ihn jetzt ergeben ansah. So rein und sprungfertig hatte sein Blick, ich erinnerte mich, damals auf mich gewirkt, als ich ihn das erstemal im Osten traf. Dieser Augenblick, der reich und vielfältig gewesen sein muß, ist mir nur als etwas Entsetzliches, aber ganz Verschwommenes im Gedächtnis geblieben. Die Idee, daß dieser Mann Macht über mein Gehirn hätte, kam mir damals nicht, sondern kommt mir erst heute. So natürlich, ja alltäglich spielte sich dieser mir unverständliche Eingriff damals ab.

Plötzlich lächelte Slim süß: »Sie wissen es noch nicht; ah? Ich bin enttäuscht. Ich dachte, Sie würden es schon wissen.« Er dachte einen Augenblick lang nach. »Nun, wir werden ja sehen, was mit uns ist.« Sein Gesicht wurde heiter und einfach. »Ich werde jetzt ein wenig langweilig werden. Interessiert es Sie?« »O ja, doch«, gab ich zurück und empfand eine aufrichtige Neigung, zu horchen.

»Nun«, begann Slim, »nehmen Sie einen Punkt an, einen wirklichen Punkt ohne alle Stofflichkeit; ein solcher Punkt ist dann gleichbedeutend mit Existenz. Bewegen Sie, bitte, diesen Punkt: so kommen Sie zur Linie, von da zur Fläche und von da durch das gleiche Verfahren zum Raum. Nun denken Sie sich den Raum weiterbewegt, so entsteht die Zeit. Die Zeit. Die bewegte Zeit ist Leben. Das bewegte Leben ist Bewußtsein. Wir gewinnen also als letzte Dimension das Bewußtsein. Was aber ist der Inhalt dieses Bewußtseins? Wir fangen beim Vorletzten an, beim Leben. Das Leben zutiefst gefaßt, ist Ich; Ich zutiefst gefaßt ist Lust. Lust ist der direkteste Inhalt des Bewußtseins. Denn um gleich die Methode zu nennen, die letzten Dinge werden die ersten sein. Es ist ein tiefsinniges Wort, merken Sie sichs. Der tiefste Inhalt am anderen Ende des Bewußtseins aber ist Existenz. Von dort aus erfolgt eine Bewegung, die man ganz gut Dekadenz nennen kann. Denn die zweite Dimension, Linie, die Grundlage von Form, ist eine schon entartete Existenz. Wie alle Form in der Folge. Bleiben wir aber bei der Lust, das ist: Leben; der Inhalt ist hier die Zeit, das heißt die Bewegung im engeren Sinne, die Änderung« – verbesserte sich Slim. Er fuhr fort: »Der Raum, nun haben wir es leichter, ist schon wieder eine weniger originelle Dimension, für die uns die Grammatik noch gutsteht.« – Hier unterbrach er sich, sah mich höflich an und frug: »Sage ich Ihnen schon Bekanntes?«

Ich erschrak; seine Augen waren stark und von einer eigentümlichen Leidenschaft belebt. Ich fand es wunderlich, zu erschrecken, da geselligerweise gar kein Grund dazu da war, und alle gewöhnlichen sinnlichen Dinge ihren richtigen Verlauf nahmen, und sagte schnell: »Ja, ja, ich verstehe schon; darüber habe ich gerade in letzter Zeit soviel nachgedacht; man denkt hier soviel, diese Sonne wirbelt die Gedanken so mechanisch durcheinander, es ist ein Fieber, hier zu denken, und man kommt auf so verrückte Einfälle. Finden Sie nicht auch?« Dies sagte ich schnell, ohne es jemals vorher gedacht zu haben; es fiel mir gerade ein, war mir aber durchaus vertraut. Ein wenig überrascht war ich durch Slims offensichtliche Neugier. Er nickte unmerklich mit den Augenbrauen und den Ohren und fuhr fort:

»Dies ist nun wirklich ein Punkt hinter allem. Die Grammatik durchschaut; es ist das alte Mysterium des Logos. Das Erste wird das Letzte sein. Akzent ist alles.«

»Jawohl«, stimmte ich zu. Es war eigentümlich und unbehaglich, daß Slim gerade dies so ausdrückte. Aber es kam mir vor, als hätte ich mit ihm schon vorher darüber gesprochen. Und plötzlich hatte ich während einiger Sekunden ein seltsames Gefühl: es war mir, als hätte ich dies alles überhaupt schon einmal erlebt, als sei ich schon vor Urzeiten mit Slim so dagesessen und hätte dieselbe Unterhaltung gepflogen.

Slim fuhr fort: »Die Reihe ist an einer Stelle durchbrochen. Der Mensch platzt als Bewußtseinsträger herein und sofort beginnt sein Geschäft als Lustsammler. Er vierteilt, grob gesagt, die Dimensionen; sein erster Augenaufschlag ist ein Willkürakt. Er zerreißt und halbiert das Ganze: Leben und verschafft sich die Effekte: Links und Rechts. Ist Ihnen das plausibel?«

»Jawohl«, stürzte ich heraus, »dieser Gedanke ist ganz mein Fall. Ich muß Ihnen endlich gestehen, welche Entdeckung ich gemacht habe. Ich nenne sie das ›Wasserrad‹, sie ist ein Technikum für eine Art Paradoxon ...«

»Soso, ja ...« sagte Slim und seine Augen wurden spitz wie Enterhaken; dann wurde er zerstreut und versank in seinen eigenen Gedankengang. Er war still geworden wie ein Schwungrad, das zum Stillstand kommt. Eine Weile herrschte Schweigen. Dann lächelte er, dieses grauenhafte Lächeln eines vollständig verkommenen und haltlosen Menschen, das ich niemanden mehr so habe lächeln sehn wie ihn. Ein weniger schönes und edles Gesicht, wie das seine, hätte niemals so furchtbar und abstoßend lächeln können.

Er sagte: »So spricht man und schwätzt man. Das Gehirn, dieser Lustspeicher, ist der phänomenalste Dialektiker. Ja, wer den Eingeweiden und Organen auf alle ihre Phrasen käme, auf alle ihre Stilblüten! Könnte er danach seine Effekte dressieren, er wäre der größte Künstler. Ist es Ihnen noch nie aufgefallen, wieviel Ausreden, schlechtes Gedächtnis, Hysterien, kataplektische Unarten noch in unserer lautersten Weisheit stecken? Wie unsere Reflexion dialektisch verläuft, zehnmal neue grausame Kitzel versucht, schmeichelt und wohltut? Ich habe Sie vorhin auf eine alte, aber sehr tüchtige Idee aufmerksam gemacht, ich erinnere Sie jetzt an eine andere, jene, die den Wunsch als Vater des Gedankens bezichtigt. Es ist ein Gesetz, das hier der Wortlaut trifft. So bin ich mir zum Beispiel wohl bewußt, daß meine Theorie von den Dimensionen höchst auffallende Fehler zeigt. Ich schaffe mir einen Standpunkt abseits aller Erklärung, der nicht in ihr lokalisiert ist. Damit fehle ich gegen die Natur. Es ist nichts außerhalb des Seins. Es ist nichts ganz, das nicht diese Harmonie seines Seins und seiner Erklärung in sich trägt. Ganz ist nur, wie soll ich sagen: das Gefühl? Der Glauben? Eine befriedigte Lösung, eine beantwortete Frage. Was bedeutet alle Intelligenz schließlich gegen das Gefühl? Was wir wirklich erleben, was uns wirklich reizt und schafft, ist nur das Gefühl. Und das Gefühl vollzieht sich lächerlich selbständig, fließt und stockt und reagiert wie eine Drüse, die man beschreiben, sezieren, heilen und hochmütig behandeln, aber doch niemals als Lebensform herstellen kann. Das Denken ist nur ein Ausfluß dieser Drüse: Gefühl; es hat taktische, aber keinerlei strategische Bedeutung. Und nun begehe ich den Fehler der Einsamkeit wie ein Philosoph. Diese stellen sich auf den Mars, um die Erde zu beschreiben, aber nun, sie selbst kommen nicht vom Flecke weg, sie lassen sich aus, sie vergessen sich mitzuzählen, sie sind in einer raffinierten Weise egoistisch. Sie schreiben einen Roman über das Erdenleben – man schreibt immer einen Roman über das Erdenleben. Immer, mit jedem starken Gedanken. Das zerriebene Leben wird mit dem eigenen Speichel geknetet: und man zapft ihm Form ab. Form! Wenn ich Form sage, so fühle ich eine Art Hohn. Und dennoch, ich schätze die Form über alles; dennoch – – –« Er sah mich wieder prüfend an, wie ein Opfer, das er die Absicht hatte zu verwirren, mit einer geistigen Koketterie im Blicke, aus Schlauheit und Naivität gemischt. »Meine Theorie ist aber praktisch«, sagte er plötzlich mit einem frivolen Zug um den Mund, als ob er seine sprunghaften Übergänge als geistige Erschwerung genieße. »Sie hat Betriebsmöglichkeiten. Sie leistet Arbeit, wie die Wissenschaft sagen würde. Sie verhilft zu Entdeckungen.« Es entstand eine Pause; während dieser wurden die Grimassen auffällig, die der Holländer während des ganzen Gesprächs geschnitten hatte, und man sah nun, daß man jemanden vernachlässigt hatte, der sich alle Mühe gab, aus gemischten Gefühlen zu bestehen. Van den Dusen seufzte, da mit uns nichts anzufangen war und wir uns offensichtlich in den Ehrgeiz tiefsinnigen Dialogisierens verrannt hatten. Wie weit war er über diese Bedürfnisse nutzloser Geister hinaus! Aber auf Slims Gesicht trat ein eiskalter Zug hervor, ein barbarisch entwickelter Muskel der Verachtung, wie ich sie bei keinem Manne mehr, wohl aber bei edlen Frauen beobachtet habe, spannte sich ausdrucksvoll und kenntlich bis unter die Stirne. Dieser Augenblick enthüllte die tiefe Antipathie der beiden Männer und ich bemerkte zum ersten Male mit Erstaunen, wie geheime und unlautere Kräfte in unserer kleinen europäischen Gesellschaft am Werke waren.

»Ich habe Ihnen eine Theorie an die Hand gegeben«, wandte Slim sich mir mit deutlicher Bevorzugung zu, »die Sie glücklich machen könnte.« Er ließ das Wort »glücklich« in einem singenden Tonfall entschweben und lächelte mild. »Ein Leben hat zwei Hände. Das Rechts haben wir entwickelt. Das Links die anderen Rassen. Nehmen Sie sich dieser links liegengelassenen Kultur an, Sie sind ein junger Mann, Sie haben vielleicht Zukunft.« Hier wurde sein Blick schwer, aber in der Art, daß man sich verpflichtet fühlte, dieses Schwerwerden mit Erschütterung zu bemerken. Wieder stieg ein Verdacht an Slim in mir auf, aber er erlosch sofort an der Herzlichkeit, mit der die folgenden Sätze gesprochen wurden: »Das Leben links – ist näher dem Herzen... Man darf nicht schlecht denken von diesen Witzen, diesen Trugschlüssen der Sprache. Sie enthalten den furchtbarsten Tiefsinn. Ich selbst bekenne mich zum Wortspiele, bin so stolz wie irgendwer auf den persönlichen Geschmack seines Aberglaubens. Napoleons Stern funkelt in einem anderen System als dem astronomischen; und stets hat Aberglaube den Aberglauben am meisten gehaßt; der Glaube allein ist Grandseigneur. Und Worte sind Amulette, mit geheimen Kräften Tiefe anziehend wie der Keim die Stoffe: wer weiß, warum und wie er wächst und sich füllt?«

Wir schwiegen. Van den Dusen spielte mit der goldenen Kapsel um seinen Hals.

Slim begann wieder: »Meine Theorie ist kreisrund. Der Wille zur Lust ist sophistisch. Dies Wort ist eine aus der Lust geborene, zur Lust strebende Erkenntnis. Es hat keinerlei Richtigkeit außerhalb seiner für sich. Ich bejahe in ihm, was ich mit ihm verneine. Nun glauben Sie wohl, ich sei kokett. Johnny, Sie halten mich für frivol. Das ist es nicht. Ich bin der Mystiker, der kommt. Ich sage nicht nein! zu dieser Kultur Europas; ich schmähe nicht auf die Reflexion, ich verachte sie nicht, die Analysengeschmeidigkeit dieses getigerten Gehirnes, dieses zweifelgefleckte Wissen, diesen müden Blutdurst der Überzeugung; ich preise sie, ich besinge sie in mir, ich übertreibe sie zu einem ewig neuen Grauen und Wunder – und, Johnny«, sagte er, mich nun auffallend zum zweiten Male beim Namen nennend, während seine Augen schmal wie die Knöpfe von Siegelringen wurden, »lassen Sie sich nichts einreden von mir: es ist wirklich eine Kultur, diejenige des Gehirnes. Und ich habe nur den Einwand zu machen, daß sie nicht genug bunt und übertrieben ist – – –«

»Kultur ist einfacher und strenger Geist«, fiel ich strafend ein, obwohl ich fühlte, daß meine Replik nicht auf der Höhe des Gesprächs stand.

»So ist es. Aber wäre eure Kultur übertriebener, so wäre sie einfacher und strenger als sie ist. Es ist dies, daß sie nicht sonderlich übertrieben und heroisch ist. Sehen Sie denn nicht, Johnny, wie mir Exzeß mit der höchsten Gesundheit identisch ist und daß das Einfache nur das Übertriebene ist? Darum eben ist ja eure Kultur – ich sagte Ihnen schon, Sie sollten mir nicht glauben, ich verführe allzugerne – eben eine Kultur, weil sie übertrieben ist, weil sie das Gehirn überbetont. Und sie ist keine Kultur, –

versuchen Sie zu folgen, Sie können es – weil sie zu wenig überbetont. Sie ist so wacker, so philiströs, so von Rechts wegen – so war es nicht immer. Aber so ist es heute. Und sie ist es heute, weil sich rings etwas anderes regt. Seit diese Kultur heute äußerlich die Weltherrschaft antritt, ist sie nicht mehr die stärkste. Ganz andere, ihr abgelegene Dinge, weltverschiedene Perspektiven, ihr geradezu entgegengesetzte Rasse- und Kulturgedanken heben den Kopf – den Kopf, nein, wie soll man sagen: das ihnen sinngemäße Organ. Die Linkserkulturen regen sich. Es geschieht etwas Furchtbares auf dem Erdball, der Akzent springt um.« Er lächelte milde und schien in meinem Gesicht zu lesen. In meinem Hirn und meinem Halse saß ein verdurstetes Sprechen, das nicht flüssig werden konnte. »Sehen Sie um sich! Und verstehen Sie: Ihre Reflexion ist das Einzige, das als Lustinstrument einen Vergleich mit diesem Leben hier standhalten kann. Das Bewußtsein«, hier drückte sein Gesicht Ekel und Weisheit wie das eines alten verkommenen Fakirs aus, »ist eine Lustmaschine. Versuchen Sie doch, einem von den Ihren die Reflexion zu nehmen – er wird sich immer wieder an der Stelle wundkratzen, wo er sie vermutet. Zudem ist euer Grad von Reflexion nichts so Neues auf dieser Welt. Es ist ein uralter und geschärfter Jägerinstinkt, eine Raubtierbeobachtung, die in euren neurotischen Zuständen aufwacht. Der Neurastheniker ist eine atavistische Jägernatur; das aber ist der monumentale Witz aller Reflexion, aller Psychologie und ebenso alles Nimrodtums: der beste Jäger muß Wild sein können. Er muß alle Arten von Vergnügen umständlich lernen, um zu dem Seinen zu kommen. Nun, und«, sagte Slim gedehnt, »Nummer vier in dieser Reihe ist das, was Ihr Erotik nennt. Andere Kulturen, verzeihen Sie, Rassen kommen schneller zu diesem Resultat. Sie haben die physiologische Seite ihres Lebens ohne Apparat entwikkelt. Bei ihnen ist das Bewußtsein noch nicht im Gehirn vergesellschaftet, und Ihr erkennt es nicht, weil es keine Großstadt bildet, sondern als Provinzialismus in den einzelnen Gliedern sitzt. Dabei haben sie sich ein Element der Lust bewahrt, das Ihr darangegeben habt. Das Grauen. Wahrlich, die Seligkeit und der Schrecken sind Schlafkameraden. Das Glück der Faszination geht in den kaukasischen Leibern nicht mehr um! Eure Weiber umarmen keine Gefahren. Hier aber ist Schaudern das direkt gedeckte Erzbedürfnis.«

Ich sah hinüber zu Aruki; sie arbeitete mürrisch, die Sehnsucht wütete in ihren Gliedern und machte sie unfroh. In der Tat, von einem großen Manne, der sonst gleichmütig hinter dem Webstuhl hockte, konnte ihr vielleicht geholfen werden. Aber, war das die ganze Weisheit Slims, und war das alles, womit er sich so pathetisch identifizierte? Warum sagte er stets »euch«?

»Warum sagen Sie stets ›euch‹?« frug ich ihn. »Weil wir hier eben andere Menschen sind. Unser Sinn ist anders. Unsere Wirklichkeit ist gesünder. Wir sind eine Drohung für euch – oh, die Künstler unter euch ahnen es. Zu der Zeit, da ich als junger Student mich in Paris herumtrieb, habe ich die Bekanntschaft eines merkwürdigen Menschen gemacht. Er war ein Maler und hatte seine eigene Anschauung – Anschauung, sage ich. Er begann zu malen, legte es hin, und eines Tages machte er sich davon und tauchte irgendwo im Archipel auf. Ich habe ihn später in Tahiti wiedergetroffen. Er studierte von den Eingeborenen Farbenauffassung und die Fläche und gab sich auch mit dem lustvollen paradiesischen Käferdasein dieser Insulaner ab. Seiner Meinung nach waren sie die einzige, noch junge, unerschöpfte Rasse der Welt. Eine Auffassung, die ich mir nach vielen Reisen gleichfalls angeeignet habe. Sehen Sie sich diesen Punkt unter den Sternen gut an: wenn Europa einstmals eine einzige große Fabriksmetropole sein wird, wird man hier noch zu leben wissen.«

Slim endete hastig, wie von plötzlicher Langeweile ergriffen. Sein Gesicht drückte Unzufriedenheit, vielleicht Scham aus. Vielleicht sollte es das auch ausdrücken. Ich umfaßte mit einem blitzschnellen Verständnis diese ganzen menschlichen Beziehungen seiner Persönlichkeit, die ihn ebensogut ein Kind der geistgesättigten Pariser Luft, wie eine passende Figur dieses Jägeridylls sein ließen. In ihm lag jene Universalität, die auf die tiefsten menschlichen Gründe zurückgeht. Sein Nervensystem war ein Rest Tropen, in ihm war der Geist des Boulevards wieder mit seiner Urform, der animalischen Tiefe des Lebens, eins geworden. Ich ahnte in ihm den Vertreter einer neuen Menschlichkeit. Über sein Verhältnis zu diesen ihm verständlichen Eingeborenensitten mochte er sich einem koketten Irrtum hingeben. Ich reklamierte ihn für den technischen Weltteil. In ihm war die Analyse eine neue Energie geworden.

Während Slim die Straßenkurve hinaufsah und ich meinen strömenden Einfällen freien Lauf ließ, kam Zana daher. Slim sagte laut: »Da kommt Zana.« Die Grillen geigten unverdrossen auf Millionen winziger Violinen und die Nacht war blau über den Hütten aufgehängt. An den Rändern des Horizontes lagen die Sterne dicht beieinander, ein kalkiges weißblaues Licht, wie von einer vagen Mauer zurückgeworfen, faßte das silbern gesträubte Zenith ein. Zana ging vorüber und wir blickten ihr mit einer leisen Rührung nach. Das also war Zana! Ich muß gestehen, ich war ein wenig enttäuscht. Denn ich sah sofort, woher diese eigentümliche Wirkung kam; sie ging von den Beinen aus, die ein wenig knieeng waren; die Kniekehlen spannten sich beim Gehen flach und breit wie kleine Trommeln. Sie hatte tüchtige Waden, aber nun waren da wieder die Füße! Befremdend frei ging sie mit ihnen, wie die Hand eines Klavierspielers über die Tasten. Das rotgrüne Perlenschürzchen schlug kühl und schlank in die Mulde zwischen ihren Schenkeln. Sie ging gerade an uns vorüber, man sah ihren tätowierten Rücken und die gestrafften Kniekehlen, und sie verschwand, während sie die Kurve hinabging, mit einer Achseldrehung. Der volle Wuchs ihrer Schenkel war für einen Augenblick sichtbar. Es waren die Schenkel eines Tieres, kegelförmig und kompakt.

Zana! Wir stopften in den Pfeifen und schlugen nach den Moskitos. Der Rauch von den Zuglöchern der Hütten kam hin und wieder beizend in die Augen. Ich fühlte mich stark, weil mir Zana nicht gefiel. Sie konnte mir nichts anhaben. Mein Geschmack war eben Aruki. Jetzt nachträglich erinnerte ich mich, daß Zana ein kleines, verdrücktes Hundegesicht hatte; eine breite Nase mit einem tiefen Sattel. Und ihre Brüste? An die konnte ich mich wahrhaftig nicht mehr erinnern, wahrscheinlich waren sie nur sehr schwach vorhanden. Das war doch bei Aruki anders!

Ich suchte zum Genuß dieser Situation zu kommen. War es nicht eine seltsame exotische Sache, daß ich hier vor einem indianischen Wigwam saß und mit Slim, dem ersten neuzeitlichen Menschen, tiefsinnige Erörterungen tauschte, während die Weiber hier vorbeigingen und mit jeder Bewegung ihres Körpers um meine günstige Kritik ersuchten? Nun wollen wir uns einmal hineinknien in dieses Mysterium, an dem ich drei Punkte unterscheide:

Mich, die exotische Stimmung der Umgebung und meine vollständig neuen Gedanken, die ich Slim soeben ausgesprochen, nein, aber doch geheimnisvoll vermittelt habe – aber da merke ich plötzlich, daß etwas an diesem Kleeblatte nicht in Ordnung ist. Plötzlich war es aus, die Stimmung war verflogen. Ich sah mit einem Male anders, sah die Dinge furchtbar total und deutlich. War es die Überschärfe meines Bewußtseins – dann mußte es sich nach dem soeben gehaltenen sonderbaren Gespräche jetzt um ein besonderes Vergnügen handeln. Und wirklich, ich stand vor einer neuen Rauschart, zu sehen. Ich war gelassen und nahm es, wie es kam. Aber wie kam es? So wie ich es brauchte. Ich brauchte Heimlichkeit, Sicherheit und Realität. Und da war es. Die Exotik und das Stimmungshafte, das mich seit meiner Anwesenheit so stark beherrscht und behelligt hatte, waren überwunden. Ich wußte nun alles, wie es wirklich war. Zana hatte ganz frauenhafte Beine und war auch kein Dämon, und ich sah ein, wie schwer so viel Unbekanntes auf mir gelegen hatte; nun aber war es weg, und ich atmete erleichtert auf. Mit der Exotik war ich fertig. Dies war ein veralteter Standpunkt. Impressionismus? Er war falsch; er war ein Defekt der Beobachtung. Er war nicht tief, absolut nicht tief. Oh, ihr Exotiker, nun habe ich euch? Welches stammelnde Geschrei, welche Überraschungen und Perspektiven, welches schäbige Glück der Vagheit würdet ihr an meiner Stelle aus diesem Amerika erdichten? Welche Melodien würdet ihr diesem Ansichdasein abhören? Wie sieht nach euch die Wüste aus, ihr kahlstelligen Herzen mit eurer Oasensehnsucht? Drei Kubikzentner Sand auf euer Lügenmaul ist alles, was sie für euch haben sollte. Ich höre und sehe klar. War's möglich, daß Zana, die Unbekannte, mich solange beunruhigen konnte? Ha, Slim und ich, wir beide sind die modernen Menschen. Bei uns ist die Analyse eine Energie geworden. Nun erhebe ich mich, ich klopfe ruhigen Herzens meine Pfeife aus und begebe mich hungrig zu Slims Gasterei. Ich glaube, er ist heute jagen gewesen. Ja, nicht wahr, ein wundervoller Abend! Das südliche Kreuz ist so nahe, daß ich es mit einer Stange herunterholen könnte, wenn ich auf einer Wolke stünde. Im Herz der Palme nebenan muß eine Grille sitzen. Welch ein Dingelchen, welch ein schwarzer, unerschrockener Arbeitsnerv! Ich liebe Aruki. Aber ich könnte vielleicht auch Zana lieben. Sie hat mich angesehen. Immerhin, um die Knie hat sie etwas, das rührt. Es sieht ein wenig rachitisch aus; möglicherweise ist es nur häßlich. Dennoch. Es liegt eine Menge von Lust in allem Wirklichen. Ja, mit der Stimmung ist es jetzt ein für allemal aus. Das menschliche Bewußtsein ist grausam. Es tötet Stimmungen, liebt Chirurgie, Wunden und Operationen. Ich sehe dieses Dorf, und es fällt mir nicht ein, es exotisch zu finden. Wenn der Himmel nicht wäre: liegt es auf einer Alpendrift oder unter dem Äquator? Hier ist Arbeit, Betrieb, Geschäft und Transaktion. Eine kleine, niedliche Technik. Die Hauptsache ist, daß sich alles ziemlich eng um den Punkt des Daseins bewegt. Es könnte in einem Ameisenhaufen nicht stimmungsloser hergehen. Jawohl ja, Beobachtung ist alles. Slim hat recht, dieses Leben ist unsereinem im Grunde gar nicht so fremd – nur kompletter ist es. »Nun, Slim, wie denken Sie über ein Abendessen?« Ich ahnte, daß ich mich hier einmal heimisch fühlen würde.

»Passen Sie auf«, sagte Slim, »Zana wird – wird mit uns kommen!«

XI

Wir standen, je hundert Schritte voneinander postiert, bis an die Brust im Farnkraut und schossen den Pumaprinzen tot, den uns eine Korona von Dumaraleuten zujagte. Er hatte sich nah dem Dorfe eingenistet und letzthin ein Kind vom Djunglerande weggeholt. Jetzt kamen die Weiber gelaufen, sangen während seiner Agonie, traten ihn in den schlaffen Bauch und drehten ihm die Scham aus.

Bevor ich schoß, hatte ich mir eine Vorstellung geben lassen. Er benahm sich mir nicht unbekannt, wie ein gewiegter Neurasthenikus; war wachsam und argwöhnisch, häufig peinlich berührt, frequentiert von Eindrükken, eine Künstlerseele, was findige Phantasie und Beobachtung anlangt. Und doch war er letzten Grades höchst unvorsichtig und galoppierte dummerweise gerade vor der größten Gefahr, meiner schußbereiten Büchse, blindlings vorbei. Aber ich schoß nicht. Ein guter Jäger muß Wild sein können. Hier stand ich mitten in einem Farnwalde, in einem reichen Gekräusel grüner Fasern, und solange ich nicht losdrückte, unterschied mich nichts von einem Jäger der Tertiärzeit. Mein ganzes System war bis zum äußersten gespannt, noch auf zwei Schritte Distanz hätte ich gegenüber diesem krummbeinigen, schwarzfelligen Kater meine Kaltblütigkeit bewahrt. Es fiel mir ein, daß ich und diese Katze im Augenblicke vieles gemeinsam hatten, gleichsam eine einzige Lebensstufe in ihren polaren Gegensätzen darstellten: Denn nach Katzenart war auch ich als Jäger nicht nur Futterbeamter, sondern Beobachter. Ich experimentierte mit meinem Opfer, bevor ich meinen endgültigeren Wünschen freien Lauf ließ. Es fehlte nur noch, daß auch diese stämmige Katze mit

Selbstkontrolle ausgerüstet war – auf jeden Fall benahm sie sich höchst zweideutig und interessant. Statt einen der Treiber anzugreifen und sich einen Weg durch die entstehende Lücke zu bahnen, rannte sie in buckligen Sprüngen die Kreuz und die Quer und flitzte lange Furchen in das hochaufgeschossene Kraut. Sie war zu träge zur Aktion, war nicht in Stimmung, stand vielleicht im Augenblicke auf einem höheren philosophischen Standpunkte und empfand solche unbegründete Lebhaftigkeit der Mitwelt als abgeschmackt. Als aber der Kreis sich verengerte, hatte sie ihre Nerven vollständig verloren, es wurde ihr flau zumute, sie blieb vor mir stehen, zwinkerte mit den Augen und flaggte mit den Bartspitzen, weinte schließlich aus ihren Schlitzen und kotzte ein kleines Frühstück aus. Zugleich verbreitete sie Gase wie eine chemische Werkstatt in voller Arbeit. Ich war ungeheuer entrüstet, aber da ich sah, daß sie noch immer nicht den Rest ihres Daseins meinte, zögerte ich am Druckbolzen. Sie hielt es noch immer bloß für ein unerwünschtes Erlebnis. Zudem war stets etwas Unerklärliches an ihr, etwas schnurrig Behagliches, eine Art wilder Wonne, und ich erinnerte mich pietätvoll an die Zustände der Kindheit, wenn ich versteckt auf die verfolgenden Kameraden harrte und der nächste Augenblick über »Leben und Tod« sozusagen entscheiden konnte. Dieser schwarze Buckel auf den vier krummen Beinen, mit dem flachen Kopfe, hatte etwas entschieden Abenteuerliches. Die Geschichte entwickelte sich weiter. Da streiften Pfeile ins Kraut und begrüßten meinen Kater. Ich sah etwas wie ein böses, gefälteltes Lächeln auf seiner Oberlippe, und nun änderte sich das Bild. Ein Pfeil traf ihn in die Lunge und zitterte nach. Eine fessellose Angst bemächtigte sich seiner. Er drehte sein Hinterteil vollständig nach außen, streckte den Kopf hoch in den blitzendblauen Himmel und riß die Kiefer aufkreischend zu einem flachen Kreissegment auseinander. Dieser Schrei klang mystisch wie die Explosion sämtlicher Töne, die in einer Flöte stecken, und war so schrecklich, daß mir übel davon wurde. Es war ein vollständig neuerfundener Vokal, der sich hier, wie ein Fetzen Fleisch, heiß aus den drahtstiftdünnen Fängen loslöste. Langsam trat Blut zwischen den Zähnen hervor. Alles Fleisch, alle Haut war schmerzlich zur Nase zurückgezogen, zwischen den beiden weitgetrennten Fängen zitterte ein Speichelfaden wie eine silberne Saite, und die Silhouette des Schädels war gewaltsam dünn wie eine Mondsichel. Die Augen waren krampfhaft geschlossene Spalten. Ein, zwei, drei Sekunden sah ich ihm zu, er ergötzte mich, er inspirierte mich, dann fiel mir etwas ein, ich schämte mich und schoß, indem ich alle sechs Mauserplomben hintereinander aus dem aufzuckenden Gewehr auf seinen Körper losspringen ließ: ich schoß aus den Händen von der Hüfte aus und traf ihn schlecht. Er purzelte zusammen und riß die Farnwurzeln aus. Die Indianer liefen vorsichtig herbei und standen würdig an seinen Seiten. Der langgefiederte Pfeil ragte, während das Tier am Rücken verendete, lotrecht in die Luft. Dann kamen die Weiber und zerrten und traten ihm das letzte Lebensrestchen aus dem Leib, bis man ihnen den schwarzen Balg abjagte. Und ich sah ihnen zu, sah, wie ihre Hände und Füße gierig zugriffen, und in mir brüllte die Sehnsucht aus der Tiefe meiner Eingeweide wie ein leidender, lebensfroher Puma. Ich spürte meine Kaumuskeln steinhart werden vor Energie, von einem Lebenswillen, der mir das Zwerchfell zu einem glücklichen Seufzer reizte und mir mit herausfordernden Kräften in die Muskeln an Schulter und Oberarm stieg. Das Blut strömte zu meinen Händen, sie entwickelten ein von mir unabhängiges Verlangen zu greifen, ihr Fleisch spannte sich und hing sich schwer an meine Ellenbogen. Als ich sie van den Dusen auf die Schulter legte, hätte ich ihn ohne böse Absicht beinahe umgeworfen. So mußte ein Panther seine Pranken fühlen, wenn sie nach Fleisch lechzen.

XII

Aber man kann nicht immer im Farndickicht jagen. Eine Katastrophe der Langeweile breitete sich vor. Oder war es Sehnsucht? Meine Hände waren matt, feucht und klebrig. Ich wollte bemerken, daß in dieser Zeit meine Fingernägel ein beschleunigtes Wachstum zeigten. Ich war lasterhaft, und darum begann ich sie abzubeißen. Mit dem Pantherspielen war es nun ja doch vorbei; ein paar hunderttausend Jahre kam es zu spät; es war jetzt wohl eine bloße belanglose Gewohnheit meiner Sinnlichkeit, mich mit Krallen zu versehen. Seit mein Geschlecht die wilde Kraft seiner Lust verlassen hatte, wurde es genäschig, wie alle Krallentiere, denen man den Raubtieraplomb geschlechterweise abgezogen hat. Und nun sah ich auch zum ersten Male, daß ich Gefährten hatte. Bei Zana hockten ein Äffchen und ein Papagei nebeneinander auf einem morschen Gabelsystem von Ästen und fraßen einander mit vor Neid häßlichen Gesichtern die Leckerbissen weg. Aber noch intimer fühlte ich mich mit den niedrigstehenden Schmetterlingen des Llanno, minderwertigen Geschöpfen, Degeneraten aus einstmals sicherlich furchtbarem Geschlechte. Möglicherweise waren sie die direkten Nachkommen des mystischen Drachen; ihre fingerdicken, ein wenig gekrümmten Leiber waren noch jetzt in ihren Ringen faul und räckelig, kleine, schlappe Teleskope, ganz unproportioniert zwischen den wundervoll gegitterten Membranen hängend, die mit ihren Tinten, Flecken und Augen aufregend gegen die übrige Häßlichkeit abstachen. Der Schmetterling der Prärie! Auch der Saugapparat, ein veritables Taschenuhrwerk in seiner Diffizilität und entsetzenerregenden Kompliziertheit, schien der Mythe entsprechend. Hatte ich hier also eine kleine Ausgabe der Vorzeit vor mir? Wenn das Tier durch den entrollten Rüssel wie ein Küfer zu süffeln begann, schien ein blaues Flämmchen die Spirale entlang zu fliegen, und die Schenkel der Orchidee, die seiner Süchtigkeit herhielt, begannen verbrannt, entseelt dahinzuwelken. Oder war es Täuschung? War es der Reflex der stählern schimmernden Faltersegel, deren Myriaden Flicken in das Netz von grätigen Fasern eingesetzt waren? Bange blickte ich auf den stacheligen Maulzierat und den seine Wollust starr hinaustrompetenden Leib, ein Schauer von Abscheu und Anziehung schüttelte mich und zog meinen faszinierten Blick an diesen unverständlichen Gegensatz von Schön und Häßlich heran. Da, während ich es gequält ansah, wuchs es ins Ungeheure. Der Schmetterling wurde größer und größer, und der Drache der Vorzeit entstand vor meinen Blicken. Wer wollte mir ableugnen, daß dieser Schmetterling nicht ein unendlich verharmloster Typ eines einst gefährlicheren Wesens war? Wer hatte jemals den Drachen in seiner tausendmal verdickten Schmetterlingsepidermis ungestraft aus der Nähe in Augenschein nehmen können? Wer hatte sich aus der Gefahr tatsächlich in ihre Beschreibung zurückgerettet? Einem solchen Ungeheuer, mit allem Komfort der Munition, mit Fängen, Flügeln, Rüsseln und einer Rostra ausgerüstet, hatte kein Menschlein mit seiner einfältigen Keule entgehen können. Der Feueratem war ein Mißverständnis; er beruhte auf den mephitischen Dämpfen, die aus der Verdauung eines solchen Vielfressers hervorgehen mußten. Man konnte sich ja den älteren Vorgang nach dem, was ich jetzt sah, rekonstruieren. Warum hatte der Drache gerade für Jungfrauen und Jünglinge, gerade für besonders eitle und prinzenhafte Wesen solche Vorliebe? Wahrscheinlich hatte er sie gar nicht, sondern dumm und stark wie er war, fraß er, was sich ihm opferte. Seine wunderbar schillernden Flügel aber zogen die Neugier der Menschenkinder tödlich an. Die Kleinen, Aufgewecktesten und Sinnlichsten liefen herbei, um das Farbenphänomen zu sehen. War das Abendrot dort in die düstere Waldschlucht zwischen hohe Kieferstämme gefallen, lag dort ein Schatz seltener magischer Steine, hauste dort in den schroffen Klippenhöhlen am Kreidesteinsee der Regenbogen, der den Gang der Wasser begleitet? Sie liefen hin, und das Vieh lauerte, plötzlich erhob sich ein Schlagen und Blitzen von wolkengroßen Flügeln, feurige Farben waren zugleich mit heiß verkohlenden Gasen in der Luft entfaltet, ein ungeheurer, aus zehn Öffnungen maulender Schlauch senkte sich vor dem kalkweißen Monde zur Erde, purpurne Dämmerung legte sich über das gräßliche Schauspiel solchen Untergangs. Ach, war es süß für die Süßen, so grauenvoll zu sterben? Konnte es anders, als romantisch den Traum Ungereifter beflügeln? Wer's hätte sagen können, kam nicht wieder; wer's aus der Ferne sah, gewahrte, daß hier der Tod mit einem unerträglich rätselhaften Farbenrausch verbunden war. Er erzählte es daheim am Feuer des Stammes, wie die Gluten zwischen den scheinbar am ganzen Körper verteilten Kiefern hervorbrachen. Und Jüngling und Mädchen gingen hin, die Lust versuchen, kamen nicht wieder, und man sagte, halb begreifend, der Drache habe sie gefordert.

Jetzt war der Falter da eine Nymphe der Häßlichkeit. Alles war zart an ihm geworden bis ins Unendliche. Noch glomm in seinen vorgetriebenen Bukettaugen ein grünliches Feuer. Er war genäschig, unstet und taumelig. Sein Flug hatte keinen Charakter, kein Ziel, nichts Arbeitsames, Ordentliches war an ihm zu bemerken. Er war das Endresultat der Entwicklung vom Menschenfresser zum Vegetarier. Verkommen war er, wie nur mehr unsere Wertungen, wie nur mehr wir, wie nur mehr ich. Auch ich stammte von einer größeren Pracht ab. In meinem Blute bellte der Panther. O du krumme, schwarze Katze des Urwalds! O du Schmetterling des Llanno, kleiner, seidener Drache unter Blüten! Wir entsprechen einander, wir sind dieser Zeit der Verkleinerungen würdig. Was bei meiner Ahne, der Tropenkatze, die schöpferische Kraft des Augenblicks gewesen war, ist bei mir nur mehr Talent. Er jagte, ich beobachte. Er war heroisch, ich bin tief. Er war ein Realist, ich habe Phantasie, diese abgelebte Realität. Die Größe stirbt aus, das Talent wehrt sich. Dafür sitzt es freilich fest. Meine Art hatte es doch gewissermaßen zu etwas gebracht. Wir waren das glorreichste Jägergeschlecht, das die Natur gezeugt und bemuttert hatte. Alles ward uns zur Beute, unsere Jagd dehnte sich nicht bloß auf den naheliegenden Magenverdienst aus, sondern leistete auch Überschüssiges und sparte das Errungene als geistreiche Beobachtung. Ein Panther geht nicht um des Fressens willen in den Busch, er will was lernen. Der Drache aber hat gepraßt und gevöllert und verschlungen, was immer ihm unterkam, ohne gescheiter zu werden.

Den Ruin solcher Weltanschauung hatte ich im drastischen Bilde der Verzwergung vor mir. Welch naschhafte Verkommenheit! Der Schmetterling des Llanno war der

Nachkomme der alten Aristokraten des Fleisches, dieser Prachtgeschlechter unter den Organismen. Dagegen gehalten, mußte der Mensch immer nur ein Parvenu sein. Aber die Betriebsamkeit der Menschenkatze hatte mit ihrem anfänglich bescheidenen Geschäfte Erfolg gehabt, nicht der Fresser und Genießer, sondern der primitive Jägerinstinkt war nach allen Richtungen hin siegreich über die Welt ausgestrahlt. Einst mochte der Drache für eine armselige Katze nur eine uneinnehmbare, stupide Festung aus Fleisch und Schildpatt gewesen sein, mit Blendwerk und Schlünden, aus denen mit Gasen geschossen wurde; heute aber war der Tag der Rache; nach Milliarden von Jahren standen wir uns endlich wieder von Angesicht zu Angesicht gegenüber, das erschlaffte aristokratische und das rege demokratische Prinzip. Der Genießer und der Jäger. Der Lebende und der Beobachtende. Das Fleisch und das Gehirn. Aufgepaßt!

Aufgepaßt! Ich nahm meine Browningpistole zur Hand, diese metallene Nachbildung eines ominösen Insektenleibes, diese Zulage an reeller aristokratischer Erscheinung, diese dumm aber perfekt losgehende Gefährlichkeit. Eins, zwei, drei! Im Augenblicke, da ich schoß, klappte der Falter seine blauen Segel hoch wie ein Zweimaster unter einer steifen Brise. Gleich darauf pfiff die Kugel durch seine Fittiche hindurch. Es muß einen Mohrenlärm für den armen Teufel bedeutet haben, das Brechen der feinen knorpeligen Gestänge übertönte die Detonation des Schusses und das lokomotivartige Sausen des Projektils. Man denke, ein Expreßzug rast durch die bunten Venetianerscheiben einer haushohen Glasflügelfassade, zertrümmert das kunstvolle System der Fazettspiegel und stört eine nymphisch verzückte Röhre der Genießlichkeit aus ihrem Schleimtraum! Der Schmetterling fiel ohnmächtig von der Blüte auf einen Blätterstrauß herab, wurde aber schnell munter und taumelte in zackigen Schwüngen mit verdoppelter Anstrengung davon. Zwei gewaltig aufgestülpte und gerissene Löcher klafften in seinen Schwingen, in ihrer Nähe waren die spröden Häute zackig gebrochen und farblos wie Horn. Die schwarzsamtenen Augen blickten geschwollen und seine Koloraturen waren verwischt, wie Dünen nach dem Sturm.

Ich sah ihm neugierig nach und konstatierte ohne Befriedigung meine Jägertat. Aber es war dennoch ein Erfolg. Ich hatte geschossen und die Erkenntnis besiegelt. Der große Pfad der Entwicklungen lag klar und übersichtlich vor mir, die Mißverständnisse waren zu Ende und die Jagd der Symbole hatte Wirklichkeiten erlegt. Schwarzer Panther meines Herzens, bunter Schmetterling meiner Sinne! Ich erkannte, daß mein Verhalten ein System in sich barg, an dem ich nicht Schuld trug, das vielmehr mein Empfinden lenkte. Alles in mir war auf das Natürliche und Notwendige gerichtet. Ich schritt die Leiter der Entwicklungen zurück und schreite sie nun wieder nach vorne zu. Bald werde ich wieder beim Menschen der Zukunft sein, nachdem ich bei den Wesen der Vorzeit gewesen bin.

Stimmung, südamerikanische Djunglestimmung, was war das? Als ich die Tropen noch nicht kannte, vermeinte ich's zu wissen. Ich trug es damals in mir, die Tropen waren in mir vorweggenommen, irgend einmal in grauer Vorzeit mußte ich sie erlebt haben, als ich noch in meiner Mutter Schoß im lauen Klima, von Nahrung umbrandet und umspült, lag. Später kam ich hin und sah den Dingen auf den Grund, sah buchstäblich in ein schleimiges wimmelndes Wasser von Zellenleben zwischen Urwaldufern hinab. Ich begegnete einem Panther und erkannte den Lebensmodus meiner Nerven in ihm wieder. Ein Schmetterling des Llanno belehrte mich, daß meine etwas schüchtern machenden demokratischen Nerven, wenn sie auch das Zeichen waren, daß ich aus kleinem Hause herstammte, doch endgültig über das Weltprinzip der fetten Seelenruhe gesiegt hatten und eine große Karriere ahnen ließen. Und die gut konstituierten Menschen eines Indianerdorfes erinnerten mich an meine vernehmlichsten Wünsche, die Lust, die fröhlichen Begleiterscheinungen meines Jagdtriebes. Es war alles wohl abgestuft. Einen Schritt weiter noch auf dieser Skala und ich stand wieder mitten auf einem Platze in Paris oder Berlin, und war in meiner Art ein Staatsmann, so wie ich das Leben um mich her nun auf seine treibenden Urelemente hin übersah. Ich war bei Zellen, Insekten und Raubtieren gewesen und hielt mich in der Seele des Indianers, des schönsten aller wilden Menschen auf. Langsam näherte ich mich mir selber – dem intellektuellen Kaukasier, dem nervösen Nordlandmenschen – da war ich schon über mich hinaus, ich war in der Seele Slims, des Weltmenschen.

XIII

Als diese klaren Tatsachen festgelegt waren, wollte ich nun endlich einmal an die schon lange geplante Eroberung dieses Indianerdorfes und seiner Weiber schreiten. Ich dachte da besonders an Aruki; aber nicht etwa, weil sie leichter erreichbar war, sondern aus Überzeugung von der Unübertrefflichkeit ihrer leiblichen Eigenschaften. Da hatte sie Brüste; und Brüste, die ihre aparten Reize besaßen. Mit der Rührung, die ihre Länglichkeit hervorrief, konnte ich nur mehr eines vergleichen: Zanas eigentümliche Wirkung, ihre festen Beine, ihre festen Knie! Da lag das Dorf, hellgelb und braun und mit hagerer Klarheit unter einem überallhin eindringenden Sonnenlichte wieder vor mir wie eine Partie Kegel. War es eine Aufforderung zum Spiele? Ich aber rollte sozusagen die Kugel, abgerundet von den Erfolgen meiner heutigen Jagd auf ein epigonenhaftes Drachengeschlecht, schnurstracks den ausgetretenen Hauptweg unter die Hütten hinein. Es galt die Königin – und in der Tat stand Zana vor der Tür. Als ich kam, verschwand sie mit einer unzweideutig wegwerfenden Gebärde, die den dabeistehenden Frauen das Grinsen ins Gesicht lockte, hinter der Matte. Ich dachte, nein, wo hat Slim nur seine Augen, Zana ist doch absolut nicht hübsch! Und ging zu meinem Zelte, wo Checho bemüht war, der Dame seines Herzens ein ziemlich großes Stück blaues Packpapier unter das Taillenbastband zu knittern und es mit meiner Schere in breite flatternde Fransen zu schneiden.

XIV

Eine große religiöse Feier der Dumaraleute fand statt. Sie war mit kriegerischem Spiel verbunden. Draußen in der Savanne hielt der Häuptling Luluac am Vormittage Parade ab. Die Krieger, lang gebaute Männer, marschierten je eins und eins hintereinander an ihm vorbei. Sie trugen körperlange Speere aus Eisenholz und Schilde, deren Außenseite bei den Vornehmen mit Kelwas Kunstwerken geschmückt war. Zu dem Triumphzuge von Fleisch, Muskeln und barbarischer Stärke, der sich vor unseren Augen abwickelte, war in diesen Gestaltungen der richtigen Weltanschauung Ausdruck gegeben.

Die Menschenschlange zerstückelte sich auf einen lauten Schrei Luluacs hin in hundert wild laufende Männer. Sie rannten mit langen Sätzen an einen Punkt in die Savanne hinaus. Dort sammelten sie sich zur phalanxartigen Formation, die sich in Marschlinie näherte. Das Schauspiel gab einen Begriff von Takt, wie ihn kein preußisches Garderegiment annähernd erwecken könnte. Luluac war mitgelaufen und näherte sich jetzt an der Spitze. Die großen Leiber schwankten rhythmisch nach rechts und links, die Reihen schlugen einen leichten Trab an, bei dem die Knie bis vor den Bauch gezogen wurden, die Phalanx machte halt und trat am Orte, wie auf Velozipeden, von einer Sohle auf die andere. Die Bewegungen der langen Gliedmaßen waren außerordentlich schnell. Der ganze Haufe stand plötzlich vor unserer Nase, retirierte im Schritt, sank speerzielend auf ein Knie zurück, stand da, schwankte in parallelen Gliedern links und rechts und begleitete seine Exerzitien mit bald leisen, bald unartikuliert heftigen Lauten. Vor uns, das Angesicht nach der tanzenden Savanne, saß die Musik; Männer mit verbauten Körpern, unproportionierten Köpfen und abstehenden Ohren; sie schlugen abgestimmte Hölzer gegeneinander, klöppelten auf Holzkapseln verschiedener Größe und erzeugten einen klingelnden, fortlaufend prasselnden Trommelwirbel. Und dann unterstützten sie allemal die Weiber. Diese stießen ekstatische Schreie aus, die Gesellschaft fiel miteinander in die Pace, sie zuckten mit den Armen, wiegten sich in den Hüften, die Muskeln unter ihrer weichen Haut rührten sich in rhythmischer Ergriffenheit. Ich sah Slim unruhig werden; er taktierte mit den Fingern seiner rechten Hand in die linke Handfläche und warf seinen Schädel mit ungemütlichen Rucken nach allen Weltgegenden. Van den Dusen folgte dem Lärm vorsichtig mit den Schultern. Da gab ich dem in mir aufsteigenden nervösen Unbehagen nach und klatschte befreit mit den Weibern zugleich in die Hände, zählte mit den Fersen am Boden, sang die paar ewiggleichen Noten mit und juchzte laut hinaus, wenn ich mir in einem Bruchteil von Sekunde die musikalische Schönheit einer solchen Unterbrechung des Gesanges vorausberechnet hatte. Unser aller bemächtigte sich ein harmonischer Rausch, ein Entzücken der Muskeln. Der Tanz, das animalischste, tiefste und befreiendste Kunstwerk, gelang uns spielend und mit einem grenzenlosen Ergötzen. Indem wir uns den ausdrucksvollen Launen unserer Fibern hingaben, gestalteten wir mit allen Fähigkeiten des Leibes unsere menschliche Seele. Die unwandelbaren Lustelemente hinter unserer Epidermis nahmen beseligende Form an. Die wir bloß zusahen und an uns das Beobachtete nachskizzierten, erlebten die Erregung in der Anschauung geschmälert und übertroffen. Wir überschlugen uns wie stehende Wellen, knicksten in den Knien ein, arbeiteten mit Ohrmuscheln, Kopfhaut und Kinnbacken, und gehorchten tapfer den drei Noten der ewigen Flöten.

Die tanzende Phalanx machte kehrt, so pünktlich, als ob es hundertmal derselbe Mann gewesen wäre. Die gefiederten Gürtel flogen wie Räder und senkten sich mit derselben abgestimmten Langsamkeit über die braunglänzenden Hintern herab. Als sie ein gutes Stück in die Savanne hinausgelaufen waren, mit den kriegerischen Federkronen schräg vor den Köpfen, begannen sie den originellen rhythmischen Schuhplattler von vorne. Ihre Leiber schwitzten, die Augen rollten wild unter den roten und blauen Kerben zwischen den Brauen, aus den von der

Anstrengung geblähten Nüstern stießen gleich kleinen Giftwolken je zwei Federn hervor. Die Kerle tanzten und tanzten wie die Teufel, sie heulten und weinten vor Glück, und die Adern an ihren Waden waren krampfig angeschwollen. Dann plötzlich gab Luluac ein Zeichen und brach die Vorstellung ab. Die Phalanx glitt auseinander. Ich sah auf die Uhr, eine geschlagene Stunde war vorübergegangen und ich war todmüde, als hätte ich selber diese erschöpfenden Tänze getanzt.

Die langen Kerle kamen, die Weiber hingen sich begeistert an ihre Männer. Im Kriegsschmucke mit den Bemalungen in den mageren, zwischen Kinn und Backenknochen eingeschnürten Gesichtern sahen die Dumaraleute wenig geheuer aus. Der Beweis von Kunst und Kraft, den sie uns soeben gegeben hatten, machte sie ein wenig üppig; sie schwatzten laut, ignorierten uns Weiße und rannten uns geschäftig ihre Ellenbogen in die Seite. Ich sah mich nach Slim um, um in seinen Mienen gleichsam Verhaltungsmaßregeln zu lesen. Aber Slim war nirgends zu bemerken. Doch, dort stand er unter den Weibern von Luluacs Gefolge und sprach auf ein kleines Geschöpf ein. Es war – ja, richtig, es war Zana.

Van den Dusen kam zu mir und schüttete mir sein Herz über die Respektlosigkeit der Eingeborenen aus. Ich war also nicht allein mit meiner Hypochondrie, auch der dicke Holländer litt unter der Niedertracht, die zu unserer Demütigung von diesen gesunden Körpern förmlich ausdünstete. Es war dasselbe Lied bei allen Wilden. Er diente mit einem Beispiel.

»Staunen«, sagte er, »ist bereits das Symptom einer höheren Aufgewecktheit. Diese Menschen staunen nie wirklich, sind nie voll von ehrlicher Bewunderung, wenn sie etwas Unbegreifliches zum ersten Male sehen. Ihre

Seelen sind so fürchterlich gesund und selbstbewußt; alles appelliert sofort an ihr Lächerlichkeitsempfinden; alles Neue finden sie abgeschmackt wie Kinder. Ich habe einmal einen Orinocomann nach den großen Städten mitgenommen, eigens, um mich an seinem Erstaunen zu weiden. Was, glauben Sie, tat er? Nichts tat er; er schwieg beharrlich, mit einer stoischen Ruhe, die mich verrückt hätte machen können, und tat, als gäbe es da überhaupt nichts zu sehen. Wir stehen absolut nicht hoch in der sozialen Achtung. Soviel verstehe ich von ihrem Geschwätz, daß man sich über uns mokiert. Denken Sie doch, wir sind schlecht angezogen, tragen höchst überflüssige Dinge und haben anderseits nicht die notwendigsten Eberzähne an, nicht das obligateste Stückchen Federkiel im Nasenknorpel stecken! Diese Wilden, die kein Dasein außerhalb ihrer Gebräuche und keinen Horizont über dem ihren ahnen, sind die gefährlichsten Philister, denen man begegnen kann – – –«

»Sehr gut, bloß verkehrt«, sagte Slim, sich anschließend. »Eine prachtvolle Idee, die weit tiefer ist, als Mynherr wohl ahnt, aber«, und Slim setzte ihm belehrend, wie es seine Art war, den Finger auf die Brust: »Sie sprechen einen Anachronismus. Die Sache ist perfekt; nur, daß die Philister die gefährlichsten Wilden sind. Aus eben den Gründen, die Sie genannt haben: dieser beschränkte Horizont, glaube ich, nicht wahr? – Dieses Eingeborenenleben in den Gesellschaften einer Stadt, zähe Urwaldgebräuche, nicht wahr, lustvolle Verkrüppelungen, freudevoller Blödsinn, alles das, mißverstehen Sie das nicht, ist höchst wild und pikant!«

Die Festlichkeiten nahmen ihren Fortgang. Die Männer warfen mit Speeren, schossen mit Pfeilen. Sie gingen mit federnden Schritten und geradegestellten Füßen durch das Lager, auf den Zehenballen schnellten sie sich fort. Ihre Beine hatten ein Mindestmaß von Masse an sich und waren an den Waden nach außen gekehrt wie die Gliedmaßen eines Raubtieres. Es verlieh ihrem Gang Beherrschung und Ökonomie, sie konnten mitten in einer Bewegung halt machen und die Richtung ändern wie Katzen. Mit großer Spannung fühlte ich da meinen Blick auf van den Dusen gerichtet; da ging er auch schon, mit den Füßen schräg nach auswärts, mit steifen Hüften. Er hatte irgendeine Meinungsverschiedenheit mit Slim, plötzlich warf er seinen Rock ab, lockerte den Hemdkragen und zupfte an seinen Hosen. Herr des Himmels, er wollte doch nicht etwa das Wettrennen mitlaufen? Als aber die Konkurrenten aufmarschierten, beruhigte er sich von selbst. Es waren gestreckte Figuren, Windhunde mit unansehnlichen Schenkeln und bloßdaliegenden Längswülsten an den Außenwaden. Sie liefen. Die Zehen packten den Boden in die Faust und warfen ihn nach rückwärts. Sie rannten weit in die Savanne hinaus. Van den Dusen erklärte sich mit dieser Technik nicht einverstanden. »Das sind keine Beine, das sind Pfoten«, sagte er. »Ich war der beste Läufer in der Kadettenschule.« Nach zehn Minuten kam der Schwarm gelichtet zurück. An der Spitze führte ein magerer Mann mit einem Brustkasten, an dem sich die Rippen sträubten. Schultern, Magen und Becken waren wie auf geheimnisvolle Weise abgefressen, aber über dem Knochensystem kreuzten sich bandelierartig die Sehnen. Seine Lippen, an denen Serien von winzigen Metallplatten in stets kleiner werdendem Format wie die Armatur eines Wikingerdrachen eingeheftet standen, waren vor Erschöpfung nahezu eingezogen. Aber er versuchte Ruhe zu heucheln, schnauzte seinen metallenen Bart und atmete besonnen, nicht eingerechnet die kreischenden Schreie, die der wilde Mensch aus seiner abgeknabberten Büste hervorholte, hohe, weibliche Diskantlaute. Das war kaum ein Mensch, sondern ein Stück Lauf. Die Weiber schnatterten um ihn herum und warfen ihm verliebte Blicke zu, für die er sich in übereifrigen Vogeltönen bedankte. Die Musiker brachten einen Tusch auf den Läufer aus, sangen ihm zu Ehren und verklöppelten wie rasend ihre Hölzer.

Die Musiker fielen mir auf, sie zeigten einen ganz anderen und nicht weniger interessanten Typus. Es war eine körperlich untergeordnete Menschengattung. »Mischrasse, wie alle Musiker«, sagte Slim. Ihre Musik begann mir zu gefallen. Eine leise Verachtung gegen Muskelmenschen stieg in mir auf. Diese Musiker sahen viel weniger übelwollend aus. Sie hatten feine, intelligente, melancholische Gesichter. Um es nur zu sagen, sie sahen zivilisierter aus, gaben sich bescheidener. Meine Antipathie gegen die aufdringliche Wildheit von Leibern, die mich umgaben, stieß hier an eine beruhigende Küste: ein kleines, wohlgenährtes Bäuchlein. Das Aufregende jener bronzenen, magenlosen Wandelstatuen machte widerwillig; die Arbeit, die in all diesen Muskeln lag, ermüdete vom Ansehen; das tagelange Regaliertwerden mit einer Anmut, die ich seit Kindheit in meiner Kultur nur als Ausnahme und Festtagsgeschenk kennen gelernt hatte, schnürte mir den Hals zu. Ich sehnte mich nach Fett und Gemütlichkeit. Welch ein prächtiges, ruhiges Exemplar war doch dieser massige Musikkapitän! Von dem dicken Musiker sprangen meine Gedanken begierig auf die kleine Aruki, mit ihren Brüsten und breiten Lenden; ich suchte sie, aber während mein Blick über die Weiber hinging, traf er auf Zana. Ich sah sie, klein und unentwickelt und mit dem verdorbenen, schiefen Blick. Sie stand bei Slim. Da fühlte ich die unübersteigbare Kluft zwischen mir und diesen Gestalten indianischen Heldentums, und kränkende Gedanken fuhren mir durchs Hirn. Plötzlich kam mir eine Idee. Ich lief in meine Hütte, hängte mir den Mauser kavalleristisch quer über den Rücken, warf die Bagage durcheinander, bis ich auf meinen Klemmer stieß, und trat hervor.

Als ich kam, war eine Anzahl Männer damit beschäftigt, über wagerecht gelegte Speere zu springen. Sie alle sahen aus, als ob man in ihrer Bronze kleine Sprengungen vorgenommen hätte. Der Championläufer trug den Sieg davon. Er sprang über einen Mann hoch, den Kopf voran, und fiel regelmäßig wie ein Tier auf alle viere. Die Muskelschnallen an seinen fibrösen Waden traten von der Anstrengung in einem deutlichen Relief hervor.

Und nun werde ich euch zeigen, was wir können! Slim hatte den Häuptling zu verständigen. Die Erlaubnis war erteilt, die Aufmerksamkeit konzentrierte sich auf mich. Ich putzte bedächtig meinen Klemmer und suchte in der Savanne draußen ein Ziel. In der lächerlichen Entfernung von fünfzig Schritten gewahrte ich einen alten Bekannten, einen blauschillernden Falter mit handgroßen Segeln. Ich hieb den Klemmer auf die Nase, zog das Gewehr rasch an die Schulter und schoß. Der Falter brach geknickt zur Erde. Einige Buben liefen, ihn aufzuheben. Dann wandte ich mich um; da hinten auf einer der Hütten ragte ein Schild übers Dachstroh. Es war Kelwas Hütte. Ich gab hintereinander vier Schüsse ab, das Bild brach mit dem oberen Rande ab, und die Figur, die es dargestellt hatte, war nun kopflos. Das war kein Kunststück, aber es machte Effekt. Als ich durch den Klemmer zufällig auf die Frauen sah, schrien sie entsetzt und versteckten sich eine hinter der anderen. Ein bißchen verlegen über meine Wirkung ging ich, wo Slim neben Luluac stand. Als ich Zana ansah, verschwand sie. Erst als ich den Zwicker abnahm, schien sie sich wieder glücklich zu fühlen.

Ich hatte mich gerächt. Mein Selbstgefühl stieg um ein bedeutendes.

XV

Meine Anstrengungen, meine Siege, meine Einfälle waren fruchtlos. Ich war der Schwächere in diesem Kampfe mit der fremden wilden Seele, die aus Land, Tier und Mensch zu mir flüsterte. Ich rang mit einer Erde, mit einem Klima, mit einer Existenz, mit einem Prinzip von all diesem, das höhere Art darstellte, als die, aus der ich lebte. Bald faßte ich den Feind mit meinem Denken, bald ließ er mich klein unter sich zurück. Ich erledigte ihn endgültig mit einer Handvoll prachtvoller Thesen, da schnellte er mich mit einer Empfindung in den bösen Zustand der Verlassenheit. Verfolgte mich seine Seele, weil sie in mir den Fremden ahnte? Wer und wo war dieser Feind? Ich griff ihn nicht. Er verfolgte mich in Wassern, Tieren, Urwäldern und sprang in rätselhafte Weiberknochen, die mich unter anderen Umständen wohl mehr als abgestoßen hätten.

Es wurde Abend. Der Nachmittag, die warme Zeit, verging mit Schlafen und Lungern. Aus Nervosität begann ich zu träumen, aus purer Langeweile, um mich mit irgend etwas zu beschäftigen. In Gedanken an meinen Coup rieb ich mir die Hände, ich wiederholte ihn mehrere Male von Anfang an, bis er glatt und rund und praktisch war wie ein Kiesel, geschliffen und sicher wie Memorierstoff, mit Vergangenheit und Zukunft und Gründen und Möglichkeit, geradezu etwas Klassisches von einem Coup, an dem man seine Freude haben konnte. Wie ein Kind vor seinem Schatze begann ich in Erwägung zu ziehen, wozu man ihn möglicherweise verwerten könnte. Sollte ich mit Hilfe meines Klemmers und des Mausers das Land der Dumaraleute erobern, eine Stadt gründen, Eisenbahnen anlegen, Kaffee- und Maniokplantagen errichten, eine Armee nach preußischem Muster formieren mit van den Dusen an der Spitze, oder eine Ingenieurschule für heranwachsende Indianer unter meiner höchsteigenen Leitung? O, Brasilien ist ungeheuer und ein Land der Zukunft, wer aber weiß etwas von Brasilien und wer kennt seine Seele als ich, der Dichter? Ich bin dazu geschaffen, sein Kaiser zu werden, ich gründe nicht bloß ein Reich, ich gründe eine neue Rasse, ich erfinde ihr eine eigene moderne Seele nach dem neuesten Schnitte, ich kreiere einen brasilianischen und menschlichen Erztypus, in dem die Talente aller Organismen vereinigt sind. Wir schießen mit Dreadnoughts und gehen mit den Waden, wir philosophieren und singen einfältige wilde Indianergesänge, die ins Blut gehen. Wir haben schlanke demütige Weiber und stürzen uns für sie in den Tod. Wir sind die Schnellsten, wir sind die Wildesten, wir sind die Geistigsten und wir besitzen die stärksten und tiefsten Lüste. – Oder soll ich bescheidener sein und nur das ganze Dorf zusammenpacken und eine Zirkusturnee durch heimatliche europäische Großstädte antreten? War Herr Hagenbeck nicht reich und angesehen geworden, nachdem er nur erst einmal den commis voyageur in Wildnis gemacht hatte? Ich konnte dabei als Scharfschütze in elegantem Tropengewande auftreten und mit den bekannten Kniffen aus fünf Meter Höhe Glaseier mittels Rehposten herabholen. Doch nein, das sollte mir nicht passieren. Der heutige Tag hat gezeigt, daß ich Talent habe; und von nun an würde ich mit äußerster Sorgfalt und geradezu wissenschaftlicher Umsicht an die Ausbildung meiner Schießkunst gehen – ferner könnte ich als Impressario Kelwas der modernen Kunst einen großen Dienst erweisen. Es galt, einen neuen Standpunkt einzuführen, das Auge zu verbessern, und dazu war ich sozusagen als der Scharfschütze unter den Künstlern gerade der richtige Mann. Ich würde den Leuten beweisen, daß sie nicht sehen können, wenn sie die primitive und wilde Kunst unterschätzen. Nachdem wir bereits alles reformiert, verändert und renasziert haben, gilt es noch, unsere Augen, die letzte Zuflucht der Konvention, zum Teufel zu jagen und eine wieder unbefangene Netzhaut an ihre Stelle einzusetzen. Kelwa, dieser große reinmenschliche Künstler, müßte der Menschheit den grauen Star stechen. Er hatte einen neuen anatomischen Schlüssel zu geben, einen viel wesentlicheren formalen Kern zu entdecken, als es der alte und schon fad gewordene war. War es möglich, daß sehende Augen, wenn sie sich nicht gerade borniert auf ein gewisses eingelerntes Schema beschränken, die Farben in den Gesichtern der Menschen nicht wahrnehmen mochten, die betroffen machende, nur scheinbar disharmonische Anmut verrenkter Gliedmaßen, diese Tiergesichter, Katzen oder Schmetterlinge, die aus Physiognomien glotzten, diese Körper, die sich in Flächen ereigneten, statt in kubischer Dreifaltigkeit? Jawohl ja, die artistische und vitale Wahrheit Kelwascher Figuren war durchdringend, peinigend und erlösend. So wie er hatte noch kein Pariser Akademiker Menschen gemalt, die modern waren aus dem Effeff, ja, ganz Jäger, ganz Beobachter, ganz sinnliche Lebensfreude waren bis in die infamsten Regungen ihrer Seele. Daß die Mittel, mit denen er arbeitete, unsäglich elend waren, was verschlug das? Seine Kunst war so ganz Form, daß er sich wohl kaum darüber Rechenschaft gab, es gäbe so etwas wie Mittel. Und nun würde ich sagen, nehmen Sie dieses – wie soll man sagen – diesen Harm Kelwascher Frauengestalten, diese Katzenverliebtheit jedes einzelnen Müskelchens, das Feste feiert, die Sie Verrenkung nennen, Herr, weil Sie nicht sehen können, Herr, nun wissen Sie es, würde ich sagen. Ich würde Pamphlete schreiben, eine neue Theorie aufstellen, das Fleisch im Menschen erlösen, diese oft angekündigte Auferstehung endlich einmal stattfinden lassen!

Und ich würde eine neue unantastbare Menschlichkeit begründen, eine gesunde unsentimentale Humanität, bei der auch einmal einer draufgehen dürfte. Leben links und Leben rechts, Leben auf allen Seiten, Leben mit und gegen das Leben! Die Bewegung macht den Atem rein. Wie diese Luft sich köstlich schnappen ließ! Im Suchen nach etwas an und für sich Belanglosem stieß ich auf mich. Wie ein Berg erhob ich mich plötzlich vor mir selber! Was ist das Leben des Menschen? Jahrelang schlägt er sich mit Nutzlosem und Verfehltem herum, schwankend und irrend, mit seinem kleinen Sehkreise die Taktik nicht begreifend, die das Generalhauptquartier irgendwo in seinem Zwerchfell ihm peinlich und blindlings vorgeschrieben hat. Und eines Tages, in der sanftmütigsten Minute seines Lebens ist die Frucht aller dieser Übung reif geworden und fällt ihm in den Schoß. Die glückliche Idee kommt spät, ein gutes Stück hinter den Qualen. Zum Wohlsein! sagt dann alles zu einem, der sich jahrelang gekitzelt hat, um zu niesen. Er hat jetzt etwas Neues zu sagen, eine Technik zu geben, einen Gebrauchsgegenstand zu lehren. Zu diesem Zwecke hält seine Phantasie eine Handvoll Unternehmungen geläufig bereit.

Wir gründen einen neuen Kultus der Astarte, retten die Gesellschaft und die heraufkommende Jugend vor dem körperlichen Untergange, in den sie die verdorbenen Liebessitten der bürgerlichen Gesellschaft gestürzt haben. Einen Titel, einen Titel, schnell, ein lebenskräftiges Wort, das die Gehirne in Schwung bringt. Sagen wir, zum Beispiel, also: Tropische Nächte. Aber das »tropisch« erweckt vielleicht eine falsche Stimmung, einen kitschigen und ganz lebensfalschen Dunst. Man muß den irreführenden und laxen Impressionismus tunlichst vermeiden. Tropen gibt es nicht; das ist ein Wortspiel, wir aber entdecken von Tag zu Tag die Wirklichkeit und den ehrlichen Stil. »Tropen« ist ein Appell an das Gedächtnis meiner Eingeweide, aus den Zeiten, da ich noch aus nichts anderem denn jenen bestand; die biographische Erinnerung an die Faulenzerperiode, als auf Nowaja Semlja noch meine Krokodile im warmen Flußbad plätscherten. Alles dies ist jetzt internisiert, die ganze Tropenlandschaft fahrbar gemacht auf zwei Hinterfüßen, und nur innerlich ist die Sonne poetisch, da gibt es glutige Seufzer und wuchernde Pracht, mannshohes Dickicht, ein Jägerleben, Lauerposten, Überfälle und Wildhatzen. Und dort haben wir auch die ganze gärende Poesie; die Tatsachen draußen aber stehen für sich da. Dieses Land hier liegt unter dem Äquator, ist ein wenig heiß, spröde und langweilig und wird erst vernünftig sein, wenn eine Eisenbahnschiene quer durch den Djungle gelegt ist. Tropen, Tropen, das ist ein verdammtes Wort, ein Salonvokabel, um für die paar Orchideen Platz zu machen, die an diesem Platze herumwelken. Auf die Wahrheit angewandt, ist es eine Ausrede vor der Arbeit, die in diesem Sonnenstrich wartet. Aber ich kenne meine Miteuropäer. Sie möchten nichts daraus machen als eine Mondscheinpartie am Urwaldfluß, moskitolos, oder eine Liebesgeschichte frei nach Pierre Loti, wobei der Kreuzfahrer einen exotischen Bund einzugehen hat. Ich bin fanatisch dagegen. Sind wir Journalisten? Im Gegenteil. Das Leben ist schon nicht so sauber und es gehört ein gut Stück Gehirnmasse dazu, um auf das Einfache draufzukommen. Nein, meine poetischen Kontrakte mit der Welt erachte ich als gelöst. Das Dichten ist nicht mein Beruf. Ich fühle mich aller Pflichten als Kalfakter los und ledig. Ich eröffne mein Etablissement in Berlin unter einem würdigen, ernsten Titel, der die Prinzipien meines Liebeskults schlagend zusammenfaßt. Sagen wir »Emanzipation des Fleisches« oder so ähnlich. Übrigens, wenn mir kein geeigneter Titel einfällt, kann ich das Unternehmen auch fallen lassen. Ich bin mein eigener Herr, bin moralisch niemandem verpflichtet, mich zu blamieren. Einmal werde ich das ernste Wort mit dem Gesindel reden. Und dann will ich dem Menschen vom Menschen sprechen, ein kleines Liedchen in der Umgangssprache singen, einen Tanz vom Leben lehren, in den ein ganzer Menschenkörper mit allen seinen herrlichen Funktionen hineingetrommelt und gepfiffen ist, wovon aber Grasaffen nichts verstehen. So und so habe ich ihn kennen gelernt, den Menschen, wohlverstanden, dort unten, wo alles so hell und wirklich ist, wo Mensch sein heißt, ein Gliederspiel sein, und wo das Leben restlos aufgeht in der Gesundheit der unbeschadeten Lust!

Wahrscheinlich würde ich mein Etablissement mit einem Stab von Dumaraweibern nun doch errichten. Eine Lehrkanzel für die Bestrebungen einer neuen physiologischen Kultur. Am naheliegendsten aber unter den gegenwärtigen günstigen Umständen und der Hochkonjunktur meiner Seele war es, Zana zu erobern. Es war die nützlichste Verwendung meines neugewonnenen Ruhmes und schwebte mir schon seit langem vor. Ach Mensch, du bist ein losgerissenes Stück Klima und ereignest dich, ob schön, ob Regen, mit Sonne, Nacht und Winden zusammen. Gelber, quälender, brasilianischer Nachmittag, Träumer über wolkenloser, herber Wirklichkeit!

XVI

Zana sollte tanzen!

Und Zana tanzte, vor Moki, dem Götzen und wilden lüsternen Gesellen!

In der großen Hütte mitten im Dorfe saßen auf den Reisstrohmatten Luluacs Höflinge. Sie schlugen in die Handflächen, sangen einförmige Lieder und sahen mit berauschten Augen auf die Bewegungen eines dünnen Rumpfes, dessen Glieder sich in den Stichlichtern des flackernden Lagerfeuers verkürzten, verzerrten und verknäuelten wie ein Spiel phantastischer Katzen. Dieser Rumpf war Zana. Sie fuhr in dem breiten Raume wie ein Wirbelwind hin und her, näherte sich dem Feuer, machte krumme Beine, plötzliche Sprünge, man sah, hier war eine Katze, die mit dem Feuer spielte. Sie schüttelte sich wie ein Tier, bog sich in ihrem Rumpfe, der lang und biegsam war wie ein Mannesarm, stieß gellende Schreie aus und stampfte den hartgetretenen Erdboden, der dumpf widerhallte. Ihre beweglichen Füße zauberten einen hohlen, erregenden Rhythmus hervor. Sie saßen lose im Gelenk, hatten metallene Bracelets um die Knöchel und besaßen kräftige feingegliederte Zehen. Der rechte Knöchel war innen aufgescheuert und zeigte eine schründige Wunde. Zana bearbeitete den gestampften Boden wie ein Tambourin, an der engsten Stelle ihres Beines klimperten die Metallreifen, mit Ballen und Ferse holte sie die charakteristischen Läufe dieser Musik, dumpfe ungepflegte Töne, eine niedrigstehende Lautskala, aus der Unterlage hervor. Es bedurfte eines wahnwitzigen Gehörs, um auf diese Trommelfellreize verstehend einzugehen. Angestrengt gab ich mich dem Eindruck hin, der huschenden Gestalt in ihrer wilden Anmut, der Unruhe des Feuers, dem Refrain der brachial einfallenden Männerstimmen. Da hatte ich's heraus und begriff die Melodie, die diesen Füßen, Händen, Stimmen und Instrumenten, hölzernen Zimbeln, gemeinsam war. Diese rätselhafte Rhythmik ahmte den Pulsschlag unseres Blutes nach, nicht den komplizierten Prozeß unseres ornamentalen Gehirnes. Hier entsprach, was Musik hieß, noch einer primitiven physiologischen Gesetzmäßigkeit, alles Funktionelle und alles periodisch Geschehende wurde an sich musikalisch empfunden. Eine einfach repetierte Folge von Handlung und Laut enthielt für das Gehör ein Element der Befriedigung, der bloße Lärm als Produkt einer Tat rhythmischen Wert. Musik wohnte noch in jeder Aktion, jeder Passivität, jeder körperlichen Verwandlung. In diesen gesunden Leibern war die Musik noch so geradlinig erhalten wie der Übergang vom Bedürfnis zum Genuß, erfolgte so wenig systematisch wie die Lust, auf die sich das ganze Weltgeschehen hin zuspitzte, die Lust, die nur in der Einkleidung der Kultur bei avancierten Rassen Ereignis wird. Die körperliche Paarung war der gegebene musikalische Urakt, geeinte Zwei- oder entzweite Einheit erwies sich als hochgradig musikalischer Takt. Dies war das Kommen und Gehen, das Nahen und Flüchten in Zanas Körper. Und diese Musiker hier waren Mischlinge;

der Zusammenstoß zweier Rassen erzeugt Musik. Eins, zwei, eins, zwei, horch, wie die Natur marschiert! Was immer du tust, skandiert sie selbst. Die Pace, die Pace, ist alles in der Welt, das Um und Auf der Musik, die Urmusik, das Urereignis!

Vor meinen Augen, in meinen Ohren spielt es sich ab. Zana macht Krawall mit ihren Füßen, trommelt mit ihren lieblichen Fersen auf die feste Erde, daß mir der Speichel im Munde stockt und mein trockener Kopf zu fiebern beginnt. Ich höre die Besessenen heulen und sehe, wie Bewegung auf Bewegung sich an dem Püppchen folgt. Die Pace ergreift mich, ich bin mitten in der Pace, ich wohne mit Schauern dem Urtanz bei. Die Pace, die Pace fällt es mir ein, wir haben die Pace nicht mehr, Europa hat die Pace verloren, dies ist das große unheilbare Leiden! Da geht Zana wieder auf uns los, duckt sich und springt wie ein Panther, trägt ein Scheit vom Holzstoß fort und schwingt es rasend mit den Zähnen, einen feurigen Kreis rund um sich ziehend, in dem ihre magere Figur bis in jedes Schlüpfchen erleuchtet dasteht. Ihr wildes kleines Gesicht glüht verkniffen vor Gier und Ekstase wie durchhitzte Bronze. Der Chor der harten Männer im Schatten, die in den gekrätschten Knien hängen, antwortet ihren dünnen Gaumenschreien mit einer Art tierischen Wohllautes, einem sehr physischen Sehnsuchtsmotiv, von zittern- und hoffenmachender bestialischer Melancholie. Auf! meine Panther in den Djungeln, weint hinauf in den bestirnten Himmel über eurem Sehnsuchtslager, wenn die flaumige hingegebene Gattin eurem entbehrenden Leibe fehlt! Ha, wie meine Männerkatzen fauchen, hei, wie meine Panther raunzen, wenn die schöne Katze Zana, den flachen Leib auf krumme Pfoten gepreßt, ums prasselnde Feuer schleicht! Was singen die Männer, Slim, alter, irrsinniger, schreihalsiger Slim, wenn du nicht schon ganz verrückt bist, was singen sie, gib Bescheid!

Zana, singen sie,

> Zana, kleines Pumaweib,
> Kleiner bist du
> Denn Mokis Herz!

Kleiner bist du, denn Mokis Herz! Klein bist du, denke ich, und wer ist Moki? Da stürzt das Feuer zusammen. Zana beendet aus einem Wirbel heraus ihren Tanz. Ein paar Männer fachen den Brand wieder an, er wird heller, wächst rapide, gleich darauf ist die geräumige Hütte von einem gelben gleichmäßigen Lichte ausgefüllt. Zana steht an der Wand gegenüber. Sie ist ganz nackt, selbst das Schürzchen, das die Frauen sonst aus Reinlichkeitsrücksichten tragen, hat sie abgelegt; nur eine Schnur roter Beeren hängt um ihre Taille und umgleitet den Bauch, der von der Anstrengung in muskulösen Bändern hervorgetrieben ist. Er fällt rasch zu dem spitzen buschigen Winkel zwischen ihren Schenkeln ab. Um den Nabel herum ist eine gelbe tätowierte Sichel gezeichnet und farbige Kurven verlaufen übcr den Magen. Ich folge magnetisiert den kunstvollen Striemen auf der glatten Haut und glaube zu sehen, daß die Sichel das aufgerissene Maul einer jappenden Katze darstellt. Je länger ich hinsehe, desto sicherer werde ich, nun geht es mir ein, daß die Muskeln des Mädchenbauches mit dem Relief des Katzenkörpers zusammenfallen. Mag sein, daß es ein brünstiger Panther ist, den Hunger oder Sehnsucht zum gequälten Schrei treiben. Um die flachen Brüste laufen Ringe und Strahlen, ein grüner Mond und eine rote Sonne. Wenn Zana sich wendet, zeigt ihr Rücken bis zu den Lenden hinab prächtige Verschnürungen. Ihr Hals ist für eine Manneshand leicht zu umspannen; ihre Beine sind kräftig, schmal, so schmal in den Gelenken und prall geschwellt um die Wade, aber ohne einen Faden Fett. Das Betörendste sind ihre Knie. O, Zana ist bezaubernd und echt, wenn sie mit ihren akrobatischen Beinen eine krummbeinige Pantherkatze nachahmt; aber wenn sie sich ohne Zwang hinstellt, ist die Flucht der Linien an den Knien am engsten, fast so enge wie am Halse, und die Beine laufen wie die Teile eines ganz, ganz stumpfen Kreuzes nach außen. Und siehe da, dies macht ihre Hüften breit, und sie ist doch nur ein Mädchen. Und über ihre Kniekehlen ist die Haut glatt gespannt wie über kleine Trommeln. In Zanas Kniekehlen ist alle Arglosigkeit, alle Demut und alle Süßigkeit zu Hause. Und doch blicken die braunen gewachsten Augen ihres kleinen Gesichtes wie Hundeaugen, und aus den Spaltnarben ihrer Oberlippe lugen böse Eberzähne schräg hervor, wie die Spitzen eines kleinen gelben beinernen Bartes. Zana sieht aus wie ein junger Krieger und ist doch ganz Sanftmut, ganz Weib. Trägt die Priesterin, die Tänzerin, die Kurtisane im Urzustand die künstlichen Zahnmale ihrer Mannbarkeit wie ihre Nachkommin nach Tausenden von Jahren? Es ist stets dieselbe alte Kunst, ob sie die Wilde oder die Bürgerstochter pflegt. Auf Zanas Backenknochen prangen grellrote Flecke – und ich muß an Schminke denken. Aber der Kopf ist um die Augenlinie befremdlich eingesunken und sieht gutherzig aus. Man darf sich nicht täuschen lassen, dies ist kein junger feuriger Krieger, sondern ein sanftes Mädchen, das in einer sinnlichen und betörenden Art sein Theater spielt.

Mächtige Jäger saßen im Halbkreis, die Tür im Rücken. Es waren Luluacs beste Leute, und wenn man ihre Kraft zusammentat, konnte man damit einen kleinen Berg sprengen. Ihre Muskeln schwollen im Rausche, lebten im

Zucken des Feuerscheins wie ein erstarrtes Getümmel von vielerlei Rund. Das Fleisch nahgerückter Gestalten wölbte und verschlang sich in merkwürdigen Knoten und Schnecken wie eine seltsam quellende mystische Masse. In faustgroßen Bildungen und Wüchsen saßen erschrekkende Kräfte gespeichert. Ein einziger wilder Organismus von Fleisch war diese Versammlung. In die braun zerklüfteten Gesichter waren Metallstücke geklemmt, und die Oberlippen starrten von scharfen Tierzähnen. Prächtig geflaumte Federn brachen aus den Nasenknorpeln, auf den Köpfen strotzten üppige Federkronen. Eine fremde, vogelhafte Bewegung herrschte rings in der Höhe dieser Zierate, ein Eindruck von Macht und zeremoniösem Pathos steigerte kleine Bewegungen ins Riesenhafte. Die Köpfe darunter aber benahmen sich wie die ausgelassener Knaben und verschuldeten ein pompöses Spiel der Büsche. Dem allem sah der Götze Moki mit blöde verzogenen Lippen zu.

Denn es war noch jemand im Raume; eine Persönlichkeit voll ordinärer Absicht zu wirken, die ich, darob gelangweilt, gerne übersehen hätte, eine Kraft, die meine guten Nerven und meinen sauberen Geschmack kalt ließ, aber langsam und durchdringend einen erschlaffenden Schleier über meine Augen zu spinnen begann; eine rätselvolle Existenz, deren herausfordernde Erscheinung fortschreitend meine seelische Indisposition zu widerlegen anfing und mich in eine wirbelnde Niederlage, blutvoll und blamabel, hinunterriß. Oder wie war dieses Antlitz zu deuten, diese Doppelausgabe eines Kopfes, diese Verkropfung von Gesichtern, die sich kinnlos in einem senkrecht gestellten Maule vereinigten? Jeder dieser zwei wagerechten Schädel des Götzen trug auf der Stirne ein Tausendauge, eine Riesenbrombeere, das göttliche Unterteil aber bestand aus einem übermannshohen dicken Schaft, einem einfachen borkenlosen Baumstamme, der wie ein unendlicher Kragen den halslos schwebenden Kopf trug. Aus dem Schafte wuchsen vorn sechs Paar klauenartiger Knäufe, wie zwei Reihen Euter angeordnet. Sie deuteten auf gräßlich verkümmerte Greiforgane hin. Noch verkümmerter, geradezu ärmlich, ungeschickt ärmlich, so daß man dem armen Teufel darüber gram sein mochte wie über etwas sehr unverschuldet Ärmliches und Häßliches, waren seine zwei Arme. Die beiden prackerartigen Gebilde, die seitlich steif hervorstanden, wie ein paar Tennisraketts, konnten füglich keine andere Absicht hegen, als kurze Arme und hypertrophische Tatzen zu sein. Ich hätte über diese Poverkeit in Raserei geraten können, in blinde, unvernünftige Wut über diese Zumutung an meine schönheitsdurstigen Sinne; und gewiß hätte ich mich zu einer Inhumanität und Gemütslosigkeit niedrigster Sorte hinreißen lassen, wenn mich nicht der überaus fragwürdige Kopf beschwichtigt und gefesselt hätte. Unmerklich zwang er mich zur Anerkennung seiner Macht, stach mit verrückten Einzelheiten nach mir, zwinkerte mich steif aus verborgenen Augenschlünden an, sog mich ein in starr allwissende Lappen, schoß aus mystischen Öffnungen mit Glühgarn und Schattenschnack nach mir und rüsselte Gesichte von unerlebter Steifbeweglichkeit aus meinem wildklopfenden Herzen. Das Maul klaffte ihm so stark, daß nur ein lotrechter Schlitz zurückblieb, und ringsherum waren seine Kopfhälften reich mit Hörnern, Bügeln und Stacheln jeder Konstruktion versehen. Aus seinen grünen Augen zuckte der elevatorische Blick; er konnte die Wucht nehmen; er, das Scheusal, konnte elfische und leichte Gefühle erwecken, tanzende Anmut ins Herz einer Versammlung zaubern, konnte unausdrückbar schwebende Schönheit verkörperlichen, konnte aus widerwärtigem Glotzen leiblichen Segen greifbar spenden und das Gesetz beschwerender Erde mit schöner Lüge verschleiern. Stumpf stehend, löste er sich nach Belieben von seinem Ruhepunkt; teilnahmslos stotzig, beschwingte er eines menschlichen Wesens schwache Kunst, wenn es sich innig und glaubend ihm hingab. Unentzifferbar, nur in ihren Wirkungen demütig zu fassen, zog seine sinnig blutsaugerische Miene die Versammlung empor und die Schwere aus ihren Leibern, und Zana begann zu tanzen. Gott trug sie. Sie balancierte auf einem Bein, ihr Rumpf war rückwärts gebogen und ihr straffes, achsellanges Haar fegte den Boden. Das andere Bein war gehoben und im Knie geknickt. Um den Knöchel klimperte ein Bracelet von Metallstückchen. Die Sohle war rosig und die Zehen waren wie kleine Finger, am Ende aber waren sie ein ganz klein wenig verdickt. Der Rumpf bildete einen raffinierten dünnen Bogen, eine kitzelnde Kurve, die verrückt machte. Man mußte aufstehen und dieses menschliche Ornament in die Arme nehmen. Es prägte sich tief, tief ins Herz, es erregte die Sehnsucht des Gesichts und ein scharfes Herzeleid. Diese Gliederzucht krampfte die Brüste der wilden Männer zusammen, und sie stießen rhythmisch wehevolle, brennende Schreie aus. Ach Zana! Da flog das schmale, splitternackte Ding, eine Schlinge aus Nerven, Muskeln, Wirbeln und zahmen Knochen geflochten, gleichsam durch den Raum, sauste wie ein Peitschenhieb von Eck zu Eck, lag wie ein Faden am Boden vor Moki, dem wülstigen Götzen, kreiselte dünn wie eine Mücke mit ausgebreiteten Armen und Fuß vor Fuß um das Feuer. Und Gott stand still und war mächtig. Seine Ruhe gebar Rhythmus, sie war der Grundton, von dem sich Bewegung abhob. Er liebte Zana, und darum ließ er sie tanzen. Ihr Körper zeigte leichte, glänzende Spuren von Schweiß, und ein kräuteriger Geruch strömte von ihr aus. In den Lichtschein des Feuers fiel etwas Buschiges, Dunkles, eins, zwei, dann ein ganzer Regen von Blumen, Zweigen, farbigen Blüten, von den wilden Männern geworfen: und die Orchideen, die nun am Boden lagen, sich im Stroh des Daches verfingen, auf Zanas Schultern hafteten, blickten erloschen wie gesprengte Muscheln, aus denen ein Perlenauge brechend starrt. Und was bedeutete der Zauber? Slim erzählte im Flüsterton, während Zana mit vorgebeugtem Körper dahinflatterte. Ihre Arme liefen längs des Körpers mit steif nach oben gekehrten Ellbogen zurück, ihre Hände bewegten sich an den Wurzeln mit sanften, flüchtigen Schlägen, ein Rhythmus brandete auf in ihnen, der sich über die Arme, gefügig wie Satin, und die welligen Schultern hinflutend verbreitete. Der Körper lief wie eine Schraube aus dem edelsten Stoffe, menschlichem Fleische. Die Männer ringsumher summten aus gepreßten Zähnen gleich einem Schwarm toller Mücken, die gestimmten Klöppel der Holzmusik prasselten melodisch gegeneinander. Die Mannsbilder erhoben ihren Gesang. Zana also war eine kleine, winzige Mücke und tanzte vor ihrem Herrn, dem Gotte Moki, dem Blutsauger, dem Vampir der Menschen, dem Tanz-in-die-Luft-Dämon, der rotes Menschenblut soff und frohe Tänze um die Abendstunde genoß.

Zana, sangen sie,

> Kleine Mückenfrau,
> Bist nicht größer
> Als Mokis Herz.

Aber nun sah ich auch meinen Irrtum über Mokis Hände ein. Es waren ja keine Hände, sondern Flügel. Zana tanzte sie, und darum verstand ich sie. Ich verstand alles, was Zana tanzte, ich las deutlich das Gesicht des Gottes, so wie sie es beschrieb, ich folgte bezwungen den Schauern ihrer Sinne und fühlte Sinn und Macht des allmächtigen Gottes sich mir unzweideutig gestalten. Da, was war das? Seine Zufriedenheit, seine allerhöchste Zufriedenheit kundgebend, begann er aus seinem Leibe wie eine unerhört große Trompete zu röhren, erhob aus seiner monumentalen Seelenruhe sozusagen einen Mückengesang in Vergrößerung. Er schlug mit den Ärmchen witzig Takt, hob sich zwei Fuß hoch über die glänzende Erdbacke, auf der Zana tanzte, schwebte getragen umher und stieß mit einem heftigen Ruck durchs Dach hinaus in die sternige Nacht. Als er in das blaue Licht gelangte, sah ich, daß seine Flügel hübsch glasuriert waren, sie vergrößerten sich, gewannen Proportion, er schlug mit blendenden Feuern um sich und benahm sich mit dem großartigen Glanze eines echten Liebhabers von Metzeleien. Seine Knäufe wuchsen sich zu Fängen aus, von denen jeder ein Elementarereignis für sich bedeutete, und die Rudimente an seinem Schädel wurden Rammstifte der gefährlichsten Art. Seine Augen glotzten wie eine Riesentraube von grünen Laternen. Da erkannte ich ihn wieder. Seine ganze Geschichte lag klar vor mir. Hier also stehst du, altes Prinzip der Seelenruhe, herabgekommener Greis antiquarischer Furchtbarkeiten, und heimsest von den regsamen Pantherkindern den konventionellen Tribut deiner harmlos gewordenen Launen? Spielst, alter Mechanismus der Göttlichkeit, mit Prinzmädchen wie ehemals, läßt dich von tanzenden Gebärden ankurbeln und beziehst deine Wirkung aus den Händen einer gerissenen Pantherin? Steifer, alter Drachenochse, bettelhaft gewordener Sauggott, verholztes Monument der Seelenruhe! Ich habe dich jüngst mit einer Pistole erledigt, nun stehst du wieder da und foppst mich? Aber du foppst mich nicht. Du bringst mich über die Erkenntnis nicht weg, daß Gott sein Leben dem Blute verdankt, daß Wunder und Erleuchtungen aus dem Rhythmus schnellen, den reelle Menschenbeine stampfen, daß du, Moki, dein Leben den dünnen Knochen Zanas verdankst. In ihrem Spiel sitzt die Kraft der Elevation. Sie deutet, und du fliegst. Sie blickt schief aus ihren Augen, und du schleuderst Blitze. Dein Gesicht ist töricht ohne sie; wenn sie seine Wirkungen tanzt, heben dich die Schauer ihres Urtanzes, ihres endgültigen Leibes, ins Grauen der Götter. O, du Gott, du Geschöpf des in seinem Blute tanzenden Menschen, du Drachenhohn vor dem Wahnwitz des Panthersohnes und seines Weibes!

Als ich aus dem Qualm verbrannter Blumen, ölig schwitzender Körper, abschüssiger wilder Bewegungen des Mädchenleibes zu mir kam, stand Moki ruhig, gesättigt und verkommen wie früher an seinem Platze in der sechseckigen Hütte und markierte den letzten stoischen Sprößling aus Drachenblut. Nicht weit von ihm saß ein ekstatischer, alter Indianer und böhte in eine lange, lange Röhre, eine zusammengerollte steife Reismatte. Oben im Dache wurde eine Luke, die plötzlich entstanden war, von geheimnisvoller Hand geschlossen. Ich mußte mich der Bewegung Zanas erinnern, hatte deutlich zu merken, was sie mit ihren Gebärden, ihrem Grausen, ihrem Jubel, ihrem Flügelschlag und ihrem lüstern vorgebeugten Rumpfe von meiner Phantasie verlangte. Gern, liebe, hübsche Mücke, sollst du mein Blut und meinen Glauben haben. Alle hatten wie besessen zum Dache hinaufgeschaut, als Zana dort hinauswies, und es wäre nur unanständig von mir gewesen, mich dem allgemeinen Ereignis nicht anzuschließen. Ich war vollauf befriedigt von mir. Furcht und Hohn standen in den Gesichtern der Dumaraleute zu lesen. Und, war es nicht auch eine kleine Bosheit, daß sie den großen, bösen Gott so nach Belieben mit seinem schäbigen Flügelpaar in die Lüfte steigen ließen, daß sie ihre Demut und ihr echtestes Erschauern von ihrem guten Willen abhängig machten, daß sie ihren Übermut schärften, indem sie ihm plump die Spitze abbrachen und anbeteten? Menschenseele, von wilder Deutlichkeit in der Seele des Wilden!

So standen die Dinge. Nämlich, Moki stand wieder fragmentarisch dort in seiner Ecke, und Zana – Zana aber war tot. Man hatte die Mücke erschlagen. Man hatte ihr den Garaus gemacht. Umgebracht hatte man sie, mit Orchideenzweigen hatte man sie totgeworfen. Die Mücke war tot.

Zana tanzte den Pumatanz und den Mückentanz. Sie tanzte den Blutdurst ihrer Seele. Aber Zana war auch eine sehnsüchtige Grille und legte die Arme, nein, die schmalen, langen Flügel dicht hinten an den Leib. Sie bog den Kopf zurück in den Nacken, ihre Brust trat hervor, stark, stärker, in unendlichem Schmerze, und nun gewahrte man an dem bloßen Spiel ihrer Brüste und ihres Magens, daß sie schluchzte.

Zana, kleine Grillenfrau,
Weint um ihren
Fernen Liebsten,

sangen die Jäger. Sie rasselten und feilten schrill mit allem Metall, das sie hatten aufbringen können, und hierbei war es, daß unsere leeren Sardinenbüchsen sich als ingeniös musikalisch erwiesen.

Die Folge davon, daß Grillen um den Liebsten weinen, ist, daß man die wundervolle Architektur ihrer Eingeweide zu sehen bekommt. Zana hatte zwischen den Lenden einen weiblichen Anflug von Wölbung; eine flache Schale bildete den Unterleib. Aber sie war so flach, daß sie mehr ein dunklerer Schmelz der flaumigen Haut als eine plastische Erhebung schien. Der Tätowierkünstler hatte der bildhauerischen Natur überflüssig nachgearbeitet. Jetzt aber wurde seine Kunst ganz zuschanden. Denn die Grille litt unsagbar und ihr eingezogener Magen unter der vordrängenden kleinen Büste zeigte fibröse Rillen wie bei einem Knaben. Die ganze Monotonie ihres Schmerzes lag in den Hüpfschritten, mit denen sie unzählige Male im Schwirren der Instrumente denselben Kreis vollendete. Dann aber schlug sie hin und war tot vor Schmerz. Abermals war Zana heute gestorben.

Und nun geschah an diesem unvergeßlichen Abende etwas Entscheidendes. Zana tanzte zum vierten Male. Sie war nicht umzubringen, elastisch und unermüdlich war sie wie ein wirklicher Künstler; die Anstrengung glückte ihr spielend, ihre Konzentration vertiefte sich; morgen aber, fürchte ich, wird sie einen trüben Tag haben. Aus ihrem formenreichen, sanft ergiebigen Körper holte sie einen neuen Sinn heraus. Als sie wieder aufkam, stand Luluac da, ihr Bruder. Sie ging ihm bis zu den Hüften. Er war hoch, und sein Oberkörper war wie ein Keil in Hüften und Gesäß gepflanzt, die, aus der Wurzel der gewölbten Schenkel geeinigt, den kräftigen Stamm trugen. Seine Brust war mehr hoch als breit und hob sich hart von dem muskulösen Rückenschilde vor, zu dem die Rippenbänder zurückstrebten. Der Brustkorb selbst, dessen Bügel eng standen und eine tiefe männliche Busenkerbe bildeten, war ein stumpfer Kegel. Darunter fiel der

Felsenbruch des Magens ab. Der Kopf war klein und rund, mit starkem Hinterschädel, glatt rasiert, und nur über der Stirn stand ein Besen dünner spröder Haare erhalten. Wie dieser Kopf waren auch die übrigen Teile seines Knochenbaues von einem raumsparenden Prinzipe gebildet, als typisches Produkt einer langen blutwählerischen Zucht. Diese Knochen waren verbesserte Urinstrumente, bei denen an Masse zugunsten der Widerstandskraft durch Biegungen, Schwellungen, Verkolbungen gespart war. Sie wurden von einem übersichtlichen Muskelsystem in Bewegung gesetzt. Ihr Hauptantrieb saß an den Gelenken; die Kraft- und Nervenherde in deren Nähe; und hier war es auch, wo der Mann seine Stärke hatte. Alle anderen Teile schienen von Masse entblößt und unansehnlich, er war nicht einmal übertrieben muskulös. Über den Knochen spannte sich die Haut, aber er konnte sie an der Brust wie ein Halstuch in Falten legen. Der Magen war als sichtbarer Muskel in den Rost der Taille eingefügt. Die Waden waren hoch, nicht geballt, sondern lang gestreckt. Das Gesicht erschien häßlich, lauschend, schlau, gierig wie das eines Tieres. Wenn seine Lippen sich unter einer physischen Anstrengung von den Zähnen zurückzogen, sah man die weißkantigen Trapeze der Kiefer. Die Zähne waren künstlich geschärft. Dadurch erhielt der Mund dieses Menschen etwas Verlangendes, sein Gesicht wurde kindlich. Auf seinem kleinen buchtigen Schädel saß die Krone aller indianischen Federkronen. Die wildesten und buntesten Flügel des Djungles hatten zu der wilden Gravität dieses Häuptlings beigesteuert. Die geringste Neigung erhielt in dieser Weise eine gespenstische Bedeutung, ein ganzer kleiner Wald nickte bunt, und menschliche Motive wurden in etwas eigentlich Lebloses hineingebracht. Ja, ja, sagte der Federbusch, wenn er sich ein Stück nach rechts hin schüttelte; und nein, nein! wenn er sich wie ein steilwerdender Garten gegen den Rücken hin aufmachte. Und wehe, wehe! hieß es, wenn er auf dem hitzigen Kopfe des jungen Häuptlings durch die Luft fuhr.

Dieses Prachtstück von einem Federbusche machte den langen Luluac übermenschlich, als er mit seiner Schwester Zana zum Tanz antrat. Die groteske Überlegenheit des Mannes war ein Genuß für alle, die es sahen. Zana selbst schien bis in die letzten Fasern ihrer weiblichen Demut davon berührt. Gefällig bog sie sich unter ihm. Ihre familiären Beziehungen schienen etwas seltsamer Art. Andeutungen kamen mir in Erinnerung. Während sie tanzten, traten an ihren Körpern die Merkmale wilder geschlechtlicher Erregung zutage. Sie betrachteten einander aus den Augenschlitzen mit bestialischer Verliebtheit. Der Instinkt der Inzucht, der bei primitiven oder bei überfeinerten Rassen, die noch gesund sind, auftritt, machte sich in ihren Sympathien geltend. War es Spiel oder Ernst? Obwohl Zana klein war, zeigte ihr Körper doch auffallende Gemeinsamkeiten mit dem ihres Bruders. Sie waren beide lang, ihre Gesichter waren nahezu gleich im Ausdruck. Sie waren in die eigene Art verliebt, und wie sie da tanzten, gaben sie der Wollust über die Absolutheit und Rassigkeit ihrer Wesen Ausdruck.

War die Narzißlaune, das Prinzip der Eigenverehrung, nicht eine Verbesserungs- oder Erhaltungstendenz der Schönheit? Ähnlichkeit wirkt bei differenzierten Säugetieren abstoßend auf die Phantasie. Aber darüber hinaus wirkt sie bei ausgebauten Rassen mit Gleichgewicht und gereiftem Geschmacke anziehend, denn sie wird Kern der klassischen Entwickelung. Innerhalb edler Rassen genügt der verschärfte Geschlechtsunterschied, der in harte und zarte Typen scheidet, der Sehnsucht nach der Variation.

Zana tanzte tief und hingegeben. Es verlangte sie nach dem gefiederten Pfeile Luluac. Unwillkürlich sah ich zu Slim hinüber. Sein Gesicht war verzogen. In seine nordischen Züge mischte sich der Indianer, unter seinem Barte lauerte das Tier, das ich hier in allen Gesichtern sich ergötzen sah. Mit einem kranken Blicke folgte er dem Paare. Van den Dusen aber war hochrot im Gesicht und sah gezwängt aus; er folgte den Vorgängen mit offenem Munde, förmlich hinten am Gaumen. Luluac bewegte sich in männlichen kühlen Kurven, mit sichtbarer technischer Meisterschaft, er blieb hart, rhythmisch, formell, nur seine Augen gaben sich feurig. Man verstand, er begehrte Zana, er turnte um sie, er warb um sie, aber er verhielt sich vor ihren Lockungen reserviert; man konnte nicht wissen, wie gefährlich das kleine Frauenzimmer war, und ob es erlaubt war, sie zu berühren. Eine Prinzessin, eine Priesterin konnte sie sein und dem Sterblichen, der sie nahm, konnte Unheil drohen. Zanas Knöchel waren gefesselt, dies verstärkte ihren demütigen und harmlosen Anblick; die Bracelets waren ineinander verhakt. Sie sprang mit kurzen federnden Schritten, die wie Bälle waren, auf ihren Fersen; sie umkreiste Luluac, sank in die Knie, und verschränkte die Arme hinter dem Nakken. Rührte ihr demütiges Anerbieten den Häuptling nicht? Soviel war klar, sie war ein Weib, sie war gefesselt, die Konvention klimperte um ihre Knöchel, und sie hatte nicht die Freiheit ihrer Wahl und ihrer Lust zum Manne.

Luluac ließ sie nahe herankommen. Schon ergreift er sie in einer Pose, die seine Nacktheit drastisch preisgibt, als er sich wieder zurückzieht. Er verwahrt sich gegen die Wirklichkeit eines solchen überirdisch begehrlichen Wesens, er stellt die ganze schöne Tatsache in Frage. Es ist ausgeschlossen, daß soviel Wünschbarkeit wirklich ist. Sie ist ein Trug der Sinne, der Untergang bedeutet. Vielleicht ist Zana eine Pantherfrau? Sie zerreißt den menschlichen Geliebten, der sich von ihr betören läßt. Oh über ihre Zahmheit! Er schwingt die Arme und zückt Speer und Schild, denn es gilt, einen Puma sich vom Leibe zu halten. Er fällt plötzlich in den bekannten Kriegstanz, hebt die Beine mit wagerechten Schenkeln und spielt ein Rennen am Ort. Teuflisch, hu! Zana umschmeichelt ihn in vollendeten Linien. Ihre gehobbelten Knöchel folgen mit unterwürfigen kleinen Schritten; traurig ist es, wie die Knorpel der gespannten Kniekehlen sich berühren! Rührend ist es, und es wird uns allen das Herz brechen! Da kann auch Luluac nicht länger widerstehen. Eine suggestiv getanzte Umarmung bedeutet Besitznahme. Er hat sie nicht berührt, die Gebärde blieb ästhetisch. Und alle verstehen die Anspielung, die in den gerungenen Armen liegt! Luluac nimmt das Werben der Pantherin an! lautet die Losung. Die geschlechtliche Spannung der beiden Körper ist gestiegen, oh, oh, oh, beide sind selig, beide sind nahe daran, sich zu vergehen. Zana roßt wie eine junge Stute. Eine monotone Musik schwellt die Nerven und Muskeln und weckt den Stich und die Unschuld der männlichen Empfindung. Der kreisrunde Verfolgungswahnsinn dieser Noten erzeugt gelinden Schwindel, die Schläfen hämmern und die Augen laufen mit dem Gehirn zu einer einzigen sehnsüchtigen Masse zusammen. Das Fleisch an den Körpern der Männer beginnt gleichsam zu gären, ein lauer, niederträchtiger, menschlicher Geruch macht sich in der Hütte fühlbar. Luluac schreit rasend auf und die Männer fallen triumphierend und befriedigt ein. Der Höhepunkt ist vorüber. Der wilde, schöne Krieger hat nun Zana in seine Hütte geführt. Sie hockt hinterm Feuer. Er ist fortan ihr Herr. Prahlerisch pflanzt er sich im Vordergrunde auf. Wer will sie ihm entreißen? Niemand; dies ist so Sitte. Schluß! Weg mit dem Tanz und Spiel und bringet Mandiokamet, daß wir Heiseren und Feurigen uns kühlen und laben! Da geschieht etwas Unerwartetes; etwas, das nicht ins Programm gehörte. Slim erhob sich und legte die rußige, weiße Jacke ab. Dann zieht er das dünne Netzhemd über den Kopf und steht mit nacktem Oberkörper da. Slim!

XVII

Die Herausforderung ist eine unerhörte Novität. Sie findet Anklang. Bis zu diesem Augenblicke ist die Versammlung nüchtern gewesen. Der Met, aus Tonkrügen geschlürft, tut jetzt seine Schuldigkeit. Die Musik artet in wahnsinniges Gebrüll aus, jeder musiziert sein Instrument nach Gutdünken. »Ein indianischer Ringkampf kündigt sich an«, schreit van den Dusen mir herüber und mir ahnt nichts Gutes. Die Indianer sprechen durcheinander, man unterhält sich über Slims Chancen. Slim war ein großer Mann mit geraden breiten Schultern und einer flachen Brust, wie sie Yankees haben. Um die Taille war er eng gebaut, aber seine Beine waren von einer anderen, gedrungeneren Rasse. Das machte ihn kürzer als seinen Gegner, im ganzen schien er trotz seiner geringeren Vollkommenheit der Stärkere. Die beiden begannen damit, flache Handschläge auszuteilen. Slims Unterarme waren lang, breit und viereckig wie die Stiele von Werkzeugen. Seine großen Hände aber hatten viel weiche Masse. Er boxte flink und geschickt, Luluacs Arme flogen wie Blütenstengel zur Seite. Aber diese ochsenstarken Hiebe landeten fruchtlos, Luluac fing sie weich auf und zog zurück. Er ließ die gegnerischen Hände nicht aus den lauernden Augen, er kämpfte mit einem alten weisen Lächeln in dem verkniffenen kleinen Gesichte. Seine Federkrone zuckte raschelnd bei jeder heftigen Wendung. Slim arbeitete derb und freimütig, Luluac sanft und kraftlos, mit tückischer Sparsamkeit. Endlich bekam er Slims Fingergelenke an dessen linker Hand zu fassen und zwängte sich wie in einen Kamm hinein; Slim vergaß seine Rechte und schon war auch sie gebunden. Die Hand des Indianers war klein und zusammenhängend. Er drückte Slims Tatze an der Wurzel ab; Slims Gesicht verzog sich vor Schmerz, er hob seine Hände, so hoch er konnte, über den Kopf empor. Die verhenkten Arme bildeten ein Dach, sie standen schräg Mann an Mann gelehnt, mit der Berührungskante längs der Fingerknöchel. Der Indianer lenkte die Kraftanstrengungen des Weißen, der sich auf die Zehen stellte, ab, riß die Arme zur Seite, und Slim verlor das Gleichgewicht; aber seine Schultern und Arme waren nicht zu biegen. Sein Hals war strähnig wie der eines Lastträgers. Sie gingen während des Ringens mit zähen Schritten vor und zurück. Aber auch der Indianer besaß ruhige und sachliche Kräfte, auch er wirkte zäh wie eine Stahlfeder. Wenn Slim durch schnelle Risse die Arme um Luluacs enge Hüften schlang, band sie sich der Indianer wieder wie einen Gürtel ab. Dann sprang Luluac allemal auf des Gegners Finger los; und nun zwang er einmal Slims Arme in die Ellenbogenbeuge, nun hatte er ihn, mit verhenkten Fingern rangen sie vor den Gesichtern, tauchten einer des anderen Hände bis zu den Hüften herab. Die Handriste des Amerikaners wurden steif und schmerzten. Luluac ließ sich die Gelenke wie Gummi zurückbiegen, ohne Qual zu verraten. Seine Kraft saß im Rückgrat und in den Lenden, dort war er biegsam und sicher, unausdrehbar stählern. Slim konnte den Schmerz nicht länger ertragen, mit einem wuchtigen Ruck seines schweren Körpers bekam er plötzlich die Hände frei und begann Luluac in die Brust, auf die Oberarme, ans Kinn zu boxen. Luluac verlor die Haltung, gleich darauf aber sprang er zurück und wieder vor und hing sich mit beiden Händen an Slims rechte Faust. Was er dort vornahm, war nicht erkennbar; aber es mußte Slims ganze Aufmerksamkeit verlangt haben, denn dieser vergaß seine Linke. Und schon hatte Luluac auch sie zwischen Puls und Handballen wie ein Kneif umklammert. Er schraubte die Hand vom Gelenke los. Abgestorben saß sie auf dem geschwellten Ring, den sein Zeigefinger und Daumen bildeten; es war fürchterlich anzusehen, weil die Hände jeden Augenblick wie dicke welke Blätter abzufallen drohten. Slim trat in seiner Pein dem Indianer eins mit dem Knie in den Bauch. Er war nervös und verzweifelt, er kannte sich nicht mehr aus vor Schmerz. Luluacs Nacken war von Muskeln steif wie ein Schild. Langsam sank Slim in die Knie, sein Rücken begann sich zu höhlen, erst streckte er das Hinterteil hinaus, dann schnellte er es einwärts, und schon rollte er wie eine Welle förmlich in den Boden hinein.

Zana sah hundsäugig, mit schnüffelnder Aufmerksamkeit seiner kämpferischen Gestalt, seiner prächtigen knochigen Wut, seiner grausamen Niederlage zu. Sie sog es ein, wie einen herrlichen Genuß. Die Indianer umher schwiegen fein und sieghaft. Dieses Schweigen war unverschämt, es war taktlos und ich ertrug es nicht. Der Met schmeckte süß und kühn, und Ehrgeiz brannte mir in der Herzgrube. Aber das allein war es nicht. Der föttische Blick Zanas stachelte mich. Sie haßte ich am meisten. Ich sah unser Prestige schwinden, und der Gedanke trat mir nahe, etwas dafür zu tun. Hatte ich heute morgen mit dem Mauser Glück gehabt, durfte ich auch jetzt eine Ehrenrettung wagen. Turnerische Erinnerungen kamen mir zu Hilfe. Ich stützte mich auf beide Hände und konnte ein paar Schritte auf ihnen tun. Aber das Blut schoß mir zu Kopf und die Ellenbogen knickten ein, meine Beine liefen mir oben weg und ich hatte Mühe, unten nachzukommen. So gut es ging rettete ich mich auf meine Sohlen zurück, in aller Anmut, so daß man's hätte für die Pointe halten können.

Nun wurde mir warm. Ich fühlte mich zwar ein wenig verstört, war jedoch keineswegs verlegen. Mein Ehrgeiz war nicht umzubringen. Wille, Wille, Wille! Mochten andere mit dem Erfolg einer Sache vorlieb nehmen, ich hielt es mit einem eisernen Willen. Zum Handstand gehört Philosophie! Während ich unternehmend zwei Schritte zurücktrat, um den schönen turnerischen Schwung zu bekommen, schossen mir die klugen Räsonnements zu Hunderten durch den Kopf! Vielleicht fehlte mir trotzdem ein wenig das Bewußtsein für meine Situation? Dagegen erinnerte ich mich just in dem Augenblicke, in dem ich die Handflächen geduldig zum sechsten Male auf den Boden stemmte und mit den hinteren Extremitäten in der Luft Galopp anschlug, einer Tatsache, mit der ich es bisher noch nicht recht genau genommen hatte: Donnerwetter, von meinen vier Schüssen hatten ja eigentlich nur drei! drei! getroffen! Die Scham schoß mir wie Frost in die Glieder, meine Ellbogen zitterten wieder, und ich landete totgeschossen so etwas wie an meiner eigenen Seite. Ich hatte das deutliche Gefühl, neben mir zu liegen, und es brauchte einige Zeit, bis ich meine Lage im Prinzip feststellen konnte.

Hu, Met ist doch ein verrückter Stoff. Nun sind sie alle

wichtig und keiner will sehen, was ich da eigentlich treibe. Ich danke für Met, wenn man keine höheren Interessen damit verbindet. Es ist ein schädlicher Stoff und macht blasiert. Indianischerseits schien man künstlerische Bestrebungen überhaupt zu ignorieren. Aber der eiserne Wille, meine Lieben, das ist es, das ist das Wichtige! Hu, schnurrig ist doch diese Sache mit Luluac; wie er sich prahlt und seine Methode erklärt, und wie er sein Siegerlächeln hinter Bestürzung und Verlegenheit verbirgt! Auch dahinter steckt nur eiserner Wille. Willen muß man haben, hart wie Eisen. Dann sieht man den Menschen auf den Grund, bemerkt in großen Buchstaben, wie sich hinter ihrer Zuvorkommenheit Genugtuung versteckt. Hinaus mit diesem Luluac, er schwindelt! Er hat zuviel Met gesoffen. Warum schneidet er Gesichter? Ich durchschaue ihn! Warum kichert dieser Holländer? Er verträgt keinen Met. Man sollte ihm das Mettrinken polizeilich verbieten. Er hat keinen Met zu trinken!

Van den Dusen war der einzige, der meine Purzelbäume ernsthaft nahm. Ein Umstand, den ich ihm nicht einmal dankte, sondern läppisch fand. Denn, sagte ich mir, solch ein Kerl hat kein Recht, an meiner höheren Akrobatik sachverständig teilzunehmen. Aber vielleicht macht Met boshaft? Van den Dusen war heute viel boshafter als sonst. Dann, mochte ich mich einmal fragen, hatte ich diesem van den Dusen schon einmal mein Hinterteil gezeigt? Worauf mir im Grundbaß der Überzeugung nur ein Niemals! einfiel. Nun aber stellte ich mich so, daß er stets von meinen schlenkernden Beinen bedroht war; und, wich er aus, kam ich pünktlich auf seinen Standplatz wieder aus der Luft herab. Ich haßte ihn. Ich mochte Leute, die sich mit Met betranken, nicht leiden. Ihm gegenüber saß Zana, und diese haßte ich auch. Sie war der zweite Bestandteil meines Publikums. Nur van den Dusens verhaßte Gegenwart trug daran schuld, daß mir das Gehen auf den Händen nicht gelang. Und ich hätte Zana so Prächtiges vorzumachen gehabt! Ich haßte sie, wenn ich mir denken mußte, daß ich mich vor ihr bloßstellte. Hatte der Met auch sie boshaft gemacht? Alle Menschen waren heute boshaft, und ich hatte doch gerade heute ein gutes Herz und wollte mit meiner Hände Arbeit etwas für sie tun. Was, was konnte ich für Zana unternehmen? Womit konnte ich ihr eine kleine Freude, einen hübschen herzlichen Spaß bereiten? Hätte sie mir nur ein freundliches Gesicht gemacht, so wäre ich ihr um den Hals gefallen. Ich zeigte statt dessen keinerlei menschliche Rührung, sondern hielt an mich und rekognoszierte das Terrain. Nach dieser wissenschaftlichen Betrachtung stemmte ich mich endgültig, noch einmal! auf die Handflächen – verdammt noch einmal, die Beine blieben richtig oben, aber mit der Tendenz kopfüber. Meine Hoffnungen waren mehr als erfüllt. Ich dachte nichts Schlechtes dabei, während ich meinen Beinen, die die Führung übernommen hatten, so hurtig als möglich mit den anderen Körperbestandteilen nachzueilen trachtete. Aber plötzlich spürte ich ein Hindernis, das sich schnell entfernte, hörte einen Schrei und sah es fürchterlich hell werden ringsumher, etwas Heißes, etwas verteufelt Heißes schlüpfte mir hinter die Kleider, au – da konnte ich das Tempo nicht mehr halten und schnappte ab. Krachend und prasselnd sauste mir der Boden unterm Kopf weg entgegen. Ich entsinne mich, daß ich es höchst merkwürdig fand, wie er sich plötzlich schief stellte und mich auf den Rücken schlug. Er verdreht ja seinen Akzent, sagte ich und lag in der Feuerstelle. Die Funken gingen wie eine rote Brause über mich hinaus, kunstgerecht wie ein Braten lag ich da und hörte von hundert Meilen weit her ein brausendes Triumphgeheul. Zwanzig Fäuste rissen mich schneller als mein eigener Entschluß empor. Jacke und Beinkleider waren am Rücken verkohlt. Mein erster Gedanke war, mir künftig einen Tropenanzug aus Asbest machen zu lassen. Dann schalt ich die Unglücksstelle und sah ein, daß bei einem so ungleichmäßigen, so abschüssigen Boden, ja geradezu einem Abgrunde auch der beste Turner seine Kunst nur verschwenden konnte. Wo war Zana? Sie war fort, ich hatte sie verscheucht. O des Herzeleids! Aber dort stand sie doch an der Mauer, nackt und mit glühendroten Bracelets um die Fußknöchel und band sich angelegentlich einen Orchideenzweig mit verzupften Blüten um die enggeschlossenen Knie – und wackelte entsetzlich, brachte die ganze Hütte in unordentliches Schwanken, ih, weiß der Deibel warum!

Ich empfand eine große Hitze. Die Indianer lärmten und hatten undankbarerweise mein Kunststück schon vergessen. Waren räudige Hunde, diese Roten, was? Slim zog die Augenbrauen hoch. Er interessierte sich nicht für mich, für niemand, für nichts, nicht einmal für Zana. Selbst als sie von ihren verstrickten Knien aufsah, zu ihm hinsah, rührte er den Kopf nicht von der Luke, durch die er über sich hinausblickte. He, war die Hitze nicht enorm? Roch es hier nicht nach Indianern? Roch es hier nicht vielleicht nach gebratenem Menschenfleisch? Her damit, dieser Geruch gehört mir; es ist mein Fleisch, das hier verbrannt wird, mich will man hier schlachten und verzehren; dieser Geruch ist ein Teil von mir und ihr sollt ihn nicht zu speisen bekommen, ihr Saufbolde, ihr verdammten Metwürmer... In der spaltartigen Luke sah man Sterne. Der Holländer kicherte und belehrte mich über das Gehen auf den Händen. Mit seiner Figur! dachte ich. Dann dachte ich, daß der Met doch ein verdammt starkes Gesöff sei, weil sie alle betrunken wären. Ich ging zur Tür, die sich flugs auf eine Ecke stellte, so daß ich über den Pfosten kriechen mußte. Draußen war es matt und lau. Der Himmel hing schwer und niedrig von Sternen.

XVIII

Sang- und klanglos fand ich mich zu meiner Hütte. Schräg gegenüber, wo die Straße sich ins Verschwinden bog, sah ich van den Dusen in die seine schlüpfen. Er schien unterdrückt aufgeräumt, mit seiner Nase witterte ich eine Art Unternehmungslust in ihm. Checho, der mich aus der Hütte begleitet hatte, ließ mich an irgendeiner Stelle im Stich. Das beschäftigte mich vorläufig; obwohl es mich nichts anging, war ich doch im Augenblick so zerstreut, dieser ganz gleichgültigen Sache eine abnorme Wichtigkeit zu widmen. Ein leises Mißvergnügen in mir fischte, ohne Köder, irgend etwas anderes wurmte mich; nun wurmte es mich, daß Checho fortlief – hopp, da fischte es mit diesem Wurme!

Die Sterne hingen voll am Firmament. Sie hingen so dicht, daß sie sich gliederten, und flüchtige Verbindungen blitzten zwischen ihnen auf. Wie metallische Glutspäne kräuselten sie sich, durch die ein Atem geht.

Checho war in meinen Augen ungezogen; war es etwa manierlich, fortzulaufen? Sonderbar, daß alle Leute sofort an gutem Ton einbüßen, was sie an Laune gewinnen. Wo konnte – na, war es nun Checho, den ich meinte, oder war er es nicht – wo konnte er nur hin sein? Ich rang mit einem Gedanken, einer Vermutung, die ich schon einmal aufgestellt haben mußte. Aha, sieh mal her, da war ja

Aruki; sie war allein, ihr Mann war noch nicht zu Hause, steckte vielleicht bei der Hexe Zana oder einem anderen Frauenzimmer. Indes pflegte Aruki ihr Baby, sang zwischen den Zähnen und dachte an weiß Gott was Trauriges. Ich hatte nichts mehr übrig für sie und war voller Hohn für ihre weibliche Fülle. Auch Checho half ihr nicht über den schwermütigen Abend hinweg; auch er mußte endlich daraufkommen, daß zierliche Magerkeit das eigentliche Ideal für einen indianischen Helden bedeute. Geschah ihr recht; nun da es zwischen Checho und ihr aus war, hatte sie nichts mehr von ihrer früheren Unerreichbarkeit; auch ich war sozusagen eine Art Held meiner Rasse und hatte meinen Geschmack zu pflegen; man hatte da doch gewissermaßen Verpflichtungen. Wir rächen uns stets an unseren Träumen; wir verraten stets unsere eine Sehnsucht an die andere. Daß ich nach dieser Seite hin also gleichsam frei wurde, war für mich erfreulich. Es gab mir einen regelrechten gesunden Stoß und zugleich sah ich blendend klar.

Hol's der Kuckuck, man sollte kein Mandioka saufen, wenn man es nicht verträgt. Nun hatte Slim sich mit dem Häuptling gerauft – Slim. Das fiel mir ein, und wie ein Berg saß es mir am Herzen. Und was tat nun Slim weiter? Um es nur gleich zu gestehen, Slim war auch der Wurm, der unterirdisch mein Bewußtsein benagte, gespenstisch an meine Laune pochte und mit einem formlosen Blick meine Zufriedenheit beäugte, wann immer sie sich einstellen wollte. Ich frug vergeßlich, wo denn nun dieser Checho hin sei und was er treibe, und war höchst erbost über sein ganz unverständliches Benehmen – aber eigentlich meinte ich mit alledem nur Slim. Wenn man überlegte, wie das alles gekommen war, diese ganze Niederlage, die mich jetzt so beunruhigte! Ich erinnerte mich, daß van den

Dusen betrunken sein mußte. Hochrot war er gewesen und sichtlich echauffiert. Hm, und nicht einmal Slim hatte davon vertragen. Ich dagegen hatte eine gute Schule hinter mir. Es war nicht die erste Zecherei, die ich siegreich überstanden hatte, was wäre da anderes zu wollen? Ich hatte Nerven, wohlverstanden Nerven. Ich konnte Gift wie Käse essen, meine Nerven kamen großartig hindurch. In mir stak der ideale Nervenmensch, meine Wachsamkeit bestand über meine Vergiftung hinaus. Je schaler der Geschmack im Munde, desto überlegener das Gehirn. Je schlaffer der Magen, desto strenuoser das Bewußtsein. Ich beseitige Krankheiten durch die Diagnose, ich heile Unstimmigkeiten mittels Analyse. Etwas Fortschrittlicheres läßt sich kaum denken. Prosit, Slim! Sie sind überholt, Ihre Nerven sind mit Ihnen durchgegangen. Man rauft sich nicht, wenn man voraussichtlich den kürzeren zieht. Mit Purzelbäumen ist das anders. Das ist ein platonisches Vergnügen, zumal wenn niemand zusieht. Übrigens, waren Sie schon jemals so tapfer, ins Feuer zu steigen? Haben Sie sich jemals freiwillig am Rücken schmoren lassen? Ich bin wie ein Satan hindurchgeritten, die ganze Hütte war auf, als ich meinen feurigsten Feuertanz tanzte. Meine Haare sind versengt. O wie furchtbar hell es um mich war! Immerzu, Slim. Aber Mandioka ist zu süß und hinterläßt einen faden Geschmack, wie, finden Sie nicht?

Ich empfand mich intensiv wach. Laue Wellen kamen vom Djungle und von der Savanna her, kühle feuchte Stöße vom Felsenbach. Ein ehernes Klingen, das schwärmende Lärmen der Zikadenchöre, schien unter den tiefhängenden Horizont gepreßt, aus dem ein weißes Feuer, in Myriaden von Kombinationen gleich denen der Lärmschläger, zuckte. Dies war beruhigend, dies läuterte. Aber Slim hatte nicht sich allein, er hatte uns alle in die Patsche geritten. Was war das für eine Idee, mit dem lästerlich langen Kerle anzubinden, dieses Mädchens wegen – wo blieb Slims Überlegenheit? Unser Prestige, mein Prestige war es, das er verspielte. Er hätte uns nicht mitreißen dürfen. Uns. Die menschliche Gesellschaft darf nicht durch die Handlungen eines Einzelnen gefährdet werden. Und ich war das Gewissen dieser Gesellschaft. Wenn ich überlegte, wie Slim sich da erhob, in seiner ganzen Glorie als großer und starker Mann, seine imposante Figur im Feuerkreise aufpflanzte, so fühlte ich, wie sich die Seele der Welt vor Scham zusammenkrampfte. Ich selbst kam hier gar nicht in Betracht, obwohl auch ich – aber die Gesamtheit war verletzt. Was mußten sich die Indianer gedacht haben! Die saure Empfindung ungebrauchter Muskeln, die in allen aufstieg, war Takt, nichts als menschlicher Takt gewesen. O ich kannte ihn gut, wie er aufsteigt, langsam und sauer wie eine böse Regung; aber er war eine gute soziale Regung. Männer beneiden einander um jede Art von Aktivität und sei's nur die einer Ohrfeige. Es war nicht schön von Slim und höchst unlauter, daß er gegen das Programm auftrumpfte. Man konnte das Mißbehagen verstehen, das durch den Trupp ging, als Slim seine eigenen Heldentänze unterlegte. Es war, mitten unter der feinen Leistung Zanas und ihres Bruders, ein Schlag ins Wasser. Nein, Slim – au!

Mein Rücken schmerzte; ein zähes Kneifen machte ihn widerstandsunfähig und steif. Um Gottes willen, mein Rückgrat war doch nicht um ein gut Stück kürzer geworden? Es waren doch am Ende nicht zwei Wirbel ineinandergerutscht? Das also war das Ende dieses abenteuerlichen Tages, Slim bekam Prügel und ich würde hinfort – nun oder doch eine Zeitlang mit dem schneidigsten Hexenschuß der Welt durch das Leben wandeln, immer vorausgesetzt, daß da noch zu wandeln war!

Mit wundem Rücken zog ich eine Matte vor die Tür und legte mich unter die Palme. Es war nach Mitternacht und die Moskitos lagen jetzt zu Tausenden auf den Blättern und Blumen des Djungles oder tanzten über einer der lauen Pfützen seitlich am Flusse, in denen sich ein Stück Mond spiegelte. Über mir funkelten große fette Sterne und kleine, die wie Dreiecke aussahen und an den Scheiteln richtig zu explodieren schienen. Zwischen den hervorragenden entstanden mittels drahtiger Linien rohe Figuren, klotzige mythische Gebilde. Der Gesang der Zirpen ebbte auf und ab. Eine einzige in der Nähe, die mit rätselhaften Umzügen bald von hier, bald von dort zu tönen schien, konnte alle anderen übertrumpfen. Aber wenn sie schwieg, stieg an allen Ecken und Enden der Welt ein metallisches Brausen empor.

Aus dem Djungle drangen tierische Schreie. Das Dorf selbst war heute abend lebendiger als sonst. Gestalten huschten die Wege entlang. Ein kleines Wesen bewegte sich mehrmals in meiner Nähe auf und ab. Es mußte ein Weib sein. Was wollte es? Ich wurde neugierig. Dann verwünschte ich es, weil es dick und ältlich schien, und es verschwand, als hätte es meinen Unwillen gefühlt. Ich mußte an Zana denken. Aruki, die süße, nun die profane Geliebte von ehemals tröstete wieder ihr Kind. Mit trauriger Stimme winselte sie sich und ihm ein gemeinsames Leid vom Leben vor. Tja, wozu war dies Leben gut? Wozu lag ich hier in diesem indianischen Neste auf der faulen Haut, statt in gepflasterten Straßen zu wohnen, zu arbeiten, mich zu ärgern und zu lieben? Das gewöhnlichste Ärgernis mit etwas mehr Komfort wäre ein Labsal gewesen. Hier aber war ich ausgeschaltet. Hier war mein

Platz nicht. Kummer schloß mir die Augen und ich wünschte den Schlaf, zu vergessen.

Was war unter diesen Kannibalen zu holen, diesen Lebemännern von anderer Leute Schmerzen? Der Wust und Aufwand von Muskeln, Fleisch und Sinnlichkeit erdrückte mich. Ich wollte fliehen, ich sah braune Menschen auf vier Füßen hinter mir herjagen, sah sie nach Katzenart sich zum Sprunge rüsten. Einer saß mir im Nacken und fraß. Es schmerzte. Ich hatte ein deutliches Gefühl seines genußwütigen Gesichtes. Ich nahm alle Kräfte zusammen und schüttelte, schüttelte mich in einem konvulsivischen Grauen – da fiel es von mir ab. Der Schmerz schwieg, und sogleich fühlte ich durch die Erleichterung einen vehementen Schwung, ich krümmte mich zusammen und schnellte mich hinaus in den Himmel, frisch wie eine Schnuppe. In weitem Bogen flog ich über das All hinweg, in den Hüften geknickt, mit dem Gesichte voraus. Links von mir stand ein fetter Stern; dann kamen andere und kamen so dicht, daß ein Zusammenstoß unvermeidlich schien. Wir stießen an; aber merkwürdigerweise spürte ich den Schmerz an meinem Rücken. Dies brachte mich auf die Idee, daß ich eigentlich nach rückwärts flöge. Und es bestätigte sich. Kommt es denn so selten vor, daß man sich bei Gravitationen falsch orientiert? Jede Sonne kann das erzählen. Ich habe für diese Indifferenzen das schöne Symbol des Wasserrades gefunden. Ich flog also mit meinem Hinterteil voraus; vielleicht stand ich aber auch irgendwo im Unendlichen, und das gesamte Weltall rotierte gleichförmig an meinem Rücken vorbei. Die Sterne, dummes Silbergeklingel und steife, eingedörrte Krötenbälge traten, so oft sie anstießen, beim Steiß in meinen Körper ein, verursachten ein sprödes Krachen und nahmen ihren juckenden Weg mit demselben trockenen Schnalzton wieder beim Hinterkopfe heraus. Auf diese Weise absolvierte ich so ungefähr das ganze Firmament, es rieselte zart und raspelnd wie eine Ameisenstraße durch meine Wirbelsäule hindurch. Unter mir gab es plötzlich hohe Häuser, eine gepflasterte Straße heimelte mich an. Und obwohl ich einige Meilen hoch darüber hinschwebte, war es doch, als ob ich mich mit meinen Augen in Menschenhöhe über dem Niveau der Straße befände. Zum zweiten Male mußte ich die Ansicht über meine eigene Lage wesentlich ändern. Es stellte sich heraus, daß ich in der Tat mit dem Kopfe nach unten, die Beine hoch oben in der Luft, durch eine Straße dahinpfiff. Mein Rumpf war so unermeßlich ausgedehnt, daß ich beinahe die Fühlung mit meinem Kopfe verlor. Ich erkannte, daß ich sozusagen im Handstand durch die Luft segelte und mein Kopf, der nicht mehr mir gehörte und mit einer Unzahl von Sternen belastet war, die dort nicht mehr herausfanden, mir den Dienst versagte. Eine ungeheure Sehnsucht befiel mich, auf dieser Straße, die mir bekannt schien, haltzumachen. Ich wollte die rechte Hand ausstrecken. Es ging schwer, es ging zäh, sie schrumpfte plötzlich zu einem tauben Handschuh zusammen, aber im nächsten Augenblicke wußte etwas in mir Rat: wie ein brennender Siegellacktropfen fiel, gleichsam bestellt, ein winziger weißer Stern zur rechten Zeit auf meinen Handschuh, schlüpfte dort auf eine merkwürdige Weise hinein und beschwerte ihn tüchtig. Jetzt war es wieder eine Hand. Sie berührte mit einer stumpfen Empfindung den Boden. Es war weicher Asphalt, der sich aber sofort härtete, als ich mit dem Rücken derb darauf zu liegen kam. Noch ruderte ich halb rücklings halb kopfab die Hauswände der leeren Straßen entlang, keine Seele war da, die sich in meiner hilflosen Lage um mich gekümmert hätte. Noch schossen die Sterne wie Raketen die Leiter meiner Wirbel hinunter; am stärksten war das Bombardement an der linken Seite, wo ein ganz großer, fetter, gräßlicher Kerl immer wieder ganze Serien von Verwandten durch mich hindurchsandte. Da kam ich endlich in Fühlung mit der Straße, lief eine Weile auf dem rechten Arme eine Strecke Weges weiter und krachte dann kopfüber hin. Es war plötzlich fürchterlich helle. Bautz, da lag ich, und alle Sterne, die in meinem Hintern aufgespeichert waren, explodierten wie ein Schwarm Funken um mich her.

Da fühlte ich mich vom Leben vollständig besiegt, denn ich entsann mich, daß es acht Uhr morgens war und daß ich in die Schule mußte. Ferner, daß ich meine morgendliche Träumerei am Straßenpflaster in ungebührlicher Weise ausdehne. Ich fühlte mich tief geknickt, ohne Lebenslust, ohne das Schwergewicht eines Charakters, wie ich dalag, jenseits des Lebens, ganz nördlich von den einfachsten warmen Regungen, ohnmächtig, nur einen Finger zu rühren. Um aber meine Niedergeschlagenheit nun noch zu begründen, kam ein schlankes Mädchen des Weges daher. Sie war braun und hübsch, und ich schrie ihr zu: »Hallo, Zana, wie geht's?« Sie hatte einen dichten Schleier mit Fasern und Punkten vor dem Gesicht, so daß die Schatten davon auf ihrem Teint fleckten. »Ach, Zana«, sagte ich voller Sehnsucht, »nehmen Sie doch einmal den Schleier von Ihrer Tätowierung ab.« Sie sah recht rot an den Wangen aus, aber sie tat nicht, als ob sie mich gehört hätte. Sie ging weiter und ließ mich elend zurück. Heftig suchte ich mich zu bewegen, die seltsame Last meiner moralischen und körperlichen Pein zu sprengen. Angestrengt dachte ich nach und suchte mit den Augen nach meinen einzelnen Gliedern, die sich von mir losgelöst zu haben schienen. Meine ganze Konzentration legte ich in diesen Blick. Da wurde es mir bewußt, daß ich mich in einem Dämmerzustande befand, der zwei Tiefen besaß.

Ich dachte exakt, aber ich erlebte zweideutig. Es war die Trance, das große seelische Ereignis der Tropen. Ich wußte über meine geistige Anwesenheit Bescheid, aber ich vermischte die körperlichen Grundlagen, ich war imstande, zwei Räume ineinander zu schieben. Es ist ein entsetzlicher Abgrund von Tiefe, der sich hier auftut. Ich war imstande, zu denken, daß das Bild der Sinne im Verhältnis zum geistigen Zustande absolut gleichgültig sei; aber ich vermochte mitsamt der enormen Anstrengung von Gehirn und Willen nicht, dieses Bild zu beeinflussen, ich kam buchstäblich nicht vom Flecke. Mein Dasein blieb in diesen Minuten trotz außerordentlicher geistiger Leistungen ein nur verhältnismäßig Wirkliches.

Ich befand mich in diesem Augenblicke auf der Straße einer großen Stadt. Aber diese Wirklichkeit ignorierte ich. Ich war gezwungen, eine Vision zu erleben, die ich leugnete. Mühevoll leugnend nahmen meine angestrengten Augen eine grüne Spitze aus, die sich hypnotisierend bewegte. Langsam erinnerte ich mich, daß sie einem Palmblatte ähnlich sah. Ein Fräulein Zauner oder Zana – der Klang haftete mir nur flüchtig im Ohr – war wieder da. Sie hatte ihre Würde abgelegt, jetzt frotzelte sie mich und schwang die Palme wie ein Gassenmädel über mir. Meine Sehnsucht nach diesem Mädchen war grenzenlos. Es stand zu meiner Linken, irgendwo an ihm, auf einem Stengel hinterm Ohre oder in seinem Haar, schwankte eine pralle weiße Rose. Das Mädchen sagte nichts, aber es zirpte mit einem berückenden Laute so unaufhaltsam süß und furchtbar, daß sich meine Eingeweide vor Leid zusammenzogen und Tränen mir die Augenwinkel herabrannen. Wie das wollüstige Zirpen, so waren die Tränen schwer, schwer und rund, und ich konnte jede einzelne nachrechnen, konnte ihr förmlich mit den weinenden Augen nachblicken. So scharf und vielseitig war meine Beobachtungsunrast und die Spannung meiner Phantasie. Den kleinsten und intimsten Dingen konnte sie sich mit der Bewußtseinsfalle zuwenden. Die Schauer dieses Zustandes, eine Mischung von Lust und Qual, unbegrenzter geistiger Freiheit und körperlicher Starre, wurzelten in einem Gefühl zartester Lauterkeit. Zana, kleines Grillenweib! träumte ich schluchzend. Aber mein Geist blieb indem hart bei der Wirklichkeit oder bei etwas, das er als solche empfand. »Bitte, Fräulein Zana«, sagte ich in seinem Sinne und sehr sachlich, »ich halte Sie für kokett. Ihr gemusterter Schleier mit seinen Teintwirkungen ist ein Nachkomme der indianischen Tätowierung. Geben Sie sich keine Mühe. Ich liebe Sie nicht. Zieren Sie sich nicht mit dem Schirm, ich weiß schon, daß es keine poesievolle Palme ist. Sie verwenden schrecklich alte Mittel, um mich zu fesseln. Ich verabscheue Ihre Pikanterien.« Mein Herz brach, als es so log. Aber es log mit den Wahrheiten meines Geistes. Er verwertete sie praktisch, benützte sie zu einem an und für sich simpeln Manöver, indem er auf den Weiberfang ging. Ha, was war es mit den geistigen Wahrheiten? Waren sie vielleicht überhaupt nur das Rüstzeug der geschlechtlichen Überlegenheit? Machte ich hier, von einem Frauenzimmer an die Straße gefesselt, diese Aperçus nur zu dem Zwecke, um ein Gegengewicht zu haben, wenn das Mädchen mit den Tupfen im Gesicht prahlte? Liebe macht geistig und ehrlich. Aber der Geist und die Ehrlichkeit sind so viel wert wie das Rouge einer Mädchenwange. Heiha, wie ich denken konnte; aber auch dieses Denken, das sich selbst bedenkt, ist nur ein

Schleier, mit dem man etwas Wichtigeres reizvoll ornamentiert. Körperlich ausgeschaltet lag ich da als idealer menschlicher Organismus. Die selige Frage des Organs gestaltet sich zu einer profunden Erkenntnis. Während ich dem Mädchen nachsah, das dahineilte, ging es mir blitzschnell durch den außerordentlich klaren und angeregten Kopf, daß Beobachtung ein nicht unwesentlicher Bestandteil der Lust und eine geradlinige Äußerung tierischer, ja vegetativer Funktionen sein möge.

Fräulein Zanas Abgang rührte mich. Ein knapper Rock fesselte sie über den Knöcheln. Sie konnte nicht ausschreiten, sie ging hastig und mit kurzen, humpelnden Schritten. Ihre Halbschuhe trugen Schnallen und Maschen. Da erkannte ich es wieder, wie ich es vor vielen Jahren erlebt hatte. War Zierlichkeit eine Ableitung, eine Verkleinerung, eine Korrumpierung von Grausamkeit? Der Sinn des Brutalen, Beschränkenden, Verstümmelnden schürzt die Falten am Körper des modernen Weibes, ringt verlangend in den Formen der Bekleidung, sprengt sich leer und inhaltslos, müde vom vergeblichen Bitten im sehnsüchtigen Schein des Tuches an, alte Lüste zu verbildlichen. Alles was der Mann einst hatte, prangt heute als starre Formel in der Toilette unserer Dame. Alles was der Mann einst an Männlichkeit vergab, näht, stickt und flickt sie sich heute nach Eigenbedarf. Sein Körper ist nicht mehr durch Muskeln interessant; sie aber trägt den Fetisch verwirrender Verschlungenheit, wie ihn der nackte Mann bot, nun zahm und zahnlos selbst mit sich herum. Und liebt, wie sollte es anders sein, den Halspelz wie einen Bizeps, den engen Rock, der Formen wirft, wie eine tastende Hand, das Korsett wie die gewaltige Umarmung, die einst die natürliche Schönheit ihrer Hüften und Brüste genoß, und schreitet mit dem schlanken Schuh den alltäglich gewordenen Phallustanz. Wild, grausam, geil prangt die Pracht unserer Weiber, seit nicht mehr Männer, nur Tuch und Leder ihrer Sehnsucht antworten. In den ursprünglichen Gewaltakten vom Opferblick gekitzelter Urmenschgatten sah ich die Eltern unserer Moden. Und so wandelte auch das Mädchen lieb und voll versteckter Demut in ihrem Gefängnis, trug es mit sich die Straße entlang und empfand sich prachtvoll. Ihr Rock brachte die doppelte Sattelung ihres Leibes über den Hüften und an den Knien zur Geltung. An den Knien wogte die Kontur ihres Rumpfes mit einer großartigen Schwingung zurück. Dieser Engpaß beschloß die schnittige Mulde ihres Schoßes. Sanftmut und Ergebenheit stiegen aus warmen Formen, folterten durch eine laue, entnervende Zärtlichkeit, die sich zwecklos in ihnen zu verschwenden schien. Das Tuch liniierte die Geheimnisse dieses Mädchens. Mein Kopf barst von uralten Empfindungen, entlegene Eigentümlichkeiten und Liebhabereien aus Kinderzeit fielen mir nachträglich ein. Schönheit, war es das, was wir als Fixes, mystisch geregeltes Göttliches anbeteten oder: Pietät gegen gute Erfahrungen?

In der langen Straße einer großen Stadt geschah es, daß mich die Sehnsucht nach dem Weibe ankam. Ich sah das Mädchen wandeln. Plötzlich begriff ich unseren Urzustand und erfaßte unser Verhältnis als eine primitive Frage erwünschter Gewalt diesseits von Sitte und Benehmen. Und nun geschah etwas, dessen Sonderbarkeit mir deutlich zum Bewußtsein kam. Der böse Palmzweig, den das Mädchen mit den schadhaften Stöckeln über mir geschwungen hatte, wurde eine vollständige und wirkliche Palme. Etwas Neues und Zusammenhängendes baute sich um mich auf. Ich begrüßte es mit einem schwachen Schimmer von Wiedererkennen. Es erlöste das Gemüt wie

Langvertrautes; vage Bilder von Urgefühltem reiften langsam herauf: und da, mit einem Schlage war es da, hatte ich einen Namen und nannte es: Tropenlandschaft. Ich lag mit dem Rücken unter einer Palme. Das Kreuz schmerzte mich, so daß ich Bewegungen unterließ. Meine rechte Hand lag schwer unter mir, sie war gleichsam eingeschlafen und hing leer herab. Links über mir glomm in einem wilden Gewimmel von Sternen ein großer prallweißer Planet mit intensivem Lichte. Er stach nach meinen Augen, bändigte mich mit seinem Strahl wie jener lange Muskel, die Schlange. Er übte einen erstarrenden Einfluß aus. Er bannte mich, und ich träumte schwer, aber mein Scharfsinn blieb wach und kritisierte den Traum. Ich sah mich in einer Tropenlandschaft vor einer triangulären Hütte liegen, die aus Palmstroh bestand. Meine Augen waren rund aufgeschlossen und gebrochen: ich gewahrte sie mit Entsetzen wie etwas Fremdes; in ihnen saß kalt und fett ein weißer Stern und fraß sich wie ein metallischer Wurm, wie eine weißglühende Entzündung in den aasigen Glanz der Augäpfel ein. War ich tot oder war ich krank, daß ich so dalag und die Zeichen fiebernder Verwesung ihren Glanz in meine Augen bohrten? War es Erinnerung oder war es Vorzeichen? Oder war es Symbol, war alles nur Symbol für einen inneren Zustand? Ich dachte normal und schnell. Dieser Zustand entbehrte trotz einer leisen Qual, trotz Schauder und Zweifel nicht der Seligkeit. Ich war vor Glück erfroren, war in einem frostigen Wohlsein gelähmt. Ich ahnte die Tatsache Trance. In diesem Zustande waren die zwei Tiefen der Seele, Traum und Untraum, verschiebbar, und alles war Traum, alles war Wirklichkeit. Die Welt der Logik, das Phantoplasma, das Bild gewordene System der zureichenden Erklärungen war zwiefach. Es pendelte zwischen zwei

Rhythmen, davon jeder bloß der Umschwung des anderen war. Was ich hier dachte, konnte ich auch dort denken. Derselbe seelische Verlauf konnte ein verschiedenes Phantoplasma, sei's Traum, sei's Wachleben, unterlegen. Phantoplasma, so nannte ich diese Entdeckung, die ich in meinem höchsten entkörperten Augenblicke, in der Trance, entdeckt habe.

Diese stramme Kopfarbeit, für die ich sonst ungefähr die Konzentration einer Stunde berechnet hätte, wurde in wenigen körperlichen Sekunden geleistet. Denn das Mädchen hatte sich inzwischen erst einige Schritte entfernen können. Sein Entschwinden erweckte mich. Ich war wieder in der Straße zwischen den großen Häusern. Aber diese Schnelligkeit war gering zu dem Nichts an Zeit, mit dem sich die bildlichen Grundlagen meiner geistigen Erregung änderten. Diese Erregung war das einzige Solide und Dauernde während der ganzen Trance. Ich habe einen außerordentlich treu überlieferten Zusammenhang meiner Gedanken davon bewahrt. Mein Leib aber schien indessen doppelt vorhanden, ich fühlte zwei Leben mit derselben gemeinsamen, geistigen Spitze, ich lebte in der großen Straße und lebte in einem indianischen Dorfe; freilich ahnte ich im Grunde, daß die Stadt eine Realität, das Dorf aber eine, wenn auch heftig empfundene Vision war. Manchmal verschmolzen die Eindrücke; der eine war der, daß ich mich in einer städtischen Straße befände und mir gegenüber eine Figur, die ich intensiv als weibliches Wesen empfand, sich entferne. Plötzlich stand das Mädchen nackt da. Nein, es war nicht ganz nackt, sondern trug bis über die ominösen Knie schwarze Strümpfe und auf dem ein wenig schiefgelegten Kopfe einen pompösen Hut. Als ich mich mit den Knien beschäftigte, fielen die schwarzen Strümpfe fort. Die Knie sahen jetzt um ein gutes Stück harmloser aus. Der Hut mit der großartig wallenden Straußfeder machte gleichfalls eine Metamorphose durch. Das Kothurnprinzip, auf Schädel angewandt, das in diesem Hutriesen stack, vergrößerte den Maßstab der Figur, der weibliche Helm gab ein übertriebenes Zeugnis dämonischer Macht. Sein Nachfolger war ein mystisch und böse blickendes Geflecht, das nun das weibliche Haupt bedeckte, und Büffelhörner und Vogelschwingen spielten eine dräuende Rolle darin. Im Nu war auch dieser Standpunkt überwunden. Das nächste war jetzt ein kleines Gesicht mit schwarzen Strähnen bis zu den Achseln. Zwei reizende kleine Eberhauer durchbohrten die Oberlippe. Sie war im Verhältnis zur schmalen unteren, deren Fleisch sich wild und dunkelviolett durch die ein wenig narbige und verzerrte Haut preßte, voll und überreif wie platzende Beeren im Djungle. Da wußte ich, daß es das Gesicht der Figur war, die mir gegenüber an der Zeile der Strohhütten entlang mit dünnen Knien vorbeischlich und jetzt über den Grenzstrich der Schatten ins bleiche Licht hinaustrat. Sie war in einen Panzer von weich fließendem Silber gehüllt. Ihre Füße schienen ein wenig schadhaft. Obwohl die Entfernung zu groß war, wußte ich, daß die Figur an ihren Knöcheln eine kleine strählige Schorfwunde haben mußte, wie sie entsteht, wenn die Gelenke zart sind und sich bei einem gewissen weiblichen Gange scheuern.

Die Figur entschwand. Unbehagen und Unsicherheit zerstörten meinen Gedankengang. Ich wollte zurück in die große Straße, aber es mißlang. Sie schien mir plötzlich ebenso unwirklich wie die Landschaft, die ich träumte. Und nun war mir aller Boden entzogen und ich fiel in eine blasse, unkörperliche Wirklichkeit. Alles, was mir da erschienen war, schien gar nicht vorhanden, und ich stand, während ich doppellebig träumte, auf einem Grunde, den ich nicht wahrnehmen konnte, einer dritten unbekannten Welt, die aber einen Rückhalt in meinen Sinnen hatte. Und was ich da träumte, träumte ich gar nicht. Ich hörte es. Ich hörte die Worte und sie schufen mir Sinne, die sie befriedigten. Es war alles die Erzählung eines merkwürdigen Fremden mit mystischen Augen, den ich Slim nannte. Er sah mich schwarz und ziehend an und ich näherte mich ihm schwankend, vom Festen gelöst. Außer uns beiden gab es nichts, die Welt, die Stadt, die Landschaft waren nur seine Erzählung. Er erzählte singend und weitschweifig, stieg eine unendliche steile Leiter von Bildern hinan, um in einer ekstatischen Höhe die Stimme seiner Weltlust voll ausklingen zu lassen, formte mit fortgerissener tatkräftiger Hand eine halbdunkle ewige Masse, um den Funken seiner Seele in ihr verzischen zu lassen. Seine Erzählung war ein einziges langes, wildes Lied. Und schon begann ich bohrend zu fragen. Wer war ich in seiner Erzählung? Wer war er selbst? War er außerhalb seiner Erzählung? Und ich gewahrte, daß er nur ein Stück seiner Erzählung war. Er war die Gestalt eines Buches, das ich las. Während ich es aber las, schrieb ich es, und ich schrieb es ab von meiner Seele mit Schaudern und Staunen und Neugier. Alles was ich träumte, war nur ein Buch, das ich schrieb, und es sollte alle die schwere Weisheit meiner Jugend tragen, sollte im kalten Kelch meinen formlosen, doch feurigen Wein kredenzen.

Dies Buch sollte den Titel Zana tragen. Die Lautfügung Zana klang wie ein Orchester fremder Musik, die ich visionär zu hören bekam. Ich fühlte mich schwach vor diesem Buche, aber ich besann mich, daß es in der Trance geschähe und gab meine Selbstkritik auf. Noch nie hatte ich Sätze von so wollüstiger Bedeutsamkeit gelesen. Alle erschienen sie mir als runde und packende Griffe in mein Beobachterleben, die gewöhnlichsten Worte und Verbindungen waren mir unschätzbare Fundstücke, so übertrieben gehaltvoll, als hätte ich mich eigens um ihretwillen den Mühen jener Dinge unterzogen, die sie schilderten.

Wir waren eine Gesellschaft von Weißen aus aller Herren Länder und kamen in ein Dorf zu Wilden. Wir hatten zweideutige Erlebnisse, lächerliche Erlebnisse ohne Humor. Ich verliebte mich in Zana, die Priesterin und Künstlerin, immer mit dem dummen Gefühl, daß von rechtswegen noch etwas Romanhaftes passieren müsse. Aber alles Unheil, das wir anrichteten, war, daß wir uns nach Kräften blamierten. Zana, ach, ich hatte ein tiefes Verhältnis zu ihr und alle meine Sehnsucht war in ihr verkörpert. Sie war ein Exemplar mit gut erhaltenen Instinkten. Ich gab mir redliche Mühe, vor ihren Augen zu bestehen. Aber wir machten unsere Sache grundschlecht. Die Leute hatten bald heraus, daß wir charakterlos waren und den dringendsten Ansprüchen an Menschlichkeit kaum genügten. Wir konnten ja nicht einmal gehen, geschweige denn von anderem zu reden. Wie ich sie haßte und fürchtete, diese Gesichter von Müttern ungezogener Kinder, die uns mit gutmütigem Hohn auf die Füße stiegen und für unsere Kleidung mancherlei tiefgehende Neugier bewiesen! Es war der Stolz von Müttern, die eine Rasse geboren haben wollten, deren elementare Lebensregungen freudig zu begrüßen waren. Schon verkündigte sich in ihrem Getrampel der Takt, dem sie sich einreihen würden. Sie wuchsen auf zur Bildung, sie wurden groß und stark, sie formierten eine drohende wogende Kriegermasse. Im Sturmschritt tanzten sie vor ihren Müttern, ihren Frauen! Die Pace, die Pace, diese war es, diese besaßen sie und uns ging sie ab. Eingeborenenleben, lustvolle Verkrüppelungen, freudevoller Blödsinn des Daseins, all das ist höchst reizvoll und der Pflege wert. Und nun wußte ich auch, warum ich diese Geschichte aus dem indianischen Djungle schrieb. Ich hatte mich anzuklagen und zu rechtfertigen vor allen Zanamenschen, allen Menschen einer höheren Gattung, die den Kopf frei trugen und einen inneren Rhythmus, eine blutige Bestimmtheit mitbekommen hatten, Menschen ohne Masse, einfache Menschen, die ihre naiven Verrenkungen als schöne Krämpfe empfanden!

Ich horchte in meine Kultur hinaus. Sie war ein weiter Saal, durch die Menschen raunend schritten, kalt wie in einem Museum. Da war kein Takt, nur von den Galerien und Gängen, aus den Saalwinkeln und von den Türrahmen hörte ich ein Treten von Sohlen, Sohlen, Sohlen. Der Zehengänger waren nicht viele. Nicht viele waren sprungbereit und straff. Sie huschten mit ihren Illusionen an den Seltsamkeiten und toten Formen hin, ohne sie zu halten. In atavistischen Kleidungsformen ohne Kraft, Symbolen, deren seelische Mächte gestorben waren, die den Körper zwängten und den Schädel öde verlängerten, komplimentierten sie sich aus dem Leben hinaus. Diesem Leben fehlten Grausamkeit und Würde, ein später Falter aus heroischerem Geblüte pendelte es mit feudaler Verruchtheit im Gleichgültigen. Mit den Schimmern vergangener Zwecke und dem Atem prahlerischer Genießlichkeit behaftet, leidensunfähig und eitel, finden wir die Kelche des Lebens blaß und leer von Honig. Aber dies ist nicht des Menschen Sinn und Schicksal. Der Mensch ist vom Katzengeschlechte, klein, schlau und beharrlich, reüssierend, sich steigernd. Die Beobachtung war sein; er war das scharfsinnigste und jägerischeste aller Wesen. Er hatte durch Beobachtung und schöpferische Betrachtung seine

Maße ins Ungeheure geschraubt, während alle anderen Systeme in ihrer Größe zurückgegangen waren. Sein Wille war sein Schicksal. Seine Beobachtung seine Klaue. Mit seinen Wimpern marschierte er in Weiten, die die Erde nicht kennt. Mit dem Strahl seiner Augen leitete er Ströme, die ihn, er muß nicht wissen wohin, ins Gute reißen. Er ist eine schnelle und eine tüchtige Katze, er paßt scharf, und er versteht es, Wild zu sein. Gott hat ihm Augen gegeben, zu lieben und zu verdauen. Dem Drachen aber den Wanst.

Beobachtung! Beobachte dich selbst und du nimmst zu! Unter deinem Blicke schwillt der Muskel. Du entwickelst dich von dir zu deiner Technik, von deinen Wünschen zu deiner Art, vom Vergnügen zur Lust, von deiner Hast zur Pace. Und die Pace ist gut. Haben wir sie verloren, so wollen wir sie uns wieder holen. Wir reisen. Wir bezwingen den Wilden, indem wir ihn sehen kommen. Und nun holen wir uns wieder, was wir für unser Gehirn eingetauscht hatten, aber wir geben den Tausch nicht auf. Wir behalten, was wir besitzen. Denn unser Gehirn ist unser Messer, eine feine Klinge der Beobachtung, die wir nicht vom Leibe geben. Es ist unsere Pupille in der Nacht, unsere Nüster wider den Wind, unsere Sehne zum sezierten Glied. Frigide Dichter, die Ruhe statt der Lust suchten und schwächliche Beobachter waren, haben uns die Analyse verleidet. Ein guter Beobachter aber freut sich seines Sehens. Er sieht nichts, das er nicht gerne sieht. Er sieht, auf daß etwas zu sehen sei. Denn der moderne Mensch ist jener, der solange hört, bis das Gras davon wächst. Es geht ihm gut dabei und er legt sich darin auf den Rücken und singt in den Himmel, wenn es soweit ist.

Auf der anderen Seite aber sehe ich im Hintergrunde den Takt der Arrieregarde, das gerettete Überbleibsel und den Ruin von uralten Lüsten, die tanzende Phalanx der Bürger, eine Humpelmaschine, lustlos und verdrießlich. Fade verlängern sie den Hohlraum der Schädel mit steifen Bräuchen und verschönern ihre Frauen mit engen Symbolen, deren Gleichniskraft erlosch. Das frohe Treiben alter Wildheiten und die freudige Kunst der Verrenkungen zieht sich langwierig und unnütz durch die Gesittung. Ein schäbig gewordener Rhythmus zupft noch galvanisch an ihren Leichen, raunt noch verblaßte Musiken zu ihrem Tun und läßt sie hohlzahnige Lieder singen. Darum sollt ihr Verlorenen und Vergessenen den Bürger mit dem steifen Helm guter Mächte nicht schelten! Aber ihr, Wildlinge und Urwaldseelen, scheltet ihn doch, und lachet lustig, wenn die alte Phalanx tanzt. Denn eine neue Bürgerlichkeit muß kommen! Eine neue strenge Sitte und Zucht, harte Gesetze und frohe gottgewollte Abhängigkeiten! Lasset die Pace klappern und freut euch. Die Eingeweide lechzen danach und schon knurren euch die Geister hungrig...

Stille war um mich her und ein weißes Licht. Strahlte so der Geist? Ich lag an der Grenzschneide zwischen Intellekt und Vegetation, ich fühlte, wie hart und lebendig hier alles war, fühlte diese Formen weißen Lichtes, die sich willig banden und lösten. Ich träumte, oh es war so gut, eine Wirklichkeit war's zwischen zwei Wirklichkeiten, höhere und gültigere Wahrnehmungen aus dem Lebensgefühle. Und ich kam innerhalb dieses Zustandes zu dem Schlusse, daß jede Wirklichkeit, je stärker, desto träumerischer sei.

Da nahte ich wieder, wenige Sekunden waren es, daß ich sie verlassen hatte, den bunten Schwärmereien des versinnlichten Traumes. Zana war an den Hütten vorbeigeschlichen. Ich schaute ins leere Sternenlicht. Draußen in der Savanne, gegen den Djungle zu, erscholl der Heulschrei einer brünstigen Hündin. Ein paar der Männchen im Lager schlugen an. Der Schrei der Hündin ging meinem traumbeschwerten Herzen aus irgendeinem Grunde nahe. Ich sah Zana, mit gefesselten Füßen in die Knie gesunken, die Arme hinterm Genick verschränkt. Da fühlte ich meine männliche Unzulänglichkeit. Wie Schuppen fiel es mir von den Augen: all diese Huld konnte mir gelten; auch mir, wenn ich ein anderer wäre, mit ebeneren Gliedmaßen und einer entsprechenden Haltung. Die Kleider, die mir grotesk um den Leib hingen, mißfielen; ich ahnte Zanas abfällige Blicke darauf gerichtet. Man müßte – ha, es war ein vortrefflicher Gedanke, dieser Gedanke von den Kleidern. Im Traume merkte ich, daß ich leis und zufrieden vor mich hin lächelte. Mein Körper spürte ein gutes Wohlsein. Das Lächeln wurde breiter, es kam aus dem Hirn, aus den Eingeweiden, es nahm den ganzen Körper ein und löste sich endlich als klingendes Lachen aus meinem Halse los. Hallo? Eine Vorstellung war mir durch den Kopf geschossen. Ich sah in der Ferne einen Mann vorübergehen, den ich van den Dusen nannte. Ein guter alter Bekannter, eine geläufige Figur meiner Phantasie, ein Standard meiner kritischen Beschäftigungen, der Typus des Durchschnittseuropäers. Er kam aus einer Hütte, die weiter oben an der Wegbiegung lag. Seine Gestalt war feist und schwerfällig und bewegte sich verzagt vorwärts. Aber noch etwas war an ihr, das mich lachen machte, das mich zum Biegen brachte vor Lachen, tiefem, donnerähnlichem Lachen. Mein Rücken schmerzte, er krachte, sprühte vor rieselndem Schmerz, ich fand plötzlich, daß mein rechter Arm eingeschlafen war und zog ihn auf Umwegen zu einiger Tätigkeit heran. Der Himmel stand voller Sterne. Sie gingen in Paaren und koppelten und bildeten wurmstichige Monde. Ich lag am Rücken und schwelgte in der Schärfe, mit der ich sah und dachte. Da überkam mich das Lachen, ich lachte fanatisch ––––––––––– und drüben kam van den Dusen in einer weißblaugestreiften Badehose aus seiner Hütte. Ich hatte die Wirklichkeit geträumt!

XIX

Am nächsten Tage schien die Sonne so hell wie je zuvor. Wilde Gerüchte durchsprengten das Dorf. Der Gott war in der letzten Nacht von seinem Standplatz in der Hütte, den er nun schon seit langem nicht mehr verlassen hatte, gen Himmel aufgefahren. Er hatte ungeheuerlich gesprochen, hatte zu Herzen gehend geböht und getutet und war in die sternenhelle Nacht hinaus verschwunden. Vor den Augen der großen Jäger war es geschehen. Als er wiederkam, hatte er mit den Weißen gerungen und sie mit Unterstützung Luluacs furchtbar besiegt. Er hatte die »helle Haut« mit unauslöschlicher Verachtung und Überlegenheit ins Feuer geworfen. Zana hatte getanzt wie noch nie. Es waren Zeichen, und große Dinge mochten bevorstehen. Es war ein guter Tag für eine indianische Seele. Aber für die Nerven war es ein unerklärlicher Tag, denn alles kam sich unerklärlich vor. Es war einer jener Tage, an dem Frauen mit ihren Männern zetern und die beiden Geschlechter ihre Rollen getauscht zu haben scheinen, weil sie mißvergnügt über die Abwesenheit ihrer natürlichsten Sehnsucht sind. Ein kalkweißes dürres Sonnenlicht füllte den Raum, ohne von den Dingen Schatten zu werfen. Das Geschwätz war obenauf. Überall aus den Hütten ertönten aufgeregte Stimmen, die Männer waren träumerisch und faul und die Weiber führten das große Wort. »Nein«, sagte ich zu van den Dusen, indem ich ihn mit einem neugierigen Blicke ansehen mußte, »seh' ein anderer, wie er aus diesem Dilemma herauskommt, ob er sich für Glauben oder Zweifel, für Mystik oder Pferdeverstand entscheidet. Ich habe von dieser Nacht genug.« Da warf er mir einen rätselhaften Blick zu und ich begann zu zittern und wußte nicht, warum. Es kam durch die Schwäche in meinen Gliedern, die von Schmerzen zermürbt waren. Und dann dachte ich gründlich und sonnig über manches, über soviel, ja soviel Sachen nach.

Meine Nerven blieben sachlich und ohne Verschwommenheit. Es war ein durchaus vernünftiger Tag; und ein allgemeines Naturgefühl erlebt fremde Zonen ungefähr mit dem Eindrucksvermögen des Eingeborenen. Ich habe die Dämonen der Exotik nie kennen gelernt. Als ich diesen Morgen erwachte, empfand ich Haß, nichts als wilden Haß gegen die gleißenden Schauer, die von oben kamen, gegen das ungemünzte lautere Triefgold, gegen die Trivialität dieser steten steifen Blondigkeit des Raumes. Es war heiß, sehr heiß; aber die poetischen Schwülen und Feurigkeiten dieses Daseins, die uns die Dichter vorgeredet haben, suchte ich vergebens. Stimmung, dies ist keine Stimmung in gebundener Form, ein fertiger Sinn von ein paar netten anschaulichen Sätzen. Stimmung ist vielmehr eine Unsumme Kleinigkeiten, mit denen man je nach Anlage vertraut ist. Väterliches klopft mir im Reisen auf die Schulter und fremde Länder sind mir oft allzu verwandt. Ich entdecke mit Entsetzen, daß die Welt draußen so ist, wie ich bin, aber nicht sein möchte; eine milde Ähnlichkeit mir entgegenbringt, die mich überrascht; während die Heimat strenge zu mir ist und stets anders als ich. Ich ziehe aus, um den Helden zu finden; die vollständige Neuheit und Andersartigkeit auf dem Gebiet des Menschlichen; aber ich entdecke stets wieder den einen und denselben, und nun muß ich schon annehmen, daß hier auch alle Heldenhaftigkeit beschlossen liegt. Die Kreatur in mir, die so allmächtig und stark ist, kehrt in alte Jagdgründe zurück. Broadways, Boulevards und Ringstraßen sind exotisch, seltsam und mystisch bewegt. Aber der Äquator ist eine schnurgerade gemütliche Empfindungspassage. In den Rippen der Kordilleren hat man ungefähr die Hemmungen, Sorgen und Symptome von Laune wie in der Gloria der grandiosen Porphyrleiche der Dolomiten. Und der wirkliche Weltmann empfindet die Anwesenheit der Pittoreske wenig, ob sein Zug von einer Schar verhungerter Tramps mitten in der texanischen Prärie zum Stillstand gebracht wird, im Whitechapel zünftige Taschenzieher ihn nach allen Regeln der Kunst in einem Erdgeschoß an den Kamin knebeln, oder halbwüchsige Pülcher in einer Vorstadt Wiens mit dem Feitel bedrohen. Whats the difference? würde Slim gesagt haben, und das war die erlösende Haltung.

Traun, ich war ausgebrochen, um das subjektive Land, die subjektive Stimmung und den subjektiven Menschen zu sehen, wobei es sich natürlich immer um mein eigenes hübsches Subjekt handelte. Aber ich entdeckte nichts, das gerade für mich dagewesen wäre; denn es war alles für mich da, und statt des wunderbaren duftigen Landes entdeckte ich einen allgemeinen und gewöhnlichen alten Planeten, die Erde. Wie ich hier wieder einmal in meiner Hütte lag, unruhig dem tropischen Morgen trotzend, der mit einer schnarrenden Lebensäußerung des geweckten Djungles anhob, unterschied ich deutlich das wirkliche Ergebnis meiner Forschungsreise vom herkömmlichen; ich hatte nicht Brasilien, auch nicht den brasilianischen

Kaiser entdeckt, sondern die brasilianische Seele des Planeten. Was war meine ganze Reise bisher mit ihren Abenteuern, denen der gewünschte schöngeistige Zug des Heldenhaften empörend mangelte, anderes gewesen als ein kurzer Abriß gattungshafter Erfahrungen? Wohin anders reisen wir, als nach rückwärts in unser eigenes Gedächtnis? Mit erhellterem Kopfe sah ich mich in die Chancen unmündiger Zustände tauchen, in wilde Ureigentümlichkeiten und Katzbalgereien, in die Moräste meines Blutes und des pflanzenhaften Glücksbetriebes. Und langsam reifte die Genesis wieder zu mir heran, ein Doppelgänger der Entwickelung entstand durch die Spiegelungen meines Gehirns in einem höheren Kreise, einem unsinnlichen Mittel, in einem anderen Phantoplasma. Mein Gehirn machte noch einmal den ganzen Weltprozeß durch, veranstaltete eine brennpunktkleine Neuausgabe von ihm. Aber während es die Entwickelung spiegelte, reifte es sie aus. Man muß nicht nur des Kurzen dorther kommen, woher man eigentlich des Langen kommt, sondern muß auch darum wissen, darum irren, ja, vielleicht sogar darum lügen. Was ich tat, war zweierlei in einem, soviel war klar. Ich tat eine Reise mit sinnlichen Erlebnissen, halb banaler und halb bedeutsamer Art; und tat eine Reise der abstrakten Erkenntnis, unter der jeder geographische Boden schwand und ein Fleck des Planeten so gut war wie der andere. Und ohne daß ich selbst geschult und tatkräftig die Fäden in der Hand hielt, bloß, indem ich mich mir und dem Leben hingab, schlug sich das Leitmotiv in der Verquickung der Wirklichkeiten endlich nachdrucksvoll durch. Von der Zelle bis zur Selbstbespiegelung: dies ist ein langer Weg, ist der Amazonenstrom der Menschenseele, ist ein brasilianisches Urwald- und Flußsystem des Gemütes!

Beobachtung, bitte, das ist mein Haupttrumpf, ist Postulat. Der Schöpferische sieht, hört, schmeckt, riecht und tastet in die Weltdinge hinein, und siehe da, sie werden unter seinen Sinnen wirklich. Man könnte diese Formel auch umkehren, sozusagen eine zyklische Vertauschung vornehmen, und an ihrem Werte wäre nichts geändert. Man könnte nämlich sagen, alles Erkennbare sei bereits als Masse vorhanden, und die Analyse sei nur die rüstige Pickel, die den Abbau betreibt. In dieser Form gibt es der selbstverständlichen Ansicht Ausdruck. Aber hier setzt ein anderer Gedanke ein. Von zwei Auslegungen wird die reichere und unbestimmtere die bessere sein. Und die reichere war offenbar jene, nach der mein Drang sich neigte. In jenem höheren Kreise der Vernunft, wo die stoffliche Welt ein vertauschbarer Schein war und nur ihre Wirkung als Gedanke zählte, waren beide Auslegungen überholt und das alte Symbol vom Wasserrad fand seine Anwendung. Innerhalb des einmal bevorzugten Phantoplasmas konnte man sich an die Norm oder an das Paradox halten. Das Paradox war richtiger, so oft es sich als fruchtbarer erwies. Wahrheit war Fortbildungsfähigkeit, Stillstand allein war Lüge. In meinem Falle war, wie schon so oft, das Paradox auf meiner Seite, es war von Leuchtkraft für ein ganzes Jahrhundert, und, war es auch vorläufig wie alle Ergebnisse des Denkens, so ging doch eine mächtige Freude von ihm aus für alle, die guten Willens waren. Es erfordert Kraft, einen Widerspruch auszudenken, ohne ihn zu löschen oder zu reimen. Ich war nicht in jeder Stunde trefflich, meine eigenen geistigen Höchstleistungen nachzuahmen. Es gehörte der Gewaltakt dazu, und er war oft unratsam, wenn die Kräfte nur zur Norm reichten. Was aber bewies dies? Daß zum hochnormierten Denken nicht bloß die

Unrichtigkeit genügte, sondern daß auf die Beziehungen, die im Phantoplasma gegeben waren, Rücksicht genommen werden mußte: sie mußten überwunden, nicht umgangen werden.

Aufgepaßt! sagte ich mir, und mein Gesicht war vom Schmerz des Nachdenkens qualvoll wie bei einem Weinenden zusammengezogen, gleichsam auf sein Mindestmaß reduziert. Aufgepaßt, Beobachtung ist Postulat. *Forschung ist Konstruktion.* Ich trete den Beweis an. Wir haben an der Hand einer emsig betriebenen Beobachtung mit einer Anzahl von Weltbildern und Weltgefühlen abgewirtschaftet, die früher bombenfest Gemeingut waren. Sie gestalteten das Leben weder sicherer noch unsicherer als heute. Was man nicht wußte, machte nicht heiß. Was aber heiß machte, wußte man um so inniger. Gott war so viel wert wie ein Universitätsprofessor. Kulturen ohne Psychologie des Ichs und seiner Objekte verankerten das Menschenkind in seiner Wohlfahrt nicht schlechter als die unbeschränkteste Aufklärung. Dies beweist, daß durch unsere Analyse, unsere Skepsis und unsere Aufklärung nicht Dinge entdeckt wurden, die früher übersehen waren, sondern daß die Beobachtung selbst Ungeheuerliches hervorbrachte. Der Gedanke des Fortschrittes als des Abbaues einer goldhaltigen Mine ist das Geschöpf einer fortschreitenden Kultur, einer Seele mit einer Bewegung und einer Dimension mehr. Aber die Dimension ist erst durch die Seele da, der Fortschritt erst durch die Kultur; sie schreitet fort, aber sie ist nicht selbst ein Fortschritt zu anderen Kulturen. Daß Moki durch die Lüfte fliegt, ist nicht mehr und nicht weniger sicher, wie daß unsere Aviatiker sich die Knochen brechen. Aber wir beobachten diesen letzten Umstand mit Hilfe von Zeitungsreportern, und darum ist er wirklich. Nun aber kann man, und dies ist höchst mystisch und schwindelerregend, Beobachtungen mitteilen, man kann eine ganze Versammlung, ein ganzes Publikum beobachterisch infizieren, wie übrigens beobachtet wurde. Und so könnte man wohl auch einem Indianer einreden, daß soeben ein berühmter Aviatiker auf den Kopf gefallen sei. Und er würde sich diesem religiösen und kulturellen Ereignis wohl kaum entziehen können. Alle beobachten es, und nun beobachtet er es desgleichen. Man könnte vermuten, daß die Beobachtung ein Dichter ist, der sein Buch aus dem eigenen Kopfe abschreibt. Je besser der Beobachter, desto größer das Plagiat seines Ichs. Ich sehe Moräste, Raubtiere und Jägermenschen nur darum, weil alles in mir nach der Gestaltung dieser Erscheinungen drängt. Ich finde dieses Prinzip in mir vor, und es wird mir der Schlüssel zur Außenwelt. Nun beobachte ich den Beobachter, ich falle ihm in den Rücken, ich recke und turne mich an meinem Gesichtswillen empor und betrete Schritt vor Schritt erst dämmernde, dann hartgestampfte Dimensionen ... Die gedankliche Abhängigkeit aber, die zwischen mir und der beobachteten Umwelt entsteht, wirkt auf mein Wohlergehen zurück. Zwischen den transzendenten und den epidermalen Vorgängen besteht die wichtigste, nächste, nein, die einzigste Beziehung. Darum sind Gehirn und Eingeweide einander in der Formation ähnlich, und was dazwischen liegt, ist nur die Treibung und Verräumlichung endgültigerer und einziger Lebenswahrheiten. Dieses Zwischending mit den vielen möglichen Dimensionen habe ich das Phantoplasma getauft. Es ist in Paris anders als am Urwaldfluß, heute anders, als es vor Jahrtausenden war. Gehirn und Eingeweide aber sind die gleichen. Das kommende Phantoplasma aber, über dessen Günstigkeit vor anderen jene letzten menschlichen Tiefen allein Rechenschaft ablegen, die noch jüngst einer ästhetischen Lebensgarnitur den Vorzug geben, dieses zu erwartende Lebenssystem ist die Welt des Jäger- und Beobachtermenschen. Ich kreiere seinen Typus. Aber vor meinem Wunsch war die Botschaft schon in mir bereitet. Er wird mit dem Spiegel geboren werden. Und sein Kopf, diese nackte Spiegelfläche, dieses an sich Wesenlose, wirft sein verkleinertes und vergrößertes, sein vergröbertes und verdichtetes Bild auf alles, was ihm begegnet. Wozu reist dieses Geschlecht? Um den Menschen in sich zu erreisen. Man reist nicht in ferne Länder mit seltsamen Klimaten und verblüffenden Erlebnissen: täte man's, man wäre enttäuscht, nichts als Spießbürgerlichem und Ernüchterndem zu begegnen, zu dem man nie die Räusche gehabt hat. Aber der Weltmann, der Vorläufer des neuen Menschen, ist bei seinen Reisen auf andere als impressionistische Ausbeute bedacht. Scheinbar reist er rückwärts in seine Erfahrung, in die Weltgeschichte, in die Biologie und nimmt noch die Urzelle als Maske vors Gesicht. Aber auch dies ist schon ein alter, verjährter Standpunkt. Rund um ein Problem macht er sich Bewegung, und einer Figur zuliebe, die vielleicht erst in hundert Jahren mit beiden Beinen im Leben stehen wird, kreuzt er den Ozean. Er hat mörderische Duelle mit dem Paradox und verwendet Riesenkräfte an die Überwindung der Dimensionen. Denn er weiß, daß die Richtung, in der er denkt, halb ist. Geht das reine Denken nicht im Widerspruch vor sich, an jener höheren Grenze, die über den zureichenden Gründen der Phantoplasmen verläuft? Immer denkt er in die halbe Dimension, in Traum oder Wachleben, und nie in ihre höhere Einheit. Rund ist die Welt, und was ist oben, was unten, was links, rechts und hoch und tief? Längs der Beobachtung läuft er in wunderbare Urgründe zurück – aber, ahnt er, daß er nach vorwärts stürmt? Sein Hirn ist unantastbar spiegelblank. Die Vergangenheit? Verzeihung! Die Zukunft! Die Vergangenheit ist ein Buch mit sieben Siegeln. Das Gedächtnis zeigt in die Zukunft. So ahnt er die Zusammenhänge, die innerhalb des Phantoplasmas zu liegen scheinen, als eine Abschichtung von Instanzen, deren niedrigste das Phantoplasma selber ist. In ihr macht er sich eine Vergangenheit, daß sie ein Gleichnis seiner Zukunft sei. Birgt er Widersprüche in sich, der Mann, die ihm ein Kind nachrechnen könnte? Ein Kind vielleicht, doch ein Erfahrener, Erfahrteter wohl nicht. Was tut's? Die Hygiene des Denkens gibt ihm Kraft, Lust und Recht. Zum prämiierten Denken gehört der Widerspruch. Ahnt man eine späte ungestückelte Dimension, in der das Physische sich transzendental äußert? Die Zeit ist als vierte Dimension entlarvt. Gibt es keine fünfte, und kann man jene nicht bewegen? Ha, ich probier's! Ich stemme mich mit beiden Schultern gegen die Zeit, ich suche sie aus ihrer Bahn zu drängen, ich fordere mich zum Gewaltakt heraus. Eine Linie, aus sich selbst gedrängt? Eine Fläche, gut! Wenn ich nun denke – ich ahne es schon! – und zu gleicher Zeit dawider denke – hurra, da haben wir's! Denken ist zeitlich. Wenn ich nun denke und zugleich dawider denke, so verschiebe ich die Zeit in einer höheren Anschauungsform, die nicht Zeit ist. Die Zeit wird senkrecht zu sich selbst gebracht. Ich erhalte eine neue Dimension. Der Block Zeit hat sich gerührt, er schweigt zitternd, eine Dämmerung von Ruck, ein Hauch von Erfolg ist es gewesen. Paßt auf, wir kriegen die Zeit noch herum! Können Sie um die Ecke sehen? Wir aber, wir denken um die Ecke. Wir denken in Winkeln, Kanten und Kristallen. Und wir werden es, verlassen Sie sich darauf, dahinbringen, daß wir sozusagen in Dodekaedern denken, wo der Gedanke zu gleicher Zeit einen ganzen Korb von Malen gegen sich verschoben hat! Uff, wie es anstrengt!

Ich richtete mich auf. Vor der Tür lag der von unzähligen Tritten festgewordene Lehmboden im weißen Lichte. Als ich des bewußt wurde, kam mir der übellaunige Drang zu schreien. Ich spürte den Eigensinn bis in die Gliedmaßen, die nervös waren und jede einen anderen Plan zu haben schienen. Dabei stellte sich ein unbehagliches Gefühl der Zerstückelung ein. Ich dachte nach. Was war geschehen? Und glaubte, mich beruhigen zu können. Noch war ich im Vollbesitze meiner geistigen und leiblichen Güter. In der Hütte war alles in bester Ordnung. Es fiel mir ein, daß ich zusammenpacken könnte, denn nach all dem, was gestern vor sich gegangen war, würde Slim mit seinen Absichten nun wohl endlich Ernst machen! Hurra, da gab es dann doch wieder Abwechslung! – Dieser Ausdruck eines Aufschwungs an Laune kam aber gleichsam etwas dünn heraus. Na, aber doch. Also? Tja – nein, es ging nicht. Da kam ich nicht herum. Und weil ich mich mit mir selbst nicht auskannte, traten mir boshafte Tränen in die Augen. Es war zwar nichts Besonderes los, aber meine Glücksfähigkeit war doch erheblich vermindert. Ich fühlte meinen Rücken; es stach noch heftig, in Flächen zuckte der Schmerz das Kreuz hinab. Es war die deutliche Erinnerung daran, daß ich mich vor Zana bloßgestellt hatte. Denn darüber konnte jetzt kein Zweifel mehr bestehen: mit peinigendem Gedächtnis erinnerte ich mich an den Gesichtsausdruck der verschiedenen Personen, die es mit angesehen hatten, und zwar mit einer Schärfe, die meine gestrige Dreistigkeit und Nonchalance in bezug auf meine Umgebung Lügen strafte. Durfte ich zugeben, daß ich um Zana litt? Ich litt. Aber es war nicht

Liebeskummer, sondern Geschlechtsgram. Ich wußte mein Geschlecht beeinträchtigt, mein Selbsterhaltungstrieb in den Lenden war herausgefordert, und man bestritt mir meine Männlichkeit. Die Verneinung als Geschlechtswesen wird wie leibliche Tyrannei empfunden. Ich wollte toben, das Stroh herunterreißen, mit Checho anbinden. Ich war hysterisch.

Was jetzt? Ich begehre zu wissen, warum man reist. Reist man vielleicht, um sich zu drücken? Es hat keinen Nutzen. Denn, lieber Hans, willst du auch in einem neuen Lande und unter andersartigen Menschen endlich das gesunde Verhältnis zu deiner Umgebung finden, verlierst du dich doch von neuem. Nimmt einer Reißaus, um in fremde Länder zu gehen, und schlägt sein Zelt in einem weltverlassenen Dorfe im Djungle auf: gleich tritt die Aufgabe an ihn heran, sich eine Position zu schaffen. Er sieht sich der tanzenden Phalanx der Bürger gegenüber, den geschlossenen Kreisen, den Würden und Schönheiten und Schmuckstücken, mit einem Worte: der Pace. Überallhin trägt er seinen inneren Menschen mit, für den es keine Geographie gibt. Und exotischer denn eine brasilianische Wildnis ist die Straße im Verkehrszentrum einer großen Stadt. Ein freier und glücklicher Mensch weiß in sämtlichen Gesellschaften der Welt die Gleichgewichtslage inmitten der Konventionen einzunehmen, ohne sich und sie zu stören. Ein schofler Kerl mit einem niederträchtigen Gemüte wird sich überall belauert finden, annehmen, daß er kaltgestellt wurde und daß seine würdige Person nicht ins richtige Licht gerückt ist. – Nun mag es Seelen geben, die überall als Gäste auftreten, nirgends mit anpacken, sondern sich hofieren lassen. Sie sind von mächtigem persönlichen Zauber, ihre Erwartungen sind hochgespannt und gleichsam naschhaft; kein Land wird wagen, sie zu enttäuschen, und ihnen die seltensten Impressionen bieten. Diese gastierende Truppe von Weltreisenden reist ohne Persönlichkeit. Menschen, die nie bei sich sind, finden überall das andere. Wer aber in sich daheim ist, sieht überrascht, wie der Djungle ihm dieselben ewigen Notwendigkeiten mit freigebiger Hand vorstreckt und nichts anderes zu vergeben zu haben scheint. Er ist der Abkömmling jenes nordischen Geschlechts, dem man eine Horde Löwen entgegenjagte – die erschlugen sie mit ihren Knütteln und glaubten, es wären blonde Hunde gewesen. Und immer wieder werden, wenn die alten, rassigen Kulturträger faul werden und das Leben nur mehr zu einem aufregenden Zirkusspiel gestalten, wenn die Lust der Beobachtung greisenhaft zu kindischen Anfängen zurückkehrt und der Jägerinstinkt zur Behaglichkeit des Varietézuschauers verderbt, diese alten Knüttel in unserem Blute lebendig. Das Leben ist ein solcher Löwe und das Geschlechtliche und die fremden Länder und alle die bissigen Dinge, die man uns jüngst noch vorgesetzt hat. Dann ist es Zeit, dann tritt einer unter uns auf und verkündet die »blonden Hunde«, wir treten den Gegenständen unserer Beobachtung ehrlich Aug' in Auge gegenüber, stellen uns einer Wirklichkeit und schlagen die neuen Löwennamen hundetot.

Gesetzt, in einer europäischen Gesellschaft würde das Thema angeschnitten. Was ist's mit den indianischen Djunglen, hoho, erzählen, erzählen! – Meine Damen und Herren, es tut mir leid, daß ich Sie werde enttäuschen müssen. Mit den indianischen Djunglen ist es nämlich nichts. Es gibt sie kaum. Ich rate Ihnen zu irgendeinem Kohlenweiler, oder doch zu einem Kaffeehause. Man hat Ihnen die Tropen in einer falschen Tonung zur Kenntnis gebracht. Bilden Sie sich nicht ein, Sie könnten dort auf die Pantherjagd gehen; dort erdrosselt man das Raubtier genau mit einer Kette von Treibern, und das kommt auch bei uns in den besten Familien vor. Die Gefahren werden aufgerieben, und unter dem südlichen Kreuze hausen Sie langweiliger als unter der elektrischen Birne Ihres Hotelzimmers. Würde ich von dem Djungleleben erzählen, seinen Sitten und Situationen, Sie würden mich in Verdacht bekommen, ich triebe Spaß und erlaubte mir eine Satire auf Ihre Kosten. Fräulein Zauner – und hier verneige ich mich vor der Inhaberin dieses berühmten Namens und fordere die Herren und Damen zu einem dreimaligen Hoch! auf die verehrte Freundin und Künstlerin auf! – so, Fräulein Zauner würde es als eine persönliche Spitze empfinden, wenn ich von meinen Erlebnissen mit einer ihrer Kolleginnen im fernen Südwesten berichtete. Und nun muß ich Ihnen in der Tat ein Geständnis machen. Ich bin nicht der Held und Abenteurer, für den Sie mich halten. Ich danke für Ihre zuvorkommende Meinung – aber ich muß zugeben, daß sie mich in eine schiefe Stellung drängt. Sie zwingt mir eine Geste auf. Und wenn Sie so fortfahren, dann wird es nicht lange dauern und ich werde mich selbst von dem, der ich in Ihren Augen bin, nicht mehr unterscheiden können. Denn die Wahrheit ist, daß ich auf meinen weiten Reisen, die ich gründlicher und tiefer zurückgelegt haben mag als mancher andere, nichts zugelernt, und, was wichtiger ist, nichts vergessen habe, wie einst die bekannten Berufskönige. Alle meine Kräfte und Sorgen, meine Leidenschaften und Hemmungen, sind legitim geblieben. Es ist mir nicht, wie Peer Gynt, dem Phantasten ohne Persönlichkeit, gegangen. Immer habe ich gewußt, wo mein Kaisertum unerledigt geblieben ist und wo die Arbeit und die Mission des Lüstebringers auf mich warten.

Denn zutiefst im Menschen liegt der Hunger nach Lust. Dieses Lustmotiv ist der Angelpunkt des gesamten vegetabilischen und animalischen Lebens. Es dürfte Ihnen kaum neu sein, dies zu erfahren. Aber neu ist Ihnen vielleicht das Folgende: Im Animalischen hat es sich, je höher der Typus steht, einen desto feineren und verwikkelteren Apparat geschaffen, die Phantasie. Diese ist, obschon sie auf dem Prinzipe der Spiegelung beruht, der Träger aller Gestaltungs- und Schöpferkraft. Sie beobachtet und reflektiert und holt scheinbar aus dem Felsen des Bestehenden die Goldader der Erkenntnis; in Wirklichkeit härtet sie diesen Felsen, das Phantoplasma, erst mittels Erfahrung. Zu den ewigen Gesetzen einer ewig gleichen Natur, die sich an uns erfüllen, nein, deren Erfüllung wir wahrscheinlich sind, haben wir uns je einen Zirkel, ein System von Gründen erfunden. Aber diese Gründe sind nie triftig, auch nicht für unsere Existenz. So wie wir hier versammelt sind, so sind wir auch die geborenen Lügner und Heuchler, pathologische Schwätzer, die wir die Wirkungen fälschen, die wir aufeinander ausüben. Unser wirklicher Verkehr findet durch organische Teile des Körpers statt, die wir nicht kennen und kaum je kennen lernen werden. Wir beeinflussen einander durch Paniken. Wie grauenvoll abgesperrt und einsam wären wir für einander, wenn nur der Bewußtseinsakt allein uns vereinigen könnte! Und nun sehen Sie, die Dinge, die ich auf meinen Reisen erlebt habe, waren so fade, gemein und abgeschmackt, wie es nur je die Dinge unter Menschen sein können. Aber mir war es gegeben, für eine kurze Weile in ein fremdes Phantoplasma zu reisen, einen fremden Lebensakt in mich einzuschalten und abzuspielen.

Da war ein Indianermädchen namens Zana, von kleinem ausgeprägtem Wuchs. Ich liebte sie, es war für mich

Gesetz, daß ich sie liebte. Aber was wußte ich von ihr, was konnte ich von ihr wissen? Sie alle, die Sie hier meine Gäste sind, wären vor der fremden Welt so unklug, hilflos, voreilig oder planlos gewesen wie ich. Die kleinen Reibungen der vielen Ichs in einer gegebenen Nachbarschaft nehmen den Ablauf des Lebens ein hier wie dort und schaffen die Qual der Enge, dann die Linderung oder schmerzhafte Kälte der Trennung hier wie dort. Und ihretwegen vermeide ich die ausführliche Berichterstattung, daß niemand sich getroffen fühle. Denn meine Erlebnisse sind stets so gewesen, daß sie immer nur Anspielungen auf die Grunderlebnisse meiner und Ihrer Kultur wären.

Das Wesentliche bleibt überall unter den Gestirnen gleich. Alles, was Abwechselung in die Monotonie des Reisens bringt, ist die geänderte Anschauungsform, die vage Erinnerung an uralte Zustände; das fremde Phantoplasma. Niemand von Ihnen, wenn ich so die Tafel hinabblicke und mir die vollzählig erschienenen Typen unserer Kultur beim Namen nenne, wird sich von dem, was ich wirklich zu erzählen hätte, eine Vorstellung machen können. Ihre Anschauung ist zu einseitig, selbst zuviel höherer Djungle und zu organisch, als daß sich in ihr ein anderes weitaus primitiveres und unmittelbareres Phantoplasma spiegeln könnte. Wie kann ich Ihnen Existenzen des Djungles vor Augen rücken – vielleicht, sage ich, könnte ich eine schriftstellerische Lebensaufgabe daraus machen, ein Erziehungsproblem, eine Modernisierung Ihrer Vorstellung ins Werk setzen. Denn ich ahne voraus, daß sich Zukunft und Urvergangenheit berühren. Sie aber, meine Damen und Herren, befinden sich augenblicklich gleich weit von beiden entfernt. Und doch wäre es wert, jedermanns Aufmerksamkeit auf die wichtige

Tatsache zu lenken, daß er vom Djungle abstammt und daß das moderne Leben alle die alten Tugenden von ehemals wieder in ihm zu entfesseln strebt.

Nun setze ich voraus, daß Sie alle meiner gewagten, aber äußerst gleichniskräftigen Behauptung zustimmen, wenn ich unsere Kultur in ihrem Hochstande eine solche der fünften Dimension nenne. Das ist ein Gleichnis, denn merken Sie wohl, auch ich spreche hier nur als ein Geschöpf des Phantoplasmas, und die realen Wirkungen, die ich mit Hilfe meiner Dialektik auf Sie auszuüben scheine, sind schlechterdings nichts anderes denn eine logische Umschmelzung von Vorgängen, die unserer Aufsicht entrückt sind. – Hm. Geben Sie acht! Der Djunglemensch hat ein Phantoplasma. Es entrollt sich in der zweiten Dimension. Nur die tüchtigsten Köpfe unter uns begreifen die fünfte Dimension; diese eigentümliche Verschiebung des Denkens innerhalb der Zeit: das organisierte Denken, das, möchte ich sagen, sich zum anorganischen Denken verhält, wie der dualistische Geschlechtsakt zur Parthenogenese. Derer, die so denken können, sind ganz wenige. Der Djunglemensch aber kennt nicht einmal die vierte Dimension, die Zeit, den fortgerissenen Raum. Denn erst die Idee des Fortschrittes konnte den Begriff der Zeit vollständig mit einem Anschauungsmomente decken. Der Djunglemensch sieht kleine und große Organismen, junge und alte Kreaturen, er kennt ein Wachstum und begreift es als leibliche Wohlfahrt. Aber er kennt keine Schichtungen und keine Entwickelung. Er bleibt stationär von der ersten Minute seines Atmens bis zur letzten. Bilden Sie sich nicht ein, der Djunglemensch würde, wenn Sie als Vertreter einer reiferen Rasse bei ihm eintreten, ein Einsehen mit Ihrer Überlegenheit haben. Er hat die Zeit, die in Ihnen vorgespart liegt, nicht begriffen.

Er lebt in der Ewigkeit, im seienden Raum, der ihm niemals unter den Füßen fortbewegt wurde zu einer höheren Existenzform, zu technischen Umgestaltungen oder geistigen Manövern. Nur wer die Ewigkeit verliert, entdeckt die Zeit – wir verloren und entdeckten.

Haust der Djunglemensch also in der dritten Dimension? Nein. In der zweiten. Sein Leben spielt sich in der Fläche ab. Er ist noch nicht einmal beim Raume angelangt. Mein Beweis ist kurz: er hat keine Tiefe. Sie werden behaupten, das sei ein Wortspiel. Und ich erwidere Ihnen, daß ich gelernt habe, meine Überzeugung aus Wortspielen zu holen. Die Sprache ist verläßlich, oh wie verläßlich! Alle Philosopheme und Weltanschauungen sind aus Worten geboren, die man später einmal als Irrtümer bezeichnet hat. Später einmal, das heißt zu spät. Sie kennen das Sprichwort vom Brechen der blühenden Rose, vom Schmieden des glühenden Eisens. *Zurecht kommen zu einem Schöpfungsakt,* nicht träge, sondern pünktlich sein, dabei sein – das ist alle Wahrheit! Denn sehen Sie, zur Richtigkeit gehört etwas anderes als Freiheit von Irrtümern: der Takt, die Pace. *Nur Wahrheiten, die Pace haben, gelten.*

Und die Gebilde des Wortes besitzen Takt. Aus ihnen entsteht dem, der dazu neigt, ein herrliches Phantoplasma. Der Djunglemensch jedoch hat keine Sprache in unserem Sinn: sie ist ihm nicht eine Anschauung höheren Ranges wie uns. Bei ihm sind noch die primären Künste daheim: Musik, Tanz und Malerei, und sein Dasein, seine Wurzelexistenz spiegelt sich in ihren Erregungen. Er beobachtet sozusagen mit anderen Organen, als wir es tun. Seine Beobachtung ist zweidimensional. Er beobachtet in die Fläche. Wir beobachten in die Tiefe, in die Entwicklung und in die Inversion. Unsere Beobachtung erstreckt sich letzterdings auf uns selbst. Wir sind introspektiv, er ist grausam. Neugierig sind wir beide.

Einen Augenblick, bitte. Ich muß zurückgreifen, um Sie mitzunehmen. – Was erlebt der moderne Reisende? Nicht nur die wunderbaren und abenteuerlichen Exzesse seines sensiblen Nervensystems, sondern auch die Worte und das Bewußtsein hierzu. Kommen Sie aber davon ab, gehen Sie noch um einen Grad weiter in Ihrem Denken, nehmen Sie eine Umstülpung, eine Inversion des zeitlichen Denkens in die fünfte Dimension vor und denken Sie sich zu diesem kolossalen verantwortungsvollen Bewußtsein einen bildnerischen Gesichtssinn, so haben Sie einen Maler, der scheinbar zu den Ursprüngen der Malerei zurückgekehrt ist, und der der Malerei gibt, was ihrer ist: die Fläche – und der trotz seiner Betonung des Physischen, trotz seiner urhaften Ausdeutung des Beobachtenden im Menschen als des Grausamen, der geistigste, wissenschaftlichste und ichgewandtste Figureur aller bisher gewesenen Künstler ist. Und Sie verstehen, daß ich somit wiederum nicht etwa Kelwa meine, den Djungleartisten, von dem ich Ihnen ein paar Brocken hingeworfen haben dürfte, sondern unseren verehrten Malererfinder und Freund: ich erhebe mich von meinem Sitze und toaste auf unseren Roroschkin, diesen Lionardo unserer Rasse, das gotische Genie, den Künstler jener letzten und jüngsten Dimension, in die wir eben eingetreten sind. Wir, die Beweger und Überwinder von Zeit, Logik und Denken ins höhere Denken! Vivat Roroschkin!

Sehr gut, meine Damen und Herren. Nun bitte ich wieder um etwas Ruhe. Ihre Zustimmung für mich und Ihr Jubel für Roroschkin freuen mich. Sie sind mir ein gutes Zeichen. Mag der Widerhall aus unserer fünften Dimension auch das Durchschnittsgemüt des heutigen

Geschöpfes unserer Kultur betäuben, ich bin glücklich, daß ich doch wieder einen Takt sehe, der mit eisernen Klammern die Ichs umfriedet. Umfriedet! Die Kultur unserer Dimension ist sozusagen hochaufgeschossen, vieles, das sich der Djunglemensch organisch erhalten hat, wird von uns jetzt nachgeholt werden. Die Hauptsache ist, daß wir über die Beilegung dieses Versäumnisses einig sind. Wir müssen physischer werden – und schon sind wir es. Der Takt fliegt uns zu, die Pace legt sich uns ins Schreiten. Noch gibt es Gelegenheit, noch können wir stark und glücklich werden. Ich verglich einmal den Laut aus unserem Kulturleben dem fernen unartikulierten Schleifen von Füßen vor den Vitrinen, Bälgen und anderen Velleitäten eines Museums. Aber ich höre das Signal. Wir geben eine Parole aus, scharen uns um den neuen Menschen, fügen uns langsam aber zunehmend aus allen Teilen der Weltwandelgänge in eine neue Pace: Kurz, wir geben diese Pace aus und verfestigen uns in unserem Phantoplasma. Neue Menschheitsgüter sind im Anmarsch. Es ist die höchste Lust, die Pace auszugeben!

Und um die Lust handelt es sich doch wohl, und wie ich von ihr ausgegangen bin, so kehre ich zu ihr zurück. Sie ist der Punkt, das Leben an und für sich, das Element aller Dimensionalität. Ihr Wesen ist in uns ein Spiegelapparat. In fünfmaliger Endlichkeit brechen sich ihre Strahlen. Denn jede Bewegung einer Dimension zu ihrer nächsthöheren ist eine rückbezügliche. Und sind nicht alle Anschauungen und Stufen der Beobachtung, ob sie jetzt im Phantoplasma des paradoxen Menschen oder jenem des Djunglemenschen wirksam sind, oder in jenem Phantoplasma, daß wir mit seiner vollständig anderen Ursächlichkeit Traum nennen, ein mehr oder weniger verschränktes System von Spiegeln? Alles was gespiegelt, bis ins Unendliche gespiegelt wird, alles, dem zu Zwecken Raum und Zeit und Höheres gebildet sind, ist die Lust. Ich habe sie in barbarischen Kulturen gefunden, reichen Systemen der Physis mit einer gebundenen Pace, und finde sie in der asiatischen Intellektkultur, zu der wir uns zählen. Über ein Primat kann hier die Entscheidung nicht gefällt werden. Kultur ist Kultur und als solche unvergleichbar. Die Idee der Entwicklung ist erst innerhalb unseres Phantoplasmas gegeben. Keine andere Kultur wird den Fortschritt zugeben oder auch nur fassen können; es sei denn, daß sie verderbt und entselbstet ist. Nur das eine Bezeichnende ist gewiß: jene Kulturen sind physisch, diese ist intellektuell. Das Spiegelprinzip, die Beobachtung erstreckt sich bei jenen, welche die Tiefe und die Ferne nicht kennen, auf das nicht ins Innere gegliederte Äußere. Die Neugier ergötzt sich als Grausamkeit. Unsere Vivisektion aber heißt Wissenschaftlichkeit. Wir gehen in die Tiefe, kommen in die Dimension der Zeit, Bewegung und Schnelligkeit, und wenden uns gleichsam in der letzten Dimension des Paradoxen wieder nach außen: wir sind scheinbar positiv und physisch, scheinbar primitiv an Anschauung und schlichtdimensional geworden. Die Wahrheit ist, daß wir erst jetzt wieder zu einem endgültigen Ergebnis in unserer intellektuellen Entwicklung gediehen sind. Der Geist ist tot; es lebe der Geist! Der Geist – – –

XX

Hier wurde ich von Checho gestört. Ich erhob mich von der Matte und meinem Lager aus Palmstroh, trat vor die Türe und sah in die gleißende Vormittagssonne. Draußen stand Zana. Ich blickte sie ruhig und mit kalten Augen an. In der Ruhestellung erschien ihre kleine Gestalt mager und unschön. Sie konnte mir nichts anhaben. Ich hatte meine Seele verloren, sozusagen um einer Djungleseele willen aufgegeben; nun hatte ich sie wiedergewonnen. Ich hatte meine Pace in mir; ich wußte, da draußen, ungefähr wo die Sonne seit morgens herkam, wartete eine Gesellschaft befrackter Herren und pompöser Damen auf mich. Ihrer Art konnte ich mich anschließen. Wir hielten Seancen, versetzten uns in die Trance und konzipierten den neuen Menschen. Wir hatten die Pace, die neue Pace, und jeder einzelne von uns hatte das Heil. Das Gift der Analyse war zu Räuschen gewendet. Alles Glück der Zukunft mußte darin liegen, daß man mit den Trieben seiner Neugier in Frieden lebte ...

Die magere Gestalt der braunen Tänzerin rührte sich nicht; auch dann nicht, als ich, aus der Türe tretend, mich an ihr vorbeizwängen mußte. Sie sah mich mit flaumigen Blicken an. Während ich mit einem plötzlich emporbrausenden Energiestrom meinen Blick streng und zwingend auf die schmalen firnisbraunen Ovale zu stürzen suchte, die sie mir tierisch wie eine elastische Kraft entgegenhielt, und ich vergeblich gegen diesen verfilzten Blick aufzukommen suchte, drängte ich sie behutsam mit der Hüfte beiseite. Da geschah etwas Unerwartetes. Sie lehnte sich mit dem ganzen wesenlosen Gewichte ihres leichten Körpers gegen mich und versperrte mir den Austritt, stemmte sich mit ihren kräftigen Muskelchen dagegen, das ganze Persönchen lang Jauchzen und Triumph wie ein kleines Raubtier, das zur Übung seines Spieltriebes jede entgegenkommende Bewegung bereitwillig als Aufforderung deutet. Jenes abtötende Gefühl, der Schmerz der Beherrschung, befiel mich wieder wie damals, als wir den entzückten Müttern zuliebe die Anhänglichkeit ihrer Bengels duldeten. Die Unkraft dieses Angriffes, der mit einem Bruchteil des Elans, den ich selbst als gegenwirksames Mindestmaß hätte verwenden müssen, erfolgte, benahm mir meine neugewonnene Energie. Wir sind der Kleinheit einer Aufgabe nicht gewachsen, weil wir uns Schwierigem angepaßt haben. Wäre hier Luluac selbst gestanden, ich hätte mich besinnungslos auf ihn gestürzt, so blitzschnell und schlagsicher waren meine Fäuste, in die Wut das Blut gepreßt hatte. Die Gefahr hätte ich in diesem Augenblicke sehnlichst gewünscht und ohne Umschweife ins Auge gefaßt. Das Ärgernis aber fand mich schwach und verlegen. Ich gab nach und zog mich in die Hütte zurück, wo Checho an unserem Gepäck hantierte.

Aber was war das? Kaum sah Zana, daß ich den Kampf aufgab, als sie sich trotzig wie ein Gassenjunge in den Nacken warf und den Dingen ringsumher Fratzen schnitt. Es galt nicht mir, es galt den Dingen, die es mitangesehen hatten, wie ich sie beleidigte. Mit feiner Wut reagierte sie auf die Erniedrigung, die in meiner Ablehnung lag. Nun würde ich sie versöhnen, wußten wir beide. Und lächerlich, wie die Situation war, fiel auch die Sühne aus, rachesüchtig frischte ich den bitteren Humor des Augenblickes auf. Hurtig griff ich nach einer der großen Bouteillen Eau de Cologne, die Checho soeben aus einem Pack des Holländers zwischen Wäschestücken herausgeschält hatte. Der Zerstäuber saß noch von Rio her daran. Ich drückte den Ball und sprühte das Zeug dem Mädchen gerade ins Gesicht. Und nun schien es, als ob Zana doch noch ans Ziel ihrer Sehnsucht gelangen würde. Sie wollte etwas Gutes erfahren und sie erfuhr es. Als sie die Kühle des Äthers auf ihrer Haut spürte, erschrak sie, schrie leicht auf und trat Rückzug gegen die Türe hin an. Aber das kühle Feuer ging in ein wohltuendes Prickeln über. Ein Sturzbad von Kühle war auch für eine hartgesottene Tropenbewohnerin keine üble Sensation. Sie hielt die wohlriechenden Hände vor die Nase und schnupperte den fremden, blütenhaften Duft mit verständigen Zügen ein. Einen Augenblick später hatte ich sie wieder auf dem Halse. Ich mußte mich ihr mehrmals entwinden und hüllte sie von allen Seiten in einen tauigen Duft, wie sie, ausweichend und nach mir greifend, das Gesicht schützend gegen die Brust drückte. Schließlich riß ich den Zerstäuber samt der Kapsel weg und duschte sie in schiefen, schleunigen Quellgüssen mit dem letzten Inhalt der Flasche. Lachend zerrten wir uns beide über das Gepäck und die Strohlager der Hütte hin und her. Sie faßte mich beim Rocke, beim Arme, und suchte mir stürmisch wie ein Mannsbild das Gelenk auszudrehen. Sie mühte sich, eigensinnig auf die Zehen gestemmt. Immerhin, es schmerzte, so daß ich böse wurde und rauh nach ihren eigenen Gelenken griff. An diesen hielt ich sie kategorisch im Abstande von mir weg. Sie wand sich, verzog ihr Gesicht und ringelte den nervigen, geblähten Hals mit dem Kopfe über die Achseln, Brüste und den Nacken hin nach meinen Pulsen, schob die bloßgelegten Kiefer, tragend wie eine Viper, über den eigenen Leib hinaus gegen die Angriffsstellen vor. Jede Bewegung ihres Systems, das unabänderlich auf die beiden Berührungspunkte an ihren Knöcheln eingenietet war, kostete sie heftigen Schmerz. Hals und Kopf quollen über den Achseln förmlich vor wie über den Rand eines Gefäßes, brodelnd vor Wut und Haß wie das Schaumgekröse einer giftigen Flüssigkeit. In diesem Augenblicke hörte sie auf, Mensch zu sein. In ihren Gebärden war das dämonisch Formlose und Voraussetzungslose der von engen Instinkten bewegten Masse. Sie war ein wesenloser Körper mit einem einzigen stumpfen Bewußtsein, der Selbsterhaltung. Als in ihren entstellten und zu unmöglichen Vorstellungsformen zerlegten Leib plötzlich das jähe, züngelnde, flatternde Leben kam, war es so gespenstisch, wie wenn ein faltiger Lumpen wutentbrannt über sich selbst hinausstürzte. Es lag etwas von dem Haß des Frühorganischen und Elementaren in ihrem Treiben, ein katzendumpfes Reagieren, gleichsam ein linienlanges, direktes Dasein, eine formlose, primitive Seinserstreckung. Ihr Kopf wawerte erbost und nach Auswegen suchend zwischen den Achseln, während ich durch den schmerzhaften Druck auf die Nerven ihrer Handgelenke die Muskeln ihres Rumpfes steif und schachmatt erhielt. Es dauerte eine Weile, ihre Augen versanken in einer Art von Überanstrengung oder höchster Wonne in bläuliche Schatten, als sie diese plötzlich weit aufriß und mit einem namenlos schmachtenden Blicke auf mich richtete. Zugleich fühlte ich ihre Muskeln erschlaffen. Sie seufzte tief. Ihre Knöchel lagen willenlos in den Ringen meiner Hände, an deren Innenflächen ich es prickeln fühlte. Unter der glatten Haut des Mädchens schmiegten sich milde die strähnigen Sehnen und zarten Knochen des Armes in das sensitive Fleisch meiner Daumenballen. Ich stand von Entzückung ergriffen. Aber noch immer lauerte es hinter ihrer Süßigkeit wie eine Drohung, mir mit einem Biß an den Bauch zu springen, und so hielt ich sie von mir ab, wie sie so zu mir herstrebte. Checho stand schräg hinter meinem Rücken über das Gepäck gebeugt; ich sah ihn nicht deutlich; nur ein unscharfes und gebrochenes Bild fing sich von ihm am äußersten Ende meines Sehfeldes. Trotzdem wußte ich genau, daß er uns beiden den Kopf zuwandte. In seinem Gesichte mußte ein Lächeln liegen, das Unwillkommenes ausdrückt. Ich spürte dieses Grinsen mir im Nacken brennen. Meine Reizbarkeit war in diesem Augenblicke peinlich und ich fühlte mich geniert. Aber da war ich auch schon, bevor ich noch einen Entschluß gefaßt hatte, zurückgesprungen. Ich hatte zugestoßen. Zana taumelte gegen die Türe. Ich brach zurück, Chechos gebückte Figur floh in meinen Sehkreis. Da war das Lächeln, peinlich und neidvoll. Zana schrie auf. Hinter ihr auf dem lehmgelben Grunde des Türausschnittes stand ein hoher Schatten. Slim bückte den Kopf, trat ein und schob Zana unwirsch vor sich her. Sie zeigte sich bockig, er aber schlug eine Lache auf. Ein paar Worte bewirkten, daß sie sich an die Wand drückte. Slim stand hart und hoch im Raume und füllte ihn mit einem großen, kalten Dasein aus.

»Morgen reisen wir«, sagte er ruhig und stellte sich neben Checho zum Gepäck. »Das Luder kommt mit. Sie weiß es schon.«

Lieblich wie Entspannung legte es sich über mich. Ich sah auf Zana. Ihre braunen Ovale schaukelten mich elastisch an wie Tierblicke. Wie ein Schleier umwand mich das Grauen der Hoffnung.

Eine Viertelstunde, nachdem Slim die Indianerin weggeschickt hatte, schritten wir durch das Dorf. Vor Kelwas Hütte fühlten wir uns angehalten. Aus dem umfriedeten Vorhof ertönte Lärm und Zanken. Eine spröde Rachenstimme hatte die Führung. Hier war nicht alles in Ordnung. Auch sonst zeigte sich an den Männern, die auf den Wegen des sonnversengten Dorfes dahinschlichen, eine gewisse Ducknackigkeit. Die Weiber hatten ihre reizende Demut abgelegt und schalteten mit öder Gleichmütigkeit um das Wohl der Familie. Das Leben schien um einen Grad gewöhnlicher und leerer; der Nimbus des Exotischen war gefallen und ich spürte eine kräftige Gleichgestelltheit mit dieser mich sonst beherrschenden Umgebung. Ha, hatte ich endlich den richtigen Ton in mir angeschlagen und die eigene Pace gewonnen? Stellte sich endlich die alte Siegerlaune ins Gleichgewicht und würde ich nun dennoch zu meinen Eroberungen gelangen? Morgen brechen wir auf! Nun, da ich wieder mit einem Bein in der Ferne, im Reisen, in seinen Mühen und seiner Arbeit stand, erwachte mein gutes Selbstgefühl. Die Weibergeschichten waren abgetan – was etwa noch Angenehmes von dieser Seite zu erwarten war – ich dachte an Zana und war fröhlich gestimmt – konnte als wünschenswerte Zugabe mitgenommen werden. Denn nun ging es wieder los. Los, los, los! Vielleicht entdeckten wir den Schatz – einen richtigen Schatz. Und dann wartet auch ein Abenteuer nach dem anderen fidel auf uns. – Also, was sagte Slim da zu dieser Xantippe von Künstlersgattin? Ich stieß mit dem Kopfwirbel in die Richtung des Lärmes hin.

»Jerusalem!« schrie Slim auf, »das Nest ist verkatert! Hier sehen Sie den originären und wirklichen Katzenjammer. Wenn dieses Katzenpack einmal in vollster Seligkeit dahingesponnen hat, dann kollert's ihm den nächsten Tag genau so im Rückenmark wie dem dekadentesten Boulevardier. Auch hier ist die Aufnahmsfähigkeit für das Glück nur eine beschränkte. Sie werden noch Sehnsucht nach der gemäßigten Zone kriegen, Johnny. Das wirkliche Glück, das der Organismus braucht, spiegelt sein Bewußtsein, und sei es noch so niedrigstehend, nicht wider. Darüber und über seinen Konsum ist nichts bekannt. Auch der Katzenjammer ist eine Art Lebensfreude. Die Demut und die Selbstverachtung und die Krankheit sind zur Befriedigung just so nötig wie die geraden Kräfte. Diese Kessel- und Röhrensysteme aus

Zellgewebe, die Sie da herumunken und tuten und aus allen Löchern der Qual des Lebenmüssens pfeifen hören, sind heute ungefährliche Leute. Ich habe damit gerechnet. Männer und Weiber tauschen für eine Weile ihre Reize – es liegt vielleicht eine weise Regel aus dem Haushalt der Natur dahinter verborgen. Wie gesagt, ich wußte, daß es so kommen würde und habe meinen Plan gemacht. Heute sind sie mürbe. Heute bekommen wir die Expedition zusammen – und Zana geht mit. Wenn wir bis morgen vor Tagesanbruch nicht aus dem Dorfe raus sind, wird es uns übel bekommen. Denn gestern abend – hätten wir eigentlich verspielt. Es war nicht nötig, daß Sie Purzelbäume schlugen. Sie haben uns lächerlich gemacht. Sagen Sie, was ist Ihnen eigentlich eingefallen? Ich glaube, Sie vertragen das Mandioka nicht?«

»Nun, da irren Sie aber gründlich«, platzte ich ärgerlich heraus. Zuerst hatten seine Worte meinen Humor geweckt. Seine Ausdrücke für eine Erscheinung, die mir menschlich nicht fremd war, schienen zutreffend. Aber daß er damit gerechnet hätte, glaubte ich nicht. Das war aufgelegte Prahlerei. Jedenfalls war er schlau, es so auszulegen. Ich durchschaute ihn. Er war smart, der Amerikaner. Sein war die Tat, die kräftige Aktion, mein aber waren Spürsinn und das aufgeweckte Bewußtsein. Er hatte eine Menge Ideen geäußert, die von mir waren; er war beeinflußbar. Weiß der Kuckuck... Er verstand es, sich einen Anschlag in die Hand spielen zu lassen und dann weiter zu konzentrieren. Ein bißchen beklemmend war es. Soll man, während Slim sich für meine Idee begeistert und mir die Bedenken durch den Kopf schießen, mit einem Empfindungsresultate enden, das nahe an die Verachtung Slims streift? Nein, es empfiehlt sich, auf kleine Genugtuungen zu verzichten. Vor Größenwahnsinnigen und Plagiatoren verleugnet man seinen Selbsterhaltungstrieb. »Was glauben Sie wohl«, sagte ich, »ich bin Senior einer deutschen Burschenschaft. Mensch, Sie wissen nicht, was ein solcher Kerl vertragen kann. Allen Ernstes; ich nehme solche Reden krumm. Sehen Sie denn, ich bin treuherzig: bitte, lassen Sie das. Kleine Beleidigungen sind schwer zu übergehen. Also, wenn wir gut Freund sein sollen –«

»Well«, sagte der Amerikaner und fügte wie beiläufig hinzu, während er sich Mühe gab, über die Strohpalisade in Kelwas Hof zu blicken, »Selbstpersiflage oder Selbstübertreibung sind auch eine Methode, um eine neue Situation zu überbrücken ..... Übrigens schwört der Dutchman, der auch von keiner trinkschwachen Rasse ist, in ganz der gleichen Weise auf seine Gurgel. Und nun sehen Sie sich den Kerl mal an. Heute nacht hat er sich verpflichtet gefühlt, den Indianer zu spielen. Er hat im Djungle irgend etwas angestellt. Zana scheint irgend etwas dabei zu tun gehabt zu haben; aber – –«

»Van den Dusen?«

»Yes, Sir. Aber das weiß ich: das Mädchen rührt mir keiner an! Ich habe eine Patrone für ihn im Lauf!«

Slim hatte breite Knochen und ein solides Gestell. Was geschah, wenn ich ihm an die Kehle sprang? Ich habe gegen Drohungen nichts einzuwenden. Aber Abgeschmacktheiten und Übertreibungen gehen mir wider den Strich. Nun konnte ich einem Unvorbereiteten, auch wenn er kräftiger war als ich, mit der nächsten Bewegung den Kopf eingeschlagen haben. Slim, Slim, das war nicht nur unverschämt, das war auch dumm. Im Grund gab es ja kein Mittel gegen mich, sobald ich mich ernst nahm – »Ja, Donnerwetter«, rief ich, »was ist denn los mit ihm? Wo ist er denn?«

»Er liegt in seinem Bau und ist lebensüberdrüssig, denn der Djungle hat ihn nächtlicherweise geschunden. Vielleicht war es auch das Weibsbild. Er ist verrückt. Wir wollen ihm nachher einen Besuch abstatten.«

Da hatte mir Slim seine Überlegenheit kurzerhand klargemacht und das Mädchen verboten, bevor ich noch Atem geschöpft hatte. Und jetzt war er plötzlich vergnügter Laune und beantwortete die Zurufe Kelwas, der uns inzwischen bemerkt hatte, mit Witzen. Beide unterhielten sich drastisch, während wir in den Hof eingelassen wurden.

Die Bildwerke, die hier herumstanden, lenkten mich ab. Der Hundegenius mit seinem langschnauzigen süffisanten Gesichte – es war in der Tat ein Gesicht – beroch noch mit der gleichen Schleckrigkeit einen Liebesakt und das Leben. Die leidende Kreatur daneben schien mir bekannt. Es war offenbar ein Puma, der sich in Hunger oder Geschlechtsnot verzehrte. Sein Unterleib war sackartig gebläht, die Kopf- und Schulterteile waren mager. Sein Maul war bis zu den Speicheldrüsen jaunend aufgerissen und gen Himmel gestreckt, dünn gewölbt wie ein Vokalzeichen. Es beherbergte einen markerschütternden Schmerzensschrei. Neben den Tierbildern machten sich die gewohnten Räckeleien von Leibern breit, Gestaltungen von zwei und drei ineinander gepfropften Akten. Ich mußte Slim ansehen. Er sprach, vor den Tafeln stehend, lebhaft mit Kelwa und klopfte ihm auf die Schultern. Da kam mir eine Idee. Hier stand er wohl und begeisterte sich für das Ganze, weil er einen Teil begriff? Wer konnte denn diesem Seelenleben, diesem so grundverschiedenen Phantoplasma, dieser nach schweren Umwälzungen überlebten Art von Anschauung in die Nähe kommen? Es war eine Verzweiflungstat, gottverdammte Dialektik, das war es! Vielleicht machte das Blut, das Blut, das durch das Hirngebirge rieselt, etwas aus. Wer war nun der eigentliche Maler? Dieser internationale und raffiniert erfahrene Abenteurer, der das Bewußtsein dieser Anschauungsformen motivierte und sich eigentlich schon auf einer Retourkutsche befand, oder Kelwa, der Eingeborene, der einfach malte, vermöge des Kontaktes zwischen seinem Hirn und seinem Handmuskel?

Ich starrte auf dieses Nebeneinander von Farben, das sich wie ein Rätsel im letzten Augenblicke, da man's zu fassen glaubt, verwirrte. Und plötzlich schien es zu meinen Gunsten verschoben. Der Eindruck von Wirklichem schnellte aus der Tafel, und als ich soweit gekommen war, hatte ich zum zweiten Male das Gefühl der Wandlung. Sah ich mit dem Rassenbewußtsein eines Indianers? Eine Formenwelt eröffnete sich mir, die technisch tief stehen mußte. Aber in ihrer Deutung war das Walten der Wesen nicht weniger erklärt, denn in der verwickeltsten plastischen Gruppe. Hier war alles entsprechend und befriedigend, restloser denn je ein Versuch der Natur, heroischer gleichsam als das Urbild. Alles war: Bild. Ja, gab es überhaupt einen Fortschritt der Technik oder war es nicht vielmehr das geänderte Bewußtsein, das eine geänderte Anschaulichkeit nach sich zog? Anschauen, beobachten heißt wollen. Wir unterziehen uns einer großartigen Suggestion. Das Wissen von Formen und Dingen ist vor der Wahrnehmung da. Im wesentlichen liegt allem das undimensional Gestaltete zugrunde. Was ist der einzelne Mensch? Eine Symbiose von Tieren. Dieser Kelwa besaß ein Phantoplasma, das seiner Art von Jägerleben entsprach. Seine Art Augen heulten und schnupperten in meinem Kopfe wie Hunde, für sie lag das Menschliche in so wohlgefälliger Häßlichkeit ausgebreitet wie etwa auf diesem Bilde. Hat man den Hund schon gefragt, wie die Welt aussieht? Würde er die Frauen Lionardos als Menschenporträte erkennen und würde er überhaupt Verständliches darin vorfinden? Wohlan, ich votierte für Kelwas Sehen. Was wir aus dem Sein analytisch herauskriegen, ist nur eine Synthese dessen, was wir zu unserer Lust brauchen. Kelwas Leben ist ein vollständiges System – eine Kultur. Kehre ich in der von mir erfundenen fünften Dimension gelegentlich zu ihm zurück, gut, so ist mir das Leben nach dreißig Generationen wieder einmal Jagd. Ich sehe Mensch und Tier unter der verwandten Form – denn die Form ist ein Vorwand für meinen Lebenswillen. Alle Lüste dieses Daseinszustandes versammle ich in dem Blicke, mit dem ich sie beschenke. In meiner Dimension ist eine enthalten, die Entwickelung heißt, das Substitut der »Zeit«. Suchen wir der »Zeit« ihre Kunst. Denn jede Dimension habe ihre Kunst. Die Musik ist das Undimensionale, der Punkt, das Sein an sich und der springende Punkt: die Lust. Wir haben ja jetzt Gott sei Dank entdeckt, daß die Lust auch bei Disharmonien nicht aufhöre und daß sie mit einem Worte allgegenwärtig sei. In der ersten Dimension haben wir die Kunst der Linie, die Architektur. Sie ist bei den frühesten Völkern zu Hause. Die Schwerkraft ist die Urlinie. Hat man nicht durch alle Zeiten geahnt, daß die Architektur der nächste Blutsverwandte der Musik sei? O wie sich alles klärt!

Kelwa ist ein großer Künstler, denn er gibt durch seine außerordentliche dimensionale Reinlichkeit das sinngemäße Weltbild wieder. Ich werde seinem braunen Weibe den Hof machen. Wer die Liebe aus diesem Quell schöpft... Es ist begreiflich, daß Kelwa den geschärften Blick fürs menschliche Prototyp hat! Wie sie herübersieht! Es ist die Rührung selbst in ihren Augen. Er muß,

Konterstimmungen abgerechnet, ein glücklicher Gatte und Künstler sein – –

Mit kühler Studienlust fraß ich mich in die simple Symbolistik der Bilder ein. Der schreiende Puma in seiner Leibesnotdurft mochte ein Stammeszeichen sein. Ich bemerkte ihn in blauer Tätowierung auf dem Bauche von Madame Kelwa. Ich schlug mich in ihre Nähe und wies, um eine Unterhaltung anzuknüpfen, mit stummem Finger und übertrieben deutenden Blicken auf das, was an ihrem Leibe mein Interesse anzog. Ich frug nach dem Puma. Da ereignete sich eine höchst peinliche Szene. Das Weib warf sich plötzlich, mit einem Ausdruck unnennbaren Grauens im Gesicht, rücklings auf den Boden und blähte bei gespreizten Beinen den bemalten Körperteil zu gespenstischem Volumen auf. Es war, als ob der gesamte Unterleib erigierte, der Bauch näherte sich in einer Art magnetischer Elevation meiner Fingerspitze. Aber diese Nähe war, wie ich hinterher nach der Lösung des Kontaktes begriff, nur eine eingebildete. Mein Finger wurde nicht angezogen und festgehalten, ich hielt ihn, trotzdem ich das Gegenteil erlebte, freiwillig auf sein Ziel gerichtet. Das Fürchterliche, ja nahezu Lächerliche an dieser Szene war, daß ich während der ganzen Dauer der Faszination, die von meinem Finger auf das röchelnde, schielende Frauenzimmer und umgekehrt ausging, meinen schrägen Finger nicht um einen Zoll von dem Bauche abwandte. Der Dämon einer solchen Sinnlichkeit zwang mich zu einem maßlosen Erstaunen, meine Verwunderung kannte keine Grenzen und war schwer wie ein Alpdruck. Als ich zu mir kam, mußte ich tief und unbändig seufzen. Daß ich den Finger nicht aus seiner Starre rührte, war seltsam. Aber ich erinnerte mich in jenem Augenblicke gar nicht an mich, obzwar ich mich über die Tatsache selber, daß ich so unbewegt dastand, nicht genug wundern konnte. Ich war mir vollständig klar darüber, daß ich es nicht tun mußte, und daß es keine irgendwie geartete Kraft auf Erden gab, die mich dazu zwang. Um so rätselhafter bleibt mir dieser Vorgang, den ich unter jener Sonne mehrmals erlebte. Ist unser Wille so schöpferisch, daß er reale Wirkungen eingebildeter Kräfte in die Beobachtung rückt; oder verschleiert unser Bewußtsein redliche Wirkungen der Natur mit Hilfe eines bildlichen Willens? Ist unser Wille Urheber oder Begleiterscheinung? Dieser Gedanke tauchte damals zum ersten Male in mir auf. Er verschwand wieder. Er hätte das gedankliche Gesamtresultat der letzten Tage vernichtet. Die Sache war die, meine Besinnung und mein Entschluß waren theoretisch; praktisch dagegen hatte ich in jenen Sekunden rein auf mich vergessen. Ich nahm die Wirkung eines Posenwechsels in Gedanken ruhig vorweg; in der Tat aber war ich, mit dem Finger schräg auf den gewölbten Bauch vor mir weisend und mit Augen, wie Saugnäpfe starrend, dagestanden. Ich war geistig frei; mein Körper war gebannt. Und dann war ich wieder im praktischen Besitz meiner Kräfte. Noch stand ich still; mit einer leisen und nicht ganz zweifelsfreien Neugier nahm ich mir vor, abzutreten – jetzt! und bevor ich es dachte, sank meine Hand, eine Spannung ließ in mir nach; doch ermangelte allen diesen Empfindungen etwas, das ich Ernst nennen möchte. Da war alles bedacht und seelisch motiviert, da war nichts von der illegitimen Einwirkung geheimer Kräfte. Nur das Verhalten der Indianerin widerrief die Gewöhnlichkeit des Vorgangs.

Sie lag drei Schritte vor mir. Ihr Bauch stand da wie eine Schwangerschaft, eine große reife Frucht, geschwellt, gleichsam vielleicht von meinem Finger angestochen. Als ich zurücktrat und die Hand fallen ließ, schwoll er sichtlich ab. Der Kopf der Frau mit den stellenweise tonsurartig ausgerupften, sonst schulterlangen Haaren war zurückgebogen, aber seine Augen kletterten kurz unter den Lidern speergerade auf mich zu. Der Mund zwischen den vollen Backen stand offen, ich sah in seine violette Höhlung mit den felsigen, trapezförmigen Kiefern. Ein unregelmäßiges Keuchen drang mit dünnem Knattern an den Schleimhäuten vorbei und brachte schnarchende Geräusche mit sich. Der Leib streckte alle viere vor, mit dem in trüber Sehnsucht blickenden Unterleibe als Mittelpunkt bewegte er sich in den dumpfen, niedrigen Sphären, die ich schon an Zana beobachtet hatte. Während das Gehirn wieder in seine Herrschaft trat, arbeitete sich das menschliche Wesen allmählich ins Lichtere empor, eine berauschende Liebenswürdigkeit und Demut zeichneten sich in die fremdartigen Mienen der Frau ein. Sie rollte sich zusammen und lauschte. Slims und Kelwas Gespräche kamen von hinter der Hütte her. Ich stand ruhig, mit großer Würde, und ließ mir die beschuhten Füße küssen. Meine Hand legte ich in ihr seifiges Haar, ohne Ekel zu spüren. Ich sprach nichts und nickte bloß mit dem Kopfe. Sie schnarrte einiges in ihrer Sprache. Ich nickte wieder. Und nun stand sie auf und entfaltete sich zu einem kleinen, merkwürdig gebauten Frauenzimmer. Der Oberkörper war mager, die Büste flach mit langen Brüsten, die Schultern wie gezimmert, die Schlüsselbeine hervortretend als knochige Ornamente, die Arme mit nach außen gerenkten Unterarmen, in der Ellbogengegend nahe am Körper liegend. Die Hüften aber waren wellig und nicht reizlos. Die Wirbelsäule, vibrierend wie eine gebäumte Schlange, glitt mit einer Schweifung zurück und verschwand in der Doppelwoge von festem, plastischem

Fleisch. Das rotblaue Schürzchen aus Beeren und Perlen, das sich verschoben hatte, fiel jetzt mit Zucht über den dreizinkigen Schattenstern.

Sie sprach zu mir, als könnte ich nicht umhin, den natürlichen Ausdruck ihrer unfeindlichen Gesinnung zu verstehen. Vertrauensvoll sah sie mich von unten an. Da gewahrte ich, daß sie große, vollständig braune Augen hatte, die erwärmten. Die Oberlider waren gebrochen wie unsymmetrische Giebel. Unter der Nase prangte unvermeidlich ein zieres Eberzähnchen. Die Folge davon war, daß sie die verkürzte Oberlippe stets offen hielt und ihre guten gelben Zähne wies. Ihr Teint war nicht mehr frisch, aber sanft und samten. Die Babutschen, die aus allen Ecken des Hofes und dem Innern der Hütte sich vernehmbar machten, waren ihre Kinder.

In diese Hütte verschwand sie. Als sie wiederkam, trug sie einen mannsgroßen Schild in Händen. Sie brach ihn auseinander. Da begriff ich unser gemeinsames Geheimnis. Es war jener Schild, den ich tags vorher mitten durchgeschossen hatte. Drei meiner Schüsse hatten ihn getroffen. Er brach entzwei, das obere Teil krachte herab – nun stand meine liebenswürdige Indianerin da und hielt mir den Rest mit unterwürfigem Blicke entgegen.

Sie stand ganz nahe bei mir. Ihr Ellbogen berührte mich an der Hüfte. Ich roch ihre ölige, bronzene Haut, die mit einem fremden, flachschmeckenden Parfum getränkt war, einer Blumensalbe, die ganz zutiefst einen verwischten angenehmen Reiz aufwies, in ihrer stumpfen Penetranz aber abstieß. Es vermengte sich mit dem leimigen Duft ihrer leicht echauffierten Achselhöhlen. Dies war die Ausdünstung eines wilden Tieres oder einer geilen, feuchten Djunglepflanze, kräftig und unfeststellbar wie der Geruch von Protoplasma. Meine Organe weigerten sich gegen ihn. Ich blieb höflich und standhaft am Platze und empfing den leichten Druck ihrer Gestalt. Indem ich an die Gesundheit dieses transpirierenden Fleisches dachte, stärkte ich mich. Trotz der außerordentlichen Magerkeit der Schultern zog sich die Haut glatt und gespannt über das Skelett. Mein Auge tastete über Mulden und elfenbeinartig gemilderte Höckerchen. Und sofort verhielt ich mich passiv, wehrte mich nicht mehr gegen diese Ausdünstung und empfand sie vertraut. Ich stemmte den rechten Arm in die Seite. Er berührte ihren sehnigen Rücken leicht. Sie lehnte sich daran.

»Rulc!« sagte sie in ihrer Schlucksprache. Sie hieß also Rulc. Schnell fuhr sie auf dem Bild ein paar Konturen nach. Mühelos gelang es ihr, sich ihrer leiblichen Identität zu erinnern. Langsam kam ich nach, ihr Finger wiederholte, dem Lauf einer Linie wie auf einer Landkarte folgend. Ich faßte zusammen, sie hieß Rulc, und ich hatte ihr Konterfei entzweigeschossen. Ob es sehr geschmerzt hatte? Sie stand jetzt beinahe in meinem Arm, in einer skizzierten Umarmung, wie ein europäisches Mädchen. »Soso, wunderbar«, sagte ich englisch, weil ich mich nicht stumm verhalten wollte. Und plötzlich begann ich, zu ihr zu reden, obwohl ich wußte, daß sie mich nicht verstand. Ich erzählte ihr, plötzlich voll innerer Ausgelassenheit, daß sie reizend sei, und löste meine Faust von der Hüfte, sie gleichsam zum Nachdruck einer sehr wichtigen Mitteilung in das Fleisch ihrer Taille bettend. Da verspürte ich ein ziehendes Unwohlsein im Nacken. Ein Gegenstand von packendem Interesse suchte mich von rückwärts her nach sich hin zu lenken. Es drehte mir den Kopf herum, da folgte ich aus tausend Gründen. Zuletzt in diesem Bruchteil von Sekunde war wirklich ich es, der mit dieser Bewegung endigte, nicht das andere. Es war eine uralte

Bewegung, deren Gründe dem Gefühl nach eine Spanne von Ewigkeiten zurücklagen. Ich erinnerte mich an sie, wie an eine lang vergessene Pflicht. Und ich sah Slims Gesicht hinter der Hütte hervorlugen.

Er mußte den Kopf etwas vorstrecken, denn seine Figur blieb verdeckt; er zog ihn auch nicht mehr zurück, sondern trat vollends hervor. Er lächelte; es schien wohlwollend und konnte böse sein. War er eifersüchtig? Er hatte ein schönes, tiefliegendes, ein wenig hartes Auge. Es war etwas Scham- und Scheuloses in diesem Auge, es war frech, ließ nichts unbetastet, machte nicht Platz, beanspruchte den ganzen Raum. Ich weiß nicht, warum mir dies gerade jetzt auffiel.

Slim lachte flegelhaft und ich erinnerte mich, daß er ein Yankee sei. Er trat herzu, dozierte, und wurde mir so mystisch und unbegreiflich wie je. »Ah, Sie studieren bei Rulc Malerei? Das ist gut, Sie können hier lernen. Lassen Sie sich lehren, alles dies ist elementarer, als was eure Malerei bis jetzt fertig gemacht hat. Kelwa lebt in jenem seelischen Stadium, da man noch Schragen sieht. Die Natur hält keine schönen Reden. Wo aber sind in euren schönen Kunstwerken die Schiefheiten, Einseitigkeiten, Zufälligkeiten? Wer sieht so aus, wie ihr ihn beschreibt, zeichnet, malt? Eure besten und idealsten Künstler sind süßliche Sudler gewesen. In diesen Bildern eines Barbaren liegt die einzige Humanität. Sie erfassen lebendige Form und die Dinge, die wahrhaft dahinter liegen. Denn, Johnny, merken Sie sich eins: Was wir wahrnehmen, sind Entschuldigungen unserer Sinne. Die tieferen Gründe der Reaktionen von Mensch auf Mensch liegen auf einem anderen Planeten als diese Erde ist oder liegen um Ewigkeiten von Zukunft hinter den Scheingründen verfrüht. Und den Urgründen ist Kelwa näher als Sie und Ihresgleichen – er hat die Zeit und die Entwicklung noch nicht entdeckt.«

In diesem Augenblick fand ich ihn unausstehlich. Gedanken, die ich zart und zweifelnd in mir trug, gab er einen derben Ausdruck. Er fuhr fort: »Sie werden dies noch nicht verstehen, nach diesen wenigen Bruchstücken meiner Anschauung. Ich habe Ihnen zwar schon davon erzählt. Mittlerweile ist aber in mir ein ganzes System entstanden. Wenn sie wollen...«

»O doch«, unterbrach ich ihn gierig, »ich verstehe schon. Dies ist... ich will sagen, in einer Manier von Landkarten gemalt. Aber wollen Sie behaupten, daß ich so aussehe... scheußlich, einfach scheußlich«, mußte ich lachen.

»No, Sir«, sagte Slim, »das ist es eben. Sie verstehen nicht über, beziehungsweise unter den Horizont Ihrer Sprache zu blicken. Unter Sprache verstehe ich jetzt das gesamte bildliche Ausdrucksvermögen. Die Sprache des Indianers ist seine Malerei; auch seine Wortsprache ist nur malerisch, nicht begrifflich. Die avancierte Sprache und Philosophie sind eins. Ist es Ihnen entgangen, daß die Welt auf deutsch bereits anders aussieht als auf französisch oder englisch? Die avancierte Sprache reagiert in der fünften Dimension. Darüber haben wir schon gesprochen, wie? Übrigens, was Sie da über die Landkarte gesagt haben, ist richtig, es stammt ja von mir.«

»Nein«, sagte ich verwundert, »das tut es nicht. Denn ich erinnere mich ganz deutlich an die Entstehung des Wortes. Ich könnte schwören, daß es von mir stammt. Ich habe es im Verlauf von Sekunden erobert, immerhin durch Beobachtungen erobert.«

»So?« sagte Slim gedehnt und sah mich lächelnd an. Er war maßlos eitel. Er schien mir wie ein Vampir, der die

Gedanken und Ideen der anderen an sich saugte. Wiederum fiel es mir bei: Wer war hier der eigentliche Maler? Kelwa, das naive Genie, oder Slim, dem es vermöge seiner eigenen Durchdringungssphäre seines vielrassigen Ichs möglich war, in die Gedankenläufe anderer einzubiegen?

»Wie meinen Sie?« sagte Slim feurig. Seine Augen ergrauten in Verwunderung über meinen Widerstand. Er wurde nachdenklich. »Oh, nichts«, sagte ich schnell. Aber ich bemerkte, daß ich doch sehr gegen Kelwa war. Darum fing ich zu sticheln an; denn mager, abgöttisch mager fand ich seine Gestalten. »Zugegeben, es ist, physiologisch genommen, ein eigentümlicher Menschenschlag; meinetwegen eine Hochrasse; ihr reproduzierender Künstler ist auch ein Teilchen wahrhaftig in seinem Sehen. Aber diese Übertreibungen? Es ist unbeholfen, um Gott nicht künstlerisch, bitte sehr, nicht künstlerisch!«

Slim fuhr sich durch seinen guterhaltenen Haarschopf. Es war nicht auszuhalten mit mir! Rulc verschwand in die Hütte. Und vor uns bewegte sich ebenmäßig, klein und gelb der indianische Künstler, gerundet wie eine Statuette, voll, wie ein gutgenährter Knabe, mit einem zierlichen Wanste und tadellosen Füßen und Händen. Dies war der Mann, dessen Ideal im rachitischen, verrenkten Körper gipfelte.

Slim ließ seinen Haarschopf fahren. Ich war sicherlich noch dümmer als ich aussah. Er schien eines gewissen Einwandes von meiner Seite gewärtig, legte seine große Hand auf die Schulter des Männchens und sagte:

»Künstler, nun ja, Künstler brauchen nicht selbst ihren Idealen zu gleichen. Künstler schaffen Rassigkeiten, sind sozusagen das Ahnungsorgan einer Rasse. Sie werden das natürlich besser verstehen, wenn ich Sie einmal mit meiner ganzen Lehre vertraut gemacht habe. Künstler sind Maschinen zur Erzeugung neuer – –«

»Phantoplasmen«, sagte ich zufrieden und gelassen. »Ach nein, Phantoplasmen?« machte Slim, besann sich aber sofort und sagte: »Phantoplasmen, doch, das ist gut. Ich verstehe, Phantasie, Plastik. Das ist ausgezeichnet.« Er sah mich aufmerksam an. »Das ist besser als Phantomien. Phantomien ist nämlich das Wort, das ich dafür geprägt habe. Es ist doch merkwürdig, wie man auf diesselben Gedanken kommt, wenn man in der Einsamkeit sich gegenseitig ausgesetzt ist!« sagte er mit steinernem Gesichte. »Man durchdringt sich förmlich.« Ich errötete unter seinem Vorwurf. Seine gedankenvolle, nahezu weise Stirne schien der Ausdruck höchster Ironie. Er haßte mich, weil ich das bessere Wort gefunden hatte.

»Ja«, fuhr er fort, »das ist es wohl. Künstler schaffen Glückstypen und Schicksalsgenüsse. Auch eure rechten Künstler tun nichts anderes, sie schaffen die Glückstypen eurer Zeit. Der Glückstypus eurer westarischen Kultur ist der wissenschaftliche Mensch. Das Schicksal, das euch süß erscheint, ist die Plage der Analyse. Man hat ›Entwicklung‹. Es ist leicht möglich, daß man einmal über die Analyse hinauskommt und wieder zu stationären Typen gelangt, wie der Chinese. Aber hinter diesem – Phantoplasma von der Entwicklung vollzieht sich ewig gleich und unbeirrt das physische Urschicksal, das wir nicht kennen, das wir nur deuten, zu dem unsere Existenzen nur Symbol – wittern Sie die Kunst? – sind, und dem Kelwa durchaus nicht näher steht als ihr – nein, ich will sagen: wir. Durchaus nicht. Habe ich einmal etwas Ähnliches behauptet, so mit einem anderen funktionellen Werte als jetzt; nur bildlich, innerhalb eines Raumgleichnisses. Denn Kelwa hat ohne das Motiv der Entwicklung sein Phantoplasma, seine Rassenglücke und seine Dialektik. Seine Sprache ist unfähig, mich und meine Gedanken auszudrücken. Aber ahnen Sie schon, daß bei ihm das bloße Lustvermögen an den Farbenvorstellungen seiner Bilder genau so zureichende Erklärungen des Urempfindens einschließt wie unsere waghalsigsten Theorien? Er kann niemals denken wie ich und vielleicht – – –«

»– – – vielleicht«, rief ich jubelnd, »ist dieser Kelwa nur eine Ausdeutung des Urempfindens aus Ihrem eigenen Phantoplasma heraus!«

»Glauben Sie?« sagte Slim mit einem Zuge um die Augen, der alles bisher Gesagte förmlich zurücknahm. Meine allzu bereitwillige Zustimmung mochte ihn genieren. Ich verstand, daß er bereits die Einschränkung nötig empfand. »Aber was bewiese das? Daß meine Theorie rund ist, sich selbst als Theorie behandelt, also vollkommen alle Chancen auf Wirklichkeit erschöpft!«

Hier hatte man den ganzen Slim. Einen sublimen Spitzbuben. Intelligenz ist Gaunerei höchsten Grades. Ich sah zu Kelwa hinüber, der ein Gesicht aufbewahrte, das mich ärgerte; die Züge der männlichen Sphinx, des Künstlers. Der Künstler, da war er: eine Mischung aus Idiotenhaftigkeit und Rassenahnung. Ein schweres unverdauliches Widerstreben stieg in mir empor. Und ich dachte: Wer war ich? Der Spitzbube oder der Idiot?

Aus der Hütte zankte eine weibliche Stimme. Kelwa bekam es plötzlich eilig. Slim rief ihm herausplatzend noch etwas nach. Ich wollte doch sehen, sagte ich; ging hin und steckte den Kopf hinter die Matte. Gleich darauf war ich mit beiden Nasenlöchern wieder an der frischen

Luft. »Bohemewirtschaft!« nickte Slim. Wir gingen zusammen in die Pampas hinaus.

»Ich bin ein guter Leiter!« begann Slim. Er schien mit einem Gedanken, der ihm schwer nachgehangen hatte, sein Geschäft abgeschlossen zu haben. »So?« sagte ich, »ein guter Leiter, wieso?« Plötzlich fiel mir etwas ein. Funkelnd vor Bosheit setzte ich den Einfall hin, mit der bescheidensten und sachlichsten Miene von der Welt. »Sie meinen wohl ein gutes Medium; das scheint mir auch, Slim.« Slim schnappte nach Luft, denn er hatte bereits etwas anderes sagen wollen. »Ach, Medium«, sagte er mit einer Stimme voller Plage, »warum denn immer diese unoriginellen Worte. Ich sage Leiter, denn es ist etwas Neues und wir brauchen einen neuen Terminus dafür. Übrigens trifft es den Nagel auf den Kopf.«

»Also Leiter. Wie meinen Sie denn das?«

»Sehen Sie, ich meine das so. Ein paar Anhaltspunkte genügen mir, um sofort mitten in ein Phantoplasma – wie Sie das herrlich genannt haben – versetzt zu sein. Sie mokieren sich natürlich darüber, daß ich kein Indianer bin, aber doch schon ein ganzes System über Indianertum zusammengestellt habe. Ist das so merkwürdig? Ich bin kein intellektueller Gauner. Geben Sie mir Kredit. Nein, geben Sie der Sprache Kredit. Ich schaffe Neues, vollständig Neues, mit keinem anderen Mittel als dem der Sprache. Ich brauchte das derbe materielle Erlebnis gar nicht. Ich denke; ich bin spekulativ veranlagt. Und ich habe die erschütternde Erfahrung gemacht – es war die ersten Male eine wirkliche Erschütterung – daß ich die Dinge alle so erlebte, wie ich sie erdacht hatte. Ich habe mein ganzes Leben zwischen vierzehn und zwanzig erlebt, als Seekadett, in eine Hängematte, eine Kabuse, ein Schiff eingesperrt. Damals wußte ich, wie jeder Seemann, nichts von der Welt. Nachher aber, als ich in die Welt kam, habe ich nichts mehr erlebt. Oder vielmehr, immer das Gleiche, immer wieder diese sechs Jahre persönlicher Einsamkeit, immer wieder diesen Inhalt von Erdachtem. Ich habe seither ein wildes Leben geführt, by Jove. Aber, von reifenden Ideen abgesehen, habe ich nichts Neues erlebt. Es war alles schon in mir, bevor ich noch seine Bekanntschaft machte. Ich weiß auch, warum es so ist. Es ist keine Schwäche, wie ich einmal dachte. Es ist eine merkwürdige Kraft, ja, Johnny, eine herrische Kraft, die mich anderen gegenüber oft in Verlegenheit bringt. Die Menschen laufen vor mir ohne eigene Gesichter herum, wie Brocken von meinem Ich. Ich besitze die Witterung, die Beobachtung, die Kombinationsgabe des Jägers. Ich habe aber in meinem Köcher Worte, Worte, nichts als Worte. Und ich bringe mein Wild zur Strecke, unabänderlich – lassen Sie sich sagen, daß die Jagdlust selbst das wichtigste Wild bedeutet, und daß Sie nicht von der Beute, sondern von der Jagd leben. Sie ist das einzige, erste und letzte physiologische Ereignis, und darauf kommt es an. Die Beute ist nur technisch da. An der Tatsache könnt Ihr verhungern – ich lebe von der Theorie. Ihr seid Träumer und beruft Euch auf den Augenschein. Just Ihr habt ihn nicht; Ihr habt ihn nie gehabt. Glaubt Ihr, daß Ihr sehen könnt? Ihr sehet ganz schwächlich. Ich halte mich an die Abstraktion. Ich stehe außerhalb des Lebens – ich denke das Leben, erschaffe es nach meinem Denken. Euch ist gesagt, Ihr sollt Euch kein Bildnis machen, nicht von Euch, nicht von ihm, von nichts – dies war der Apfel der Erkenntnis, der Euch verweigert wurde, eben dies! Ich aber mache mir dies Bildnis und die Realität prangt. Ich wechsle Sein und Denken, der Erfolg ist, daß ich lebe. Als Rest bleibt ein Schatz. Ein Schatz, Johnny, für den jeder andere nur

Vorwand ist. Ich floriere, ich stehe hell in Blüte. Mir widerfährt das Wunder, und mein dürrer Stab schlägt aus. Ich erhalte physische Botschaft und höhere Bestätigung meines Denkens: Ich bin auf jenem menschlichen Maximalgrad von Existenz angelangt, der Glauben heißt; welcher Art mein Glaube ist, können Sie vielleicht erraten; ich will es Ihnen auch ein anderes Mal erklären. Nun fordere ich Sie auf zu lächeln, ich werde eine Antithese gebrauchen: ich habe Praxis im Erkennen. Sie sehen in mir das Endglied mehrerer Rassen von Jägern und Abenteurern, von Beobachternaturen. Ich habe wahrscheinlich ein Training von Jahrtausenden genossen – bitte, sofort dürfen Sie reden – ähnlich dem buddhistischer Fakire, die ihren Organismus in einer uns unverständlichen Weise beherrschen und sich nach vierundzwanzig Stunden Totenstarre und Begräbnis exhumieren lassen. Auch ich bin begraben und lebe. Ich bin der typische Lebenslaie; daß ich trotzdem im Leben stehe und erlebe, ist mein Spezialvergnügen, aber es ist unwesentlich. Ich könnte geradesogut in einem Pariser Hotel sitzen und Bücher schreiben oder Bilder malen. Der Jeweilslaie ist der Beobachter, er ist der Schöpferische. Er kann ...«

»Unsinn«, sagte ich; er hielt betroffen inne. »Ich muß zugeben, ich bin Ihren Behauptungen gegenüber hilflos, denn ich konnte sie nicht alle fassen. Ich bin Ihren Anschauungen gegenüber wahrhaftig ein Laie; was folgt daraus? – aber ich weiß trotzdem ganz bestimmt, daß das alles dialektisch ist. Es liegen Druckfehler vor; ich vermag sie nicht alle zu übersehen –«

»Well«, sagte Slim, »also dialektisch, if you please. Das ist gut. Was aber ist nicht Dialektik? Alle Institutionen der bürgerlichen Gesellschaft beruhen auf dialektischen Resultaten. Staat, Ehe, Patriotismus. Das sind Dinge, die es nicht gibt. Aber man rechnet mit ihnen. Dialektisch sind die bildenden Künste, sie sind Schönredereien, Lügen, Tricks. Aber darum nicht wertlos, Johnny, nicht wertlos. Sie entsprechen einer gewissen Dimension, ich habe Ihnen das schon erklärt. Euer Empfinden lebt ja in einer gewissen Dimension...«

»Und das Ihre?« schob ich schnell den Fuß vor.

»Das meine noch über dem Euren. Ich lebe in der Dimension des Paradoxen, des ewig Konträren. Erinnern Sie sich, was ich Ihnen gestern abend expliziert habe. Oder haben Sie es verschlafen?«

»Gestern abend?«

»Nun ja, gestern abend, nach dieser merkwürdigen Seance, bei der Moki seine alten Kunststücke aufführte. Wir stritten doch darüber, ob er wirklich aufgeflogen sei – was ganz lächerlich ist – oder ob es sich hier um ein suggestives Sehen handelte, das ich Ihnen erklärte. Ich erkenne wohl, daß Sie Ihre ganze betrunkene und gläubige Seele von gestern abend verschwitzt haben!«

»O nein«, sagte ich halbtot, denn kein Gedanke war weit und breit in meinem Kopfe, »ich erinnere mich wohl. Ja, und – und... da erklärten Sie mir also irgendwie Ihr System, wie... ja, natürlich, ich erinnere mich schon. Das ist aber merkwürdig.«

»Was ist merkwürdig«, sagte Slim grinsend; »Sie waren sehr betrunken, Johnny, ich weiß. Aber Sie haben verdammt gescheit gesprochen, obwohl Sie mich immer mit ›Checho‹ anredeten, als Sie beweisen wollten, daß der Gott auf und davon geflogen sei. Ich hatte alle Achtung vor Ihrer Beobachtung und Spitzfindigkeit. Sie sind heute wesentlich dümmer. Was ist denn so merkwürdig...?«

»Merkwürdig, ja, nun, nun natürlich Ihr System. Es

hat aber etwas für sich. Ich erinnere mich schon. Sagen Sie mal, habe ich Ihnen vielleicht auch etwas erzählt?«

»Erzählt?« machte Slim und sah mir gerade ins Gesicht. »Ja, Sie haben mir von Ihrer Braut erzählt, jenem spröden deutschen Mädchen, sie ist Soubrette, glaube ich, haben Sie gesagt. Jawohl, darüber haben wir oben im Zusammenhang mit meinem System der Dimensionen und den verschiedenen Phantomien gesprochen. Ich akzeptiere übrigens Ihr Wort, Phantoplasma, es ist besser. Sie haben offenbar darüber nachgedacht. Ich fand es sehr schön von Ihnen, daß Sie mir aus Ihrem früheren Leben erzählten. Ihre Bemerkungen dazu waren durchaus interessant. Und nun fühle ich mich Ihnen gegenüber gewissermaßen verpflichtet; ich möchte, da wir ja nun einmal im Urwalde Freunde geworden sind, nicht, daß Ihnen an mir etwas dunkel sei; Sie würden es, wie es dem Menschen nun eben geht, gewiß ins Schlechte deuten.«

»Keineswegs«, sagte ich, schmächtig an Gefühl. »Mein Physiologismus«, fuhr Slim fort, »ist Geistigkeit. Greifen wir zur Physik, Herr Ingenieur. Um das Fluidum zu erzeugen, auf das es jeweils ankommt, ist es gleichgültig, ob Sie den Körper im Strahlungsfelde des Magneten bewegen, oder ob das Feld am Körper vorbeispaziert. Nehmen Sie die Inversionsströme! All right, das ist mein Vergleich! Ich bewege einmal zur Abwechslung sozusagen nicht die letzte uns faßbare Dimension, das ist die Zeit, sondern führe eine leere objektive Bewegung gegen sie aus. Das Fluidum, das derart erzeugt wird, ist dann ungefähr diese meine Dimension; daß ich in ihr auf alte, uralte niedrigdimensionale Lebensformen zurückgreife, ist eben ihr, wollen sagen, reaktionäres Wesen. Hören Sie...« und er begann sich über das zu verbreiten, was er seine dimensionalen Theorien nannte. Wir schritten in eifrigem Gespräche in die Savanne hinaus und wieder zurück. Als erst die Hälfte erledigt und geklärt war, standen wir schon wieder an der ersten Hütte. Ich fand bei mir zu allen diesen Eindrücken das lösende Wort, daß Slim eine ungeheure synthetische Intelligenz besitze, aber sich in ihr übernähme.

»Sie sind ein Ursprung«, sagte ich höflich, wie mir's vor Uneigenheit zumute war. Das Gespräch endete, als wir zu van den Dusens Hütte traten. Ich ertappte mich bei dem Gedanken, daß ich wohl ein guter Leiter sein müsse. Irgend etwas muß der Mensch doch sein, irgendeinen Ehrgeiz muß er zufriedengestellt finden. Mein Kopf war während dieser Tage nichts als eine Filiale des phänomenalen Denkorganismus, den Slim in seinem Schädel barg. Er ahnte in diesem Augenblicke meine Botmäßigkeit, behaupte ich, denn plötzlich traf er Anstalten, sich zu revanchieren – dies durchschaute diesmal ich – fühlte sich aber von meiner Höflichkeit geplagt und suchte sich aller lästigen Verpflichtungen zu entledigen, indem er sich mit objektiver Eiseskälte bis ans Herz hinan wappnete. Er sagte nämlich, höchst unlustig und gleichsam als Maßregel, den guten rücksichtslosen Takt unseres Verkehrs festlegend: »Johnny, Sie sind ein interessanter Mensch. Eigentlich. Aber wie kommt es, daß Sie trotz Ihres höheren Intellekts stets mehr Unrecht in Ihren Meinungen haben, als irgendein anderer Mensch von tieferstehender Intelligenz?« Bei diesen Worten richtete er seine Augen geradeaus auf die Hütte Dusens, der dort im Schatten saß und aus einer kurzen Pfeife qualmte. »Es kommt daher, daß Sie ein Deutscher sind und sich auf keine Realität geeinigt haben. Die Deutschen sind stets um einen Grad klüger als andere Menschen auf Gottes Erdboden. Ja ja, sehen Sie mich nicht so hilflos an. Es ist der Natur mit dieser Überlegenheit blutig ernst. Die Natur liebt den Deutschen offenbar, sie gibt ihm Talente, Chancen zu unerhörter Macht und zu Glück, aber er geht daran vorbei. Der Deutsche ist universell und liebt die Nuance; allein die Vorstellung fremder Hautfarben ist für ihn erregend und macht ihn ehrgeizig. Er liebt den Chinesen und möchte am liebsten selbst einer sein, weil er feine Seide trägt und inmitten eines Systems uralter Weisheit lebt. Eines Systems; man stelle sich vor, was das für einen Deutschen ist. Er liebt den Neger, weil er ihn musikalisch ahnt. Er erwartet nichts weniger als die endgültige Veredelung der Welt, herbeizuführen durch die Verschmelzung der Deutschen und der afrikanischen Musik. Und er liebt den Indianer, diesmal mit den besten Gründen. Denn der rote Mann erinnert ihn unter den fremden Rassen am nächsten an seine eigene Art und Mythologie. Aber der Deutsche nimmt nicht, was zu ihm paßt. Das empfände er als unethisch. Er hat eine verfluchte ordinäre Askese im Blute, ein gottverdammtes Stück dieser Sklavenrassen, die in ihm aufgegangen sind. Kein Volk lebt so wenig, was es denkt und sehnt, wie der Deutsche. Er ist der interterritoriale Mensch, wie ihn der liebe Gott geschaffen hat. Aber unter den großen Völkern ist er heute der territorial Beschränkteste. Keiner kennt die Fremde, das Fremde, so wie er, denn er ist der Phantasievollste; aber wo hat man schon gesehen, daß er Phantasie genug besaß, eine Fremde zu regieren? Denn dies ist meiner Meinung nach die höchste phantasiemäßige Spannung: eine Fremdartigkeit organisch zu regieren; es ist der Ausfluß höchsten und edelsten Herrschersinnes. Aber der Deutsche schämt sich seiner schönsten gewalttätigen Triebe: die alte Sklavenseele rumort in ihm. Er hat die wahnsinnige Knechtsidee, der Geist würde durch die Tat geschmälert oder gar verneint! Als ob der Geist durch Äußerlichkeiten überhaupt zu beeinträchtigen sei! Der Deutsche verfällt sofort der fremden Umgebung: soviel Phantasie, soviel mehr Phantasie als andere Nationen besitzt er; aber nicht genug Phantasie, um diese Umgebung zu beherrschen. Alles in der Welt hat der Deutsche erfunden; so sehr, daß man von allen früheren Erfindungen sagen kann, ihre Urheber seien geradezu nur vorweggenommene Deutsche gewesen: aber die anderen haben seine Ideen eingeführt...«

»Die Amerikaner?« warf ich ein, halb lustvoll, halb peinlich berührt.

Slim riß seinen Rock auf. Auf sein Hemd waren Sterne und Streifen eingenäht. Seine Brust war breit. Und sie war beschützt von einem unpassenden kleinen Silberkreuze, das er um den Hals trug. Es fiel mir aber nicht weiter auf, denn in den südamerikanischen Republiken pflegen die Männer dieser mehr zur Toilette gehörenden Gewohnheit unbedenklich zu huldigen. Er sah mich hart an. »Ich bin Amerikaner mit Leib und Seele. Ich bin mit dem ›Stars and Stripes‹ am Leibe aufgewachsen, in einer schneidigen und patriotischen Schule. Aber obwohl ich das gesündeste United States zwischen Seattle und Galveston fluche, kann ich von den Liedern und Erzählungen der alten Frau träumen. Die alte Frau ist meine Großmutter. Sie war eine Deutsche. Well, Johnny, ich, der Amerikaner, sage Ihnen: mit dieser Nation ist es nichts. Es gibt sie kaum mehr. Die Hoffnungen, zu denen ein Washington und Lincoln berechtigten, sind als schon erfüllt und verjährt zu betrachten. Der heutige Amerikaner ist ein Verfallstypus. So schnell und unmotiviert, wie die Blüte kam, ist sie auch verwelkt. Die Grundlagen waren zu hastig erschöpft. Und, ich muß es sagen: Es sind zuviel Menschen meiner

Herkunft unter diesem Volke; und nur ein wenig gewisses Blut ist gefährlich, es fehlt an Ausgleich und ergibt ruinierte, einseitige und charakterlose Figuren...«

»Die Engländer?« sagte ich dringend.

Er lachte. »Geben Sie sich keine Mühe, Johnny. Verbergen Sie den Stolz Ihres Herzens nicht hinter solchen Höflichkeiten. Johnny, wenn ich bloß daran denke, daß statt der Engländer die Deutschen in Indien säßen... Das Herz geht mir auf. Was hätte das für die Zukunft zu bedeuten; ich würde mir vor dieser Tatsache wirklich erlauben, allen Respektes von ›Menschheit‹ und dergleichen zu faseln. Aber die Deutschen? Johnny, gestehen Sie's nur, Sie sind ein Deutscher – an Indien haben Sie so überhaupt in Ihrem Leben noch nie gedacht! Haha! Charles Darwin in allen Ehren; den haben wir jetzt gründlich verbreitet. Ich aber erwarte noch alles, sogar die Eroberung Indiens, von der Nation, die den Freiherrn von Münchhausen gezeugt hat. Dieser Mann würde sich am Fuße des Pamir, wo die Berge bis in den Himmel phantasiert sind, erst wieder daheim fühlen.«

»Was Sie über den Amerikaner sagen«, sagte ich, »kann ich verstehen.« »O bitte, bemerken Sie nichts!« fiel er mir ins Wort. »Ich könnte es nicht hören. Wenn einer seine eigene Nation kritisiert, so klingt das anders, als wenn er dasselbe aus fremdem Munde hört. Ja, wenn ich ganz fein auf Sie eingehe, muß ich Sie sogar um Entschuldigung bitten. Auch ein übertriebenes Lob einer Nation spricht sich leichter aus, als es sich von deren Angehörigen anhört. Denn im Grunde enthält es eben wieder einen boshaften Vergleich, eine Kritik. Was aber den Amerikaner betrifft, so kann ich dies wiederum klar bekennen. Der amerikanische Typus, wie er als moderner Standardmensch in den Begriffen lebt, stirbt in Amerika aus. Er scheint dafür auf Europa, ich will gerne sagen, auf Deutschland überzugehen.« Er sah mir lächelnd ins Gesicht. »Aber Ihnen, Johnny, fehlt noch manches dazu. Sind Sie nicht ein wenig romantisch? Nicht ein wenig überhitzt? Haben Sie nicht, wenn ich Sie recht durchschaue, zu sehr das kleinliche Bedürfnis, zu stilisieren, alles zu dem zu machen, was Ihr Poesie, Überlebensgröße, nennt? Nein? Nun, es kommt mir eben doch so vor. Mein Lieber, elementarisieren Sie, seien Sie pur in Ihrem Erleben! Nicht steigern, um Gottes willen nicht steigern! Verfluchte deutsche Sucht! Sie haben gewiß schon Augenblicke gehabt, in denen Sie annahmen, daß ich groß bin. Sie erröten. Sehen Sie, ich will Ihnen hiermit noch nicht beweisen, daß ich nicht groß, sondern nur eitel und brutal bin. Denn beweisen kann ich es nicht; ich müßte mich mit Bekenntnissen überstürzen und über Worte verfügen, die so schnell aufeinanderfolgen wie Herzschläge und Nervenströme. Ich kann's nur einfach aussprechen. Ich bin nicht groß. Laden Sie mir nicht derlei Verpflichtungen auf. Überhaupt, nehmen Sie mir's nicht übel. Ich fühle Wärme für Sie. Aber lieben Sie mich nicht. Lassen Sie mich allein. Umgeben Sie mich nicht mit sich. In dem Augenblicke, wo ich zu beobachten anfange, sind Sie für mich eine Leiche. Ich bin immer auf der Jagd. Ich bin ohne Bosheit. Aber ich kann nicht schonen. Ich kann nicht. Es fehlt mir an Talent hierzu. Und ich kann mich nicht einmal darüber grämen. Bewundern Sie das nicht. Das ist etwas ganz Einfaches. Sie sind ja kein Frauenzimmer, Johnny, wie? – Hallo, van den Dusen, wie geht's, was ist denn los?«

Der Holländer saß gedrückt auf seinem Feldstuhl und wimmerte uns entgegen. Slim lachte kräftig auf, ganz unmetaphysisch, beinahe gutmütig. Dem Kranken gegenüber erschien er von einer wahnsinnigen Gesundheit. Dieser aber wurde kränker. Und plötzlich wurde Slims Übermacht widerwärtig. Etwas in mir kippte um; ich wurde stolz auf meine Schwäche, ich loderte in heller Begeisterung auf für die Hemmungen, die mein Hirn wie ein Gebirge umstellten. Gleich darauf lachte auch ich und ärgerte mich, wie gesund es klang; es war noch ein Schwächerer da als ich. Van den Dusen machte einen so kläglichen Eindruck, daß man noch vom Tode aufstehen mußte, wenn man ihn ansah. Er war eine Kur gegen Schwächen und wankelmütige Launen.

Er war unrasiert und hatte seinen Tropenhelm tief in die Stirne geschoben. »Hurra«, schrie er grämlich und sah mich zwinkernd an, »ich bin ein Schlagwort los! Nieder mit den Schlagwörtern! Nieder mit dem Wasserrad! Wasserrad, Wasserrad, hu, wie es sich in meinem Kopfe dreht!«

»Wasserrad? He, was ist los mit Ihnen, Dusen?« frug Slim. »Wo haben Sie denn heute nacht gesteckt? Was haben Sie sich heute nacht denn da draußen geholt? He?«

»Wissen Sie, was ein Wasserrad ist?« schrie van den Dusen. »So haben John und ich eines Tages die Erscheinung getauft, daß Sie Tatsachen umkehren können, ohne ihre Wirkung zu verändern. Dies tut seine Arbeit und Ihnen bleibt das Vergnügen, die Dinge aus- und einschnappen zu lassen wie ein schlapp gewordener Gong. Behalten Sie das! Und nun denken Sie sich einen Menschen, einen gut und vernünftig angezogenen Europäer, gleichsam einen umgekehrten Adam, er nascht vom Baume der Erkenntnis – und siehe, da ward er gewahr, daß er zuviel angezogen sei. Und« – »Und was weiter«, erkundigte sich Slim ruhig, ohne eine Miene zu verziehen.

»Nun ja – ach Unsinn, nichts. Das sind eben diese

verfluchten Umdrehungen. Man kann praktisch nichts mit ihnen anfangen. Sie können sich doch nicht etwa hinstellen und nackt vor den Frauenzimmern herumtanzen, bloß weil diese glauben, daß unsereins schlecht angezogen sei? Na, erlauben Sie aber – abstrakt, nichts als abstrakt. Vollständig abstrakt!« Er sprach es aus, als habe er die Absicht, die größte Beleidigung zu formulieren.

Slim ging, schmunzelnd und die Hände in den Hosentaschen. Ich wollte mich anschließen, um unsere Gespräche fortzusetzen. Der Holländer aber rief mich geheimnisvoll und verlegen zurück. Grunzend zog er mich in die Hütte und entledigte sich der Bekleidung seines Oberkörpers bis auf die Haut. Ich entfernte ihm mit dem Federmesser eine Anzahl Dornen aus dem weißen Rükkenfleische, die auf geheimnisvolle Art dorthin gekommen waren, und legte ihm Pflaster auf lange Rißwunden, die wie Peitschenhiebe über den Nacken geschnalzt verliefen. Indessen gab mein Mann umständliche Schwüre ab, daß das Paradoxon nichts für ihn sei.

XXI

Dornen in van den Dusens Walroßrücken führten mich in dieser blauen Nacht zu einem merkwürdigen Abenteuer aus, das nicht ohne unaufgeklärte Häßlichkeit enden sollte. Es gibt viel Schlangen im Djungle. Ich werde niemals wieder bei Nacht in den Djungle schleichen, weil mir langweilig ist oder die galanten Taten meiner Begleiter mich nicht zur Ruhe kommen lassen. Moki allein weiß es, was gefährlicher ist, ein vergiftetes Messer in den Händen des eifersüchtigen, lauernden Weibes oder der Stoßbiß einer jener dünnen, langen

Schlangen, deren Schuppen beschleimt im Mondlicht glänzen!

Die Langeweile soll mich nicht mehr verführen. Ich bleibe brav in meiner Hütte oder im Bereich des Lagerfeuers, rauche träumerisch aus meiner Pfeife und sehe mit Sehnsucht zu Aruki hinüber, wenn sie das Kleine mit den Fingerchen an den langen Brüsten kneten und mit dem Schnäuzchen säugen läßt. Die Langeweile, die tropische Langeweile, dieses Geschenk des Waldteufels, dieses Schicksal einer Rasse, die Zeit und Entwicklung noch nicht entdeckt hat, die ewige, glänzende, grünende, üppige Langeweile hat an jenem Abende auf mir gelastet.

War das die Pracht des südlichen Himmels oder war es ein trivialer Sternenhimmel ohne Stimmung, ohne Poesie? Es war ein Himmel mit seiner Bewegung und mit Witzen, ein geistvoller Himmel, an dem es in Figuren zusammenrann, in lange Ketten zusammenschmolz, in Lettern und Signalen sich sträubte wie amerikanische Beleuchtungsreklamen. Es war gewiß ein Himmel, der Geist hatte statt Schönheit und Stimmung. Ich aber entbehrte die Stimmung, und dieser Himmelsgeist sättigte meine Sehnsucht nicht. Lange saß ich in Gedanken.

Schon war das große Abendgebet des Djungles verrauscht, das Krähen, Singen und Brünsten, das Schleifen und Schlüpfen durchs Laub, das Kreuzen horniger Insekten in den Wipfeln; und in endlosen Zügen waren fußlose Wesen über den modrigen Humus zum Stillstand gekrochen.

Nun hatte die Nacht nichts Ahndevolles. Im Dorfe erscholl Lärm, die Hunde waren unruhig, ihr Gebell verlängerte gleichsam den Tag. Und doch wurde gerade diese Nacht wild und grausig und erlöste die Taten, deren Keime in all diesem übermäßigen Fleische rings um mich schlummerten. Der Mond hing voll im Zenit. Eine Gestalt ging vorbei, klein, mit plumpen Schritten. Sie fielen von einem Paar stämmiger Waden ab, die wie Ballons aufgegangen waren. An den Gelenken waren sie dünn wie Tüten. Eine Sehnsucht entstand in mir, und ich sah, daß es Rulc war. Ich stand auf und ging ihr nach. Sie wandte sich um und lief rasch weiter. Vor der Hütte van den Dusens schritt sie vorüber, sie nickten einander zu und sprachen kurz. Ich schlug dem Holländer in Gedanken den Kopf ein, feuerte sechs Schüsse gegen ihn ab, trat ihn in den fetten Bauch und stellte ihn so allen Frauen des Dorfes aus. Schnell lief ich zurück. Es war mir etwas eingefallen. In dieser Nacht konnte man seine Waffen brauchen! Ich steckte die große Mauserpistole zu mir, mit der man einen... Puma totschießen kann, wenn man ihn an die Stirn oder in die Herzgrube trifft. Als ich zu van den Dusens Hütte kam, zitterte ich und tippte an die Pistole. Ich tippte aber bloß. Den Grund fand ich darin, daß er nicht mehr da war, so daß man also tippen durfte.

Gleich darauf aber geschah noch etwas, das ich als Verwicklung empfand. Ich ging jetzt nicht mehr die Kreisstraße entlang, sondern hatte mich seitwärts in einen der achsenlang führenden Wege geschlagen. Hier lag Unrat, schlechte und geräucherte Luft von den Mündungen der Feuerstellen hing sich an die geschwärzten Palmstrohwände. Darum war es der Schleichweg der nächtlichen Liebesgänger. Plötzlich tauchte vor mir eine Gestalt auf und verschwand. Es hätte Zana sein können. Ein heftiger Widerstreit von Verlangen entstand in mir, einen Augenblick lang war ich todmüde vor Unlust. Dicke Beine sind die Sünde des Weibes! Rulc? Ich entschied für Zana. Weil ich aber unlustig war, ging ich mechanisch weiter bis zum letzten Ringe der kleinen Indianerhölle. Wie ich ging, wehte mich mit einem Male etwas Schönes an. Eine Erregung befiel mich, eine süße innere Pein. Es entwikkelte sich langsam ins Bewußtsein. Und dann war der zarte amöne Hauch eine gedämpfte rhythmische Vibration, düster und im Beginn lind und unmateriell wie ein Geruch. Es wurde stärker, blieb aber pianissimo. Es war der raffinierteste und beunruhigendste Kitzel, dessen ich mich entsinnen kann. Bommm – brr, bommbomm – brr ... melodisches Holz. Es war Nochnichtmusik, Raubtiermelodik, eine stumpfe, organische Süßigkeit, die das Blut erhitzte. Ah, hier war ich unter die Musiker geraten, war unter den armen Teufeln, den Parias und Mischlingen, den Kastenlosen, denen mit der Sehnsucht, denen am Außenposten! Nur diese konnten ihr Leben in solche Laute zusammenraffen! Diese waren die Halbfremden, die Derassinierten, die Sucher, die wehmütigen Selbstbehaupter, und sie empfingen mich, sie spielten unseren Verkümmerungsmarsch, sie tremolierten unsere Blutzweiheit, unsere Lebensfremdheit! Nein! es war nur der Stabstrommler, der nächtliche Fingerübungen vornimmt und sich mit Musikerfleiß seine Technik erwirbt! Vielleicht war es auch der Musikhauslehrer bei einem Prinzen, der Nachtstunden nimmt, weil er in der offiziellen Schule nicht den gemeinen Pariafleiß äußert... aber dann machte die späte, abgeschlossene Stunde doch wieder den privaten Künstler kenntlich. Auch dies mußte ein Irrtum sein. Es waren wüste, heimliche Orgien, eine Privatseance unter der hiesigen Boheme mit einer Nackttänzerin Zana II., die ich noch nicht kannte – – – ah, da schmerzte etwas. Man soll das nicht tun. Man soll lyrische Gedanken sein lassen. Ich suchte die Musik abzuschütteln, wie den Biß von Schlangen. Aber das Gift saß schon in mir, es kreiste über mich hinaus, es begann den Himmel wie eine furchtbare, smaragden durchbrochene Scheibe zu drehen. Das Lebensgefühl der Welt schwoll an zu lauter Honig des Daseins. Der Himmel, der trockene, gesprenkelte Himmel der Tropen, zu heiß, um Stimmung zu haben, zu klar, um Phantasie zu entfachen, wurde quellend und gleichwohl vielversprechend. Ereignisse aus meinem Blute stimmten ihn szenisch. Er kam frisch aus der Rumpelkammer meiner Bedürfnisse. Heida, ich brauchte einen tropischen Himmel, einen galanten, etwas lüsternen Himmel, bitte, etwas Schwüle und Fieber, Ansteckung, den Fraß, Fraß im Blute! Und schon war es da. Ich war von Glück und hoffender Unruhe verseucht. Die Vibrationen der erotischen Höchstmusik hinter den Strohwänden schwächten sich ab, als ich den Ring verließ und über das mondbeschienene Stück Savanne gegen den Djungle zulief. Aber ich nahm die Vision davon mit mir, wie ein Egel haftete die Erregung an meiner Seele und saugte. Ich fühlte, wie ich leichter ward. Große Unternehmungenslust überkam mich. Heute oder nie wird es sich ereignen. Ich bekomme ein Weib oder ich pulvere das Dorf zusammen. Wozu bin ich Meisterschütze? Wozu habe ich Rulc bereits moralisch erschossen, leiblich gezweiteilt sozusagen und mir zu eigen gemacht? Ich nahm die Pistole vom Gurt und ließ die erste Patrone in den Lauf schnappen. Dann trat ich ruhig auf. Niemand hatte mir hier etwas zu sagen. Ich ging einfach spazieren, wenn es jemanden interessieren sollte, und es war ein wunderschöner Abend. Warum war ich darauf nicht schon all die langweiligen Tropenabende verfallen, warum erst heute, nun wir vielleicht schon morgen wieder abzogen?

Aber ich hatte noch eine kleine Krise zu bestehen, bevor ich zu dem kam, was mir tückisch im Blute brannte. An der Grenze bei den Farnen, die über hundert Schritt hin den Djungle einleiteten, bewegte sich eine schwere Figur. Ich wußte, dies wäre van den Dusen. Im Mondlicht mußte ich ihm ebenso deutlich sein wie er mir. Wenn die Zikaden heute nicht überlaut gelärmt hätten, hätte ich seinen ungepflegten Gang hören müssen. Noch jetzt vernahm ich ihn an dem, was ich nicht hörte. Irgendein Organ in mir war fein genug für ihn. Als er mich bemerkte, gab er seine Umgehungsversuche längs der Farnlisiere auf und kam mir entgegen. Wir trafen uns mit entbößten Köpfen in der Mitte des Endchens Savanne, gerade unterm Monde. Er war bis an die Zähne bewaffnet und schien's auch in der Stimme. Ich bemerkte nicht weniger an ihm als eine geladene Büchse, die er schußbereit unterm Arm trug, zwei Repetierpistolen und eine dünne, verschliffene Machetta, die er in der Faust hielt. »Man kommt nicht durch ohne das«, sagte er entschuldigend, die weiße Klinge der ondulierenden, feurigen Schneide ins Mondlicht haltend. Er brummte, daß er müde sei und sich schlafen legen wolle, übrigens spüre er Schmerzen im Rücken. Ich sagte: »Bei diesem Abende la lalla lallera, lalla ...« Ich sang, um mich zu verbessern, um gleichsam den geheimen Klang meiner Worte zu verwischen. Denn mittendrin fiel mir etwas ein. Da sagte ich, aufs Geratewohl, obwohl ich es ja gar nicht bestimmt wußte: »Ja, wissen Sie es schon, morgen ziehen wir also ab, schon recht zeitig in der Frühe. Ich habe es als ganz bestimmt erfahren. Wir sind hier in Gefahr. -- Sie tun vielleicht wirklich besser daran, sich niederzulegen und auszuruhen.« »Tue ich auch«, sagte er zurück und funkelte, bewaffnet wie er war und glatthaarig, im Mondenschein. »Tun Sie mir den Gefallen und gehen Sie da nicht hinein; es wimmelt drin von diesen Biestern!« »Was für Biestern?« frug ich kalt. »Nun, diesen Indianerweibchen!« bemerkte er. Aber ich war nicht zu halten, seinen schlimmen Erfahrungen zum Trotze. Ich drohte ihm lächelnd mit dem Finger. Etwas Seltsames und Aufgeregtes war an ihm. Ich glaube, er wurde zuletzt eitel; und er erklärte, er gehe mit. »Nein«, sagte ich mit ehrlichem Gesichte, »sehen Sie, auf das könnte ich mich nie einlassen. Das widerstrebt meiner Natur. Mit solchen Kröten! Wie kann man sich als Weißer so weit vergessen! Ich brächte den Geruch nicht bis an mein Ende aus der Nase!« »Ich begreife Slim nicht«, sagte er. »Was ist an dieser Zana? Gewiß, sie hat Talent dazu! Dazu! Talent dazu haben alle diese Weiber. Aber ich kenne doch anderes. Die Kreolinnen in Rio zum Beispiel...« »Wieso Zana?« frug ich. Er zeigte, daß er es geflissentlich überhöre, sah mich mit heimlichem Gesichte an, zwinkerte und sagte: »Mein Lieber, lassen wir die Nasen. Ich kann Sie aber wirklich nicht begleiten. Werden wir also morgen losgeeist werden, mit Verlaub zu fragen? Ich wünsche es wahrhaftig. Buonas Noces, Sennor!« Er lief mit der Büchse wie ein Fuchsjäger im Arm auf das Dorf zu und verschwand hinter einer Bude.

Ich stand am Rande des Farnwaldes. Aus dem Dorfe erscholl das engbrüstige Gebell der Hunde. Einer der dünnen, räudigen Köter flog sausend über die Hüttenmarke hervor, blieb stehen und bellte pflichteifrigst in die Savanne hinaus, seine Schnauze nach allen Richtungen steuernd. Er war unaufmerksam, heuchelte Ernst und dachte bereits an Gott weiß was. Endlich glaubte er seines Amtes Genüge getan zu haben und zog sich zurück; es herrschte Stille. Eine weite, hallose Nacht sickerte aus Millionen von Poren über die Erde. Schnell wandte ich mich in den Farn und drang in das schulterhohe, dichte Kraut ein.

Ich blieb stehen. Meine Sinne streckten lange Fühler vor. Sie witterten einen Menschen, obwohl kaum etwas wahrzunehmen war. Schnell sprang ich seitwärts und im Zickzack wieder vor. Vorne knackte es. Irgend etwas brach, nein, platzte, kapselartig, etwas Grünes, Saftiges, Faseriges. Und vor mir sah ich da eine hockende Figur, deutlich erkennbar hinter dem Spitzenvorhang der Farne. Ich richtete mich rasch auf, um über die schulterhohen Krautbäume wegzusehen. Dort vorne hockte Rulc. Der Mond stieg steil herab, und ich erkannte ihren Kopf, der bei den birnförmigen Backen am breitesten war. Sie bewegte sich nicht und sah mir steif in die Augen, beinahe unberührt. In dieser Gleichgültigkeit lag vollkommene Hingabe. Ich konnte auf sie zuspringen, sie schlagen, würgen, morden und lieben. Aber ihre Haltung bannte mich zurück: sie flog auf und weiter ins flutende Farnkraut hinein. Wie selbstverständlich, zu ihrer Panik gehörig, riß es mich hinterher. War dieser Typ weiblichen Versagens nach dem Zugeständnis Furcht oder Lockung? Ich selbst war Jagd und Liebe. Da kam die große, physiologische Güte über mich, die Grausamkeit der Natur, der Geschmack des Wilden und Jägers. Als Rulc stehen blieb, in die Knie brach und die Hände hinterm Nacken verschränkte, erkannte ich, daß sie herausforderte. Sie ließ Wasser. Ich scheuchte sie, nahm sie und warf sie zurück. Unsere Umarmungen glitten ineinander, ihr weicher Körper nahm mich auf, ich hörte ihre Rachenlaute und spürte ihre geilen Bisse. Ihr Atem quoll dick auf mich und roch nach Pflanzen.

Dann sahen wir versöhnt und friedlich in den Mond. Ich streichelte die Fülle ihrer Wangen und umspannte ihre Knöchel. Wir kannten uns, wie gut wir uns kannten! Hatten wir uns je anders gekannt als in diesem Zustande?

Waren es nicht Ewigkeiten, die wir bereits miteinander verlebt hatten, waren wir nicht diese Ewigkeiten mit Tier und Pflanze zusammen in Lust und Versöhnung untergetaucht? War ich Ich, und war sie, Rulc, ein Anderes? War ich ein Mann aus einer fremden Zone mit einem anderen Gehirn und konnten wir uns nimmer, nimmer verstehen? Wir sprachen nicht, aber wir summten uns tiefe Dinge zu. Sie erklärte mir ihre Liebe durch die Nase und rundete ihre vollkommen braunen Augen unter den hohen, giebeligen Lidern. Ich nannte sie in unbestimmten Artikulationen meine Süße, mein Tierchen, meinen Panther. Aber einmal, da sie an meiner Brust lag, sah ich ihre Maske vor mir und stockte. Ich hatte in ein wildfremdes, unsympathisches Gesicht gesehen. Unter der glatten Haut, weich wie konsistentes Öl, mit dem feinen Porennetze, preßte sich ein fremder Schädel durch. Die Oberlippe war geschürzt, man sah gelbe, schneidige Zähne, ein Eberhauer wuchs unter der Nasenbasis hervor. Ich wurde kalt, verlor meine Sinnlichkeit, meine Güte, meinen Wunsch, Lust und Leid anzutun, mein Interesse. Schon wollte ich mich mit Herzenshöflichkeit entfernen, mich mit Anstand empfehlen, als das Wildeste dieses Abends geschah.

In diesem Augenblicke hörten wir ein eiliges Streifen durchs Kraut. Ein Tier, ein Mensch? Rulc fuhr aus meinen Armen empor und arbeitete sich geduckt gegen die Savanne hin durch. Kühl blieb ich sitzen; es fiel mir nicht einmal ein, an die Pistole zu denken. Ein paar Sekunden verstrichen, ich hörte ein Rauschen von Halmen. Es war, als ob sich von mehreren Seiten Wesen näherten. Und da, jetzt gab es einen Klang, einen Klang wie von einer Metallgabel, aber unbestimmter und dünner, und gleich darauf erzitterte ein Seufzer. Aber dieser Seufzer hatte keinen Vokal, es war kein Laut, nur ein starker, deutlicher

Hauch. Ich stand auf. Das Geräusch, das ich verursachte, ging in dem schneidenden Brechen und Knallen von frischen Farnstengeln unter, wurde von einem längeren Prasseln und Knistern übertönt. Ha, da ist es! Was geschah hier? Was ereignete sich hier Wildes, Unheimliches?

Zehn Schritte vor mir stand eine kleine, schmale Person von wunderbarer Gestrecktheit. Die Haare hingen ihr in gleichlangen, gestutzten Büscheln bis auf die Schultern. Das Mondlicht flimmerte auf ihnen. Der Körper war eigentümlich gelenk von innenher, daumendicke Schnüre von grünem und metallischem Glanze schnürten sich um Oberarme, Schultern und Brüste. Diese Schnüre waren in ständiger, schraubender Bewegung, stülpten sich zu Schlingen und Knoten aus, phosphoreszierten wie metallische Walzen, und plötzlich schoß ein muskulöser Teil wagerecht ins Licht hinaus und blieb dort schillernd und vibrierend stehen. Es waren Vipern, die sich zahm um Zanas feine Knochen wanden. Vor Zana war das Farnkraut auseinandergefaltet. Dort mußte ein ansehnlicher Körper liegen, ein Frauenkörper, der Körper einer üppigen Frau. Und nun hob Zana die Hände hoch wie eine Tänzerin und rang eine der zuckenden, sich steifenden Bestien behend vom Arme, hielt den rotierenden Leib und den grünen Glaskopf mit den bösen, steten Augen in den kräftigen Händen und bückte sich nieder.

Aber rasch, während sie sich bückte, tauchte eine andere Gestalt hinter ihr auf, die Gestalt eines Mannes, dessen wilde Frisur und dessen Kinnbart im Lichte weiß und furchtbar waren wie ein Fell. Zana schnellte mit einem leichten Schrei empor. Sie griff mit den Händen unter die Achsel, zerrte sich eine der lebenden Schnüre herab – ihre Schulter war jetzt nackt und kindlich – und schlug mit ihr nach Slim wie mit einer Peitsche. Slim duckte sich, bekam etwas zu fassen und sprang zurück. Er stieß an die holzigen Röhren alter Farne, es klang metallisch. Zana schleuderte die Schlange, die sie in Händen hielt, auf ihn, flocht sich die übrigen vom Leibe, einmal, zweimal, und suchte die Gebäumten vor Slims Füße zu werfen. Aber Slim fing sie mit dem, was er in der rechten Hand schwang, auf. Es war eine blechdünne Machetta, fein wie ein Degen. Er führte schnelle, gierige Hiebe, er fing die Tiere im Fluge und trennte sie in blitzschneller Aufeinanderfolge entzwei. Die fleischigen Fragezeichen kollerten gleich Uhrfedern herab. Es klang spröde, wenn er traf. Als Zana ihn beschäftigt sah – ihr Kampf war rhythmisch wie ein Tanz gewesen, eine Schlangenschlacht, ein Gottesurteil –, floh sie. Aber Slim holte sie ein und überwältigte sie.

Ich wurde der Zeuge eines wunderbaren Geschehnisses. Die Leiber der Geschlechter sind zu einer unfaßbaren, rührenden Harmonie ineinandergepaßt. Es ist die letzte Entfaltung und Erlösung des Tanzes. Die Tänzerin Zana ging mit ihrem Leibe in ein einziges menschliches Ornament auf, zeigte die zweckmäßige Fügung für den Sinn und das Zusammensetzspiel eines höchsten, tierischen Organismus, der vollständig war, erlöst, enträtselt und die vegetative Unschuld der körperlichen Einheit wie eine verlorene und wiedergefundene Seligkeit erlangte. Der wilde, barbarische Zauber, der in den Sinnen des Mannes und des Weibes verschmolz, war über alle Maßen schön. Wieder stand ich inmitten des Farnwaldes, Jahrtausende hinter mir zurück. Zeit, Entwickelung, sie waren nicht. Ich war hier, in der Frische und Anständigkeit dieses Ereignisses, reifer, den Lustkern der Phantoplasmen zu begreifen, als auf der Höhe meiner gesteigerten

Kultur. Dieses Bild vor mir, mit den Menschengliedern als Ornamenten einer großen, regsamen Blume, war ein einziges, einheitliches Geschöpf...

Dies waren die Gedanken, die mir kamen, als ich im Halbschlummer in der Hütte lag und mir in Erwartung eines kommenden Aufbruches allerlei Theorien machte. Ich hatte wahrhaftig Reisefieber! Es hieß ja, daß Gefahr im Anzug sei. Ich dachte vieles und sann merkwürdig scharfe Bilder aus. Morgens schmerzte mich mein Kopf. Zwei Stunden nach Mitternacht war Slim erschienen. »Wir gehen«, sagte er, »sind Sie auch so konfus wie der Holländer, Johnny? Er will fort, und zwar stürmisch; er zittert aber förmlich, weiß der Teufel, ob das Trennungsschmerz ist.« Kurz darauf waren wir unterwegs, den Flußlauf entlang eilend und mit Blicken uns den Rücken frei wünschend. Denn ich hatte nicht beziehungslos geträumt. Etwas Unerklärliches hatte sich ereignet.

XXII

Wieder blitzten die Machettas. Slim in der Vorhut führte einen dünnen, stark verbrauchten Stahl, der unter seiner Reckenarbeit nicht aus dem Sumsen kam. Er führte ihn mit kräftiger Hand, arbeitete mit angestrengter Umsicht und fegte Äste, Bänder und Büschel hinweg, die uns wie Peitschenschläge und Wimpelklatsche entgegenschnellten. Er hatte die feine Waffe eines Tages dem Holländer verehrt; jetzt sah ich sie wieder in seinen Händen, sie wuchs aus seiner Faust, er stürzte vor, und Zana lief geduckt wie ein Pantherweibchen hinter ihm und stieß begeisterte Rachenlaute aus, wenn er mit blitzschnellen Streichen ein Hindernis erledigte. Sie gehörte ihm mit Haut und Haaren. Sie schrie: Achi, achi! In ihren Augen saß ein beseligtes Grauen. Slim kümmerte sich nicht um sie. Es war nichts an ihm zu bemerken als eine vage Unrast. Wir gingen wie auf einer Flucht, parallel zum Flusse, talab.

Alle waren von Reisefieber besessen, von der Lust des Wanderns nach soviel Tagen der trägen Ruhe. Aber in dieser Nervosität wirkte noch ein anderes Gift, eine Art Angst und Besorgnis. Dieser Zustand saß seit dem Morgen in uns. Ein ungünstiges Vorzeichen für unsere Reise war uns entgegengetreten und unsere fünf Indianer von der Küste hatten sorgenvolle Mienen. Im Farnwald, mit dem der Djungle und unsere Reise begann, war Checho plötzlich, vom Geruch geführt, auf eine Leiche gestoßen. Es war ein totes Weib. Als wir hinzukamen, lag feist wie ein Schlauch eine geringelte Schlange in dem gepreßten Schoß, erhob sich und stand steif wie ein Stecken auf dem Endchen Schwanz, tanzte förmlich vor Wut und Furcht wie auf einem einzigen Beine. Es war ein langes, warziges Tier mit rauhgelben Häuten, die feucht umsponnen schienen. Bei Nacht mochte es schöner sein. Ich hatte so meine Gedanken darüber, dachte, es könnte wohl so sein vermöge einer inneren Eigenstrahlung. Es hatte einen kleinen, dummen Kopf, ein winziges Kistchen, dessen Dekkel oben etwas klaffte. Slims Machetta tat ihr Werk. Sie fuhr wie Bleistiftgekritzel durch die steife Linie dort über dem Bauch der Frau, es schnalzte zwei-, dreimal, und dann wanden sich die Bestandteile des eiterspeienden Schlauches auf der gelblichen Unterlage des Leichnams. Der Kopf war durch eine humoristische Bewegung Slims van den Dusen an die Brust gesprungen. Dieser wurde so bleich, daß ich mich übel fühlte. Der Schlangenkopf war zwischen den Rockschlüssen stecken geblieben. Als der

Holländer sich gefaßt schüttelte, fiel es wie eine reife Pflaume heraus, und während es am Boden lag, bewegte es mit zarter Andeutung seine Kiefer. Warum Slim dies tat und gerade in diesem Augenblicke, wo wir einer Leiche gegenüberstanden, mit einer gewissen Schadenfreude tat, blieb mir rätselhaft. Ich gestehe, daß es wieder einmal kein gutes Licht auf unseren Freund Slim zu werfen droht, und dies ist mir an dieser fortgeschrittenen Stelle meiner Erzählung nicht mehr so gleichgültig oder gar erwünscht wie früher. Man schien sich überhaupt angesichts dieser bedauerlichen Tatsache nicht richtig zu benehmen; man hätte für die Leiche doch eine kleine Christlichkeit tun sollen. Das Merkwürdigste aber blieb, daß eigentlich niemand so recht überrascht schien, sondern sich wie vor einer bekannten und überschlafenen Tatsache benahm. Checho fand die Leiche; er behauptete, sie zu riechen. Ich merkte aber weder einen Geruch, noch ein Anzeichen von Verwesung, die Vergiftungserscheinungen abgerechnet.

Die Indianer erklärten, diese Frau sei von der Schlange getötet worden. Es waren in der Tat zwei Bißstellen sichtbar. Eine kleine stichartige Wunde in der Herzgrube, aus der die rostigen Spuren eines Blutstrahles über den Leib liefen, der hart und gelb wie Bernstein schien, und eine größere Wunde im Unterleib, knapp über den Schenkeln. Dieser Unterleib war rund aufgeschwollen wie eine Blase, seine Haut war stellenweise durch die Expansion schäbig geworden und zeigte faulfarbige lila Schatten, ockergelbe Striemen oder Flecke von gänzlicher Farblosigkeit. Der gedunsene Leib mit dem nahtig verengten Geschlecht, dieser beinahe mütterliche Leib sah so traurig aus in dem Mysterium seines Stillstandes, daß ich hätte weinen mögen. Ich behauptete, Rulc, die Gattin Kelwas, des Malers, zu erkennen, aber ich gab zu, daß ich mich irren könne, denn schließlich waren alle diese Gesichter nicht genau zu unterscheiden. Indes stimmte Slim mir bei. Es war Rulc, sicherlich Rulc, er wüßte es ganz genau, ob ich ein so schlechtes Physiognomiengedächtnis hätte. »Schrecklich schlecht«, sagte ich. In diesem Augenblicke fühlte ich, daß van den Dusen mich ansah. Da beteuerte ich, daß ich in der Tat Gesichter nur sehr schwer behalten könne. Erst nach einer genaueren Bekanntschaft, nach einem sozusagen intimeren Verkehr wäre ich imstande, mir einen Menschen zu merken. Ich müßte mal erst meinen Klemmer aufsetzen – so, ja ja, allerdings, das wäre also Rulc, hm...

Ich sah auf und entdeckte, daß der Holländer wieder vollauf mit sich beschäftigt war. Das machte mich etwas ruhiger. Er war der einzige von uns, der vielleicht trauerte. Er war eine gute Seele von einem Manne. Er schien absolut keine Lebenslust zu besitzen, er war vollkommen entäußert, er war ein ungefährlicher Mann und gewiß kein Traumdeuter oder Gedankenleser.

Slim schlug zu meiner Verwunderung ein Kreuz über das Opfer und hielt eine kurze Leichenrede, die aber vorzüglich unserer eigenen Sicherheit galt. Er sagte es zuerst den Indianern und dann auf englisch zu uns. Nu aber man raus! war ungefähr der Sinn seiner Worte. Er war dicht an Zana, in Griffweite und mit dem Blicke auf ihr. Zana stand die ganze Zeit über mit verhängten Brauen und sehr ruhig dabei. Die Arme war gelangweilt, sie hatte ganz und gar kein Interesse an Leichen. Es war ihr deutlich anzusehen, daß sie fort wollte. Das Leben war doch sowieso nicht amüsant. »Hier sehen Sie ein indianisches Eifersuchtsdrama«, fuhr Slim fort und starrte unausgesetzt und nachdenklich den Holländer an, der ihm zufällig gegenüberstand und kein Auge von der Leiche wandte.

»Es ist das Werk einer Nebenbuhlerin. Rulc wurde erstochen. Ein kachiertes Verbrechen; höchst merkwürdig und schlau. Diese Schlange ist angesetzt worden, sozusagen direkt in die Wunde getaucht, nachdem bereits zwei Stiche geführt worden waren. Bitte, hier, sehen Sie, warum zeigt nicht auch die Brustwunde Vergiftungserscheinungen?« Sein Blick bekam einen triumphierenden Glanz. Er wartete, daß jemand von uns beiden widerspräche. Als dies nicht geschah, fuhr er fort: »Es sind zwei Wunden, beide sehr tief. Sie rühren von einem langen sehr dünnen Messer her. Es ist ziemlich kräftig gestoßen worden. Betreffs der Schlangen mag ich mich übrigens irren. Es gibt sie hier herum in großer Anzahl und es ist wohl möglich, daß sich die eine oder die andere gerade an die Wunde verirrt hat. Ich möchte mich jetzt lieber zu dieser Ansicht bekennen und sogar noch weitergehen. Es ist wahrscheinlich, daß die Leiche mehreren Schlangen ausgesetzt war. Hier – und hier – vielleicht auch hier, aber das ist undeutlich, zeigt sie eingetrocknete Verschleimungen. Es scheint also inzwischen jemand hier gewesen zu sein, der die Schlangen fortnahm, jemand, der gegen sie gesichert ist. Warum – das kann ich natürlich nicht sagen. Vermutlich aus Pietät. Oder auch aus Spielsucht. Es ist gleichgültig. Viel interessanter wäre es, zu wissen, ob die Schlangen angesetzt wurden und von wem, vom Mörder, oder von einer gleichgültigen später eintreffenden Person, oder von beiden gemeinsam – – diese Doppelheit ist es, die mir am interessantesten scheint. Was konnten – was durften, jawohl durften diese zwei miteinander zu tun haben? Denn nun bin ich wieder überzeugt, daß die Schlangen angesetzt wurden. Es sammeln sich nicht so schnell so viele Schlangen an einem Orte, auch nicht an einer Leiche. Was meinen Sie, van den Dusen?«

Der Holländer nickte nur. Der Anblick einer Leiche schien ihn zu schwächen. Slim lachte plötzlich seltsam und sagte: »Die Indianer werden glauben, daß es die Schlange getan hat. Aber das ist gleichgültig für uns. Wir müssen eilen. Wenn es entdeckt wird, ist es ihnen ein Wink des Schicksals. Es gibt Aufruhr im Dorf. Vorwärts, Zana, marsch!« Er schloß seine große Hand rückwärts um ihren Hals, sie folgte ihm demütig wie unter einem Joche.

»Ich verstehe das nicht«, gestand ich ihm, »wie können Sie Zana so ohne weiteres mitnehmen?« »O, das ist meine Sache«, sagte er, »ich habe sie in der Hand.« Er sah glücklich und gesund aus, als er das sagte.

Die Machettas sprengten einen Pfad in den ewigen Djungle, in diese fühlbare Räumlichkeit. Die harte Arbeit erzeugte in uns eine gewisse Überreizung. Ich konnte beobachten, wie sich unter uns Weißen eine erregte Nervengemeinschaft bemerkbar machte. Eine nahe das Grauenvolle streifende Gleichförmigkeit unserer Einbildungskraft machte uns mißtrauisch gegeneinander. Und ich gewahrte, wie ich selbst von den anderen beobachtet war. Ihr Dasein in mir, der Umstand, daß sie gleichsam an mir partizipierten, machte mich matt. Vom ersten Tage an, von der Minute an, wo wir die Leiche des toten Weibes getroffen hatten, zerfraß ich mich in peinlichen Analysen. Ein panischer Schrecken bebte in mir nach. Und ich sah dieses selbe Symptom an uns allen wiederkehren, planvolle Ausdeutungen, willkürliche Vervollständigungen der Geschehnisse, die harmlos und zufällig um uns herum vor sich gingen. Es war ein Irresein, ein ungeheuerliches Synthetisieren. Seit jenem Abende nach dem Tanze Zanas, nach jener aus meinem Gedächtnis verdrängten Unterredung waren mir Zweifel und eine beängstigende Art des Träumens haften geblieben. Ich verwechselte die Welten; ich legte zwei verschiedene Talente meiner Gehirnzellen sozusagen kreuzweis und vertauschte die Fähigkeit zur Analyse und zum Erkennen mit jener der Phantasie und Formkraft – oder sollte ich im Ernste an meinen Satz glauben, daß die beiden sich deckten, und daß das, was war, nur das war, was ich sann? An jenem Abende, der vor unserem plötzlichen frühen Aufbruch lag, hatte ich einen überdeutlichen Traum voll schwerer Lust gehabt. Er war von einer furchtbaren Klarheit und Sicherheit gewesen. Der Gegenstand solcher überstarker Sensationen ist nie wirklich; die Wirklichkeit ist stets verschwommener als der Traum; und, wie ich es auch drehen mochte, ich konnte mich nicht entschließen, jene Wirklichkeit anzunehmen, es war mir physisch unmöglich, an etwas anderes als an einen Traum zu glauben. Ich erwachte damals – Slim weckte mich plötzlich, ich besinne mich darauf – ich erwachte mit einem ganz voraussetzungslosen Kopfe. Nur daß wir sofort und ohne zeremoniösen Abschied, gleichsam fluchtartig aufbrechen sollten, machte mich nicht erstaunt. Es kam mir nicht einmal überraschend vor, sondern einfach wie eine Verabredung. Wir ziehen aus, geräuschlos und ohne Abschied; plötzlich stehen wir mitten im Farn vor einer toten Frau. Checho hat uns gerufen. Ja, dies ist Rulc, ich erkenne sie auf den ersten Augenschein, Rulc, die gestern abend noch an meiner Hütte vorbeigekommen ist, der ich sehnsüchtige Blicke nachgesandt habe, Rulc, die schon einmal mit brennendem Schoß, in einem unnatürlich steifen und gedunsenen Zustand vor mir gelegen hatte. Und in demselben Augenblicke wiederholt sich die Erinnerung an diese elevatorische Erscheinung, ich habe mit einem Male eine klare Vision. Ich sehe, was mit Rulc, vor deren Leiche wir stehen, vorgegangen sein mag. Ein kurz zurückliegender Traum fällt mir ein, der Traum, aus dessen reflektierten Ausläufern Slim mich zur Reise aufgeweckt. – – – In diesem Traume habe ich einen Teil des Verlaufs geschaut. Merkwürdig, Slim sagt, man habe Rulc ermordet... Hörst du den unbestimmten dünnen Klang... hörst du die Machetta vibrieren?

Wie konnte Slim das wissen?

Die Machettas blinken, wir schlagen wieder die tagelange Schlacht gegen den Djungle, wir plänkeln uns durch ihn hindurch, wir siegen und wir sind krank vor Tatkraft. Wie einen Wirbel von Leben in der ungeheuren Lagune des Urwalds lassen wir hämische Rufe und haßvolle Blicke zurück. Vögel und Affen senden uns ihr weinerlich irritiertes Geschrei nach. Ein bösartiges Schimpfen in Naturlauten ist die Fama, die hinter uns dreinzieht und uns dem Walde da vorne schlecht empfiehlt. Unser Renommee scheint unerquicklich, wir gewinnen Einblick in verlassene Affensitzungen und abgebrochene Zelte, hin und wieder stellt sich ein Stamm der Handfüßler uns kriegerisch entgegen, bespritzt uns mit Jauche und schleudert das nächstbeste Mobiliar auf uns herab. Ein paar Pistolenschüsse schaffen uns Respekt; wir wenden sie wieder bei der geringsten Kleinigkeit an, um des Abwechslung bietenden Knalles, der kleinen Liebhaberei der Massage willen, die dem Schützen in die Hand fährt. Denn die Arbeit ist und bleibt einförmig. Hin und wieder ergeben sich Zwischenfälle. Plötzlich windet sich einer der beiden Hunde, die zugleich mit Zana sich der Expedition angeschlossen und bisher ängstlich und vorsichtig zwischen unseren Beinen aufgehalten haben, heulend am Boden. An seinem Hals und Rumpf liegt ein dicker Ring. Zana springt herzu und führt eine rasche Bewegung aus. Da baumelt eine lange krötenhautige Schlange längs ihres

Armes, Zana vollzieht rhythmische Schraubungen und hält das schnauzige Gesichtchen des Tieres dicht vor das ihre. Und nun steht es wieder klar vor mir. Ich sehe sie im Traum wieder am Werke, sehe Rulc breit im Farnkraut liegen. Der ganze Tatbestand ist in meinem Gehirn, es wird mir immer durchsichtiger, daß ich den Vorgang der Mordgeschichte ungefähr ahne. Ich habe ein zweites Gesicht. Ein zweites Gesicht!

Vermittelst meiner automatischen Spürnase und meines Traumlebens bin ich imstande, mir den Hergang teilweise zu rekonstruieren. Übrigens könnte ich mir Gewißheit verschaffen, ich brauchte nur den Holländer so nebenbei einmal zu befragen, was er denn an jenem schönen Abende vor unserem Aufbruche getrieben habe, und ob er sich nicht entsinnen könnte, was wir draußen auf der Savanna miteinander gesprochen hätten; ob er dann gleich schlafen gegangen sei – – – oder in diesem Sinne. Ich zweifelte nicht, daß er darüber sehr erstaunt gewesen wäre und gesagt hätte: »Aber, Mensch, Sie scheinen zu träumen.« Ich hätte mir diese Sicherheit doch holen sollen. Aber arglos und ohne vor mir den Verdacht aufkommen zu lassen, daß es mir im Grund gar nicht so sehr darum zu tun sei, verbummelte ich die Gelegenheit, so oft sie sich bot. Ich fürchtete die Aufklärung. Meine Ungewißheit war eine Existenzfrage. Ich fühlte mich in dieser Beziehung Jungfrau.

Dies war nicht alles, was in mir kämpfte. Ich trug eine starke Neugierde bezüglich der anderen mit mir herum. An diesem Punkte begegneten wir uns. Aber wir sprachen kein Wort über die Sache. Slim sah mich manchmal an. Wir hatten einen gemeinsamen Gedanken; nämlich, daß wir jeder des anderen Zustand kannten, einander förmlich in Trance erhielten. Ich hätte darauf geschworen, daß seine verlegen kalten Augen es ausdrückten. Slim mußte seltsame Träume haben. Er brauchte zum Beispiel nur die Leiche einer Frau zu sehen, die natürlicherweise, etwa durch Schlangenbisse, ums Leben gekommen war; und sofort entstand in ihm innerhalb weniger Sekunden ein Bild des Hergangs. Dieses Bild war natürlich falsch. Es war eine sehr plausible und zureichende Erklärung des Falles. Aber es war eben doch nur die Erinnerung an einen ehemaligen Traum, der durch die Effekte der Wirklichkeit scheinbar bestätigt wurde. O ich kannte das. Ich wußte, wie überraschend diese Manier war. Ich wußte aber auch, daß Slim um sie wußte. Von ihm stammte ja größtenteils dieses abstrakte System, das er sich darüber zurechtgelegt hatte. Es gab also ixbeliebig viele Gesichte, nicht nur ein zweites; und jedes war zureichend, irgendwelche Effekte, die in Erscheinung traten, zu motivieren? Ich konnte da nicht mitgehen, denn ich sah den Grund dazu nicht ein. Wenn ich recht vermutete, erging es Slim just ebenso. Aber er, der Mann der fünften Dimension, war imstande, etwas zu glauben, aus geistiger Eigenwilligkeit zu glauben, auch wenn es einfach nicht zu glauben war und er dies wußte. Denn ich kannte meinen Slim genau, ganz genau, ich kannte ihn wortwörtlich, ich konnte ihn memorieren!

Ich kannte ihn so genau, daß sich zwischen uns beiden ein Analogieverhältnis herausbildete. Slim war ein mutiger Mann. Als eines Tages vor uns im Gebüsch ein Panther pfauchte, auf einen Baum sprang und auf seinen krummen Gliedmaßen, die ihn wie geschmeidige Arme in Pelzhandschuhen beliebig lancierten, zum Sprunge zurückwippte, geschah nichts anderes, als was zu erwarten gewesen war. Slim schoß seine langläufige Coltpistole ab und tötete das Tier, während es herunterpurzelte, mit dem fünften Schuß. Aber ich wußte, daß Slim später an diesem Tage Kopfweh hatte, obwohl er vortrefflich aufgelegt war. Und als ich eines Tages mit einem sonnengesichtigen alten Pavian eine Balgerei bestand, der mit beiden Händen in die Schneide meiner Machetta griff und einen gänzlichen Mangel an Absicht zeigte, loszulassen, bis sie ihm die Sehnen und Nerven bis zum vollständigen Kraftverlust durchschnitt, da wußte ich, daß Slim nun von mir das gleiche denke wie ich damals von ihm. Aber dies stimmte bei mir nicht. Ich konnte mich also damals ebenfalls verrechnet haben. Jedenfalls kannte ich Slim doch so genau, daß ich ebensogut annehmen konnte, er habe bei dergleichen Angelegenheiten weder Kopfweh noch gute Laune, sondern eine Art Scham und Katzenjammer über das Abenteuer zu empfinden. Irgendwie war ich doch im Rechte über ihn. Das nächste Mal, als wir gegen eine Affenhorde demonstrierten, kam mir die Erleuchtung, daß Slim nun gewiß wüßte, ich dächte, daß er Ekel vor diesem Handwerk empfände. Möglicherweise machte es ihm aber auch Spaß und hinterließ lediglich einen kleinen Druck im Hinterkopfe, wie von einem großen Schrecken. Sicherlich stellte er diesselbe Alternative für mich auf, zugleich wußte er aber auch, daß er damit denselben Gedanken über sich in mir produziere. Wir lasen einer den anderen von der eigenen Seele ab.

Slim machte sich Gedanken über die Geschichte mit Rulc. Er freute sich über sein Witterungsvermögen. Hätte ich ihm gesagt, was ich selber nicht glaubte, aber zu diesem Zwecke gern zu glauben probiert hätte, daß das, was er für Ahnung gehalten hatte, einfach eine Erschütterung seines Gedächtnisses darstelle, und daß er wirklich erlebt habe, was ihm erträumt schiene, er hätte sicherlich geschluchzt und mir geradeheraus gesagt, das hätte er auch gewußt und er hätte es mir ebensogut sagen können, jedenfalls sei es eine Plattheit von mir und er brauche sich das nicht bieten zu lassen. Denn ich fühlte, daß er sich mir gegenüber mit demselben Experimente trug. Im Grunde waren wir beide darüber einig, daß wir jeder dem anderen Selbsttäuschungen zutrauten. Auf diesem Wege mußte ich zu dem Schlusse kommen, daß Slim sich doch etwas ungemütlich fühle. Denn es war nicht ausgeschlossen, daß der Auftritt und die Ermordung Rulcs vor seinen eigenen Augen stattgefunden hatten. Nun war dieser Umstand für einen Menschen wie Slim von keiner tragischen Bedeutung. Unheimlich war allein das Seelische an der Sache, diese seltsame Unklarheit der Erinnerung, gewissermaßen eine Erscheinung von Gedächtnisschwund, ein Irrsinn, eine Bewußtseinstrübung bei intakter, ja vielleicht gesteigerter Denkfähigkeit. Aller dieser Zweifel konnte Slim zum Beispiel überhoben sein, wenn er geradewegs auf mich zuging und frug: »Sagen Sie doch, Johnny, sind Sie an diesem Abende, wissen Sie, diesem hellen Abende vor unserem Abmarsch nicht in der Savanna gewesen?« Worauf ich ihm, der Wahrheit gemäß und mit teuflischer Berechnung gesagt hätte – das konnte er sich an den Fingern abzählen – »Ja, lieber Slim, wo haben Sie denn Ihre Gedanken? Ich will nicht indiskret sein, Sie verstehen. Aber ich habe in jener Nacht zwei Männer hintereinander aus dem Farn kommen sehen. Dies war kurz nach dem Seufzer Rulcs, kurz nach diesem stumpfen Metallklang, der mir so schrecklich im Ohr haftet, und nach dieser Szene – das alles spielte sich ja so rasch ab. Einer jener Männer waren Sie. Erinnern Sie sich, Sie haben weggesehen, und haben damit gleichsam ein Zeichen gegeben, daß Sie nicht erkannt sein wollen. Die Folge davon ist, daß ich auch wirklich nicht genau hingesehen habe;

vielleicht ist es auch van den Dusen gewesen; aber den hatte ich schon vorher am Rückweg gesprochen. Vielleicht aber haben Sie doch recht. Dann ist das alles nur unsere Einbildung; wir suggerieren uns das auf eine Art, weiß der Teufel, wie wir beide in diesen Zusammenhang kommen. Das ist Ihnen doch nicht sehr angenehm?«

Auf diese Weise konnten wir beide einmal ins Reine kommen. Nicht über die Tatsache, denn die war schlechterdings nicht festzustellen, ja destoweniger festzustellen, je strenger unsere Gedanken im Akkord abliefen. Aber dieser Akkord selbst war noch zu beweisen. Es war nicht unbedingt nötig, ihn durch eine Aussprache zu realisieren. Der Glaube an ihn war ohne sinnfällige Mittel für uns beide erwiesen. Aber ich hatte das Bedürfnis, Slim bei mir in Audienz zu empfangen. Er und ich stellten ja eine Panik dar. Es wäre schön von ihm gewesen, wenn er sich Gewißheit darüber verschafft hätte, aber ich roch genau, daß er Furcht davor hatte. Ich meinerseits fürchtete mich, ihn dafür zu verachten, ich hatte begreiflicherweise überhaupt Angst vor allen Gefühlen, die sich auf ihn bezogen. Denn sie mußten alle Gefühle vermehren, denen ich selbst Gegenstand war. Möglicherweise war dieser Gedanke aber schon nicht mehr Ursache, sondern Folge. Slim hatte ihn gewiß schon vorausgedacht. Seine Blicke wurden immer problematischer. Ich bemerkte bei aller Antipathie, die sich darin gegen mich auftat, einen Schimmer von Schwermut. Ich habe solche Blicke sonst nur bei Wahnsinnigen gesehen. Und da kam mir ein Gedanke: es war eine Art gegenseitigen Verfolgungswahnsinns, unter dem wir litten. Wir waren auf der Flucht. Wir ließen unsere seelischen Schnittpunkte zurück, wir strebten mechanisch Raum und Zeit zwischen uns zu legen, wir suchten durch Entwickelung voneinander loszukommen. Aber an jenem

Punkte, dem gemeinsamen Traume, an der Leiche Rulcs, deckten sich unsere Wesenskerne nach wie vor. Unsere Gehirne lebten wie die siamesischen Zwillinge, sie haßten sich, aber sie waren so gleich wie ein Ei dem anderen. In der Wut dieses Schicksals sah ich Slim mit verdoppelter Heftigkeit vorwärts eilen. Es schien, als wolle er fliehen, fliehen vielleicht vor mir. Da kam Berserkerstärke über mich. Ich war nach dieser Seite hin nicht nur der Gebundene. Ich war auch Anteilhaber an einem größeren Betriebe. Ich sah meine seelischen Kräfte auf Slim überströmen. Jetzt war auch er nicht mehr allein vor sich. Auch ihm sah jemand bei seiner Seelentätigkeit zu. Wir entwikkelten uns wie eine Lawine, wir multiplizierten uns gegenseitig in unendlicher Reihenfolge. Wir flohen, aber wir flohen nicht allein innerhalb des Lokales, wir flohen vor einem überreizten und gleichsam sich schuldig fühlenden Denken. Wir hatten die brausende Empfindung zeitlichen Ablaufs, des Denkens. Aus dem Raum, dem fühlbaren Raum in Gestalt eines dickichtverschanzten dicken Waldes in die streckenlose Zeit! Der Raum wurde von uns entführt. Wir schleppten den Raum.

Es war ein Wort Slims: Wir schleppten den Raum und liefen Sturm wider die Zeit. Wir lebten uns widereinander, lebten uns jeder wider sein eigenes Leben. Wo begann es, wo hörte es auf? Wo war Wirklichkeit und wo Einbildung? Gewißheit und Zweifel waren behoben. Die Gesichte bestanden für uns nebeneinander. Slim schlief, aber als Nummer zwei war er unterdes zugegen und ließ es zu, daß Rulc von Zana erstochen wurde. Wie ihn das quälen mußte! Ungefähr wie es mich quälte, diese unermeßliche Leere meines Gehirnes an einer wichtigen Stelle des Begebnisses. Denn es quälte mich, um es kurz zu sagen, daß Rulc auf so sonderbare Weise erstochen worden war. Ich fühlte eine geheime Schuld, daß ich förmliche Anklagen gegen meine Gefährten träumte, gerade als gebrauchte ich Ausreden über ein Verbrechen, das ich heimlich und unbewußt selbst begangen hätte. Alles war so merkwürdig klar wie etwas Ausgeklügeltes, ausgenommen dieser eine Punkt, der Todesstoß. Es bedeutete einen glücklichen Anhaltspunkt für meine Logik, daß ich niemals im Besitze einer besonders dünnen, verschliffenen Machetta war. Denn manchmal hatte es mir scheinen wollen, als wäre jene Traumgestalt, die ich in ihrem waffenstarrenden, komischen Aufzuge van den Dusen nannte, eine Transformation gewesen. Was es war, konnte ich nicht sagen; aber es war damals eine tiefe, selbstquälerische Unruhe in mir.

Aber dies alles war vielleicht wirklich nur eine allzu genaue Probe auf ein abstraktes System, das die Tropensonne in uns ausgegoren hatte. Hatte man's nicht schon erlebt, welche grotesken Ordnungen und Mechanismen sie im Gehirn des Orientalen zeugen konnte? Welche rhythmisch und tief geklügelten Fiktionen, welche mathematisch und equilebristisch richtigen Gebäude von Trugschlüssen üppig aus ihrer Hitze quollen und aus Entbehrungen und Strapazen, wenn die Nerven arischer Menschen ihnen ausgesetzt waren? Zeit und Raum waren, um mit Slims Worten zu sprechen, für uns nur Skelett, Technik, um zu unserem eigenen Leben, dem Widersinnlichen und Unsinnlichen, zu kommen. Indem wir eine saftige Bresche in den räumlichen Widerstand des Waldes schlugen, eroberten wir die fünfte Dimension. Unsere Indianer krabbelten über das Leben wie über ein Laken. Denn der rote Mann hat den Raum nicht, das Gleichzeitige vieler Flächen. Er bewegt sich ewig in der Wagerechten. Man sieht ihn wie ein Tier mit der Stirn vorausrennen.

Er beugt den Kopf in den Schultern. Das ist der Energische, der Geradewegsmensch, der geistlose Tatkräftige. Er fühlt die Zeit nicht wirklich, das Gleichzeitige vieler Räume. Er ist nicht zugleich als dieser und jener Typus auf der Welt, ohne Breitegrad und Erstreckung, und er hat den Gedanken nicht, das Gleichzeitige vieler Zeiten. Wir aber sind im Gedanken! Für uns ist die Realität, ein Urwald zum Beispiel, eine Kleinigkeit: wir bewältigen sie linker Hand, wir ministrieren sie a latere, wir erschauen sie aus einer Perspektive (da es sich als wesentliche Erleichterung zeigt). Wir sind die Söhne der fünften Dimension und zwei ist eins, und eins ist hier zwei. Alles zerfällt zu seiner Gänze. Vorwärts, schwinget die Machettas, durch, durch, durch... da, durch diesen Busch – ah, durch!

Am siebenten Tage spüren wir eine Veränderung. Etwas in der Luft ist verändert. Das Tastgefühl unserer Hand reagiert darauf gleichsam wie auf ein mattes Tönen. Dünneres liegt in der Atmosphäre. Wir atmen die Lichtung.

An den Abenden, wenn die große, schwebende Unruhe des Waldes unsere Arbeit plötzlich abstellt, sinken wir müde am Lagerfeuer nieder. Zana, die nie spricht, sieht träge und ohne einen Finger zu rühren, zu, wie unsere Indianer die Mahlzeit rüsten. Wir essen schweigend, niemand erfreut sich ihrer Gunst. Aber wenn sie tanzt, plötzlich aufsteht und vom Flecke weg tanzt, während wir rhythmisch in die Hände klatschen, dann sieht sie nicht etwa mich oder Slim oder Checho an: aus einem unbegreiflichen Grunde hält sie sich an den Dutchman, der wieder mager geworden ist und unter der Hemdbrust und an den Gelenken sein rosenrot gegerbtes, haariges Fell sehen läßt. Er ist mürrisch und widersetzlich in seinen

Meinungen, wenn wir, Slim und ich, unser Dimensionensystem feststellen und ausbauen. Wir sprechen dann in deutscher Sprache weiter, ohne ihn zu berücksichtigen. Slim behauptet, er könne manches derlei nur deutsch sagen. Zana tanzt im Feuerschein ihre primitiven Tänze, ohne großartige Figuren, aber mit edlen, praktischen Bewegungen, idealisierten Bruchstücken ihrer Alltagserfahrung, und mit stark physischer Einbildungskraft. Das Repertoire ihrer Hingabe ist nicht groß. Aber immer wieder entzückt sie durch eine neue Idee, durch eine neue, schlagende Zote, die ihr gottesdienstlich vorkommt, von dem Holländer aber mit Grinsen aufgenommen wird. Sie deutet Liebesberührungen an und schüttelt ihren Kindschoß. Slim schlägt sie, sie streiten, dann kauert sie sich verschüchtert zum Feuer und starrt in die Glut. Wir alle möchten sie schlagen.

Die Ermüdung zwingt uns bald in den Schlaf. Plötzlich erwache ich vom Ohre her. Ich habe brünstige Laute vernommen und finde, daß meine Augen naß sind. Mein Herz brennt. Ich habe keine Scham, in dem großen, verschluckenden Walde bin ich vor der Scham versteckt, aber dünne braune Glieder, die ein anderer besitzt, sind meinem Fleische ein Stachel. Ich bin aus Eifersucht erwacht, mein Gehirn hat sich die Laute gemerkt, mit denen meine Sehnsucht umgeht. Ich sehe zu dem Himmelsausschnitt empor und fixiere einen Stern. Er sollte herabfallen und das Paar zermalmen. Ich knabbere mit den Augen an ihm herum, ob er sich nicht loslösen lassen wolle. Und siehe da, plötzlich spüre ich es lau in meinem Munde und meine Kaumuskeln sind gleichsam befreit, und eine Sternschnuppe segelt über das Firmament. Ich habe sie ausgehaucht, mein Atem ist feurig von verhaltenen Küssen. Wie eine laue Kugel quillt meine Sehnsucht mir aus dem

Munde, da höre ich mich seufzen. In diesem Augenblicke werde ich gewahr, daß das Band zu Slim gerissen ist. Ich fühle mich allein, bin eine gesunde Persönlichkeit mit bohrendem Lebenstrieb. Und gleich darauf erledige ich die Angelegenheit ein für allemal. Hier unter diesem strahlend guten Himmel, mit der Brunst eines Raubtieres im Herzen, kommt mir das Gedächtnis wieder. Ich gebe jetzt zu, daß ich mich noch immer irren und meine Meinung wieder ändern kann. Aber entweder habe ich bisher überhaupt nicht gelebt, dann ist alles nur ein Traum gewesen, oder es muß stehen bleiben, daß ich diesen Atem zweier Menschen, genau diesen selben Atem, schon einmal gehört habe. Dann habe ich mit Slim ein Erlebnis, keinen Traum gemeinsam, und nichts bindet mich an ihn. Und ich habe und habe sie gehört: in jener Nacht vor dem Aufbruche!

Sofort spürte ich mich in einem Zustand der Schwebe. Eine übernatürliche Grelligkeit umgab mich. Es war, als ob ich den Ballast, den ich im Kielraum meiner Seele verstaut hatte, verlöre, mein Empfindungsleben war von einer überraschenden Wachheit und Lauterkeit. Der geringste Ton und die unbestimmteste Farbe berührten mich mit süßer Macht. Es war die ungestillte, schmerzlich gesteigerte Sehnsucht, die mich zart machte. Ich befand mich in einer exaltierten Wonne, regte mich nicht, sah mit ungeblendeten Augen gerade vor mich hin. Ich hörte ein Schnauben, einen starken Luftzug aus einer Nase und erkannte Slims Atem wieder. Ich hörte einen unbestimmten, schluchzenden Ton, es war Zanas Liebesschrei. Der Schmerz über das fremde Glück erregte in mir eine scharfe Hellsinnigkeit. Außerdem machte ich noch folgende Entdeckungen.

Das Feuer fraß an einem frischen Stück Holz, ich hörte

wie seine lange, gewundene Sägelippe mit den winzigen Zähnen jede einzelne der grünen Zellen in sich kaute. Es war das Zischen tausender kleiner Zähne, die an der Arbeit waren. Zugleich war ich von einer übernormalen Empfindlichkeit für einen Vorgang zu meiner Seite, den ich nicht genau sehen konnte, weil ich mein Auge nicht aus der Richtung des Himmelsausschnittes herausdrehte. Dieser Vorgang spielte sich auf einem stark verästelten Baume ab, der von anderen Bäumen teilweise verdeckt war, und war eigentlich unbedeutend. Der Baum aber war so außerordentlich geformt und zeigte innerhalb seines Systems eine so unerwartete Bewegung, daß sie mich von ihrer schiefen Richtung her förmlich faszinierte. Die Konvulsionen schoben sich rhythmisch weiter. Ein grüner Schimmer, intensiv wie Kathodenstrahlen, füllte den oberen Raum, und hier breitete sich eine knorrige, aus Knien und Gelenken gestückelte Palmenart aus, zwischen deren Gliedern ein lebendiges Riesengedärm in Knäueln hing. Die unendlich langsame Faltung, die daran emporzitterte, schien aus dem Nichts zu kommen und in das Nichts zu münden. Das Ding war stark wie ein Mannsschenkel und prall wie ein voller Balg aus grüner Seide. In dieser Selbstfortpflanzung eines Lebewesens war die Grundsensation, die Einheitsanschauung des Wortes »rücken« gekennzeichnet. Dieses Tier war bloßer Rücken, fiel mir ein, seine Bewegung, sein Leben war analysiert im Ruck, durch Serien von Chocks, sie waren ihm zugleich Fortbewegung und Verdauungsleistung. Als ich eine Zeitlang, die ewig schien, aus einem Teile des Gehirnes dieser Bewegung gefolgt war, kam sie mir erst in einem Wetterbruch von Gedanken klar zu Bewußtsein. Ich bemerkte jetzt in einem das grünfalbe Licht, das aus seinem Innern auf das Tier strahlte und in dem Sternenreflex unterm

Laub eine sachliche Begründung erfuhr, ferner ebensowohl die sensationelle Langeweile des motivischen Rukkes und einen plötzlich als Zweck der Bewegung vorgestemmten Schlangenschädel. Der Schädel war flach und wie eine Faust um die kalten, grünen Augen geschlossen. Da fühlte ich, wie von einem unsichtbaren Drahtfaden zwischen den Augen des Tieres und den meinen die grüne Strahlung ausglühte, die von den Sternen herzurühren schien. Die ankerförmige Zunge, scharf wie eine gespaltene Locke, wurde von den gasigen Stößen aus dem Innern in rasender Perpendikulation gehalten. Sie schmeckte den brenzlichen Geruch des Feuers und schnellte zurück, gleich darauf legte sich der Kopf treu und lotrecht an den Stamm und der Marsch nach oben begann.

Das Tier kannte den Raum nicht. Es marschierte buchstäblich mit der Stirne am Boden, es war imstande, sich wie ein Balken über einen Abgrund hinzurecken, sein Medium war allenthalben die Fläche. Dieser lange, langweilige Muskelsack überwältigte die Schwerkraft, oder, was dasselbe bedeutet, er kannte sie nicht. Von dieser eigentümlichen, ungereimten Beobachtung fiel eine Lehre ab. Der Raum ist ein Produkt der Erkenntnis der Schwerkraft. Je mehr Schwerkräfte im Leben, desto hochartiger die Verräumlichung und Dimension. Das Tier kannte nicht die Zeit, vielleicht starb es nicht, starb nicht im menschlichen Sinne. Denn der Tod ist die Schwerkraft innerhalb der Zeit. Durch ihn erst, durch den Widerstand und die Verneinung, wird die menschliche Zeit. Denn erst was wird, ist erkannt. Es wird durchs Erkanntwerden. Die Sensation der Schwerkraft ist eine Schwächung und Fähigkeitsminderung, aber Hemmung schafft höhere Dimension. Erst durch das Dawiderdenken entstand das höhere Denken, mit dem Tode des Gedankens nähre ich ihn höher, in der Schwerkraft einer Realität beschwinge ich die nächste. Meine Sicherheitsfähigkeiten, meine Stabilität sind vermindert. Aber meine Erkenntnis ist gemehrt. Für jeden Schwindelanfall gewinne ich mir eine neue Dimension ein. Für jede Direktion, auf die ich im Leben verzichte, erhalte ich eine Perspektive. Ich kann nicht mit meinen Haaren gehen und mit meinen Flanken bergab an einem Baumstrunk kleben. Ich muß Verzicht leisten auf diese einfachen Kräfte und Genüsse. Der tierische Kopf ist ein Wegweiser nach vorne, immer zeigt er nur in die Horizontale. Der Kopf des Menschen aber ist eine Pfeilspitze nach oben, hinaus in den unendlichen Raum, und deutet an, daß die lanzenschädligen unter den Menschen die menschlichsten sind, die Gotiker, die Hochbaurassen. Die Erde ist rund und ein Raum und eine Rückkehr, und wenn man ganz weit gekommen ist, ist man wieder dort, wo man ausging. In der Erde als Raum ist der Widerspruch ausgesprochen, und gewiß ist sie kein Servierbrett zu Fraß und Sumpfglück. Ich bin abgekommen von meinen früheren Sentimentalitäten. Lasset Tieren und Wilden ihre Glückseligkeiten. Sie liegen sicher in uns aufgestapelt. Um den Baum des Gekröses ringelt sich konvulsivisch die Darmschlange, führt ein dummes, seliges Leben auf einem Seitenaste der Entwicklung. Am Ende bist du eine Abnormität, ein Auswuchs von einer Schlange, der es schlecht gegangen ist, und die es weit gebracht hat. Auch den Wilden trägst du in dir, den Paniker, den Typus mit der Duplikatseele, die in jedem das Gleiche träumt und einen Gottpfahl lächerlich gemeinsam beschwingt. Ich aber bin davon abgekommen; in diesem Augenblicke bin ich davon abgekommen, weiß Gott, welche Einbuße ich hiermit wieder erlitten habe, welche neue Schwere mir die Anmut beeinträchtigt, und was ich habe zahlen müssen für diese Sekunde der Erkenntnis. Ich bin wieder Ich selbst, ich habe mich gefunden, ich hänge meine Sentimentalität und Tropenschwärmerei an den Nagel. Denn ich halte es mit Schwerkraft und widersprüchlichem Denken. Gute Nacht, Slim, es wird dir auch wohltun, daß diese Geschichte jetzt zwischen uns erledigt ist. Ich gebe dich frei. Schlafe du mit Zana – ich liege hier und darbe, ich verbrenne mein Herz wie einen Ketzer, ich leide, wenn andere braune Glieder lieben, aber ich schaffe mir Gedanken und modle Leid in Lust. Lüget nicht: Das Gehirn ist kein schlechterer Mechanismus als die Natur selbst. Ich bin jetzt fürs Gehirn eingenommen, ich gebe mich mit aller Leidenschaft dem hin, was am notwendigsten ist: Schwerkraft, Tod und Verkehrung! Werdet schwerer, mordet die Realität und tut ewig Buße um eure Gedanken, kehret um und kehret euch wider euch in euren Gedanken. Vertite, vertite, anachoreite!

Die grüne Schlange löste sich aus ihrer Verstrumpfung, der Knoten streckte sich zu einer langen Linie. Ich fühlte mich einsam und klar, inmitten der zartesten Lebensvorgänge von greller Auffassungsgabe. Drüben bei Slim und Zana war das Geflüster erstorben. Ich wandte den Kopf nicht. Kaum spürte ich das hämische Nagetier der Verliebtheit, das auf meinem Magen hockte; ich fütterte es mit den spirituellen Gluten selber, die mir das Grauen vor ihm erweckte, und machte es zutraulich. Gequältes Herz macht scharfen Sinn. Meine Gedanken waren von Slim befreit, sie lebten nicht mehr mit den seinen in einer Symbiose. Ich vermochte klar und einsam zu denken. Während die Riesenschlange tastend ihren ungeheuren langweiligen Kreuzzug fortsetzte, schlief ich ein.

Am nächsten Morgen erwachten wir gut. Ich traf auf die Augen Slims, der glücklich und froh erschien. Er reckte sich und sagte freundlich: »Nun, heute ist ein guter Tag. Sie fühlen sich wohl recht frisch? Heute kommen wir an den Strom, jawohl!«

Hurra durch! – am achten Tage kam es heraus, daß der eigentümliche Gehalt der Atmosphäre Töne waren. Die Luft in dieser Gegend mußte damit gleichsam chemisch gesättigt sein. Die Vibrationen waren vielleicht ungeheuer kleine Bestandteile. Unter Qualen der Erinnerung kam es mir zur Gewißheit, daß ich dieses Phänomen bereits einmal vorausgeträumt haben mußte. Irgendwann... Richtig, das war wieder jener problematische Traum vor dem Aufbruch. Seine prophetische Art machte mich unruhig. Es war also möglich, daß man zu Erfahrungen, die nachkommen, das Schulbeispiel, das Prinzip vorausträumte? Wie mächtig war der Geist! In diesen Stunden harter Gedankenarbeit, während wir uns durch den Djungle hindurchschlugen, begann ich an ein Schicksal zu glauben. Wir haben so und so viele Leiden und Leidenschaften zu erschöpfen – woran wir sie erschöpfen, bleibt gleichgültig. Hier tritt das Phantoplasma, das innere Gesicht in Kraft.

Bisher hatten wir uns, Zanas Orientierungssinn vertrauend, parallel zum Flußlauf gehalten. Manchmal waren wir auf ihn gestoßen, wenn er uns ein Knie oder eine Schlinge vorgelagert hatte. Dann waren wir so knapp als möglich ausgebogen. Und nun hörten wir ein Brausen. Zana verkündete, daß es die Wasserfälle seien. Obwohl wir uns dem praktischen Ziel dieser Reise gegenüber ziemlich skeptisch verhielten, überfiel uns doch eine kleine Unruhe. Wie, wenn wir wirklich auf ein altes spanisches oder portugiesisches Lager träfen? Der Fluß weitete sich zu einem Trichter. Seit zwei Tagen waren wir, langsam vom Hochplateau dieser Region abfallend, ins Gebirge gekommen. Hügel bildeten, Täler vertieften sich; das Plateau franste in Höhenzügen aus, schob wie ein Wurzelblock Ausläufer und Füße voraus. Der Lauf des Flüßchens war steiler geworden, jetzt stauten sich seine Wasser und wurden grünlich und träge. Um die Mittagsstunde, als die Sonne sich im Zenith befand, waren wir an unserem Ziel.

Das Gestirn lag mitten in einem glatten Spiegel wie eine ovale strahlenlose Scheibe. Die Reflexion des Wassers zog sein Bild auseinander. Zweihundert Schritte unterhalb der Einmündung unseres Flüßchens in das größere Wasser war ein natürliches Wehr von Felsblöcken abgetürmt. Das hurtig gewordene Wasser eilte mit großen Bauschen in drei verschieden breiten Bändern darüber hinaus und fiel etwa vierzig Meter tief in einen brodelnden felswimmelnden Tümpel hinab. Das mittlere der Bänder war das größte; wie eine ungeheure schimmernde Walze drehte und drehte es sich vom Scheitel herab und lud weiße Gischtmassen in das Becken ab. Der Fall sah nicht hoch aus. Aber die Wasser hatten guten Schwung. Wir warfen einen Blick in das Becken. Wer in diesen Fall geriet, war gerichtet. Er mußte mit zertrümmertem und ausgedrehtem Körper unten landen.

Unter Zanas Führung machten wir uns sogleich an die Arbeit, ohne zu rasten. Das Band der Wasser war zweimal von je einem breiten natürlichen Felsobelisken zerschnitten. Er biß wie ein großer Zahn in die Flutmassen. Auf der flachgespülten flußabwärts gekehrten Seite waren mit plumpen Werkzeugen Figuren in den Stein geritzt. Sie stimmten ungefähr zu denen, die Slim auf einem Ziegel vorwies, den er mit sich führte. Sie stellten das topographische Erkennungszeichen dar. Eine Weile sahen wir den täuschenden Drehungen der Riesenwalze, dem ewigen glatten Gleiten des Wasserfilms zu; dann sprangen wir von Stein zu Stein und traten, wo über uns der Steinobelisk das Wasser abhielt, hinter den milchig durchschienenen Glast ein. Wir waren jetzt in einer Höhle, die durch das schräge Zurückfallen der Wand entstand. Über uns und vor uns rollte der hautige Vorhang vorbei. Ein Donnern, das jeden anderen Laut erstickte, splitterte im Raum – er war leer. Nur hie und da hockten schnittige Blöcke, über die wir klettern mußten. Feuchtigkeit tropfte in Rinnsalen an der zackigen Wand entlang. Da haben wir uns stumm und mit Bosheit in den enttäuschten Mienen angesehen. Wir schämten uns voreinander. Slim stand spreizbeinig auf zwei Steinen und öffnete und schloß abwechselnd den Mund. Er sah sonderbar aus. Plötzlich ging es mir ein, daß er lachte und sprach. Indes war kein irgendwie deutbarer Laut zu vernehmen.

Wir alle standen im Halbdunkel mit verstiegenen Haltungen da, hielten uns gegenseitig Reden und wirkten so aufreizend auf unsere Lachlust, daß wir in ein fürchterliches lautloses Prusten und Brüllen ausbrachen. Die Felsenecke war von einem feinen Wasserstäubchenregen umsprüht. Elemente von Regenbogen hielten sich eine Weile in der Luft auf, wurden Augenblicke lang gleichsam materiell und verschwanden plötzlich, wenn die Dichtigkeit des Wasserschleiers in einem rhythmisch wiederkehrenden Verhältnisse ab- und zunahm und den eindringenden Lichtschimmer nach Graden abblendete. Ein apfelgrünes Licht beherrschte den Raum. Die Situation, die derart geschaffen wurde, war äußerst merkwürdig. Sie wurde gespenstisch, und ich sah es an den verdutzten Gesichtern der anderen, daß sie ihnen nicht geheuer war.

Wir bemerkten an unserem Wesen sofort einen Abzug. Irgend etwas an uns war weggegeben, wir fühlten uns getragen, ein wenig entkörperlicht. Die Wirkung war die gleiche, wie wenn hier herum irgendwo eine Quelle von Lustgas ausgeströmt wäre. Wir fühlten uns außerordentlich wohl, aber vergebens suchte mein Gehirn gegen das Aufgedrungene dieses Zustandes anzukämpfen. Das Lachen in meiner Kehle war ein Element; die anderen lachten mit, Zana und selbst die würdigen Indianer schüttelten sich, wir alle bogen uns in unhaltbaren Stellungen umher. Aber zugleich lag etwas Beunruhigendes in dieser Erscheinung, das apfelgrüne Licht. Ich drückte das Gehirn zusammen, drückte mit den geschlossenen Augäpfeln tief nach rückwärts: Langsam rekonstruierte sich eine lange, grüne, sich emportürmende Schlange. Rings um sie war gehobenes Licht. In diesem Augenblicke befanden wir uns selbst schier gewichtlos in diesem Medium; die verlorene Hörfähigkeit hatte einen Gewichtsverlust zur Folge. Das Grün ging wie Kathodenstrahlen oder siderische Einwirkungen durch uns hindurch. Es war kein Licht, sondern eine fühlbare dichte Flut. In dieser Flut schwammen Regenbogenelemente, sie sanken, sie flossen und stiegen, sie waren tastbar, man konnte sie wie Strähnen durch die Finger gleiten lassen. Zana legte die Hand in ihr zartes Gewebe; geknickt und aller Prägung gehorsam floß es darüber hin. Die grünen Hauptstrahlen aber drangen durch uns hindurch. Sie hafteten nicht an der Haut, sondern brachen organisch aus dem Fleische hervor, sie gestalteten um, materialisierten den Körper neuerdings in einem zweiten Medium. Der Raum, den unsere Leiber füllten, entstand auf neuen Grundbedingungen. Ich erinnerte mich flüchtig, daß ich dieses Licht in einer Vision gleichsam aus meinen eigenen Augen hatte hervorbrechen sehen. Über diese Vorahnung erschrak ich, da es gleichsam von Bedeutung war für diese Höhle, in der sich die geeignete Stelle für ein Ereignis oder einen Anblick bot, deren Bild allerdings in meinem Kopfe noch nicht vorhanden war. Ich hatte die peinliche und törichte Empfindung, daß diese fortgesetzten Anspielungen meiner müßigen Träume schließlich doch einen Sinn besäßen, und dies war vielleicht der Grund, warum ich alles mit geschärften und halluzinierenden Sinnen aufnahm. Eine schleichende Veränderung ging mit uns vor. Wir wechselten Stoffe aus, bildeten die Strukturen um und traten an die Stelle duftigerer Wesen. Aber dieser Wechsel kostete unserem Bewußtsein ein taubes Schmerzgefühl, wir vermochten unser Entsetzen mehr oder minder nicht zu verbergen, und darum lachten wir, da wir in unserer rationalen Art den Vorgang absurd fanden. Plötzlich beugte sich Zana vor und sah van den Dusen ins Gesicht. Es war apfelgrün, eine große apfelgrüne Aureole, lächerlich und lyrisch und in seiner Lyrik noch lächerlicher bis zum Schmerz. Diese Panik war ein höherer Grad von sich selbst, sie war Entsetzen. Es bemächtigte sich unser in einem tollen, widerstandslosen, verrückten Lachen.

Sonderbar war der Umstand, daß es keinem von uns einfiel, aus dieser Sphäre zu flüchten. Als Slim in einem Spalte eine Entdeckung machte, waren wir so betäubt, daß wir dessen gar nicht achteten. Was er emporhielt, mochte ein langes Stück Eisen sein. Es fiel mir ein, daß wir ja wegen des Schatzes hergekommen waren, und nun hatte Slim etwas in Händen. Mein Herz stand still. In diesem Augenblicke waren tausend Hoffnungen auf mich eingestürmt. Und obwohl ich felsenfest und unromantisch das Nichts erwartete, erlaubte ich mir in dieser Spanne Zeit dennoch wie der Delinquent, dem der Tod bestimmt ist, allerlei Kühnheiten. Slim hielt wirklich einen Augenblick lang ein Stück in die Höhe; dann begann es, ihn zu jucken, und er warf es weg. Unsere kleine Gesellschaft geriet in Bewegung. Und nun gewahrten wir nicht mehr und nicht weniger als ein Lager von altem Eisen. Es waren Gabelbüchsen von uralter Konstruktion, Helme, Panzer, Hellebarden und Lederzeug. Aber das Leder war durch die Nässe verfault und zu Asche zusammengesunken. Die Waffen und ein paar metallene Nutzgegenstände aus einem früheren Jahrhundert waren teils von wolkigem Grünspan gesprengt und überzogen; teils machte das apfelgrüne Licht eine pelzige Schimmelkruste, ein feistes Gewebe aus Grünspan aus ihnen. Es war kein Schatz. Die Besitzer dieser Gegenstände waren arme Teufel gewesen wie wir, Soldaten, Globetrotter, Erdteilentdecker und Schatzsucher wie wir. Das Gewaffen bestand aus schartigem Eisen, die Griffe der Schwerter und Degen bleckten skelettiert ihren einzigen langen Stoßzahn vor. Wir wandten dem freudlosen Anblick den Rücken, nachdem wir vergebens mit den Fußspitzen einige Unruhe und den Verfall in diesem Stilleben erregt und fette Moder- und Schimmelschichten entblößt hatten.

Die physischen Anstrengungen der Lachepidemie und die Inanspruchnahme des Bewußtseins innerhalb dieser Lichtexistenz entkräfteten uns. Wir bestanden in dieser Sphäre als Lichterscheinungen, wir waren lediglich eine Spezialität und Verdichtung des grünen Lichtes, das hier Herr war. Der Gehörsinn war ausgeschaltet. Das Tosen dröhnte so laut, daß wir unser eigenes fischgleiches Lachen nicht vernahmen. Es war nämlich noch eine Überraschung zu verzeichnen. Unser Tastsinn und unser Gesicht verschmolzen. Licht und Materie wurden identisch und die Folge war, daß wir raumlos dastanden, gleichsam an die grüne Wand gemalt, plattgedrückt von der räumlichen Herrschaft des grünen Lichtes. Ich sah die anderen die Kiefer bewegen und mit Löchern aus grünen Masken schauen. Der Mensch war hier ein geändertes Wesen. Zanas Haare flossen in grünem Geringel auf ihre Schulter wie Nymphenhaare. Waren wir Symbole der Wasserwelt? Waren wir Typen von Wassergeistern? Unsere organische Heiterkeit machte unserem menschlichen Bewußtsein scharfe Mühe. Es war eine Dissonanz in unserer Anwesenheit und wir litten unter ihr. Die Indianer waren weniger ergriffen als wir. Bei ihnen gelang die Illusion. Da sie reine Physis waren, hatten sie nicht gegen die selbstherrlichen Kräfte des Gehirnes anzukämpfen. Das Problem der Mythologie war gelöst, der Undinentypus war gerettet. Zana lehnte sich leicht an van den Dusen. Da ging Slim plötzlich fort, er sprang über die klitschigen Klippen und verschwand in dem Riß des opalisierenden Wasservorhanges, der unaufhörlich von oben nach unten glitt, dröhnend und zitternd wie eine Stahlplatte.

Wir drängten ihm nach. Hier war der Spalt. Als wir draußen standen, ging ein Wechsel mit uns vor. Die sachliche Tageshelle, die uns umgab, war uns willkommen, nicht uns, aber doch einem gewissen Teil unseres Sinnes. Sie war seine Heimat. Wir erkannten uns mitten in der Sonne, mit dem zähen quecksilbernen Wasserfladen im Rücken, wieder. »Was war das?« frug der Holländer.

»Der zweite Leib!« sagte Slim. »Wenn man einmal den ersten vermißt, – kann man hier immer noch in der Reserve hausen!«

»Ach ja«, sagte ich, »gerade das habe ich mir auch gedacht!«

XXIII

Der Spitzhund, der draußen auf einer Klippe gewartet hatte, weil er sich vor dem Wasser und dem schäumenden Fall fürchtete, empfing uns mit Zeichen von Unruhe. Er unterließ ein Freudegebell, das er sozusagen schon auf der Zunge hatte, beroch uns vielmals und auf verschiedene Arten, um seinem Mißtrauen Genüge zu tun, und warf uns verdrehte, gespenstische Blicke zu. Vielleicht rochen wir zu sehr nach Feuchtigkeit, nach Moder und Schimmel, nach apfelgrünem Licht, nach Gift. Wir schienen ihm nicht vertrauenerweckend und seine Liebe und sein Lebensgefühl welkten sichtlich dahin. Wir beide zumal machten einen starken Eindruck aufeinander. Er mied mich, nachdem er mich beschnüffelt hatte, wie einen Kranken. Ich aber faßte plötzlich einen scharfen Haß gegen ihn, den ich mit einem tückischen Fußtritte einleitete. Er war zu feige gewesen, in die Höhle zu gehen. Gewiß blieb er nun allein von der ganzen Expedition unversehrt. Er heulte auf und bellte mich aus der Ferne an, ohne mich jedoch anzusehen; er dirigierte seinen Protest vielmehr in eine durchaus neutrale Richtung, als ob er weiß Gott welches Stück in der Natur für diesen Unfug verantwortlich machte. Und von nun an war mir dieser Hunderest, ein bettelarmes, räudiges Tier, interessant, ich ließ es nicht aus den Augen. Unsere Leben standen im Zusammenhang. Denn er würde gerettet werden.

Ich blieb nicht allein. Auch den Holländer und Slim ärgerte das Tier. Sie behandelten es schlechter als bislang, darauf wollte ich schwören. Da wir alle recht schweigsam lebten, wurde der Hund ein Gegenstand der Beobachtung. Und eines Tages war es für mich erkennbar, daß wir uns seit geraumer Zeit in einem Niedergangszustande befanden. Die Enttäuschung über den mißglückten Schatzfund demoralisierte uns. Wir lagen zusammen in einer der Höhlen am Ufer und faulenzten liebe Tage lang. Die Indianer taten hin und wieder ein paar Handgriffe. Sie richteten die Mahlzeiten her, die aus mitgebrachten Vorräten bereitet wurden, und pflückten Früchte vom Rand des Djungles. Aber wir Weiße und Zana ließen die Zeit verstreichen und taten nichts. Die Steine, ungeheuere kantige Blöcke, die das Wasser vom Tafellande abgesägt hatte, gaben uns Schatten. Agaven wuchsen über unseren Köpfen schräg hinweg. In diese Höhlen kam nie ein Schüppchen Sonne, sie blieben immer noch verhältnismäßig kühl. Draußen aber tanzte die fiebernde Luft über dem Flußbett. Wir vermieden es, da hinauszutreten. Eine schwergerüstete Trägheit war über uns gekommen.

Nachts aber, wo es frischer gewesen wäre, erschien die Gegend zu gefährlich. Die Indianer zündeten Feuerkreise an, und jenseits hörten wir die Tiere bei Tag- und Nachtanbruch zur Tränke ziehen. Das Leben ging dort seinen unbarmherzigen Gang. Vor Anbruch des flinken Abends spielten sich auf diesen Fährten und Karawanenstraßen der Tierwelt blutige Schlachten ab. Man hörte die Schreie von Sterbenden, Kommandorufe und Fluchtmahnungen. Wir lagen hinter dem Feuer und lauschten diese Viertelstunde lang mit gespanntem Ohre. Ein Panther, der im Trabe über uns herangekommen sein mochte, sah plötzlich unser Feuer vor sich. Es war noch knapp vor Torschluß, er nahm seinen blindlings angesetzten Sprung zurück, seine Hinterpfoten glitten am Steine aus, wir hörten ihn kratzen und atmen und sehen einen Schweif. Einer der Indianer sprang auf, um ihn mit einem brennenden Scheit zu schlagen. Das verlieh ihm ungeheuere Energie, an einem Minimum von Widerstand und Halt arbeitete er sich, rasend vor Angst, empor.

Und Tag auf Tag blieb das gleiche Bild vor uns haften. Die Sonne war ein glühendes Bronzestück, das lanzenweise Hitze verschoß, in grellen Bündeln, in schlohweißen Zacken. Warum standen wir nicht auf und gingen fort, was hatten wir hier zu suchen, was ging vor mit uns? In Augenblicken tauchte dieser Gedanke in uns auf und wurde ausgesponnen. Was wir hätten unternehmen sollen? Wir hätten auf der Stelle aufbrechen können, nichts hätte uns daran gehindert! Aber wir verschlampten unsere Willen, wir nahmen uns nicht mehr ernst, wir fanden unsere Energielosigkeit selbstverständlich. Waren wir krank? Kalte und warme Schauer liefen mir vom Scheitel bis zu den Zehen. In meinen Pulsen war trotz aller Behäbigkeit Jagen und Unrast. Ich betrachtete die Gefährten. Ihr Blick lag blöde zwischen den halbgeschlossenen Lidern. Und Slim stand auf, untersuchte die Apotheke und holte eine Trockendose hervor. Darauf begannen wir an diesem Tage Chinin zu fressen.

Aber das Fieber, das uns gepackt zu haben schien, war nicht der einzige Grund, warum wir nicht vom Flecke kamen. Zana weigerte sich, uns irgendwohin, wo Slim hinwollte, zu führen. Sie hatten Auftritte. Er begann sie zu schlagen. Sie beugte sich demütig und ließ mit undeutbaren, verhäßlichten Mienen alles über sich ergehen. Sie wollte zurück. Slim wollte nicht. Er behauptete, es würde unsere Köpfe kosten. Wir hätten die Schlangen auf Rulc gehetzt. Moki selbst könne uns nicht gegen das Gesetz der Dämonen schützen. So blieben wir denn und warteten ab, ob Zana anderen Sinnes würde.

Sie wurde es nicht. Sie lag mit ihrem praktischen Körper zwischen runde Steine wie zwischen Kissen gebettet, klaubte Asche und Abfall mit den Händen rings um sich her auf und warf es hinaus in das Flußbett. Den Hund hetzte sie hinterher. Aber er benahm sich dumm. Er war zu keinem kultivierten Apport erzogen. Mit seinen von der Sonne verdorbenen Augen rannte er an dem Gegenstande vorbei und Zana grinste. Unbestürzt vor der Sonne, die ihn anprallte, sooft er sich im Jagdeifer hinausbegab, flog er hin und her. Wenn er etwas gefunden zu haben glaubte, das man ihm seiner Meinung nach als allegorische Beute zumuten durfte, ohne den Respekt vor seiner Urteilskraft zu verletzen, legte er sich mit seinem schier enthaarten, violetten Bauche auf die heißen Steine und hielt das Ding gemütlich zwischen den Vorderpfoten. Als ich ihn einmal in dieser Lage sah, überkam mich die Sehnsucht, ihm eine Kugel in seinen dummen, glücklichen Bauch zu jagen. Der Revolver lag dicht bei mir. Meine Finger lechzten nach seiner handlichen Form, ein schmackhaftes Vorgefühl bemächtigte sich meiner. Ja ja, ich wollte doch wieder einmal schießen hören, ich wollte einen kleinen Todeskampf mitanschauen, ich wollte endlich wieder einmal ein menschenwürdiges Erlebnis haben. Fiebrig griff ich nach der Waffe und wog sie kennerisch. Das, was nun geschehen würde, kam mir als von ungeheuer differenziertem Geschmacke vor, es schmeichelte mir, daß ich solche Gelüste hatte, es lag eine gewisse, originelle Romantik in der Sache. Zufällig sah ich zu Zana hinüber. Ihre Augen grinsten erwartungsvoll. Dieser Umstand machte mich kalt, er entgeisterte mich. Es war mir unappetitlich, den Genuß zu teilen. Und so würde ich den Hund denn nicht erschießen. Um aber auf meine Rechnung zu kommen, führte ich doch einen kleinen Coup aus. Ich brannte die Pistole gegen ein x-beliebiges Ziel ab. Neunmal hintereinander krachte der Schuß. Die

Hülsen hüpften energisch über uns weg. Ein leichter, blauer Dunst lag vor der Sonne, die Detonation klang betäubend von den Steinen zurück, und ich dachte, nun singt das Blut in ihren Ohren. Ich fühlte aber auch etwas anderes, eine neue, frische Belebung. Ich stand schnell auf und machte Bewegung.

Ich war voll Teufelei und Unternehmungslust. Zwar wütete ein Ozean von Kopfweh an meinen Schläfen und meine Glieder waren nicht ganz sicher. Aber ich fühlte den Rausch der Tat. Heute wollte ich mal spazieren gehen. Marsch hinaus! Auf da! Reise, Reise, Reise...! fort mit dem faulen, aasigen Luderleben! Schwankend, aber unbekümmert um meinen Zustand, galoppierte ich das Flußbett abwärts entlang. Ich lud die Pistole und entleerte sie auf müßige Ziele. Da, an den Seiten, etwas über dem Lehmbruch des Flußbettes, starrte der Djungle. Er war fremd und gefährlich. Konnte man in ihn eindringen? War es möglich, ihn ohne furchtbare Todesstrafe zu betreten? Eine Angstvision erfaßte mich bei der Vorstellung eines Lebens zwischen seinen Tieren und Pflanzen, und es wurde mir unerinnerlich, wie ich es jemals hatte ertragen können, ohne vor Furcht zugrunde zu gehen. Ich vermied es, ihm nahe zu kommen. Ich war ein Ausgeschlossener, der trübe Betrachter eines überlegenen und gesperrten Geheimnisses. Hatte ich wirklich jemals den Djungle von innen gesehen oder war es ein sanfter und harmloser Traum? Alles verwirrte sich. Alles wuchs ins Riesengroße. Ich fühlte mich dem Walde gegenüber gefährdet in meiner Schwäche, ich erkannte seine moralische Überlegenheit, seine Größe, seine Dämonie und sein Elementares zaghaft an. Nein, ich war nicht für den Djungle und ein poweres Geschöpf vor dem Djungle, zu schlecht und zu elend, um meinen Fuß in ihn zu setzen.

Das geziemte nur Riesen und Unerschrockenen wie Slim, oder einem Indianer, braun, stark und wild und mit einem Herzen von Eisen. Lockte es mich? Zurück in deinen Winkel, schleimiger, weißer Mann, altes, schwankes Fieberroß! Ein Ekel faßte mich vor meiner weißen Haut, ein Abscheu vor meinem talgigen, widerstandslosen Fleische. Soll ich, muß ich, darf ich in den Djungle? Ich kapituliere. Ich gebe mich geschlagen. Ich bin die letzte Lehmknolle in Gottes Natur. Ich bin ein Paria gegen den Djungle. Retraite, altes Fieberroß!

Ich war vor ungefähr zehn Minuten aufgestanden und nicht so sonderlich weit gekommen, als ich glaubte. Und nun wurde mir trübe zumute, das Elend packte mich in seiner heillosesten Form. Körperlich ging es mir keineswegs schlechter, der Rausch der Aktion drängte sogar das Kopfweh zurück. Aber der Zustand war seltsam genug, mir war einfach fade, ich war in dieser Sekunde das Opfer einer trostlosen Langeweile. Ich warf mich nieder und weinte. Und hob in purer, schlechter Laune, im Zorn, im Exzeß der Langeweile einen mannschweren Block auf und zertrümmerte ihn an den Klippen. Nach diesem Erfolge affektierte ich Freude. Meine physischen Kräfte waren keineswegs geschwächt! Aber nun wollte ich nicht mehr weiter. Ich hatte des Gehens genug. Ich war des Anblickes dieses Flußbettes und des starren, undurchdringlichen Djungles mit seiner imponierenden Teufelei müde. Eine heftige Unlust, die Beine zu bewegen, in denen ich doch zu gleicher Zeit die Kraft von Maschinenkolben fühlte, ergriff mich. Ich hatte gerade noch genug Willenskraft zurückzukehren. Slim und van den Dusen empfingen mich lächelnd. Die Indianer schliefen. Der Hund drückte sich schielend beiseite. Der Fieberhauch, der von mir ausging, irritierte ihn. Oder ahnte er meine menschlichen Bosheiten?

XXIV

Die Sonne stach mit einem steifen durchdringenden Lichte herab; die Landschaft stand, mit bitterem Realismus in diese schräge angegilbte Wand vor unseren Stirnen hineingesetzt, da. Fluch allen Malern und Fälschern! Das Leben war eine Zeichnung, und Bitterkeit steigt aus den trockenen zähen Stengeln auf, die, eng und planlos zusammengepackt, den Djungle darstellten. Alles Wesen war erschreckend sachlich in diesem Lichte, befangen im nüchternen Ernste seines Daseins. Blüten von unerhörter Farbe, ereignislos, reihten sich buschig auf, sie waren ohne eigenen Glanz und Ton, gefressen waren sie von dem alles verschluckenden, alles einschmelzenden Lichte. Bunte Arasvögel steckten ihre Köpfe mit den wilden erregten Federgeweihen durchs Laub und fixierten uns gehässig; lauernd vor Bosheit duckten sie sich wagrecht auf Äste nieder und führten mit ihren angelförmigen Schnäbeln einen verzweifelten Phantasiekampf, ein leidenschaftliches Scheingefecht gegen unsere verhaßte Anwesenheit aus. Ein Storchenpaar stolzierte in den Wassertümpeln abseits vom Stromgerinne und harpunierte in der Frühe und am Nachmittag Frösche, Frösche als Vor- und Nachspeise und Frösche zur Verdauung. Diese Sparsamkeit angesichts der mutmaßlichen Delikatessen des Djungles war heroisch. Aber sie lag in der Natur. Sie bestimmte den Stil, die Entfaltung. Die unerhörtesten Mittel wurden hier nur einer andeutungsweisen, gleichsam fleckenden Verwendung für wert gehalten. Ein magisches Verwischen aller letztlich doch so brutalen Triebe zeichnete den Wald aus, eine redselige Heimlichtuerei nutzte oberflächlich alle die mystischen und tiefen Kräfte seines Getriebes. Die Natur war überschüssig, gleichsam geistreich; darum brauchten es hier die Menschen nicht zu sein und nicht das Faultier, das da oben mit menschlichen Gebärden, zu träge selbst zu einer Grimasse seines ewig schnauzigen Gesichtes zwischen den dreimannshohen Stengeln mit Bedacht emporkroch. Die Natur als Totalität war geistreich. Darum brauchten es ihre Geschöpfe nicht zu sein. Sie durften außer Betrieb gesetzt im Schatten liegen und gähnen und weiß Gott wie es zuwege bringen und keinen verständigen Gedanken mehr produzieren.

Herrgott, diese Störche speisten Frösche mit Leib und Seele, und indes war der Djungle, ein Riesenbraten, für sie aufgetragen. Und so war diese Natur, sparsam trotz großen Reichtums; sie war nun einmal eben gar nicht, wie man auch denken könnte, Stil, sondern ganz Wesen, ganz Sache. Es war eine durchaus praktische, unästhetische Natur, sie kümmerte sich keinen Schimmer um den Effekt ihrer Schönheit, sondern war ganz auf Glück eingestellt, ja, auf das Glück sommerlicher Körper. Ich aber protestierte heftig gegen die Partei, die sie nahm. Ich wurde krank an ihr und fühlte schwere Hemmungen aus ihren Rückständen an Phantasie und Romantik aufsteigen. Denn in mir herrschten Frühling und Herbst, in mir war kein Sommersein, wohl aber Frühlingswerden, ich reifte zum Blonden, zum Prinzip des Blonden, nur Sommerglück war nicht in mir. Darum zehrte mich der Ärger auf, das Ärgerfieber, wogegen es Chininpastillen gab, die ich mit Ausdauer schluckte. Aber es war doch immer dasselbe Bild; wieder drückten sich die polsterigen Brüste feistleibiger Vögel durchs Laub, sie entfalteten mächtige Garnituren von Federn in allen Farben, steckten ihre Schwanzstutzen aus dem Busch heraus und schlugen Räder. Aber diese Schönheit war ein gelüftetes, ein zu durchsichtiges Geheimnis; es war eine magazinierte Schönheit, sozusagen kaufmännisch, aber ein bißchen unsolid ausgestellt, ich konnte mich mit ihrem nüchternen Zuge nicht befreunden. Der Schauer fehlte. Das war es.

Alles war ein gelöstes Rätsel. Alles war klar. Ich begriff alles. Ich begriff es, wenn eines Tages plötzlich zwei Kakadumännchen aufeinander loszusäbeln begannen, bis das Gehirn des einen bloßgelegt war. Das langweilte mich. Es langweilte mich auch – ich erinnerte mich schwach, daß das nicht immer der Fall gewesen war – daß der Geköpfte in einem letzten Sterbeschauer ein süßes Piepsen ausstieß, während er in gesünderen Zeiten eine schnarrende Stimme hatte hören lassen.

Die Klarheit, die auf Stadien der Verwirrung gefolgt war, wurde lähmend. Mittendrein begann ich unruhig zu werden, die Angst kam schwül an mich heran und ich sprang auf. Das heißt, nein, ich sprang eigentlich nicht auf, ich wollte nur aufspringen und es stand mir sehr augenscheinlich vor Augen, was dann geschehen würde. Ich würde flüchten, würde die Freunde verlassen und mich irgendwohin zurückziehen, um allein zu sein, nur um allein zu sein. Denn in dieser Zeit machte sich wieder der Kontakt mit Slim bemerkbar. Ich wußte, daß er sozusagen stets mit mir dachte, mit den Kräften meines Gehirns gleichsam seine Gedanken und Leidenschaften dachte. Das war vielleicht auch die Erklärung, daß nichts von alledem, was mir durch den Kopf ging, geschah. Ich verbrauchte die ganze Handlung in der Anschauung und Slim zehrte mit. Mein Vegetieren war ein schäbiger Rest von Wirklichkeit. Alles andere fand allein in meinem Gehirn statt. Ich dachte ein feines Ding von Vergnügen aus, ein bis zum Zerreißen dieses süß gespannten Gehirnes verfeinertes Ding. Und blieb an Ort und Stelle liegen, obwohl die Leidenschaft mich durchwühlte und die Fröste der Langeweile mich aufjagten.

Mein Zustand war bekannt. Das Wort Tropenkoller fiel mir wie ein Gnadengeschenk zu. Damit konnte ich arbeiten, erklären. Jetzt also wußte ich, woran ich war. Ich würde schleunigst Abhilfe schaffen, aufstehen, arbeiten, sozusagen ein anständiges Leben führen und so praktisch wie möglich mich den gegebenen Verhältnissen anpassen. Eingerichtet werden mußte das Leben! Hatte ich nicht die Möglichkeiten einer unendlichen, natürlichen Praxis vor mir, das weiße Blatt einer unbeschriebenen Robinsonade? Ich konnte ein Kanoe bauen und mich den Fluß hinabbegeben. Oder mit Zana durchbrennen, sie heiraten und das Leben eines Djunglemenschen führen. Meine ungeheure Assimilationsfähigkeit, mein Rückbildungsgenie kamen mir hier zugute. War ich nicht voll guten vertrauensvollen Willens?

Nach einer Stunde der kühnsten Unternehmungen und Aufpeitschungen war mir der Begriff Koller so fade wie nur je ein Wort. Mit hysterischer Lust glitt ich in die Tiefen meines Zustandes. Ich war eitel auf mich; ich war es auf mein Affengesicht; auf meinen Mangel an Willenskraft und Persönlichkeit, das heißt, auf meine geniale Assimilationsfähigkeit: denn, in der Tat, wenn ich die anderen um mich her betrachtete, so wußte ich, daß wir bereits Affengesichter besaßen. Wir verzwickten die Gesichter, weil die Sonne uns blendete. Das Tierische in Zanas glatten Zügen reizte mich zu einer prickelnden Nachahmung. Ich buhlte um den Ausdruck ihrer Lüste; diese Lüste müssen erschlichen werden, man muß unter einer Art Mimikry an sie herankommen. Wohlan, präparieren wir uns im Hinblick auf den Indianer! Wenn Zana mein Weib ist, werde ich sie bei den Haaren ziehen und auf ihrem Gesichte spazieren gehen. Ich habe infame Pläne mit ihr vor. Ich nehme keine Rücksichten mehr. Ich halte mich an die ältere Humanität; was die Lust der Rassen anbetrifft, geht es nach Anciennität.

Mit den Vorsätzen war es getan. Die Natur produzierte hier, draußen und in meinem Hirn, in überschwenglichem Maße. Aber sie verlumpte die Million aus Sparsamkeit, um Bewegung zu sparen und die alten Formen zu schonen, die sonst zu schnell ausstarben. Diese Natur war nicht auf den Europäer berechnet, auf nichts Avanciertes, Humanes, Intelligibles. O, sie haßte die Maschine, diesen paradoxen Vogel des Nordens, und ihre andersartige Ökonomie. Sie hatte es eilig wie ein Krösus, der so schnell als möglich zum Bettler avanciert, um vom guten Leben nicht draufzugehen und genügsam sein zu können. Diese Natur war, wie gesagt, geistreich, geistreich als solche, obwohl ihrer Geschöpfe Mangel gerade in diesem Punkte auffiel. Sie war darum in ihrer Fülle auch ein Dichter, ein solcher Praktiker, der das Leben lieber schnell theoretisch absolviert, um nur ja sich selbst aufzusparen und nicht in Stücke zu gehen. Der Dichter ist ja bekanntlich der feinste Kaufmann, er kauft alles und bezahlt mit Phantasie. Ein solcher Dichter, ein solches Stück Tropennatur, bitte zu bemerken, ein solcher Verfertiger von Tropen bin ich. Ich habe Zana schon längst glücklich geheiratet, aber gleichwohl, ich liege noch immer hier. Da sieht sie her, so schmachtend wie möglich, mit einem Blick, als würde ich ihr sofort, auf der Stelle, mit einem Messer den Bauch schlitzen. Ich aber liege hier, bin faul wie ein Alligator und von meinen Knochen fällt langsam das Fleisch ab.

Die Zeit hatte die Auszehrung, und wir verstarben an galoppierender Langeweile. Über unseren Köpfen zog ein Storchenpärchen seine Kreise. In diesem Zeichen stand unsere Lage; es war eine wirkliche Lage, die wir nun in der Welt einnahmen, und das Kreiseln über uns war der Singsang unseres Blutes. Die zwei Störche stiegen herab, ach, da hatten sie lange rote Schnäbel, und so rot waren ihre Schnäbel, daß einem wirklich bei ihrer Betrachtung nichts anderes einfiel, als daß sie rot waren. Zwei wunderschöne rote Griffel, die rapide klapperten, waren das, zwei Zinnoberstempel aus elegantem, einförmigem Farbstoff, zwei grelle Blutfasern in der Lichttafel, die uns vor den Stirnen schwamm. Sie beschäftigten die Phantasie, anderseits aber waren sie so anschaulich, daß sie ganz sie selbst waren, ganz Sache, ganz Schnäbel, rote Storchenschnäbel, eine praktische Angelegenheit, zum Klappern etwa! Ich weiß nicht, warum wir über den Unsinn soviel nachdachten, warum wir insbesonders über diesen roten Schnabel soviel Wesens machten, der uns gar nichts anging. Das Rot war so eigen, und es erregte uns anscheinend mächtig. Es hing den Vögeln ein dünner erstarrter Fleischlappen mitten aus dem Gesichte und machte uns sieden. Vielleicht weil wir kollerig waren. Ich dachte an den zerstückelten Kopf des piepsenden Arasmännchens, an seinen blutenden Kamm. Es ist merkwürdig, daß es Tiere gibt, die mit dem Zeichen ihrer Blutgier unverhüllt umherlaufen. Aber das ist gar nicht merkwürdig. Bei den Säugetieren sind es die Lippen, Blutfetische, und die Geschlechtsorgane, in ihnen tritt die grundlegende Blutsympathie der Leiber nackt zutage. Ha, wie wir morden, wenn wir küssen! Wie wir dieses süße Überbleibsel eines Bisses schlauerweise ungestillt lassen, in unserer unerhörten, listigen Ökonomie der Lust! Der Kuß der Vögel nähert sich dem älteren Ideal. Wenn der Kakaduhahn das Huhn unter Geflatter belegt, führt er flagellantische Hiebe gegen die roten Teile ihres Gesichtes, markierte

Hiebe, er kraut sie leidenschaftlich an den feinen roten Häuten über den Nasenlöchern. Ich blickte seitwärts. Da prangten Zanas künstlich aufgestülpte Lippen, sie enthüllten ein breites Stück Rot wie eine Blutorange; zwei Eberzähne waren durch das Nasenbein gebrochen, und die Narben zerrten die Lippen hoch. Nun mußte ich finden, wer von den Männern die verfänglichsten Lippen hatte. Slim besaß dünne, herbe Exemplare, scharf wie zwei Messer. Damit schied er aus der Konkurrenz aus. Der Holländer hatte ein paar himbeerfarbener unter seinem Struppbarte. Ich erschrak tödlich, als ich es bemerkte. Im gleichen Augenblicke hatten wir uns auf den Mund gesehen. Es war erklärlich, daß er sich der offenen Aufmerksamkeit Zanas erfreute. Sie schielte wie eine Äffin mit schräg gestellten Blicken zu ihm hinüber. Slims Gesicht, das unter einem rötlichen Barte vollständig gelb war, drückte in diesem Augenblicke eine Katastrophe aus.

Die Sonne fuhr wie ein weißglühendes Projektil über den zwölfstündigen Himmel dahin, Tag um Tag den Weg, den wir verfolgen konnten. Zur Linken unserer Robinsonade tönte fern das Zischen der Fälle. Vor uns lag der weiße Flußsand im halbberieselten Bette, gegenüber brodelte der Djungle, die Luft dazwischen war vor Hitze in beständigem Flittern begriffen und zerfranste farbig. Wir hatten schmerzliche, eintönige Erlebnisse, oh. Ich sagte »wir« in jener Zeit, hm. Die Langeweile rotierte, und dann schoß das Storchenpärchen in Kreisen, Schrauben und Korkenziehern über uns hin. Und dann stand Slim plötzlich auf, es kam Leben in ihn, er kommandierte die Indianer, man schlug einen Baum und begann ein Boot auszuheben. Ich aber stand nicht auf und half. Ich haßte die Tat und alle Tat. Die Energie Slims machte mich schwächer, während er sich gleichsam an der Ursprünglichkeit des Unternehmens berauschte. Er schlug ein Kanoe. Er entfernte sich mit meiner Lebenskraft, verbrauste mein Vermögen und ließ mich mit Passiven zurück. Und ich haßte ihn, diesmal vielleicht zum ersten Male aus vollem Gemüte, ohne dialektische Umwege, aus dem vollen Gemütshasse des Beraubten. Er jedoch gedieh dabei. Er begann am Lagerfeuer Debatten zu eröffnen und traktierte seine Lieblingsidee, seine funkelnagelneue Dimensionenlehre. Warte mal, ich gebe ihm den Todesstoß. »Sie sind ein Dialektiker«, sagte ich drohend. Ich war ein großer Entlarver. Dabei schüttelte mich das Fieber, und meine Pulse evaporierten, sie rauchten förmlich vor Arbeit.

Da geschah das Unerwartete, daß der Holländer zu sprechen begann. Er ergriff meine Partei. Er war ein gerader Kerl, und ich mußte eine schwärmerische Vorliebe für derlei Charaktere in mir vorfinden. Ich überschüttete ihn innerlich mit Dankbarkeit und schwur ihm Treue und Solidarität. Die Situation war nicht unangenehm, wir waren jetzt zu zweit und marschierten siegreich aufs Ziel los. Aber eine kleine Verlegenheit trat doch ein. Slim fiel es mitten im Debattieren ein, nach seiner Coltpistole zu greifen. Er wog sie in der Hand, fühlte gleichsam seine eigene Solidarität und kostete das Vertrauen aus, daß auch er zu zweit da war. Sein gelbes, bärtiges Gesicht bekam einen lasziven, geradezu lasterhaften Zug, er sah nicht nach uns, sondern nach Zana, und so war es ungewiß, wem von seinen beiden Gegnern die Worte galten. Er sprach gutmütig; aber ich hätte gewettet, daß in seiner Stimme etwas ungeschickt verbissene Gereiztheit, eine Art falscher Gesang zu hören war. Am merkwürdigsten war, daß er das englische »du« gebrauchte, als ob er eine Art Bibeltext spräche, etwas besonders Herzergreifendes, vielleicht Verächtliches. Er sagte:

»Ich weigere mich, mit dir zu debattieren, my boy. Du bist langweilig. Ich bin dir viel zu sehr Problem. Du beschäftigst dich zuviel mit meiner Person, jedenfalls mehr als anständig und gesund wäre. Das geht nicht; wir sind füreinander einfach unmöglich. Aber das kann ich dir sagen, du bist vollständig irrsinnig, du bist toll, du hast den Koller. Denn das, was du dir einbildest, gibt es nicht. Es gibt keinen Parallelismus zwischen zwei Menschen. Das ist die Spiegelmanie deines Gehirns. Wie du mich krank machst!« Er stand auf und ging hinaus und kam erst am folgenden Morgen wieder zurück. Um Mitternacht fiel ein Schuß und das Klagegeschrei von Affen scholl lange fort.

Am dritten Tage wurde die Arbeit am Boote eingestellt. Die alte traumselige Monotonie beherrschte unser kleines Lager zwischen den Flußklippen im Schuttloch wieder. Slim war es eingefallen, daß wir Futter brauchten. Er nahm wortlos seine amerikanische Büchse auf und lockte den Hund an. Dieser gehorchte schwanzwedelnd, trabte dreißig Schritte hinter ihm her, machte aber plötzlich kehrt und kam mit gedrückter Miene zur Höhle zurück, wo er sich an seinem Stammplatz zwischen gewisse große Steine legte. Slim rief und kommandierte, Zana warf mit Steinchen und Erdknollen nach ihm und gebärdete sich, als hätte sie nie im Leben ein wichtigeres Sittengesetz zu verteidigen gehabt. Das Tier erhob sich mit laffen Gliedern und drückte seine Augäpfel mit sterbenstraurigem Appell an unsere Barmherzigkeit in die eine Ecke, während es mit seiner Schnauze bang in die Luft hinausschnüffelte. Slim ging geradewegs an das gegenüberliegende Ufer, wo der Djungle am schüttersten schien, und verschwand mit dem Hunde in den Büschen.

Unter den Zurückbleibenden entstand eine eigentümliche Bewegung. »Uff«, sagte der Holländer ungewiß, »nun ist doch eine Seele weniger im Raume oder in der Zeit oder, was weiß ich, in welcher Dimension!« Er sagte nichts weiter darüber, schien aber boshaft vergnügt, daß er das Drama unseres Zusammenlebens angedeutet hatte.

Einige Zeit später, während ich mit müdem Kopfe die Vorgänge um mich herum anreihte, waren van den Dusen und Zana in ein entzückendes Spiel verwickelt. Sie bewarfen sich, mit was immer ihnen locker in die Hand kam, gerieten zufällig nahe aneinander, und ich hörte Zana eigentümlich lachen, als ob sie gekitzelt würde. Ich vermied es, schräg hinter mich zu sehen. Glühende Träume von brasilianischer Urwaldzärtlichkeit wucherten in meinem Hirne, das wie eine Sonnenlandschaft aus der Vegetation von Glutbrocken bestand. Im Paroxysmus der Wünsche, Hemmungen und Leiden über mein tatenloses Dasein krampfte ich mich zu einem Bündel zusammen und drückte mich mit voller, wahnwitziger Kraft rücklings an die Erde; ich folgte dem instinktiven Drange, mich zu begraben, mich vor dem Lichte, hei, dem weißen Lichte, vor dem meine Ohnmacht so kraß bloßlag, in den ewigen Schatten hinabzudrücken. Aus meinen Absichten wird nie und nimmer etwas werden. Nie und nimmer werde ich Zanas dünne Glieder umfassen dürfen, nie und nimmer werde ich ein Indianerprinz werden wie Luluac. Ich konnte das Rätsel nicht lösen. Es muß geheime natürliche Reize geben, denen das Weib sich unbewußt erschließt, oder doch solche, an die ein Europäer nicht zu denken wagt – denn mir fielen gewisse Süßigkeiten von den indianischen Gemälden ein, natürliche geschlechtliche Reflexe, die aus meinem Hirn gewaltsam weggestaut sein mußten. »Ich habe das Rätsel auch später nie gelöst.«

Dieser Satz fiel mir damals ein; ich würde ihn zukünftig denken. »Ich habe Frauen aller Länder gesehen und genossen, aber immer wieder mußte ich mich an dieses seltsam häßliche Geschöpf voll verwickelter Reize erinnern. Der natürliche Egoismus eines anmutigen und starken Menschen hat saugende Kraft; die schwächere Seele wird leidend in ihn verarbeitet«, schrieb ich in Gedanken nieder. Häßlich – habe ich Zana wirklich jemals schön gefunden, wie oft ich sie auch so nannte? Zana, nein, besaß keinerlei von bleichgesichtigen Idealen und Künstlern her beeinflußte Schönheit. Sie war abnorm dünn, flötenhaft dünn, die Knochen sprangen unter ihrer braunen Haut durch wie Drähte, aber diese Haut war glatt und knapp und folgte geschmeidig dem Ornament des Baues. »Immer wieder habe ich auch dies Rätsel gefunden, daß das Geschlecht des Mannes einen originelleren Geschmack in seiner Wahl zeigt, als das an Prinzipien und Einmaligkeiten gewöhnte Kulturhirn.« Ich erinnerte mich nämlich in die Zukunft, ich nahm mit meinen Worten alles Kommende voraus; es war mir mit einem Male gewiß, daß ich diese Phrasen einst mit gutem Gewissen würde gebrauchen können. Plötzlich klangen Schüsse aus dem Djungle, abgeschwächt vom Laube. Wir horchten. Van den Dusen sagte: »Nun wird er bald da sein.« Er roch ihn gleichsam und wurde mißmutig.

Und Slim kam, ohne Beute und ohne Hund. Niemand verlor darüber ein Wort. Und auch ich will darüber kein Wort verlieren, denn ich kann diese tiefen und bösen Dinge nur andeuten, wenn ich sie nicht entkräften will. Alle atmeten auf. Der Hund war nicht mehr Überlebender, die Ahnungen waren lügengestraft. »Schlange«, erzählte Slim lakonisch in dieses Schweigen, und alle lächelten in sich hinein. Sofort empfanden alle anders. Wir fühlten das Lächerliche dieser nutzlosen Handlungen, diese karikaturartigen Äußerungen plötzlicher Lebenslust. Ein noch so langweiliger Slim mit symmetrischen Lebenskräften war ein Ding, das Respekt einflößte. Ein kapriziöser Slim aber fiel unserer Verachtung anheim.

Er kam mit harten Schritten und breit gehobenen Schultern über das Gerölle daher. Van den Dusen war blaß. Was konnte Slim wissen? Alles. Wir lasen einander die Gedanken ja vom Kopfe ab, wir wußten, daß jemand gegenüber im Djungle versteckt dagestanden und zu uns herüberspioniert haben konnte. So weit waren wir schon, daß wir alle zusammen mit unseren Einbildungen an der Leimrute einer allgemeinen Stimmungskrankheit kleben blieben. Nun trat die Katastrophe ein. Slim ging mit dem geladenen Gewehr in der Richtung auf den Holländer zu. Ich hörte es knacken; er hatte die Patrone im Lauf nachgesehen. Mitten im siedenden Kessel dieser Atmosphäre packte mich der Frost, zwei, drei Sekunden lang hatte ich eine deutliche Wahrnehmung des Fiebers, das sonst rhythmisch in mir dahinflutete. Ha, jetzt kam die Geschichte zum Klappen, jetzt entlud sich aller aufgestapelter Haß, jetzt gab es Blut und Befreiung von dieser gefährlichen Gemeinsamkeit. Und nun – – –

– – – und nun begann Slims Schritt auf dem Kies schwach und gewöhnlich zu werden. Es waren Dutzendschritte, die da herankamen, nicht Slims Kraftschritte. O über die Armseligkeit dieser Schritte! Ich dachte an die Triumphe, die Slim mit seinem Gange gefeiert hatte, an meine knabenhafte Verzagtheit vor diesem machtvoll scheinenden, gleichmäßigen Tempo. Um es nur zu sagen, ich war kleinlich geworden in seiner erdrückenden Nähe und auf eine Bagatelle von Überlegenheit erpicht. Nun, Slim machte schlapp; er büßte seine Haltung ein, als er unser ansichtig wurde, sein Zorn wurde zu einem Brei von Leidenschaft und versagte wie nasses Pulver. Er sank mit vertretenen Füßen in das Flußgeröll ein und sah uns wenig an. Slim pflegte in seiner Brutalität oder Gutmütigkeit gut auszusehen; aber seine Symmetrie war verschoben, das Charakteristische seiner Haltung entwürdigt, wie er sich mit dem Flußgerölle abmühte, und nun sah er im Widerstreit seiner Empfindungen lächerlich aus. Ein Gedanke stieg in mir auf, ich blickte scharf auf seine Füße: Slim zitterte in den Knien!

Und so kam es denn, daß außer einem einzigen Worte Slims nichts gesprochen wurde. Nach dieser Demütigung Slims hätte man ein ehrliches Wort sprechen, das Übel abstellen und einander von mancher Last befreien können. Aber dies Wort kam keinem von uns dreien über die Lippen. Slims Gesicht bewegte sich beinahe schmerzhaft in Grimassen, er lachte aus Scham und Gott weiß was für Gefühlen, als er mit den Sandbänken im Flußbett kämpfte. Und angesichts dieses Lachens, das alles leugnete, wurden uns die braven und tapferen Worte, verstockt und elend wie wir waren, auf der Zunge dick. Unsere Gesichter verschieften sich gleich dem Slims, wurden unsymmetrisch wie unser Inneres. Ha, wir liebten und wir haßten einander, wir waren aufeinander angewiesen und waren doch unerträglich füreinander. Wir konnten einander nichts mitteilen, aber unsere Gedanken lagen offen wie geschlitzte Därme da. Wir platzten vor innerlichen Freisen, unsere Seelen waren wund und geschwollen und schon die Nähe der Fremden schmerzte. Im Höhepunkt dieser Erregtheit wollte ich schreien, bloß furchtbar und töricht herausschreien; aber ich hielt mich am letzten Haar zurück, denn ich wäre daran gestorben. Ich hätte mich totgeschrien.

Diese Krise, während der wir uns aufmerksam und mit leisen Spuren von Spannung beobachteten, dauerte nur Sekunden. Es waren Zeitmaße voll von einer ungeheuren langsamen Ödigkeit. Als diese epileptische Anwandlung sich abschwächte, nahm Slim mit deutlichen Anzeichen der Erschöpfung einen der umherliegenden Menagebeutel und stampfte brummend nach rechts davon.

Da tat ich denn desgleichen und marschierte nach links ab. Ich war ihm mit dem Blicke gefolgt, wie er über den weißen Schotter paddelte. Nun wußte ich mich selbst darüber hinpflügend, fühlte den Schmerz und die Wärme am Knöchel und sah die grelle Fläche unter mir. Einmal blickte ich um, ich hatte ein peinliches Gefühl im Rücken verspürt. Es war alles in Ordnung. Niemand hatte ein Schießeisen in Händen. Im Verhältnis zu dem schweren Kies waren meine Beine zu zerbrechlich, zu leicht und zu massearm waren sie. Es ging immer zäher und zäher, und als ich bei der großen schönblühenden Distel stand, die von der Robinsonade noch ersichtlich sein mußte, überkam mich die Sehnsucht. Mein Herz tat weh, ich liebte meine liebe alte Höhle mit dem wunderbaren Schatten, ich verlangte gierig nach van den Dusen, meinem weißen Freunde, nach Zana und den Indianern. Und da lag ich auch unter ihnen und war höchst peinlich berührt von der Anwesenheit eines anderen Weißen. Denn ich war erst gar nicht fortgewesen und legte das Gewehr, mit dem ich nachdenklich gespielt hatte, wieder an seine Stelle. Slim war ungefähr so weit, wie ich gerade in Gedanken gekommen war. Er hatte sich umgesehen. Er bog ein und verschwand von der Bildfläche.

Was war die Grundstimmung dieses Strategems? Ja, ich hatte aparte Pläne. Ich wollte mir eine Robinsonade auf eigene Faust gründen. Dort wollte ich leben und schlafen und arbeiten. Ich wollte jagen und mir mein Brot verdienen. Wie köstlich war es, des Morgens einsam zu erwachen, den ganzen Tag über sozusagen nur einmal statt dreimal auf der Welt zu sein, unbeobachtet und unverantwortlich für die Gedanken anderer, und mit der Aussicht, sich gehen lassen zu dürfen, wie man wollte? Ach Gott, Einsamkeit ist die Gunst des Schicksals. Besser, laute nutzlose Rede führen und in die Luft singen, statt das Tiefste, das man zu sagen hätte, verschweigen zu müssen. Einsam die Elegie dieser Einsamkeit bis zur Neige genießen, im schönen Singsang der Unbegrenztheit des eigenen Ichs die Zeit verbringen zu können! Ferne du, du selten gehaltenes Versprechen der Einsamkeit. Dich gedachte ich mit der geringen Distanz von fünfhundert Schritten zu erobern!

So hausten wir an Ort und Stelle, während unsere Gedanken sich um Slim drehten. Seine Abwesenheit hinterließ in unserem kleinen Haushalte eine klaffende Lücke. Wäre der Holländer nicht mit einem Schlage so seltsam geworden, so hätte ich gerne eine kleine Unterhaltung über dieses Thema angeknüpft. Es war nicht hübsch von ihm, daß er Slim auf diese Weise hinausgeekelt hatte. Alles in allem genommen war Slim doch ein kapitaler Mensch, ein seltenes und gelungenes Exemplar von einem Manne. Man konnte ihm gut sein. Wie kam der faule gedankenlose Holländer dazu, ihm das bißchen Lebensfreude, das man hier hatte, zu vergällen? Schon hatte ich eine Apostrophe auf den Lippen und gedachte eine längere Rede zu entwickeln, ein Mordsstückchen Rhetorik, zu dem mir in meinem rastlosen Kopfe bereits die Worte und ein Arsenal von Gründen in ihnen eingefallen waren. Ich begann diplomatisch mit einer Fragestellung. »Was wohl Slim treibt?« sagte ich. Da setzte sich van den Dusen auf und platzte in weinerlichem Tone heraus: »Fort ist er, in eine andere Höhle ist er hin. Nun sehen Sie wohl, Sie hätten ihn nicht derart vertreiben sollen. Sie haben natürlich unrecht mit Ihren Behauptungen. Sie sind kein metaphysischer Kopf, überlassen Sie das doch Slim! Er ist nicht der Mann, der solchen Unsinn verträgt. Man könnte wirklich aus der Haut fahren bei Ihnen.«

Ich stöhnte. »Mir ist todübel«, sagte ich statt aller Replik. »So?« sagte er, »na ja, da haben wir's ja. Sie sind den Strapazen nicht gewachsen. Sie vertragen das tropische Klima einfach nicht. Nun ist die ganze Expedition durch Sie in Frage gestellt!« Ich fiel todmatt zurück.

An demselben Tage noch kam es über van den Dusen. Er konnte es nicht mehr länger ertragen. Er stand auf und begann nach links hin fortzulaufen, seine traurige, nunmehr stark ramponierte Gestalt zog wie ein gebrochenes Herz über den weißen Flußschotter. Wie ein gebrochenes Herz, jawohl, hing der gute Kerl über, die Kleider schlotterten an seinem abgemagerten Leibe und er schlingerte mit schwankenden Knien. Alles an ihm war Trübnis. Einmal sah er sich halb um, mit einem kurzen scheuen Ruck und rollte weiter. Da kämpfte ich einen wilden verzweifelten Kampf mit dem unschuldigen Gedanken, der tückisch an mich heranschlich, ein Monstrum von Gedanke, das ich nicht denken wollte, das aber glatt und geschwind sich gegen meine Vertuschungsversuche behauptete. Wieviel Schritte? Dreihundert, innerhalb Treffsicherheit. Van den Dusen kam unangefochten fort. Erstarrt blickte ich ihm nach. Gleich mußte er meinem Gesichtskreis entschwinden. Da war er bei dem schönen blühenden Distelbund angelangt.

Ich begann zu singen. Aus Schmerz oder aus Freude? Ein hysterisches Ringen entspann sich in mir. Ich war einsam. Allein unter Indianern, ein einzelner Weißer, lag ich von Sonne und Fieber, von außen und innen her gekocht am Ufer eines brasilianischen Flusses! – Da wandte sich van den Dusen langsam um. Langsam kam er wieder zurück, dann schneller, bevor ich würde schießen können, heia, wie schnell, zuletzt aber verlangsamte er das Tempo, er setzte sich der Gefahr eigensinnig aus! Wie weh mir sein Verdacht tat! Sein Gesicht war zur Erde gekehrt. Ja, sein glattes muskulöses Schauspielergesicht war von einem Dutzend kleiner Höcker und Wellen geteilt, es war vor physischem Schmerze zersprungen und spiegelte das Elend seiner Seele. Meine Seele aber empfing ihn im bräutlichen Schmucke. Wir werden zusammen dieses Wiedersehen feiern und einen ewigen Pakt der Freundschaft schließen. Wir lassen die Feuer unserer Menschlichkeit lodern, wir werden uns im Geiste schlicht und ohne Pathos umarmen, wie es einem Kameradenpaare geziemt. Slim aber wird als Festopfer serviert. Denn Slim trug an allem Schuld. Slims ungemütliche Art des Verkehrs hatte unsere Nerven irritiert und zu einer künstlichen überempfindlichen Funktion gebracht. Slim war ein Ketzer wider die Natur, ein Phantast, ein vollständig verdrehter Querkopf. Er verzauberte des Exempels wegen unsere Gehirne, er gebrauchte uns als Versuchskarnikel für telepathische Wirkungsgesetze. Ah, dieser Slim! Man müßte ihm den Schädel einschlagen, just so einschlagen, daß sein überentwickeltes Gehirn mit der rohesten Wirklichkeit in Berührung käme. Charlie, der es fertig gebracht hatte, bis zum Horizonte dieser kleinen Welt zu marschieren, der leibhaftige fünfhundert Schritte hin und her zurückgelegt hatte, er war Slim möglicherweise doch gewachsen. Nicht wahr, Charlie, wir beide verstehen uns auf diesen Slim? Die Methode Mister Slims ist uns ein offenes Geheimnis. Eines Tages jedoch muß die Rache kommen! – Mein fiebernder Kopf war in festlicher Stimmung. Jetzt kam das große Verbrüderungsfest, jetzt endlich war die große historische Intrige fällig! Mein Schädel brummte von marktschreierischen Gedanken.

Van den Dusen war in der Sonne stehen geblieben. Er schien zu kämpfen. Plötzlich schloß er die Augen und bekam einen Schwindelanfall, bei dem er taumelte. Nun bildete er sich ein, es hätte ihn jemand angeschossen. Wie ein Schlafender stand er da und drohte umzustürzen. Oder er hatte Hemmungen, der Arme, und war sich selbst zuwider, weil er so schnöde hatte handeln und von mir fortgehen wollen. Er kämpfte sichtbar mit dem Ekel; der Gedanke, daß er beinahe da draußen irgendwo abseits von diesem Mittelpunkte des Daseins hätte hausen sollen, erschütterte ihn. War diese Robinsonade nicht doch das Liebste und Beste, das es für uns verlorene Weltenbummler noch auf Erden gab, und war es nicht ein Geschenk, in diesem Schatten zu liegen, den Gott oder Moki oder sonst ein anbetungswürdiger Geist gespendet hatte?

Van den Dusen trat nahe an mich heran. Ich suchte sein Gesicht zu erkennen. Es war eine zusammengeballte Hand, die Innenseite einer Faust, eine Hohlfaust! Es war rot von der Sonne und wulstig und verkrampft. »Um Gottes willen, Mensch, haben Sie den Sonnenstich?« Giftig schnüffelte er umher und nun, er öffnete den Mund, nun sollte die Liebeserklärung kommen. Er sagte:

»Hier kann man nicht bleiben. Hier kann es kein Mensch aushalten. Sie sind ja krank. Sie haben einen schlechten Atem, ich rieche es bis hierher. Sie sollten eigentlich anderswohin. Es ist nicht auszuhalten neben Ihnen!« Bei diesen Worten legte er sich drei Schritte von mir in den fettesten Schatten neben Zana und steckte das verbissene weinerliche Gesicht in die Arme.

Ich bin tot, ich bin gestorben, addio. Der Holländer hat mich gemordet. Er hat mir sein Gift ins Herz getrieben und ich bin daran verreckt. Ich werde nie wieder aufkommen, ich bin nur ein namenloses Etwas, das keine Kraft mehr hat. Da fällt mir ein, dies ist riesig bedauerlich, denn ich werde das Buch, das ich über meine Erfahrungen vom Verkehr und der Wirkung von Mensch auf Mensch schreiben wollte, nie mehr schreiben. Ich hätte es »die Tropen« genannt; nicht nur dem Milieu zuliebe und gleichsam der hypertrophischen und deutlichen Entfaltung aller menschlichen Beziehungen wegen, die hier rein und ungehemmt, tropisch sozusagen ins Kraut schießen; nicht nur, weil das gesamte menschliche Gefühlsleben auf sein Vegetatives zurückgeführt ist: sondern aus Hinterlist, aus Spitzfindigkeit, weil alles Gegebene immer nur eine poetische Methode, ein Tropus ist, und weil mich dieses seltsame Gewächs reizt, das wie eine Vegetation von purem Stoff haushoch, elefantiasisartig anschießt, mir unter die Füße wächst und meinen Standpunkt hebt, und dessen Säfte doch immer wieder mein eigenes rollendes Blut sind und nichts Fremdes. Ha, wie ich dieses Buch geschrieben hätte, flott und fürstlich und überlegen und ohne die Sentimentalität jener Demütigungen, die es mir eingaben! Jetzt ist es zu spät, mein Gehirn ist noch zärtlich wie ein indianischer Sommer, aber ohne Kraft. Ich bin tot und werde es nie schreiben; tot wenigstens zum Bücherschreiben, denn meine Schmerzen haben mich weise gemacht und ich kann schweigen. Ich habe keine Aufmerksamkeit mehr dafür, verborgenen Zusammenhängen nachzuspüren, und menschliche Tiefen und geistreiche Falschheiten sind mir selbstverständlich geworden. Ich will ein einfaches Leben führen, ohne Einfälle und Beobachtungen, ohne Entdeckungen in Raum und Zeit, ohne europäisches Indianertum und Erotik. Ich pfeife auf alle Weiber unter der Sonne, wenn ich sie nicht haben und jeder dahergelaufene Duselkopf und Rohling sie gewinnen kann. Ich habe der wirklichen Tropensonne ins Gesicht gesehen und bemerkt, daß sie noch immer dieselbe ist wie daheim in meinen Knabenjahren. Ich verzichte daher auf sich drehende Maschinenhallen in Hochglut und kollerige Eisenstangen, ich verzichte aber auch auf meine eigene Erfahrung und ihre Bücher, auf jede Lebensbetätigung, die ein Surrogat für das Tropenleben in unserem Blute ist, und wähle eine bescheidene und sinngemäße Existenz. Vielleicht habe ich bis zu diesem Augenblicke nicht daran gedacht, dieses sogenannte »Buch« zu schreiben. Aber meine Bekanntschaften mit Menschen, Dingen und Gedanken gehen im Galopp, sie rasen wie ein Kienspan in Sauerstoff und sind nach der ersten Sekunde seit je gewesen. Ich habe nicht die Ehrfurcht vorm Neuen und werde nur allzubald intim. Ein Buch, das mir in einem gesegneten Momente einfällt, habe ich nachträglich seit je geschrieben. Solche Momente sind während ihrer Passage uralt und ehrwürdig und wir sind einander nicht fremd. Ich habe kein Gedächtnis an Nichtgewesenes. Nichts kommt ja aus dem Menschen, das nicht schon irgendwie in ihm dagewesen wäre, und nichts ist für ihn da, das nicht in ihm da wäre. Was spreche ich da viel von den Tropen? Der Wilde kennt sie nicht, nur der Nordländer, sie sind ihm ein Tropus für seine Glut und das verzehrende Fieber in seinen Nerven. Er erfindet sie, um sich ein Gleichnis zu setzen. Aber sie sind nicht vorhanden, sondern nur eine langweilige monotone Wachstumsbeziehung. Es ist überhaupt nichts da, als diese Wachstumsbeziehung. Was wir nicht mit Leidenschaft erfassen, gibt es nicht. Ich glaube nicht an ein Buch, das ich nicht als eine Notwendigkeit, als ein nicht zu ersetzendes Faktum angesehen hätte, und ich glaube nicht an Leser, in die ich nicht leidenschaftlich verliebt bin. Alles ist erst in der Leidenschaft und die ist ein Diktando unserer Eingeweide. Meine Schilddrüse ist mit Ihnen nicht einverstanden, Fräulein Leserin. Sie kennt Sie nicht, sie liebt Sie nicht; sie leugnet, zu Ihnen in irgendwelchen näheren Beziehungen zu stehen. Ich kann also nichts tun und muß dieses Buch unterlassen. Ich bin über das Buch hinausgewachsen. Es ist immer eine schmutzige Sache, wenn einer Bücher schreibt, zumal aber solche über die Tropen. Denn die Tropen sind die Kinderschuhe der Menschheit. Wer sie ausgetreten hat, wäre reif und dichtete sie nicht. Die Tropen sind die Pubertät eines jungen Europäers. Aber das ist nun der Fluch, den wir aus unserer Herkunft mitgebracht haben: wir reifen eine Zeit und dann ist es aus, die Reife tritt zugleich mit dem Untergange ein. Nun, ich bin reif; ich entsage Weib, Beruf und Buch. Welch herrliches Leben könnte ich mit diesem seelischen Reichtum an Entsagungen führen, wie könnte ich in Primitivitäten prassen und mir durch diese Mäßigung das Leben versüßen? Aber da ich mich nun einmal entschlossen habe, tot zu sein, will ich es auch durchsetzen. Wie spät ist es? Ist es Morgen oder Abend? Fliegen die Störche zum Morgenspaziergang oder holen sie sich bereits die Abendration? Jetzt nimmt die Sonne den höchsten Buschen des Urwaldes ins Maul und kaut mit roten Kiefern sich in ihn hinein. Es ist Abend und es ist Zeit. Ich, auf dem Gipfelpunkte meiner Einsicht angelangt, werde ein kleines Harakiri vollziehen. Störche mit roten Schnäbeln sind ein Zeichen; rote Schnäbel sind Blutzeugen von des Menschen Herkunft, Sehnsucht und Hingang. Soll es eine Browningpistole oder ein Mauserrepetierstutzen sein? Ich wähle den Stutzen – und schieße.

Der Storch stand einige fünfzig Schritt vor mir im Flußsande und sondierte in den überwucherten Wasserlöchern am gegenüberliegenden Ufer. Er war auf den Schuß hin umgefallen, lag einige Sekunden wie tot da, bekam Zuckungen, als ich plötzlich in wilder Pein und mit energischer Reue in der Herzgrube auf ihn zulief, und erhob sich geduckt auf beide Beine. Du erbarmungswürdiger Mensch! Nun war es also doch geschehen, nun hatte der Eigensinn meiner Phantasie doch recht behalten. Bei Gott, ich hatte es nicht gewollt, bei Gott und allem Familienschmerze schwöre ich, ich habe es nie gewollt! Ich habe nie die Absicht gehabt, eine Storchenwitwe zu versorgen, dieweil ich ihr den Ernährer mordete, niemals habe ich im Ernste an das Vergnügen gedacht, meine Schießkunst an einem Storchenschnabel zu beweisen. Aber das ist es eben, mein Lieber. Du zielst auf eine Sache außer dir, auf einen schönen, roten Fetisch, auf ein rotes Ideal, und zuletzt hast du doch dich gemeint. Aber wenn du eines Tages den förmlichen Beschluß faßt, dir ein Leides anzutun, dann ist die Zerstreutheit dazu da, du irrst dich ein wenig und tust es deinem Nächsten. Deine Selbsthinrichtungen vollziehst du an einer Puppe – Mensch, du bist mir verdächtig, mir deucht, du bist ein unheilbarer Dichter. Exponierte Tode mit beschaulichem Weh und anderen fragwürdigen Begleiterscheinungen haben den Vorteil, daß sie die Energie stählen und die Lebenslust ein wenig aufpulvern. Jahrelang kannst du in der Schaukel deiner wogenden Gefühle liegen, abgedriftet im Auf und Nieder seelischer Gezeiten; aber wenn du beschlossen hast, wie dir gebührt und besser wäre, mit dem Mühlstein um den Hals dich zu ersäufen, wo es am tiefsten ist, da erst schnellst du in die Höhe und bekommst Kurs. Siehe da, ist dir der Mühlstein, die steife Krause, nicht ein Rettungsgürtel gewesen? Hast du dich nicht trügerischen Hoffnungen hingegeben über die Schwere deiner Missetaten, und hast du den Auftrieb deines Elends niemals unterschätzt, um nicht schwimmen zu müssen? Wie schwach du dennoch bist in deiner Stärke. Es bedarf nur des Anstoßes, und du rollst unaufhörlich wie ein Satellit. Dein Gesetz ist die Trägheit. Zum Fixstern bist du zu dumm; zu feige, um dich durch das fallen zu lassen, was du im Symbol Weltraum heißt. Hoiohoho, wie du springst, das Opfer deines Symbolismus zu beweinen! Nichts ist köstlicher, als Reue über angetanes Leid. Nichts ist raffinierter als Humanität. Nichts ist praktischer, um das Leben zu steigern. Schieße einen Storch, und du kommst noch einmal zur Welt. Opfere nach gutem, altem Brauche, und der Satan fährt aus dir in die Säue, die du nun dichten mußt. Verschweine die Hölle, das ist Dichterhandwerk, du Liebling der Phantasie. Die Hölle ist der Schmerz. Wenn du ihn aber protegierst, wird er eine Altersversorgung. Und du und wir – ach, wir alle wollen trotzdem leben, obwohl wir zuviel Phantasie haben. Aus Phantasie vergessen wir den Schmerz, aus Phantasie fühlen wir ihn, aus Phantasie leugnen wir ihn. Aber er ist dennoch! Was sitzt, Mensch, hier in diesem Augenblick vor dir? Welche Unendlichkeit? Der Schmerz – ein zerschossener Vogel!

Da stand er auf seinen schrägen zwei Röhren, die in der Mitte Auswüchse trugen, geschweißte Stellen, und benahm sich seltsam genug. Die Federn an seinem torpedoförmigen Leibe, der unter einem gewissen Winkel sichtbar wurde, waren wie eine große Krause aufgestülpt. Ha!

dachte ich, bist du nicht eigentlich selbst ein Fisch, du Fischverspeiser? Willst du besser sein als ich? Bin ich deinen Leidenschaften und deinen Askesen auf den Grund gekommen? Ich habe doch mich in dir getroffen. Du verschmähst die üppige Tafel eines brasilianischen Djungles und hältst dich an die Lanzetten, die kleinen Torpedos, die reizvollen Elipsoide in der Zoologie, du hast einen persönlichen Geschmack und bleibst noch dort selbst du, wo du dich in deinen höchsteigenen Abbildern verzehrst. Du bist mir eine Maschine, die sich von ihren eigenen Bestandteilen nährt, in dir habe ich das Symbol aller Entwicklung und aller Lebenstechnik entdeckt. Dein Schnabel ist praktisch genommen ein Futteral für einen länglichen Fisch. Dein Hals hat sein individualisiertes Vorbild in einem Wurm, dein Rumpf aber hat einmal einem kecknasigen Eisfisch als Figur gedient. Deine dünnen Beine beziehst du von der Wasserspinne, die du so sehr liebst; als ersten Gang ein halbes Dutzend vor Tische. Du gibst dich nach deinen Atavismen. Du wirfst keinen Blick auf die brasilianische Menukarte, die dir zur Verfügung steht, sondern trachtest, in Form zu bleiben, und wenn dein Verdauungshorizont auch keineswegs weit ist, so muß man ihm doch zugeben, daß er Rasse hat. In deine gastrischen Verhältnisse spielt das erotische Prinzip der Ähnlichkeit hinein, das wir schon kennen. Du hältst etwas auf erbliche Schönheit, sie allein steht dir zugleich zu Gemüte und zu Magen. Übrigens habe ich in dir einen Typus getroffen. Er pflegt, aus einem Mangel an Unternehmungsgeist und einem zu rassigen Appetite, die aufgelegte Speisekarte des Lebens beiseite zu schieben und hält sich an reine Formalitäten. Er akzeptiert nur Dinge und Geschöpfe, die ihm ähnlich sind, oder solche, die in ihm enmaschiniert wurden. Obwohl er selbst eine technische

Fusion niedrigerer Organismen darstellt, ist er einer Weiterbildung nicht mehr fähig. Denn, merkt euch das alle, ihr Störche auf stolzem Einbein, mit den Aristokraten ist es heute vorbei. Sie haben ausgespielt, sie sind ein überlebter Typus. Denn nun ist die Reihe an den Grobrassigen, den Eroberern, den Kolonisatoren und Entwicklern mit dem schlechten Geschmacke und der Initiative des Hungers. Aus dem Chaos, aus dem Djungle werden neue Sattheiten herausgearbeitet. Gifte stellen sich als harmlos und nahrhaft heraus. Moräste erweisen sich als ergiebig. Aus Bohrlöchern brechen unterirdische Quellen, und die Dürste werden mehr von dem brenzlichen Beigeschmack des Vulkanischen, des Erdinnersten und Tiefen gestillt, denn vom kühlen Wasser. Die Formen hierfür sind vorläufig Nebensache; sie kommen noch frühe genug. Denn all dies ist das Werk der Mischrassigen und Geschmacklosen, der Entwicklungsbedürftigen, der Formlosen, der kecken Abenteurer und losen Schnäbel. Sie greifen zu und haben das Leben. Sie nähren sich nicht nur vom Gebotenen, sondern auch vom Bietenden und werden von Speisekarten fett; Programme sind ihr Salz; denn es sind auch Dichter darunter, eine Art Dichter wenigstens mit sehr gesunder oder doch höchst gesunder Verdauung. Wenn sie Krämpfe haben und sich erbrechen, befinden sie sich eben erst am Gipfelpunkte ihrer Behaglichkeit. Vor den anderen heißt dieser Zustand Poesie, und alle gedeihen sie daran. Sie bilden und vereinigen sich zu ungeheuren Organisationen, großzügigen Kriegs- und Köpfmaschinen, bei denen der einzelne genau so verschluckt wird wie ehedem. Aber das tut nichts; das Glück hat sich mitentwickelt. Mit den antiquierten und prüde eingehaltenen Formen, aus denen der Mensch besteht, wird kehraus gemacht. Es gibt weitaus entwickeltere Grade von Leid, keine kräftige Seele, die auf dem Höhepunkte ihrer Zeit ist, sollte sich vom Schreckgespenst eines leidenden Storchen in Entsetzen verwickeln lassen, was immer Faszinierendes daran sein mag. Kusch, Seele, von einem Menschen. Welches Schauspiel, ein vom Mitleide verlaustes Jägertemperament! Habe Ehrfurcht vor dem Gesetze der höheren Kraft!

Das Tier ringelt den Hals und duckte ihn in den Kropf zurück, durch dessen Haut man den Puls pochen sah. Die blassen Lider waren herabgelassen, dahinter zuckten bläuliche Schatten; es waren die Augäpfel. In den Winkeln stand eine dicke, schmutzige Zähre. Wehe, der Storch weinte! Den Schnabel hielt er offen und spreizte ihn gegen den Himmel, wo die Störchin kreisend und mit entsetzt herabgebogenem Halse wie an einem Faden hing. Der Vogel unten bot ein Bild vollständiger Verlassenheit. Ein Streifschuß hatte den oberen Deckel des Schnabels lädiert, das Ende war abgesprengt. Diesen Span reckte er mit steinerner Geste zum Himmel. Als ich ganz nahe war und ihm einen Puff mit dem Gewehrkolben gab, begann er wie verrückt mit seinem Instrument zu knattern, aber es gab keinen Laut mehr. Diese Erregung wirkte schädlich. Er machte Schlingbewegungen und übergab sich. Bei dieser Gelegenheit wurde in seinem Schnabel ein kleines Fischlein sichtbar, es war eingeklemmt und schoß von Zeit zu Zeit Reflexe, es lag dort und bewegte sich wie eine kleine Mine von Leben. Diese explosiven Reize mochten unter andern Umständen einen trefflichen Kitzel ausmachen, eine Art motorischen Pfeffers. Jetzt waren sie aber überflüssig, das bewies die Haltung des Blessierten. Ich stellte schnell meine Diagnose. Heftige Kopfschmerzen, Gehirnerschütterung, vermutlich Irrsinn und Versagen des Sensoriums. Ich stupste den Vogel, als er bereits wieder mit seinem Spachtel stumm zum Himmel sang. Er bediente sich immerhin zweier Beine, er, der Dünne, hatte das aristokratische Dicketun in diesem ernsten Augenblicke aufgegeben. Solange meine Rippenstöße zart blieben, rührte er sich nicht; erst auf eine heftigere Attacke hin reagierte er mechanisch nach dem Gesetze der Schwerkraft und verlegte seinen Standpunkt nach rückwärts. Durch sein gesträubtes Gefieder sah ich ihm unter einem Winkel bis auf die warzige Haut. Ich schoß ihm eine Kugel durch und durch. Er brach mit laffen Gliedern zusammen, nachdem er kurz nach dem ersten Chock versucht hatte, die Flügel zu spannen. In seiner Zerstreuung versuchte er den gewohnten Aufstieg, vergaß für den Bruchteil einer Sekunde aufs Sterben, gab aus Gedankenlosigkeit einer alten, lieben Gewohnheit nach. Aber in diesem Stückchen Sekunde mußte sich in ihm eine rapide Entwicklung vollziehen. Die Stadien seines Seelenlebens prasselten aneinander vorbei. Und unter dem Hochdruck dieser Schnelligkeit hatte er sich einmal umgedreht, war einmal kurz und rund um sein ganzes Storchendasein herumgekommen und zu Boden gestolpert. Sein zerspänter Schnabel stand noch immer voll ungeklapperter Klagelaute offen.

Plötzlich hörte ich einen Laut, ein Geheimnis von einem Schrei, das Sigel einer menschlichen Stimme, wie ich es deutete. Als ich mich emporrichtete, geriet ich in die Flugbahn eines Dings, das von oben auf mich zukam. Es war die Störchin, die mit an den Busen gekrallten Beinen ihren roten Schnabel nach mir dehnte. Schöne Geschichte das! Ich zielte. Sie kam einige Schritt von ihrem Gatten zu liegen. Unter den Leichen kroch jetzt der Blutwurm hervor, es machte mir aber nicht wohl. Ich sah schnell weg. Meine Empfindlichkeit war krankhaft geworden.

Kaum aber sah ich weg, juckte es mich, wieder hinzusehen.

Im übrigen schien mein Fieber ausgetobt zu haben. Nach diesem Coup kam Leben in mich. Hungrig stürzte ich mich in den Djungle, mein ganzes Nervensystem war wie eine Vergrößerungslinie, die die feinsten Vorgänge und Effekte des gepferchten Lebens aufnahm. Die tatzengroßen Blätter schlugen hinter mir zusammen, ich trat in ungewisse Löcher und balancierte über schlüpferige Stämme. Ha, war das der Djungle, der mich einmal so schaurig grün angestarrt hatte wie das Gespenst einer länderlangen Schlange? Dieses Gewimmel kam mir bekannt vor. Ach, ich war krank gewesen, hinfällig an Körper und Seele, und ich hatte die Philosophie eines Schwächlings gehabt. Es gab doch nichts über einen lustigen, allezeit appetitanregenden Positivismus! Alte Pläne tauchten in mir auf und Sehnsucht nach Urälterem. Ich wollte all meinen Lebensrest der prächtigen Existenz unter breitblätterigen Pflanzen weihen, wollte ohne die Hemmungen der Zivilisation meinen reinen menschlichen und tierischen Trieben opfern; ja, ich wollte mir ein Weib nehmen und als ebenbürtiger Sohn der Tropen gebotene Süßigkeiten auskosten. Mit den Ideen wird Schluß gemacht, ich verlege mich ganz auf die benachbarte Realität, ich ziehe mich in die tiefstmögliche Dimension zurück. Ich werde mein Buch nie schreiben, denn es ist niemand da, für den ich es schreiben möchte. Da ich weiß, daß die Welt dadurch nicht verändert wird, da ferner die Dinge schön sind, auch ohne daß ich davon erzähle, werde ich dieses Buch nie schreiben. By Jove, das war die verrückteste Idee von mir, das mit dem Bücherschreiben. Wie mochte ich alter Mechanikus nur auf diese Idee verfallen? Die Antwort steckt in meiner Geburt; ich bin aus dem literarischesten Volke der Welt geboren. Dies kommt davon, daß die gotischen Sprachen ein wahrer Teufelsspuk von Formen und Ideen sind, ein ungebautes Münster in Bestandteilen, eine unerhörte Verführung für das arme Menschenkind, zu dichten und zu denken. Jetzt aber ist die Affäre beigelegt und jetzt erst ist mir ein Dom vom Herzen gefallen. Hurra, ich habe ewige Ferien, ich kann den Gedanken schwänzen und vom Nichtstun leben. Ist es nicht meine eigentliche Bestimmung? Der lustige Bruder hat mir seit je im Blute gesteckt, soweit ich zurückdenke, bin ich nie was anderes als ein besserer Vagabund gewesen. Ich nehme mir ein Weib. Heute noch gehe ich mit Zana durch, wir leben als Adam und Eva und zeugen ein vollständig neues Geschlecht von Menschen. Das letzte war etwas verpfuscht. Da wir keine Hemmungen kennen, gibt es bei uns auch keinen Sündenfall. Damit erlöschen auch die hygienischen Verkehrtheiten, Syphilis, Schwindsucht und Konsorten sterben aus, denn von nun an leben wir naturgemäß. Zana ist ein gesundes Mädel. Wenn sie sieht, was für ein Kerl ich jetzt bin, sticht sie um meinetwillen zehn andere tot. Ich bin der beste Schütze des brasilianischen Urwaldes. Hört! hört! Ich treffe – oho, was ist los?

Von der Seite her nahte sich ein Brechen und Knacken von Zweigen. Eine Bewegung glitt durchs Unterholz. An den Spitzen der Bäume, die sich schüttelten, konnte man ihr Fortschreiten beobachten. Es war ein Tier, schon begann ich Farben zu sehen, vorwiegend Weiß, das zwischen dem Netz von Blättern auftauchte. Konnte es ein Panther sein? Ich stieg auf den nächsten höheren Ast und verschaffte mir eine Position. Es war ein kleines panthergroßes Tier, es pürschte sich aber mit auffallendem Lärm und kunstlos durch den Djungle heran. Sein Kurs lief an mir vorüber schräg zum Flusse hinab und mußte ungefähr gegenüber unserer Lagerstelle münden. Nun war es einige zwanzig Schritte vor mir, aber über sein Wesen war ich noch nicht im klaren. Es wandte einen menschenähnlichen Kopf hin und her, es war weiß, für ein Faultier war es aber trotzdem zu schnell. Donnerwetter, es hatte einen verdammt menschlichen Kopf, war es ein weißer Affe? – – – Hahahaha, hahaha, das war es? Also das war es, nein, hoho, das war doch – – – Bis zum letzten Augenblicke sah es her wie ein verhältnismäßig kleines Tier, so groß war der Djungle, so groß und stark waren die Bäume. – Nämlich, es war das Lachen, das weiße blanke Lachen. Es war das Lachen im Urwalde, eine ganze Symphonie von Lustigkeit, es war ein homerisches Gebrüll der Natur ob ihrer Überlegenheit über den schmächtigen Menschen. Die Natur lachte, der Djungle lachte, meine Seele aber lachte mit. Denn dieses Weiße, dies kleine weiße Tier da – – –

Es lag wirklich ein unerschöpfliches Lachen in Slims Haltung. Er sah so klein aus inmitten dieser Umgebung, so untergeordnet. Er ging mit heftigen Bewegungen ins Zeug, ich konnte einen Augenblick sein Gesicht sehen, es zeigte den Ausdruck von Spannung. Dieser Mann folgte einer Sehnsucht. In bübischer Haltung saß er dann endlich hinter dem Buschwerk an der Lisiere und starrte mit kranken Augen zu unserem Lagerfeuer hinüber. Er hielt ein Binokel vor die Augen und sah und sah sich satt. Das tat er eine Viertelstunde lang. Dann kroch er langsamer, als er gekommen war, den Weg zurück. Ich saß still. Er kam ganz nahe an mir vorbei, warf mir seine Traurigkeit ins Gesicht, aber er erfaßte meine Anwesenheit nicht. Ich horchte den Lauten der Gewaltsamkeit, mit denen hier jedes Weiterkommen verbunden war, gedankenvoll nach. Warum hatte ich ihn nicht angerufen?

XXV

Die Indianer strichen den lieben Tag lang unnütz am Flusse herum oder lagen im tropischen Halbschlafe. Zana pflegte desgleichen, wenn sie nicht die Wirtschaft besorgte. Nun, und am dritten Tage traf Slim bei uns ein. Er war voll Leben, sah ungeheuer vergnügt aus und schlug gleich einen energischen Ton an. Die Indianer wurden an das halbfertig im Stich gelassene Boot geschickt. »Das ist geradezu unsittlich, ihr faulenzt ja nach Noten!« sagte Slim. »Ja, ich habe nun einen Plan. Wenn wir von hier flußab gehen, müssen wir an den Amazonas kommen, das ist klar. Und laßt uns nur einmal dort sein: dann bekommt die Sache noch immer ein gemütliches Gesicht.«

Am Abend saßen wir innerhalb des Feuerkreises und knabberten an den Gräten eines Fisches, der eine Beute von Chechos Geschicklichkeit geworden war. Slim aß mit verzücktem Gesicht. Er blinzelte; um seine Augenwinkel war ein Kranz von lustigen Falten. Er hatte etwas Lallendes in den Zügen, den Ausdruck eines sonderbaren Zustandes, etwas Neues und Unerklärliches. Ich dachte an die komische Situation im Walde und lächelte in mich hinein. Wie seltsam das Leben war! Da saßen wir drei mit langen Bärten, die Gesichter dicht beieinander im Feuerschein, wackelten mit den Köpfen und – hahaha, es war zum herausplatzen. Ich wollte ein Wort darüber fallen lassen. Da erstarrte ich plötzlich bis ins Mark. Ein Gedanke war in mir aufgetaucht. Ich betrachtete Slim. War es möglich, war er nun irrsinnig oder nicht?

Mein entsetzter Blick hatte eine verwirrende Folge. Slim unterbrach sich im Kauen, sah mich mit nackter Verwunderung an und begann vergnügt zu nicken. Sein Blick besaß einen so klaren naiven Glanz, daß ich ihn nicht vertrug. Ich sah weg, sah zu van den Dusen hinüber. Dieser aß mit trägen Bewegungen, seine Augen schielten kreuzweis übers Nasenbein auf das Skelett, das er in der Hand hielt, und aus dem er mit seinen Fingern das Fleisch herausbohrte. Slims Augen wanderten von mir zu ihm. Als der Holländer bemerkte, daß wir uns mit ihm beschäftigten, hob er seine Blicke zu uns auf, aber langsam, in Etappen, als ob sie eine Wendeltreppe emporgingen. Dabei fuhr er mit der gleichen trägen Gelassenheit fort zu kauen und das Fleisch zu seinem Munde zu führen. Er sah tierisch aus und aus seinem Kopfe blickte der Schädel einer Katze oder einer Schlange. In seinen Augen war gleichsam eine fremdartige Tageszeit, nicht die milde menschliche Nacht und vertrauter Lagerschein. Im gleichen Augenblicke, da ich dies erfaßte, fühlte ich ein warmes zwanghaftes Gefühl auf meinem Gesichte. Es war, als ob mir eine fremde Maske aufgedrückt würde, mein Gesicht nahm krampfhafte Formen an, mein Hals wurde dick und meine Augen schoben sich wie auf Stielen vor. Sie wurden mir von einem Magneten fortgezogen und ich konnte ihnen nicht folgen. Während ich zu van den Dusen hinflog und unsere Augen sich ineinanderschraubten, erwartete ich ängstlich die Kollision unserer Stirnen. Aber wir kamen einander nicht näher. Der Holländer lenkte seinen Blick langsam auf Slim ab. Schließlich wandte er sich fort, er zeigte uns den Rücken und atmete mit starken Hebungen des Brustkorbs. In der Hand hielt er eine Portion Fisch, die ekelhaft zerpflückt und zerquetscht war. Sein Gesicht gewann einen Zug unendlicher Qual.

Wir sind irrsinnig, überlegte ich. Ein Wohlgefühl überkam mich. Ich befand mich auf der Höhe meiner Pflicht. Ich grinste, ich fletschte die Zähne, ich stieß schnalzende

Laute aus. Wir waren irrsinnig! Wir waren sämtlicher Verantwortlichkeiten los und ledig! Wenn uns jetzt jemand sehen könnte, wenn doch ein einziger dagewesen wäre, uns zu bewundern! Die Indianer verstanden es nicht. Wir waren die Helden unseres Berufes, unsere Tropenfahrt hatte uns irrsinnig gemacht, der Djungle hatte uns durch Gemütserschütterungen aus dem Gleichgewichte gebracht! Wir armen Seelen, wie hoch standen wir über dem gesunden Durchschnittsmaß! Wir waren den entgegengesetztesten Affekten zugänglich...

Ja, wir Irre sind ein schlaues Volk. Wir sind doppelt so schlau als die Klügsten unter den Menschen. Wir wissen im Grunde unserer Seele sehr wohl, daß wir nicht eigentlich irrsinnig sind, sondern daß wir das Ganze nur aus Vergnügen betreiben. Wer dumm genug ist, nicht zu wissen, welcher Spaß Irrsinn ist! Immer noch einen Schritt sind wir vor dem Dutzendverstande voraus. Wir Narren halten alle zum Narren. Wir sind die Geschöpfe der Sprache, die Windhunde des Begriffes; wir sehen die Welt mit Worten und durchdringen die Wahrheit im System der Laute. Wir können uns zurücknehmen; aber wir nehmen uns niemals zurück. Ihr könnt uns keinen Ersatz bieten für den Rausch unserer spitzfindigen Logik und die Schadenfreude unserer krassen Schlüsse. Die Komödie, mit der wir unsere Lüste fristen, geht nicht in euer Hirn. Darum sind wir Narren, wir perfekte und menschlichere Menschen, am Ende nur die Klügeren. Wir denken das, wozu wir Lust haben. Wir lassen uns tief in unsere Seligkeit fallen. Ein recht fideler Trübsinn, wie der van den Dusens, ist ein Stück wohlgefälliger Übung inmitten der Einsamkeit zu dreien. Recht so, laßt uns irrsinnig sein, laßt uns die Langeweile und die Furcht vorm Dasein durch phantasievolle Grimassen vertreiben!

Stürzen wir uns kopfüber in alle verkehrten Methoden, hängen wir das Leben und seinen Verstand bei den Beinen auf! Ah, wie ich sie alle durchschaute, sie und mich, wie ich mich mit ihnen auf derselben Staffel bewegte und mit ihren Sensationen im Schritt blieb! Irrsinnig wollten sie nun zur Abwechselung einmal sein und waren es auch, und irrsinnig wollte auch ich sein, und, Gott verdamme mich, die Geschichte entwickelte sich! War es nicht an und für sich schon eine verrückte Idee, Irrsinn zu simulieren! Es geht, es geht! Endlich sind wir vom Verstande erlöst! Wir lösen uns in das wildeste Denken auf. Die Worte tanzen wie Götter, jeder Klang hat einen meilenweiten Geruch nach Himmel oder Hölle, der Wortegeist ist in uns gefahren, im Wortschwall sprudeln wir die Welt noch einmal hervor. Und dennoch sind wir nicht irrsinnig. Wollt ihr es bewiesen sehen? Wir können vernünftig sein. Doch scheint es uns nicht wünschenswert. Wir sind seliger im Irrsinn. Adieu, Räson, öffne dich, flackernde Nacht der Intellekte! Auf Erden geschieht alles nur aus Angst vor der Langeweile! Die Erde, nein, ist das Fiebern eines Gottes! Er ist durstig, er will saufen; er will leben und alles ist öde; da schneidet er seine Kehle auf, einen zweiten großen, einen größeren Mund, und er hört sein Blut quellen und glaubt eine Oase damit zu tränken, er hört es in der großen Stille, die um ihn ist, klirren wie Metall, seine Rhythmen schlagen gegeneinander und er tanzt, tanzt Worte, daß sie wie rote Kugeln von ihm fliegen, und fängt mit den Lippen durstig auf, was dunkel aus seinem eigenen Munde an der Kehle brach. Er nährt, schluckt und verdaut sich selbst, der Gott der Erde, welcher ist gleich dem Gotte des Irrsinns und der Worte! Sein Fieber ist Erde, und darum werde ich ein Buch schreiben und es »Fieber« heißen, ein Buch für alle jene, die nicht dabei sind, wenn ich irrsinnig bin und in Lauten rase!

In meinem pythischen Wahnsinn ist Tiefe. Die Nacht ist still, die Lagerfeuer kreisen. Auf Slims bärtigem Gesicht liegt das Lächeln süß und frisch wie bei einem Naturkinde. Und er wandte sich an mich: »Dieser melancholische Dutchman kann mich nicht ausstehen. Ich mache ihn krank, er kann mein Gesicht nicht verknusen. Eines Tages wird er mir im Schlafe den Kopf abschneiden. Ich kenne ihn; er ist harmlos, das ist stets gefährlich. Er kann wütend werden, dieser Trübselige; und, sehen Sie, Johnny, das kann unsereiner nicht. Wir haben Phantasie. Wir tun keinem Vogel was zuleide, sofern es nicht gerade praktisch ist. Aber als Praktiker sind dann wir gefährlich. Wir Phantasten haben das Pulver erfunden. Man traut uns nichts zu. Aber wir sind es, die den Anstoß geben. Wir haben's als erste herausbekommen, daß es keine Realität gibt, und wir sind auch die ersten, die alle jeweils neuen erfinden!«

»Ach, Slim, Sie sind doch kein Phantast. Ich denke, Sie sind gerade das Gegenteil. Ich habe Sie wohl einmal unter dieser Marke beschimpft. Aber damals war ich schlechter Laune. Das müssen Sie mir zugute halten, Slim, ich bin jetzt manchmal recht nervös. Ich weiß nicht, was das ist. Ich glaube, es fehlt mir an Anregung. Oder ist es die Hitze? Ich weiß nicht – gerade vorhin habe ich einen solchen Anfall gehabt. Ihr beide waret so merkwürdig, ich hielt euch für irrsinnig, geradeheraus gesagt. Das lag aber wohl nur an mir. Ich kann übrigens bemerken, daß wir alle unter dieser Überreizung leiden. Auch Sie, Slim, was sagen Sie dazu?«

Slim lächelte und starrte versonnen ins Feuer. Als van den Dusen die Harmonie gewahrte, die sich zwischen uns anspann, zog er sich verletzt in die Interieurs des Lagers zurück und demonstrierte das Opfer. Der arme van den Dusen! Da saßen die zwei und machten Partei gegen ihn!

Die schlechte Lebensart des Holländers brachte uns unwillkürlich einander näher. Slim bekam einen biederen Ton in die Stimme, der mich anheimelte. »Sie sind ein pedantischer Geist«, sagte er gutmütig, »Sie versuchen eine kleinherzige Ordnung in Dinge zu bringen, die in einer größeren sinnvoller aufgehoben sind. Sie denken zuviel und zu wahllos. Träumen Sie stark? ... Ja ja, ich weiß, Sie verachten den Traum. Sie mißtrauen den Resten, die davon in Ihrer Erfahrung zurückgeblieben sind. Das tut jeder. Aber tun Sie es nicht. Es wird Ihnen dann manches selbstverständlicher werden und Sie werden sich unerklärliche Dinge von innenheraus geschmeidig machen.«

»Das ist es, was ich Ihnen nicht glaube, Slim. Sie sind gar nicht so – fraulich, hätte ich beinahe gesagt, wie Sie sich oft äußern. Aber fraulich ist nicht das richtige ...«

»Ursprünglich?« half Slim aus. »Sie meinen, ich besäße wohl gar nicht diese anmutige Weichheit des Geistes, wie sie – nun, sagen wir – den Wilden auszeichnet? Hm, das ist wohl möglich. Sie entschuldigen, wenn ich darauf überhaupt nicht eingehe. Aber es wäre beinahe ein Zeichen dieser Anmut, daß ich mir gar nicht über sie, beziehungsweise über mein Verhältnis zu ihr und ihre Echtheit an mir klar werden will: jedenfalls ist es ein Zeichen ihrer Abwesenheit, sobald jemand sich in dieser anmaßenden und mißtrauischen Weise mit sich selbst beschäftigt. Es liegt etwas Sklavisches und Furchtsames darin. Der herrische Geist kritisiert sich nicht; es wäre ihm vermutlich gleichgültig, sich auf Lügen oder Lücken draufzukommen; er ist vertrauensvoll durch sein Dasein. Ich bin bereit zuzugeben, daß Ursprünglichkeit und geistige Hingabe bei mir

Programm sind: aber da mich diese Erkenntnis nicht erschüttern würde, entfällt sie. Denn eine seelisch so wirkungslose Erkenntnis ist überhaupt keine. Sie verstehen das Wesen des Glaubens nicht. Ihnen ist der Gläubige ein Dummkopf. Aber das ist er gar nicht. Er beherrscht Biologie und höhere Mathematik. Es ist diese ganz unäußerliche und der logischen Pölzung entratende Stabilität – ich sehe mich außerstande, Ihnen dies auch nur entfernt anzudeuten. Sie haben es nicht. Und der es hat, hat es. Damit ist die Sache entschieden. Ein Sklave kann ein Freigelassener werden – aber kein Herr. Haben Sie bemerkt, daß alle Herrennaturen gläubig waren und daß der Skeptizismus aus dem Geist der Sklaven kommt: ja, aus dieser hämischen Kammerdienerseele vor dem Schlüsselloche, he? Ich will gleich sagen, die Anwesenden sind ausgenommen, hehe...«

»Danke schön. – Aber wie meinen Sie das nun: Sie glauben – woran? An Träume – –?«

»Nein. Ich glaube nicht an Träume. Ja, ja. Das ist so eine Sache. Ach, ich kann es nicht erklären. Es ist ganz anders, als so gerade drauflos. Nein ich erkläre es Ihnen doch. Der Traum ist nicht unlogisch. Seine Logik ist im Gegenteile strenger. Ein Spazierstock, der im Boden steckt, kann etwas Furchterregendes, er kann das Grauenvolle selbst sein. Denn es ist unmotiviert, daß er dasteht. Er steht ein wenig schief: und dieser stumpfe Winkel hat eine infame Bedeutung, er kann eine Katastrophe versinnbildlichen. Eine ganz schäbige, flüchtige, gemeine Handlung kommt in ihm zum Ausdruck. Es ist eine stählerne Logik darin. Nur der Traum ist rational. Er kennt nichts Zufälliges oder Wirkungsloses.«

»Aber er ist doch nur etwas Sekundäres«, sagte ich. »Er ist ein Anhängsel zum Leben, ein Nebengebäude.«

»Nein«, sagte Slim rasch, »Sie irren. Was Sie im Traum erleben, erleben Sie in einer anderen Welt; aber es gehört zur Totalsumme Ihrer Erlebnisse; jetzt leben Sie. Sie wissen nichts vom Traum. Sie träumen: sie wissen nichts vom Leben, sie erinnern sich daran wie an einen Traum. Beide Erlebnisse sind real, nur der Akzent ist geändert. Solange sie wachen, scheint Ihnen die Wachlogik die kompaktere; im Traum aber zweifeln Sie keinen Augenblick an der Traumlogik. Was ist schließlich jede logische Deutung: etwas Unlogisches, eben eine Deutung, eine Dichtung. Nehmen Sie allein den Fall an, daß Sie sich während eines unruhigen Schlafes den Rücken an der Bettkante verletzt haben; Sie träumen im gleichen Augenblick, daß Sie jetzt jemand, und zwar auf der Stelle, in den Rücken stoßen wird. Vermutlich ist beides eine Ausrede; aber jedes ereignet sich in einer logischen Welt für sich, an der Sie teilhaben...«

»Ja, aber wie erklären Sie das? Es muß doch eine Erklärung geben?«

»Nein, ich erkläre es gar nicht. Ich gestehe Ihnen hier, und mit einigem Stolze, daß ich absolut kein Bedürfnis nach solchen Erklärungen habe. Das Wunderliche an den Dingen ist für mich genau so befriedigend wie das Erklärliche. Das Erklären ist eine bürgerliche Konvention und man wird es überwinden, wie man die bürgerliche Moral überwunden hat. Der vollständig voraussetzungslose Mensch ist gläubig; abergläubisch wenn Sie wollen; aber gewiß in einem stark menschlichen und reifen Sinne. Erklären? Erklären muß man das, was man nicht einordnen kann. Aber ich ordne das Seltsame ein; ich begreife es so rund und innig, wie ich etwas Begründetes begreife. Es ist gar kein Trieb zur Erklärung in mir; es macht mich nicht zwiespältig. Das Seltsame ist das Vollendete. Es ist gerade und rüstig wie eine Tatsache.«

»Tatsache?«

»Tatsache! Warum mißverstehen Sie mich? Ich leugne ja die Tatsachen nicht, vor allem nicht ihren Wert. Im Gegenteil; ich bin ein solcher Liebhaber von Tatsachen, daß ich sie verkürzt finde. Es gibt viel mehr Tatsachen, als deren hingenommen werden. Es gibt Wachtatsachen und Traumtatsachen. Und was ich nun behaupte, ist dies: daß beide für das Individuum konstitutiv sind. Der Mensch besteht nicht nur aus dem, was er im Wachzustande, sondern auch aus dem, was er im Traume erlebt. Wir geben zu, daß er sich körperlich im Schlafe entwickelt. Aber auch seine Traumerfahrungen, dem Wachbewußtsein nur selten geläufig, gehören zu seinem seelischen Wachstum. Haben Sie das noch nicht bemerkt? Ich dächte, Sie wüßten dergleichen schon. Ich habe Sie eine Zeitlang beobachtet. Sie sind empfindlich, analytisch und hellseherisch. Ich berechne dies aus Ihrem Verhalten. Ich weiß, daß Sie den Hund erschießen wollten. Da ich dieselben Eigenschaften an mir habe, kann ich gewisse Handlungen mit einer nahezu exakten Methode zurückdatieren. Sie haben schwere Träume. Ich habe Beweise dafür. Es würde mich wundern, wenn Ihnen meine Gedankengänge zu schwer fielen – aber vielleicht sind Sie doch ein konventionellerer Geist als ich annahm!«

Ich war konventionell, aber ich sagte: »Ich verstehe Sie!«

»Ja«, fuhr er fort, »nun, sind Sie nicht auch der Meinung, daß der Traum rational ist? Es ist ganz seltsam. Was er nicht versteht, quittiert er mit Grauen. Ich habe jetzt zum Beispiel öfters einen Traum. Da steckt eine Klinge im Boden, sowie ich es vorhin von dem Spazierstock erzählt habe. Es ist eine dünne stark verschliffene Machetta. Sie steckt inmitten eines Farndickichts. Wer hat sie dorthin gesteckt? Es ist merkwürdig, wie sie da steckt, und es beschäftigt mich. Gleich daneben liegt ein Körper, der Körper einer toten Frau. Dieser Körper ist mir gleichgültig; ich fürchte mich nicht vor Leichen. Aber das Geheimnis, das in dieser schrägen Klinge steckt, erregt mir ein Grauen. Es muß etwas Furchtbares in der Nähe sein, etwas Harmloses, Dummes, Durchschnittliches von einer sinnlosen Leidenschaft. Die Leiche könnte mich beruhigen, denn nun ist die Drohung, die aus dieser Klinge schielt, schon ausgeführt. Aber der Urheber ist unerkennbar. Dies beunruhigt mich im Traume. Sie sehen, wie gründlich und logisch, ich möchte beinahe sagen, wie moralisch der Traum verfährt!«

Ich zitterte. Eine unerklärliche Angst überlief mich. »Wieso haben Sie denn gerade diesen Traum?« sagte ich.

Ich glaubte zu sehen, daß Slim lächelte. »Kennen Sie ihn?« frug er. Es entstand eine Pause. Plötzlich sagte er mit betontem Leichtsinn in der Stimme: »Johnny, sagen Sie mal, hatten Sie an jenem Abende etwas mit Rulc zu tun?«

Ich erstarrte. Mein Gehirn stand still. Eine Erinnerung wollte sich formen und versagte.

»Erinnern Sie sich«, drängte Slim, »es war die Nacht vor dem Aufbruch.« Eine Erschütterung ging durch mein Gehirn, ich befand mich in blauem Lichte und wurde von einem schönen weichen Wehen getragen. Es war der Klang melodischer Hölzer. »Ich weiß es nicht!« schrie ich auf.

»Sie wissen es nicht?«

»Nein, um Gotteswillen, ich weiß es nicht. Ich hatte damals eine erregte Nacht. Ich schlief schlecht. Ich verstehe Ihre Frage nicht. Ja, es ist möglich, daß ich bei Rulc war. Aber ich habe den Verdacht, daß ich es mir während meines Fiebers nur zusammengereimt habe. Meine Phantasie arbeitet rastlos. Ich habe die Feuchtigkeit des Waldes nie recht vertragen. Sie wissen, wie das im Fieber ist: eine Kleinigkeit, ein Wort, ein Anblick genügen, um Selbsttäuschungen daran zu spinnen!«

Slim nickte unmerklich. »Erinnern Sie sich«, wiederholte er und sah mich ohne Härte, aber ruhig an, leise drückend wie ein Hypnotiseur. Er lächelte; dieses Lächeln war das Entsetzliche. »Erinnern Sie sich. Sie haben die Machetta in den Boden gesteckt. Sie taten dies aus zwei Gründen: es ekelte Sie, denn Sie sind zart, und Sie steckten die Klinge in die reine Erde. Sie haben guten Geschmack: Sie würden aus gutem Geschmack eine besonders leidenschaftliche Tat unterlassen – oder dann vergessen. Ihr Gedächtnis will nicht aufbewahren, womit Sie sich vor sich brüsten könnten. Sie fürchten Ihren Heroismus, denn Sie würden selbst dann nicht an ihn glauben, wenn er erwiesen wäre. Zweitens: Sie steckten die Klinge in den Boden, damit sie nicht so leicht gefunden würde. Dies war natürlich falsch. Denn wenn jemand an die Leiche heranlief, weil er einen ganz tonlosen Seufzer gehört hatte, der ihm auffiel, so mußte er daran stoßen; es gab einen zitternden metallischen Klang, er bückte sich und bekam das Ding in die Hand – – –«

Er flüsterte und schielte mich mit kreuzweis gerichteten Augen über das Stirnbein an. Da löste sich der Draht, den er von seinen Augen aus um meine Stirne gedreht hatte. Ich mußte innerlich befreit lachen. »Ich verstehe Sie nicht«, konnte ich kalt sagen. »Ich habe mit dem Messer nichts zu tun gehabt. Es ist ja das Ihre. Ich habe es bei Ihnen gesehen – – –«

»Ja, es war einmal das Meine«, antwortete er nachdenklich, sich aus seiner zusammengefaßten Haltung strekkend, »ich hatte es lange Zeit bei mir geführt – und nun ist es wieder in meinen Händen. Jaja, so habe ich es mir auch gedacht. Ich war aber nicht ganz sicher. – Nun sagen Sie mal«, rief er freudig, »da haben Sie gleich eine dieser sonderbaren Beziehungen zwischen den Wach- und Traumerfahrungen. Diese Machetta, mit der ich tagsüber den Wald dranchiere, kehrt in meinen Träumen wieder. Warum sollte also ich nicht noch einmal vorkommen?«

»Dies ist ein Fehlschluß!« lachten wir beide, eine versöhnliche Stimmung verpflichtete uns und wir besprachen diese seltsame Erscheinung des heftigen Traumes. »Tja, das ist sehr merkwürdig«, ging Slim von diesem Ausbruch der Heiterkeit zum Ernst der Debatte über. »Das Unerklärliche ist wohl ebenso vital wie das Erklärliche. Es ist unnütz, es verdrängen zu wollen. Ich werde dieses Rätsel der Machetta aus meinem Traum wohl nie lösen. Als Tatsache kommt es für mich kaum in Betracht; denn alles was um diese Machetta herum vor sich gegangen ist, kann kein Problem sein. Das Problem liegt allein im Ethischen möchte ich sagen, im Unerklärlichen, im Seltsamen; in dem Umstande, daß eine immerhin energische Tat so unvorhergesehen und vielleicht von der dazu gerade ungeeignetsten Person ausgeführt wird. Diese Verwunderung des natürlichen Geschehens über sich selbst kommt in meinem Traume durch die eigentümliche Stellung der in den Boden gesteckten Machetta zum Ausdruck: ja, der Traum wundert sich über die Unlogik des Wachzustandes. Er findet ihn schlecht motiviert und von widersinnigen Zufällen beherrscht. Er ist mit ihnen durch Gemeinsamkeiten verknüpft; es ist zum Beispiel möglich, daß zwei Individuen sich sowohl im Traume wie im Wachzustande treffen; es wäre vielleicht der Beweis für eine Art seelischer Identität. Aber soweit will ich nicht gehen; es überanstrengt unseren Glauben und verletzt die Konvention unserer Erfahrungen allzusehr.«

XXVI

Er warf mir einen langen sprechenden Blick zu und sagte dann: »Wissen Sie, Johnny, Sie sind schon ein gesundes Kind, Ihnen kann ich das also sagen. Als ich diese Tage her von euch fortlief, machte ich eine ganz außerordentliche Bekanntschaft. Es war ein Gedanke. Er heißt ›die Gravitation der Intellekte‹. Darin liegt die mechanische Erklärung für so manches – – –«, er hielt inne, schloß die Augen und schien sich eine Reihe von Erinnerungen vergegenwärtigen zu wollen.

»O, Gravitation der Intellekte«, sagte ich und Schauer der Begeisterung kühlten mir den Rücken. »Es ist schon ein Genuß, das zu hören. Das ist ja sehr interessant. Und wie meinen Sie das nun? Gravitation der Intellekte – das ist schon als Worterfindung ein Coup. Nun...?«

»Ja ja, das finden Sie also wirklich? Well, das ist die Lehre von der Anziehung der Geister. Es ist eine ganz neue Lehre. Eigentlich ist es nur der Schlußstein zu meiner Dimensionenlehre, verstehen Sie. Aber es ist noch nicht ganz eingearbeitet. Ich bin noch nicht ganz im Material und da geht es vorerst ein wenig zäh. Wenn ich wieder in die Staaten hinaufkomme – ja, was ja doch anzunehmen ist, wenn ich heil zurückkehre, baue ich eine Universität, die sich ausschließlich mit dieser Disziplin beschäftigt. Wollen Sie mitkommen? Ich stelle Sie als Professor an. Wollen Sie?«

Mir wurde sehr kühl zumute. Mit diesem Menschen saß ich jetzt mitten im Kontinent, wie sollte ich ohne ihn nach Rio kommen? Ich hatte ja selbst eine Lebensaufgabe vor mir. Ich wollte ein Buch schreiben, das mußte »Irrsinn« heißen. Slim war darin die Hauptperson, das heißt, der repräsentative Typus. Zu diesem Zwecke schien es ja schön, daß er irrsinnig war. Aber die Frage stand so: wie kam ich mit oder ohne ihn an die Küste zurück?

»Selbstverständlich!« rief ich schwungvoll, »das nehme ich ohne weiteres an. Ich freue mich schon darauf. Können wir nicht gleich morgen aufbrechen? Es wäre das Beste. Wir verlieren sonst soviel Zeit, und, Slim, am Ende vergessen Sie dann die Hälfte dieses Ideenelixiers, wenn Sie sich hier mit anderem Zeug abplagen. Das wäre jammerschade. Wann brechen wir also auf?«

»Ideenelixier, Ideenelixier, das läßt sich hören. Nun haben Sie auch ein Wort gefunden. Ich habe immer gewußt, daß Sie ein feiner Kerl sind, Johnny. Gestatten Sie mir, daß ich von diesem Worte in meinem nächsten Buche Gebrauch mache? Sie müssen nämlich wissen, ich wälze ein Buch im Kopfe. Es ist eine verdammt metaphysische Geschichte; ich will damit dem rein und ordinär geschäftlich interessierten Positivismus, dem, was man Amerikanismus nennt, das Genick brechen und einen neuen geistigeren Standpunkt aufstellen. Es handelt sich um eine neue Gesundheit. Das Leben erobern, kneten, biegen und brechen, das ist ungefähr mein Typus, natürlich ideal – denn Sie verstehen schon, my boy, daß ich eigentlich ganz anders bin. Ich bin, so wie Sie mich hier sehen, das Produkt eines Trainings. Denn Rasse besitze ich nicht; das heißt, ich habe alle Rassen in mir, ich bin eigentlich, was der Franzose einen deraciné nennt. Dies ist meine Rätselhaftigkeit; das Beunruhigende an mir für Leute, wie

Sie sind. Training ist ein verkürztes Verfahren für Rasse. Rasse hat die Hündin Zana und jedes Tier hier im Walde. Ich aber habe Training – ja, also was ich sagen wollte, das Buch soll in Berlin erscheinen. Just in Berlin – in Paris oder Newyork sind sie zu dumm dafür. London gibt es in dieser Beziehung überhaupt nicht. Sie können mir dabei helfen, Johnny; mein Deutsch ist nicht ganz tadellos; ich möchte übrigens gerne wissen, wie Sie schreiben. Sie müssen eine kräftige und gesunde Sprache haben, denke ich. Ahem, Berlin ist der möglichste Ort der Welt, gegenwärtig, heißt das. Es ist der Erbe von Rom und Paris. Die Hälfte von all dem, was jetzt als Amerikanismus das Leben ausfüllt, ist in Berlin gemacht worden. Beherrschen Sie das Englische in der Schrift?«

»Selbstverständlich«, sagte ich, auf seine Irrfahrten eingehend. »Was sollte das nun für ein Buch sein?«

»Ach, ich sagte Ihnen doch schon, es handelt sich um eine Rassigkeit. Nehmen wir an, ich bin der moderne Parvenü. Ich habe, so wie ich da sitze, noch keine Kulturvergangenheit. Ich bin nichts Geschlossenes. Ich habe natürlich eine Menge Instinkte gesammelt, mein Blut hat alle möglichen alten Praktiken, ich reiche sehr weit zurück, vermutlich bis zu den Azteken und vielleicht sogar bis zu den Ägyptern; das ist so mit uns Amerikanern. Sie kennen doch die Atlantistheorie? Wir haben vieles von den indianischen Urmüttern. Vielleicht haben wir auch Negerblut in uns. Unsere schlenkerigen Bewegungen deuten darauf hin. Dazu kommt aber nun, daß ich einen Fundus deutsches Europa in mir habe. Dies alles wirkt auf die Phantasie. Es ergibt aber, zusammengenommen, keineswegs das, was man Rasse nennt. Diesen ausschlaggebenden Mangel ersetze ich durch Training. Ich bringe jede, auch die heterogenste Saite in mir zu einem Klingen.

Ich bin ein Urweltmensch in einem Londoner Hotel erster Klasse, der ein metaphysisches Buch – wie gesagt, alles an mir ist irrsinnig entwickelt. Meine vielen Talente sind verdorben, weil sie sich kreuzen. Ich bin der Amerikaner, der Parvenü, der sich aber zugleich überwunden hat. Ist es Ihnen nicht aufgefallen – doch, sehen Sie sich die Literatur der letzten Generation nur einmal an. Der repräsentative Typus ist der Parvenü. Diese Männer, Dichter und Denker, kamen nie aus guten Familien her. Sie waren Bauern, Arbeiter und Juden. Plötzlich marschieren sie mit ihrem phänomenalen Kopfe an der Spitze. Da tut sich eine Salontür vor ihnen auf, sofort verwickeln sie sich in den ersten Teppich, der erste Hauch eines Parfüms macht sie ohnmächtig. Und jetzt ertönt ein Lachen, dieses Lachen, das sie entmannt. Die erste beste Figur, die dieses Lachen, dieses Parfüm, diesen Teppich repräsentiert, ist stärker als sie. Sie fallen irgendeinem Typus Frauenzimmer aus diesen Sphären anheim. Sie schreiben ungeheure Schönheiten, sie schreiben sie unter dem Druck ihrer Sehnsucht. Sie nehmen einen ungeheuren Liebesschatz in all ihre Betrachtungen mit – und niemals ist das Leben um so viele Beobachtungen bereichert worden, wie in dieser Zeit. Diese Menschen waren hypersensibel, wie ein Wilder in einem fremden Walde – sie standen, was auf jeden Fall günstig ist, mit beiden Beinen in einer Fremdheit. Die Kultur war für sie etwas Kontagiöses, ein Bazillus, nichts, das sich einverleiben ließ. Ihr ungeheurer Appetit konnte dadurch nicht beeinträchtigt werden; aber es zeitigte Störungen. Und so kam denn die Welt, das Weltenglück, das panische Glück, das gerade sie anstrebten, nicht vom Flecke. Diese ewig Rekonvaleszenten haben feine Beobachtungen gemacht, die nicht einzuholen sind; wir besitzen davon nur mehr die Methode. In ihrer Sehnsucht nach

Eleganz und gutem Geschmack wurden sie unpraktisch, nichts ging ihnen von der Hand, sie waren nie glücklich, es blieb immer bei dem Haschen nach den zierlichen Unterröcken, sie kriegten nie ein solides Frauenstück in die Faust. In der Sehnsucht erfanden sie wieder dieses alte Eisen, die Ferne. Ferne Länder, exotische Landstriche, seltsame Erfahrungen. Und darin haben wir sie heute überholt. Wir haben die Sehnsucht überwunden; mit ihr wohl auch die Beobachtungen, all das, was man unter der Etikette der ›Analyse‹ verstand. Wir sind zu einer synthetischen Lebensform gekommen. Den Kombinationen ist freier Spielraum gelassen, die Kombination ist das Merkmal dieser Zeit. Es ist eine im letzten Grunde artistische Zeit; aber nicht dem Geschmack, sondern dem Wesen nach; denn dem Geschmack nach sind wir natürlich. In dieser Zusammenstellung haben Sie gleich wieder den kombinatorischen Zug. Die große Synthese bricht an. Wir stülpen Asien und Europa und Amerika aufeinander. Und was entsteht, ist eine Menschheit. Nicht nur Amerika ist jung; Europa ist noch viel jünger; viel jünger und seltsamer! Man sollte Forschungsreisen nach Europa antreten, nach dem wirklichen Europa! Sehen Sie, wir, die wir die Sehnsucht überwunden haben, wir kennen auch die Ferne nicht. Für uns ist das eine Frage des Kurriers. Erst, wenn Sie sich den Djungle wie einen etwas altertümlichen Boulevard vorstellen, werden Sie sich darin zurechtfinden. Wir stolpern über keinen Teppich mehr, lassen uns von keinem Parfüm imponieren und werden von keinem Frauenzimmer aufgebraucht. Wir sind ein neues Geschlecht. Wir haben die Sehnsucht überwunden. Wir verstehen unsere Vorgänger, die wir selbst einmal gewesen sind, nicht mehr. Wir lesen diese Bücher. Nein, wir verstehen sie nicht. Sie ärgern uns. Es ist eine vorstädtische Noblesse, den guten Geschmack, nach dem sie sich so sehr sehnten, besaßen sie nie, denn nie besaßen sie ihren eigenen. Sie waren zu wenig hart und trainiert. Diese Menschen haben wir aus Instinkt und bewußtermaßen überholt. Wir stellen einen neuen Typus auf, wir tragen Sorge für einen neuen Geschmack. Wir schreien Zeter und Mordio über die alte Eleganz, wir schreien uns heiser und lassen uns als irrsinnig auf der Gasse auspfeifen, aber weil wir ohne Sehnsucht sind und aus praktischen Motiven handeln, weinen wir nicht nachts in unsere Polster und machen Gedichte; sondern wir schlafen gut und stehen am Morgen mit gestautem Blut in den Fäusten auf. Wir sind Handwerker, Meister und Zimmerleute; wir haben Ideen, um eine ganze Generation neu einzurichten. Unsere Eleganz ist etwas vierschrötig und solid. Können Sie sich unsere Frauen vorstellen? Sie sind wild, großzügig und brutal angezogen, sie haben Kittel an und kräftige Schuhe an breiten Füßen mit schlanken Fersen. Ein solches Geschlecht kennt die Sehnsucht nicht, aber es lebt gut. Diesem Geschlecht will ich seine Gesänge singen. Wir werden nicht mehr aus Sehnsucht produktiv. Wir wollen nicht besser sein, als wir sind, aber just so gut, als wir es von uns verlangen dürfen. Wir glauben mit Vergnügen an geriebene Deutungen dieser sichtbaren Welt, Metaphysik ist wieder unsere Leidenschaft. Aber, Sehnsucht, nein, aus Sehnsucht tun wir nichts. Meine Haltung als Schriftsteller ist durchaus praktisch: erste Hilfe bei Unglücksfällen! Als Erzähler gebe ich dann diese Unglücksfälle. Sie sind gleichsam das Exempel. In dieser Art soll mein Buch sein, Johnny. Es soll ›Tropen‹ heißen!«

»Soso, Tropen«, sagte ich, »das klingt sehr gut. Nein, das ist einfach fabelhaft, das ist ja ein gefundenes Stück.

Das hat so was Vielsagendes. Man könnte eigens um diesen Titel herum ein Buch schreiben.«

»Ja, finden Sie?« entgegnete Slim mit sichtlicher Genugtuung. »Ich denke das auch. Ich habe dabei eine verschlagene Absicht. Das Wort hat noch einen Nebensinn. Und das Schönste ist dies, ich lasse die ganze Geschichte von einem erzählen, der gar nie in den Tropen gewesen ist. Das ist nämlich die Pointe. Es stellt sich heraus, daß er, der Nordländer, die Tropen in sich hat. Er braucht gar nicht erst an den Äquator zu gehen, er hat ihn in sich. Sein Gehirn, mit einer üppigen Vegetation von Tropen und Gleichnissen angefüllt, ist aus den Rückständen seiner Abstammung zu erklären. Inmitten der kalten Zone ist er ein klimatisches Residuum. Dieser Mensch, den ich dort zeige, ist bei aller Kultur, die er besitzt, gleichsam ein ›neuer Wilder‹. Die Verhältnisse, denen er begegnet, sind Transplantationen seiner nächsten Umgebung, die Tropen mit all ihren Einzelheiten sind also gleichsam ein Schlüsselbegriff. Ich werde sogar so weit gehen, eine diesbezügliche Gebrauchsanweisung einzuflechten – – –«

»Aber nein, das ist doch wirklich – – na ja, aber ist es nicht doch ein bißchen zu verwegen? Ich glaube, dieser Djungle ist für den Leser unzugänglich. Bewegen Sie sich denn während der ganzen Erzählung auf solchen Schleichpfaden?«

»Ja, sehen Sie«, sagte Slim gierig, plötzlich seine ganze Neigung für dieses offenbar fesselnde Gespräch preisgebend, »das ist es eben. Mein Mann ist ja ein Typus. Und es gilt, diesem Typus sich etablieren zu helfen. Auch ein solcher vertrackter Kerl kann leben, und wie, das sollt ihr einmal sehen. Die Analyse hat ihn nicht gelähmt. Ihr seid ja schließlich doch immer noch der Meinung, daß sie krankhaft sei. Eure ganze Lyrik besteht aus den Seufzern, die euch euer Kraftballast kostet. Aber er, der Neue, ist stahlhart dabei geworden. Die Analyse als Affekt hat er überwunden. Er ist ganz unsentimental. Er hat keine Sehnsucht. Nicht einmal die nach der Sehnsucht, die ihr alle doch bis vor kurzer Zeit noch gehabt habt. Er weint ihr keine lyrische Träne nach. Er ist ganz klar, ganz unromantisch, und die Analyse verdirbt ihm keine eingefleischten Räusche. Seine Räusche sind ganz anderer Art –«

»Ich errate es; sie sind vermutlich sehr alt und primitiv –«

»Well, so erscheinen sie euch. Er weiß, daß sie für ihn sehr neu sind. Darum weiß er auch, daß sie einmal wieder alt und reizlos werden können. Er weiß das am besten. Er setzt es voraus. Er stößt sich selbst bereits fortlaufend um. Und eben diese feine Fähigkeit, in der Bewegung zu leben, ohne unglücklich zu werden, ist neu. Er will gar nichts Ewiges schaffen. Er leistet der Zukunft Vorschub, that's all.«

»Ich weiß. Er ist sentimental nach vorwärts!«

»Was? – Je nun – – doch, das kann man sagen. Das würde stimmen. Überhaupt kann man alle Umdrehungen famos auf ihn anwenden. Das Wichtigste ist stets: eppur si muove! So oder so gefahren, die Bewegung zählt. Gravitation beruht auf Gegenseitigkeit. Ich habe Ihnen zum Beispiel klargemacht, daß er die Analyse überwunden hat und seiner Bewegung nach Synthetiker ist. Ich muß hinzufügen, er ist es so stark, daß das Kritische und Kombinatorische in ihm identisch sind. Damit wird er, der doch eigentlich praktischer Physiologe ist, zum Metaphysiker. Er hat Organ für die schwebende Realität. Er praktiziert das Gesetz von der Durchdringlichkeit der Realität!«

»Wie?«

»Wo eine Realität ist, kann auch die andere sein. Realität ist ein Plus; ein Deposit. Darum ist Analyse dasselbe wie Synthese. Der Natur etwas abbeobachten, heißt ihr etwas zuschöpfen. Sehen und Produzieren ist das Gleiche. So wie ein Buch entsteht: man schreibt es ab. Weiß der Teufel woher. Es ist scheinbar schon dagewesen, man reproduziert bloß eine Beobachtung. Der Skribent ist ein Forscher. Niemand ist neugieriger als der Produktive. Das leuchtet doch ein?«

»Tja. Das mit der Realität – –«

»Mit der Realität?«

»– – mhm, das – das kommt mir bekannt vor. Woher haben Sie das?«

»Woher? Sie meinen – ach ja, vielleicht habe ich es von Ihnen. Das wäre doch nicht unmöglich. Sind Sie müde? Sie sehen so verwirrt aus. Wissen Sie, ich bin nicht eifersüchtig. Wenn ein anderer meine Gedanken hat – never mind! Es ist dann ein Beweis für das Zwingende an ihnen. Wenn man lange und enge miteinander verkehrt, ist man stets ein wenig gleichstimmig, man verfällt auf dieselben Ideen. Man wird einander Haustier. Das ist ja eben meine ›Gravitation der Intellekte‹.«

»Sie sind so fruchtbar. Was ist das nun eigentlich?«

»Das ist das System der Gehirne. Sie stehen in gegenseitigem Banne.« Slim beugte sich vor, er schien einen peinlichen Punkt zu berühren. »Sie wissen doch, daß es gewisse Ströme von Mensch zu Mensch gibt?« frug er nach einer kleinen Stockung.

»Ströhhhme – tja, zum Beispiel diesen da vor uns. Ich wünschte, ich wäre schon bei den Menschen, zu denen es ihn gibt. Wir gehen doch morgen ab?«

Slim lächelte plötzlich, sah nachdenklich, beinahe mitleidig ins Feuer und nickte ein paarmal kurz mit dem Kopfe. Sieh da, er wurde also nicht ernst genommen? »Johnny«, sagte er, »dein Übersetzertemperament in Ehren: Du wirst morgen Bäume fällen. Alle Rechte bis auf weiteres vorbehalten. Diesmal hast aber du recht!«

Er rieb sich mit der Hand über das bärtige Gesicht. Ach, es war nicht in der Ordnung, abweisend gegen ihn zu sein. »Ja, Slim, was ich noch fragen wollte: Hat Ihr neuer Mensch etwas mit der Gravitation zu tun?« frug ich schnell.

»O ja«, sagte er, »nichts anderes, als daß es eben eine seiner verrückten Ideen ist!«

Wir lachten beide. Er war damals wohl noch ganz gesund, nur ein wenig überspannt. »Good night, my boy!« sagte er und gab mir kräftig die Hand. Wir standen beide vorm Feuer. »Aber in den Tropen wird er doch gewesen sein?« sagte ich des Abschlusses halber. Es sieht gut aus, wenn man sein Interesse über das Ende eines Gespräches hinaus nachschleppen läßt. »Wer?« frug er, »der Neue?« »Ja!« »Well«, war die Antwort, »aber dann wär's kein Kunststück. Er soll ja ein Tausendsassa der Analyse – Pardon, der Synthese sein. Ich gehe sonst des ganzen Beweises seiner phänomenalen Schnüffelnase verloren!«

»All right, Slim. Danke für den schönen Abend.« Man ist stets froh, wenn man seinen Frieden mit einem gemacht hat, den man eine Zeit hindurch unter die Unvernünftigen rechnete.

XXVII

Viel seltsame und überraschende Dinge sind auf meiner Reise vor sich gegangen. Aber es hat sich für alle eine rationale und logisch gerechtfertigte Erklärung finden lassen.

Es ist gefährlich, in den Djungle zu gehen und den Rücken des Vordermannes beständig vor der eigenen Büchsenmündung zu haben. Ein paarmal hörte man schießen. Slim und der Holländer würden heute gute Beute bringen! Macht flott, ihr Jungens, wann wird das Boot fertig sein? Hallo, Zana? Wie geht es dir, rotes Mädchen? Nun, nun, koche nur zu. Heute ist ein feiner Tag, alles klappt, alles ist frisch, alles geht wie am Schnürchen und mit dem alten Jeremias in uns ist es vorbei. Hier sind wir sicher wie auf einem Boulevard; hier beginnen wir ein neues Leben und gondeln einen Strom hinunter in die Zivilisation. Wir kommen als Frischlinge. Habt acht, ihr Völker, wir bringen euch ein unverbrauchtes, herbes Glück. Eine nackthäutige, sonnverbrannte Weisheit bringen wir. Was da, Tropen! Einmal eins ist eins, und die Erde kann nicht zweierlei sein. Es ist eine Erde, die uns trägt, es ist eine Erde, die uns abgeschuppt hat, und Berlin mal Amazonas, wir stehen auf beiden Sohlen, und unsere Köpfe sind heute frei!

Ich hatte die Zimmerung eines zweiten Bootes zu beaufsichtigen. Das erste lag mittels eines großen Steins ins seichte Flußbett versenkt, um Wasser zu ziehen. Es hatte sich als zu klein erwiesen und trug nur drei Personen, es war ein ungeschicktes Ding ohne Konstruktion, das bei einem kleinen Balanceverstoß sich wie eine Walze wasserwärts legte. Wenn die fünf braunen Bootsbauer nicht stramm unter Kurs gehalten wurden, trieben sie gleich arbeitsab und zerstreuten sich mit allerhand leichteren Lebensbeschäftigungen.

Da kam van den Dusen zurück. Es fehlte irgend etwas an ihm. »Aber, Charlie, wie sehen Sie denn aus?« Er sagte nichts, war sichtlich krank und bleich und schlich sich sofort als Marodeur ins Lager. Zana präsentierte eine mimische Neuheit in Verachtung, sie blies aus ihren Lippen Luft aus und tat, als ob kein Mensch am Krepieren wäre. So, jetzt war die Reihe an mir, und ich stellte meine überschüssige Gesundheit an sichtbarer Stelle zur Verfügung. Ich suchte van den Dusen allerlei Gefälligkeiten zu erweisen, ich Kraftbursche konnte mir das jetzt ja erlauben, und fand eiligst das Chinin für ihn aus dem Gepäck; aber Kranke sind launisch und undankbar, und so erntete ich denn zu meinem größten Märtyrerstolze nichts als ein höchst unmusikalisches Grollen. Er delirierte und erzählte in rasendem Tempo auf holländisch. Ich nahm ihm die Kartusche ab. »Aber Menschenskind, wo haben Sie denn Ihre Büchse?« Die Büchse war fort. Er hatte sie nicht mehr mitgebracht.

Slim kam düster zurück und warf ein paar geschossene Vögel ins Lager. Er machte kurze Angaben über van den Dusen. Dieser war von irgendeinem Djunglebewohner retiriert; plötzlich hatte er die Büchse in seiner Hast fallen lassen, sie verschwand in den Lücken einer natürlichen Bambuspalissade und war nicht mehr zu finden. Um Gottes willen, was kann das für ein Tier gewesen sein? Ach, wahrscheinlich hatte er Krach mit einem alten Affen wegen eines Sittlichkeitsdeliktes, begangen durch Flirt mit einer extravaganten Haremsdame aus königlichem Besitz. Slim schien aber im übrigen nicht spaßhaft aufgelegt.

Sicherlich hatte er den Kopf mit neuen Gedanken über

einen Reformdjungle oder dergleichen voll, was ihm ähnlich gesehen hätte. Gott sei's gedankt, daß sie beide halbwegs heil zurück waren. Um die Büchse war's schade. Wir hatten keinen Ersatz. Wie man nur eine Büchse verlieren konnte! Es war zum Kopfabschütteln. Slim schien diesmal für diese arge Einbuße gar kein Interesse zu haben; es war natürlich, daß er den kranken Leichtsinnigen schonte, aber er tat auch sonst keinerlei darauf bezügliche Bemerkungen. Fing er wieder an, in sich hineinzubrüten? Fffft – wenn Slim krank würde! Aber er würde es am letzten werden, er hatte eine Indianernatur.

Wir sannen viel und schwer über gewisse Dinge nach. Große Theorien beschäftigten unseren Geist. Am Abend vereinigte uns das Lagerfeuer zu langen Debatten, auf die wir den ganzen Tag über wie auf Weltereignisse gewartet hatten.

»Haben Sie darüber nachgedacht?« frug Slim. In diesem Augenblicke machte van den Dusen eine Bewegung. Bisher war bis auf das Geprassel des Feuers kein Laut vernehmbar gewesen. Die Indianer lagen in tiefem Schlafe, den Alten ausgenommen, der ins Feuer blinzelte. Als van den Dusen sich regte, mußte ich zu ihm hinblikken. Er sah mit großen Augen auf uns herüber, die wir die Urwaldstille störten. Er fixierte Slim; es war etwas wie Erstaunen in seiner Art; er hatte nicht erwartet, den Mann hier zu sehen. Er ließ sich zurückfallen und wir sprachen leise fort.

Und in die große Stille, die jetzt eintrat, in diese hohle flaumige Windstille schlugen unsere Stimmen wie Widerhaken in Seide. Sie kratzten auf einem feinen Instrument, das sie gleichsam nicht zu behandeln wußten. Irgendeine anmutige, aber wilde Sanftheit, die über der Welt lag, wurde durch sie verletzt. Wir selbst fühlten uns gestört.

Wir sprachen mit breiten Mündern und zischenden Stimmen, die Laute streiften den Rachen. Das Leben im Walde gab uns die Kehlen von Indianern.

»Nun?« sagte Slim. »Was denn?« machte ich zurück. »Nun, was denken Sie also? Über – na, über unser Buch?«

»Entschuldigen Sie«, sagte ich, »Sie sagen da unser Buch – das geht nicht, das ist eine Beleidigung. Ich erkenne Ihre Höflichkeit an, hehe, – aber es ist stets verletzend, wenn man dem anderen etwas zuerkennt, das ihm nicht zukommt. Nicht wahr?«

»Sicher«, sagte Slim gedehnt, »das ist es eben, Johnny. Es ist so merkwürdig. Ist es Ihnen noch nie aufgefallen – – –?«

»Was?«

»Nun, diese stacheligen Fragen – im Verkehr zwischen Menschen. Es gibt ganz feine Beziehungen zwischen ihnen. Da sind Dinge, die auf der Goldwage gemessen werden müssen. Superbe Kleinigkeiten – aber sie machen den ganzen Mechanismus aus. Kennen Sie das nicht?« Doch, das mußte ich zugeben. »Also, sehen Sie, das ist nun auch eine meiner Sorgen. Diese Technik muß gefunden werden. Wie kommt das heraus? Wie stelle ich das hin? Man muß das gestalten, es soll nicht mir nichts dir nichts vom Stapel gelassen werden wie fertige Wissenschaft. Es muß Bau haben. Es muß sich kristallisieren – verstehen Sie es?«

»Ja!« sagte ich.

»Ich spreche natürlich von meinem Buche!« sagte er. »Ja, ja!« sagte ich wieder, vielleicht ein wenig unentschieden. Er sah mich von der Seite her an. Er dachte nun entweder scharf nach und die Augenverdrehung kam ihm dabei zu Hilfe – oder sie war ein Zeichen seines Mißtrauens. Interessierte mich das vielleicht alles nicht? War ich ein Leimsieder und wollte lieber schlafen gehen ... »Das muß sehr schwer sein«, sagte ich. »Sehr schwer; soviel ich davon verstehe – kann man nicht einfach die Resultate hinschreiben? Einfach von der Leber weg sprechen, einen Berichtzettel abgeben?«

»Nein, das geht nicht. Man muß erfinderisch Rechenschaft ablegen, heimtückisch motivieren, die seelischen Vorgänge im Fluß erstarren lassen und dennoch nie das Gefrorene daran zur Empfindung bringen. Man muß die logischen Verbindungsglieder vernachlässigen, wie sie die Wirklichkeit vernachlässigt, und die Verlaufskette erst nachträglich lückenlos schließen. Ein Kunstwerk soll es nun nicht eben sein, bloße Kunstwerke sind zwar sehr erfreulich, aber doch auch recht unwesentlich für die Menschheit. Aber eine Geschichte soll doch wirksam und überzeugend sein und nur das Gute hat diese Eigenschaften. Man muß also gestalten. Und ich muß also den neuen Menschen höchsteigens auftreten lassen, es muß sich so beiläufig herausstellen, daß er es ist, den ich meine. Er soll nicht nur rezensiert werden, er soll auch singen und handeln. Ich muß die Verbindungslinien zu den anderen ziehen, auch die ganz zarten. Der intimste Menschenverkehr muß sich vor aller Augen ergeben, zugleich aber soll er doch auch das bleiben, was er ist, ein Apparat von Ahnungen. Meinen Sie nicht auch?«

»Jawohl, Slim. Ich verstehe Ihren Ehrgeiz vollkommen. Man muß sagen, was man nicht sagen darf, ohne es zu verderben. Der Mensch ist so seltsam.«

»Ei ja; es handelt sich, wie gesagt, darum: mit meinem neuen Menschen steht es ganz eigentümlich. Er ist sonst ein gesundes Kind. Aber er hat eigentümliche Dispositionen. Gerade er – was sagen Sie zu diesem Einfall: er geht beispielsweise eines Tages mit einem Freunde auf die Jagd, einem Menschen, der ihm gleichgültig ist, wenn er auch gewisse unausgesprochene Antipathien gegen ihn hat. Und da geschieht es ihm, daß er den Mann, als dieser zufällig vor seinen Büchsenlauf gerät, gerade für jene Gleichgültigkeit und jene gewissen Antipathien, auf die er sonst keinen Wert gelegt hat – –«

»Aber Slim, pfui Teufel! Ihr neuer Mensch ist doch ein Muster von Selbstdisziplin und ein anständiger Kerl, wie ich ihn kenne, er ist doch hoffentlich – – –«

»Kein Meuchelmörder? No, eben nicht. Er tut ja nichts und er käme ganz unangefochten über dieses Phantasiestückchen hinweg. Aber er hat eine andere Eigenheit. Er denkt laut.«

»Er denkt laut?«

»Ja, er denkt laut. Er denkt suggestiv. – Kennen Sie das übrigens?«

»Nein!« sagte ich stark mit meiner ganzen normalen Stimme und schaute Slim dabei in die Augen. Das heißt, ich heftete dabei die meinen auf sein Gesicht. Er aber sah nicht mich an, sondern blickte ins Feuer, wie – hm, als ob er nicht ins Feuer blickte. Er spiegelte die Vorgänge in einer intensiv empfindlichen Unschärfe seines Blickes. Er sah mit Blicklosigkeit. »Soso«, fuhr er fort und verzog ein wenig gemacht den Mund. »Nun stellen Sie sich aber folgendes Experiment vor – mein neuer Mensch hat immer Experimente, bei denen es ihm ganz egal ist, inwieweit er sich selbst exponiert – stellen Sie sich vor, der andere, der vor dem Flintenlauf, erweist sich für diese Gedankensprache empfänglich. Er hört die Drohung so deutlich, daß er in panischem Schrecken davonläuft – er glaubt nichts anderes, als daß das Ende gekommen ist und springt und wirft alles von sich, um leichter weiter zu kommen – es wäre aber nie etwas geschehen. Das kennen Sie also nicht?«

Und da sagte ich endlich keck: »O ja, gewiß, das kenne ich. Ist es nicht zum Beispiel derselbe Fall: statt in die Augen zu sehen, starrt einer in – einen Spiegel, und der Blick, der durch diesen Spiegel geht, wirkt in dieser Weise außerordentlich gewaltsam, während der gewöhnliche Blick aus Fleisch und Blut gewiß viel weniger, ja vielleicht gar nicht gewirkt hätte? Ist es nicht das?«

Einen Augenblick herrschte Stille. Dann sagte Slim sehr hoch: »Ah? – Und was sagen Sie dazu?«

»Oh, ich enthalte mich jedes moralischen Urteils, wenn Sie das meinen. Ich finde es bloß sehr raffiniert. Es ist ein meisterhafter Umweg – eine Analogie gibt es vielleicht nur beim Geschlechte und in der Kunst. Hier ist bekanntlich jeder Umweg ein Zeitgewinn. Ein sichergestelltes Verfahren. Nein?«

Slim nickte lächelnd und sah ins Feuer. Er sagte: »Sie kennen das also. So. Ich sage immer, Johnny, Sie haben Chancen. Wir verstehen uns. Wir wollen aber nicht stolz sein, nicht wahr, und zusammen arbeiten. Sie haben Ihren Anteil an der Idee, so oder so, von welcher Seite auch die Idee datieren mag.« Er schwieg, sprach fort: »Aber das geht nicht ohne Pflichten ab. Sie sind zum Zuhören verurteilt. Sollte ich zufällig die Küste nicht mehr erreichen, so wissen Sie, was zu tun ist. Sehen Sie, gerade dies, dieser merkwürdige Kontakt zwischen Mensch und Mensch, muß in das Buch. Diese Einzelzüge sind die Moleküle, die zusammengespart werden müssen. Rücken Sie sich gefälligst die Schwierigkeit vor Augen, einen Menschen nicht als Haut, sondern als System zu erzählen. Ihn just aus diesen Partikeln heraus aufzuhauen. Denn, unter uns gesagt, was ist der Mensch denn anderes, als eine Schnittlinie im jeweiligen Augenblick losgelassener, noch unerkannter Einzelvorgänge? Es gibt doch keine Charaktere mehr. Das heißt, man ist dieser Formel draufgekommen und hat auch sie zerteilt. Es gibt keine Charaktere, keine großen und keine kleinen. Nehmen Sie unseren neuen: Er ist ein Kraftmonstrum, alles an ihm ist Training, er hat sich so lange das Zopfige abgeschnitten, bis er nach rückwärts kahlrasiert dasteht. Aber nein, jetzt hängt ihm der Zopf nach vorne, er ist einseitig für die Zukunft eingenommen, er ist baufällig nach vorwärts, gebrechlich wie alles Menschliche. Er ist gar nicht positiv, sondern er ist nur eine radikale Ausweitung des bisherigen Prinzipes, er ist ein Negativ vom Negativ und seine Lebenskraft ruht im Paradoxen. Aber er ist ein Charakter! wird man sagen. Nun ja, er ist lebenszäh. Aber Charakter, Charakter – das gibt es ja nicht. Es gibt nur Situationen, es gibt nur diese Beziehungen zwischen den Menschen, Ausflüsse magnetischer Art, von denen der Europäer bis heute noch immer weniger weiß, als zum Beispiel ein halbgebildeter Inder. Da ist eine Schablone, ein Arrangement von erteilten Kräften: in jedem Winkel, wo Menschen hausen, ist es dasselbe. Die Positionen bleiben konstant; es ist aber nicht stets derselbe Mensch, der sie einnimmt; im Gegenteil, bald sieht er sich selbst, wo er einmal war, und wenn er kein schlechtes Gedächtnis hat, kann er sich dergestalt von allen Seiten beschauen. Das Ganze beginnt sich wie ein Kreisel um ihn zu drehen, er macht den Kursus durch, behält ihn gut im Kopfe, speit, flucht und reitet auf sich herum, ist demütig und erhaben, wandelt sich in allen Tonarten ab und landet bei der vorgeschriebenen Verzweiflung – halt, jetzt ist es nämlich Zeit für das Neuartige. Denn wenn er diesen Kursus durchgemacht hat, sein Stolz und sein Selbstgefühl in alle Windrosen gezerrt, gestreckt und gemahlen sind, wenn ihm die Drehkrankheit aus den Augen schaut, dann ist er für die Neuheit und für eine ewige Jugend reif. Er verzweifelt mitnichten, er wird weder Pessimist noch Dichter, nein, er trachtet sich und seinesgleichen, seinen Nächsten und Fernsten, fest auf die Erde zu pflanzen. Er ist vollständig gewissenlos, er kennt die gespannten Hähne in sich, die wohl nie faktisch losgehen, aber auf einem raffinierten Umwege denselben Meuchelmord versenden – und er sagt nicht: Schlaf! dazu, sondern: Wach auf, Junge, und hüte das Zündel! Er weiß, daß er kein Charakter, sondern bloß ein anständiger Mensch ist. Im übrigen ist er eine Nummer in einer Situation und nicht immer die höchste. Er entsteht eigentlich erst durch die Dispositionen der anderen, durch die anderen Nummern, und er hat eine gewisse Ehrfurcht, vielleicht seine einzige, vor diesen Zahlen. Vergessen Sie diese Züge nicht an ihm. Ich will es Ihnen einprägen, wenn ich darüber spreche. Nun soll ein Buch entstehen, in dem er alle Nummern vorübergehend besetzt, auch diejenige, die eine Einsicht über sein zahlenhaftes Dasein deckt, er soll in diesem Buche, in dem alles an ihm demonstriert wird, auch schließlich selbst an sich demonstriert werden, er soll nicht bloß Figur, er soll auch Abhandlung sein. Er muß in der Rezension aufatmen wie in der Handlung. Das muß mit bestialischen Finessen geschehen. Das Buch soll Ideen haben, die spazieren gehen. Damit man erkenne, aha, so funktioniert man also! Man gibt im Buch wohl noch Charaktere, aber nur als Träger von Ideen. Mein Buch soll das Epos der Ideen sein, die Komödie der Gedanken; es handelt sich letzten Endes um die Entwickelung von Ideen, eine dramatische Entwicklung mit Expositionen und Peripetien. Es wird ein indisches Buch sein. Das ist höchst modern. Was sagen Sie dazu, Johnny?«

»Tja – ich habe das schon bemerkt. Ihr neuer Mensch ist wohl selbst eine Ihrer Ideen?«

Slim sah mich etwas gereizt an. »Ach so«, sagte er. – »Nun, das habe ich eigentlich nicht gemeint. Ich dachte dabei an das andere.«

»An das andere?«

»Ja, nämlich an ›die Gravitation der Intellekte‹.«

»Mhm.«

»Das soll sozusagen im Anschauungsunterricht gezeigt werden.«

»Sie machen alles so schwierig. Gravitation –«

»Nun, eben diese Abhängigkeit der Geister voneinander, diese sublimen Kontakte, die den Verkehr von Mensch zu Mensch bestimmen – Sie wissen, was ich meine?«

»Ja!«

»All right! das ist die Achse; darum dreht sich die Erde des Erlebens mit ihren Kontinenten des Charakters.«

Es entstand eine Pause. Danach sagte Slim: »Hören Sie doch, wie unsere Stimmen spröde tönen! – Indianer sprechen leise und harsch, wie es der Djungle verlangt. In unserem Gespräch klingt der Tonfall der einsamen Jäger nach. Sind wir nicht auch Jäger im Gebiet des Geistes? Ist nicht alles ewig Symbol für ein und dasselbe: den Menschen?«

»Ist der neue Mensch Okkultist?«

»Nein; aber er hat die Methode und das Genie seiner Urvorgänger. Er ist Beobachter. Sein Gehirn ist Trommelfell und Linse und empfängt Eindrücke ohne den Umweg über die Sinne. Die Reizschwelle der Organe liegt so tief, daß sie für das Bewußtsein begraben bleibt. Er ist suggestibel; seine Ausstrahlung – –«

»Slim? – – –«

Slim begann plötzlich zu lachen; aber er lachte ungern. Er schlug sich auf die Schenkel und rieb sich die Hände vergnügt über dem Feuer. Er schlug sogleich einen lustigen Ton an und sagte: »Sehen Sie, Johnny, ich habe Ihnen schon gesagt, der Zopf hängt ihm nach vorne, nach vorne. An ihm zieht er sich nämlich aus der Affäre.« Er versuchte, mich für seine Heiterkeit und seine gesunde Ironie zu gewinnen.

Van den Dusen starrte mit aufgerissenen Augen zu uns herüber. Wir gingen still schlafen. Statt voll weltlicher Abenteuer hatten wir den Kopf voll von Theorien. Das tropische Klima begünstigt das Entstehen abstrakter und weltfremder Systeme. Unsere Seele wiederholte den geschichtlichen Typus des orientalischen Heiligen und Ekstaten. Slim hat sich aber niemals mehr des näheren über seine »Gravitation« ausgesprochen.

XXVIII

Auf zum Fischfang!

Das Boot rollte, als wir es bestiegen.

»Oho«, sagte Slim und zog die Augenbrauen in die Höhe. »Das kann gut werden. Wenn es nur nicht schief geht. Das ist eine faul gemachte Sache.« Und zu van den Dusen: »Donnerwetter, geben Sie acht, geben Sie acht – – –«

Van den Dusen wandte ihm sein kupferiges Gesicht mit roten lodernden Flecken an den Backen und an der Stirne zu. Er wollte etwas erwidern, aber plötzlich verlor er die Energie. Slim fuhr fort: »Das Dickchen kommt achteraus. Er wird uns, wenn er einmal verstaut ist, vermittelst seines Tiefganges die nötige Stabilität verleihen. Sie, Johnny, besetzen am besten den Vordersteven. Und ich – –«

Er nahm die Mitte des Kanoes ein und wir paddelten in

den Fluß hinaus; wir befanden uns auf der seeartigen Ausweitung oberhalb der Wasserfälle, wohin wir das Boot hatten bringen lassen. Der Spiegel lag geglättet vor uns. Kleine Kreissysteme fältelten ihn, wo ein Fisch nach Beute geschnappt hatte. Jeden Augenblick flitzte ein großer Kerl aus dem stilliegenden häutigen Wasser. Die Ruder, die herzförmige Blätter an langen Stielen darstellten, verursachten kleine Wirbel. Der Strom zwängte hier mächtige seebreite Buchten ins Land. Dort wo der Trichter des Baches, der hier einmündete, herzukam, schlossen hohe grüne Djunglemauern diese glatte Wasserarena im geräumigen Rund ein. Die Natur hatte hier die Bühne für ein Menschendrama errichtet, sie hatte aus Wald und ziehenden Wassern eine Falle aufgestellt. Diese Falle war nach der vierten, südöstlichen Seite, die flußab verlief, von der natürlichen Felsenschwelle begrenzt, über die der zähe weißschimmernde Reifen der Wasser mit ununterbrochener Eile dahinglitt.

Wir trieben hinaus und schon begann die Strömung leise, ganz leise aber beharrlich wie eine mystische Kraft am Boote zu ziehen. Wir mußten sicher und mit solidem Schlag rudern, wenn wir dort in die Tiefen oberhalb der Felsenkante wollten, wo die allerschönste Beute, kräftige elastische Fischjungfern mit vielversprechenden Leibern, sirenengleich über den Spiegel emporschnellten. Aber wir waren aufgeregt und machten Fehler. Der Holländer hatte heute seinen lieben Tag; er patzte ein paarmal mit dem Steuerruder und das Kanoe neigte sich zu stark: wir faßten Wasser. Slim schnalzte ungeduldig mit der Zunge. Im Wasserspiegel vor mir konnte ich ihn sehen. Sein Gesicht war vom Spiegel gefälscht, blaß und mit einem Zug des Staunens oder der Angst. Vorsichtig warfen wir die mitgebrachten Reusen aus, Zanas widerwillige Fleißaufgabe aus biegsamen Ruten. Was war das doch? Wenn man in die glitzernde Sonne hinterm Wasserspiegel sah, raubte es einem Überlegung und Gedächtnis. Man mußte alle Kräfte zusammennehmen, um bei Bewußtsein zu bleiben. Leise schaukelte das Boot und eine schwere Trägheit fesselte die Gedanken.

Der Gedanke fing sich in den Reusen und glitt mit ihnen zu Boden. Die Reusen! Zana hatte Prügel ihretwegen bekommen. Heraus mit der Vorstellung! Zana und – Prügel? Gut. Was weiter? O, Zana wollte nicht heran, die Prinzessin war faul und vornehm und wollte keine Fischreusen für die weißen Scheusale machen. Sie legte sich auf den Boden und trotzte. Lieber wollte sie da verhungern und verdorren, bevor sie hülfe, einen Fisch zu fangen. Da hatte Slim die entblätterten Ranken, die zusammengebracht worden waren, pfiffig geprüft, eine kurze schmale Gerte ausgesucht und Zana über die Beine geschlagen. Als es zu weh tat, schlich sie demütig und mit einem Tierblick an die Arbeit. Binnen eines Vormittags hatte sie mit Hilfe der Männer mehrere Reusen hergestellt; aber die Maschen saßen schlampig und es war nicht viel Hoffnung, daß wir damit einen großen Fang machen würden. Die Stimmung war gedrückt. Langsam verankerten wir die Reusen, an denen sozusagen Zanas Blut und Schweiß hingen. Vielleicht knüpfte sich das Jagdglück gerade daran, es hatte sonderbare Launen. Hoffen wir das Beste! Die Strömung wurde stärker. Dort war der weißschaumige Scheitel des Falles. Aufgepaßt da!

Die gleichmäßig samtene Oberfläche bekam Flicken, zerdehnte reißende Stellen, lange eilige Streifen mit glotzenden Schaumaugen, die dahinschossen. Wenn das Kanoe hineingeriet, zog es wie Gummibänder an ihm. »Hallo, Johnny, was ist los mit Ihnen, wo steuern Sie denn hin? Kräftig, Jungens – Zurück! Zurück! Schaut nur, daß ihr kehrt macht, wir kippen um!« Man war ein wenig dumm von all dem Glanz und Reflex. Es benahm die Gedanken und den Lebensernst, es gehörte moralische Anstrengung dazu, die Lage nicht für nebensächlich zu halten und geradewegs die schäumende Wirklichkeit da vorne hinabzusausen. Der Himmel im rosafarbenen Wasser war eine ungeheure weiße erhitzte Scheibe, die irritierte. Ich sah mich selbst in übernatürlicher Schärfe der Umrisse wieder, erkannte mich in mehrmals übertriebener Wirklichkeit, stach mit meinem Gegenüber zugleich und taktmäßig auf den Strich nieder, an dem wir trennend verwachsen waren und starrte fasziniert das Doppelgängerbild an, das mich unten mit seiner verfluchten Klarheit bannte. Und plötzlich spielte sich da unten etwas Überraschendes ab, dessen traumhafte Sicherheit und Schärfe mich schwanken macht, so oft ich daran als an etwas Wirkliches zurückdenke.

»Ah, Charlie, you fool«, hörte ich Slim plötzlich schreien. »Sind Sie verrückt?« Ich sah im Wasser seinen Kopf hinter meinem verschwinden und erscheinen; das andere sank in eine Verkürzung zusammen. Da erhob sich weiter rückwärts ein mannshoher Schatten, der in den imaginären Himmel hinabragte. Ich hörte Slim rufen und fühlte, daß das Boot sich zu drehen begann. Ich starrte auf das Wasser. Irgend etwas stieg blitzschnell wie ein Projektil aus dem Grunde auf, so schnell, daß es kaum wahrzunehmen und möglicherweise nur eine Täuschung, eine dunklere Stelle im Wasser selbst war – sie senkte sich schnurgerade auf Slims Scheitel nieder. Ein Ton sang mir in den Ohren. Im gleichen Augenblicke rollte das Boot links, dann rechts, und zog einen dicken faltigen Wasserschwaden in seinen Bauch ein. Noch immer hafteten meine Augen gebannt an der Welt unter mir; mit einem aufdämmernden Instinkt für die Gefahr sah ich zu den grünen Bänken unterm Wasserspiegel, die ihn weit draußen einrahmten. Klatsch – mir war, als wäre jemand ins Wasser gefallen. Ich neigte mich sitzend in eine laue fühlbare Umgebung hinein, die Welt stieg an meinem Ohr empor, ich streckte die Hand aus und schwamm. Zugleich gewahrte ich, wie ein Mann kopfüber aus dem verschwindenden Boote ins Wasser flog, ich sah ihn kräftig schwimmen und erkannte den Holländer. Ha, ich fühlte mich getragen, unter die Arme gegriffen; es war die Strömung, die mich bugsierte und mit sich nahm. Ich arbeitete mich heftig gegen das Ufer hin, im Winkel zur Strömung, die mich an Backbord aufhob. Sie trieb mich abwärts und preßte mich an die Klippe, die kahl und hart vor mir aufstieg. Sie spaltete den Strom. Als ich nach oben geklettert war, tauchte an der Klippe gegenüber im Strome der Holländer auf.

Wo war Slim? Ich ergründete den Kanal zwischen den beiden strategischen Punkten, die wir besetzt hielten. Ich war überanstrengt, rote Wolken stiegen mir vor den Augen auf und trübten mir den Blick ins Wasser. Ich hatte zu lange in die gleißende Scheibe im Wasserspiegel gesehen. Aber Slim – mein Gott, was war das? Slim hing wie ein geschlachtetes Tier an der Felsenkante, die eilende Wassermassen im Schuß übersprangen. Sein nasses Hinterteil stand in die Luft, Kopf und Beine waren von schäumenden Wassern umbrandet. Ein paar Sekunden vergingen; dann drehte der Strom die Beine wie ein Steuer herum und hob den Körper über die Zinke. Slim schoß den steilen Bogen mit dem Wasserschwall in die Tiefen hinab.

Wir trugen unsere Pistolen am Leibe und eröffneten ein

andauerndes Schießen, bis die Indianer mit dem halbfertigen zweiten Boot und geflickten und gedrehten Lianensträngen uns holten. Als van den Dusen und ich am Lande standen, sahen wir uns wortlos an und sahen schnell weg. Der Holländer lachte. Das Wasser hatte ihn erfrischt.

Wir verloren kein Wort über das Ereignis. Kein Wort des Bedauerns kam über unsere Lippen, wenn wir an Slim dachten. Wir dachten gar nicht an ihn. Träge blickten wir in das heiße Wetter. Wir waren von dem Ereignisreichen der letzten Stunde gesättigt, unsere Einbildungskraft besaß keinen Spielraum mehr. Unser Gemüt behandelte die Angelegenheit als glatte Rechnung.

XXIX

Van den Dusen trug seit neuestem schwarze Augengläser, große Reliefe an Gummizügen. Es flimmerte ihm vor den Augen. Er sah fette rote Wolken aufsteigen und getragen dahingleiten. Er hatte entschieden zuviel in das gleißende Trugbild der Wasser gesehen, als wir damals mit Slim oberhalb des Wasserfalles mit den Reusen ausgezogen waren.

Auch ich hatte seit damals einen Klaps weg. Die Hitze war groß und unsere Organe erlitten Störungen. Ich fühlte einen seltsamen Ton im Ohre sitzen, einen unaussprechlichen Klang, der mich quälte. Wenn ich in mich versunken eine mechanische Arbeit verrichtete, ertappte ich mich plötzlich auf der Anstrengung, ihm eine Form zu geben. Es mißlang. Ich träumte ihn. Er schien von allem auszugehen. Mir graute; alles schien ihn nachzuahmen. Die Enge, Einsamkeit und Hitze dieses Daseins brütete die geringste irrationale Empfindung zu einem Monstrum von Erscheinung aus.

Es war, muß ich sagen, ein niederträchtiger Ton. Er hatte etwas von dem Singsang einer lax gewordenen Saite. Auf irgendeinem Umwege des Gefühls brachte ich ihn übrigens mehr oder weniger willkürlich mit van den Dusen in Zusammenhang. Unser gegenseitiges Verhältnis verschärfte sich wieder. Wir waren eben beide von erheblicher Nervosität; wir verloren den Kopf, denn Slim fehlte an allen Ecken und Enden, und der Bau eines neuen Bootes ging nur langsam vonstatten. Es irritierte mich, daß van den Dusen eine pechschwarze Brille trug. Er hatte schlechte Augen! Gut. Das war eins. Es gab aber noch ein zweites. Dieses zweite war, daß er die Gläser nur aufnahm, um mich dahinter zu belauern. Er war kindisch geworden, der Alte, in diesem Mangel an Abwechselung. Ich wußte, daß seine Augen sich schämten; wie durch Schießscharten suchten sie mich aus ihrem schwarzen Schatten hervor, auch wenn er mit seinen Ovalen in eine andere Richtung blickte. Er spielte Verstecken wie ein kleiner Junge, er bildete sich gleichsam etwas auf ein Sondergeheimnis ein, dessen geheimnisvoller Ausdruck die halb verhüllenden, halb verräterischen schwarzen Gläser waren. Er machte fühlbar, daß er unsichtbare Augen besäße. Ich war im Rechte, es ihm zu verübeln. Er aber war bereits so verwildert, daß ihm diese Koketterie ein außerordentliches Vergnügen bereitete. Er trug das Ding wie ein Eingeborener, der sich damit noch begraben lassen würde. Darum standen wir auf unfreundlichem Fuße und unsere Gespräche waren voll von Launen.

Am wenigsten verstand er, daß ich an jenem Tage, als Slim ins Wasser fiel und ertrank, so schwächlich geblieben war. Ich hatte aber auch rein gar nichts gerudert! – Ich fühlte, wie er mich wieder von der Seite her ansah, während die dunklen Linsen an mir vorbeizublicken schienen. Das Blut stieg mir in den Kopf. Wir waren zu weit herabgerudert, die Strömung hatte uns fortgetrieben und wir hatten uns zu wenig gewehrt – van den Dusen sagte nur, daß ich zu wenig gerudert hätte. Er sagte sonst wirklich nichts. Und es legte sich mir aufs Herz, daß er vielleicht recht hätte. Der Zusammenhang wurde drohend und deutlich klar. Ich stand auf, um mich nicht zu vergreifen.

Wie ist eigentlich alles gekommen? Wissen Sie's? Nein. Und Sie? Ich auch nicht. Er verstand es nicht, wie Slim ertrinken konnte. Daß das Boot umkippte, gut, das war also auf unsere Nachlässigkeit zurückzuführen. Aber Slim, war Slim nicht ein vorzüglicher Schwimmer? Er faßte nichts, rein gar nichts, er zuckte mit den Achseln und gestand, daß ihn sein gewohnter Scharfsinn hier verlasse. Nun war die Reihe an mir. Aufs Geratewohl setzte ich ihm zu; ich quälte ihn, bis sein Gesicht zuckte und der arme Mensch aufstand und mich allein ließ. Er war rückwärts gesessen – ja; aber er hatte genug mit sich selber zu tun gehabt, als er kopfüber ins Wasser sprang und mit ein paar kräftigen Stößen aus der Strömung herausschwamm. Er konnte es ja nicht ahnen, daß Slim Hilfe brauchte; Slim, dieser Mordskerl; und Slim hatte auch kein Wort mehr gesagt, kein Sterbenswörtchen mehr, man bekam weiter gar nicht Notiz von ihm, bis er da vorne an den Zinken hing. Wenn man wenigstens von der Leiche etwas zu sehen bekommen hätte! Das Boot war zersplittert unten angelangt und wurde Strecken abwärts ans Land gespült. Die Leiche aber blieb im Wasserwirbel zurück. Dort hielt sie vermutlich der Fall unter einem steifen Drucke fest, trat sie immer wieder zurück, wenn sie Auftrieb bekam, und spielte, ein formloser Sack Knochen, wie sie sein mochte, Fangball mit ihr bis in alle Ewigkeit.

Van den Dusen legte Wert auf die naturalistische Beschreibung ihres Zustandes. Man erkannte, daß er ein gutes und gesundes Gewissen besitzen mußte. Er ging höflich und voll Zartheit von mir hinweg. Aber ich sah wohl, daß er mich belauerte. Durch hundert Kleinigkeiten wurde er zum Verräter an sich; und anderseits ließ sein Benehmen keine Zweifel darüber, daß er mich durchschaue. Und dann gab es diese Überraschungen, wenn wir einander auf dieselben Gedanken kamen.

»Ich gehe heute jagen«, sagte ich. »Kommen Sie mit?« »Nun ja, warum nicht?« gab er zur Antwort, aber sie kam unbehaglich aus ihm heraus. Ich nahm Büchse und Kartusche um. »Na, wissen Sie, John, ich habe eigentlich heute keine Lust dazu. Bleiben Sie lange aus? Bis Abend, so? Also, ich bleibe lieber doch hier!« Ich schulterte und drang an irgendeiner Stelle in den Djungle ein.

Aber ich jagte nicht. Ich kauerte mich in das Gebüsch und spähte sorgsam auf den Lagerplatz hinaus. Dort kam nach einer Weile van den Dusen zum Vorschein. Man konnte bemerken, daß er sich über die Bagage beugte und mit den Händen tastete. Ich saß auf altbewährtem Posten, schien es mir. Wo und wann war ich genau an dieser Stelle hier im Gebüsch gesessen und hatte die Flußbank ausspioniert? Meine Augen blinzelten, und dieses Blinzeln machte mich aufmerksam. Richtig; damals mußte ich etwas vor den Augen gehabt haben. Den Zwicker? Vielleicht; oder ein Fernglas? Oder –? Halt, ein Binokel! Die Erinnerung konzentrierte sich auf die Augen, die Nerven dort herum stellten sich auf einen alten Reiz ein; ich spürte zwei Rundungen vor den Augenhöhlen, plötzlich wuchs daraus das Bild eines Binokels hervor. Ach, damals war es Slim gewesen! Wie sich alles im Leben wiederholt, wie du doch immer wieder in die gleiche Situation gerätst! Da saß ich und führte denselben moralischen Kampf mit mir wie damals Slim. Denn schon seit einiger Zeit, da ich hier sitze, greift die Unruhe nach mir, und nun habe ich mich gegen irgend etwas zu verteidigen. In diesem Augenblicke richtet sich van den Dusen drüben in die Höhe. Slims Gewehr ist nicht zu finden. Unbegreiflich, wohin es verschwunden ist? Hähä! Merkwürdig! Am Ende hat es einer von den Indianern genommen, hä, und darum muß man diese Burschen näher in Augenschein nehmen, ob nicht einem von ihnen etwa das Gewehr aus der Tasche hervorstünde? He? Van den Dusen richtete seine beiden schwarzen Ovale deutlich wie Kanonenrohre auf die Indianer, die ihr Mittagsschläfchen hielten. Und doch hätte ich gewettet, daß er in diesem Moment einen Blick zu mir herüberschnellte, einen knappen dichten Blick, den ich ahnen sollte, um ihn nachdrücklicher wahrzunehmen. Er war überaus berechnend. Um mich zu betrügen, überließ er es mir, ihn zu erraten. Als er die Büchse nicht fand, schritt er rechter Hand den Fluß hinauf, gegen die Wasserfälle zu. Er schob den Revolver vor den Bauch, rückte den Gürtel praktisch zurecht. Jeder, der nun zum Beispiel schurkisch genug war, ihn im Gebüsch zu beaufsichtigen, war gewarnt.

Und nun wollen wir einmal rechnen. Aufgepaßt, ihr, die ihr in Gebüschen sitzt und eure Mitmenschen belauert. Jetzt werdet ihr erleben, wie van den Dusen mit einem Revolver oben beim Wasserfall Jagd machen geht. Der Hauptspaß kommt aber erst. Ihr hinter dem Gebüsche, ihr schmutzigen Buschleute, habt jetzt in eurer Blamage nichts Eiligeres zu tun, als schleunigst von eurem schandbaren Posten zu verschwinden! Wartet! Tausend gegen eins, daß ihr jetzt Hals über Kopf zu den Wasserfällen hinausgaloppiert. Aber dort werdet ihr van den Dusen nicht vorfinden. Van den Dusen kennt eure Räsonnements, er riecht eure Indianerschliche; und kommt er jetzt wieder am Lager vorbei, so seid ihr schon längst auf und davon und treibt euch nutzlos am oberen Flußlauf herum.

Hm. Da wäre also wieder das Lager und unser Mann. Er sieht strapaziert aus, er hat Gedanken. Verdammt, denkt er; sitzt hier nun einer im Busch oder nicht? Vielleicht habt ihr Buschleute doch zu wenig Gewissen gehabt, um euch aus eurer schmachvollen Position wegzurühren, da ihr nun einmal durchschaut seid. Dann sitzt so ein Lauerfritze jetzt da im Busch und schießt dem armen, gehetzten Charlie, weil er ein bißchen superklug im Rechnen ist, ein Loch in die Kleider. Vielleicht aber hattet ihr im Gegenteil soviel Gewissen, daß ihr nicht einmal die bösen Gedanken des anderen rechtfertigen wolltet und euch gar nicht im oberen Teil des Djungles herumtreibt, sondern nach dem unteren ausgerissen seid, gleichsam vor euch selbst und vor der Versuchung. Je nun, Gewissen habt ihr keines; damit kann man rechnen; wohl aber Schlauheit statt des, eine Schlauheit, die euch berechnet, daß der andere euch trotz eurer Schlauheit, gleichsam als aus Feinheit derselben, im Verdacht von Gewissen hat. Unter solchen Umständen wäret ihr schon Meilen weit über die Berge flußab, und die Luft hier herum wäre rein. Vorausgesetzt, euer Gewissen ist nicht derart verfeinert, daß ihr einen möglichen irrtümlichen Zusammenstoß vermeiden wollt, der aus einem Schritt mehr oder weniger im Denkprozeß des Gegners folgen kann. Das aber muß vermieden werden. Ihr könnt nicht ein Gewehr gegen eine Pistole konkurrieren lassen. Das Ganze ist eine Wahrscheinlichkeitsrechnung, he? Daß sich die Berechnungen zweier Menschen über ihre gegenseitigen Unternehmungen decken, ist einmal wahrscheinlich; daß der eine dem anderen aber um einen Punkt voraus oder zurück ist, ist beide Male wahrscheinlich. Die Chancen liegen also hier. Jemand, der sich zum Buschklepper talentiert weiß, flüchtet sich aus Gewissensfeinheit weitab vom Ort der Verführung. Er streicht freiwillig die letzte Möglichkeit, da er nicht erwartet, daß es der andere tut. Bei dieser Logik siegt der, der dem anderen den Vorsprung läßt; denn er hat ihn berechnet. Angenommen, ihr sitzt hier hinter dem Busch, so sitzet ihr gewiß nicht dahinter, denn ihr könnt es euch an den Fingern abzählen, daß man von euch erwartet, ihr sitzet dahinter. Da ihr aber gewiß nicht dahinter sitzet, muß man, um euch nicht zu treffen, sich dorthin begeben, wo ihr nach aller Wahrscheinlichkeit hingelaufen seid. Also los, Aufbruch flußab, um den armen Sünder nicht in Versuchung zu bringen, der hier, um den Gesetzen seines Triebes und vielleicht seines Fatums zu trotzen, hinter dem Busch sitzt. Man muß Rücksicht nehmen auf solche Veranlagung und ein bißchen entgegenkommend sein. Vorwärts marsch!

Da hatten wir das Malheur. Van den Dusen ging ein Stück Weges flußab, kehrte sich plötzlich um und schwankte auf das Gebüsch zu. Was war geschehen? Hatte er eine Masche in seinen Berechnungen ausgelassen oder zuviel aufgenommen? Wie ein ertappter Dieb flog er ins Gebüsch herein, arbeitete rasend mit Händen und Füßen und sah sich mißtrauisch nach rückwärts hin um. In der nächsten Sekunde stand er vor mir. Verdammt. Was war da zu machen?

»Ach, guten Morgen«, sagte ich. Es war drei Uhr nachmittags. Sein Gesicht war aschfahl. Er zitterte und bekämpfte eine Schwäche in den Knien. »Ja«, sagte ich, »ich bin es wirklich. Sie sehen mich hier auf der Lauer nach unseren roten Spitzbuben. Ich möchte wissen, was das Gesindel treibt, wenn es unter sich ist. Unser Gepäck nimmt reißend ab. Außerdem, haben Sie es schon bemerkt, stecken Checho und Zana stets zusammen.«

Van den Dusen betrachtete mich mit Kennermiene, er schob seine Ovale wie auf Fühlhörnern vorwärts. »Ach so?« sagte er. »Da fällt mir ein, Slims Büchse ist verschwunden. Die hat gewiß das Pack geklaut.«

»Slims Büchse, wieso – ach ja, richtig, das ist mir auch schon aufgefallen. Das ist aber wirklich – es ist jammerschade, es war solch ein gutes Stück!«

»Ja, nicht wahr. Sie war ja ein unheimliches Prachtstück. Aber sie ging so leicht los. – Es war etwas nicht ganz in Ordnung damit. – Es war, glaube ich, gefährlich, damit zu hantieren – – – Slim selbst war ja vorsichtig. Aber wenn nun jemand dabei in der Nähe ist – stellen Sie sich vor, daß die Geschichte mir einmal aus der Hand gelaufen wäre, während wir zusammen jagten – ja, nicht wahr, denn schließlich wäre sie ja doch an mich gefallen!« Wir lachten beide laut und angeregt über seine verwegenen Spintistereien und schüttelten uns die Hände. Es wurde beschlossen, daß wir aufwärts zum Wasserfall hinaufgingen. Eine kleine Flußpromenade, ein Stückchen Naturschönheit, nicht wahr, haha. So lenkten wir denn unsere Schritte im Flußbett aufwärts.

Van den Dusen sah sich öfter um. Gegen das Ende des Weges zu wurden seine Schritte immer langsamer. Eigentlich war es hier ein bißchen fade! Er ging nicht gern herauf seit Slim tot war! Was war das für ein merkwürdiges Gebüsch? Er blickte alles aufgeweckt an, suchte nach Einfällen zu einem Gespräch und übertrieb. Das Leiden hatte ihn übermäßig geschärft; seine Phantasie war von Gewissensbissen gedrängt und konstruierte intellektuelle Ereignisse, unechte Tatsachen, die sein Schuldgefühl weckten. War nun der Djungle wirklich so rot? Er beklagte sich, daß er unausgesetzt Prozessionen von roten Ringen und Ballen vor Augen sehe. Das käme vom Magen. »Merkwürdig ist das mit Slim doch zugegangen«, sagte er mittendrin. »Denken Sie, ich bin beinahe überzeugt, daß die Leiche trotzdem irgendwo ans Land gespült ist. Sie kann doch nicht immer im Wirbel geblieben sein, sie muß einmal einen faulen Augenblick benutzt haben, um aufzutreiben. Vermutlich ist der ganze Körper zertrümmert, der Kopf ist wahrscheinlich stark von Brüchen und Schürfungen entstellt. Ich sehe das vor mir – Sie nicht auch? Geht es Ihnen nicht auch so? Es kommt mir öfters in die Vorstellung. Wissen Sie, was ich mir in der letzten Zeit schon oft gedacht habe? Ich nehme an mir so etwas wie eine hellseherische oder telepathische Kraft wahr. Ich habe gehört, daß es das gibt. Manche Menschen sehen entfernte Personen vor sich; sie wittern sie von einer bestimmten Stelle im Raume...«

»Das ist die Wirkung der Sonne. Es dürfte nur auf die verschärfte Innerlichkeit des Erlebens zurückzuführen sein. Die Inder behaupten diese Disposition zu besitzen. Aber es konnte nirgends bewiesen werden.«

»Das habe ich früher auch gedacht. Aber es beschäftigt mich nun schon seit mehreren Malen. Ein anderer Fall ist zum Beispiel die Leiche. Sie geht mir nicht aus dem Kopfe. Glauben Sie, daß die Leiche unversehrt ist – das heißt, sie ist natürlich verquollen und aufgeschwemmt, aber ich meine, glauben Sie, daß der Körper intakt sein könnte? Das Ruder, das ich gefunden habe, sah ganz gut – – –«

»Ah, Sie haben ein Ruder gefunden?«

»Ein Ruder? – Nun ja, allerdings. Ich sah es eines Tages da vorne am Sand liegen. Es war ganz erhalten, und man hätte es vielleicht auch benützen können; aber, aufrichtig gestanden, es hat mich davor ein bißchen gefroren. Es ist vielleicht kindisch, ich kann mir aber nicht helfen, und so habe ich es denn wieder in den Flußgang geworfen. Vielleicht ist es weiter unten im Seichten wieder aufgefahren. Man könnte es also noch finden!«

Als wir ein Stück weitergegangen waren, begann van den Dusen abermals von Slim zu sprechen. »Es ist doch seltsam, wenn man sich vorstellt, daß Slim tot ist; daß es fix und fertig ist mit ihm; da er doch ein Mensch voll Lebenskraft war – man kann es kaum fassen. Ich muß sagen, ich habe ihn eigentlich sehr gerne gehabt. Er war ein sympathischer Mensch, ein guter Kamerad und ohne alle Hinterlist. Und dann hatte er auch brillante Ideen. Er war eine wirkliche Jägernatur, in jeder Beziehung. Finden Sie nicht?«

»O ja; ich denke es auch. Es hätte was aus ihm werden können. Es ist lächerlich, daß er so zugrunde ging. Er war besser als irgendein Mensch, er war stets sehr übertrieben, aber dabei besaß er doch eine eigentümliche Harmonie. Er hatte soviel überwunden. Und das Beste war, man konnte ihn hinstellen, wo man wollte, er paßte überall hinein. Ich speziell – –«

»Ja, seine Harmonie war wohl da; er sprach wenigstens immer davon. Aber er war doch auch sehr zerrissen, wie man so sagt, so kompliziert, er hatte eine Neigung zum Paradoxen. – Was ich noch sagen wollte: er hat da zum Beispiel diese eine Idee von den Tropen gehabt. Damit war er sicher im Rechte. Sie kennen sie doch, er sagte, der moderne nervöse Mensch sei eigentlich nur eine Art Wilder, ein Mensch mit geschärften Jägerinstinkten. Ich glaube, er hatte recht. Sollten Sie diese Zustände nicht kennen?«

»Nun ja. Ich weiß nicht recht. Ich kenne es möglicherweise schon, aber ich lege dem kein Gewicht bei. Sie überschätzen mich wahrscheinlich, haha, ich bin ein ganz simpler, normaler Kadaver mit Durchschnittsnerven. Ich bin Ingenieur, wie Sie wissen, also Realist, bei uns gibt es derlei Verwicklungen des praktischen Lebens nicht. In mir sehen Sie einen ehrlichen, geraden Kumpan mit menschlichen Instinkten, einen, der keinem Käfer was Böses tut, einen, der lebt und leben läßt. Das, was Slim über derlei Sachen dachte, ist gewiß sehr fesselnd und amüsant – ich für mein Teil habe aber durchaus keine Prätention zum Nervenmenschen. Sie fühlen sich also krank. Das kommt vom Magen, Charlie, wie Sie vorhin sehr richtig gesagt haben. Sie vertragen einfach diese langweilige Kost auf die Dauer nicht.«

Van den Dusen sagte: »Aber Johnny, Sie sind ein Unglücksmensch, wenn Sie so gesund sind. Übrigens ist das erst die Frage. Jetzt wollte ich Sie dekorieren, ich glaube Slim aufs Wort, daß Nervosität ein Gradmesser der natürlichen Intelligenz ist. Der moderne Mensch läuft durchs Leben wie ein Indianer. Er ist immer am Sprunge. Er ist immer in Fühlung mit den Dingen. Er ist gleichsam der Scharfschütze – er hat den entferntesten Reiz wie eine Kugel im Lauf, er hat schon getroffen, bevor es noch losgeht. Sie verstehen, was ich meine. Für einen guten Schützen ist sein Gewehr zusamt der Flugbahn des Geschosses nur gleichsam ein langer Arm, er beherrscht die ganze Distanz wie ein Organ; wenn er zielt, wippt er mit der Distanz wie mit einem Peitschenende – so geht es auch dem Nervenmenschen. Er hat alle Geschosse im Lauf – er ist ungeheuer voll mit Möglichkeiten, mit Treffern; er hat die Distanz in der Faust. Und nur ein solcher Kerl konnte das entwickeln, was wir Intelligenz nennen, nur ein solcher konnte die distanzüberwindende Maschine erfinden. Wollen Sie das nicht zugeben? Das ist doch klipp und klar?«

»Ach Gott, ja«, sagte ich, »ich bin doch selbst vom Bau, ich müßte das doch auch wissen. Ich bin in derlei Sachen ziemlich skeptisch. Woher wissen Sie denn das alles, wenn ich fragen darf? Wozu denn eine einfache Tatsache durch meilenweite Erklärungen romantisch gestalten? Ich bin prinzipiell dagegen. Woher nehmen Sie das alles?«

»Woher? Wenn Sie damit meinen, daß ich es von Slim habe – na ja, das ist wieder so ein Fall. Ist es Ihnen noch nie aufgefallen, daß man im Leben die Standpunkte innerhalb einer Situation wie Handschuhe wechselt? Es ist unerklärlich, aber es ist doch so. Ich habe da früher, als Slim noch lebte, seinen Ideen stets den Rücken gezeigt. Aber auf einmal denke ich darüber ganz anders und ich bin überrascht, daß ich bei Ihnen auf so prinzipiellen Widerstand stoße. Ich dachte nämlich bestimmt, Sie kännten das auch. Denn seit ich es kenne, und das ist nun schon ziemlich lange her, habe ich darüber nachgedacht. Die Maus zum Beispiel lebt in steter Angstneurose. Bei einem Pferde ist es ausgemacht, daß seine Scheubarkeit in geradem Verhältnis zu seiner Güte steht. Nun sehen Sie aber mal in einen Djungle hinein: wieviel krankhafte Aufmerksamkeit und Wachsamkeit hier herrscht. Wie hier alles auf den Zehen und als wandelndes Arsenal von Beobachtungen geht. Ein solches Tierherz hat keinen Augenblick Ruhe, es kommt aus dem Pochen nicht heraus. Es riecht, ja riecht überall den Feind. Es hat einen ganz subtilen, nahezu schon übersinnlichen, ja telepathischen Apparat in seinen verflixten Nerven. Und genau so wie diese Bestie aus den Tropen lebt heutzutage der Mensch, ein aufreibendes, gefährdetes, wildes Leben. Es sollte mich wundern, wenn Sie das nicht verstehen!«

»Nicht verstehen, davon ist keine Rede. Ich verstehe es wohl. Ich kann es aber nicht billigen. Ich finde, das ist alles – Jägerlatein.«

»Jägerlatein, ja, das ist es wohl. Da haben Sie einen Fund gemacht. Es gibt heute mehr Jägerlatein als je. Ich werde überhaupt ein Buch schreiben, das ›Jägerlatein‹ heißt. Das fügt sich gut, Sie treten mir doch das Wort ab? Das ist es ja gerade; gerade weil heute das Jägerblut durchschlägt, gibt es auch mehr Jägerlatein, das gehört mit zur Sache. In diesem Worte haben Sie vielleicht den ganzen Slim. Seine Harmonie bestand darin, daß er alle diese negativen Dinge, dieses Krankhafte, Neurasthenische, Sinnliche und Barbarische in uns betonte. Er war einfach das gotische Prototyp.«

»Charlie, um Ihre Nerven zu beruhigen, schreiben Sie schnell ein Buch, das die ›Goten‹ heißt.«

»Die Goten sind nämlich die blonden Indianer. Ist die Ähnlichkeit dieser knochigen, langen, mit scharfen Nasen versehenen Profile denn ein Zufall? Ist die von den Römern bemerkte Schärfe der Augen denn ein Zufall? Ist es ein Zufall, daß sie beide lange federnde Knochensysteme haben? Ich wage die Behauptung, ein ähnlich sinnliches Volk, wie die Goten, hat es vorher nur als Indianer gegeben. Schauen Sie sich die alten germanischen Yankees, bevor die heutige Keltisierung noch eingesetzt hatte, an. Da ist gar kein Unterschied mehr bis auf den Teint. Und wenn Sie eine Reise mitten in die Tropen unter ein indianisches Volk hineintun, was erleben Sie da anders als eine Art Gotik? He? Ich frage einen Menschen, ob das nicht auffallende Dinge sind? Die Goten sind ein nervöses Volk von Urbeginn an. Als sie nach Europa kamen, Johnny, nehmen Sie Ihre Schulvergangenheit zusammen, was fanden sie da? Ja, da fanden sie den Bürger, den Ureuropäer, den Flachschädel, verstehen Sie? So lange sie sich rassekräftig hielten, hatten sie eine prachtvolle wilde Kultur, ein wunderschönes edles Ding von Leben. Dann aber ging die Rasse der Langschädeligen mit den monströsen Gehirnbildungen in der der Flachköpfe unter. Ihre hysterische Kultur versank in einem apathischen Mittelmaß. Aber die Zeit ist jetzt wieder vorüber. Die gotische Jägerrasse setzt sich siegreich im Mischblut der Kontinente durch. Slim, fürwahr, ist trotz seiner Unzen Afrika und Peru ein solcher Gote gewesen!«

»Zweifellos, zweifellos, das ist alles nicht unsympathisch. Ich glaube Ihnen auch gerne, daß Sie ein solcher Nervenmensch, ein solch gotischer Nervenmensch sind. Ich kann das ja nicht wissen, ob Sie an Angstzuständen leiden oder nicht. Und Slim ist zweifellos ein schwerer Hysteriker gewesen. Er hat es mir selbst einmal gesagt, er hat eine fabelhafte Berechnung für die seelischen Prozesse seiner Umgebung gehabt. Aber es ist mir unverständlich, was das mit diesen Indianern zu tun hat. Das ist alles Aas. Das faulenzt – wo bleibt die Entwickelung, die Technik, das Geistige?«

»Ich sehe wohl«, sagte van den Dusen, »hier fehlt es mir an Studium. Ich weiß das noch nicht. Aber wissen Sie etwas von dem Sittensystem dieser Leute, von ihrer Erotik, ihrer Kunst – – das alles mag sich ja nach einer anderen Richtung entwickelt haben, durch einen Zufall aber überhaupt nicht. Und dann sind Sie diesmal ein schlechter Psychologe. Der Indianer wäre zu stolz, um den Goten etwas abzunehmen, das nicht aus ihm selber kommt.

Unterschätzen Sie diesen Stolz nicht. Nehmen Sie bloß den einen Fall an: zwei Menschen gehen nebeneinander und der eine hat einen Einfall, der andere hat ihn nicht und erkennt ihn deswegen als für sich ungültig an. – – Oder der andere hat ihn auch, jetzt geschieht aber das Unglück, daß der andere ihn früher äußert – –«

»Sie sind ein Schüler Slims!«

»Mhm! das mag sein. Ich habe Slim vielleicht beerbt. Es gibt doch ganz merkwürdige Beziehungen. Adieu, Johnny! Ich kehre jetzt um, ich glaube, ich bekomme wieder Fieber. Am besten ist es, Sie gehen gleich hier in den Djungle. Beim Wasserfall müßten Sie über die Felsen. – Bessern Sie sich, Johnny!«

Wir sahen uns an. Ich trat als wurmartiges tintenfarbiges Wesen mit einem kugelrunden Kopfe in seine Ovale. Sein Mund schien schmerzlich verzogen. Er ging mit eigenen Schritten den Weg zurück, mit parallel gestellten Füßen und gewölbten Schenkeln, so daß die Hosen prall anlagen. Es war etwas Neuartiges in seinem Gang, etwas Schleichendes, das an Slim erinnerte. Und nun sah ich ihm gleichsam von hinten her sein Gesicht an, es war bärtig, aber hinter dem Bart hatten sich lange strähnige Falten gebildet. Es war das Gesicht, wie es rasch lebende, gespannte, hysterische Rassen besitzen. In der Tat, er hatte jetzt einige Ähnlichkeit mit Slim.

XXX

Als ich über mehrere Kanäle gesprungen war, von einem Fußhalt mich zum anderen schwingend, stand ich seitlich links vom herabrauschenden Wasservorhange vor der großen Spaltklippe, die ich suchte. Ich mußte hinter sie treten, weil vornean das Wasser in einer Art Rückstoß an ihrem Fuße emporschäumte; dahinter aber war es still und seicht und drehte langsam einige weiße Flocken im Kreise. Hier turnte ich mich noch ein Stück in die Höhe und griff mit der Rechten in den Spalt – nichts war zu spüren. Ich schob den Kopf in Spalthöhe – sie war weg. Die Büchse war weg.

Slims Büchse war weg. Oh, ohoh! Das Wasser ging rund in elipsenförmiger Strömung. In der Mitte ragten zwei niedrige Klippen auf, zwischen denen ein gekenterter Balken stak. Ich konnte mich nicht entsinnen, die Klippen bereits bei meinem ersten Besuche entdeckt zu haben; aber während ich das Lokale instinktiv nach den Indizien des Büchsendiebes besichtigte, erregte gerade diese Veränderung meine Aufmerksamkeit. Die Klippen waren unregelmäßige Pyramiden, mit zehn bis zwanzig Zentimeter die Wasserfläche überragend. An der höheren der beiden waren deutlich zwei Feuchtigkeitsschichten abgesetzt. Das Wasser mochte also seit den letzten drei Tagen im Abschwellen begriffen sein, irgendwo am Oberlauf war eine natürliche Schleuse entstanden und der Wasserstand nahm darum an diesem Platze ab. Als ich die Umgebung auf diese Beobachtung hin noch einmal musterte, schien sie sich überhaupt verändert zu haben. Der breite schleimige Wasservorhang zeigte Trennungen, er war schmächtiger geworden und hatte sich stellenweise zu Tropfen und langen Zacken zersetzt. Kein Zweifel, das Wasser war weniger geworden. Und jetzt wurde es auch erklärlich, warum dort zwischen den Klippen ein Stück ausgehöhlten Balkens, ein Getrümmer unseres einstmaligen Bootes, feststak. Der Wirbel, der nicht mehr genug Nahrung erhielt, war in seiner Kraft eingegangen und hatte die mitgeführten fremden Bestandteile an ihren Auftrieb zurückgeben müssen. Die Holzstücke kamen an die Oberfläche und trieben seitab.

Die Holzstücke! Der Eingang in die Höhle hinter dem Wasserfall war leichter denn je. Nach einigen taktischen Flankenbewegungen hatte ich die stärkste Zone der Sprühregen hinterm Rücken. Durch den feinen Nebel hindurch flossen die zarten Säulen eines Spektrums und überzogen die Objekte, die sie streiften, mit einer Schicht in der Art bunten Schimmels. Ich bückte mich, um das eine, das gleich vorne beim Eintritt mein Interesse festhielt, anzusehen. Es war ein gut erhaltenes Ruder, wie es Indianer schnitzen. Um allen Zweifel zu beseitigen, sah ich an der Stange hinauf; dicht vor dem kreuzartigen Endknauf bestand die Struktur aus drei charakteristisch parallelen Schlangenlinien. Diese Laune der Faserung heimelte mich an. Ich hielt ein bekanntes Stück in Händen. Kaum war ich zu diesem Schlusse gelangt, war ich reif für die Entdeckung einiger anderer nicht mehr ganz geheurer Dinge. Hier war sozusagen ein Bündel Ruder abgeworfen worden, sie lagen, ihrer Stücke drei, wie ich jetzt erst nach der Aufnahme des obersten sah, mit ihren Mittelpunkten sternförmig übereinander. Es war ein merkwürdiges Spiel des Wassers, das sie in dieser Lage ans Feste geschwemmt hatte und ich ziehe daraus den Schluß von einer Art Anziehungskraft des Holzes, vielleicht des feuchten Holzes. Es war die komplette Garnitur eines kleinen Bootes, zwei Ruder und ein Steuerruder; sie waren schwer und mit Wasser vollgesogen. Im übrigen schien die Stelle, wo sie wahrscheinlich eine Zeitlang im Wirbel rotierten, sehr tief und klippenlos gewesen zu sein, denn die Ruder waren intakt, bis auf das etwas längere Steuerruder, dessen eine Kante eine zahnige Scharte aufwies. Wenn man nun bedachte, daß diese Gegenstände bei ihrem Fall nicht zerschmettert wurden, weil sie im Wasser auf keinen harten Widerstand trafen, konnte man Hoffnung hegen, daß auch der Körper eines Menschen keinen Schaden genommen haben mußte. Unbegreiflich war es, warum sonst auch nicht ein Span von dem infolge seiner Größe zerspellten Boote hier gestrandet war. Die Ruder lagen ganz allein in ihrer friedlichen Formation am Grunde einer Senkung des rissigen Felsenbodens. Aber dort lag ja, wie ich in dem grünlichen Scheine, der trotz der Lücken des Wasservorhanges die Höhle umflorte, erkennen konnte, ein Etwas, dessen Form mir im ersten Augenblicke undefinierbar schien. Es war ein grauer Sack und lag auf einem Terrain, das wir schon beim ersten Besuche der Höhle betreten haben mußten. Während die Ruder dort lagen, wo früher Wasser gestanden hatte, schien hier das Wasser niemals hergedrungen zu sein. Der Sack lag nahe am Grunde der schiefwandigen Höhle. Aber ein Umstand sprach doch dafür, daß in der Zeit zwischen dem ersten Besuch und meinem heutigen hier Wasser eingedrungen und wieder zurückgetreten war. Denn ein pestilenzartiger Brodem stieg von dem mit allerlei Stagnationsresten überzogenen Felsenboden auf. Ja, der Geruch war diesmal stärker, als ich ihn das erstemal hatte beobachten können. Es lagen also alle Anzeichen dafür vor, daß der Wasserfall und die Wassermenge stieg und fiel, sei es nach innewohnenden Gravitationsgesetzen, sei es aus rein äußerlichen Gründen, Niederschlägen, Dammbrüchen größerer Becken oder dergleichen. Gewiß war dadurch die Hoffnung auf eine künftig einmal größere Wassermenge befestigt, deren erstes Auftreten ich in meinem früheren Fieberzustande nicht bemerkt hatte. In Zukunft konnte uns diese Spezialität des Flusses für eine Verschiffung südwärts tauglich werden.

Nun, und jener Sack dort, was hatte es mit ihm für eine Bewandtnis?

Es war ein grauer ballonartig geblähter Sack, der an dem einen Ende in einen mit langen Haaren versehenen Kopf, ja einen Kopf, auf der anderen in ein Paar aufgedunsener langschaftiger Rubberstiefel ausmündete. Der Kopf war, trotz seiner abnormen Kugelform, ein Menschenkopf. Die Modellierung des Gesichtes war unter der Expansion der Haut verloren gegangen. Das Haupt- und Barthaar hing in langen flossigen Strähnen darüber hin; der Anblick enthielt nichts Schreckliches, sondern mehr etwas Lächerliches, denn an dieser Leiche war nichts Menschliches mehr zu erkennen. Ich zündete ein Streichholz an, zwei, drei, sie verloschen sofort, aber in den Augenblicken ihres Aufflammens sah man über der linken Schläfe einen dicken roten Fleck, eine starke Schwellung dieses Kopfteiles. Der Kopf erhielt dadurch eine blöde unsymmetrische Form. Ich hielt mir das Schnupftuch vor Nase und Mund und sah neugierig in dieses Gesicht, um etwas Bekanntes darin zu finden. Aber es war auch nicht ein Zug darin, der mich an etwas erinnert hätte. Es war das Gesicht einer stupiden großen Katze, mit grünlich blasser Haut und Zottelhaaren. Die Augen stachen falsch und kalt unter den ungleich geschlossenen Lidern hervor. Diese selbst waren verletzt, sie waren zerrissen und krustig vom Blute. Sonst hatte das Wasser von außen und die Fäulnis im Innern allen Charakter und alle Seele aus diesen Muskeln unter der Haut verbannt, und was geblieben war, war nichts als ein stumpfes großes Tiergesicht, das kein Mitleid erregte.

Ich holte das lange Steuerruder und versuchte den Oberkörper durch eine Hebelvorrichtung in den Sitz zu heben. Da fiel der Kopf mitten in den Ballon, versank darin wie in einem Luftkissen, während an dem breit gewordenen Hautsack die Knochen sich wie Holzscheite durchdrückten. Wirbelsäule und Brustkorb mußten in tausend kleine Splitter zerschellt sein, die Längsachse der Leiche bot keinen Widerstand. Ja, das war der ganze Mensch da, dieser Hautsack. Mit dem Steuer war ich an die schwammig gewordene Kleidung angestriffen, sie riß nicht, sie schabte sich ab wie eine graue sulzartige Schicht. Darunter kam wieder die blanke Haut zum Vorschein. Es mußte ein Loch an der linken Seite unter der Achselhöhle gewesen sein, denn dort war der Stoff weggeschält. Eine eigentümlich geschwärzte Beule in der Farbe von versengtem Fleisch, eine Wunde mit aufgeworfenen Rändern zeigte an, daß der Körper dort einen heftigen Aufstoß erhalten hatte.

Ich sah mich um und verließ die Höhle schnell. Es roch nach Verwesung. In der dampfigen Atmosphäre war ein Wehen und Wogen, das Spektrum blinzelte im Nebel, wenn der Wasserfall sich verdünnte, an den Wänden klopfte es mit harten spröden Lauten. Die weiße singende Luft draußen trieb mir einen Wirbel Blut in den Kopf, rote Gebirge türmten sich vor den geschlossenen Lidern auf. Ich stand nach einigen Sprüngen vor jener Klippe, in der Slims Büchse stecken mußte. Hatte ich jetzt geträumt, oder war es wahr, war das alles wahr – – heda, was ist mit der Büchse? Ich griff in den Spalt, tastete, sah hinein: der Spalt war leer!

Das Wasser ging hier Kreise, aber es ging jetzt schneller als zuvor, wie mir schien. Konnte sich das so schnell ändern? Ich sah zum Wasserfall hin: das Tor, durch das ich eingedrungen bin, ist schmäler geworden. Die Zacken laufen längs der Felsenkante zusammen, sie wachsen ineinander und stoßen in langen Zapfen herab, plötzlich fällt es wie ein glattes Tuch, die Öffnung ist geschlossen, der Wasserfall wächst! Er wächst nach den Seiten hin, sein Brausen wird heftiger, wo er auffällt, ballt sich der Schaum zu weißen Fäusten, die emporzucken. In der Mitte einer Stromstille wird ein Balken flott, das Wasser hebt ihn von den beiden tragenden Klippen, er geht drei-, viermal in der Strömung um und wieder um, plötzlich saust er wie abgepfiffen einer neuen Kraft nach. Ich sehe zu, wie er dahingeht, es könnte ein Stück von unserem ehemaligen Boote sein, auf dem Slim in den Tod fuhr, hoiho! Der Strom schwillt! Wie lange und er wird das seichte gebleichte Bett füllen, in dem wir so lange hausten, und wir werden mit seiner Hilfe abwärts eilen, dem Süden und dann dem Osten zu, an die Küste, an die Küste, unter den Bug eines mächtigen Ozeandampfers!

Wie sich das denkt, wie alles sich denkt! Träume ich, oder bin ich überwach? Fühle ich die Wollust des Lebens, oder bin ich im Fieber und stürzen Wahne über mir zusammen und purpurene Gebirge? Auf! Spring in den Fluß, klammere dich an Balken und schwimme mit dem Wasser, es geht ostwärts ins Meer und ist die große Ader der Bewegung. Gib acht, du stürzest, es ist alles glatt und rot – ja wenn man wüßte, was Traum ist, was Fieber und was rüstiges Leben! Wenn man wüßte, ob das Leben klare rinnende Bewegung ist oder grünlicher Dampf und eine verhexte Spektrengrotte!

XXXI

Auf dem Rückwege fühlte ich ein Unwohlsein. Der Aufenthalt in der giftigen Höhle tat nicht gut. Der Kopf war mir heiß vor tiefen Gedanken. Als ich so hinunterging, gegen unser Lager zu, beobachtete ich meinen Gang. Richtig, wenn man von dem Schwanken absah, das ein beginnendes Fieber in mir hervorrief, konnte man merken, daß ich bereits so dahinging, wie zuvor der Holländer. Wie wir in diesem Zusammensein einander ähnlich geworden waren!

Als ich ins Lager kam, lag van den Dusen am Rücken und ächzte. Sein Gesicht war gedunsen, seine Lider waren gesenkt, aber ungleichmäßig und aus den Spalten kam ein kalter, stechender Blick. Die Lider sahen übrigens durch kleine, violette Äderchen wie verletzt aus; sie färbten sich rot und schienen eiterig am Augapfel zu kleben. Und dieser Umstand verunstaltete das Gesicht. Ich kannte es, es war nicht lange her, da hatte ich es gesehen – es war ein kaltes, gemeines Katzengesicht.

Ein Stück von dem Holländer entfernt lagen seine Brillen. Ich ergriff sie und setzte sie zum Spaße auf; dabei sah ich van den Dusen scharf in die Augen. Sofort wurde die lichte Welt eine violette Grotte. Meine Kindereien machten den Kranken jedoch nervös, er bog in Verzweiflung den Hals zurück, das Gesicht nach hinten – es war das einer Leiche. Ein tiefer Seufzer sprengte seinen verschnürten Gaumen. Dieser Seufzer brachte mich auf einen Gedanken.

»Was ist das für eine komische Manier, Charlie, ha?« erkundigte ich mich teilnahmsvoll. »Jetzt weiß ich doch, wo ich diesen Ton her habe. Er wollte mir eine Zeitlang gar nicht aus dem Kopfe. – Sie seufzen wohl oft so des Nachts? Was ist denn los mit Ihnen, he, alter Knabe, reden Sie!«

Er sagte aber nichts und wir schwiegen. Ich untersuchte das Gepäck. »Das Chinin ist fort!« rief ich plötzlich. Das war ein böser Fall, aber ich bekam kein Wort aus ihm heraus. Er hatte sichtlich einen schlimmen Tag.

Ich war mit meinen Gedanken auf mich angewiesen. Das Chinin war alle! Wenn jetzt einer von uns kräftig das Fieber bekam – ach, daß doch Slim noch dagewesen wäre! Dummes Zeug; ein solcher Kerl und mußte auf diese stupide Art und Weise zugrunde gehen. Daß er aber nicht schwimmen konnte – es war unverständlich. Merkwürdige Dinge! »Charlie, sagen Sie mal«, sagte ich wieder, »vielleicht haben Sie schon etwas davon gehört – nämlich feuchtes Holz, nicht wahr, oder Holz in einem Wasser sagen wir, das zieht doch an – nicht, scheint Ihnen das nicht plausibel?« Er schwieg. »Es gibt so Gravitationsgesetze, von denen wir noch nichts wissen«, fügte ich als Erklärung hinzu. »Das heißt, ich meine nur so. Ich kann mich möglicherweise auch irren. – Soll ich Ihnen Wasser bringen, Charlie?«

»Nicht vom Fluß«, sagte er. »Warum denn nicht? Aber Charlie, sonst ist ja keines hier rund herum!« »Ich weiß nicht; lassen Sie mich. Ich weiß nichts.« Seine Stimme war scharf, sein Gesicht verzerrt. Die Augenlider klafften und entblößten einen grauen, verschleierten Blick. »Aber ich verstehe Sie nicht, Mensch, wir haben doch den Filter, warum wollen Sie es denn nicht aus dem Flusse?«

»Es ist ja Leichengift darin, Sie Dummkopf, verstehen Sie denn nicht?« schrie er. Er richtete sich auf und sah mich triumphierend an.

»Ach so«, sagte ich. »Na ja, ich glaube, das macht nichts. Wir haben ja früher auch schon immer dieses Wasser getrunken!«

Er lachte. Ich war offenbar ein unerhörter Idiot. Mit flüsternder Stimme sagte er: »Man muß die Leiche aus dem Wasser herausziehen. Das Wasser ist jetzt kleiner, der Wirbel gibt jetzt alles von sich, was er gefressen hat. Man muß die Leiche in die Höhle bringen, ja – Slim war ja ein großer Mann hähä, er hatte dort so ein – eine Art von Mausoleum – – – Sie sind ein Dummkopf, Mann. Was sehen Sie mich denn so an? Sie verstehen nichts. Gar nichts verstehen Sie. Verstehen Sie etwa das, daß Slim doch ein Höhlenbewohner ist, ein Urmensch, und daß er jetzt in die Höhle gehört? Der neue Mensch und der Urmensch. – Sie, Sie – – – das ist Symbolismus. Haben Sie eine Ahnung, Mann? Sie halten mich für verrückt. Ich bin auch verrückt. Aber darum denke ich doch scharf. Ich denke ungefähr zehnmal schärfer, zehnmal mikroskopischer, sagen wir in zehnfacher Vergrößerung! – Haben Sie noch nie bemerkt, daß Verrückte Sprachfatalisten sind? Passen Sie auf, Mann. Die Zufälligkeiten der Sprache sind die Schicksale des Gedankens – – – die Leiche des neuen Menschen gehört also in die Höhle! Man muß die Leiche in die Höhle bringen. Sie vergiftet den Fluß!«

»Ach, meinen Sie«, sagte ich sanft, »das könnte ja sein. Aber vielleicht ist sie schon in der Höhle. Vielleicht ist sie gar nicht mehr im Flusse!«

»Man sollte die Leiche wirklich in die Höhle bringen. Aber man muß acht geben« – fuhr er fort – »sie nicht ganz zu zerbrechen. Kein Knochen ist ganz im Leibe. Man muß sie mit den Rudern heraufschleifen – – –«

»Ja, mit den Rudern.«

Er warf mir einen Blick zu und hielt inne, als ob er sich auf etwas besönne. »Mit den Rudern«, sagte er langsam. »Woher wissen Sie das? Haben Sie das etwa geträumt? Ich habe es heute geträumt. Man benützt die Ruder als Tragbahre – der Wirbel gibt seine Beute jetzt wieder her. Es ist wenig Wasser da; das Gift verbreitet sich in diesem wenigen Wasser zu schnell. Verstehen Sie?« Er legte sich zurück und zerrte mit den Händen pantomimisch etwas vom Halse weg, das ihn dort würgte. Sein Gesicht stand nach oben. »Das Gewehr muß auch dazu«, sagte er plötzlich; »man muß ihn rituell begraben, er war ein großer Jäger; man muß ihm eine Kugel geben, er ist an einer Kugel gestorben. Unsinn, ein Mann wie Slim kann nicht ersaufen. Er stirbt kriegerisch, die Kugel geht mitten durchs Herz. Puff, da liegt er. Dann haben Sie ihn erschossen. – Geben Sie zu, Sie haben ihn erschossen? Sie brauchen ihn nie wirklich erschossen zu haben. Aber Sie haben so einmal unter der Hand daran gedacht, so nebenbei, zum Vergnügen, hähä. Der Gedanke allein tötet. Die Kugel kommt dann später. Gestehen Sie also, haben nicht vielleicht Sie ihn getötet? Sie glauben natürlich, ich sei ein Narr, oder ich triebe meinen Spaß mit Ihnen. Aber Sie sind kein moderner Mensch; Ihre Sinne sind nicht scharf. Riechen Sie zum Beispiel hier – dort, riechen Sie nicht, daß das Wasser nach Leiche schmeckt? Es schmeckt ganz bestimmt danach. Was sage ich Ihnen?«

Sein Gesicht erhielt einen Zug von bösartiger Schlauheit, es drückte eine erschreckende, verwickelte Intelligenz aus. Er lächelte, seine Lider fielen herab und bekamen rote und violette Knötchen, darunter kroch glasig sein Blick hervor. Seine Gedanken waren offenbar mit einem bestimmten Bilde beschäftigt. Er lächelte immerfort und ließ mich nicht aus den Augen. Sein Gesicht wechselte die Farbe, sein Lächeln verkrampfte sich, Angst und Ironie erhellten seine Züge etwas und ließen sie einen Augenblick ganz vernünftig erscheinen, seine Versponnenheit wich. Wir kämpften mit Blicken um den Vorrang! Da verdrehte er die Augen. Im nächsten Augenblick hatte er aufgeheult. Der Speichel floß ihm über die Lippen. »Was sehen Sie mich so an? Gehen Sie weg. Weg, weg von hier. Ich kann Sie nicht ertragen. Sie schleichen sich in meine Gedanken ein, Sie stehlen mir meine Seele, Sie – weg, gehen Sie weg von hier!«

»Aber, was ist denn los«, sagte ich; »beruhigen Sie sich doch. Ich tue Ihnen ja nichts. Ich will Ihnen doch helfen. Ich suche schnell noch einmal nach, vielleicht ist doch noch etwas Chinin da.« Ich hatte mich zu ihm herabgebeugt und die Hand auf seine Schulter gelegt. Er krümmte sich zusammen und entzog sich der Berührung. »Um Gottes willen, tun Sie das nicht«, weinte er. »Rühren Sie mich nicht an. Ich erbreche, wenn Sie mich berühren. Ich hasse Sie. Nein, ich hasse Sie ja nicht. Ich habe gar nichts gegen Sie. Ich kann Sie vielleicht ganz gut leiden. Aber ich vertrage Sie nicht, ich gehe zugrunde, wenn Sie nicht fortgehen. Ihre Nähe demoralisiert mich, sie braucht das Mark auf, das noch in mir ist. Wie Sie Slim ähneln! Wenn Sie ahnten, wie Sie ihm ähnlich sind! Alle sind wir derselbe geworden, seit wir so zusammenleben müssen – ich ertrage es nicht mehr, ich werde Sie töten, gehen Sie fort, lassen Sie mich verkommen, lassen Sie mich um Gottes willen verkommen!« Er lag schief auf der Hüfte wie ein Blessierter, dicke Tränen rannen ihm in den Bart. Ich entfernte mich ein Stück und blieb ratlos stehen. Wohin sollte ich denn gehen? »Gehen Sie, Hund!« schrie er mir nach. Ich fühlte einen stechenden Schmerz am Herzen, ich war tief traurig, ich hatte das paradoxe Bedürfnis umzukehren, um mit ihm zu schluchzen. Ich entschloß mich niederzuknien und ihn um seine Liebe zu bitten, ich ging aber schnell weiter, hinaus in die heiße Luft und empfand sofort eine große, monotone Klarheit gegenüber meiner letzten Sentimentalität. Er war geistesgestört. Aber ich hatte damals kein Maß für Menschliches, ich hatte keine Exemplare zum Vergleiche, ich nahm ihn also für voll.

Das Fieber brach ins Lager ein und die Hungersnot kam ihm zuhilfe. Wir beiden Europäer lagen hilflos in uns begraben. Unsere Macht ging nicht über unsere Fingerspitzen hinaus und unter unseren Leuten hauste die Empörung. Ein wüster Tumult war unter ihnen ausgebrochen. Einer der Männer lag von Messerstichen zerfleischt neben uns; Zanas weibliche Natur kam zum Durchbruch, sie nahm sich seiner an und heilte ihn mit den Künsten der Priesterin. Sie sprach viel und in erregtem Ton: sie hatte eine Rolle unter den Männern. Plötzlich schoß mir, der ich alle diese Dinge im Zustand des Halbbewußtseins wahrnahm, der Gedanke durch den Kopf: wie, wenn sie nun den Vorschlag gemacht hätte, die beiden höchst überflüssigen Europäer aus dem Wege zu räumen?

Zuzeiten konnte man sie jetzt singen hören. Sie sang einförmige tiefe Lieder, eine natürliche singvogelartige Schwermut lag in ihnen. Vielleicht besang sie ihr Heimatdorf, vielleicht waren diese halben Noten die Sehnsucht nach dem Stamme und nach den Tänzen des herrlichen, allgewaltigen Moki? Ach, ich hatte die süße Emanzipierte nie gehabt! Mit allen war sie auf behenden Knöcheln in den Djungle geschlüpft, allen hatte sie sich in ihrer wilden Lust gezeigt, rings herum hatte sie ihre Liebe verschenkt und niemand hatte sie richtig gewürdigt. Ich aber, der ich allein Verständnis für die Art ihrer Leidenschaft gehabt hätte, ich hatte sie niemals besessen. Ich war an ihr verdorben und verhungert. Denn jetzt war es Zeit, jetzt kam es zutage: dürr und unbefruchtet war meine Männlichkeit geblieben. Es war die alleinige Ursache aller meiner Schwächen gewesen. Meine Herren, Sie wissen, das bringt herunter – und ich hatte ja Zana nie gehabt! Erfolglosigkeit untergräbt den besten Charakter, in der Liebe aber ist es eine unmögliche Position. Slim hat behauptet, unser Geschlecht kenne die Sehnsucht nicht mehr. Dies bleibe dahingestellt. Sicher ist, daß es tausend Gründe für einen Mann gibt, sich zu verlieren, und diese tausend Gründe sind oft nur ein Weib. Ich habe Zana nie bekommen. Das genügt, um alle diese Verwickelungen zu erklären und eine Geschichte zu schreiben.

Es genügt, um sich in Träumen zu nehmen, was einem in der Wirklichkeit versagt ist. Die Zwiebackkaissons waren erbrochen, die Konservenbüchsen geleert und eingetreten. Niemand brachte Wildbret ins Lager. Aber je stärker der Hunger sich meldete und je dünner ich um die Hüften wurde, desto unwiderstehlicher wurde die gleichfalls magere Schönheit Zanas, diese Hungerschönheit, diese krankhafte asketische Zärtlichkeit, die in ihren Körperformen festgehalten war. Ich liebte Zana mit dem Geschmacke, ihr Anblick zerlief mir am Gaumen. In meinen Hungerdelirien beschäftigte ich mich mit den Reizen ihrer Knochen, über denen die Haut gespannt lag. In meiner eigenen Bauchhöhle wurden die edlen Organe muskulös, ich konnte sie gebrauchen wie dressierte Bestien, und ich gebrauchte sie, um mir auf Grund ihrer originellen Kräfte die unerhörtesten Zärtlichkeiten für Zana vorzustellen. Der Zusammenhang zwischen den primitiven Nöten der Menschheit war hergestellt. Jawohl, ich schmeckte damals den Liebreiz Zanas. Ich umarmte sie mit meinen Eingeweiden, ich bewegte mein Herz aus dem Brustkasten und legte es sanft an ihre Wange, ich ließ es eine Weile stillstehen vor Jubel und ließ es wieder tanzen zum Preise Zanas, ich zog meinen Körper in Demut zu einem einzigen sehnigen Splitter zusammen und sprengte ihn in die Luft durch einen einzigen heftigen

Willensakt. Dies alles tat ich und viel andere Muskelkunststücke mehr um Zanas willen, und weil der Hunger mir die Männlichkeit zurückgab, die ungestillte Liebe mir genommen hatte.

Träume kamen und Tage. Sie glichen sich und enthielten einander. Aber dann kam ein Tag, und an diesem Tage bekam ich Zana doch. Nichts hatte ich im Magen, ich war nüchtern bis auf die Knochen aber voll Glut, und ich erfaßte die scharfsinnigsten Dinge im Fluge. Es war die leere Wärme, mit der mein Mastdarm sich beschäftigte. Doch dieser Dunstumschlag von innen her tat gut, er bewirkte eine einigermaßen lebhafte Verdauung, so daß ich meine eigenen Gifte zu schlucken und zu fressen anhub. Am zweiten Tage, da ich nichts gegessen hatte, war ich soweit, daß ich mich inmitten der lustigen Hitze, die mich umgab, zu dehnen und zu strecken begann, Herz, Leber, Darm und Milz einzeln springen ließ, wie gesagt, und einen deutlichen Aufschwung meiner Energie wahrnahm. Dies war der Höhepunkt, mußte ich mir sagen. Die Hitze war gut aufgelegt, sie krachte, sie sprudelte vor Klapperdürre. In diesen Tagen hatte ich keine Empfindungen. Es war, als wäre ich an eine Vergrößerungsvorrichtung angeschnallt, so unermeßlich und ewig war der Ausschlag, den alle Reize in ihrer Art hervorriefen. In diesen Tagen fiel die Sonne vom Himmel zur Erde herab. Dort lag sie am Buckel wie eine ungeheure vollgesogene Wanze und zappelte mit tausend Beinen, stach mit tausend Rüsseln und konnte sich nicht mehr erheben. Ich fühlte nun genau, wie sie am Rücken lag und nicht mehr aufkonnte. Ich fühlte sie am eigenen Leibe, ihre Verlassenheit und Breitspurigkeit, es war eine ungeheuer wirkliche Mitempfindung trotz ihrer Seltsamkeit, die mir übrigens nicht weiter auffiel. Manchmal fühlte ich, ich selbst wäre die Sonne. Als aber während des Tages die bissige Riesenwanze sich doch einmal zusammenraffte und langsam in den Schatten hinter der grünen Laubwand kroch, kam eilig der Mond gefedert und wurde immer deutlicher und schwerer. Zuletzt spießte er sich an einen hervorragenden Ast und beutelte sich zu Tode wie ein kleiner Vogel. In ein paar Zuckungen war es getan. Der flockige Seidenballon platzte entzwei und daraus schlüpfte zart eine dünne weiße Frau, die sich bald in Zanas schmachtende Formen verwandelte.

Sie wechselte die Farbe und wurde rot. Wolken dampfenden Sonnenunterganges brachen aus ihr hervor und hüllten sie ein. Ich entsinne mich dieser Vision genau. Plötzlich gingen diese Wolken auf und nieder. Sie trugen etwas dahin, sie waren Wasser, und was sie trugen, war der Körper eines bärtigen Mannes. Ich strengte mich an, das Bild zu verfolgen. Und da es Abend war und mein Kopf sich scharf und klar fühlte, gelang es mir, lückenlose Verläufe zu bilden von Dingen, die das unberauschte Gehirn nur als Fragmente und Rätsel erlebt. Atemlos folgte ich den Bewegungen des Körpers, indem ich mich mit Spannung wie in Erinnerungen verlor. Der Körper tauchte ein paarmal auf und nieder und kam dann wieder über Wasser. Man konnte sehen, daß er lebte. In mich gehend stellte ich mir vor, was nun geschehen müßte. Der Mann im Wasser streckte die eine Hand empor und ballte sie zu einem Griffe. An seiner linken Schläfe klaffte eine lange Wunde, aus der Blut floß. Diese Wunde speiste das umliegende Wasser mit einem trüben Rot. Dann kam eine kleine Verwirrung, ein Rudel von Bewegungen, das ich nicht zergliedern konnte, weil es zu schnell aufeinander folgte. An diesem Punkte war meine Phantasie etwas weniger exakt. Ich hatte immerhin Zeit genug, zu bemerken, daß von irgendwoher aus der Luft der Schaft eines Ruders sich löste und mit Vehemenz auf die linke Schädelseite des Mannes herabsenkte. Der Getroffene hatte einen Seufzer ausgestoßen, einen unbedeutenden melodischen Schrei, der alle Töne einer Brust umfaßte. Diesen Ton kannte ich, hihi. Es ist das Liebesflöten des Kakaduweibchens, wenn der leidenschaftliche Herr und Gebieter von ihm Besitz nimmt, wenn sein scharfer Schnabel die Geliebte am Halse, an den Augen, an der großen Schlagader kitzelt. Diesen tiefen Brunstschrei stieß der Mann aus, dann sah ich ihn ruhig im Boote sitzen.

Dort saß ich selbst. Das Boot glitt über zwei Welten dahin. In der einen konnte ich nur vorwärts und nicht hinter mich sehen. Die untere Welt aber eröffnete mir ungeheure Möglichkeiten von Teilnahme. Ich war bei verschiedenen Dingen, zum Beispiel bei mir selbst, gegenwärtig, ich konnte eine ganz eigenartige reichhaltige Kontrolle über das Leben ausüben. Dort saß ich und hielt einen großen berühmten Monolog über Spiegelungen und Phantoplasmen. Inzwischen kamen die Sterne zu mir herab, sie dufteten warm und waren rot und grün und bläulich, sie bewirkten eine sanfte Harmonie, während sie flogen. Manche aber hatten einen giftigen Atem, sie stießen mich an und bissen mich ins Blut. Ich schlug sie mit der flachen Hand tot. Dann gab es einen lauten Klatsch, sie erhoben sich jedoch und verließen mich in meiner Undankbarkeit. Wenn ich munter und für Augenblicke kühler wurde, wischte ich mir die blutigen Leichen zerschmetterter Moskitos von Kinn und Händen. Ich hatte sie unglückseligerweise mitgetroffen, während ich nach bösen Sternen jagte.

Das war der Zauberer Hunger. Er machte mich zur Vergrößerungslinie für Ereignisse des Lebens unbedeutender und brutaler Art. Er stürzte mich ins tiefste Elend und in die schmutzigste Schmach. Zugleich aber gaukelte er Trug vor mich hin, und als ich am tiefsten in mich und meinen Niedergang getaucht war, da riß er mich empor in die Ekstase und gab mir verzweifelte Kräfte. Eine große, schwarze Sammethummel brummte, und da war es wieder wie vor Jahren, als ich ein Bub war und lag daheim zwischen hohen Gräsern in der Wiese. Das Hummelchen in dem schönen, schwarzen Pelze mit den goldenen Tressen brachte seinen kleinen, kräftigen Körper vor einer Blüte zum Stillstand und summte eine Honigweise. Der Bub lauschte; es war wie die Stimme einer alten Frau hinterm Walde. Da wußte er, daß er allein sei und ein zärtliches Gefühl zog ihm über den Magen herauf. Alle die Heimlichkeiten seines Körpers kamen da über ihn, seine Intelligenz wurde scharf und findig, und er erkannte, wer er war. Er erkannte sich als einen Körper.

Wenn man die vielen seltsamen Dinge, die man an seinem Körper erlebt, erzählen könnte, welches Märchen, welche wunderbare, unglaubliche Geschichte würde das werden, welches wichtige Werk für die Menschheit! Gibt es Abenteuer? Alle Abenteuer sind nur Abenteuer der Nerven. Hier lag ich unter dem glühenden Himmel, dessen ich mich damals in meinen Träumereien gleichsam entsonnen hatte. Nun war da wirklich jenes Blühen und Gedeihen, das mir der heimische Wald nur ahnungsvoll versprochen hatte. Ein sumsendes Insekt, ein mystischer Mechanismus, wie eine kleine fellige Hand, die durch die Luft fliegen und Blüten ergreifen konnte, hatte die Stimmung der Hummel wieder. Hier war das Original knabenhafter Wollust der Ahnung. Und nun kamen alle die himmlischen Gefühle wieder und rumorten in meinen Eingeweiden. O, mein nüchterner Magen war schwer von

Liebe! Ich war mager wie ein Asket, aber meine Nerven waren so fein, daß ich an der Art, wie das Leinen meines Anzuges sich an ihnen scheuerte, mich über meine dünnen Sehnen unterrichten konnte, die gute Kraft beherbergten. Ich war biegsam wie ein Fakir und ekstatisch wie nur ein Hungernder. In diesem Zustande hatte ich dann mit mir und meinen Nerven ein Abenteuer, das mir bis heute nicht genügend aufgeklärt erscheint, um Schlüsse für die Wirklichkeit daran zu knüpfen.

Mir ist, als hätte ich Zana doch bekommen. Ich fühle mich frei und bereue nichts. Ich habe nicht die Empfindung, als wäre diese Reise in irgendeiner Art ein Minderwertigkeitsbeweis für mich geworden. Wäre ich unbefriedigt, so dürfte ich daraus wohl schließen, daß ich Zana niemals bekam. Ich fühle mich aber wohl, und es geht mir gut. Ich möchte es hier gleichwohl nicht als Tatsache hinschreiben, daß ich Zana bekam. Denn ich weiß über diese letzten Ereignisse so wenig, wie über die wichtigsten äußeren Ereignisse während dieser Fahrt überhaupt. Sie sind für mich in einen undurchdringlichen Schleier gehüllt, den ich noch heute oft genug zu lüften mich bemühe. Aber ich habe nichts behalten als die Erinnerung an Gedanken und unerklärliche Vorgänge, die mich seelisch beeinflußten. Man muß in Rechnung ziehen, daß ich wahrscheinlich von allem Anfange an bereits unter dem Fieber litt, ohne es in bestimmender Weise zu merken. Ich erzähle, was ich erfuhr und dachte. Die einzelnen Vorgänge durch ein sachliches und detektivartiges Schließen zu verbinden, liegt nicht in meinem Interesse. Ich kann und darf nicht die letzten Konsequenzen aus den Vorgängen ziehen, so wie sie sich mir eingeprägt haben. Ich gelangte sonst zu Ergebnissen, die mich abhalten müßten, dieses Buch zu schreiben. Auf der anderen Seite habe ich mir bei meiner Berichterstattung schonungslose Aufrichtigkeit zur Pflicht gemacht. Ich halte es daher für einen wesentlichen Teil dieser Geschichte, meine damaligen Zustände und Empfindungen in ihrer ganzen Verschwommenheit festzuhalten.

Van den Dusen wälzte sich von einer Seite auf die andere, erhob sich und blickte mich starr aus roten Augen an, als ahne er, was in mir vorging. Er hielt um diese Zeit lange Selbstgespräche, in denen geheimnisvolle Sätze vorkamen. Er war irr, und ich gebe sie hier nicht wieder. Ich sprang auf und lief hinaus an die Sandbänke des Flusses. Dort stand Zanas lange Gestalt. Sie stand mit beiden Füßen im Wasser. Der Strom war im Steigen und überflutete die verwischten Dünen. Ein heller Ton, ein Klingen lag in der Luft, an verschiedenen Stellen rieselte ein seichtes Gefälle über das Geröll, haha, hoho! und Zana stand mit den Füßen im Wasser. Ihr im Rücken lagen verstreut einige Blöcke. Dahinter duckte ich mich und pirschte mich an. Bei dem letzten Stein hatte ich eine Begegnung. Dort saß, Zana zugewandt, unsere alte Rothaut. Der alte Kerl saß ziemlich welk und vergrämt da und sang leise, sah zu, wie Zana im Wasser stapfte. War vielleicht verliebt und besang ihre Beine, der alte Herr. O Gott, sie waren jetzt so dünn wie sein eigener alter Arm. Ich sprang unversehens hervor und verursachte für Zana ein kleines Bad, sie zeigte sich aber durchaus nicht erschrocken, als ob sie mich geahnt hätte. »Was hat er denn?« frug ich, auf den alten Indianer weisend, dessen Anwesenheit mich ein wenig enttäuschte. Ich frug es englisch und eigentlich nur, um einen Anknüpfungspunkt zu finden, obwohl alle Verständigung mit solchen bürgerlichen Mitteln hier hoffnungslos war. Zana verstand es aber nun doch, antwortete zischend und fauchend und legte die Hand auf den Magen, indem sie ihn einzog.

Ein darbender Greis! Die Jungen verließen ihn, seine alten Knochen waren nicht mehr rüstig genug zur Jagd, nun siechte er dahin und gab in Hungerstimmung seine letzte Lebensweisheit preis. Wer weiß, vielleicht machte es ihn produktiv, und er erfand neue Themen über das Leben eines Indianers oder neue Behandlungen, was das gleiche ist. So wie er dasaß, schien er zu seinem Stein zu gehören, ein Stück Urgebirge, die Verwitterung selbst, ein Abbild alles dessen, was in der Wildnis an dem Menschen zehrt. Und weil es nun schon einmal sein Schicksal wollte und weil auch ich mit Hunger gesegnet war, ließ ich ihn dort sitzen, wo er saß, und nahm Zana bei der Hand. Ich inszenierte eine regelrechte Entführung, rekonstruierte gleichsam das Urbild aller Liebesehen. Zana wog federleicht, als ich sie auf meine Arme nahm. Ich rannte ein Stück stromauf, bis sich eine Gelegenheit ergab, dort flogen wir in die Büsche. Sie riß mir die Kleider vom Leibe, sie selbst war nackt, sie biß mir die Lippen wund und geiferte mir ins Gesicht vor Liebe. Sie stöhnte und führte Tänze auf, während sie in meiner Umarmung hing. Ich sah das Weiße ihrer Augen durch einen Spalt, ich hielt mit rasendem Entzücken ihre dünnen Knochen in meiner Hand... da krachte ein Schuß.

Kurz darauf folgte ein zweiter und ein dritter. Die Kugeln vibrierten einen Augenblick über unseren Köpfen und trafen dann klatschend in fleischige Stengel. Der Knall war stoßartig und dünn und stammte aus einem leichten Gewehr. Den Knall kannte ich. Zana entsprang mir aus den Armen, ich folgte ihr und befühlte mein Gewehr, ob es auch das meine war. Denn in diesen Zeiten, da so allerlei Sonderbares vor sich ging – – –

Ah, Zana war süß in ihrer Liebe, und es ist fraglich, ob ich sie jemals anders bekam, als in den schwülen Träumen des Fiebers. Und doch ist es sonderbar, wie alle diese Visionen von damals in mir haften blieben, während ich mich auch nicht der kleinsten Tatsache folgerichtig entsinnen kann. Ich schluchze vor Freude, ich habe noch jenes innige Gefühl von damals in der Magenhöhle, wenn ich mir die Süßigkeit Zanas aus jenen Zwischenzuständen ins Gedächtnis rufe, die Wirklichkeit und Ausgeburt zu einem untrennbaren Erlebnis verschmolzen. Wie anmutig ist sie damals gewesen, als wir unseren Freund van den Dusen mit allem Pomp der Zärtlichkeit für seine sinnige Art, auf uns zu schießen, durch brausende Gunstbezeugung glücklich machten! Ich schoß ihm eine Kugel durch und durch, sie traf ihn auch richtig an einer kitzlichen Stelle in die Eingeweide, wo die Liebe wohnt. Aber dann hättet ihr Zana sehen sollen! Ich entbrannte lichterloh, ich fand sie reizend wie nie, als sie ihm die Nase abschnitt und nichts zurückblieb, als ein merkwürdiges, interessantes Gehäuse, das einer entkernten Pflaume ähnlich sah. Ich war verliebt bis zum Wahnsinn, als sie mit den Füßen auf den Bauch trat, und ich tat mein möglichstes, ihr darin beizustehen. Aber du mein Gott, mein Talent dazu erwies sich als gering, ich war europäisch verzärtelt, und außerdem war es ja nur ein Traum, in dem allerlei Hemmungen die Tätigkeit zu beschweren pflegen – – –

Ja, es hatte in der Tat einmal jemand auf uns geschossen, dessen kann ich mich als bestimmt erinnern. Und gerade als wir, erfreut über diese Zutat zu unserem Liebesidyll, aus dem Busch herausstürmen, will es der Zufall, daß wir dem Holländer in die Arme laufen. Wir brechen wie ein Sturmwind über ihn herein, wie eine zahlreiche und siegestrunkene Armee, wir erschossen, erstachen und erdrosselten ihn, wir schlugen ihn aus Zufall auf den Kopf, und sofort entstand dort oberhalb der linken Schläfe eine große mystische Beule, die das Gesicht ins Schiefe verzog. Haj, wie war Zana reizend, als sie ihm mit den Fingern die Augäpfel aus den Höhlen zog, diese kleinen Globusse mit den merkwürdigen, graubestrahlten Polarfeldern inmitten quarzweißer Ozeane und Landkarten roter Adernströme! Der Pol strahlt kühl und abgeblendet und in spektraler Auflösung wie ein Nordlicht. Schon ist das Auge eine Erfindung der Vernördlichung, Wesen, denen es gut geht, die noch mit Urzuständen sich verstehen, haben keine Augen und die einfachsten Organe genügen zum Glücke. Ich weiß nicht mehr, ob just dies unter den obwaltenden Umständen damals meine Gedanken waren; aber ich habe sie gefühlt, ich habe das ein wenig Befremdende, um nicht zu sagen Schauerliche des Vorganges durch diese Theorie intimer gestaltet. Zana hatte damit noch nicht genug. Sie besaß genügend Erfindungsgabe, sie riß ihm also die Kleider in Fetzen vom Leibe und brachte ihm eine böse Verletzung an seiner Mannbarkeit bei. Sogleich fühlte ich einen brennenden Schmerz. Solche Liebkosungen waren unerlaubt und ich wurde eifersüchtig. Die ganze Lustigkeit spielte sich in selbstverständlicher Art und Weise ab, wie es nun schon einmal mit Träumen geht. Alle moralischen Hemmungen fallen hinweg, dafür aber treten solche mechanischer Natur hinzu. Diese waren nun im gegebenen Falle durch eine schwere Last und einen bösen Druck am Halse dargestellt, der sich erst langsam, dann aber plötzlich löste. Ich schließe die Augen und vermag mich noch jetzt an diesen Druck zu erinnern. Er enthielt etwas Grauenhaftes, die unerwartete Erfüllung von etwas Erwartetem. Wie wenn man lange Zeit hindurch und oft daran gedacht hätte, daß sich eine Mörderhand einem um die Kehle schließe... und nun tritt es plötzlich ein, und man spürt das Unglaubliche sich nahen. Dieser bloße, grauenhafte Druck wurzelt so tief in meinem Bewußtsein, daß die Zeit ihn nicht hat verwischen können. Ja, ich schließe die Augen und denke angestrengt nach, ich suche das Traumbild heraufzubeschwören, das diesen wahrscheinlich durch Blutstauungen und durch eine Schwellung des verdursteten Halses erzeugten Druck begleitete. Langsam dämmert in mir eine Vorstellung. Sie ist entsetzlich genug, entsetzlicher dadurch, daß ich nicht weiß, ob sie dem Traum angehört oder doch der Wirklichkeit. Ja, es muß wohl so gewesen sein. Er lag zuerst auf mir, er war ein schwerer Mann, er hatte sich mit seinem ganzen Körpergewicht auf mich geworfen, während wir rangen, und mir mit seinen Händen den Hals zugeschnürt. Zana befreite mich, indem sie ihn bösartig auf den Kopf schlug. Ja, das war es, jetzt erinnere ich mich auch der anderen Kleinigkeiten. Sie war es, sie schlug ihn auf den Kopf, links oben; und es entstand eine große Beule, die sein Gesicht lächerlich viereckig erscheinen ließ. Er stieß einen langen, piepsenden Laut aus, als ob ein Vogel in seiner Brunst sich meldete. Dann rollte er von mir herab, und der Druck ließ nach. Wir versüßten ihm seinen Todeskrampf. Jetzt erst begingen wir feierlichst Slims Todesopfer, wie es gute Sitte ist. Es wurde nach altbewährtem Geschmacke unter einem Segen von Schönheit vollzogen. Zana sah bei dieser Gelegenheit entzückend aus, wie gesagt. Ich wunderte mich über nichts, das ich sah, und erstaunte das erstemal in Rio, als ich aus meinem wochenlangen Fieber erwachte und gedankenvoll in die Dämmerung meiner Phantasien zurückging.

Ich muß mich erinnern, wie sie da vor mir stand,

wirklich und ein Wesen von Fleisch und Blut, oh, welchen Blutes, und doch auch in einem Rahmen der Einbildung und der Halluzination! Sie stand gleichsam nach der Tat als Täterin vor mir da. Und obwohl sie klein war und mir bis zu den Achseln ging, der ich kein Riese bin, schien sie mir doch groß und prächtig. Groß und siegestrunken sah ich sie, und jeder Knochen an ihr schien mir wertvoll; wertvoller als irgendein anderes Stückchen Mensch. Ich bemerkte nun, daß ihre Füße und Hände keineswegs klein zu nennen waren, wie ich sie aus herkömmlicher schlechter Poesie gemacht hatte. Sie waren im Gegenteile groß und lang, hager, wie alle ihre Gliedmaßen, und es war eine edle Kraft in ihnen. Ich, der ich krank und schwach auf dem Rücken lag während unserer tagelangen Talabfahrt im Boote, ich vergötterte diese langen Gelenksketten, ich fühlte meine Minderwertigkeit vor dieser praktischen fieberlosen Schönheit, ich war bis über die Ohren in das Skelett ihres Rumpfes verliebt. Man sah, wie weise und sparsam sie erbaut war, ganz auf Funktion eingestellt wie der Rumpf eines Raubtieres. In diesen Tagen änderte sich mein Blick.

Ich bekam einen neuen Blick. Verbraucht, wie ich war, kam ich auf der anderen Seite des Lebens frisch auf die Welt. Meine Nerven waren zerrüttet, ich litt unter Hunger, ich verdaute die Pflanzen und Blätterkost, die mir Zana verabreichte, schlecht; ich war immer schlaflos und immer schläfrig; vielleicht waren in den Speisen auch opiatähnliche Chemikalien enthalten. Kurz, es brach eine regelrechte Rebellion unter meinen Sinnesorganen aus. Erst jetzt, in diesem Zustande höchster Nervosität, war ich bei dem geschärften Sinnesleben der Urvölker angelangt. In diesem Zustande von Hyperästhesie kam ich dem Ausgangspunkte funktionellen Lebens näher, ich empfand, was jener Urmaler hatte verkünden wollen, eine wahrscheinliche sinn- und zeitgemäße Schönheit, die kein Abfall von mehr oder weniger Zeichentechnik war, sondern bei der sich's leben und genießen ließ. Hatte ich nicht Zana, die menschliche Wildkatze, immer schon geliebt? Plötzlich war es mir klar, daß ich seit je unter dem Banne dieses ganz andersartigen originalen Knochensystems gestanden hatte, ohne es recht anders als literarisch zu wissen. Jetzt aber brach die Leidenschaft grün aus mir hervor und all mein Vegetieren waren Gesänge zum Preise dieses Geschöpfes, das ich mit pflanzenkühlen Umarmungen beglückte. Zana, wir sprangen ins Boot und fuhren flußab, als der Strom eines Tages anschwoll; wir gingen deinen Leuten durch, die sich untereinander spießten und brieten: Hunger litt ich, aber wir liebten uns wie Götter und ich lebte weiter dank deiner herrlichen Geschenke. Einen Wechsel noch hatte ich zu bestehen, ich, der Kranke und Fiebernde bekam den gesunden Geschmack und verlor erst jetzt die klebrigen poetischen Vorurteile meiner Kulturherkunft.

Mit Seelenruhe sah ich Zana ins Gesicht ihres Totenschädels. Ich küßte ihre Hände, wenn sie nicht rein waren und gab mich hin vor dem Pflanzengeruche aus ihrem Munde. Sie war eine glühende wilde Südländerin, echte Rasse mit guterhaltenen Naturinstinkten. Sie war tausendmal besser und begabter als die schönen und eleganten Kreolinnen, die ich später in den Salons von Rio und an Bord des Doppelschraubendampfers Albatros kennen lernte. Ich liebte Zana nicht um ätherischer Eigenschaften willen, sie war eine treue Seele und eine Bestie, sie rettete mich und brachte mich allein in einem kleinen Nachen nach der Küste und sie schikanierte mich mit tausend weiblichen Abgefeimtheiten. Ich aber liebte eine gewisse

Rundung an diesem Knochen und die Verapfelung eines Gelenkes am anderen, und hätte können Hymnen singen auf ihren weißen schmelzenden Blick zwischen den langsamen Schlitzaugen. Ich war weit zurückgegangen, ich hatte das Urweib gesucht, damit es mir, dem neuen Menschen, zur Seite stünde, wenn ich aus den Tropen, dem Urdasein der Menschen, in das ich studienhalber zur Synthese einer Zukunft verschwunden war, wieder auftauchte. Denn es war nicht gut, daß der neue Mensch allein sei – – und ich wäre auch ohne alle Hilfe nie nach Rio gekommen, abgesehen davon, daß mich meine Leute am Ende doch noch verspeist hätten!

Je länger ich nachdenke, desto mehr kommt Ordnung in meine verstreuten Erinnerungen. Ich bekomme Fahrwasser und alles wird sinnvoll, ich sehe mit Bewegung, wie Tatsachen und Symbole sich ergänzen und aufs selbe hinauslaufen. Meine Kameraden sind tot und ich habe sie beerbt. Slim, den ich so lange über mich stellte, hat mir sein Erbe hinterlassen. Ich bin dazu bestimmt, der neue Mensch zu werden, und ich habe mir das Weib gesucht, das zu mir passe, das Weib mit den gut erhaltenen Urinstinkten seiner Sinnlichkeit. Wir sind ein neues Erdenpaar, wir sind Adam und Eva und gondeln einsam einen verlassenen Fluß hinab. Nachts wimpeln uns grüne Sterne zu, wenn wir einander in den Armen liegen und eine neue Menschheit gründen, tagsüber zischt die Sonne auf unser Fell und sprengt Kniffe in unsere Systeme, daß wir hart würden, wie es uns gezieme. Denn die Menschheit soll hinfort mager sein wie ein Indianer.

Slim also ist tot. Er starb einen plötzlichen, etwas unlogischen Tod, an den niemand gedacht hätte. Van den Dusen ist tot – er war verschwunden, als ich damals wieder im Lager lag und einen Ausweg aus dem Labyrinthe suchte. Ich aber, dem er ein Doppelgänger gewesen war, war Slims Nachfolger geworden. Slims großes furchtbares Erbe war mir zugefallen: ich besaß eine Art zweiten Gesichts. Und wenn ich auch die Geschehnisse in meinen Halluzinationen etwas verschob und meine Person durch den eigenartigen Verfolgungswahnsinn, der uns alle, Slim nicht ausgenommen, an einem gewissen Grade unseres Kollers ergriff, zu sehr in den Mittelpunkt rückte, so daß ich vieles ursächlich auf mich zurückführte, das von anderen getan worden war – so ist doch auch gewiß, daß sich die Ergebnisse meiner Visionen mit den Tatsachen deckten. Da hatte ich von dem Tode des Holländers phantasiert; und nun blieb van den Dusen wirklich aus, er war verschollen. Dies steigerte meine Erregung zu krampfhaften Ausbrüchen, ich wollte mich erheben und ihn suchen, unterließ es aber aus irgendeinem Grunde. Es fand erst ein Ende, als ich beschloß, mit Zana aufzubrechen, eine Angelegenheit, in der wir uns mühelos erreichten.

Wie das eigentlich geschah, ist mir allerdings nicht ganz klar. Die wenigen Spuren, die ich zu den Ereignissen besitze, sind in meinen Visionen enthalten. Ich weiß, daß ich mich mit Zana auf die Suche machte. Was war es – – – doch, es waren die Ruder, die sie in eben jenem eigentümlichen Augenblicke aus dem Wasser gezogen hatte, als ich sie damals im Fluß stehend antraf. Der Anblick dieser harmlosen Gegenstände hatte mich unbegründeterweise in einen solchen Zustand des Grauens versetzt, daß ich einen meiner schwersten Anfälle bekam. In diesem Zustande ahnte ich den furchtbaren Untergang des Holländers voraus. Ja, ich erinnere mich klar an diesen Zusammenhang, der mir zuzeiten verwischt erscheint. Damals entdeckte Zana die angeschwemmten Ruder und zog sie ans Land. Zwei von ihnen lagen zwischen den Klippen, auf denen damals der Alte saß. Wir hätten mit diesen beiden genug gehabt, da wir ja niemand mehr mitnehmen wollten. Aber es war doch besser, wenn wir alle beschlagnahmten; zu Ersatzzwecken konnten wir vielleicht auch das dritte gebrauchen.

Wir liefen, während wir danach ausschauten, ein Stück stromauf und hielten uns am Rande des Djungles. Unsere Sinne waren so geschärft, daß wir ungefähr die Stelle errieten, wo wir es finden könnten. Ich ging ein Stück ins Laub hinein – hier mußte eine Stelle kommen, auf die eine vage Vorstellung mich aufmerksam machte – ah, da war es ja! Und da lag nun ein toter Mann mit einem dicken schiefen Kopfe, und seine Nase war abgeschnitten und war die Herberge von einem Dutzend fragwürdiger Kriechtiere geworden. Die Leiche roch stark; an der unteren Seite war eine Legion von Insekten bemüht, den Rücken zu Mulm zu zermehlen. Sie waren zu Tausenden in das Innere eingedrungen, ihre lebhafte Minierarbeit erregte eine gespenstische Lebendigkeit in dem langhingestreckten System, der Brustkasten ging langsam wie atmend auf und nieder, der Bauch rotierte in Rucken und die Muskeln zuckten leise wie in Traumbewegungen. Ich lief, dünkt mich, rings um den Platz herum, auf dem sichtlich ein Kampf stattgefunden hatte. Es wäre interessant gewesen, zu wissen, auf welche Weise hier ein Mensch ums Leben gekommen war! Sieh da, war das nicht eine Büchse? Ei, eine Büchse! Es war Slims Büchse. Seltsam. Nun kam sie plötzlich wieder zum Vorschein. Während ich sie betrachtete, kam jemand durch das Gebüsch. Ich fällte den Lauf, ich drückte los, in meinem Leichtsinn drückte ich los – – – der krankhafte, hemmungslose Leichtsinn war ja das Charakteristische unserer damaligen Zustände. Da trat Zana hervor und hielt das Steuerruder in Händen. Und nun ging etwas in mir vor, das alle Psychologen interessieren wird. Kaum wurde ich ihrer ansichtig, als ich plötzlich meine leichtsinnige Tat motivierte: ich hatte das Bedürfnis, geschossen zu haben, um mir gleichsam eine Mitwisserin vom Leibe zu schaffen. Dieses Gefühl war natürlich unsinnig, da ich kein schlechtes Gewissen zu haben brauchte. Es ist ein Beweis für die Tatsache, daß wir sinnlose Handlungen nachträglich oft künstlich begründen.

Ich war aber durchaus nicht verlegen. Ich handelte ja während dieser Epochen oft grundlos und empfand nachher keine Reue. Wir brachten die drei Ruder stromaufwärts zum Wasserfall. Dort wollten wir uns einschiffen. Nun mußten wir zuerst das Boot den Katarakt hinabflößen und im Bassin flott machen.

Als wir aber nahe an die Stelle kamen, wo das neue geräumigere und stabilere Boot hatte gebaut werden sollen, hielten wir mitten im Lauf über die Klippen, die bereits den Fall ankündigten, inne. Da lag ja das Boot! Es war ziemlich unfertig und selbst nach indianischen Begriffen noch roh. Es lag hier völlig unerwartet. Nicht weit davon entfernt war eine Feuerstelle, aus der noch ein dünner brenzlicher Rauch aufstieg. Merkwürdige rotrünstige Lappen und Stücke siedelten sich hier umher. Manche hatten das Aussehen von menschlichen Füßen und Händen. Es stank nach Blut wie auf einer Schlachtbank, ein rostiger Geruch hielt sich hier zwischen den Steinen auf. Einer dieser Steine besaß eine aufsehenerregende Form. Ich stieß danach mit einem Ruder, er fiel um; da war es ein menschlicher Schädel mit geöffneten Augen und Lippen. Sah dieses Gesicht nicht Checho ähnlich? Ach, der kleine Checho war der Hungersnot zum Opfer gefallen!

Zana hatte auch nicht ein Augenzucken für alle diese Dinge. Sie stieß das Boot ins Wasser und wir fuhren hinaus. Vorne stand das Ding in die Luft, ach Zana, sei doch mal so gut und begib Dich soweit als möglich von achter weg, will ich Dir mit meinen Gesten sagen. Das Kanoe ist eben doch nicht recht stabil, wir werden es vornean belasten müssen. Ich hob einen schweren Stein herauf und legte ihn im Vorderteil des Bootes nieder. Ach so, hier ist ja ein Hindernis, auf das wir schon aufgefahren sind. Doch, das werden wir gleich haben. Ich handhabte das Ruder, die graue Masse unten schwankte, senkte sich und bekam wieder Auftrieb. Wir fuhren an ihr vorüber. Es war die gänzlich verquollene und unkenntliche Wasserleiche eines weißen Mannes in Rubberschuhen. Das Boot drehte sich ein paarmal aus dem Kurs, um ins Bassin zurückzulaufen. Dann hatten wir es über die Klippen weg, wir kamen in die seichte Strömung. A-hooi-i- nun lassen wir das Fieberlager zurück und fahren der Küste zu. Auf zum Amazonas!

Wir passierten das Lager, es war leer. Wie die Dinge da lagen, schafften wir sie ins Kanoe. Es war gut, wenn wir Tiefgang bekamen. Wir trieben weiter. Da saß mitten in der Sonne auf seiner Klippe der alte Indianer und zuckte mit keiner Wimper, als wir vorbeifuhren. Heute sang er nicht, er hatte einen vollen Bauch und sah befriedigt in die Welt, die er überlebt hatte. Er hatte die Sehnsucht zwar nicht überwunden, aber ersichtlich mit Futter geheimnisvoller Herkunft gestillt. Er saß und verdaute und Zanas hübsche Beine stimmten ihn nicht mehr lyrisch. Er hielt an sich und unterdrückte jedes sentimentale Adiö. Vielleicht schwärmte er seit neuem für Knaben in jenem Alter, das die Zartheit des Fleisches bereits mit Kraft vereint.

Von den übrigen Indianern haben wir nichts mehr

gehört noch gesehen. Vielleicht waren sie tot, vielleicht hatten sie sich untereinander aufgespeist, vielleicht lauerten sie sich in diesem Augenblicke erst irgendwo auf, um nur das nackte Leben zu retten. Ich muß sagen, dieser Urbetrieb der Menschenjagd, der zuletzt unter dem Zwange des Hungers ausbrach, ist das einzige, dem ich keine gute Erinnerung bewahre. Ich bin für die raffiniertere und seelischere Art, wie man sie in dem Verkehr zwischen mir und meinen Reisekameraden hat bemerken können. Die Methoden, einander zu tranchieren, haben sich verfeinert und das ist gut so. Wir treiben in den Kaffeehäusern Analyse über den Nächsten wie über uns selbst. Es macht alle Kultur aus und unsere Werkzeuge sind in dieser Beziehung hochentwickelt. Ich hoffe es bewiesen zu haben. Der Mensch der Zukunft verfügt über eigentümliche Kräfte, um in das Leben seiner Mitmenschen einzugreifen. Es ist das eine der Lehren, die ich aus dieser Reise gezogen habe.

Über Slims Tod weiß ich nichts zu sagen. Er ertrank, das ist die ganze Geschichte seines Endes. Seltsam und tragisch genug bleibt es, denn ich weiß, daß er unter den wenigen war, die den Niagara-Fall überschwommen haben. Es ist die Tragikomödie alles Großen. Aber Slim hat dennoch nicht umsonst gelebt, denn nun habe ich alle seine Ideen geerbt, ich werde meine schwachen Kräfte verwenden, um ihnen zur Blüte zu verhelfen und ich will Sorge tragen, daß mit meinem Tode diese Richtung nicht erlischt. Darum habe ich ja dieses Buch geschrieben, nicht aus Eitelkeit, noch um mich für sie zu strafen, noch um mich im Glanz von Abenteuern zu zeigen, sondern um die Kleinheit und Kleinlichkeit des Menschen an seinen Möglichkeiten zu messen und doch dieser froh zu werden.

Auch über den Tod van den Dusens ist mir nichts

Zuverlässiges bekannt. Aber hier habe ich so meine Vermutungen. Ich selbst habe während der Anfälle von Tropenkoller, die sich in der letzten Zeit meines Aufenthaltes in dem sicherlich nicht ganz gesunden Flußlager immer heftiger einstellten, ein Stadium kennen gelernt, in dem die Urtriebe des Menschen, Hunger und Liebe, bis zu einem gewissen Grade sich als identisch einstellten. Meine gesteigerte Nervosität mobilisierte alles, was an Uranlagen in mir vorhanden sein mochte. Sie warf Hemmungen um, die Jahrtausende von Kultur aufgerichtet und an der dreißiggliederigen Generationskette verankert hatten. Mein Zustand, dessen spezifische Verwischung der Grenzen zwischen traumhafter Wirklichkeit und wirklichkeitsartiger Vision meiner Vernunft wohl bewußt, meinem Willen aber unbotmäßig war, hat mich bei diesen letzten Erfahrungen über die menschliche Seele auch an einen Punkt geführt, von dem aus ich einen Rückschluß auf den Untergang des Holländers ziehen zu können glaube. Der Kontakt, der seit letzter Zeit zwischen uns bestand, hatte zur Folge, daß ich in einer symbolischen Vision seinen Todeskrampf miterlebte. Es ist ja leicht möglich, daß ich mich in bezug auf den Zusammenhang meiner Eindrücke irre und daß ich gewisse Vermutungen über den Vorgang erst gewann, als meine Phantasie Gelegenheit hatte, aus meiner persönlichen Augenzeugenschaft über vorhandene Verstümmelungen der Leiche sich ein Bild des Kampfes zu machen: ich selbst möchte, ohne Beweise dafür anführen zu können, schwören, daß der Mann noch nicht ganz gestorben war, als man ihm die Nase abschnitt, und daß es ein Akt von grenzenloser Roheit und von Leichtsinn gewesen sein muß, mit dem man ihn seines Lebens beraubte. Er fiel auf die Seite und stöhnte noch einmal, es war ein rührender piepsender

Laut, der seine Brust zum letztenmale hob. Es war ein vogelartiger Laut, es war der Liebeslaut der Organismen, jener Laut, den das Vogelweibchen im Orgiasmus ausstößt, wenn es vom Männchen belegt wird. Es war aber auch der Todeslaut. Die Beziehung auf den Liebesakt kehrt also nicht nur beim Hunger, sie kehrt auch bei anderen Erscheinungen wieder, und wer weiß, vielleicht ist dieser Liebesakt so sehr Mittelpunkt alles irdischen Geschehens, daß alle Variationen und Möglichkeiten des Lebens schließlich nur seine Symbole darstellen? Der Holländer also, nehme ich mit Bestimmtheit an, legte sich auf die Seite und starb. Wer aber ist der Mörder gewesen? so frage ich. Ich revidiere meine gesamte tropische Erfahrung und gelange auf den Hunger. Wer hat sich an dem hübschen liebenswürdigen Checho vergriffen? Wer anders als jener selbe, der vielleicht sein Glück zuerst an einem Weißen versuchte; aber dann aus irgendeiner unüberwindlichen Antipathie gegen weiße Menschen seine ursprüngliche Absicht aufgab? Ich stelle mir zum Beispiel einen alten hartgesottenen roten Sünder vor, der sich nahe vor Torschluß seinem aufdämmernden Selbsterhaltungstriebe überläßt. Ich stelle mir sein befriedigtes Lächeln vor, wie er da satt und weise mitten in der Sonne auf einem Steine sitzt. Und ich erinnere mich der Gefahr, in der ich möglicherweise selbst geschwebt habe, damals, als ich mit Zana im Busch lag und ihre runden, kleinen Brüste küßte --- ist es denn ausgeschlossen, daß dieser Vision, wie ich sie im Gedächtnis habe, eine recht wirkliche Tatsache entspräche? Was immer man darüber für Hypothesen aufstellen mag, die Sache bleibt vage und auf Spielereien gegründet. Aber man möge sich darüber nicht den Kopf zerbrechen, denn tot ist tot und in der Wildnis gibt es keine Justiz, nur eine Moral der Triebe und Kräfte, die

Reise ist zu Ende und ich sitze nun in Rio de Janeiro, in Paris und in Berlin herum und habe die Tasche voll Ideen, mit denen ich zur Aufklärung der Menschen beitragen will.

Ich habe gelernt, alle Sentimentalität dranzugeben und bin im Begriffe, falsche Gemütswerte auszurotten. Die Sehnsucht sinkt zunehmend im Kurse, ich helfe ihr hierin und setze ihre Schwindsucht in Galopp. Gibt es eine Sehnsucht nach fernen Ländern, nach anderen Ländern, nach wunderbaren Dorados und Schlupfwinkeln des Abenteuers? Es gibt sie nicht! Was immer der Mensch findet, er findet es in sich, und wenn er südwärts wandert, dann merkt er mit Befremdung und Erkältung, daß er, der Nordländer, viel südlicher ist in seinen Trieben als die südlichste Rasse, und er lernt einsehen, daß der Mensch überhaupt bereits eine Vernördlichung ist und eigentlich die Tropen in sich trägt. Er ist das Vehikel der Natur, in dem sie die langsam aussterbenden Tropen konserviert. Dic Tropen sind das Fundament seines Organismus und seiner Kräfte, er ist nach dem Prinzip der Tropen aufgebaut, alles wiederholt sich bei ihm im kleinen – – man könnte sagen, er selbst, der Mensch, sei im Verhältnis zu den Tropen ein Tropus. Wenn man aber nun den Menschen nach seiner Bestimmung entwickeln will, und das wollen wir ja heute schon alle, so ist es immerhin gut, einen Rückblick auf alle diese Dinge zu tun, von wannen er kommt. Aber dann, bitte, ohne alle Sentiments; denn wenn Rechenschaft gegeben wird, läse sichs vielleicht wie eine flotte Parodie auf die Sehnsucht: und dies war die Absicht nicht, also ist es falsch. Wenn es aber vielleicht doch des Reisenden Absicht war und er seine eigentliche Meinung in der Kapsel behält, dann ist es erst recht falsch geworden. Denn eine Parodie auf die Sehnsucht ist die sehnsüchtigste und sentimentalste Angelegenheit von der Welt. Nun aber, wir wollen doch Maßregeln ergreifen gegen die Sehnsucht, dieses nordische Erbübel. Der Mensch der Zukunft will etwas höchst Verfeinertes sein, alle Barbaren aber sind Sentimentaliker. Slim war nicht eigentlich sentimental, sondern dialektisch, ob er gleich anders aussah. Aber obwohl er ein Sport von einem Manne war, kann doch kein Zweifel bestehen, daß er die Form des neuen Menschen nicht rein verkörperte. Dazu war er sich seiner Entwickelung noch zu bewußt. Man muß nicht wissen, woher man kommt; man muß es gewußt haben. Slim war noch zu frisch, darum war seine Aufrichtigkeit nicht immer vollkommen; war sie doch für ihn unmöglich. Zur Aufrichtigkeit gehört ein gesundes Gedächtnis, das auch vergessen kann. Gewiß ist, der Mensch der Zukunft wird so voll Härte sein, wie es seine Ureltern in den Tropen waren. Je kälter es auf dem Erdball wird, desto hitziger wird es in ihm zugehen. Schon ist der Großstädter ein Wilder von Gemüt, wie wir das ein paar Breitegrade südlicher nennen. Ich will ein Beispiel sagen. Es wird viel Geschrei sein über die paar Toten, die in meinem Buche vorkommen, man wird hin und her raten, wer die Mörder seien, und besonders geschickte Psychologen werden zuletzt den Verdacht auf mich lenken wollen: und dies alles, obwohl meine Toten nur durch das Einschlagen bloßer Menscheninstinkte das geworden sein mögen, was alle zum Schreien veranlaßt. Wenn aber der elektrische Funke, dieser Urtrieb der Erde, einen Mann totschlägt, wird dieser in aller Seelenruhe der großen Stadt, die ihn ermordet hat, begraben, und kein Redakteur wird sein Schicksal besonders unmenschlich finden. Doch der Wilde, der seinen Nebenmenschen durchlocht, hat seine Hand durchaus nicht näher im

Spiele, als der Chauffeur, der ein Kind überfährt. Wenn man daher Schienenstränge durch die Tropen legt und die großen Katzen ausrottet, so bedeutet das nicht, daß die Phantasie und die Jugend jetzt dahin sind: im Gegenteil, jetzt wird die mörderische Gefährlichkeit erst eingepflanzt. Das Faustrecht, wo jeder sich gegen jeden feind wußte, war eine gemütliche Einrichtung zu den Verfolgungen, die eine Gesellschaft heute gegen einen einzigen losläßt. Man kann sich auch nicht beklagen, daß wir in Grausamkeiten und Verstümmelungen zurück sind. Bald stehe ich wieder bei meinen Maschinen, sie sind Kannibalen, auf Ehre! Darum, weil ich jung bin und nun einmal untröstlich wäre über eine brave Welt, schwärme ich für dieses tropische Europa, in dem man sich nicht langweilt. Wenn ich unter die Räder komme, werde ich Au! schreien, ganz wie ein anderer. Immerhin... Tod und Leben sind keine Widersprüche, so wenig wie Liebe und Leben. Es ist auch möglich, daß ich wie Slim den allerlächerlichsten Tod finde. Dann springt der Dichter ein, dann ist es Zeit für den Dichter, die Tragikomödie liegt fix und fertig vor ihm da. Wenn man aber den Menschen der Zukunft fragen wird, ob er schon in den Tropen gewesen sei – ah, was Tropen, sagt er, die Tropen bin ich!

Editorische Notiz

Der Text der vorliegenden Ausgabe folgt:

> Robert Müller: Der Mythos der Reise. Urkunden eines deutschen Ingenieurs. Herausgegeben von Robert Müller. Anno 1915. Hrsg. und mit einem Nachw. von Günter Helmes. Paderborn: Igel Verlag, 1990. – 2. Aufl. Ebd. 1991.

Die Textgestalt der Erstausgabe, die 1915 im Verlag Hugo Schmidt in München erschien, blieb für den Neudruck 1990 bewahrt. Lediglich offensichtliche Druckversehen der Erstausgabe wurden stillschweigend korrigiert.

Editorische Notiz

Dem Text der vorliegenden Ausgabe liegt [illegible] zugrunde:

Robert Musil: Der Mann ohne Eigenschaften. [illegible] [illegible] Hamburg 1978. [illegible] [illegible]

[illegible] Orthographie [illegible] Interpunktion [illegible] wurden [illegible]

Bibliographische Hinweise

Tropen. Der Mythos der Reise. Urkunden eines deutschen Ingenieurs. Herausgegeben von Robert Müller. Anno 1915. München: Hugo-Schmidt-Verlag, 1915.

Robert-Müller-Ausgabe in 13 Einzelbänden. Hrsg. von Günter Helmes. Paderborn: Igel Verlag, 1990ff.

Stephanie Heckner: Die Tropen als Tropus. Zur Dichtungstheorie Robert Müllers. Wien/Köln 1991.

Günter Helmes: Robert Müller: Themen und Tendenzen seiner publizistischen Schriften. Frankfurt a. M. 1986.

Helmut Kreuzer / Günter Helmes (Hrsg.): Expressionismus, Aktivismus, Exotismus. Studien zum literarischen Werk Robert Müllers (1887–1924). Göttingen 1981. [Mit mehreren Originalbeiträgen, Rezeptionsdokumenten der Jahre 1916–1924, Nekrologen und Rückblicken aus den Jahren 1924–1927 sowie einer Bibliographie.]

Daniela Magill: Literarische Reisen in die exotische Fremde. Topoi der Darstellung von Eigen- und Fremdkultur. Frankfurt a. M. 1989 [Zu *Tropen* und *Das Inselmädchen*.]

Sonderteil Robert Müller. In: Die Pestsäule. 2. Folge (1974/75) H. 12. S. 137–172

Roger Willemsen: Die sentimentale Gesellschaft. Zur Begründung einer aktivistischen Literaturtheorie im Werk Robert Musils und Robert Müllers. In: Deutsche Vierteljahrsschrift für Literaturwissenschaft und Geistesgeschichte 58 (1984) S. 289–316.

Nachwort

> Einmal werde ich das ernste Wort mit dem Gesindel reden. Und dann will ich dem Menschen vom Menschen sprechen, ein kleines Liedchen in der Umgangssprache singen, einen Tanz vom Leben lehren, in den ein ganzer Menschenkörper mit allen seinen herrlichen Funktionen hineingetrommelt und gepfiffen ist, wovon aber Grasaffen nichts verstehen. So und so habe ich ihn kennen gelernt, den Menschen, wohlverstanden, dort unten, wo alles so hell und wirklich ist, wo Mensch sein heißt, ein Gliederspiel sein, und wo das Leben restlos aufgeht in der Gesundheit der unbeschadeten Lust!

Der sich im Innern Gujanas, im Dschungel, in einem Eingeborenendorf mit solchen Plänen herumschlägt, ein deutscher Ingenieur mit dem wenig spektakulären Namen Hans Brandlberger, ist Erzählerfigur und Akteur in einem der herausragenden deutschsprachigen Prosatexte des frühen 20. Jahrhunderts, dem Roman *Tropen* (1915) des Wiener Expressionisten, Aktivisten und Verlegers Robert Müller (1887–1924). Versuche von fachwissenschaftlicher Seite, wieder auf Müller als eine der faszinierendsten und umtriebigsten Figuren im Wien der 10er und frühen 20er Jahre aufmerksam zu machen, scheiterten lange an der fehlenden Präsenz seiner Texte und konnten bestenfalls Ehrenrettung des Autors sein, gleichwohl aber den mitreißenden Romancier und Erzähler, den ungemein gedankenvollen wie anstößigen Essayisten, den scharfsichtigen wie sprachbesessenen Journalisten und Feuilletonisten Robert Müller nicht wieder ins breitere zeitgenössische literarhistorische Bewußtsein integrieren. Dies ist um so bedauerlicher, als Müller schon bei prominenten Zeitgenossen wie Alfred Döblin, Hermann Hesse, Max Krell, Franz Blei, Emil Ludwig, Otto Flake, Kurt Hiller oder Robert Musil bevorzugte Aufmerksamkeit, kritische Würdigung und auch enthusiastische Zustimmung fand. Für *Tropen* beispielsweise, der im Klappentext des

Münchner Verlags Hugo Schmidt vollmundig als »der Roman der deutschen Zukunft« vorgestellt wurde, betonte der Führer der reichsdeutschen Aktivisten, Kurt Hiller, die »unerhörte Kreuzung aus Gauguin und einem Über-Freud, mit pantrigem Sportboy-Einschlag; oder aus Nietzsche und Karl May«[1], und Alfred Döblin hob den »Explosionsstil« hervor: »Auf einer Seite passiert soviel, wie früher in ganzen Büchern.«[2] Hermann Hesse hatte sich *Tropen* wegen der »Kühnheit und Biegsamkeit der geistigen Bewegung«, der »Fülle an Anknüpfungen, Gesichtspunkten, Assoziationen«, die er dort »genossen« hatte, »tief eingeprägt«[3], und Robert Musil, der seit der Nachkriegszeit zu den Freunden und zeitweiligen intellektuellen Weggefährten Müllers gehörte, sah in dem Roman den »vollkommenen Ausdruck« für eine »merkwürdige Mischung von Utopischem und bloß für utopisch Geltendem«. Die »animalische Kraft«, mit der Müller »eine phantastische Stromreise im Urwald« beschreibe, stehe »keineswegs hinter der des berühmten Jensen zurück«[4], ja werde – über Jensen hinausgehend – noch durch »eine geistige Kraft in flimmernden, zur Situation passenden Ausstrahlungen« ergänzt, »die dieses Buch zu einem der besten der neuen Literatur überhaupt machen.«[5]

1 Kurt Hiller, »Vorbemerkung zu Robert Müller: ›Die Geistrasse‹«, in: *Das Ziel. Jahrbücher für geistige Politik*, Bd. 4, München/Berlin 1920, S. 49.

2 Linke Poot (Alfred Döblin), »Der Knabe bläst ins Wunderhorn«, in: *Die Neue Rundschau* 31 (1920) Bd. 1, S. 762f. In Auszügen auch in: Helmut Kreuzer / Günter Helmes (Hrsg.), *Expressionismus, Aktivismus, Exotismus. Studien zum literarischen Werk Robert Müllers (1887–1924)*, Göttingen 1981, S. 289.

3 Hermann Hesse, »Schöne neue Bücher«, in: *März* 11 (1917) Bd. 3, S. 1063. In Auszügen auch in: Kreuzer/Helmes (Anm. 2), S. 280f.

4 Gemeint ist der dänische Schriftsteller und Nobelpreisträger (1944) Johannes Vilhelm Jensen (1873–1950). Das Bekenntnis des *Ideologen* Jensen zur rassischen Überlegenheit der sog. Goten und deren imperialistischer Expansion sowie seine Apologie von Technik und Stärke beeindruckten Müller zutiefst. Dennoch gehörte der *Schriftsteller* Jensen für Müller nicht zur zeitgenössischen literarischen Avantgarde. (Robert Müller, »Phantasie«, in: *Die Neue Rundschau* 27 (1916) Bd. 2, S. 1421–26, hier S. 1424f.)

5 Robert Musil, »Robert Müller«, in: *Prager Presse* Nr. 224, 3.9.1924, S. 4ff.; zit. nach: Kreuzer/Helmes (Anm. 2), S. 298.

Der Autor[6]

Robert Müller wird am 29. Oktober 1887 in Wien geboren. Über seine Familie, deren Herkunft und das soziale Umfeld, in dem er die ersten Lebensjahre verbringt, ist so gut wie nichts bekannt.[7] Er selbst hat in einem Brief an Ludwig von Ficker, den Herausgeber des *Brenner*, einmal darauf hingewiesen, daß er mütterlicherseits skandinavischer Abkunft sei[8], doch gibt es begründeten Anlaß, autobiographischen Hinweisen Müllers mit Skepsis zu begegnen. In den Jahren 1898 bis 1906 besucht Müller das Piaristengymnasium im 8. Bezirk, scheitert allerdings in der Abschlußklasse und legt die Maturitätsprüfung erst im folgenden Jahr am Gymnasium in der Gäblergasse ab. Zum Wintersemester 1907/08 schreibt er sich an der Wiener Universität für die Fächer Philosophie, Kunstgeschichte und Germanistik ein, nimmt das Studium aber nach dem Sommersemester 1909 nicht wieder auf. Er verschwindet aus Wien. Die folgenden zwei Jahre bis zum Spätherbst 1911 liegen trotz eingehender Nachforschungen weitestgehend im dunkeln.

Als Müller Ende 1911 wieder – wie es heißt über Bremen – nach Wien zurückkehrt, präsentiert er die folgende Geschichte: Er sei Ende 1909 von seiner Tante Marie Herzfeld,

6 Für diese Lebensskizze verweise ich neben der Arbeit Stephanie Heckners (*Die Tropen als Tropus. Zur Dichtungstheorie Robert Müllers*, Wien/Köln 1991) auf die wertvollen Hinweise, die Werner J. Schweiger an verschiedenen Stellen, zuerst im »Sonderteil Robert Müller« der Zeitschrift *Die Pestsäule* (2. Folge, 1974/75, H. 12, S. 137–172) gegeben hat.

7 Adolf Bartels, das Oberhaupt der völkischen Literaturkritik, vermutete in Müller »Jüdisches« (A. B., *Geschichte der deutschen Literatur*, Berlin/Leipzig/Hamburg ^{16}1937, S. 701). Müller selbst hat sich immer wieder mit dem Judentum auseinandergesetzt. Auch von Jack Slim in *Tropen*, eines der intellektuellen Teil-Iche des Autors, heißt es ausdrücklich, er habe Sympathie für das »semitische Element, von dem er einen guten Teil in sich trug«. Vereinzelte Hinweise zu Müllers Jugendjahren finden sich auch in den Erinnerungen der Freunde und Zeitgenossen (z. B. L. Ullmann) im »Sonderteil Robert Müller« der *Pestsäule* (Anm. 6).

8 Brief vom 27. Januar 1912. Müller behauptet hier auch, andernorts bereits unter dem Pseudonym Ole Bert veröffentlicht zu haben. Entsprechende Beiträge konnten bislang allerdings nicht aufgefunden werden.

Ehefrau von William Emmert, dem Chefredakteur des *German Herald*, nach New York geholt worden und habe dort zunächst als Reporter gearbeitet. Er habe dann als Matrose auf einem Frachter und als Steward auf einem Passagierschiff angeheuert und mittelamerikanische Gewässer befahren. Auf eine Episode als Cowboy auf einer mexikanischen Pferderanch sei die Durchquerung Amerikas gefolgt, und schließlich habe er, erneut als Steward, süd- und lateinamerikanische Gewässer bereist.

Auch wenn diese Angaben weder zweifelsfrei bestätigt noch widerlegt werden können[9], so läßt doch schon das für eine Zeitspanne von knapp zwei Jahren übervolle ›Reiseprogramm‹ den Verdacht aufkommen, Müller habe für diesen Lebensabschnitt »Legenden«[10] bilden wollen. Aus einer zurückhaltenden biographischen Ausdeutung seiner Texte läßt sich sogar die Hypothese ableiten, er habe einen gut Teil dieser beiden Jahre keineswegs in Amerika, sondern in einer Nervenheilanstalt verbracht.[11] Fest steht, daß Müller seit Oktober 1911 wieder in Wien ist und dort auch gleich aktiv ins kulturelle Leben einsteigt. Er arbeitet in der studentischen Vereinigung »Akademischer Verband für Literatur und Musik in Wien« mit und ist von 1912 bis 1914 deren literarischer Leiter.[12] Müller initiiert und organisiert u.a. den letzten

9 Stephanie Heckner (Anm. 6), deren Arbeit die z. Z. detailliertesten Angaben zur Biographie Müllers und das ausführlichste Verzeichnis seiner Schriften enthält, konnte immerhin anhand von Briefen Müllers nachweisen, daß er sich Ende 1909 in New York aufgehalten hat.

10 Vgl. Ingrid Kreuzer, »Robert Müllers *Tropen*. Fiktionsstrukturen, Rezeptionsdimensionen, paradoxe Utopie«, in: Kreuzer/Helmes (Anm. 2), S. 141, Anm. 18.

11 Vgl. Günter Helmes, *Robert Müller: Themen und Tendenzen seiner publizistischen Schriften*, Frankfurt a. M. 1986, S. 288f., Anm. 4. In einem Brief an Ludwig von Ficker vom 4. Juni 1912 bekennt Müller, eine »eingehende Neurosen-Praxis« hinter sich zu haben.

12 Arthur Ernst Rutra erinnerte sich aus Anlaß des dritten Todestages von Müller: »Vor dem Kriege waren wir eine Gruppe junger Menschen, die im ›Akademischen Verband für Literatur und Musik‹ [...] für die Geltung neuer Dichtung und Kunst stritten. Der Reihe nach leiteten wir ihn: Ullmann, Buschbeck, E. A. Reinhardt, Paul Stefan, Robert Müller und ich. Und alle trafen sich hier, als Gäste bald, die wir beriefen, oder als innerlich

öffentlichen Auftritt Karl Mays im Wiener Sophiensaal am 22. März 1912 und bereitet das Ereignis literarisch im *Brenner* vor.[13] Weitere Veröffentlichungen im *Brenner* und in der vom »Akademischen Verband« herausgegebenen Zeitschrift *Der Ruf*, darunter Kritiken und Essays[14], zwei kürzere erzählende Texte und mehrere Gedichte, machen Müller rasch über Wien hinaus bekannt und öffnen ihm bald auch reichsdeutsche Publikationsorgane wie die *Schaubühne* und den *Saturn*, für die er seit 1913 schreibt.[15] Mit ersten eigenständigen Publikationen im Kriegsjahr 1914 gelingt es Müller dann endgültig, sich als eminent einfallsreicher Essayist, als schneidiger Kulturkritiker und als Erzähler von vielversprechendem Talent zu etablieren.

Am 5. September 1914 wird Müller auf eigene Bitte hin gemustert. Obwohl er als untauglich zum Wehrdienst eingestuft wird, gelingt es ihm schon wenige Tage später, dennoch in den Dienst aufgenommen und dem Infanterieregiment

Verbundene – meist waren sie es alle: Trakl und Ehrenstein, Altenberg, Friedell und Viertel, Stefan Zweig und Felix Braun, Kokoschka, Schiele und Gütersloh. [...] Seit seiner Rückkehr aus Amerika war Robert Müller die Seele.« (A. E. R., »Pionier und Kamerad«, in: *Die literarische Welt* 3, 1927, Nr. 34, S. 1.)

13 In einem Brief an Ludwig von Ficker vom 4. März 1912 gibt Müller, der May offiziell feiert (»Das Drama Karl Mays«, in: *Der Brenner* 2, 1912, H. 17, S. 601–610) und ihm unter dem Titel »Totenstarre der Phantasie« (ebd., H. 24, S. 917–921) einen bewegten Nachruf schreibt, zu erkennen, warum er ausgerechnet Karl May eingeladen hat: »Und dann, ich bin hier Kultur-Unternehmer, verführen wir über May zu Kokoschka, Kraus, Loos und Shaw, wenn wir das Vertrauen einer breiteren Masse zusammen haben. Um einen Mann durchzusetzen, muß man die Statisten, die Mitläufer, drillen. Das ist die Dialektik, mittels der ich jetzt eine vielleicht, nein sicherlich künstlerisch nicht einwandfreie und meiner Empfindung unorganische Idee zu stützen suche.« In Hans Jürgen Syberbergs Film *Karl May* (1974) wird Müller von André Heller dargestellt (vgl. Drehbuch, S. 83f.).

14 In dem Essay »Apologie des Krieges« (in: *Der Ruf* (*Krieg*), 1912, H. 3, S. 1–8) feiert Müller den Krieg als »Königsorganisation aller Organisationen« und ruft Österreich und Deutschland am Vorabend des ersten Weltkrieges zum Kampf um die Weltherrschaft auf.

15 Im Verlauf der nächsten Jahre veröffentlicht Müller regelmäßig auch in so bedeutenden Organen wie *Die Neue Rundschau*, *Der Merker*, *Der Anbruch*, *Der Friede*, *Die Neue Bücherschau*, *Prager Presse*, *Der Neue Merkur* und *Das Tagebuch*.

Nr. 4 der Akademischen Legion der K.u.K. Hoch- und Deutschmeister in der Wiener Rennwegkaserne zugeteilt zu werden. Mitte Januar 1915 wird er als Pressegehilfe an den südwestlichen Kriegsschauplatz abkommandiert, so daß er bei seiner Hochzeit mit Olga Estermann (geb. am 29. Juli 1890) am 22. Februar 1915 selbst nicht anwesend sein kann.[16] Müller nimmt an den Kämpfen bei Plava und Zagora am Isonzo und am Doberdo Plateau teil und erleidet schließlich im Herbst 1915 durch eine Granatexplosion einen traumatischen Nervenschock, der ihn von November bis April 1916 in die Nervenabteilung des K.u.K. Kriegsspitals III in Wien zwingt. Wieder genesen, wird Müller als Fähnrich der Reserve zur Auslandsgruppe des Kriegspressequartiers nach Belgrad versetzt und damit – wie viele andere Intellektuelle auch (u. a. Musil, Polgar, St. Zweig) – im Propagandaapparat eingesetzt. Er übernimmt die Leitung der *Belgrader Nachrichten*, die ihm allerdings im Frühjahr 1917 wegen zu großer Serbienfreundlichkeit wieder entzogen wird. Müller wird aus Belgrad abberufen und als Referent für die englische Kriegspresse im Kriegspressequartier eingesetzt. Zum 1. Februar 1918 dann erfolgt die endgültige Entlassung aus dem Heer.

Für Müller, der gerade erst dreißig Jahre alt geworden ist, beginnt die aufreibendste und – trotz der singulären *Tropen* – auch produktivste Phase seines nur kurzen Lebens.[17] Zusammen mit Oskar Maurus Fontana, Heinrich Nowak und anderen gründet Müller nach eigenen, im ganzen zuverlässigen Angaben[18] noch 1918 eine Geheimgesellschaft mit dem Namen »Katakombe«, der auch Robert Musil zeitweilig ange-

16 Robert Müllers Bruder Erwin steht stellvertretend für ihn am Traualtar. Aus der Ehe gehen zwei Töchter – Erika (geb. am 14. Juli 1915) und Ruth (geb. am 26. Mai 1918) – hervor.

17 Über die Jahre 1918 bis 1924 unterrichtet die akribische Studie Ernst Fischers »Ein doppelt versuchtes Leben. Der Verlagsdirektor Robert Müller (und der Roman *Flibustier*)«, in: Kreuzer/Helmes (Anm. 2), S. 217–251, am gründlichsten.

18 Robert Müller, »Literaria. Keine Geschichte mit beschränkter Haftung«, in: *Literaria-Almanach 1921*, Wien 1921, S. 105–108.

hört.[19] Die »Katakombe« entwirft breite Kulturprogramme und stellt bald eine »Art Kartell im Wiener Zeitschriftenwesen« dar. Ihre vornehmste Aufgabe soll es sein, die sogenannte aktivistische Ideologie[20] zu verbreiten, was, so Müller im Rückblick, die »praktische Zusammenlegung der kleinen Zeitschriftenbetriebe und einen energischen und ingeniösen Vertriebsapparat« vorausgesetzt habe. Doch zerfällt die »Katakombe« schon in der ersten Hälfte des Jahres 1919, weil sich die Mitglieder nicht auf ein gemeinsames politisches und kulturelles Programm einigen konnten. Zum 21. August 1919 wird im Wiener Handelsgericht eine »Literarische Vertriebs- und Propagandagesellschaft m.b.H.« angemeldet, die sich bald danach nur noch »Literaria« nennt und deren Geschäftsführer Robert Müller und sein Bruder Erwin, ein Wirtschaftsfachmann, sind. Die »Literaria« verfolgt dieselben Ziele wie die »Katakombe«, sucht aber zunächst aus Einsicht in die »Notwendigkeit einer kompromißlosen Kommerzialisierung des Unternehmens« die wirtschaftliche Konsolidierung. Die »geistige Tendenz«, um die es Müller ja schon in der »Katakombe« vornehmlich ging, wird »auf später« verlegt.[21] Innerhalb von nur zwei Jahren nimmt das Unternehmen eine bedeutende Stellung im Wiener Literaturbetrieb ein und entwickelt sich im dritten – den Dimensionen nach schon ein Konzern – zu einer der größten Buchhändler- und Sorti-

19 Müller gehört auch zu den führenden Köpfen des im November desselben Jahres gegründeten, höchst bedeutsamen »Bundes der geistig Tätigen«, der wie die »Katakombe« dazu beitragen sollte, die Ideologie des politischen Aktivismus zu verbreiten.

20 Die Aktivisten waren eine meist informelle Gruppe politisierender und politisch engagierter Intellektueller, die die Übernahme gesellschaftlicher und politischer Macht durch eine Elite propagierten und auch selbst zu betreiben versuchten. Die bedeutendsten Vertreter des Aktivismus waren Kurt Hiller und Robert Müller. Bezeichnet Hiller Robert Müller im sentimentalen Rückblick auch als seinen »ungemein geschätzten österreichischen Zwilling« (Anm. 23, S. 137), so gibt es doch erhebliche Unterschiede. Während Hiller seine Elite als eine »Aristokratie des Geistes« konzipiert, argumentiert Müller rassistisch-biologistisch. Beide ›Aktivismen‹ lassen sich dennoch in Schlagworten wie »Antidemokratismus« und »Elitarismus« zusammenfassen.

21 Robert Müller (Anm. 18), S. 107.

menterfirmen Wiens mit etwa 60 reichsdeutschen Verlagsfirmen, darunter so prominente wie Kiepenheuer, Rowohlt, Kurt Wolff, Erich Reiss, Ullstein und Malik. Allerdings bleibt die Umsetzung von Müllers ideellen Zielsetzungen aus, da das Unternehmen keine nennenswerte Verlagstätigkeit entfaltet. Müller scheidet daher mit Wirkung vom 10. August 1923 aus und läßt ein halbes Jahr später, am 9. Januar 1924, ins Wiener Handelsregister ein eigenes Unternehmen, den »Atlantischen Verlag«, eintragen, der freilich von Anbeginn an in einer finanziellen Dauerkrise steckt.

Aus Otto Flakes Autobiographie *Es wird Abend* (1960) wird deutlich, warum Müllers Verlag schon nach wenigen Monaten scheitern mußte: Müller schätzte zum einen die wirtschaftlichen und monetären Verhältnisse in Österreich und Deutschland falsch ein; zum anderen war der Verlag in einer ruinösen Art und Weise überdimensioniert; zum dritten scheint Müller bei der Zusammenstellung seines Programms keine glückliche Hand gehabt zu haben. Die wenigen Titel, die erschienen, ›gingen‹ einfach nicht.[22]

Robert Müller stirbt am 27. August 1924 mittags gegen 13.00 Uhr im Wiener Rudolfspital an den Folgen eines Lungenschusses, den er sich in den frühen Morgenstunden in der Freudenau selbst beigebracht hat. Am 30. August wird er auf dem evangelischen Friedhof Matzleinsdorf beigesetzt. Schockiert von diesem Tod, beginnt unter Freunden und Weggefährten Müllers bald das Rätselraten über die Hintergründe dieses Freitodes. Dabei gehen die Spekulationen so weit, Müller habe seinem Leben ein Ende gesetzt, weil er sich nicht zwischen zwei Frauen habe entscheiden können.[23] Plausibler aber als dieses mehr der Kolportage (die Müller schätzte!) entlehnte Motiv scheinen zwei Thesen zu sein, die, zeitweilig miteinander rivalisierend, doch eher zusammen gelesen werden müssen: daß Müller wegen der selbstver-

22 Otto Flake, *Es wird Abend. Bericht aus einem langen Leben*, Gütersloh 1960, S. 321 und 330–336.

23 Kurt Hiller, *Leben gegen die Zeit* (*Logos*), Reinbek bei Hamburg 1969, S. 137. Vgl. auch Anm. 20.

schuldeten, hoffnungslosen finanziellen Situation seines »Atlantischen Verlages«[24] oder daß er aufgrund der »jähen Erkenntnis der Unvereinbarkeit kristallreinen geistigen Tatlebens mit dem Diktat des materiellen Lebensverlaufes«[25] seinem Leben ein Ende setzte. Müller hatte mit dem Eintritt ins Geschäftsleben die »existentielle Hoffnung« verbunden, »in einer sich darin verwirklichenden Einheit von Geist und Tat das Leben ganz zu fassen«.[26] Somit kam das Scheitern des Verlages wohl nicht allein einem finanziellen Desaster gleich, sondern auch einem existentiellen, einem solchen, das in einem »Augenblick jäher Erkenntnis« nach einer radikalen Konsequenz verlangte.

Das Werk

»Wir werden«, so heißt es in der Einleitung zu der ersten Buchpublikation über den Autor Anfang der 80er Jahre, »mit Robert Müller unsere Schwierigkeiten haben, weil dieser Meister des Wortes auf Irr- und Abwegen der deutschen Ideologiegeschichte zwischen Nietzsche und Ernst Jünger unterwegs war [...]. Diese Ideen und ihre essayistischen Formen durchprägen ein Erzählwerk mit phantastischen und realistischen Aspekten, das – jedenfalls in seinen besten Teilen – von fortdauerndem literarischen Interesse ist. Es steht zum Teil im Zeichen des Paradoxen und der Ironie und ist geeignet, kraft seiner Sprache und Gestalt den Leser gegen problematische Ideen, die es nähren, selber zu immunisieren.«[27]

Zunächst einmal scheint es wichtig, zwischen dem fiktionalen und dem nicht-fiktionalen Werk Robert Müllers zu unterscheiden, da letzteres im wesentlichen gesellschaftspoli-

24 Otto Flake, [Entgegnung auf A. E. Rutra], in: *Die Literarische Welt* 3 (1927) Nr. 37, S. 8.

25 Arthur Ernst Rutra, *Denkrede an Robert Müller*, München 1925, S. 9.

26 Fischer (Anm. 17), S. 246.

27 Helmut Kreuzer, Einleitung, in: Kreuzer/Helmes (Anm. 2), S. 11.

tisch ausgerichtet und damit thematisch wie wirkungsästhetisch um vieles zeitgebundener ist als das Erzählwerk, mit dem es in einem engen ideologischen Zusammenhang steht.[28]

Von Anbeginn ist Müllers kultur- und zivilisationskritisches und sein gesellschaftspolitisches Denken von der Absicht bestimmt, einen neuen »Typus« Mensch zu schaffen. Diese Absicht gründet auf der Ansicht, daß der zeitgenössische Mensch durch die ausschließliche Konzentration auf ökonomische Fragestellungen »kulturlos« geworden sei und nicht länger gemäß seinen »blutbestimmten« Anlagen lebe. Indem der Mensch nur noch einer instrumentellen Vernunft und dem ökonomisch-technischen Fortschritt huldige, habe er das Leben »entidealisiert«. Müller setzt dem ›ratiofizierten‹ Menschen sein Ideal eines gesamtheitlich entwickelten Menschen entgegen, der – durch sein »Blut« bestimmt – alle ihm mitgegebenen Anlagen in der ihnen eigenen Weise unbeschränkt ausleben soll. Die näheren Bestimmungen, in denen Müller diesen neuen »Typus« konkretisiert, verändern sich freilich im Prozeß wechselnder Konzeptionsbildungen. Der Tendenz nach läßt sich das gesellschaftspolitisch ausgerichtete feuilletonistische und essayistische Werk Müllers in vier sich jeweils an den Anfangs- und Endpunkten überlappende Phasen unterteilen. Zusammengenommen ergibt sich, daß vor allem die kultur- und gesellschaftspolitischen Arbeiten der Vorkriegs- und Kriegszeit durch die Ablehnung aller Demokratisierungsbestrebungen, durch rassistische und nationalistische Vorurteile, durch ein irrationales, naturhaft ungeschichtliches Wertesystem und durch die Absicht

28 Vgl. Günter Helmes, »Katholischer Bolschewik in der ›Schwäbischen Türkey‹. Zum politischen Denken Robert Müllers«, in: Kreuzer/Helmes (Anm. 2), S. 178–216.
Müllers Erzählwerk kann nur vor dem Hintergrund des feuilletonistischen und essayistischen Werkes angemessen verstanden werden. Das nichtfiktionale Werk erst kann verbindlichen Aufschluß darüber geben, welche Theoreme und Ideologeme und welche Figuren bzw. Figurensegmente unmittelbar zu Müllers intellektueller Biographie und Physiognomie zu schlagen sind.

geprägt sind, bei forciertem Ausbau der menschlichen Sekundärbeziehungen (Wissenschaft, Technik, Staat) die menschlichen Primärbeziehungen der vorindustriellen Zeit wiederherzustellen. Diese Elemente faschistoiden Denkens sind den Nachkriegstexten Müllers in dieser Weise nicht mehr zu entnehmen. Rassistische und nationalistische Vorurteile werden bis zu einem gewissen Grade abgebaut, und an die Stelle eines Wertesystems mit deutlicher Fixierung auf mythologisch Vorzeitliches tritt eine Wertetheorie, die die »schöpferische Willkür« zum obersten Prinzip erklärt. Was aber vor allem bleibt, ist Müllers Antidemokratismus, und so scheint es aufs Ganze gesehen nicht unwahrscheinlich, daß sich Müller, hätte er länger gelebt, trotz einer völlig anderen Rassekonzeption zeitweilig auch von faschistischen Bestrebungen hätte faszinieren lassen. Doch, wie Benn, hätte sich auch Müller »den Vorwurf des ›Kulturbolschewismus‹ gefallen lassen müssen« und sicherlich keine Aussicht auf »Honorierung durch die nationalsozialistische Massenbewegung oder die offizielle Kulturpolitik des Dritten Reiches« gehabt.[29]

Als Erzähler[30] tritt Müller vor allem nach dem Ende des Ersten Weltkrieges in Erscheinung, obwohl beachtenswerte kürzere Erzählprosa wie *Das Grauen* (1912), *Das Bett. Eine Ode* (1912), *Irmelin Rose. Die Mythe der großen Stadt* (1914) und die herausragenden *Tropen* schon Jahre früher erscheinen und für Aufsehen sorgen. An kürzeren Texten sind für die Nachkriegszeit vor allem *Der Leutnant* (1919), *Arena. Ein Sketch* (1920/21), *Brooklyn-Bridge* (1920) und *Manhattan-Girl* (1920) anzuführen.

In Zusammenhang mit der erzähltechnischen Virtuosität von *Tropen* ist dabei im besonderen auf den Sketch *Arena* zu achten, mit dem aus der »Grenzexistenz von Leben und

29 H. Kreuzer (Anm. 27), S. 17.
30 Alle Erzähltexte Müllers liegen mittlerweile wieder im Paderborner Igel Verlag vor. Im Rahmen der von mir herausgegebenen Werkausgabe Müllers werden dort auch die selbständig publizierten Essay-Bände Müllers und seine verstreute Feuilletonistik und Essayistik erscheinen.

Traum« heraus – »vielleicht« – »ein neuer Typ Literatur« erfunden wird.[31] Der Text handelt insgesamt auf fünf verschiedenen Bewußtseinsebenen, und Müller gelingt es, den Traum als Sketch innerhalb der literarischen Form Sketch zu verankern und damit ein »dramatisches Bühnenspiel« des Bewußtseins zu inszenieren.[32] Neben diesen kürzeren Texten erscheinen vier eigenständige Publikationen, eine Novelle, zwei Romane und ein als »Kulturbild« untertitelter Prosatext mit Romanformat.

Die Novelle *Das Inselmädchen* (1919) erzählt etwa vier Monate aus dem Leben des Belgiers Raoul de Donckhard, einem »Gendarmerieoffizier« der »internationalen Staatenliga für Kolonialkultur« und prototypisch gemeinten Europäer, der auf eine Insel in den Tropen berufen wird, »um die Eingeborenenunruhen zu dämpfen«. Von dem »unausgesprochenen Wunsch nach dem Urzustand« beseelt, hat sich de Donckhard die Tropen zwar »als eine exzessive und sittenlose Liebesidylle vorgestellt«, muß aber die Erfahrung machen, daß auch hier nach der »Verwirrung und Beiläufigkeit« des naturgeschichtlichen Anfangs »nur eine einfache und harte Idee zur Gerechtigkeit führen konnte. [...] Er unterdrückte seinen Ekel und anerkannte das Gerechte, das die Natur wollte.« Naturgeschichte wird zum Symbol von Menschheits- und Gesellschaftsgeschichte und die Novelle selbst somit zu einer Theorie der Geschichte. Im schließlichen Scheitern Raoul de Donckhards, aber auch im Untergang des Inselmädchens Thli, in dem Raoul die »melanesische Seele« als Komplement der eigenen, ratiofixierten Einseitigkeit suchte, verwirft Robert Müller jede Form eines romantisch-rousseauistisch verklärten »Zurück zur Natur«. Er wendet sich damit gleichzeitig gegen den Exotismus als verbreitete zeitgenössische literarische Strömung, indem er, paradoxerweise, eine eminent exotistische Erzählung schreibt.

31 Robert Müller, »Arena«, in: *Der Neue Merkur* 4 (1920/21) S. 752.
32 Vgl. Helmes (Anm. 11), S. 27f.

In einem gewissen Sinne setzt sich auch der Roman *Der Barbar* (1920) mit dem »Zurück zur Natur« auseinander. Die geokulturellen Lebensräume Stadt und Land, die in den Überlegungen Müllers gleichzeitig für das technisch-rationale und das sinnlich-triebhafte Vermögen des Menschen stehen, werden wie bereits in *Irmelin Rose* als sich letztlich ausschließende Alternativen gegenübergestellt. Doch anders als Irmelin Rose in der gleichnamigen Erzählung, bewegt sich Peter Schilder, der Barbar und (Anti-) Held, nicht vom Land zur Stadt, sondern umgekehrt, aus der Stadt zum Land hin. Allerdings ist dieses Land – eine Gemüsefarm nördlich von Chicago – bereits so von Zivilisation, von Äußerlichkeit, Phantasielosigkeit und Einbahnstraßendenken durchschwämmt, daß Schilder hier wie Irmelin Rose in der ihr fremden städtischen Umgebung scheitert. Müller weist damit in *Der Barbar* nach seinen Absagen an einen naiven Zivilisationsenthusiasmus (*Irmelin Rose*) und einen ebenso kurzsichtigen Exotismus (*Das Inselmädchen*) auch jenen blauäugigen Amerikanismus zurück, der das kulturelle wie gesellschaftspolitische Leben und Träumen Mitteleuropas in diesem Jahrhundert mitbestimmt hat.

Müller experimentiert in diesem Roman wieder mit zahlreichen erzähltechnischen Variationen. Während der erste Teil des streng symmetrisch gebauten Romans einen umfassend informierten, scheinbar souveränen Erzähler präsentiert, werden im zweiten Teil dann in einem furiosen Erzählperspektivenspiel sechs weitere Versionen des bereits bekannt geglaubten Handlungsgeschehens geboten. Dadurch werden der Erzähler des ersten Teils und die Solidität des dort Vermittelten nachhaltig in Frage gestellt, und es bleibt dem Leser überlassen, ob er überhaupt die verschiedenen Romanteile und Handlungsstränge so zu gruppieren wünscht, daß ein kohärentes Romangeschehen entsteht. Denn nichts hindert ihn daran, den Roman auch als sinnfällige Antwort auf die meist müßige Frage zu lesen, was denn – nicht zuletzt auch angesichts potenzierter medialer Möglichkeiten – Wahrheit sei.[33]

Der gilt es allerdings in dem Roman *Camera obscura* (1921) nachzuspüren, geht es doch hier nicht allein darum, eine mehr oder minder komplexe Erzählordnung zu durchschauen, sondern auch um die Aufgabe, einen Kriminalfall, den Mord an einem einflußreichen Politiker aufzulösen. *Camera obscura* ist jedoch nicht allein ein Kriminal-, sondern auch ein Zukunftsroman. Es wird auf Ereignisse zurückgeblickt, die sich im 20. Jahrhundert ereignet haben. Die eigentliche Romanhandlung spielt um 1950 und umfaßt etwa drei Wochen. Durch ständige Perspektivwechsel und Zeitschichtungen sowie durch den Verzicht auf ein Erzählen nach Maßgabe von Ursache und Wirkung wird das Romangeschehen in ein Bild gedrängt, dessen Kompositionsprinzip erst aufzuschlüsseln ist. Diese Leseraufgabe wird dadurch erschwert, daß die verschiedenen Erzählsegmente keinen einheitlichen Realitätsgehalt haben: Reales Geschehen wechselt mit Traumsequenzen, mit halluzinierten Erlebnisräumen und reflektorischen Selbstvergewisserungen verschiedener Romanfiguren. So erweitert sich *Camera obscura* zu einem Detektiv- und »Denkroman«[34], in dem es darum geht, »Verbrechern aus Philosophie« zu begegnen.

Von solch hehren Höhen des Verbrechens führt *Flibustier* (1922), der einzige selbständig publizierte Erzähltext Müllers, der bis auf das Realgeschichte antizipierende, apokalyptische Ende realistische Züge mit viel Zeitkolorit trägt, über die beiden Hauptfiguren Scholef und Krumka in das Milieu der Spekulanten, Kriegsgewinnler und Hasardeure im Wien der frühen zwanziger Jahre. Erzählt wird vom rasanten Aufstieg eines auf seine Art genial »unproduktiven«, nach »amerikanischer Verkehrstechnik« aufgezogenen »Phantomgeschäfts«, einer »Edel-Spekulation«, die »eine groteske und beschleunigte [...] Abart des Zwischenhandels« darstellt.

33 Ebd., S. 29–31.

34 Vgl. Robert Müller, »Der Denkroman«, in: *Die Neue Rundschau* 32 (1921) Bd. 1, S. 110–111.

Doch wird auch der Lebenswelt der internen Kriegsverlierer, wird dem von Reichsrestitution und erneuter Führungsrolle träumenden k.u.k.-Adel bedeutender Erzählraum zugestanden. Darüber hinaus ist mehr als ein Viertel des Textes in der Zeit vor dem Zusammenbruch der Habsburgermonarchie angesiedelt und den inneren Zuständen und dann der sozialen Deklassierung des Militärs als einer Abbreviatur fortschreitender gesamtgesellschaftlicher Desorganisation vorbehalten. Alle diese mehr oder minder umfangreichen Erzählsegmente werden von der zentralen Perspektive des Autors bzw. des Ich-Erzählers zusammengehalten, die in für Müller charakteristischer Auslegung des Untertitels »Ein Kulturbild« darauf abzielt, unter nachdrücklicher Betonung rasse-, standes- und geschlechtstypologischer Erwägungen Individualgeschichte wie aktuelle Zeitgeschichte als Folge von Mentalitäten, ja von psychopathogenen Prozessen Einzelner wie gesellschaftsbildender (-zerstörender) Kreise überhaupt zu begreifen.

Expressionistisches Schreiben[35]

Zu Beginn seiner Besprechung von Gottfried Benns »Rede an Studenten der naturwissenschaftlichen Fächer«[36], dem Essay *Das moderne Ich* aus dem Jahre 1920, gibt Robert Müller nicht allein eine Leseanweisung für *Tropen*, sondern faßt in konzentrierter Form auch sein Wissenschafts- und Weltbild und die hinter den fiktionalen wie nicht-fiktionalen Texten stehenden produktionsästhetischen Maximen zusammen:

35 Vgl. hier auch den aufschlußreichen Beitrag von Roger Willemsen, »Die sentimentale Gesellschaft. Zur Begründung einer aktivistischen Literaturtheorie im Werk Robert Musils und Robert Müllers«, in: *Deutsche Vierteljahrsschrift für Literaturwissenschaft und Geistesgeschichte* 58 (1984) S. 289–316. Willemsen gewinnt Müllers Überlegungen zu einer aktivistischen Theorie der Literatur vor allem aus der Analyse der *Tropen*, von *Camera obscura* und der großen Essays und Essaysammlungen.

36 So Benn in seiner »Vorbemerkung« zur Veröffentlichung des Textes in *Der neue Staat und die Intellektuellen* (Stuttgart 1933).

»Das Ich mischt die Karten und ist am Geben. Es gibt, es nimmt nicht. Es ist gebend, nicht erleidend, schon gar nicht leidend. [...] Das jüngste Geschlecht hat diesen solaren Egozentralismus als Weltanschauung mitgebracht; eine kopernikanische Einstellung des Rotationsakzentes. Die Welt hängt zentripetal vom Ich ab, nicht umgekehrt. Der Satz: Das Leben ist eine Entwicklung vom Figürlichen ins Figürlichere und die Absicht des Romans *Tropen*, Äußeres als aktiv gesetztes Gleichnis des Ichs, selbst die Analyse als synthetischen Akt zu begreifen, verkünden diesen Trieb, der zu allen Arten der Ausdruckskunst, Expressionismen und Aktivismen geführt hat.«[37] Müller stellt sich erkenntnistheoretisch wie produktionsästhetisch auf einen Standpunkt, der wissenschafts- und philosophiegeschichtlich vor allem an Ernst Mach und den durch ihn beeinflußten Neupositivismus erinnert.

Expressionistisch schreiben heißt für Müller, radikal mit naturalistischen oder im landläufigen Sinne realistischen Traditionen zu brechen. Nicht das Abbild einer grundsätzlich allen zugänglichen, sondern eine *neue* Wirklichkeit ist durch den expressionistischen Autor zu schaffen, wobei »neu« so zu verstehen ist, daß Erfahrbarkeit und Überprüfbarkeit als Kriterien des Gehaltes gegenstandslos werden. Die künstlerische Produktivität, die Phantasie und die Qualität eines Autors messen sich nicht länger an dem jeweiligen Vermögen, Erfahrungen mit der Welt außer uns oder ein Wissen über sie zu vermitteln, sondern zunächst an dem Grad, in dem in den Innenräumen des Schreibenden neue Erfahrungen und Perspektiven, neue Bewußtseinszustände und Einsichten in ein bisher verborgenes Seelen- und Triebleben produziert werden.

Zum zweiten fordert Müller die kompositorische, d. h. auch erzähltechnisch angemessene Verarbeitung solcher Inhalte in einer Literatur, die den Namen Kunst verdient.

37 Robert Müller, »Das moderne Ich«, in: *Der Neue Merkur* 4 (1920/21) S. 646.

Künstlerische Phantasie und die jeweiligen phantasierten, neuen Wirklichkeitssegmente selbst sollen zum Gegenstand einer Reflexion werden, die auch selbst wieder zum Gegenstand des Erfahrens und Nachsinnens werden kann, usf. Der Möglichkeit nach ergibt sich also eine endlose, dem Spiegelprinzip gehorchende Staffelung von Erfahrungs- und Reflexionsebenen, und es ist der Leser selbst, der bei besonders virtuos komponierten Texten zum Aufstellen weiterer spiegelnder Stellwände genötigt wird.

Schließlich gibt das Ende des Zitats einen Hinweis darauf, wie Müllers sowohl für die eigene Biographie wie für die Mitstreiter im Umkreis der »Katakombe« und der Hillerschen *Ziel-Jahrbücher* signifikante Behauptung, »der Aktivist habe sich für den Expressionisten geopfert«[38], zu verstehen ist. Beide, der expressionistische Künstler und der aktivistische Kulturpolitiker, sind für Müller unter erkenntnistheoretischen wie handlungsleitenden Gesichtspunkten identisch. Doch während der Expressionist sein Kunstwerk im Bild oder Buch schafft, denkt und handelt der Aktivist pragmatischer und versucht, die Wirklichkeit als sein Kunstwerk neu zu erschaffen, nach seinem Bild oder seinem Buch. Er strebt nicht allein an, dieser neuen Wirklichkeit jene Strukturen zu geben, die auch die expressionistische Produktion charakterisieren, sondern versucht damit zugleich, zuallererst die Bedingungen zu schaffen, die dem Expressionisten existentiell wie sozial zuträglich sind. Der Aktivist versucht die Einheit von Kunst und Leben und damit die Herauslösung des Expressionisten aus lebensferner Isolation wie sozialer Depravation. »Die Welt hängt zentripetal vom Ich ab«: Das ist nicht allein als erkenntnistheoretisches Postulat zu lesen, sondern auch als handlungsanleitender Sollsatz. Der Aktivist ist der ins Praktische gewendete Expressionist.

Zahlreiche Aufsätze und Literaturkritiken, die über ein gutes Jahrzehnt verstreut sind, präzisieren die so in ihren Fundamenten bestimmte aktivistische Literaturtheorie Mül-

38 R. M., »Die Geistrasse«, in: *Daimon*, Jg.1918, H. 4, S. 210.

lers. Aus den Arbeiten der Jahre 1912 bis 1916 ragen die Beiträge »Hans Sachs«, »Das Drama Karl Mays« und »Der Reporter« heraus, die über die soziale Funktion der Kunst handeln und u. a. in der typologischen Entgegensetzung von Henry Morton Stanley und Gustave Flaubert Müllers Autorbild konkretisieren.[39] Zusammengenommen stecken diese drei Beiträge der Vorkriegszeit das Feld zwischen den für Müller supplementären Oppositionen von Aktivismus und Expressionismus bzw. von politischer und wirtschaftlicher Macht einer- und Kunst andererseits ab.

Noch während des Krieges unternimmt es Müller in einem der frühesten Versuche überhaupt, den Expressionismus als kulturelle Gesamterscheinung zu beschreiben und zu definieren. Während Impressionismus und selbst der Futurismus »als geistige Disposition« noch dem Naturalismus verhaftet seien, breche der Expressionismus gänzlich mit dem ›Bild‹ als Abbild der Natur und entwickle sich zum reinen »Psychismus«.[40] Leisteten die Futuristen noch »eine von wissenschaftlicher Vivisektionslust, vom unbedingten logischen Vernunftwillen angeordnete Arbeit«, hinter der eine »einteilende, dividierende Kunst und Lebensauffassung« stehe, so sei für den Expressionisten »die Natur nur als Seele da, nicht metaphysisch, sondern physiologisch, optisch, unmittelbar«. Aus diesem Grunde sei der Expressionismus auch nicht »Stil, sondern eine ethische und Vitalitätskategorie«: »Um expressionistisch zu sehen, muß man expressionistisch

39 R. M., »Hans Sachs«, in: *Der Strom* 2 (1912/13) S. 239–243; R. M., »Das Drama Karl Mays« (Anm. 13); R. M., »Der Reporter«, in: *Die Schaubühne* 10 (1914) Nr. 11, S. 299–303. Autorbild, Literatur als Ware, die soziale Funktion von Literatur etc. werden in den letzten Lebensjahren Müllers im Zuge des eigenen literaturwirtschaftlichen Engagements wieder verstärkt Gegenstand des Nachdenkens. Müller entwickelt bedenkenswerte Ansätze einer Theorie der Massenkultur. In bezug auf die Masse hat seine expressionistische Ästhetik keine Gültigkeit. Sie bleibt auf eine intellektuelle Elite zugeschnitten, so daß ästhetisches und politisches Programm Ausformulierungen ein und desselben Elitarismus sind.

40 R. M., »Die europäische Seele im Bilde. Zum Verständnis des Expressionismus«, in: *Das Landhaus* 2 (1917) S. 190.

denken.«[41] Der »Stil« des Expressionisten sei pures »Erlebnis«, und während des Schaffens interessiere ihn »das Informative, das Nachrichtliche«, nach dem das Publikum frage, bestenfalls als Nebensache.[42] Habe sich der impressionistische Stil noch »auf die Kürzung des Technischen, des Grammatikalischen«, auf »Satzbild, Syntax, die Periode« und die Interpunktion konzentriert, so sei beim Expressionisten bereits »der Gedanke von vornherein perspektivisch verkürzt« und werde »summarisch artikuliert«.[43]

»Leben« und »Erleben« sind nach Müller also für den Expressionisten Synonyme. Beide sind radikal innerlich und erschöpfen sich in immer neuen Selbstbespiegelungen des Ich. Die Analyse, die eine Entgegensetzung von Subjekt und Objekt zur Voraussetzung hat, fällt mit der Synthese zusammen, da das sich bespiegelnde Ich auch gleichzeitig das Ich ist, das seine Bespiegelung erlebt, das die Bespiegelung seiner Bespiegelung erlebt usf. ›Wahr‹ kann daher allein der Lebensvollzug als solcher sein, indem er sich nämlich vollzieht. Die »perspektivische« Verkürzung rekurriert auf die bildliche Unmittelbarkeit unseres Denkens, die sich erst im Akt des Äußerns (Rede, Bild, Schrift etc.) in ein Nacheinander auflöst. Der Expressionist versucht dieses Nacheinander zu umgehen, indem er bildhaft, »summarisch« schreibt und darstellt. Die »summarische« Darstellung versucht, den ›Naturalismus‹ des ungeäußerten Denkens und Empfindens zu bewahren. Sie ist somit nicht »Stil«, nicht zugedachte Form zu einem ihr als Objekt entgegengesetzten Gehalt, sondern ist dieser Gehalt selbst in seiner Unmittelbarkeit, das aber heißt, das Subjekt selbst. Expressionismus ist »Simultanismus«[44], ist – im Idealfall – das Zugleich von »Leben«, »Erleben« und »Darstellung«, ist im Zugleich von Vollzug und Produkt ein bloßes ›Da‹. Alles weitere wie Bedeutung, Sinn usw. kommt diesem ›Da‹ nur akzidentiell zu.

41 Ebd., S. 189f.
42 Ebd., S. 191.
43 Ebd., S. 192f.
44 Ebd., S. 193.

In Besprechungen repräsentativer expressionistischer Literatur werden diese Ausführungen verdeutlicht und ergänzt.[45] Zum einen wird die Identität von Sein bzw. »Seele« und Zeichen, in diesem Falle Sprache, in immer neuen Formulierungen betont. Die »Seele« hat nach Müller als Seinsform das Sprachbild oder die Bildsprache, wobei das ›oder‹ nicht exklusiv, sondern als ein weiterer Identitätsverweis gebraucht ist. Die »Seele« ist, insofern sie sich in Zeichen vollzieht. Zum anderen heben die Besprechungen ein neues Ich-Verständnis hervor, ein solches, das im Ich keinen Charakter mehr zu sehen vermag, sondern nur noch die Addition jeweils unmittelbarer, unverbundener Akte. Zum dritten wird deutlich, daß sich nach Müller das Sein selbst hervorbringt, indem sich das »Schreiben« selbst schreibt. Damit aber ist »das physikalische Gesetz aufgehoben«[46], und Ursache und Wirkung, Zeit und Raum, Sein und Zeichen und Subjekt und Objekt fallen alle in eins, in »Seele«. Was als gegenständliche Einzelheit oder Individualität im Geschriebenen erscheint und es auch zu sein scheint, ist nur Facette des sich selbst geschrieben habenden Schreibens, ist ein und dieselbe »kosmische Person«. Erzähltechnisch gewendet bedeutet dies, daß Zeit- und Fiktionsebenen selbst wiederum nur Fiktionen, der Schein von Disparatheit bei apriorischer Identität sind. Sie sind ein freilich notwendiges Darstellungsmittel, um die »Fächerfalten« des in sich Identischen zum Vorschein zu bringen. Erzähltechnische Artistik ist ins Erzählpraktische gewendete Ontologie.

Robert Müller hat sein Weltbild und seine Theorie des Schreibens an verschiedenen Stellen mit der Relativitätstheorie Albert Einsteins in Verbindung gebracht und von einer »Lebensverhältnistheorie wie der von Einstein« und einem »kosmischen Naturalismus« gesprochen, die den »inneren

45 Vgl. R. M., »Ein Beginner« [zu Musil], in: *Der Neue Merkur* 4 (1920) Bd. 2, S. 861; R. M., »Rez. zu Theodor Däubler: Mit silberner Sichel«, in: *Der Merker* 7 (1916) S. 508f.; R. M., »Kosmoromantik« [zu Paul Adler], in: *Die Neue Rundschau* 31 (1920) Bd. 1, S. 255f.

46 »Kosmoromantik« (Anm. 45), S. 255.

Wert des modernen Romans« ausmachten.[47] Einstein selbst, dem »geometrischen Seher und Verwalter seiner Ergebnisse«, falle es schwer, die von ihm »beobachtete Abplattung der Zeitspatien bei gegenläufigen Bewegungen zu denken«, und deshalb bitte er »sein Publikum fortwährend um Geduld und Aufmerksamkeit vor der Schwere der Materie«, dem »elastischen Raum«, dem »membranös schwellenden Zeitraum-Körper«, der »Bezugsmolluske«.[48]

Das leitet zu Jack Slim, Müllers Heldenfigur in allen Werkphasen, über. Denn der Begriff »Bezugsmolluske« ist auch für den Jack Slim in *Tropen* zentral, und der Jack Slim in dem Zukunftsroman *Camera obscura* (1921), der im übrigen nicht mit dem der *Tropen* identisch ist, wendet sich ganz im Stile des beschriebenen Einstein an sein Publikum, welches auch das von *Tropen* sein könnte: »Sie, Ladies and Gentlemen, Gebildete, wünschen Handlungen, Ereignisse, Informationen – man wird Ihnen das Negativ geben, das seelische Hohlbild. Zum Schlusse ist die Welt Gedanke. Aus Gedanken wachsen Wurzeln ins Sinnliche. [...] Die größten darstellenden Leistungen werden durch einen Styl des Abstrakten entstehen, durch eine Negativ-Sinnlichkeit, durch eine nicht demonstrierende, sondern anregende, hervorholende Kunst. [...] Der Partner des schöpferischen Autors muß die von diesem angedeuteten Kunstprozesse selbst ausführen. Wenn der Autor tüchtig ist, muß wenigstens unter erlesenen der Genuß aller beispiellos sein. Im übrigen wird er fördernd sein.«

Tropen

Wie die bisherige wissenschaftliche Auseinandersetzung mit *Tropen* gezeigt hat, stellt der Roman durch das Operieren mit »ironischen und strukturalen Tricks«, mit »Zeit-Dimensionen und potenzierten Fiktionsebenen« in erzähltheoretischer

47 R. M., »Der Denkroman« [zu Otto Flake: *Ja und Nein*], in: *Die Neue Rundschau* 32 (1921) Bd. 1, S. 110f.

48 R. M., *Das Schwerschreiben*, 1920, S. 2f.

wie erzählmethodischer Hinsicht »eines der kompliziertesten Gebilde der ›Moderne‹ dar«, obwohl er sich »auf den ersten Blick in der vertrauten Form der Rahmenerzählung zu präsentieren scheint«.[49] Darüber hinaus lassen zahlreiche Anklänge an Abenteuer-, Schatzsucher- und Kriminalromane, an Schauer- und Schicksalsstories und Urwald- und Liebesschmöker bei flüchtigem Hineinlesen kaum vermuten, daß hier nicht allein die für den Expressionismus ausführlichste und intellektuell anspruchsvollste Auseinandersetzung mit dem Problem des Reisens geboten wird[50], sondern ebenso ein teilweise schwindelerregender gedanklicher Parforceritt über anthropologische, kulturhistorische und zivilisationskritische Fragestellungen, über Künste wie Tanz, Malerei und Musik, ja über das Erzählen und Schreiben selber, über Probleme der Erkenntnis-, der Zeichen- und Wissenschaftstheorie, über das Verhältnis der Geschlechter zueinander, über Lust, Jagd und Brutalität, Gesundheit, Krankheit und Perversität, über Identität, Co-Existenz und Ichverlust, über Geschichte und Fortschritt und über einen neuen, zukünftig zu erwirkenden Menschentypus stattfindet. Dessenungeachtet bietet der Roman zugleich »ein ästhetisch relevantes Leseerlebnis durch eine passagenweise faszinierende Sprachgewalt, komprimiert und exzessiv zugleich, wie sie in der gleichzeitigen Prosa so nicht auftritt, ja, sich literarischen Vergleichen überhaupt weithin entzieht.«[51]

In dem Vorwort des Herausgebers Robert Müller zu dem Binnentext Hans Brandlbergers, der das eigentliche Reiseerlebnis wiedergibt, wird trotz des eifrigen Bemühens, den Eindruck umfassender historischer Authentizität zu erwekken, gleichzeitig doch auch enthüllt, daß beide, Vorwort wie Binnentext, in den Bereich des Fiktionalen gehören. Der

49 I. Kreuzer (Anm. 10), S. 102. Ingrid Kreuzer und Wolfgang Reif, »Robert Müllers *Tropen*«, in Kreuzer/Helmes (Anm. 2), S. 39–85, haben die bislang systematischsten, detailliertesten und einsichtigsten Interpretationsversuche zu *Tropen* vorgelegt.

50 Vgl. Reif (Anm. 49), S. 41.

51 I. Kreuzer (Anm. 10), S. 102.

»Herausgeber« Robert Müller ist eine vom »Autor« Robert Müller erfundene Erzählerfigur, die als Ich-Erzähler das Vorwort verfaßt und hier einen fiktiven (den »historischen«) Jack Slim und einen fiktiven (den »1907« umgekommenen) Hans Brandlberger einführt. Das aber bedeutet, daß auch Hans Brandlberger keine reale Existenz zukommt. Er ist eine erzählte Figur, die als Erzählerfigur zugleich Autor des Binnenromans ist. Als Autor des Binnenromans erdenkt auch diese Erzählerfigur Brandlberger einen fiktiven Brandlberger und einen fiktiven Jack Slim, dessen Identität mit dem fiktiven Slim des Vorwortes freilich von der Herausgeberfigur Robert Müller behauptet wird. Brandlberger und Slim sind also Figuren, die zwar in unterschiedlichem Grade, so doch beide in potenzierter Fiktivität erscheinen, da ja bereits der Herausgeber Müller eine fiktive Figur des historischen Robert Müller ist. Im Binnenroman selbst dann wird das Spiel mit den Fiktionsebenen noch einmal dadurch angefacht, daß die ›dortigen‹ Brandlberger und Slim und auch der dritte Akteur, der Holländer van den Dusen, Bücher zu schreiben gedenken, die z.T. einen Brandlberger, einen Slim, einen van den Dusen zum Helden haben sollen.[52] Insgesamt haben diese »Fächerfalten« von Fiktionsschichten die Funktion, den Autor Robert Müller von aller Verantwortung für die ethischen und ideologischen Positionen und Extravaganzen ›seiner‹ Figuren freizusprechen, ein Distanzierungsprozeß, der durch die »wechselnden Bewußtseinsphasen des ›Helden‹ Brandlberger mit ihrem durch vorgreifende oder rückwirkende ›Fakten‹korrekturen entgrenzten Wahrheitsraum« unterstützt wird.[53]

Grob gefaßt läßt sich das vordergründige Geschehen von Brandlbergers Binnenroman als Tropenreise ins Quellgebiet des »Rio Taquado« beschreiben, die der Suche und Bergung eines von dem Amerikaner Jack Slim bereits zweimal vergeb-

52 Diese Spiegelungen lassen sich allerdings nicht, wie Ingrid Kreuzer behauptet, »ad infinitum fortsetzen« und in dem von ihr erstellten Diagramm darstellen. Ebd., S. 113.

53 Ebd., S. 112.

lich gesuchten Schatzes dienen soll. Dem Umfang nach nimmt dieses Geschehen allerdings nur etwa ein Drittel des Romans ein, während zwei Drittel des Binnenromans der Wiedergabe von Gedanken, Gesprächen, Träumen, Halluzinationen, Trancezuständen etc. vorbehalten sind.[54] Slim bricht diesmal, im Jahre »19..«, von Curaçao aus auf, wo sich der ihm bereits bekannte Holländer van den Dusen, ein ehemaliger »Offizier der Kolonialtruppe auf Java« und späterer »Kaufmann«, und der Deutsche Hans Brandlberger schon seit geraumer Zeit aufgehalten haben. Mit einigen Eingeborenen als Ruderern bzw. Trägern wird zunächst eine vierzehntägige, an *äußeren* Ereignissen arme Bootsfahrt auf einem Urwaldfluß absolviert. Dann führt ein kurzer Marsch durch den Urwald zu einem Indianerdorf, in dem sich die Weißen trotz einer – wie Brandlberger *gegen* den eigenen Text behauptet – »Katastrophe der Langeweile« länger aufhalten. Zunehmende Differenzen mit den Eingeborenen zwingen dann jedoch zum hastigen Aufbruch, der angesichts der in Dorfnähe gefundenen Leiche einer Indianerin namens Rulc auch notwendig erscheint. Im Gefolge befindet sich nun auch die »Priesterin« Zana, die die Geliebte Slims ist und auch von Brandlberger (nach anfänglicher Abscheu) hemmungslos begehrt wird. Nach einem weiteren Marsch durch den Urwald wird der Ort des (nicht vorhandenen) Schatzes, eine Höhle hinter einem breiten Wasserfall, schließlich ohne weiteres gefunden. Hier befällt die Reisegesellschaft jedoch eine unerklärliche, tagelang anhaltende Trägheit und Willenlosigkeit, die erst durch das energische Auftreten Slims, der zur Rückkehr in die Zivilisation mahnt, überwunden zu werden scheint. Doch bei einer Ausfahrt in einem neuen Boot kommt Slim auf mysteriöse Weise ums Leben, und auch van den Dusen findet wenig später einen grauenvollen Tod. Brandlberger allein wird von Zana gerettet und von ihr wieder in die Zivilisation gebracht, was allerdings selbst nicht mehr ge-

54 Vgl. dazu die psychoanalytisch orientierte Deutung von *Tropen* durch J. J. Oversteegen, »Spekulative Psychologie. Zu Robert Müllers *Tropen*«, in: Kreuzer/Helmes (Anm. 2), S. 146–168, hier besonders S. 152f.

schildert, sondern nur als Happy-End nachgetragen wird.[55]

Schon eine eingehendere Darstellung der ersten Kapitel, die als objektiven Zeitrahmen die Bootsfahrt haben, läßt stellvertretend für den gesamten Roman die gehaltliche Dichte, die problematische Exklusivität[56] und z. T. auch Abstrusität der entwickelten Theoreme und schließlich die erzähltechnischen Tricks deutlich werden, mit denen sich selbst die *(Erzähler-)Figuren* um Distanzierung und Verifizierung zugleich bemühen.[57] Denn so arm diese Bootsfahrt zu Anfang des Romans (Kapitel 2–6) auch an äußeren Ereignissen ist, so reich ist sie doch an inneren Erlebnissen und Erkenntnissen der Erzählerfigur Brandlberger. Brandlberger erlebt zunächst eine »Bewußtseinserhellung«, die ihrem Gehalt nach als Identitätserlebnis beschrieben werden kann und die als Erlebnisverlauf der Bewußtseinserhellung in Prousts *A la Re-*

55 Freilich weiß der Leser des Vorworts bereits, daß auch Hans Brandlberger kein glückliches Ende genommen hat und wenige Jahre nach seinem Tropenerlebnis (»1907«) einem Indianeraufstand unter Führung einer »Priesterin namens Zaona« »im Quellgebiete des Rio Taquado« zum Opfer gefallen ist.

56 Selbstverständlich steht Müller mit seinen Ansichten im zeitgenössischen intellektuellen und ideologischen Diskurs nicht allein. Seine Überlegungen über das Verhältnis der Geschlechter und über die Frau im besonderen sind ohne Weiningers verbreitetes und äußerst einflußreiches Glaubensbekenntnis *Geschlecht und Charakter* (1903) kaum denkbar. Zum Teil werden die Vorbilder oder auch Antipoden, beispielsweise Pierre Loti (Exotismus) oder Ibsen (Reise – *Peer Gynt*), auch ausdrücklich genannt. Andere wie Gauguin (Impressionismus), Peter Altenberg (»Afrikas Seele«), Egon Schiele (erotische Männerphantasien) oder Oskar Kokoschka (expressionistische Malerei) sind leicht zu dechiffrieren.

57 Brandlberger beispielsweise, der schon zu diesem Zeitpunkt eine »erotische Naturgeschichte« zu schreiben plant, zieht sich einerseits aus der Affäre, wenn er die eigenen Überlegungen mit den Worten unterbricht: »Ich bitte zu bemerken, daß ich referiere, die Gedanken eines von Hitze verbrannten und zu Asche gewordenen Gehirnes wiedergebe«. Andererseits bestätigt er dann aber die weiteren Ereignisse, indem er fortfährt: »ich schildere einen Mann, der inmitten gesegneter, abenteuerlicher Umstände, wie er sich einbildet, das Buch schreibt, das er erst erleben wird. Dieser Mann war ich. Ich war mit visionärer Kraft meiner eigenen Zukunft vorangeeilt. Ich fuhr als Schreibtisch einen Strom hinauf und vermengte in der Geschwindigkeit ein wenig die Zeit.«

cherche du temps perdu gleicht.[58] Plötzlich aus seiner »Wollust der Öde« herausgerissen, zwingt sich Brandlberger mühevoll, doch unaufhaltsam die zunächst »umrißlose Erinnerung« auf, »all dies«, die Tropen, schon einmal erlebt zu haben. Nach strapaziösen, nur zum Teil kontrollierten Rekonstruktionsbemühungen kommt er zu einer ersten zentralen Erkenntnis, der, daß er zum Zeitpunkt seiner Zeugung identisch mit den Tropen als einem Zustand »willenlosen Wachsens« gewesen ist. Diese Erkenntnis von Identität wird dann im Fortgang dahingehend modifiziert, daß sich der erwachsene Brandlberger als »vielfach verbesserte Tropenlandschaft« begreift, als »Menschmaschine [...] aus dem Norden«, die im Gegensatz zu dem »bornierten Spießbürger« der Äquatorzone die Tropen in sich trägt. Und von der »Phantasie erwärmt« – einer Funktion jenes nordischen »Gehirns«, das als »Surrogat [...] für das Original tropischer Hitze« begriffen wird –, läßt Brandlberger seine Gedanken springen und sein »Gehirn in rasend fallender Kurve die große Schleifenbahn des Lebens« nehmen. In »Urerinnerungen« stellt sich ihm die tropische Natur zunächst als »mütterlich Nährsame«, als »Gebärerin« und als »begehrte Frau« zugleich dar. Erotik, Liebe und Lust werden zu einem der beherrschenden Themen des Romans. Brandlberger fühlt sich von dem »großen Geschlecht der ursprünglichen Natur, Mutter und Hure zugleich«, in seiner »Mannbarkeit« herausgefordert. Er entwickelt mit den anderen Reisegefährten einen »Hunger nach Brutalität«, der schließlich in der Erkenntnis mündet: »wir waren hungrig nach demütigen Leibern, aufgerieben von einer Überproduktion an Zärtlichkeit, indifferent inmitten von Tatsachen, die nichts boten.«

Neben dem Nachsinnen über die Lust, das sich im weiteren Romanverlauf zu einer ganzen Theorie entwickelt und in unterschiedlichsten Handlungen seinen Niederschlag findet, werden in diesen ersten Kapiteln freilich noch weitere The-

58 Vgl. hierzu ausführlich den Beitrag von J. Kamerbeek jr., »Vergleichende Deutung einer Epiphanie. Robert Müller – Marcel Proust«, in: Kreuzer/Helmes (Anm. 2), S. 86–100.

men angesprochen, die die späteren Reflexionen, Halluzinationen und Monologe der Erzählfiguren zu einem großen Teil bestimmen und auch für die brillant-obskuren, romankonstitutiven Dialoge Brandlbergers mit Slim zentral sind. Brandlberger fühlt beispielsweise sein »kniffliches altes Ich« vergehen und erfährt die Selbstauflösung »in eine unendliche, von keiner bewußten Einheit zusammengehaltene Empfindlichkeit für das heftige selbstische Leben ringsherum«. Er läßt in diesem Zusammenhang Erwägungen anklingen, die im weiteren Romanverlauf im Umfeld von Wahrnehmungs- und Handlungstheorien, von Entwürfen des neuen Menschen und von einer Lieblingsidee Jack Slims, der »Gravitation der Intellekte«, ausführlich verhandelt werden. In den Begriffen »Rhythmus« und »Technik« faßt Brandlberger den Gegensatz zwischen nördlichen und südlichen bzw. östlichen Kulturen und entwickelt mit der Idee, der »Rhythmus« müsse für den »nordischen« Menschen »fruktifiziert« werden, den Ausgangspunkt für alle weiteren Überlegungen hinsichtlich eines neuen Menschentypus'. Und mit dem Bild der »Wasserräder«, dem »Symbol« der »Paradoxie« und der »Gleichgültigkeit menschlicher Direktionen«, eröffnet sich Brandlberger schließlich ein neuer Wirklichkeitsbegriff, der in der Lehre vom »Phantoplasma«, einem der Höhepunkte der *Tropen*, mündet: »Wir alternieren eine Sache, wir machen es anders, absurd, verkehrt, und siehe da, es ist a u c h etwas. Wir denken einen Gedanken pervers, und er ist frisch wie eine Jungfrau. [...] Lernet die Wirklichkeiten skandieren! Gleichberechtigung für das Paradoxe. Es eröffnet neue Welten, es gibt Glück, es erweitert die Möglichkeiten, und wir fügen den künstlichen Paradiesen, die ein Wicking des Geistes erfahren, erfahrtet hat, weil die alten Paradiese übervölkert waren, die k ü n s t l i c h e n R e a l i t ä t e n hinzu, denn die normalen hat eine Volkszählung uns komplett erwiesen! Treibet Wasserräder!« So intoniert die Bootsreise der ersten Kapitel die eigentlich erzählte Reise in die intellektuellen, ethischen, ästhetischen und erotischen Tiefen und Untiefen prototypisch gemeinter Figuren, die der Roman vor allem anderen ist.

Grundsätzlich dient die gesamte Dschungelwelt als Gleichnis für den neuen Menschen. Die Tropen werden als ein »Wortspiel«, als »Tropus«, als »Appell an das Gedächtnis meiner Eingeweide« und »biographische Erinnerung an die Faulenzerperiode« verstanden. Sie symbolisieren darüber hinaus die »hypertrophische und deutliche Entfaltung aller menschlichen Beziehungen [...], die hier rein und ungehemmt, tropisch sozusagen ins Kraut schießen«. Drei miteinander eng verknüpfte Elemente sind es vor allem, die sich in dem im Roman entworfenen und erstrebten, doch faktisch nur partiell (Brandlberger und Slim) realisierten neuen Typus niederschlagen müssen: die bereits angesprochene Theorie der Lust, die sogenannte »Dimensionenlehre« und die erwähnte Lehre vom »Phantoplasma«.

Der »Hunger nach Lust« wird als »Angelpunkt des gesamten vegetabilischen und animalischen Lebens«, sie selbst als »das Leben an und für sich, das Element aller Dimensionalität« begriffen. »Ihr Wesen« sei »in uns ein Spiegelapparat«, und »alles was gespiegelt, bis ins Unendliche gespiegelt wird, alles, dem zu Zwecken Raum und Zeit und Höheres gebildet sind«, sei »die Lust«. Doch wird diese Lust mit Brutalität, mit »Exzeß« und »erwünschter Gewalt diesseits von Sitte und Benehmen«, ja mit »Grauen« in eins gesetzt. Nur der Mensch gilt als »gesund«, der »mit dem vielseitigsten und von keiner Moral verschnittenen Lusttriebe« den »schönsten nymphischen Eigenschaften des Menschen« nachgeht und zu einem »blutigen Bilde« von »Gesundheit« gelangt. Das aber ist der Eingeborene, der im Gegensatz zu »den europäischen und deren Tochterzivilisationen« »physiologisch« aufgeklärt ist. Von Slim auf »die Zärtlichkeit der vergewaltigten Leiber« auf einem Bilde eines Eingeborenenkünstlers aufmerksam gemacht, beginnt auch Brandlberger, die paradoxe perspektivische Beliebigkeit zwischen Lust und Grauen, Seligkeit und Schrecken, Liebesakt und Tötungshandlung zu sehen: »ganze Himmelreiche von Leiden offenbarten sich in den scheußlichen Greuelszenen [...]. Muskulöse Männer vergingen sich an unterwürfigen, dankbaren Frauenzimmern. Akte der wildesten Sanftmut konnten einem in dieser künstlerischen Fassung das Herz brechen. Niemals war Liebreiz so flötend, niemals Gewalt süßer dargestellt worden. Die Weiber bestanden aus schwellenden Pinselstrichen und verloschen unter den Würgehänden und Dolchstößen ihrer kahlschädeligen Anbeter.«

Die Rückkehr aber zum Lustempfinden und Lusthandeln der Eingeborenen scheint dem europäisch sozialisierten und domestizierten Weißen durch seinen Intellekt, das »Surrogat [...] tropischer Hitze«, auf immer versperrt. Slim bedient sich der Lehre von den »Dimensionen«, um das Handicap der europäischen »Rechtser-Kultur« gegenüber der von ihr als »linkisch« abgewerteten Kultur der Eingeborenen zu erläutern. Als letztes Glied in einer Reihe von Dimensionen wird das »Bewußtsein« eingeführt. Lust erscheint als der »direkteste«, »Existenz« als der »tiefste Inhalt am anderen Ende des Bewußtseins«. Von hier aus erfolge »eine Bewegung, die man ganz gut Dekadenz nennen« könne: »Der Mensch platzt als Bewußtseinsträger herein und sofort beginnt sein Geschäft als Lustsammler. Er vierteilt, grob gesagt, die Dimensionen; sein erster Augenaufschlag ist ein Willkürakt. Er zerreißt und halbiert das Ganze: Leben und verschafft sich die Effekte: Links und Rechts.«

Der Grad dieser »Dekadenz« allerdings ist von Kulturkreis zu Kulturkreis verschieden und richtet sich nach der Anzahl von Dimensionen, über die die jeweilige Welt-Anschauung verfügt. Die vierte Dimension, die Zeit, und selbst die dritte, der Raum, werden dem Eingeborenen abgesprochen. Der Eingeborene, dem folglich auch die Sprache noch keine »Anschauung höheren Ranges« sei und der deshalb den »primären Künsten« Musik, Malerei und Tanz anhänge, lebe noch in der »Ewigkeit« und in der »Fläche«, während der Durchschnittseuropäer neben »Entwicklung« und »Inversion« (Raum) den »Fortschritt« (Zeit) absolut setze: »Unsere Beobachtung erstreckt sich letzterdings auf uns selbst. Wir sind introspektiv, er ist grausam. Neugierig sind wir beide.« Während es also dem Eingeborenen an »Gehirn«, an jener

»feinen Klinge der Beobachtung« mangele, habe der Europäer das »Gefühl«, diese ursprünglichste »Lebensform«, auf seinen bloßen »Ausfluß«, das Denken, reduziert. Beide Lebensformen, beide »Phantoplasmen« sind einseitig, indem sie eine Seite der Dimension »Bewußtsein« überbetonen. Beide sind – und die europäische zumal – indes auch »philiströs«, weil sie nicht radikal überbetonen, nicht »sonderlich übertrieben und heroisch« sind. Höchste Gesundheit, Einfachheit und Strenge einer künftig zu erwirkenden Kultur »ergeben sich nur aus der allseitigsten, exzessivsten Ausschöpfung menschlicher Möglichkeiten«.[59] Brandlberger führt die fünfte Dimension ein: »Wenn ich nun denke und zugleich dawider denke, so verschiebe ich die Zeit in einer höheren Anschauungsform, die nicht Zeit ist. Die Zeit wird senkrecht zu sich selbst gebracht. [...] Uff, wie es anstrengt!« Allerdings gelingt es nur wenigen, in dieser fünften Dimension zu denken. Brandlberger und Slim verweisen auf den Expressionismus als künstlerische wie weltanschauliche Avantgarde: »nehmen Sie eine Umstülpung, eine Inversion des zeitlichen Denkens in die fünfte Dimension vor und denken Sie sich zu diesem kolossalen verantwortungsvollen Bewußtsein einen bildnerischen Gesichtssinn, so haben Sie einen Maler, der scheinbar zu den Ursprüngen der Malerei zurückgekehrt ist.«

Habe der expressionistische Maler auch mit dem »Dschungleartisten« die »Betonung des Physischen« und die »Ausdeutung des Beobachtenden im Menschen als des Grausamen« gemein, so schaffe er doch aus der fünften Dimension heraus und sei »der geistigste, wissenschaftlichste und ichgewandtste Figureur aller bisher gewesenen Künstler«.

Schließlich die Lehre vom »Phantoplasma«. Nach einer religiösen Feier der Eingeborenen und unmäßigem Genuß von Mandioka fällt Brandlberger in Trance. In der Trance erlebt er ein Stakkato von Bewußtseins- und Wirklichkeitsebenen. Brandlberger hat zum einen das Bewußtsein, in der Trance zu sein, hat in der Trance selber aber einen Traum, in

59 Reif (Anm. 49), S. 51.

dem wiederum drei Wirklichkeitsebenen – zwei ›wahre‹ und eine ›unwahre‹ – wahrgenommen werden: »In diesem Zustande waren die zwei Tiefen der Seele, Traum und Untraum, verschiebbar, und alles war Traum, alles war Wirklichkeit. Die Welt der Logik, das Phantoplasma, das Bild gewordene System der zureichenden Erklärungen war zwiefach. Es pendelte zwischen zwei Rhythmen, davon jeder bloß der Umschwung des anderen war. [...] Derselbe seelische Verlauf konnte ein verschiedenes Phantoplasma, sei's Traum, sei's Wachleben unterlegen.«

Die vertikale, an Zeit gebundene Lehre von den »Dimensionen« wird durch die horizontale, simultaneistische Lehre vom »Phantoplasma« ergänzt. Soll daher die Synthese zwischen der »zerebralen Spannung« des modernen Europäers und der »Relaxation des Urmenschen« zu einem neuen, idealen Typus Mensch führen, so müssen einerseits die Phantoplasmen, die beiden Kulturkreisen zugeordnet sind, in einer höheren Bewußtseinsebene, einem neuen Phantoplasma aufgehoben sein. Dieses neue Phantoplasma selber aber ist wiederum durch ein Bewußtsein aufzuheben, dem »die stoffliche Welt ein vertauschbarer Schein« ist und für das nur »die Wirkung als Gedanke« zählt. Dieses »kommende Phantoplasma aber [...], dieses zu erwartende Lebenssystem« ist für Brandlberger »die Welt des Jäger- und Beobachtermenschen«. Indem der neue Mensch also in Urzustände zurückzureisen scheint, erreist er doch in Wirklichkeit den ganzen Menschen in sich und stürmt – »baufällig nach vorwärts« wie er ist – wohin?

Von den vielen Aspekten des Romans und den Fragen an ihn, die nicht berücksichtigt worden sind und auf die eine Antwort schuldig bleiben mußte, wäre doch abschließend auf die Frage einzugehen, wie denn die Indianerin Rulc, wie Slim und van den Dusen eigentlich ums Leben kamen. In Brandlbergers Text heißt es dazu am Ende lapidar: »Was immer man darüber für Hypothesen aufstellen mag, die Sache bleibt vage und auf Spielereien gegründet. Aber man möge sich darüber nicht den Kopf zerbrechen, denn tot ist tot und in der Wildnis gibt es keine Justiz, nur eine Moral der Triebe und Kräfte, die Reise ist zu Ende [...].« Da scheint der Herausgeber Robert Müller schon mehr zu wissen, doch will auch er in dieser Hinsicht mit seiner Meinung über den Binnentext Brandlbergers nicht herausrücken: »Die Absicht des Verfassers, die Brutalität des Tiefsten der Ergänzung statt der Erzählung zu überlassen, scheint sein leitender Gedanke und seine heikelste Scham gewesen zu sein. Wie also Slim und der Holländer starben – ich erwarte da mit dem Verfasser vieles von dem Verständnis und dem Takt der Leser.« Auf diesen Takt des Lesers vertrauend, sei ihm insofern geholfen, als ein Credo Brandlbergers selbst das notwendige Stehvermögen beim unumgänglichen Puzzlespiel liefert: »Forschung ist Konstruktion«.